AtV

Gotthard Erler, geb. 1933 in Meerane/Sachsen, Studium der Germanistik in Leipzig, u. a. bei Hans Mayer und Hermann August Korff, seit 1964 leitender Mitarbeiter des Aufbau-Verlages und dessen Geschäftsführer von 1990 bis 1998, lebt in Berlin. Seine jahrzehntelangen Forschungen zu Fontane und die Fülle seiner Editionen haben an der Verbreitung dieses Werks und der Erschließung der Fontaneschen Biographie einen hervorragenden Anteil.

Die bahnbrechende Edition des Ehebriefwechsels innerhalb der Großen Brandenburger Fontane-Ausgabe hat das Interesse eines breiten Publikums an Schicksal und Persönlichkeit Emilie Fontanes geb. Rouanet-Kummer (1824–1902) geweckt. Bisher vor allem als Ehefrau, Mutter mehrerer Kinder und Kopistin im »Schriftstellerladen« ihres Mannes wahrgenommen, tritt sie jetzt aus dem Schatten und gewinnt Tiefenschärfe und Plastizität. Auf eindrucksvolle Weise führt uns der Biograph durch das Auf und Ab dieses romanhaften Lebens. Aus der Grunderfahrung einer unbehüteten Kindheit und einer ziellosen Jugend entsteht in der jungen Frau das unabweisbare Verlangen nach Sicherheit und familiärer Geborgenheit. Aber gerade das kann ihr der mittellose Journalist und Literat Fontane nicht bieten. Die nach langer Verlobungszeit geschlossene Ehe beschert ihr auf Jahre ein unstetes Leben am Rande der Armut. Erst mit der Stabilisierung von Fontanes schriftstellerischer Existenz entspannt sich die familiäre Situation in materieller und emotionaler Hinsicht. Trotz aller Schicksalsschläge wächst die Gewißheit, ein bevorzugtes Leben zu führen.

»Die besten Gardebataillone der Menschheit sind die Toten, die, biographisch wiederbelebt, unter uns wandeln. Es sind nicht Schemen. Umgekehrt, sie haben den wahren Lebensodem.« *Fontane an Paul Schlenther, 28. April 1894*

Gotthard Erler

Das Herz bleibt immer jung

Emilie Fontane

Biographie

Aufbau Taschenbuch Verlag

ISBN 3-7466-1138-5

1. Auflage 2003
Aufbau Taschenbuch Verlag GmbH, Berlin

Umschlaggestaltung Preuße & Hülpüsch Grafik Design
unter Verwendung des Pastellbildes von Th. Hillwig
»Emilie Rouanet-Kummer als Braut«, 1848
(Privatbesitz, Foto: Jürgen Strauss)
Druck Ebner & Spiegel, Ulm
Printed in Germany

www.aufbau-taschenbuch.de

Emilie Rouanet-Kummer als Braut

Pastellbild von Th. Hillwig, 1848
Privatbesitz. Foto: Jürgen Strauss

Inhalt

Kapitel 4
Am Rande der Armut
1850–1855

Kapitel 5
Eine Ehe zwischen englischer Metropole
und preußischer Residenz
1855–1857

Kapitel 6
Im eignen Haus in London
1857–1859

Kapitel 7
Ein Jahrzehnt »zwischen Hoffen und Harren«
1859–1869

Kapitel 10
Es bleibt beim alten: »*Sicherheit* is nich«
1877/78

Kapitel 11
»Nun soll er für den Rest seiner Tage frei bleiben«
1879–1885

Kapitel 12
»Haus- und Familien-Diplomatie«
1885–1890

Kapitel 13
Leben mit dem »geliebten Alten«
1890–1898

Kapitel 14
Letzte Jahre
1898–1902

Anhang

Kapitel 1

Schwierige Kindheit

1824–1839

Französisch-deutsche Großeltern

»Du bist, nicht nur Deiner tatsächlichen Abstammung, sondern auch Deinem ganzen Menschen nach, halb aus Beeskow und halb aus Toulouse.« Theodor Fontane umschreibt mit diesem Satz ziemlich genau die bemerkenswerte französisch-märkische Herkunft seiner Frau. Ihr Großvater, Jean Pierre Barthélemy Rouanet, 1747 im Languedoc geboren, desertierte nach einer turbulenten Jugend, die von den rigorosen Vorschriften eines streng katholischen Elternhauses, von ungeliebten theologischen Studien in Toulouse und vermeintlicher Freiheit in diversen Söldnertruppen geprägt war, in die Schweiz. Dort greifen ihn preußische Werber auf und schleppen ihn nach Potsdam: der hoch aufgeschossene Rouanet gibt einen idealen Gardesoldaten ab. Daß er kaum Deutsch spricht, stört nicht weiter; er lernt rasch, es zu verstehen; denn seine Vorgesetzten beauftragen ihn schon bald mit dem Französisch-Unterricht für die Offiziere, und nach einer Audienz bei König Friedrich in Sanssouci, übrigens 5 Uhr morgens, avanciert er sogar zum Lehrer am sogenannten »Pagenhaus« in Potsdam.

Der ohne sein Zutun in den preußischen Militärdienst gepreßte junge Franzose findet sich mit seinem Schicksal ab und sichert sich, bei angestrengter Arbeit und gelegentlichen dienstlichen Verpflichtungen, solide, ja sogar ganz angenehme Lebensverhältnisse. Aber erst nach zwölf Jahren überwiegender Sprachlehrer-Tätigkeit wird er endlich aus der Armee entlassen, und man bietet ihm 1781 in Beeskow, fernab in der Provinz, eine Stelle im Magistrat an; auf diese Weise pflegte der »große Friedrich« aus dem Kreis verdienter Soldaten seine

Verwaltungsbeamten zu rekrutieren. Nach anfänglichen Querelen steigt Rouanet mit Zielstrebigkeit und Redlichkeit zum Senator und Kämmerer des Handwerker- und Kleinhändlerstädtchens am uralten Spree-Übergang auf, und als in den »Franzosenjahren« 1806 bis 1813 Napoleonische Truppen und ihre raubgierigen Verbündeten das Land rücksichtslos ausplündern, kann er, der seinen Landsleuten sprachgewandt gegenübertritt, größeres Unheil von dem kleinen Gemeinwesen abwenden. Im hohen Alter von neunzig Jahren vollendet sich 1837 das abenteuerliche Leben dieses katholischen Franzosen im protestantischen Brandenburg. Die Stadt erinnert sich seiner noch heute, hat eine Straße nach ihm benannt und pflegt auf dem zum Park umgewandelten alten Friedhof sein Grab. Die Inschrift auf dem Granitstein schließt mit dem Hinweis: »Seine Enkelin war die Gattin des märkischen Dichters Fontane.« Und der bemerkt denn auch in einem seiner »Wanderungs«-Notizbücher: »Beeskow ist nicht so schlimm, als es klingt.«

Die »unglückliche Geschichte« einer kleinen Stadt

Natürlich ist der junge Rouanet in Frankreich und Preußen nicht nur Objekt militärischer Begierde, er ist auch eine erotische Attraktion. In seiner Autobiographie erzählt er durchaus genüßlich von seinen Amouren, und er hat bereits zwei Ehen absolviert – beide Frauen starben –, als er 1786 Dorothea Louisa heiratet, die Tochter des angesehenen Beeskower Arztes und Apothekers Joachim Gotthilf Horn, und damit seine Zugehörigkeit zum kommunalen Establishment besiegelt. Als viertes von fünf Kindern kommt 1790 Therese Charlotte Wilhelmine zur Welt, die in sehr jungen Jahren (1806) den Theologen Johann Heinrich Müller ehelicht, der das Predigeramt in Müllrose, einige Kilometer südwestlich von Frankfurt an der Oder, innehat. Wie häufig in evangelischen Pfarrhäusern: die Geburten folgen rasch aufeinander;

als ihr Mann 1817 mit dreiundvierzig Jahren stirbt, hat Therese sechs Kinder geboren, drei sind noch am Leben. Mit ihnen kehrt sie nach Beeskow zurück und wird in den geselligen Honoratiorenkreis der Häuser Rouanet und Horn aufgenommen. Im Städtchen ist eine Eskadron Leibkorps-Husaren stationiert, und die »Herren Offiziers« sind das eigentlich belebende Element in der kulturellen Tristesse solcher abgelegenen Nester. Zu einem von ihnen, dem sieben Jahre jüngeren Militärarzt Georg Bosse, fühlt sich Therese Müller besonders hingezogen. Er hat die Pépinière, die Berliner Ausbildungsstätte für Militärärzte, absolviert und ist seit 1820 in Fürstenwalde–Beeskow stationiert. Die Liaison bleibt nicht ohne Folgen: am 14. November 1824 bringt die vierunddreißigjährige Pfarrerswitwe ein Kind zur Welt. Es dürfte das Ergebnis einer leidenschaftlichen Abschiedsnacht sein, denn am 1. März 1824 tritt Bosse bereits seinen Dienst in Brühl bei Köln an. Offensichtlich hat er, der 1826 seine Dissertation an der Universität Gießen einreicht und seit 1835 in Saarlouis, wohin er 1829 versetzt wird, glücklich verheiratet ist, nie etwas von der Existenz seines Sprößlings erfahren. Die Affäre ist indes pikant genug, und deshalb wird sie vorsorglich ins Sächsische verlagert. Am 23. November tauft der Pfarrer der Dresdener Kreuzkirchengemeinde das Mädchen auf die Namen Georgina Emilia Carolina; Louisa Rouanet, die Großmutter, ist unter den Taufpaten. Jahrzehnte später wird der Täufling schreiben, er sei »in Dresden, heimlich, zu keines Menschen Freude« geboren worden.

Und so beginnt die Odyssee eines illegitimen Kindes durch eine biedermeierliche Zeit, die vom Wunsch nach intakter Bürgerlichkeit und von philiströsen Moralvorstellungen geprägt ist. Emilie wird, mit einer eigens bestellten Amme, der Obhut eines Onkels anvertraut, eines Rouanet-Sohns aus dessen zweiter Ehe, der als wohlhabender Apotheker in Wermsdorf lebt, jenem Städtchen zwischen Oschatz und Grimma, in dessen unmittelbarer Nähe, auf Schloß Hubertusburg, 1763 der Siebenjährige Krieg beendet wurde.

Jean August Alexander Rouanet scheint die Kleine ohne Vorbehalt seinen eigenen drei Kindern zugesellt und liebevoll aufgezogen zu haben; seine Frau freilich mag den »Fremdling« nicht und fürchtet, daß ihre eigenen Kinder an väterlicher Zuwendung einbüßen könnten. Mit besonderer Aufmerksamkeit wird Emilie von seiten eines gelegentlichen Besuchers verwöhnt, des Diakons und Schulinspektors Johann Ferdinand Wilhelmi aus Beeskow. Natürlich kann sie nicht wissen, daß der kleine gutmütige Mann, ein Schulfreund ihrer leiblichen Mutter, von dieser zu ihrem Vormund berufen wurde. In dieser Eigenschaft sucht er nach einer dauerhaften Unterbringung des Mädchens, da die wachsende Abneigung der Tante einen längeren Aufenthalt in Wermsdorf verbietet. Wilhelmi läßt deshalb 1827 unter den »Vermischten Anzeigen« der Berliner »Vossischen Zeitung« eine Annonce einrücken, in der nach einem kinderlosen Ehepaar gefragt wird, das, »unter Zusichrung einer namhaften Summe«, daran interessiert sei, »ein dreijähriges, gesundes, wohlgebildetes Kind (Mädchen) an Kindesstatt anzunehmen«. Die »namhafte Summe« dürfte der Grund sein, daß unter Chiffre »S. 42« zahlreiche Zuschriften eingehen. Wilhelmi entscheidet sich, mit Zustimmung von Therese Müller, für einen Bewerber, dessen Brief ihm durch den herzlichen Ton auffällt. Und so holt Onkel Wilhelmi eines Tages, wie er es schon mehrfach angekündigt hat, Emilie ab, die sich erst nach großem Geschrei von ihren Stiefgeschwistern losreißen kann. Unterwegs bringt die jammernde Kleine den guten Wilhelmi in Verdacht, das Kind entführt zu haben. Als die beiden in Berlin eintreffen und sie sich einigermaßen beruhigt hat, erwartet sie ein neuer Schock: der freundliche Wilhelmi übergibt sie ihren »neuen Eltern«: Karl Wilhelm Kummer und seiner Frau Marie Dorothee.

Kummer im Hause Kummer

Die Kummers wohnen sehr passabel, Burgstraße 18, zweiter Stock. Schöne, vornehme Häuser säumen das Spree-Ufer, prominente Gäste steigen im angesehenen Hotel »König von Portugal« ab (Lessings »Minna von Barnhelm« spielt dort), im Haus nebenan ist die »Allgemeine Kriegsschule« untergebracht, und gegenüber erhebt sich das Schloß mit den Resten der mittelalterlichen Burganlage, dem »Grünen Hut« – einer der wenigen romantischen Ecken im alten Berlin.

Was das Adreßbuch von 1838 über Kummer aussagt, hört sich entsprechend reputierlich an: »Commiss.-Rath, Verfertiger geographischer Reliefs und akademischer Künstler«. Das ist sogar leidlich korrekt; der »Erfinder von Reliefkarten und -globen«, wie Fontane in seinen Erinnerungen meint, ist er natürlich nicht. Er verfügt über eine Papiermaché-Fabrik für Globen (»Kugeln« genannt) und plastische Landkarten und macht passable Geschäfte, aber für seinen aufwendigen Lebenswandel reicht es nicht aus; daher ist die »namhafte Summe« für das Pflegekind sehr willkommen. Denn Kummer ist nicht bloß Handwerker, sondern vor allem Bohemien, Lebemann. In Kneipen und Ressourcen ist er Stammgast, man munkelt allerlei über seine Liebschaften mit Schauspielerinnen, zumal er in der Theaterszene eine bekannte Figur ist, schließlich verbindet ihn eine alte Freundschaft mit Karl Graf von Brühl, dem langjährigen Generalintendanten des Königlichen Schauspiels.

Dieser »Tausendkünstler« und »sonderbare Heilige« wird nun Emiliens Papa, und so fragwürdig sein Image scheint – als Adoptivvater bewährt er sich. Er wendet sich der Kleinen warmherzig zu, und sie schließt sich ihm schwärmerisch an. Von wohlgeordneter Erziehung kann freilich nicht die Rede sein, denn Kummer pflegt um die Mittagsstunde das Haus zu verlassen und erst spätnachts heimzukommen, und seine Frau Marie Dorothee kränkelt schon lange. Ihr Zustand verbessert sich nicht gerade durch die strapaziösen Einfälle der

Vierjährigen, die, als die Mutter vom Einkauf zurückkehrt, fröhlich und furchtlos im offenen Fenster sitzt und die Beine ins Freie hängen läßt. Ein Brand im Hause, dem die Familie mit knapper Not entkommt und der bei Emilie ein lebenslanges Angstgefühl hinterläßt, scheint die Lebenskraft von Frau Kummer gebrochen zu haben. Sie stirbt im Mai 1831, und Emilie, die gern ihren Erzählungen von Geschichten aus der Bibel gelauscht hat, bleibt verstört und einsam zurück. Der Vater, der mit dem Tod selber nicht zurechtkommt, vernachlässigt das Kind und überträgt die Aufsicht einem Dienstmädchen (oder auch mehreren, sie wechseln rasch), einem sogenannten »Trampel«, der sein schmales Gehalt durch Liebesdienste bei den Soldaten aufbessert. Erscheinen die Freier in der Wohnung, wird die Kleine an einen Bettpfosten gebunden; ansonsten muß sie mit in die Kaserne traben und im Hof warten. Fontane hat nach den Berichten seiner Frau aufgeschrieben, wie sie solche Erlebnisse traumatisiert haben: »Es prägten sich die während dieses Umherstehens und Wartens empfangenen Bilder dem Kinde so tief ein, daß es sich, als es viele Jahre später am Nervenfieber darniederlag, in seinen Phantasien immer wieder auf dem furchtbaren Kasernenhofe sah, aus dessen hundert Fenstern ebenso viele Grenadiere herniedergrinsten.« Daß die Soldaten sich an die Dienstmädchen hielten, war üblich. Als Emilie einen Liedtext durch einen Grenadier an den befreundeten Bernhard von Lepel zurückschickt, fragt dieser, wie er denn zu der Familie Kummer käme, und der Grenadier sagt schmunzelnd: »Ja – Herr Leitnant, ich jeh da bei des Dienstmächen.«

Kummer, in ständiger Geldverlegenheit, entschließt sich zu einer neuen Heirat: die zweite Frau ist eine ältliche Witwe, poltrig und ungehobelt – aber vermögend. Sie behandelt Emilie von vornherein als störenden Fremdkörper und beschimpft sie als »angenommenen Panker«, was das Kind besonders kränkt, weil es sich den Ausdruck nicht erklären kann und Böses dahinter vermutet. Die neue Kummer knausert mit ihrem Geld, und Emilie muß sich oft das Essen mit dem Hund teilen. Sie ist zwölf, als sich Kummer, zu dem sie sich in dieser trüben Zeit besonders hingezogen fühlt und der an dieser Ehe genauso leidet, endlich scheiden läßt. Er engagiert nun, in ständigem Wechsel, »Haushälterinnen«, die aber weder mütterliche Gefühle entwickeln noch einen Blick auf die Aufgaben der Schülerin werfen, dafür aber ganz offen Freund und Liebhaber in der Wohnung empfangen. Der Einfluß auf die ebenso aufgeweckte wie sensible Emilie ist verheerend: sie verwildert, ist »naseweis und maliziös« und wehrt sich auf diese Weise gegen ihr fatales Umfeld.

Auch auf andere, bedenkliche Art reagiert sie auf ihre Situation. Kummer ist inzwischen – ein deutlicher sozialer Abstieg – in die weit weniger vornehme Große Hamburger Straße umgezogen: »Lauter gescheiterte Leute hatten hier, als Trockenwohner, ein billiges Unterkommen gefunden: arme Künstler, noch ärmere Schriftsteller und bankrotte Kaufleute, namentlich aber Bürgermeister und Justizkommissarien aus kleinen Städten, die sich zur Kassenfrage freier als statthaft gestellt hatten.« Zur Mietskaserne Berliner Zuschnitts gehört der zum Teppichklopfen und Wäschetrocknen genutzte Hof, der zugleich Tummelstätte der umwohnenden Kinder ist. Der »Schrecken dieses Platzes« heißt Emilie, die alle, Jungen und Mädchen, ältere und jüngere, an unberechenbarer Wildheit übertrifft. Psychologisch aufschlußreich, daß sie am liebsten ein Loch buddelt, mit einem anderen Kind darüber ringt und dieses dann in die Grube stößt. Dieses ans Pathologische grenzende Spiel endet jäh, als sie auf die gleiche Weise mit einem Mädchen aus der Nachbarschaft verfährt, dabei aber von der Mutter beobachtet wird und daraufhin von der Geburtstagsgesellschaft, auf die sie sich riesig gefreut hat, ausgeschlossen wird; sie sei »kein Umgang für gesittete, artige Kinder«, bekommt sie zu hören. Die Absage trifft Emilie hart; sie wird später ihrem Mann erzählen, »dies sei die größte Kränkung ihres Lebens gewesen; so arm, so elend, so ausgestoßen sei sie sich nie wieder vorgekommen«.

Das Opfer, Tochter eines reichen Holzhändlers, geht übrigens in dieselbe Klasse wie Emilie. Denn Kummer, sowenig Zeit er für die Kleine aufbringt, sorgt doch für eine »ganz feine Schule, wo nur reiche Bourgeoiskinder und adlige Fräuleins vom Lande« unterrichtet werden, zwischen denen die aufgeweckte, begabte Emilie wie ein Aschenputtel wirkt. Aber dieser schwarze Schwan hat Talent, und eine freundliche Nachbarin, die mit Mann und Adoptivtochter Rose unlängst (1834) in der Nähe eingezogen ist und mit der man sich anfreundet – man abonniert gemeinsam die gleiche Zeitung –, entdeckt es: die frühere Schauspielerin Philippine Fontane, geborene Sohm, verheiratet mit August Fontane, der ein Geschäft für Malutensilien betreibt und ansonsten ein Lebenskünstler à la Kummer ist. Die Begegnung mit dieser Frau wird zum Lichtblick für die verwahrloste Emilie. Sie fördert ihre natürliche Begabung für das Rollenspiel und verstärkt die Passion für das Theater, in das Kummer seine Pflegetochter ohnehin schon früh mitgenommen hat; Stücke von Schiller und Shakespeare sind ihr vertraut, im Hause des Schauspielers Moritz Rott, seit 1832 in Berlin engagiert, ist sie öfter zu Gast.

Was aber wichtiger werden soll: die Fontanes unterhalten eine bescheidene Schülerpension, und ihre Zöglinge sind Hermann Scherz, Sproß eines Gutsbesitzers aus Kränzlin westlich von Neuruppin, und Theodor Fontane, Sohn des Swinemünder Apothekers, eines Halbbruders von »Onkel August«. Die beiden sind sechzehn beziehungsweise fünfzehn Jahre alt und grundverschieden. Hermann, eine heitere Natur, läßt sich mit den zehnjährigen Mädchen Emilie und Rose gern auf Spiel und Spaß ein; Theodor, ernster veranlagt, hockt meist über seinen Büchern und sperrt die albernden Mädchen ungalant aus.

Als Emilie diesem Theodor zum ersten Mal begegnet, trägt sie »heruntergeklappte nasse Stiefel, einen kleinen Mantel von rotem Merino mit schwarzen Käfern drin und einen sonderbaren, nach hinten sitzenden Strohhut, der ihr bei den Straßenjungen den Beinamen ›das Mächen mit de Eierkiepe‹ eingetragen hatte. [...] Das Gesicht, ein blasses Dreieck mit vorspringender Stirn und Stubsnase, war nahezu häßlich, aber die zurückliegenden, etwas unheimlichen Augen glühten wie Kohlen und machten, daß man das Kind bemerken mußte.« Die Aufmerksamkeit für diese Göre verwandelt sich in Faszination, wenn der kleine Kobold, der ihm wie eine etwas schmuddelige Ziegenhirtin aus den Abruzzen vorkommt, Theater spielt, und das tut sie nach Möglichkeit recht oft. Er überrascht sie einmal, als sie zu Haus »Romeo und Julia« improvisiert, beide Rollen mit Hingabe sprechend und darstellend. Er hebt die kleine Tragödin am Schluß entzückt in die Höhe und verspricht ihr Blumen und Kränze, wenn er sie in zehn Jahren als gefeierte Künstlerin auf einer Bühne wiedersehen werde.

Das freundlich-kindliche Miteinander endet bald; die Familie Fontane zieht in die »Liesensche Sommerfrische« vor dem Oranienburger Tor. Am 1. April 1836 tritt Theodor Fontane als Lehrling in die Apotheke von Wilhelm Rose ein, und am 20. Mai wird er, als Nachzügler, in der französisch-reformierten Kirche in der Klosterstraße konfirmiert. Emilie nimmt an der Feier teil, lernt bei dieser Gelegenheit seine Eltern kennen, die eigens aus Swinemünde gekommen sind, und ist vor allem von Mutter Fontane tief beeindruckt.

Madame Sohm und die Filzschuh-Attacke

Zu Hause sucht indes »Rat Kummer« wieder einmal Ordnung zu schaffen: auf Empfehlung von Philippine Fontane stellt er im Oktober 1836 deren Mutter als Wirtschafterin ein. Madame Sohm hat ein bewegtes Leben hinter sich. Sie war die Frau eines Kasseler Theaterdirektors und eine erfolgreiche Schauspielerin in dessen Truppe. Sie wird als schöne, geistreiche und lebenslustige Frau geschildert, aber auch als ungeheuer zielstrebig und einfallsreich in ihren Absichten. Sie muß wirklich eine »tolle Nummer« gewesen sein, und sie hat es von vornherein darauf abgesehen, nicht nur Schwung in den desolaten Haushalt zu bringen, sondern vor allem »Frau Rätin Kummer« zu werden.

Aufgeräumt trällert sie Texte aus Stücken, in denen sie aufgetreten ist; Lieblingsverse sind: »Ich bin von Kopf bis auf die Zeh / Die kleine, lust'ge Salomé.« Aber sie skandiert, wenn Kummer wieder mal nicht heimkommt, auch den Zweizeiler: »Wo mag er sein, wo mag er stecken, / Mag er wohl andrer Liebe schmecken.« Und in ihren Heiratsplänen und mit ihrer Eifersucht will sie Emilie zur Komplizin machen, die aber die Intentionen durchschaut und der »Erzieherin« bei passender Gelegenheit einen Filzschuh an den Kopf wirft. Das bringt ihr zwar den Zorn von Herrn Kummer ein, aber auch die Genugtuung, daß er Madame Sohm endlich hinauswirft. Ihren liebestollen Gewohnheiten entsprechend soll sie, die über Fünfzigjährige, später mit einem Kammacher-Lehrling in Pirna »abgeschlossen« haben.

Wieder ist ein trostloses Kapitel Kummerscher Weiberwirtschaft vorüber, und wieder hat Emilie wenig davon profitiert. Aber es wird noch schlimmer kommen, und Emilie stehen neue Verwirrungen bevor. Auf den 23. September 1839 ist in der Dorotheenkirche ihre Konfirmation festgesetzt, und bei diesem wichtigen Lebensabschnitt seiner Pflegetochter muß Kummer, so schwer es ihm fällt, Farbe bekennen und das böse Wort vom »angenommenen Panker« ein wenig erläutern. Doch mehr als die schmerzliche Information, daß er nur ihr Adoptivvater sei, gibt er dem jungen Mädchen wohl auch nicht. Emilie wird in wenigen Wochen fünfzehn Jahre alt, und alles ist nach wie vor ungeklärt und dunkel: ihre Vergangenheit und ihre Zukunft.

Kapitel 2

Ziellose Jugend

1839–1845

Die dritte Stiefmutter

Karl Wilhelm Kummer regelt zunächst die Lebensumstände seiner Pflegetochter. Emilie kommt in eine ordentliche Pension in Berlin, während er selber, inzwischen ein Mittfünfziger, im Sächsischen, wo er herstammt, zu neuen Ufern aufbricht. Emilie erfährt durch eine junge Verwandte, daß er sich in Dresden verlobt hat. Am 5. Oktober 1839 schreibt sie ihren ersten, fast devoten Brief an die Braut, die zweiunddreißigjährige Bertha Kinne aus Herrnhut: »Nicht ohne Ängstlichkeit ergreife ich die Feder, um an Sie diese Zeilen zu richten, da ich das Unvermögen, meine Gedanken schriftlich auszudrücken, an mir kenne; jedoch, hoffe ich, werden Sie gütig Nachsicht haben, indem es ja nicht auf die Form, sondern auf das Herz ankömmt, welches zu Ihnen spricht. Mit Freude sehe ich der Zeit entgegen, wo meinem guten Vater in Ihrem Besitz ein Glück zuteil werden wird, welches er lange, gewiß schmerzlich entbehrt u. wo Ihre Güte meiner sich mütterlich annehmen will, die ich der Nachsicht u. Leitung so sehr bedürftig bin. [...] Auch versichere ich Ihnen, daß es stets mein aufrichtigstes Bestreben sein wird, Ihre Liebe mir zu erwerben u. die meines guten Vaters immer mehr u. mehr zu erhalten suchen.«

Ende November findet in Dresden die Hochzeit statt, Emilie darf daran teilnehmen und lernt die »gefürchtete Braut« kennen, doch zu ihrer freudigen Überraschung schließen deren »mildes, einfaches Wesen und die freundlichen, lieben Augen« ihr Herz sogleich auf. Die Hochzeit verläuft nicht ohne kuriose, Kummer-typische Ereignisse: die Legitimations-Papiere sind nicht in Ordnung, und die Trauringe hat er vergessen. Das »junge Paar« bricht am Abend zur Hochzeitsreise auf, Emilie bleibt vorerst bei der Verwandtschaft in Dresden, und Elbflorenz macht auf das junge Mädchen, das nur die vergleichsweise karge preußische Metropole kennt, einen ungeheuren Eindruck. Zu ihrem Wohlbefinden trägt wesentlich bei, daß sich ganz rasch ein herzliches, vertrauensvolles Verhältnis zu Bertha Kummer einstellt, das sich in den Briefen an die mütterliche Freundin des sichtlich erleichterten und dankbaren Mädchens ablesen läßt. So schreibt sie am 28. Dezember 1839 aus Dresden: »Wie soll ich Dir, meine gute, gute Mutter, meine große Freude beim Empfange Deines lieben Briefes schildern. Die wahre, mütterliche Liebe, die sich wiederum darin ausspricht, rührte mich bis zu Tränen. Ja, ich will Deine Wünsche, die mein Wohl betreffen, erfüllen, ich will den lieben Gott recht bitten, daß er mir Kraft dazu gibt, damit ich zu Eurer Freude lebe.«

Wie es Emilie in den nächsten Monaten ergeht, wissen wir nicht. Erst ein Brief vom 1. August 1841 läßt wieder Konturen ihres Tuns und Lassens erkennen. In Abwesenheit der Stiefmutter führt sie die Kummersche Wirtschaft und entledigt sich der »schweren Pflichten als Hausfrau« offensichtlich ganz souverän, obwohl es ihr gesundheitlich nur »so lala« geht. Es gibt Ärger mit dem Dienstmädchen Mine; der Alte, den sie liebevoll »Vaterchen« nennt, empfängt viele Besucher, und Emilie hat zu kochen: »Am ersten Tage gab ich Schokoladensuppe, Kalbsleber (welche ich zu 4 sgr bekommen hatte), Kartoffeln u. Gurkensalat. Am zweiten Tage abgezogene Wassersuppe, Blumenkohl u. Schweinekarbonade«. Bei alledem sieht sie, gemeinsam mit Kummer und auf Freibilletts, im Theater einen »sehr mittelmäßigen« Torquato Tasso und betätigt sich sogleich als anspruchsvolle Kritikerin: »Grua [Franz Wilhelm Grua, seit 1833 Ensemble-Mitglied am Königlichen Schauspielhaus] machte den Tasso, aber schlecht, u. sagte einmal zum Antonio, du bist berechtigt, *mir* zu warnen.« Moritz Erfurt, der wohl auch später noch um Emilie wirbt, begleitet sie. Emilie teilt ferner mit, daß die unselige Frau Sohm abgereist sei, »ich glaube, mit gutem Wind, denn ich habe ihr mit allen Leibeskräften nachgepustet«; immerhin schenkt sie der Madame zum Abschied eine selbstverfertigte »Perlenbörse«. Als sie später, Anfang Mai 1849, vom Tode der alten Sohm hört, ist sie nicht betrübt; »ihr ist in jedem Falle jetzt wohler, u. die Welt hat nichts durch sie verloren«, schreibt sie an Bertha Kummer. Auch von Gerüchten über eine Spottaktion auf den neuen König und seine nicht gehaltenen Versprechen berichtet sie – ein erstes, frühes Zeichen für ihr stets waches Interesse an der Politik.

Als Reisebegleiterin in Salzbrunn und Kissingen

Aus dem Sommer 1843 sind zwei Briefe Emilies an Bertha Kummer erhalten, die, wenn auch nur ausschnittartig, ebenfalls ein anschauliches Bild des tüchtigen jungen Mädchens vermitteln. Sie berichtet, kunterbunt durcheinander, aber höchst humorvoll und anschaulich, aus dem damals vielbesuchten schlesischen Salzbrunn, wo sie sich mit Kummer zur Kur aufhält. »Für unsere Gesundheit ist hier sehr gesorgt, da unter uns auch vornheraus der Kuhstall liegt u. der angenehme Geruch, bekanntlich für Brustleidende sehr gut, durch die löcherförmigen Ritzen der Dielen in bedeutender Quantität zu uns heraufdringt.« Sie ist rührend besorgt um »Vater«, und als er in eine »Brunnenkrisis« gerät, nämlich einen »Brustkrampf« erleidet, ängstigt sie sich halbtot. Leider honoriert der alte Zausel ihre Fürsorge kaum, und Emilie klagt: »Ich bin hier sehr betrübt u. weine in der Regel des Abends in meinem Bette ein Strichchen für mich, weil mir Vater gar nicht folgt, u. zu allem, was ich anrate, bekomme ich immer die Antwort: I bewahre! Neulich, wo er sich schon nicht ganz wohl fühlte, spielte er fünf Partien Schach, trotz meiner Bitten u. Tränen hintereinander, u. ich wurde obendrein mit Scheltworten abgewiesen, ich bin doch wirklich schlimm dran, mein Mütterchen?« Abwechslung bringen die meist polnischen Kur-Bekanntschaften, »mit denen ich immer französisch sprechen muß, auch lehren sie mir viel Polnisch«.

Im Juni des nächsten Jahres finden wir Emilie Kummer wiederum als Reisebegleiterin, diesmal mit einer adligen Dame in Kissingen. Gott weiß, wer sie in Berlin an diese unerquickliche Person empfohlen hat; »sie ist«, schreibt sie zornig nach Haus, »ein altes geiziges eitles geld- und adelstolzes Weib, läßt an keinem Menschen einen guten Faden u. hat mich auf der Reise hierher bald verhungern lassen, kaum Mittagbrot u. dann nur Kaffee und Tee, sie glaubt vielleicht, die Hungerkur tue mir nötig, außerdem bin ich ihr Kammermädchen, Bediente, Hausknecht, Gesellschafterin, alles in allem, u. wenn sie mir erst gesagt hat, ihre Koffer zu schleppen, so sagt sie nachher, warum bemühen Sie sich denn, wenn ich es nämlich schon getan habe.« Die verlogene und launische Alte mäßigt zwar allmählich den »Befehlshaberton«, aber Emilie spricht doch von einer »mißglückten Vergnügungsreise«, die ihr eine »bittere Lehre« sei, und sie denkt mit Sehnsucht an die »teuren, lieben Eltern«: »Ach! Ihr seid so gut, wäre ich doch bei Euch, könnte Dir, meinem Väterchen, morgens die Pfeife stopfen anstatt meiner Dame falsche Zöpfe anbinden; die Frau Staatsrätin ist so liederlich mit ihren sehr schönen Sachen, daß M. noch ein Muster von Ordnung dagegen ist, in dem Koffer waren die schönsten Atlaskleider mit Schuhen u. Kragen in einem Knaul hineingestopft, daher sieht sie auch in dem besten Staat wie vom Trödel gelaufen aus.«

Bad Kissingen macht auf die noch nicht reisegeübte Emilie trotz der eleganten neuen Häuser und der hübschen Berglage »einen kalten unbehaglichen Eindruck«, und obendrein seien die Preise recht hoch. Ganz rührend liest sich ein beiläufig eingefügtes Selbstporträt: »Des Morgens am Brunnen setze ich meinen Strohhut auf, mit dem weißen Schleier geht er recht gut, auch mein Reisekleid wird immer des Morgens angezogen. Mit meinen Kleidern muß ich sehr sparen, besonders mit dem rosa, das will ich hier nicht waschen lassen, denn sie waschen so schlecht u. so ungeheuer teuer, daß es eine Schande ist, die Wäsche wird von dem eisenhaltigen Wasser ganz gelb. Nun, wir gehen wenig aus, da kann ich sparen.« Schließlich stattet ihre »alte Hexe« sie mit 24 Talern aus und läßt sie allein per Postkutsche über Meiningen und Leipzig zu Verwandten in die Nähe von Halle reisen, und dort findet sie, bevor sie nach Haus zurückkehrt, in heiterer, ausgelassener Gesellschaft den wohlverdienten Ausgleich für die »Strafe von Kissingen«.

Ein neuer Lebenskreis in Liegnitz

Und nun knüpfen sich – der Zeitpunkt ist nicht genau zu bestimmen – überraschend neue Familienbeziehungen, die eigentlich die alten sind. Emilies leibliche Mutter, Witwe Therese Müller, ist in fortgeschrittenen Jahren einem Prachtkerl von Mann begegnet, dem Oberförster Karl Gottlob Triepcke, den sie Anfang der vierziger Jahre heiratet und mit dem sie in der Försterei Dammersdorf bei Liegnitz wohnt. In Liegnitz selbst, dem aparten, schön gelegenen und betriebsamen Städtchen in Schlesien, lebt ihre Tochter Marie, 1810 in der Ehe mit Pastor Müller geboren. Marie ist mit dem Oberstabsarzt Dr. Moritz Fels verheiratet, der eine offensichtlich einträgliche Praxis unterhält und zu den Honoratioren der Stadt gehört. Therese Triepcke nimmt irgendwann nach ihrer Eheschließung mit Triepcke Verbindung zu ihrer illegitimen Tochter Emilie auf und ermöglicht ihr den Zugang zu dem Kreis um ihre Halbschwester Marie und sorgt, wenigstens partiell, auch für ihren Unterhalt.

Sichere Nachrichten darüber gibt es erst ab September 1845, als Emilie aus Liegnitz an die »lieben besten Eltern« nach Berlin berichtet. Wie schon in den Briefen aus Kissingen beschreibt sie Reiseroute und Reiseerlebnisse – mit der Bahn bis Frankfurt/Oder und weiter mit der Post nach Liegnitz –, und es scheint, daß sie tatsächlich zum ersten Mal dorthin kommt. »Endlich langten wir um 11 Uhr in Liegnitz an, ich mit Herzklopfen, daß mir fast der Atem verging, u. mit einer solchen Angst, daß ich wünschte, in Berlin bei Euch zu sein, die Ihr mich kennt mit meinen Fehlern u. Schwächen u. doch liebt u. so viel Nachsicht mit mir habt.« Großvater (»wie wir alle den guten Oberförster nennen«) und Schwager Fels holen sie ab, und Großmutter (»so nennen wir alle meine Mutter«) ist »außer sich vor Freude«. Halbschwester Marie ist ein bißchen angegriffen; sie erwartet in Kürze ihre vierte Entbindung – zwei werden noch folgen –, und Fels nennt seine Familie unumwunden eine »kleine Kinderfabrik«. Er bekommt übrigens gute Noten von Emilie: er sei »sehr schön, man sagt hier, er sei der schönste Mann in Liegnitz u. die Güte selbst, trägt seine Frau auf Händen und hat ein sehr heiteres Temperament, ich gelte hier für seine Cousine, worüber er große Freude hat«. (Emilie wird 1855 miterleben müssen, wie Fels, mit seiner Familie nach Jauer umgezogen, im Suff endet: die Ehe ist zerrüttet; seine Frau weiß nicht, wovon sie ihre sechs Kinder ernähren soll, da praktisch keine Patienten mehr kommen.)

Liegnitz übt einen eigenartigen Zauber auf Emilie aus, die den dortigen Wochenmarkt »wo möglich großartiger« als den Berliner Gendarmenmarkt findet. Sie genießt die Zeit bei den neugewonnenen Verwandten in vollen Zügen, spielt auf dem unbenutzten Klavier und amüsiert sich auf einem Ball, bei dem man ihr um Mitternacht am 14. November zum 21. Geburtstag gratuliert. An den Sorgen der Berliner Eltern nimmt sie lebhaften Anteil, liest sie doch in der »Breslauer Zeitung«, daß die 4000 Taler für den Kronleuchter im Opernhaus, von Kummer angefertigt, noch immer nicht bezahlt seien. Natürlich schickt sie herzliche Wünsche zu Kummers Geburtstag und teilt mit, daß sie sich »auf das schöne Theater« in Berlin freue, »das hiesige ist miserabel«. Anfang Dezember fährt sie nach Hause, und am 8. Dezember 1845 verlobt sie sich – mit Theodor Fontane.

Geheimes Einverständnis und Verlobung

Der junge Mann ist, so scheint es, seit fast einem Jahrzehnt nicht mehr in ihrem Blickfeld gewesen. Sie hatte ihn, wohl 1836, noch einmal in der Schwanen-Apotheke in der Heidereitergasse, Ecke Spandauer Straße, besucht, aber er gibt sich verlegen und wortkarg und speist sie, wie ein kleines Kind, mit Gerstenzucker und bunten Pillenschachteln ab. Viel später wird er zwar behaupten, daß er sich schon bei den ersten Begegnungen bei Tante Pine in das »von allem Herkömmlichen so stark abweichende schwarzäugige Kind« verliebt habe, doch in jenen Lehrjahren beim alten Rose klingt wohl im jungen Poetenherzen vor allem eine Liebe aus Swinemünder Tagen nach, die dann, nach einem Wiedersehen mit der Angeschwärmten, im Jahre 1837 wieder heftig aufbricht und einen wahren Gedicht-Fluß in Gang bringt. Das Mädchen, zwei Jahre jünger als er, hört auf die stattliche Vornamen-Reihe Johanna Caroline Wilhelmine Dorothea und ist eine Tochter der Kaufmannsfamilie Krause. An sie, die teils als Vanda, teils als Minna firmiert, richten sich jene zahlreichen Gedichte aus der Zeit von 1837 bis 1840, als ihn »der Sturm der Leidenschaft getroffen« hat. Die Verse schwelgen, häufig im Heine-Ton und wohl mehr in einer gedachten als in einer wirklichen Welt angesiedelt, in Sehnsucht und Schmerz, in imaginierter Liebeswonne, in Traum- und Todesvisionen, und als seine »Minna« 1840 Karl Gustav Klöden heiratet, da scheint ihm, wie es im gleichnamigen Gedicht heißt, alles »zerronnen«:

Mein Lieb, wir sollen scheiden!
Erträgt es denn mein Herz:
Nach unnennbaren Freuden
So unnennbaren Schmerz!

Er dichtet auch die beschwörenden Verse »Ich muß dich wiedersehn!«, und er begegnet der Frau Professor Klöden später tatsächlich noch zweimal. Mit einem gehörigen Schuß Selbstironie, aber hörbar auch mit innerer Erregung schildert er im August 1889 seiner Tochter Martha detailreich seine »alte Liebe vor nun 52 Jahren und noch länger. Denn es ging mir ähnlich wie Lepel, der, auf die Frage, wann er zuerst geliebt habe, wehmütig antwortete: in meinem 4. Jahr. Anno 37 kam Minna Krause mit ihrer noch schönen, höchstens 36 Jahr alten Mutter (denn sie hatte sich mit 15 verheiratet) aus dem ›Oberon‹, und ich stand im Vorflur des Opernhauses und wartete auf beide; Minna trug einen schottischen Mantel, eine Boa von Fé und einen eleganten weißen Atlashut, sah auch noch verklärt aus durch [die Arie] ›O Hüon, mein Gatte‹ – nun, kurz heraus, jeder Zoll eine Prinzessin, eine Fee in Fé, vielleicht auch eine Schlange in Boa, was nur den Reiz steigerte – *heute* sah ich eine alte Backebeere, mit unglaublich wenig Zähnen und unglaublich viel Runzeln. Ich freute mich aber doch. Dabei nannte sie mich mit der größten Unbefangenheit ›du‹, was mich geradezu rührte, denn man bleibt ein Schaf.«

Das ist also sozusagen die erotische Konkurrenz für Emilie, aber es bleibt, wie gesagt, eine unerfüllte Liebe, und sie hat den Kontakt Fontanes zu dem »Ciocciarenkind aus den Abruzzen« keineswegs unterbrochen. Auch sie findet zunehmend Eingang in seine üppig sprudelnden Verse. 1838 schickt er ihr, wohl zur Versöhnung nach einem Streit, einen »Wintergruß«, der sich an der Grenze von wohlwollend-erwachsener Belehrung und liebevoller Hinwendung zu Emilie als seiner Muse bewegt:

Sind begraben auch die Auen,
Sind erstorben Wald und Flur,
Könntet ihr mein Herz erschauen,
Schautet ihr den Frühling nur.

Ja, da keimt es kräftig wieder,
Ja, da blüht ein Liederflor,
Und aus jedem dieser Lieder
Lächelt mir dein Bild hervor.

Ja, mein liebes kleines Püppchen,
All mein Grollen ist dahin,
Seit von deinen Rosen-Lippchen
Floh der garst'ge Eigensinn.

Fontane ist über die Vorgänge im Hause Kummer genau informiert, und so verfaßt er im November 1839 ein Rollengedicht, das Emilie zum Polterabend von Bertha Kinne und Karl Wilhelm Kummer in Dresden vorträgt. Emilie überreicht als Dienstmädchen, im schönsten Berlinisch, der Braut eine Handarbeit und präsentiert sich selbst als zuverlässige Haushaltskraft. Die Verse sind als Kompliment an die »herrliche Frau«, aber auch als schmeichelhaftes Porträt Emilies angelegt:

Ja, det is mein Stolz un is meine Freide,
Mir nennen zu dürfen Berliner Kind,
Un wickelten se mir in Samt un in Seide,
Ick möchte doch nie nich wat andres sind.
Ick dauge zu groben und zierlichen Sachen,
Kann Börsen häkeln un Betten machen,
Un töppere nie nich die Tellerns entzwee.
Hieranner, Madamken, mögen Sie proben
Überreicht die Handarbeit,
Ob ick mir dhue zu ville loben.

Schon am 24. Mai 1840 findet sich die nächste poetische Spur, als Fontane in Emiliens Stammbuch folgende emphatische Verse einträgt:

Ich habe oft, wenn mich geblendet
Der Sonne zauberhafte Pracht,
Und ich mich von ihr abgewendet,
In meinem Herzen dein gedacht.

Wie ohne Sonne mir die Erde
Nur schien ein grabesdunkler Schacht,
Gleicht – wenn ich von dir scheiden werde,
Mein ganzes Leben einer Nacht.

Und auch die aus demselben Jahr stammenden Strophen »Bei Überreichung einer Rose« lassen eine zärtliche Hinneigung erkennen, die Emilie durchaus erwidert. So schickt sie am 1. August 1841 eine selbstverfertigte »Visitenkartentasche« an Fontane nach Leipzig. Dergleichen kleine Aufmerksamkeiten dürften von beiden Seiten mehr oder weniger regelmäßig ausgetauscht worden sein, so daß Fontanes Version in seinen Lebenserinnerungen, er habe »die Kleine« nur noch selten gesehen und schließlich während seiner Aufenthalte in Leipzig und Dresden ganz aus dem Auge verloren, mit Skepsis zu beurteilen ist. Eine lockere Verbindung hat es immer gegeben, und als Fontane im Frühjahr 1844 wieder in Berlin eintrifft, um sein einjährig-freiwilliges Militärdienstjahr zu leisten, läßt sich die alte Bekanntschaft rasch intensivieren, zumal er eine total veränderte Emilie vorfindet: »Nicht bloß das Abruzzentum war hin, auch die mildere Form: das Südfranzösische hatte sich beinah ganz verflüchtigt, und die tiefliegenden dunklen Augen, die mir, ohne schwarz zu sein, immer kohlschwarz erschienen waren, sahen jetzt in dem hierlandes üblichen Halbgrau hell und lachend in die Welt hinein. Alles in allem, beweglich und ausgelassen, vergnügungsbedürftig und zugleich arbeitsam, war sie der Typus einer jungen Berlinerin, wie man sie sich damals vorstellte. Sie hatte sich vergleichsweise sehr verhübscht […]«

Sie sind gut übereinander informiert. Emilie weiß natürlich, daß er mit dem gemeinsamen Freund Scherz in England ist; am 14. Juni 1844 schreibt sie von Kissingen aus an die Kummers: »Wenn Fontane zurückkommt, bitte grüßt ihn recht herzlich.« Emilie kann ihren Theo 1844/45 ziemlich oft in Berlin sehen: bis April 1845 ist er Soldat (und bringt's sogar bis zum Unteroffizier), dann arbeitet er ein paar Wochen in der elterlichen Apotheke in Letschin, geht aber schon Ende Juni als Rezeptar in die Polnische Apotheke von Dr. Schacht in der Berliner Friedrichstraße, Ecke Mittelstraße (noch heute erhalten). Und wenn sich die beiden nicht treffen können, dann schreiben sie sich lange Briefe, die alle nicht erhalten sind. Ein Zettelchen vom September 1844 deutet an, wie üppig die Korrespondenz gewesen sein muß: Emilie möge ihm zu diesem »Normal-Billet« gratulieren: »endlich mal fünf Zeilen statt fünf Seiten«.

Und wieder bilden Fontanes Gedichte einen Seismographen, der seine Gefühlslage anzeigt. Emilie wird durchaus entzückt sein, wenn er sie mit seinen perfekt und pointiert gereimten Gebilden beglückt und dabei seine Unzulänglichkeiten humorvoll eingesteht:

Statt eines Briefes

Du siehst, es bleibt mit mir beim alten
Trotz mancher bittern Neckerei;
Versprechen – und Versprochnes halten –
Ist mir noch immer zweierlei.

Und daß dir alle Zweifel schwinden
An meinem Unverändertsein,
Stell ich mich mit Entschuld'gungsgründen
Ob meines Schweigens bei dir ein.

[…]

Schon höhnt ich mich und all solch Wissen,
Als mir ein Kraftgedanke kam
Und ich die »Sehnsucht, dich zu küssen«,
Zum Stoffe meines Briefes nahm.

Kaum aber hatt ich angefangen,
Packt ich schon lächelnd wieder ein; –
Ein Kuß – dies *mündlichste* Verlangen –
Muß mündlich vorgetragen sein.

Nicht wahr?!

Das ist schon der witzige Gestus jener zahlreichen Gedichte, mit denen sich Emilie später als Geschenkersatz zu Geburtstagen und zu Weihnachten zufriedengeben wird.

Aber die wachsende Zuneigung zu Fräulein Kummer gibt ihm auch altmodisch-schöne Liebesgedichte ein wie »Romantiker« – mit den Versatzstücken Wald und Mond –, »Die Somnambule« vom 24. Oktober 1845, in dem »schön Mila« direkt apostrophiert wird, oder das zärtlich verliebte »Im Garten«.

Und auch in Emilies Briefen an die Eltern häufen sich die Erwähnungen Fontanes, die belegen, daß er bei Kummers ein und aus geht. Als sie im September 1845 nach Liegnitz reist, bringt er sie zum Bahnhof und begleitet sie bis ins Abteil. Sie wohnt bei ihrer Stiefschwester Marie Fels am Marktplatz, und dort empfängt sie seine ersten Liebesbriefe (sie wird im Juni 1867 auf einer Bank, dem Hause gegenüber, sitzen und sich jener Tage erinnern). Am 15. November schreibt sie ebenso beglückt wie ehrpußlig-besorgt über ihren Berliner Freund und ihr Verhältnis zu ihm an die Kummers: »Nun denkt Euch, von Theodor war ein Kistchen angekommen mit einem wunderschönen Rosenstock u. herrlichen Gedichten von Lenau; es setzte mich aber in sehr große Verlegenheit u. habe ich hier gar nicht sagen dürfen, daß es von ihm kam, da sie sehr darüber geredet haben würden u. ist es auch sehr unrecht von ihm, da er sich doch denken kann, daß es sehr auffallen würde, wenn es hieße, ich bekäme von einem jungen Mann Geschenke geschickt, in Berlin ist es ganz etwas anderes, wo jeder unser freundschaftliches Verhältnis kennt, ohne etwas Auffallendes daran zu finden; ich habe sagen müssen, die Geschenke wären von meinen Freundinnen; daß er über meinen Brief geklagt hat, tut mir recht sehr leid, aber Unrecht habe ich ihm nicht getan, das Nähere darüber werde ich Euch mündlich auseinandersetzen. Ich habe ihn sehr lieb, u. seine Freundschaft ersetzt mir die Stelle eines Bruders, aber um dieser Freundschaft willen müßte er sich auch in acht nehmen, nichts zu tun, was mir in den Augen der Welt schaden könnte, darin, meine liebe gute Eltern, gebet Ihr mir gewiß recht; es betrübt mich, daß ich mich über seine Aufmerksamkeit nicht freuen kann, aber Ihr werdet es gewiß auch nicht billigen, u. darum bitte ich Euch, sagt es ihm doch, wenn die Rede darauf kommt, so schonend wie möglich, denn es wäre mir schmerzlich, ihn, unserer großen Freundschaft willen, noch zu kränken! in einigen Tagen werde ich an ihn schreiben, bis dahin sagt ihm, wenn er Euch besuchen sollte, meinen herzinnigen Dank, schreiben kann ich heute noch nicht an ihn.« Eine leidenschaftliche Liebeserklärung ist Emilie mit diesem Brief nicht in die Feder geflossen; es ist eher ein ängstlich-diplomatisches Statement, das die kleinbürgerlichen Moralvorstellungen in einer Provinzstadt kennzeichnet, über ihre wahren Gefühle aber nicht recht etwas aussagt. Immerhin verlobt sie sich drei Wochen später mit diesem Fontane.

Die Umstände sind bekannt: Emilie ist am 8. Dezember 1845 Gast bei der Geburtstagsfeier für Onkel August Fontane und schickt in der Mittagsstunde »einen in ungemein zierlichen, aber etwas schulmäßigen Buchstaben geschriebenen Brief« in Dreiecksform an ihren »lieben Freund« in der Schachtschen Apotheke, da sie »in einiger Verlegenheit wegen des Nachhausekommens« sei: »Ich denke, Ihr Bruder soll mich um 10 bis an Ihre Apotheke begleiten, von wo aus Sie wohl den Rest des Weges übernehmen. Ihre Emilie Kummer.« Emilie stellt sich pünktlich ein, und die jungen Leute, »plauderhaft und etwas übermütig«, schlendern los: die Friedrichstraße hinunter bis zum Oranienburger Tor, dann in die rechts einmündende Oranienburger Straße hinein. Doch da ist der entscheidende Schritt dieses Abends, den wohl beide nicht vorhergesehen haben, bereits geschehen: Kurz vor der Weidendammer Brücke, die, über die Spree führend, Dorotheenstadt und Spandauer Vorstadt verbindet, kommt ihm der »glücklichste Gedanke« seines Lebens, und er verlobt sich mit Fräulein Kummer. Als sie die Wohnung ihrer Eltern im Haus Nr. 33, gegenüber dem Posthof (dem noch heute erhaltenen Postfuhrhof), erreichen, ergreift Fontane noch einmal ihre Hand und sagt: »Wir sind nun aber *wirklich* verlobt.« Er sagt es mit einer ihm »sonst fremden Herzlichkeit«

oder, wie es an einer zweiten Stelle seiner Erinnerungen heißt, »mit einem gewissen ängstlichen Empressement« – was immer das zu bedeuten hat.

Hat es sich »wirklich« so zugetragen, oder hat es Fontane in der Rückschau romantisch eingefärbt? Wenn er sich tatsächlich spontan beim nächtlichen Heimweg entschlossen hat, müssen die üblichen Formalia in den folgenden Tagen nachgeholt werden, und der versetüchtige Poet schildert den symbolischen Vorgang in den zwölf wohlgelungenen Zeilen, die er seiner Braut »Zur Verlobung« widmet:

Es paßt uns nicht die alte Leier
  In unsren jungen Liebesrausch,
Wir denken und wir fühlen freier,
  Und wollen's auch beim Ringetausch;
Der Treue Pfand, zu dieser Stunde
  Empfang's in perlend-goldnem Wein
Und laß den Ring auf Bechers Grunde
  Dir Sinnbild meines Lebens sein.
Laß übersprudeln mich, und freue
  Der Kraft dich, die da schäumt und gärt,
Denn innen, wie dies Bild der Treue,
  Lebt meine Liebe unversehrt.

Fontane ist von Gedicht und Sache in gleicher Weise überzeugt und nimmt die Verse 1851 in seine erste Sammlung auf, wo sie in allen Auflagen einen ehrenvollen vorderen Platz einnehmen. Als sich der Verlobungstag zum zehnten Male jährt, schreibt Emilie an ihren Mann in London, »die Erinnerung an jenen Abend wird mir, wie Du selbst, mit jedem Jahre lieber«.

Kapitel 3

Ewige Verlobungszeit

1845–1850

Der Apotheose auf den »jungen Liebesrausch« mit Verlobung folgt freilich für die Brautleute eine Ernüchterung oder, um es unumwunden zu sagen, ein permanentes Dilemma. Fontane avanciert zwar mit der brotlosen Kunst seiner Lyrik – in der literarischen Vereinigung »Tunnel über der Spree«, der er seit Herbst 1844 angehört, ist er zunehmend der eigentliche Star –, und er schließt zielstrebig seine Qualifikation als »Apotheker erster Klasse« ab, aber zum Erwerb einer eigenen Offizin, der wirtschaftlichen Grundlage einer Familiengründung, fehlt das Geld. Und so ist Emilie von vornherein auf Warteposition gesetzt und hat sich – eine harte Schule – mit immer erneut enttäuschten Hoffnungen auf Heirat und bessere Tage zu begnügen – fünf lange Jahre.

Schöne Tage bei den Schwiegereltern in Letschin

Bei den beteiligten Familien löst die Verbindung nicht gerade Begeisterung aus; schon 1844 ist von den »gerümpften Nasen« die Rede. Auf »unser leidliches Aussehn hin« war »eine sogenannte ›gute Partie‹ nicht bloß gewünscht, sondern beinah gefordert worden«, also Geld- statt Liebesheirat. Andererseits sind zumindest die feinfühlige Bertha Kummer und der großherzige Vater Fontane auch nicht sonderlich überrascht, daß sich der poetisch verschwärmte Theodor aus Neigung mit einem Mädchen einläßt, das zwar höchst apart ist, aber aus recht dunklen Verhältnissen stammt.

Doch die ersten Begegnungen der verlobten Habenichtse

mit der Verwandtschaft verlaufen durchaus freundlich. Emilie stellt ihren Theodor offenbar zunächst ihren beiden Halbschwestern und deren Familien vor: Clara von Below in Ludwigslust und Marie Fels in Liegnitz, und bei beiden stößt der Bräutigam auf das »liebenswürdigste Entgegenkommen«. Und auch Fontane präsentiert die Braut erfolgreich bei seinen Eltern, die inzwischen die Apotheke in Letschin, mitten im wohlhabenden Oderbruch, gekauft haben – in jenem »3500-Seelen(?)«-Dorf, so meint der Sohn, das »durch Vermittelung eines sogenannten Rippenbrechers von Postwagen nur lose mit der zivilisierten Welt« zusammenhängt; »es ist ein zweites Klein-Sibirien«. Fontanes Mutter, mit »scharfem Verständnis für alles Praktische des Lebens« ausgerüstet und eigentlich auf »etwas äußerlich Glanzvolles« für ihren Ältesten eingerichtet, macht sogleich gute Miene und versichert ihm: »Du hast Glück gehabt, sie hat genau *die* Eigenschaften, die für dich passen.«

Emilie ihrerseits ist beeindruckt von der »ausgezeichneten« Frau Mutter und nennt Schwester Jenny »ein gutes, liebenswürdiges Wesen«, das unter anderem für die »vortreffliche Mast« zuständig ist: Emilie bringt bei einer familiären Gewichtskontrolle 118 Pfund auf die Waage! Vor allem aber gesteht sie am 24. April 1846 den Eltern in Berlin: »Die letztverlebten acht Tage kann ich zu den glücklichsten meines Lebens rechnen, u. wenn es möglich ist, daß ich meinen Theodor noch mehr lieben könnte, als es bis jetzt geschah, so ist es in diesem längeren Beisammensein geschehen, wenigstens hat sie sich immer mehr befestigt.« Sie bleibt bis weit in den Mai hinein bei den Schwiegereltern und schreibt an die Kummers: »Könnte ich meinen Theodor und Euch, Ihr Lieben, zuweilen sehen, so möchte ich gar nicht wieder fort; Theodors Mutter meint, es wäre recht gut, daß ich einige Zeit von ihm getrennt wäre, das muß wohl wahr sein.«

Der Verlobte verläßt am 30. Juni 1846 die Polnische Apotheke, um sich auf die Apothekerprüfung vorzubereiten. »Die Aussicht auf ein Examen macht niemals guter Laune«, bekennt er am 27. Juli seinem Freund Lepel. Seine Stimmung sei, besonders im Hinblick auf den unsicheren Ausgang und die Abneigung gegen die Botanik, nicht die beste, und er fährt fort: »Meine heitere und witzige Braut könnte jetzt den günstigsten Einfluß auf mich üben, aber ihre Familie ist von den schwersten Sorgen [wohl um den später erwähnten Prozeß] selbst so niedergedrückt, daß mir's ein Festtag dünkt, wenn ich sie mal herzlich lachen und voll guten Humors sehe.«

Vom späten Herbst an arbeitet Fontane beim Vater in Letschin, nebenher seine Studien fortsetzend und der einsamen Braut in Berlin gedenkend. Zum ersten Jahrestag der Verlobung schickt er ihr ein bekenntnisvolles Gedicht, das ein ganzes Bündel von Konflikten andeutet und einen schmerzlichen Wechsel von Liebe und Verzweiflung resümiert:

Daß ich als *Meine* dich umfangen
Und dich geherzt, wie nie, so warm,
Heut ist ein Jahr seitdem vergangen,
Und liegt nun da, so reich, so arm;
So arm an allem eitlen Streben
Nach eines Namens Schellenkleid,
Doch überreich an innrem Leben,
An höchstem Glück und tiefstem Leid.

[...]

Schon sprichst du: »Welche Leichenrede
Statt eines frohen Festgedichts!«
Doch meiner Klagen all und jede,
Drum lächle nur, zerfällt in nichts;
Denn sprächst du je: »Dein Weg ist offen,
Sei wieder frei, um froh zu sein«:
So stünd ich, wie vom Blitz getroffen.
Und riefe weinend: »Bleib doch mein!«

Ich liebe dich, und bin geborgen,
Wenn du mir Lieb um Liebe gibst;
Das aber sind all meine Sorgen:

Ob du so recht mich wieder liebst?
Oh, könnt ich doch zu dieser Stunde
In deine lieben Augen schaun,
Ich schöpfte wohl aus ihrem Grunde,
Wie immer Hoffnung und Vertraun.

Erst zum Jahreswechsel sehen sich die beiden wieder, und aller Kummer scheint vergessen. Theodor und Bruder Max holen Emilie in Wriezen ab, und im Letschiner Apothekenhaus erwartet sie ein herzlicher Empfang und ein reichgedeckter nachweihnachtlicher Gabentisch. »Von jedem bekam ich«, berichtet sie am 28. Dezember nach Berlin, »einen kleinen Weihnachtsbaum u. in der Mitte einen großen, mit dem schönsten Marcepan u. Confitüren ausgeputzt, an jedem Bäumchen lag das Geschenk des Gebers, nebst einem Verschen, was dazu paßte, dies war obenauf als Transparent. Auf dem großen Baum stand auch Transparent Vivat Mila!«

Heiter und ausgelassen feiern sie am 30. Dezember Fontanes Geburtstag, und Emilie, »wohl und munter«, erfreut sich am ländlichen Winter: »Nach Tisch gehen wir immer spazieren, u. genieße ich dabei noch das besondere Vergnügen, schliddern zu können.« Ihr Brief vom Silvestertag berührt überdies mancherlei Familiäres, den »guten Schluß des Prozesses«, den Kummer seit Sommer am Hals hatte, Ärger mit Pinchen und August Fontane, die zu sehr »auf meinen Theo geschimpft« haben, aber auch die Freude über einen Brief von Hermann Müller, »ganz ein wahrer Bruder«. Emilie hat in den schönen Letschiner Tagen ihr poetisches Talent aktiviert und drei achtzeilige Strophen »Für Mutter« Kummer zum neuen Jahr fabriziert, die der Bräutigam mit einer launigen Nachschrift begleitet: er halte es für problematisch, »nach vorstehenden Versen Ihrer talentvollen Tochter« mit einem »prosaischen, wenn auch gutgemeinten Glückwunsch hinterdrein zu humpeln«, zumal er, nach Tante Pinchen, »längst keinen Willen mehr habe«. Emilies Gedicht lautet:

Für Mutter

Was wir säen, ernten wir
Alle Zeit hienieden;
Und dem Guten wird schon *hier*
Frucht u. Lohn beschieden;
Sieht er vieles sich versagt,
Wird ihm viel genommen, –
Hoffen darf er unverzagt,
Seine Zeit wird kommen.

Spärlich haben Freud u. Glück
Dich gesucht im Leben,
Zogen schnell die Hand zurück,
Die sie kaum gegeben;
Doch sie werden Dir aufs neu
Und auf lang erscheinen,
Lachen sollst Du sonder Scheu,
Und nicht unter Weinen.

Daß Dein Herz für Fried u. Freud
Bald die rechte Stätte, –
Und, was meine Liebe beut,
Nur ein Glied der Kette,
Sieh, das will vom Himmel ich
Heute heiß erflehen
Und wenn nicht um mich, um *Dich*
Läßt er's wohl geschehen.

Solche Gelegenheitsgedichte fallen der jungen Emilie nicht schwer. Sie hat in den fünfziger Jahren noch mehrfach dergleichen zusammengereimt und erinnert sich im Dezember 1855, daß sie auch vor zehn Jahren – also wohl zu Weihnachten 1845 – ihrem Theo ein Gedicht gemacht habe. Als sie ihn 1862 um einen Trinkspruch zu einer Familienfeier in Neuhof bittet – den Einfall liefert sie gleich mit –, antwortet er: »Den Toast mache nur selber […], ich habe ein Gefühl davon, daß es hübscher, niedlicher ist, wenn Du es machst. Die Idee dazu ist ganz allerliebst.« Ein Lob aus berufenem Munde.

Ein halbes Jahr in Ludwigslust

Die schönen Tage im Oderbruch werden von einem vertrackten Jahr voller Hoffnungen und voller Enttäuschungen abgelöst. Zwar absolviert Fontane, sogar mit der Note »gut«, die vorgeschriebenen Staatsprüfungen vor der »Ober-Examinations-Kommission« in Berlin, und der »Minister der geistlichen, Unterrichts- und Medizinal-Angelegenheiten« stellt ihm die »Approbation als Apotheker erster Klasse« Nr. 1640 aus, aber mit der damit verbundenen »Befugnis zur Verwaltung und zum Besitze einer Apotheke in den Königlichen Landen« vermag der Kandidat nichts anzufangen, da es ihm am nötigen Kapital fehlt; das kleine Vermögen der Familie hat der Vater »verjuxt«. Bemühungen um eine Offizin in Frankfurt/Oder scheitern, und am 1. Oktober verdingt er sich in Jungs Apotheke »Zum schwarzen Adler« in der Königsstraße, Ecke Georgenkirchplatz.

Die bestandene Prüfung werden Emilie und Theodor mit den Freunden Bernhard von Lepel und Friedrich Witte gehörig gefeiert haben, alles weitere erlebt Emilie aus der Ferne: von Ende März bis in den August hinein lebt sie bei ihrer Halbschwester Clara von Below in Ludwigslust, der gepflegten großherzoglichen Residenz mit Schloß und Park, die erst 1876 Stadtrechte erhält. Ein Dutzend Briefe an Stiefmutter Kummer geben ausführlich Auskunft über die Wochen in Mecklenburg-Schwerin.

Die Belows können sich den Gast leisten, der wohl vor allem zur Entlastung des Kummerschen Haushalts eingetroffen ist, und stellen ein »reizendes Zimmer ganz allein« zur Verfügung, was Emilie, an beengte Wohnverhältnisse gewöhnt, zu schätzen weiß. Auch kommt sie mit Clara und deren Mann, Offizier in großherzoglichen Diensten, gut aus.

Aber das alles täuscht sie nicht darüber hinweg, daß sie nur ein armes, geduldetes Mädchen ist, das nicht einmal weiß, wovon es die Rückreise bezahlen soll. Die Fahrgeldfrage berührt sie mehrfach, und erst nach einer energischen Intervention Clara von Belows findet sich Mutter Triepcke zur Übernahme der Kosten bereit, und Emilie hofft, daß sie nun ihr »Taschengeld ohne Vorwürfe u. Ermahnungen beziehen« kann. Offenbar ist zu dieser Zeit die Beziehung zur leiblichen Mutter gestört, denn schon vorher, als Clara in Liegnitz wegen Geld für Emilies Kleidung anfragt, schreibt diese: »Ich will lieber nichts haben als für jede Gabe zehn Malicen einstecken.«

Liebe und Dankbarkeit bestimmen dagegen das Verhältnis zu den Kummers. Sie sorgt sich um »Väterchens« Gesundheit, wünscht in der Lotterie zu gewinnen, um ihn zur Kur nach Salzbrunn zu schicken, und fürchtet, daß ihm das rauhe Wetter schaden könne, wenn er abends immer zu Volpi gehe, in das renommierte Speiselokal in der Mohrenstraße 37 a. Auch fragt sie regelmäßig nach Kummers Geschäften, nach den »Billetts«, den Eintrittskarten für Schauspielhaus und Charlottenburger Park, an deren Herstellung sie mitarbeitet und die ein gewisses Einkommen sichern, sowie nach der »Kugel«, einem Globus, an dem er gerade bastelt. Gern erzählt sie den Eltern von ihrem einfachen Alltag im Hause Below: »Mein Leben hier ist gleichmäßig dasselbe, ohne mir im geringsten langweilig zu werden; der hübsche Garten zeigt mir mit jedem Tage etwas Neues, auch gehen wir jetzt öfters spazieren, vor einigen Tagen war ich sogar zu einem Tee eingeladen, doch weißt Du, mein Mütterchen, ist mir ein solches Vergnügen eher eine Strafe u. wäre ich gern zu Hause geblieben.« Intimes wird gelegentlich nicht ausgespart: »Mein Gesundheitszustand ist sehr erfreulich u. kömmt es mir vor, als nehme ich recht zu, aber oft bin ich 5–6 Tage ohne alle *Offenherzigkeit*! Claras Pillen helfen mir nicht. Was soll ich tun?« Emilie ist vielfältig geschickt, und sie macht sich im Haushalt nützlich, hilft beim Waschen und bei Näharbeiten und unterstützt die oft kränkliche und dann reizbare Stiefschwester.

Mit der Zeit freilich fühlt sie sich in Ludwigslust nicht mehr wohl. Spätabends noch in ihrem Zimmer sitzend, schüttet sie Bertha Kummer ihr Herz aus: »Jetzt will es doch trotz aller Schönheit hier gar nicht mehr gehen, u. oft näßt die Sehnsucht meinen Bettzipfel. Meine lieben, lieben Eltern, Ihr sollt mal sehn, wie gut Eure alte Mila sein wird u. wie ich mich schicken u. fügen will, bin ich nur erst wieder bei Euch.« Sie malt sich das gemütliche Beisammensein aus und verrät schließlich die eigentliche Ursache ihres Heimwehs: »Unser Theochen kommt dann auch einmal herüber, von meiner Sehnsucht nach dem will ich gar nicht reden.« Von ihrem »Theo« ist natürlich in allen Briefen die Rede. Gleich anfangs teilt sie der Mutter mit, daß über seine künftige Tätigkeit noch nichts entschieden sei, »doch ich hoffe noch immer auf einen guten Ausgang«. Nicht zuletzt durch seine Briefe, die sämtlich nicht überliefert sind, ist die interessierte Emilie bestens über die politischen Vorgänge in Preußen informiert. »Die Berliner Unruhen hatten mich recht in Angst versetzt, hoffentlich ist Vater in den Tagen des Abends nicht ausgegangen, recht froh bin ich, daß wieder alles still u. ruhig. Über den Landtag hat mir Theochen einige nette Anekdoten mitgeteilt; hier schwärmen die Damen für unseren allerchristlichsten König, ich lache dazu.« Und vierzehn Tage später heißt es, wiederum mit Bezug auf die Tagung des Vereinigten Landtags in Berlin sowie auf die durch Mißernten hervorgerufene Teuerung und die dadurch aufflackernden Volksaufstände: »Theodor, meinen süßen lieben Jungen, würde ich in den jetzigen schweren Zeiten keinenfalls auffordern, [von Letschin] nach Berlin zu kommen.« Auch Fontane möchte seine Braut wiedersehen; »er wird schon ganz ärgerlich vor Ungeduld«. Clara von Below legt Emilie nahe, ihn einzuladen, aber er werde wohl, meint Emilie, der Kosten wegen nicht kommen können, und überdies dürfe er seinen Vater im Geschäft nicht allein lassen. »Ich sehe das alles ein«, klagt sie in ihrem Brief vom 14. Juli, »bin aber recht sehr betrübt, denn die Trennung ist schon jetzt weiß Gott lang genug.«

Doch dann ist am 29. Juli überraschend von der »Glückseligkeit der letzten 8 Tage« die Rede: ihr Theo ist doch nach Ludwigslust gereist. »Es gefällt ihm außerordentlich gut hier, täglich gehen wir spazieren u. sind recht froh u. glücklich; daß unsere Hoffnungen sich abermals zerschlagen, hat mich weniger traurig gestimmt, als ich fürchtete, u. habe ich den besten Mut, daß noch alles gut wird.« Eine Woche danach schreibt sie resümierend einen letzten Brief an die Eltern: »Ich freue mich sehr, endlich wieder zu Euch zurückzukehren, mit der schönsten Erinnerung an meinen hiesigen Aufenthalt; es ist mir wiederum so viel Liebe geworden, daß mein Herz gar nicht dankbar genug sein kann. Meine Clara, auch Du kennst ja jetzt dieses sanfte, liebe Wesen, sieht mich sehr betrübt scheiden, u. auch ich traure, sie allein lassen zu müssen, aber das ist ja unser Los u. hat auch mitunter etwas Entzückendes, unbefriedigte Sehnsucht im Herzen zu tragen.« Fontane holt sie in Friesack ab und geleitet sie nach Haus. Für »Väterchen« hat sie vorsorglich in Berlin ein Kistchen seiner Lieblingszigarren bestellt, weil sie – Deutschland ist ein zersplittertes Land – »wegen der Steuer [Zoll] gar zu ängstlich« sei, zumal »ich schon so manches zu verstecken habe«.

Problemreiche Wochen in Berlin

Um den 11. September 1847 taucht Emilie plötzlich in Letschin auf. Selbst Fontane weiß nichts von dieser Reise; zufällig trifft er sie auf dem Bahnhof in Frankfurt/Oder. In einer Nachschrift zu Emilies Brief vom 15. September dankt Theodor den Schwiegereltern in spe »für den in Gnaden gewährten Urlaub« seiner Braut, und er bittet um Verlängerung, damit sie bis zum Geburtstag seiner Mutter am 21. bleiben kann. Obwohl Fontane, wie Emilie am 19. September an Bertha

Kummer schreibt, »noch gar keine Stellung« in Berlin habe, »die einigermaßen passend für ihn wäre«, verbringen die jungen Leute unbeschwerte Stunden. Fontane bemerkt: »Wir leben hier in ungetrübter Freude; möge«, fügt er andeutungsreich hinzu, »die Zeit nie wiederkehren, wo jeder Tag seine Kränkungen und Schmerzen mit sich brachte.«

Dieser Wunsch erfüllt sich keineswegs. Er beginnt zwar seinen Dienst bei Apotheker Jung, und da dieser ihm »eine Schandkneipe, einen Hundestall, eine Räuberhöhle« als Unterkunft zumutet, quartiert er sich Zimmerstraße 2, bei Kummers, ein. Doch das innerfamiliäre Getratsche scheint ebensowenig aufzuhören wie die Spannungen und heftigen Eifersüchteleien zwischen den Verlobten. Am 10. November 1847 schreibt Fontane einen bei allen Liebesbeteuerungen sehr unterkühlten Brief über sich und Emilie an Freund Wolfsohn nach Dresden. Er fühle sich glücklich in seiner Wahl und seiner Liebe. »Du hast das junge Mädchen bei Deinem Hiersein gesehn. Das Hervorstechende ihres Wesens ist, körperlich und geistig, das *Interessante*, sie wird mich auch da zu fesseln wissen, wo mir größere Schönheit, umfassenderes Wissen und selbst tieferes Gefühl auf meinem Lebenswege begegnen sollten. Mit einem Wort, sie ist ›liebenswürdig‹, sie hat jenes unerklärbare Etwas, was allem einen Reiz verleiht; die Schwächen selbst werden so zu Tugenden gestempelt; Unkenntnis gibt sich als herzgewinnende Natürlichkeit; launenhafte Wünsche und Einfälle kleiden sich in das Gewand des Eigentümlichen.« Das liest sich wie eine Charakteranalyse, nicht wie das leidenschaftliche Bekenntnis eines Verliebten. Auch der folgende selbstquälerische Rückblick gibt sich eher nüchtern. »Ich habe in meiner Liebe viele Kämpfe durchgemacht; ich habe (ohne deshalb meine Braut je minder geliebt zu haben) meine Verlobung wie eine Übereilung betrachtet, ich habe mir die Befähigung abgesprochen, je ein Weib glücklich machen zu können, und habe gleichzeitig meinen eignen Untergang als eine Gewißheit vor Augen gesehn; zu dem allen hab ich den Höllensoff brennender, verzweifelnder Eifersucht gekostet oder, richtiger, meine Seele monatelang damit getränkt. Diese Zeiten sind vorüber; unter allen diesen Stürmen hat sich meine Liebe bewährt; ich darf sie als einen geklärten Wein betrachten, der, wenn auch nicht feuriger mit den Jahren wie Rheinwein, doch auch nicht schlechter wie Medoc werden wird.« Und schließlich benennt Fontane noch einen Konflikt: der Poet in ihm habe oft blutige Tränen über den verlobten Bräutigam vergossen. Aber auch diese Mißhelligkeiten seien beigelegt: »Meine Braut, die sonst in meinen dichterischen Gelüsten nur eine verhaßte Nebenbuhlerin sah, hat diese plötzlich von Herzen liebgewonnen.« Fontane gibt diese Betrachtungen als die »Beichte eines Freundes dem Freunde gegenüber« aus.

Wolfsohn kommt Mitte Januar 1848 nach Berlin. Fontane will ihn am Bahnhof abholen und zu seiner Braut führen, »wo Du Tee und überhaupt alles, was zur Leibes Nahrung und Notdurft nötig ist, nebst freundlichen Gesichtern vorfinden sollst. Eine Wohnung werd ich alsdann schon in Bereitschaft für Dich haben ... *Ich* kann das freilich nicht, denn ich bin seit sechs Wochen ein richtiger Sklave, aber meine Braut, die Du im besten Sinne als mein Faktotum kennenlernen wirst, wird das Nötige besorgen.« Mehr als zwei Jahre später erinnert sich Emilie in einem Brief an Wolfsohn jener Wochen und sucht ihr Verhalten damals zu erklären: »Oft wünsch ich mir den Winter Ihrer Anwesenheit in Berlin zurück, wie anders würde ich ihn jetzt benutzen; ich konnte mich damals Ihnen nicht offen zeigen, einmal, glaubte ich, Sie hätten durch Pinchens Einflüsterungen ein Vorurteil gegen mich, und ich kannte Sie zu wenig, um daß ich ernstlich gestrebt hätte, es zu vertilgen, dann fühlte ich mich in unseren häuslichen Verhältnissen so gedrückt und unglücklich, daß mich die Prosa des Lebens schlaff machte. Jetzt, lieber Wolfsohn, würde ich mich Ihnen rückhaltlos zeigen, mit meinen Fehlern, denn Sie hätten doch ein Auge für das Gute und ich den regen Willen, Ihrer Meinung Folge zu leisten.« Ein Brief vom 1. März 1849 klärt, wenigstens partiell, die

Misere der »häuslichen Verhältnisse« auf; Emilie fürchtet, daß Theo nur selten zu Kummers kommt, »denn Vaters wirklich abscheuliche Eifersucht wird auch ihn verscheuchen«.

Entsetzliche Angst während der Schreckenstage

Im Februar 1848 verläßt Emilie das gärende Berlin. Bis in den April hinein hält sie sich in Liegnitz auf, und von Mai bis September ist sie zu Besuch in Ludwigslust. Die dramatischen Ereignisse des Revolutionsjahres erlebt sie in provinzieller Abgeschiedenheit, aber ihre Briefe an die Kummers spiegeln ängstliche Anteilnahme. Unter dem 28. März teilt sie beispielsweise mit, daß die Triepckes unwohl seien, »Großpapa hat sich aber nur etwas verfressen, er will sich noch gütlich tun, ehe die Russen kommen. Hast Du denn auch solche Angst für den Krieg?« Völlig verunsichert fragt sie, ob Kummer und Bruder Hermann auch die »armen Soldaten« bedauern; in Liegnitz rede »alles ins Blaue, man sehnt sich ordentlich nach einem vernünftigen Urteil«. In Ludwigslust wird sie direkt mit den deutsch-dänischen Auseinandersetzungen um Schleswig-Holstein konfrontiert, denn Schwager Below ist in Schleswig stationiert. Der Stiefmutter empfiehlt sie Spaziergänge, »wenn man das in Eurem unruhigen, garstigen Berlin noch kann [...], meine Abneigung gegen diesen Ort wird immer gegründeter«. Und fast pathetisch formuliert sie am 29. August ihre konservative Quintessenz: »Seid nachsichtig, die vielen äußeren Stürme in unserem Vaterlande müssen uns enger mit den wenigen, die uns angehören, verbinden, u. Geduld u. Sanftmut muß ein jeder üben, damit wir alle den Feind überwinden.«

Allerdings kommt sie gerade dem nicht näher, dem unter den bedrohlichen Umständen ihre innigste Sehnsucht gilt: ihrem Verlobten. »Du kannst wohl denken, mein Mütterchen«, schreibt sie am 28. März 1848, »welche entsetzliche Angst ich während der Schreckenstage ausgestanden habe, ich entsinne mich nicht, in meinem Leben schon einmal solch eine Pein ausgestanden zu haben. Denke nur, daß ich von meinem Theo sowohl wie von Hermann denken mußte: sie können ebenso gut tot wie lebend sein.« Sie hofft auf ein Wiedersehen im April, denkt aber schon an die unvermeidliche Trennung danach: »es ist recht traurig, daß man sich so absehnen muß«. Und am 29. Mai, von Ludwigslust her, läßt sie ihrem Kummer zum ersten Mal völlig freien Lauf und sagt, was sie schmerzlich bedrückt: »Es ist auch gar zu bitter, immer vergebens zu hoffen. Das Gefühl, daß ich eigentlich nirgends so recht hingehöre, quält mich dann auch, u. mit heißer Sehnsucht wünsche ich mir einen eignen, kleinen Herd.« Sie entschuldigt sich sogleich für ihren »Jeremiaden-Ton«, aber sie lebe nun mal nur in der Vergangenheit und blicke trübe in die Zukunft.

Einen gewissen Trost spenden, zeitweise, Theodors Briefe: »sie sind meine größte Lust, u. alle Abend vor dem Einschlafen lese ich sie durch u. bin dann so recht mit ganzer Seele bei ihm«. Vielleicht ist es eine autobiographische Reminiszenz, wenn Fontane in seinem »L'Adultera«-Roman schreibt, daß Verlobte meist langweilig seien: »Sind sie beisammen, so sind sie zärtlich, bedrückend zärtlich für ihre Umgebung, und sind sie getrennt, so schreiben sie sich Briefe oder bereiten sich in ihrem Gemüte darauf vor. Und der Bräutigam ist immer der Schlimmere von beiden.«

Was Fontane seiner Braut wirklich über seine Aktivitäten in den Märztagen mitteilt, ob sie seine anonym veröffentlichten radikal-demokratischen Aufsätze in der »Berliner Zeitungshalle« kennt, wissen wir nicht. Aber daß er ab Juni 1848 im Bethanien-Krankenhaus angestellt ist und zwei Diakonissen zu Pharmazeuten ausbildet, ist ihr natürlich bekannt. Lepel erkundigt sich im September, ob die Braut noch fort sei und was Fontane »für Hoffnungen mit ihr« hege; »ich bin nun so weit, daß die Ehe mich nicht mehr drückt«. Fontane reagiert, zumindest brieflich, nicht darauf, schreibt aber am 22. November entspannt an den Freund: »Ich habe

Zeit vollauf, keine Nahrungssorgen, blicke vertrauensvoll in die Zukunft, habe eine Braut und einen Freund, fühle den Pulsschlag der Welt, wenn ich will, und ziehe mich ungestört in meine vier Pfähle zurück [...]«

»... nirgends ist es doch schön ohne ihn«

Nachdem die Verlobten Mitte Dezember vermutlich eine heftige Grippe durchmachen – Fontane sagt mit »zitternder Hand« eine Verabredung mit Lepel ab, seine Braut sei »sehr leidend« –, meldet sich Emilie Anfang Februar 1849 wieder einmal aus Letschin. Sie findet eine angenehme Atmosphäre vor, Papa Fontane kommt gerade von einer Wahl in Stettin »mit dem schönsten Humor« zurück, und von den eskalierenden Zerwürfnissen zwischen den alten Fontanes, die im Jahr darauf zur Trennung führen, scheint sie nichts zu spüren. Als am 24. März der dreißigste Hochzeitstag begangen wird, kommt Theodor nach Letschin und führt mit seinen Geschwistern und Emilie seinen anspielungsreichen dramatischen Scherz »Der westfälische Frieden« auf. Kaum ist Fontane wieder abgereist, vertraut Emilie ihrer Stiefmutter folgendes an: »Was mich betrifft, so bin ich, zu Dir gesagt, sehnsuchtskrank, recht sehr. Ich habe 3 glückliche, schöne Tage verlebt, mein Theo war sehr lieb u. gut, u. nirgends ist es doch schön ohne ihn. Wenn wir uns mal verheiraten, laß ich mich nicht von ihm wegschicken.«

Im April unternimmt sie von Letschin aus einen Abstecher nach Schwedt an der Oder. Dort wird sie von Familie Görsch mit größter Liebenswürdigkeit empfangen; ihr Bruder Hermann ist im Begriff, sich mit Mathilde (Thilde) Görsch zu verbinden, und deren Schwester Laura, die 1850 den Färbereibesitzer August Knochenhauer in Luckenwalde heiratet, wird Emilie in Notzeiten manches Mal Zuflucht bieten. Emilie beobachtet aufmerksam, wie der geliebte Bruder Hermann und seine Thilde miteinander umgehen: er ganz Leidenschaft, sie phlegmatische Ruhe selbst. Sie setzt – ungewöhnlich offen für ihre übliche Zurückhaltung – in ihrem Bericht an die Stiefmutter hinzu: »Wenn ich das liebe Mädchen so sanft, so ohne jegliche Aufregung sehe, dann könnte ich sie darum beneiden u. doch wiederum auch nicht, meinem Theo würde eine solche bloß innerliche Innigkeit nicht genügen.« Und in diesem Brief vom 8. April träumt sie sich gleich noch in die Idee einer Sommerreise nach Swinemünde hinein: »[…] Max u. Jenny haben durch ihre Erzählungen davon mich schon so vertraut damit gemacht, den Ort, wo mein Theo Räuberhauptmann gespielt hat, muß ich kennenlernen, aber mit ihm, nur mit ihm will ich hin, die See anschauen u. glücklich sein. Ach, ich komme Dir wohl verdreht vor, mein Mütterchen, daß ich so in Extase gerate, aber der Gedanke an ein solches Glück läßt in meiner Phantasie tausend Bilder entstehen, alle schön, schön durch ihn.« Nach Letschin zurückgekehrt, stellt sie ihre Hoffnungen jedoch wieder auf Sparflamme, um sich nicht ständig unglücklich zu machen; »u. doch«, bekennt sie am 3. Mai der Stiefmutter, »im stillen, wider meinen Willen, male ich mir allerhand Zukunftsbilder. Mein lieber Theo scheint jetzt in heiterer Stimmung, was zu meinem innigen Bedauern wochenlang nicht der Fall war.«

Um Kummers nicht zu verwirren, verschweigt Emilie all die Probleme, die sie gerade in dieser Zeit mit ihrem »Herzensjungen« hat. Noch in Schwedt dürfte sie sein Brief vom zweiten Ostertag (9. April) erreichen, der nur bruchstückhaft überliefert ist, aber einen lebhaften Einblick in die Gefühlskonflikte der beiden vermittelt. Er schickt ihr die am Karfreitag entstandenen Verse

> Herz, laß dies Zweifeln, laß dies Klauben,
> Vor dem das Beste selbst zerfällt,
> Und wahre Dir den Rest von Glauben
> An Gutes noch in dieser Welt.

Und freimütig schreibt er über die »schreckliche Krankheit« seines Herzens und beschwört seine Braut: »Rede mir zu, streichle mich, blicke mich fest und freundlich an – ach, Du kannst das alles auch mit Worten, wenn Du mir fern bist –, tu es, und zu meiner Liebe gesellt sich mein wärmster Dank. Ich will ein *Mann* sein, *Dein* Mann sein, und bitte Dich, behandle mich wie ein Kind. Wie bin ich Dir gegenüber doch ein andrer Mensch geworden! Jedes Liebeswort machte mich sonst lachen, und jetzt les ich die zärtlichen Stellen Deiner Briefe oft zwanzigfach und klammre mich an sie an [...]« Es könnte sein, daß Fontane auf jenen Moritz Erfurt eifersüchtig ist, nach dem Emilie am 3. Mai bei Bertha Kummer fragt. (Immerhin versucht er, von dem sonst nichts bekannt ist, 1852 mehrfach, Emilie zu treffen, sein Herz wäre noch unverändert für mich, berichtet Bertha, er habe ihren inzwischen geborenen Sohn George unter Tränen geküßt und geäußert, daß er nie heiraten werde.)

Bei alledem ahnt Emilie nicht, was ihren Theo in noch stärkerem Maße belastet: er weiß seit Ende Februar, daß er in Dresden »zum zweiten Male unglückseliger Vater eines illegitimen Sprößlings« ist (an Lepel, 1. März). Am 7. April schreibt er verzweifelt an Lepel über seine Misere, die er nur zu geringem Teil den desolaten politischen Wirren zuschreibt. »Ich komme erst wieder zu mir, wenn ich verheiratet bin. Teils ist mir die Liebe eines Weibes wahrhaftiges Bedürfnis für Leib und Seele, teils muß ich der Frage überhoben sein, die ich aus Liebe zu meiner Braut tagtäglich an mich richte: nun, wie lange dauert's noch?« Er könne keine Terzinen bauen, »während ein liebendes Herz weint und bricht«. Deshalb wolle er nun »fürs liebe Geld« schreiben, und er gesteht: »Hätte mich nicht eine unglaubliche Leistungsfähigkeit, da wo sie füglicherweise zu entbehren wäre, in diese Geldkalamitäten gestürzt, so würd ich auf solche Korrespondenten- oder Übersetzer-Gelüste gar nicht gekommen sein [...]«

Und nun folgen rasch aufeinander weitere Schläge: im Mai lehnt Duncker den Verlag der »Gedichte« ab, im Juli scheitert, am mangelnden Geld, der Versuch, eine Apotheke in

Köpenick zu kaufen. Es ist ihm nicht zu verdenken, daß er, als Onkel August und Tante Pinchen im Sommer nach Amerika auswandern, am liebsten folgen würde. Später wird er an Gustav Schwab von »trüben Stunden« schreiben: »und der heimatliche Boden wäre nach aller Wahrscheinlichkeit *nicht* mehr unter meinen Füßen, wenn ich nicht inzwischen mich verlobt und die innigste Liebe zu meiner Braut mich nicht immer wieder von vielleicht übereilten Schritten zurückgehalten hätte«. Im September verliert er schließlich seine Stellung in Bethanien, und sarkastisch schreibt er unter der Adresse Louisenstraße 12, 3 Treppen, an Lepel: »Da sitz ich denn wieder und koste die Reize des Chambre garni. Die knarrende Bettstelle, die mitleidsvoll aus den Fugen geht, um einer obdachlosen Wanzenfamilie ein Unterkommen zu bieten, – der wankelmütige Nachttisch, – das gevierteilte Handtuch, – die stereotypen Schildereien: Kaiser Nikolaus und Christus am Kreuz, alles ist wieder da, mir Auge und Herz zu erquicken. Oh, es ist schön!« Er überlegt, allen Ernstes, ob er als »Kutschenschlagaufmacher« zur Eisenbahn gehen soll. Seine Braut, die schon seit September in Liegnitz lebt, tröstet er am 15. Oktober mit einem wenig trostreichen Gedicht:

Nicht Glückes-bar sind deine Lenze,
  Du forderst nur des Glücks zu viel;
Gib deinem Wunsche Maß und Grenze,
  Und dir entgegen kommt das Ziel.

[…]

Das Glück, kein Reiter wird's erjagen,
  Es ist nicht dort, es ist nicht hier;
Lern überwinden, lern entsagen,
  Und ungeahnt erblüht es dir.

Mutter Triepcke, »munter u. sehr liebevoll«, sucht Emilie indes durch schöne Stücke zu deren Aussteuer aufzumuntern, die aber seufzt: »wenn ich nur Aussicht hätte, sie zu gebrauchen«. Im November fährt Emilie für ein paar Wochen in das nordöstlich von Liegnitz gelegene Städtchen Zedlitz und besucht dort ihre alte Freundin Röschen Blankenburg. Bertha Kummer erhält unter dem 8. November 1849 folgendes Bulletin: »Mein Röschen grüßt Dich vielmals, sie ist wirklich engelsgut u. nudelt mich, was sie kann, laß Dir nur erzählen, wie viel ich hier essen kann. Früh, während ich schlafe, wird meine Stube geheizt, die sehr gemütlich u. nett eingerichtet ist. Dann weckt mich Röschen, u. ich verspeise im Bett einen tüchtigen Teller Mehlsuppe in Milch gekocht. Dann ziehen wir uns gegenseitig an, wobei einige Äpfel gegessen werden. Um 10 Uhr gibt es Kartoffeln mit der schönsten Butter u. einige Gläser Bier oder Milch. Um 1 Uhr drei Gerichte zu Mittag. Kaffee genieße ich nicht, aber einen tüchtigen Topf Milch u. zum Abend wieder bedeutende Quantitäten, aber, mein Herz, es gedeiht auch, ich fühle mich jetzt ganz wohl.«

Die Freude der Zedlitzer Tage wird zu Beginn durch drei ärgerlich nüchterne Zeilen von Theodor beeinträchtigt, aber mit einem aparten Kleid zu ihrem Geburtstag am 14. November macht er alles wieder gut: »mein alter Junge hat doch einen feinen, guten Geschmack«. Alle Sorgen verfliegen, als sie, wieder in Liegnitz, erfährt, daß ihr »einzig goldner Theo« sie zu Weihnachten besuchen wird. Er trifft tatsächlich am 23. Dezember ein und bleibt bis in die ersten Januartage. Den Heiligabend verleben sie bei Familie Fels und ihrer Kinderschar, und die Voraussetzungen für heitere, glückliche Festtage sind nicht schlecht; es gibt viel zu erzählen, viel zu besprechen.

Fontane ist über Dresden gekommen, hat dort Wolfsohn getroffen und den Schauspieler Emil Devrient kennengelernt, ist vermutlich auch in der Redaktion der »Dresdner Zeitung« gewesen, für die er seit Mitte November regelmäßig Artikel schreibt, und er hat sich von Adolf Dietrich Kindermann für Emilie in Öl porträtieren lassen (»es soll auch wohl getroffen sein«, merkt sie an; das Bild ist unbekannt). Fontane reist nicht als künftiger Ehemann in auskömmlicher Position an, wohl aber als arrivierter Poet: Die Sammlung »Männer und Helden« liegt in Buchform vor, und mit Wolfsohns tatkräftiger Hilfe ist endlich auch der Romanzenzyklus »Von der schönen Rosamunde« gedruckt worden. Zu Emilies großer Freude schenkt der Autor ihr – neben vielem anderen – ein Exemplar mit folgender Widmung an sie:

Liebe dacht es, Liebe schrieb es:
Und wie viel ihm immer fehle,
Auch mit seinen Fehlern lieb es
Als den Spiegel meiner Seele!

Ursprünglich hatte er wohl das schöne Liebesgedicht »Winterabend« an dieser Stelle vorgesehen, doch mag ihn vor allem eine Strophe abgehalten haben, die eine offene Wunde berührt:

»Nun aber komm, nun laß uns plaudern
Vom eignen Herd, von Hof und Haus!«
Da baust du lachend, ohne Zaudern,
Bis unters Dach die Zukunft aus;
Du hängst an meines Zimmers Wände
All meine Lieblingsschilderein,
Ich seh's und streck danach die Hände,
Als müß es wahr und wirklich sein.

In einer Handschrift des Gedichts mit der Überschrift »Zueignung« findet sich folgende intime Strophe:

Nun ist es still, nun laß uns kosen!
Du legst dein Haupt auf meinen Schoß,
Ich aber knüpf in leichtem, losen
Getändel dir die Flechten los.
Du zürnst; nun ja, du glaubst zu *müssen*,
Und schwörst: »nie wieder einen Kuß!«

Da weiß ich, daß ich rasch, mit Küssen,
Die krause Stirn dir glätten muß.

Man kann sich ein anschauliches Bild der Szene machen, wenn man Emilies Pastell-Porträt von Th. Hillwig aus dem Jahre 1848 zu Rate zieht: das zum Kranz hochgesteckte dunkle Haar, die rätselhaft-verführerischen Augen, die Fontane mehrfach als beinahe schwarz bezeichnet.

Fontanes dichterisches Selbstbewußtsein wird während seines Liegnitzer Aufenthalts noch einmal gestärkt: Ein hoffnungsvoller Brief von Gustav Schwab aus Stuttgart wird ihm von Berlin nachgeschickt, der Aussichten eröffnet, daß er seine Gedichte bei Cotta, dem »Gelobten Land der Poeten«, unterbringt – freilich, wie sich bald herausstellen soll, eine trügerische Aussicht.

Emilie kann ihrem Theo zu Weihnachten fast gar nichts schenken, »denn mit meinen Moneten stand es nach meiner Reise [nach Zedlitz] ganz kläglich«. Da ihr aber die Triepckes ein bißchen Geld unter den Weihnachtsbaum legen, kann sie ihn wenigstens am 30. Dezember, seinem Geburtstag, bedenken: Theo wird dreißig, und seit 15 Jahren kennen sie sich. Triepckes und Felsens seien von ihm ganz entzückt und er sei ja auch ein liebenswerter Mensch, schreibt Emilie nach Berlin, fügt freilich kleinlaut hinzu: »Ich bin so glücklich, ihn hier zu haben, u. so froh, als bliebe nun nichts zu wünschen übrig, u. doch ist unsere Zukunft noch ganz unbestimmt, nun, auch damit wird es werden.«

Emilie ist am Ende ihrer Kraft

Nach den freundlichen Tagen in Liegnitz – »Bei meiner Braut habe ich sehr schöne Tage verlebt; ich bin um eine liebe Rückerinnerung reicher«, schreibt er am 12. Januar 1850 an Wolfsohn – holt die Realität die Verlobten rasch wieder ein. Fontane ist, nach einem Kurzbesuch in Letschin, am 11. Januar wieder in Berlin. Am nächsten Tag offenbart er sich Lepel: »Ich brauche eine feste Stellung, brauche sie aus hundert Gründen. Jahr auf Jahr sieht meine Braut vergehn, ohne daß wir einen Zollbreit vorwärtskämen; meine Mutter weint über die aussichtslose Lage ihrer Kinder […]« Emilie bleibt noch eine Weile bei den Triepckes, dann findet sie ab Ostern Aufnahme bei den Fontanes in Letschin. Hier sieht sie Theo wieder, der zur Verlobung von Schwester Jenny mit Apotheker Hermann Sommerfeldt von Berlin herüberkommt. In Letschin erst hat sie Zeit, einen längst fälligen Brief an Wolfsohn zu schreiben, der sie zu Weihnachten mit einer »Iphigenie«-Ausgabe beschenkt hat. Sie gesteht ihm ihr Ungeübtsein bei der Lektüre: »solche Kunstwerk mit einem Male zu lesen und zu fassen, fehlt mir die geistige Kraft, aber nach und nach bekomme ich ein klares Bild und genieße die einzelnen Schönheiten mit Bedacht«. Im weiteren zeigt der Brief, daß sie ihre Lage angemessen zu analysieren und darzustellen versteht. Theos Pläne in Berlin seien sämtlich gescheitert, teilt sie mit, aber er trage, wie sie, das Schicksal: »Ich, lieber Wolfsohn, würde williger und leichter in das Unvermeidliche mich fügen, wenn ich irgend für das Wohl meines über alles Geliebten etwas leisten könnte, aber so, jahrelang die Hände müßig in den Schoß legend, komme ich mir doch gar zu oft wie ein unnützes Möbel vor, das hemmend ihm im Wege steht, und doch fühle ich zu meinem Glück auch wieder, daß ich zu ihm gehöre wie ein Glied zum andren.«

Und dann gerät sie in eine selbstkritische Betrachtung hinein, die belegt, daß sie Wilhelm Wolfsohn als vertrauenswürdigen Freund gewonnen hat. Sie spricht über ihre Eifersucht wegen Sophie Melgunow, die Fontane, gemeinsam mit Wolfsohn, öfter getroffen hat; sie ist mit Nikolai Melgunow verheiratet, der, wie Wolfsohn, ein hervorragender Kenner russischer Literatur ist. Daß Fontane auch mit der kapriziösen Schriftstellerin Fanny Lewald bekannt ist – am 10. März 1849 begleitet er sie auf einen Ball –, erwähnt sie nicht ausdrücklich, die Beziehung spukt aber gewiß im Hintergrund. Emilie bekennt: »Diese Eifersucht oder vielmehr ein unbegrenzter Egoismus ist der Fehler in meiner Liebe, was heilt mich davon, ich kann es kaum ertragen, wenn Theo lobend und anerkennend von einer jungen Dame spricht oder wenn er recht glücklich in einer Gesellschaft gewesen ist – ohne mich: sehen Sie, wie kleinlich ich bin. Glück, Seligkeit, alles will ich, soll er durch mich allein genießen, und dabei fühle ich doch, wie ich gar nicht das Wesen dazu bin, und das macht mich oft unglücklich. Nicht wahr, das wird Kampf kosten, diesen Fehler auszurotten, der wucherndes Unkraut in meiner Liebe ist, aber hoffen Sie mit mir, daß ich mich davon reinige.«

Unter Fontanes hektisch verfolgten Plänen taucht vorübergehend auch die Auswanderung nach Amerika wieder auf, als August und Pinchen ihn zum Nachkommen auffordern. Zur Erleichterung Emilies lehnt Fontane ab. Und so vergehen weitere hoffnungslose Wochen, bis sich im Sommer 1850 eine Entscheidung abzuzeichnen beginnt. Schwester Jenny wird im Herbst heiraten, die Fontanes müssen sich einschränken, und Emilie kann nicht länger in Letschin bleiben. Reichlich verzweifelt schreibt sie am 22. Juni an Bertha Kummer: »Zu Euch kann ich nicht u. herumziehen u. mal von dem u. dann des anderen Verwandten Gnade ein Weilchen leben, *will* ich nicht mehr. Gott sei Dank kann ich manches leisten u. werde suchen, eine Stellung zu erhalten, wo ich die Hausfrau in der Wirtschaft unterstütze, u. kleine Kinder werde ich wohl auch unterrichten können. Auf Gehalt sehe ich gar nicht, das brauche ich gar nicht, meine 30 Tlr. sind genug, um meine Garderobe zu erhalten. Guten Willen habe ich, Gott wird mir auch die nötige Kraft verleihen. [...] Erst, meine Herzens-Mama, machte mich diese Idee recht trostlos, daß ich nun nach fünfjährigem Hoffen u. Harren anstatt mich zu verheiraten an ein Unterkommen bei fremden Leuten denken muß, aber jetzt bin ich gefaßt u. sehe keinen anderen Ausweg. Wüßte ich nur erst, wohin? glaube übrigens nicht, meine Mutter, daß ich sehr unglücklich bin, ich weiß, Glück

u. Unglück wechselt in jedes Menschen Leben ab, u. ich weiß auch durch Dich, mein Herz, daß man noch unendlich viel mehr ertragen kann u. muß, als was mir bis jetzt auferlegt ist.«

Fontane geht es indes in Berlin gar nicht gut. Er erinnert sich Jahrzehnte später daran, daß er sich, »vor Wut weinend, aufs Bett geworfen habe, weil ein viertelstündiger Gang durch die Luisenstraßen-Sonne mich todmatt gemacht hatte«. Gleichwohl beschäftigt er sich mit diversen poetischen und publizistischen Arbeiten, er wird Mitarbeiter der »Deutschen Reform«, aber er hat keine Aussicht auf eine feste Anstellung. Da lassen ihn im Juli die Ereignisse in Schleswig-Holstein aufhorchen, und in der allgemeinen patriotischen Stimmung zugunsten der um ihre Unabhängigkeit von Dänemark kämpfenden Herzogtümer – gerade haben diese in der Schlacht von Idstedt eine schlimme Niederlage hinnehmen müssen – beschließt er, auf den Kriegsschauplatz zu reisen und als Feldapotheker in ein Korps einzutreten. Da er freilich seiner Mutter und Emilie fest versprochen hat, sich nicht durch praktische Aktivitäten zu gefährden, bleibt er in Hamburg beziehungsweise in Altona hängen und schreibt an Freund Lepel die bitteren Sätze: »Denk ich an meine Mutter und Braut, so erscheint mir die bloße Beobachter-Rolle sogar wie eine Pflicht. *Resultat*: ich werde dies und das hören und sehen, werde das Aufgepickte in ein paar Zeitungsartikeln wieder von mir geben und mit dem koddrigen Bewußtsein heimkommen, für die Schleswig-Holsteiner meine tapfere – Feder gezogen zu haben. Man hat vor den gewöhnlichen Lumpenhunden nur das voraus, daß man wie der wittenbergstudierte Hamlet sich über seine Lumpenschaft vollkommen klar ist.«

In dieser ausweglosen Lage greift das Schicksal in Gestalt seines geschätzten Tunnel-Kollegen und Juristen Wilhelm von Merckel ein, der seit April 1850 das Literarische Cabinet, die die Presse steuernde und kontrollierende Abteilung im preußischen Innenministerium, leitet und mit amtlichem

Schreiben Fontane »diätarisch« als Lektor anstellt, das heißt mit vierzig Talern Gehalt im Monat. Sosehr diesem das Schicksal der Schleswig-Holsteiner »nicht bloß redensartlich« am Herzen liegt – seine und Emilies Zukunft sind ihm in diesem Augenblick wichtiger. Der Letschiner Briefbote bringt Emilie am 5. August nur wenige, aber sensationelle Zeilen: »Schleswig-Holstein aufgegeben. Wenn Dir's paßt, im Oktober Hochzeit.«

Und ob es ihr paßt! Sie greift sogleich zu ihrer Schreibmappe, um zuerst Bertha Kummer die frohe Botschaft zu übermitteln: »Grüße u. küsse meinen guten Vater, u. sage ihm, er müßte sich nun auch ein bißchen Unruhe meinetwegen gefallen lassen, er ist mich dann ja auf immer los. Ach Mutter, ich werde nun meinen Theo bekommen, mich nie von ihm trennen müssen, glaube mir, ich erkenne mein Glück in seiner ganzen Größe; so innig ich Gott danke, so innig bitte ich ihn auch, mir alles zu verleihen, um den glücklich zu machen, den ich so unaussprechlich liebe. Theo ist besser wie ich, Mutter, er ist namentlich besser geworden. Stehe Du mir, treues Herz, auch künftig bei, bleibe unparteiisch u. tadle mich schonungslos, wenn ich ihm Unrecht tue.«

Die Hochzeit wird auf den 16. Oktober festgesetzt (mit einem patriotisch-ironischen Bezug auf die Völkerschlacht bei Leipzig von 1813, wie Fontane einräumt). Am 14. Oktober, einen Tag vor dem Polterabend, legt er in einem Brief an Lepel die Sprachregelung fest, um der Chronique scandaleuse, vertreten durch »eine recht hübsche Dame aus Liegnitz (ein Frl. Mattersdorf [später als Johanna Treutler eine hilfreiche Freundin Emilies])«, keinen unnötigen Stoff zu liefern. Lepel werde drei Geschwister kennenlernen, Dr. Müller, Frau von Below und Frau Fels. »Ich muß Dich nun bitten, genannte drei immer nur als *Cousins* und *Cousinen* meiner Braut zu betrachten, da sie *vor der Welt* als solche gelten. [...] Ich rate Dir, der *Vereinfachung* halber immer ganz kurz von *›der Braut‹* zu sprechen und Dich auf Cousinen- und Geschwisterschaft gar nicht einzulassen.« Eine Maßregel, die die »romanhafte Lebensgeschichte« Emilie Rouanet-Kummers zu tarnen versucht. Nach einem turbulenten Polterabend, an dem Verwandtschaft und viele Tunnel-Mitglieder dabei sind, findet die Trauung in der französisch-reformierten Kirche in der Klosterstraße statt. Die Zeremonie verzögert sich, da Fontanes Vater eine halbe Stunde zu spät erscheint. Prediger Auguste Fournier, mit den Eigenheiten der Familie seit langem vertraut, sagt zu Emilie: »Es ist vielleicht von Vorbedeutung – *Sie sollen warten lernen*.« Mit der Kutsche fährt man anschließend zu »Georges«, einem gemütlichen Lokal in der Bellevuestraße, wo der »literarisch etwas angekränkelte« Oberkellner Wilhelm Spreetz die Feier für den kleinen Kreis arrangiert hat; die Türen des Gartensaals stehen weit auf, und draußen ist wunderschönes Herbstwetter. Unter den Gästen sind Friedrich Eggers, Paul Heyse und Wilhelm Wolfsohn. Er habe viele hübsche Hochzeiten mitgemacht, sagt Fontane in seinen Lebenserinnerungen, »aber keine hübschere als meine eigne«. Da der Bräutigam, nach altem Brauch, auf Trinksprüche nicht antworten muß, ißt Fontane, der auch später nicht für halbe Portionen war, ruhig und ausgiebig, und als Pastor Schultz aus Bethanien eine Weile schmunzelnd zugesehen hat, prophezeit er: »Liebe Emilie, wenn *der* so fortfährt, so wird seine Verpflegung Ihnen allerhand Schwierigkeiten machen.«

1869, zum 19. Hochzeitstag, wird Fontane in seinem Glückwunsch an Emilie folgende Reminiszenz unterbringen: »[…] habe morgen einen glücklichen Tag. Am Abend um 9 rufe Dir das Bild vor die Seele, wie ich mit der Würde eines Burgemeisters zum ersten Mal in den grauen, rotgefutterten Schlafrock fuhr, mich niedersetzte und laut an zu lachen fing. Das Pappstoffliche war doch nie unsre Force.« Auch am 28. Juni 1879, nach einem Besuch bei Familie Toberentz – »die schöne Käthe erschien in einem weißen Morgenrock, halb ausgeschnitten, so daß sich der römische Halsschmuck wundervoll auf ihrem Nacken präsentierte« –, kommt Fontane dezent-andeutungsreich auf die Hochzeitsnacht zurück: »Ich mußte an den Satz denken, worin Dir einst eine alte Waschfrau Deine Flitterwochen abmalte. Leider ist es nicht annähernd in Erfüllung gegangen, wofür ich noch nachträglich um Entschuldigung bitte. Leider, glaub ich, es geht nie in Erfüllung; etwas tritt immer dazwischen, und wenn Schiller in ›Hero und Leander‹ singt: ›Und der Brautnacht stille Freuden, die die Götter selbst beneiden‹, so hat er's wohl nur mit Rücksicht auf den ›Neid der Götter‹ richtig getroffen. *Die* wollen alles für sich haben, und ihr Neid setzt nun die Sterblichen auf halbe Ration. Auch wohl auf viertel.«

Kapitel 4

Am Rande der Armut

1850–1855

Und »wieder auf stürmischer See«

Die Hochzeitsreise fällt aus; statt dessen bezieht das junge Paar seine erste eigene Wohnung in der Puttkamerstraße, die erst 1845 als Verbindung zwischen Wilhelm- und Friedrichstraße im Süden Berlins angelegt worden ist. Haus Nr. 6 ist ein Neubau von 1847, und Fontanes leisten sich vier Zimmer in der ersten Etage. Bei vierzig Talern Monatsgehalt ist die Jahresmiete von etwa 400 Talern erschreckend hoch, was die Flitterwochen aber nicht überschattet. Fontane referiert launig am 1. November gegenüber Witte: »[...] die Wohnung ist reizend, das tägliche Brot erscheint, gut zubereitet, als ›Gemüse und Fleisch‹ auf dem zweigedeckten Tisch, die Betten (nichts Unerhebliches im Ehestande, wie Sie gehört haben werden) sind mit Hilfe von Matratzen und Sprungfedern so bequem wie möglich, an Ruhe fehlt es nicht und an Arbeit auch nicht (dieser letztere Satz bezieht sich auf mein Leben im allgemeinen und nicht etwa auf die Betten), so daß ich – da sich das lachende Gesicht meiner Frau nur selten in Schmollfalten legt – ein undankbarer Esel sein müßte, wenn ich nicht voll Freude und Zufriedenheit sein wollte.«

Das erste gemeinsame Weihnachtsfest verbringen Fontanes unfreiwillig in dem mehrfach beschworenen Bett: »unsre Christ-Krippe bestand in einer Höllen-Grippe«. Leidlich genesen, reisen sie am 29. Dezember nach Schwedt an der Oder und nehmen an der Hochzeit von Emilies geliebtem Halbbruder Hermann Müller mit Mathilde Görsch teil, die Emilie seit dem Frühjahr 1849 kennt; Müller steht inzwischen als Regimentsarzt bei den grünen Husaren in Aschersleben. Fontane langweilt sich entsetzlich bei der Feier, witzelt gegenüber Lepel über das »feierliche Beilager« und kehrt noch am Abend nach Berlin zurück. Zu seinem Geburtstag am Dreißigsten hat Emilie ein Album mit Beiträgen der Freunde vorbereitet. Silvester sucht er seine Dienststelle in der Schadowstraße 4 auf und findet dort, nachträglich, ein denkbar unpassendes Geburtstagsgeschenk vor: das Literarische Cabinet ist Knall und Fall aufgelöst und der Lektor Fontane an die Luft gesetzt worden! Im tiefsten Innern ist Fontane froh, denn wenn er auch – mit einer Ausnahme – kaum etwas zu der »Saucen-Bereitung« beigesteuert hat, mit der das Cabinet »das ausgekochte Rindfleisch Manteuffelscher Politik tagtäglich zu übergießen hatte«, war ihm die Sache von Anfang an politisch contre cœur gewesen. Dieser Gesinnungsbonus schafft freilich die Tatsache nicht aus der Welt, daß der Ehemann Fontane mittel- und stellungslos ins neue Jahr gehen muß. Emilie »kriegt natürlich einen kleinen Schreck«; in Wahrheit bricht sie in Tränen aus. Aber er redet ihr gut zu und beruhigt sie durch vielfältige Initiativen. Er erteilt privaten Unterricht in verschiedenen Fächern, sucht seine Englisch-Kenntnisse aufzubessern, klopft bei Zeitungsredaktionen an, handelt sich aber durchweg Absagen ein; König Friedrich Wilhelm IV. lehnt eine Pension wegen der zweifelhaften politischen Position des Antragstellers ab, und der Berliner Gartenbau-Verein, bei dem sich Fontane in seiner Not auch bewirbt, will ihn nicht als Sekretär haben. Immerhin kann er im Frühjahr in Bethanien eine Apothekenschwester, eine frühere Schülerin von ihm, fünf Wochen lang vertreten; aber Emilie sieht ihn wohl nur an den Wochenenden.

Und um wenigstens eine sichere Einnahme zu haben, eröffnen die Fontanes zu Ostern eine Schülerpension, zunächst mit zwei, bald mit vier »Chambre-garnisten«, doch auch dieses Projekt bringt nicht viel (und dennoch werden sie bis in die siebziger Jahre die Pensionsidee immer wieder aufgreifen). »Der Vorteil ist gering und der Ärger unerträglich«, schreibt Fontane schon am 1. Mai, und Emilie wolle »von all den Rüpeln und Flegeln« nichts mehr wissen – verständlich, denn sie ist in anderen Umständen, was das wirtschaftliche Debakel der Familie nicht vereinfacht. Etwas frivol schreibt Fontane an Lepel, was ihm Professor Otto Friedrich Gruppe freudestrahlend erzählt habe: »daß er von Anfang an mit Erfolg gewirkt haben müsse, denn am 18ten Oktober hab er sich verheiratet, und schon am 18ten Juli sei die Frucht vom Baum gefallen«. Fontanes Sohn wird einen Monat später, am 14. August, geboren, während eines Gewitters kurz vor Mitternacht in der Puttkamerstraße – ohne ärztliche Hilfe, »die weiße Frau mit ihren 5 Fingern war ausreichend«, teilt der etwas skeptische Vater mit. »Das Wurm selbst ist, seiner Stimme und seinen Strampeleien nach zu schließen, von durchaus gelungener, dauerhafter Darstellung. Möge sich dieser Ausspruch auch in Zukunft bewähren. Von Schönheit läßt sich noch wenig bemerken; nur alte Waschweiber, die sich auf die Schönheit der Stechkissen und ihrer Insassen verstehn, sprechen von ›reizend‹, eine günstige Kritik, deren eigentlichste Ursach in einem Kaffetopf zu suchen ist, der ihnen, vielversprechend, in der Küche entgegendampfte.« Wolfsohn erfährt erst ein halbes Jahr später von dem neuen Erdenbürger: »[…] just im höchsten Hunger-Stadium ward mir ein kleiner Junge geboren, ein liebenswürdiges, reizendes Kind, das kein Mensch, mit Ausnahme seiner Eltern, schön finden will – diese aber auch doppelt und dreifach.« Der Kleine wird im September auf den Namen George Emil getauft, und Fontane empfiehlt Lepel: »sprich's französisch«.

Bald schon nach Georges Geburt steht fest, daß die leidige Schülerpension und die große Wohnung aufgegeben werden müssen; am 1. Oktober beziehen die Fontanes eine etwas kleinere, zentraler gelegene und vor allem wohl preisgünstigere Wohnung in der Luisenstraße 35, 3 Treppen hoch. Friedrich Witte ist bis Ende 1852 Untermieter. Fontane macht dem alten Bekannten das neue Domizil schmackhaft: »Sie erhalten ein sehr hübsches 2fenstriges u. geräumiges Zimmer, wenn Sie's wünschen, auch noch eine 1fenstrige Stube daneben.

Daß Sie durch mein Zimmer (das entree-artig ist und liegt) hindurchmüssen, wird Sie – der Sie schwerlich allabendlich mit einem ›Feger auf die Kneipe rücken‹ werden – kaum je genieren.« Die Fontanes haben sich also von vornherein zu bescheiden, ihnen bleiben gerade zwei kleine Zimmerchen; den besten Teil der Wohnung beziehen Friedrich Witte und Fontanes Bruder Max.

Buchstäblich auf diesem engsten Raum fallen nun schwerwiegende Entscheidungen. Nachdem im Oktober eine Bewerbung Fontanes um eine Stelle im Unterrichtsministerium abgelehnt wird, entschließt er sich schweren Herzens, sich ab 1. November wieder fest anstellen zu lassen. In bitteren Worten informiert er Lepel über diesen Schritt, den er im schwierigen Für und Wider in einer »Konseilssitzung« mit Emilie erörtert hat: »Ich habe mich heut [30. Oktober] der Reaktion für monatlich 30 Silberlinge verkauft und bin wiederum angestellter Skriblifax (in Versen und Prosa) bei der seligen ›Deutschen Reform‹ auferstandenen ›Adler-Zeitung‹. Man kann nun mal als anständiger Mensch nicht durchkommen. Ich debütiere mit Ottaven zu Ehren Manteuffels. Inhalt: der Ministerpräsident zertritt den (unvermeidlichen) Drachen der Revolution. Sehr nett!« Immer aufs neue artikuliert er in den nächsten Tagen seine Skrupel, seine Gewissensbisse, sein »Überzeugungs-Opfer«, und in diesen Briefen ist festgehalten, was er täglich mit Emilie diskutiert. Vor allem das Lobgedicht auf Manteuffel – erst unlängst wieder aufgefunden – liegt ihm schwer im Magen.

Zu allem Unglück muß Emilie in den letzten Novembertagen auch noch als Pflegerin einspringen; ihr Mann liegt, ernsthaft erkrankt, tagelang zu Bett. Doch längst wartet größeres Ungemach auf die junge Frau. Seit Sommer liebäugelt Fontane mit einem längeren Aufenthalt in Edinburg oder London; »doch ist das alles noch Geheimnis, namentlich für meine Frau«, schärft er Lepel am 21. August 1851 ein. Und nun – in der Misere der politisch peinlichen Bindung, andererseits mit der ministeriell gestützten Zeitungsredaktion im

Hintergrund – konkretisieren sich seine Pläne. Er pumpt sich das nötige Geld zusammen, und es gelingt ihm – und das ist das schwierigste –, Emilie zu überreden.

Ein Sommer in London und Berlin

Am frühen Morgen des 5. April 1852 – es ist ein Sonntag – verabschiedet sie ihren Mann am Zug nach Köln. Über Aachen, Brüssel und Gent wird er im offiziösen Auftrag seiner Berliner Dienststelle nach London reisen; wie lange er bleibt, ist ungewiß. Begleitet von Schwager Max, der mit am Bahnhof war, kehrt sie in die Hinterstübchen ihrer Wohnung zurück, und dort heult sie sich, kreuzunglücklich, erst einmal aus: wie konnte sie dieser Reise nur zustimmen! Sie hatte geschworen, sich nie wieder von dem leidenschaftlich begehrten Mann zu trennen, dessen körperliche und geistige Nähe ihr tägliches Bedürfnis ist, den sie, die Plaudertasche, nicht entbehren kann. Aber sie ist ja seit Jahren gewöhnt, an ihre praktische Vernunft zu appellieren, und so tröstet sie sich mit Versen aus der »Schönen Rosamunde«: »traun, wer nicht will von dannen gehn, der bringt sich selbst ums Wiedersehn, all Leid hat seine Freude«.

Sobald sie sich ein wenig gefangen hat, verschafft sie sich Gewißheit über Symptome, die sie seit Wochen beunruhigen. Gemeinsam mit der Schwiegermutter sucht sie die Stadthebamme H. Jung in der Kanonierstraße auf und läßt sich bestätigen, was sie gefürchtet hat: Schwangerschaft im dritten Monat! Emilie ist ziemlich verzweifelt, »doch still, vernünftig«, ruft sie sich selbst zu, »ich habe gelobt, ruhig u. ergeben alles zu tragen, vielleicht endet dann die Prüfungszeit«. Aufmunterung bringen Theos Reiseberichte, die sie in ihren amüsanten und kulturphilosophisch bedenkenswerten Betrachtungen von seiner »wiedergewonnenen geistigen Elastizität« überzeugen. Zudem reißt sie ein Brief aus Schlesien aus ihren trüben Gedanken: die Triepckes laden sie herzlich und dringend nach

Liegnitz ein, und über Abschiedsvisiten und anderen Reisevorbereitungen bleibt keine Muße zum »Kopfhängen«. Ende April trifft sie mit dem acht Monate alten George und Dienstmädchen Mine bei Oberförsters ein. Triepcke entwickelt großväterliche Talente und tollt glücklich mit dem Enkel durch die Wohnung. Emilie indes wird nächtelang vom »schrecklichsten Zahnreißen« geplagt, und der »doctornde Ehekrüppel«, seine junge Frau kennend, macht ihr von London aus heftige Vorwürfe: »wirst vermutlich wieder wacker mit bloßen Füßen umherpromeniert und mit Messer und Gabel, Nadel und Zunge in den Zähnen beschäftigt gewesen sein«. Allerlei Schwangerschaftsbeschwerden schränken ihren Aktionsradius ohnehin ein – das »kleine Mädchen«, auf das sich die Fontanes verständigt haben, erweist sich als reichlich rebellisch; es werde, vermutet Emilie, sicher Tänzerin werden, »denn die fast fortwährenden Ballettsprünge des kleinen Verborgenen machen mir viel zu schaffen«. Den einzigen gesellschaftlichen Umgang bestreiten die Mattersdorfs; er, der Arzt, impft den kleinen George, und die Freundschaft mit der noch unverheirateten Tochter Johanna bewährt sich wie immer.

Der Liegnitzer Aufenthalt ist von vornherein begrenzt: die Triepckes übersiedeln auf ihre alten Tage nach Thereses Heimatort Beeskow, und Emilie fährt, nach tränenreichem Abschied, in der Nacht vom 23. zum 24. Juni zurück: »Ich sah mir die Gegend an: alles üppig, reiche Ernte versprechend; der Segen in der Natur beruhigte mein trauriges Herz, es wurde dunkler u. dunkler, auf den Höhen flackerten die Johannisfeuer, dies zerstreute mich, aber ein heftiger Regen machte der Freude ein schnelles Ende, u. alles war Nacht« – ein meteorologischer Vorgang mit Vorbedeutung. Noch hegt Emilie eine leise Hoffnung, Hermann Scherz werde seine früher angedeutete Einladung, sie im Juli und August nach Kränzlin kommen zu lassen, erneuern. Doch er rührt sich nicht, und sie muß sich, übernächtigt, aber immerhin von Schwager Max abgeholt, wohl oder übel um halb fünf Uhr in der Frühe in die Luisenstraße fahren lassen, und dort ist die

Ernüchterung perfekt: »Witte, gähnend in Schlafrock u. Pantoffel, empfing mich; alles war unordentlich, kaum ein Fleck, wo meine Sachen liegen konnten, nicht eine Spur von Heimat, nur das Gefühl: du gehörst hier nicht her.«

Der Not gehorchend, richtet sich Emilie gleichwohl auf einen heißen Sommer im ungeliebten Berlin ein – in dem solidarischen Bewußtsein, daß ihr Herzens-Theo im fernen London ähnlich unglücklich ist. Aus der regen, durchweg liebevollen Korrespondenz weiß sie, daß seine Unternehmen reihenweise scheitern: der deutsche Sprachunterricht, der Ankauf einer Apotheke, das Englischlernen; und den ungebärdigen Poeten, der dem Gelderwerb nur im Wege steht, hat er fest in den Koffer sperren müssen. Nur der Journalist reüssiert in bescheidenem Maße: die »Preußische Zeitung«, nach dem Adler im Titelkopf auch »Adler-Zeitung« genannt, druckt von Mai bis August seine »Londoner Briefe« ab, die er 1854 zu dem impressionsreichen Band »Ein Sommer in London« vereinigen wird. Emilie liest die Artikel mit »unendlicher Freude«, weist die liebenswürdige Henriette von Merckel darauf hin und ist stolz auf den Autor, als diese ihr schreibt: »sie sind eine Perle in dem Schutt der Feuilletons«. Fontane überträgt seiner Frau sogleich die Kontrolle über die Abdrucke, ja, er beauftragt sie sogar, seinen Chef, Ryno Quehl, aufzusuchen, der zu dieser Zeit die Centralstelle für Preßangelegenheiten im Innenministerium mit Sitz in der Leipziger Straße leitet und in dieser Eigenschaft die »Preußische Zeitung« redigiert. Emilie soll bei ihm für Klarheit über die Aufenthaltsdauer ihres Mannes sorgen. Eine delikate Mission mit dickem Bauch und bei unerträglicher Hitze! Aber tapfer trägt sie dem »Herrn Doktor«, der sich durchaus zuvorkommend gegenüber der »gnädigen Frau« benimmt, ihre Anliegen vor: Fontane möchte noch ein wenig bleiben, braucht aber eine Gehaltszulage. Der Beamte reagiert vorsichtig, doch Emilie legt nach: vielleicht kann der »Herr Doktor« ihren Mann nach seiner Rückkehr bei einer Zeitung unterbringen, und überdies hätte sie gern auch künftig ihr persönliches Exemplar der »Preußischen Zeitung«, das sie wegen einer neuen Steuer zur Zeit nicht mehr erhalte. Quehl scheint beeindruckt, verspricht, sich zu bemühen, und lädt Emilie am Ende sogar nach Hause ein. Da sie ihren Bericht über den Besuch im Ministerium vom 2. Juli tagebuchartig ergänzt und erst am 15. Juli abschließt, bleibt Fontane lange ohne Nachricht. Als er ihren Brief aber gelesen hat, spart er nicht mit Lob: »Deine Visite bei Quehl ist Deines Ruhmes in derlei Dingen würdig: klar, verständig, klug und bescheiden. Ich glaube Dir, daß Du aufatmetest, als Du wieder frische Luft schöpftest, und bedaure es aufrichtig, daß ich Dir mit solchen Geschichten kommen muß.«

Fontane soll nun tatsächlich wieder 40 Taler erhalten und kommentiert: »es ist immer noch zum Verhungern, aber doch mit Anstand«. Doch Quehl kommt erst Ende August aus dem Urlaub zurück, und Emilie, die krankheitshalber seit Tagen die Wohnung nicht verlassen kann, erinnert ihn am 30. August brieflich an seine Zusage; und so müssen sich die Fontanes diesseits und jenseits des Kanals die Taler mühsam zusammenpumpen. Verschuldet sind sie ohnehin bis über beide Ohren: bei der Tunnel-Kasse, bei Freund Scherz, bei Vater Fontane. Wie verzweifelt die Lage ist, spricht aus Fontanes Überlegung vom 20. Juli: in der äußersten Not müßte man das nächste Kind »zu andern Leuten tun«!

Erstaunlich, mit welch couragierter Sachlichkeit beide Partner ihre existentiellen Probleme erörtern und sich gegenseitig ihre – gegenüber der Verlobungszeit – gereifteren Standpunkte bestätigen. Emilie bekennt sich dabei nachdrücklich zu ihrer gewachsenen Emotionalität: »Da ich vorhin von Sehnsucht sprach, so muß ich Dir noch sagen, daß mir all die Gefühle, die ich als Frau habe, besser gefallen wie als Braut. Meine jetzige Sehnsucht nach Dir hat viel etwas Angenehmeres, Reineres, u. ich begreife, Gott sei gedankt, die Frauen nicht, die da sagen, mit der Ehe ginge die Poesie der Liebe verloren, sie müssen entweder als Braut keuscher u. reiner empfunden haben denn ich oder nicht verstehen, ein reines Verhältnis auch trotz der Ehe zu erhalten; dies kann man nun freilich nur zu zweien, u. dies danke ich Dir, mein Herzensmann!«

Bei dieser innigen Verbundenheit mit ihrem Mann können, wie schon in früheren Jahren, eifersüchtige Anwandlungen nicht ausbleiben. Die »hübsche Elisabeth«, ein Dienstmädchen, irritiert sie sehr, und als sie den achten »Londoner Brief« über »Die Kunstausstellung« in der Zeitung gelesen hat – er enthält unter anderem die erotisch knisternde Beschreibung von Frith' Gemälde »Pope erklärt Lady Montagu seine Liebe« –, schreibt sie ihm: »Ei, ei, Theochen, Hand aufs Herz, hast Du da drüben noch nie gewünscht, los u. ledig zu sein, Du schilderst so sehr warm die englische Frauenwelt.« Fontane seinerseits nimmt Emiliens Notiz über die Wiederbegegnung mit Moritz Erfurt, dessen Herz »noch unverändert für mich« sei, sehr gelassen hin und vermutet Sentimentalität oder gar Alkoholismus dahinter. Diese kleinen Reibereien verschwinden freilich hinter den ärgerlichen Klatschereien, mit denen die Familie über den fruchtlosen Aufenthalt Fontanes in England herzieht, und vor allem natürlich vor der bangen Frage, wie es weitergehen soll: Rückkehr oder bleiben? Und Fontane weiß, was er seiner Frau zumuten muß; am 23. August schreibt er, für seine Verhältnisse ungewöhnlich sarkastisch: »Es ist ein wahres Spielen mit unsren besten Empfindungen, oder wenigstens mit den Deinigen – jeder meiner Briefe widerruft den vorigen! [...] Beurteilt die ewigen Widersprüche so billig wie möglich; die Wahrheit ist *die*: es ist überall gut, wo man von der Sorge ums Fressen nicht aufgefressen wird.« Daß er sich bei dem Wechselbad der Gefühle, in das er seine Mila ständig stürzt, wenig liebenswürdig ausdrückt, empfindet er sehr wohl, und er sucht es, fragwürdig genug, zu rechtfertigen: »[...] wenn meine Briefe keine Seufzer bringen, so, dächt ich, wär das gar so übel nicht; soll ich durch eine zweite Auflage von Bräutigamsbriefen (die ihrer Zeit ganz gut waren) Dir das Herz rühren und die Trennung Dir um so fühlbarer machen!«

Besonders herzlich und gefühlvoll fällt denn auch sein Glückwunsch nicht aus, als Emilie am 2. September 1852 ihr zweites Kind zur Welt bringt. Er hat, zunächst, keine Ahnung, daß gleichzeitig sein Ältester auf den Tod erkrankt ist, daß die Geburt des Zweiten, eines Jungen, mit diversen Komplikationen verläuft und Emilie obendrein an einer schmerzhaften Brustentzündung laboriert. Am 15. September stirbt das Baby, nachdem Pfarrer Fournier es noch auf den Namen Rudolph notgetauft hat; möglicherweise war es eines organischen Defekts wegen nicht lebensfähig. Erschüttert, aber durchaus gefaßt, schreibt Emilie am 16. September: »Mein lieber, lieber Mann, es tut sehr weh, u. gewiß ist das Kind ein Stück vom Herzen der Mutter, denn das wehrt u. sträubt sich sehr, ehe es den kleinen Liebling hergibt.« Sie ist dankbar, daß er das leidvolle Sterben des Kindes nicht mit ansehen mußte, und fährt fort: »ach, Theo, verzage nicht, es wird schon werden, Gott legt uns nicht zu viel auf, der Schmerz läutert, Du sollst Deine Frau geduldig finden, komm auch Du treu u. lieb zurück«. Am 20. September erfährt sie, daß ihr Mann in wenigen Tagen wieder bei ihr sein wird.

Krankheiten, Schwangerschaften, tote Kinder

Die Wohnung Luisenstraße 35, 3 Treppen, ist auch in den nächsten drei Jahren Schauplatz weiterer, ja gesteigerter Nöte der jungen Familie. Nach dem traurigen Ende des vertrackten Sommers 1852 bringt der Winter für die kontaktfreudige Emilie zunächst allerlei willkommene Abwechslung. Am 2. Dezember hört sie im Konzertsaal des Schauspielhauses am Gendarmenmarkt voller Begeisterung, wie Bernhard von Lepel das »Leuthen«-Epos von Christian Friedrich Scherenberg vorträgt. Auch im März 1853 ist sie bei einer zweiten Lesung unter Lepels Zuhörern, und nach ihrem Bericht und einer Rückfrage beim Vortragenden verfaßt Fontane eine Notiz für die Zeitung – ein Verfahren, das sich später gelegentlich wiederholt und Fontanes Vertrauen in die Urteilsfähigkeit seiner Frau belegt. Übrigens schreibt er am 6. März tadelnd an Lepel: »Mit Deiner Art zu lesen war sie [Emilie] wieder sehr einverstanden, kam aber halbtot zu Hause, weil es $^3/_4$ Stunden zu lange gedauert hatte. Länger wie $1^1/_2$ Stunden hält nicht leicht wer aus. Die Schlafenden (alte Damen) sollen wie Leichen im Saal umhergelegen haben.«

Vor allem aber: Im November/Dezember 1852 etablieren sich, von dem umtriebigen Friedrich Eggers angeregt, im Fontane-Umfeld zwei private Vereinigungen, die für den intellektuell-künstlerischen Zusammenhalt des Freundeskreises in politisch schwieriger Zeit sorgen: der (oder das) »Rütli«, eine direkte Abzweigung des »Tunnels über der Spree«, und dessen mehr familiäre Variante: die »Ellora«, benannt nach dem gleichnamigen indischen Dorf, das durch seine mit Bildwerken, darunter Elefanten in Lebensgröße, geschmückten Höhlentempel berühmt war. Im Unterschied zum Rütli, der eine Männerdomäne war und der, mit wechselnden Teilnehmern, bis in die neunziger Jahre existierte und sich im Winterhalbjahr jeweils sonnabends 17 Uhr versammelte, stand die Ellora, weitaus kurzlebiger, auch den Damen (soweit vorhanden) offen. Außer Eggers und Fontane gehören der Kunsthistoriker Wilhelm Lübke, der Architekt Richard Lucae, der Dichter Otto Roquette und die Juristen Karl Zöllner und Wilhelm von Merckel zur Ellora. Merckel hat die witzigen »Statuten« unter der Überschrift »Der Ellora Willküren« aufgezeichnet, und danach gilt: »1. Die Ellora ist ein Faktum. 2. Ihr Wesen ist Rätsel, ihr Wirken Urgeheimnis, ihr Wert ihre Überlebensgröße« und, wichtig, »3. Das Regiment ist bei der Ellora-Mutter«, und die ist niemand anders als – Emilie Fontane. Sie stickt die Vereinsfahne mit dem Elefanten, sie organisiert die Zusammenkünfte und unterhält ihre eigenen Verbindungen zu den »Ellora-Söhnen«, wie im Briefwechsel mit Friedrich Eggers nachzulesen ist, der sich an die »vielteure Ellora-Mutter« zu wenden pflegt. Die nötigen Alkoholika für die Zusammenkünfte kann Fontane damals »gut und billig«

beschaffen, da sein Vetter Otto Fontane in der Weinhandlung von F. W. Krause in der Markgrafenstraße 61 arbeitet.

Für Fontane ist, verständlicherweise, der Rütli das eigentlich wichtige Debattier-Forum; »Rütli-Tunnel-Ellora« nennt er die »Erhebungs- und Erheitrungstrias«, an anderer Stelle spricht er gar vom »Ellora-Schwindel«. Abwägend bemerkt er bald nach der Gründung gegenüber Witte: »Über die berühmten ›Ellora-Abende‹ schreibt Dir wohl Lucae von Zeit zu Zeit. Ich gehöre nicht mehr recht dazu, was ich aufrichtig bedaure, da die stattfindenden Debatten meist ebenso instruktiv wie anregend waren.« Wilhelm von Merckel schreibt 1858 an Fontane in London: »Die Ellora geht, fürchte ich, durch die Ehe aus dem Leim. Verheiratete Leute – wie? ist gleichgültig – können nur noch schlechte oder dumme, aber keine lustigen Streiche machen.«

Auf alle Fälle sind die Unternehmen der Ellora für Emilie eine erfreuliche Ablenkung vom wirtschaftlichen Dilemma, das unvermindert fortbesteht. Zwar arbeitet ihr Mann seit dem 1. Oktober wieder in der Centralpreßstelle, aber das Geld reicht nicht hinten und nicht vorn. Am 4. Dezember 1852 schildert Fontane seine Situation in einem Brief an Witte: »Im großen ganzen – trotz Not und Sorge – geht es uns leidlich, in vielen Stücken sogar beneidenswert. Was gäbe nicht mancher für unsern Umgang! Aber unsren lachenden Gesichtern sieht man's freilich nicht an, daß sie vorher, der eine feierlich, der andre halb unter Tränen, erwogen: ›ob es wohl irgend möglich sei, bei dem Sauwetter eine Droschke zu nehmen?‹ Wird sich's mal bessern, so wird der Schuh woanders drücken. Denn es heißt ja vom Leben: und ist es köstlich gewesen, so ist es Mühe und Arbeit gewesen! Also Courage, für jetzt wie immer.« Witte lebt wieder in seiner Vaterstadt Rostock, so daß sich wenigstens die räumliche Lage in der Fontane-Wohnung etwas entspannt hat, wichtig für Fontane, für den sich im Februar 1853 eine nicht unwesentliche Änderung seines Tagesablaufs ergibt: er wird »Revisionsredakteur« der »Preußischen Zeitung«, das heißt, er besorgt abends zwischen 20 und 23 Uhr in der Druckerei die »letzte Korrektur«. Der »Korrespondenzschmadderei« ist er somit »völlig überhoben«, und er hat tagsüber Zeit für Publizistisches und Literarisches. Freilich fallen dadurch, was er bedauert, die »gemütlichen Abendplaudereien« mit Emilie fort – ein frühes Training für die zwanzig Jahre, in denen Fontane ab 1870 als Kritiker mitunter drei, vier Abende in der Woche im Theater sitzt.

Doch schon im März wird Fontanes neuer Arbeitsrhythmus von einer heftigen Grippe unterbrochen, die in eine lange Folge von Krankheitsmonaten mündet. Ein hartnäckiger Husten führt zu einer katarrhalischen Lungenaffektion, und alle Symptome deuten auf Schwindsucht. Fontane begibt sich für vier Wochen nach Bethanien, und die Ärzte verordnen eine Kur mit »Ober-Salzbrunnen«. Am ersten Abend im Krankenhaus schreibt er das Gedicht »In der Krankheit« als »Brief an E.«:

Mein ganzes Zimmer riecht nach Wald,
Das machen die kienenen Tische,
Glaub mir, ich muß genesen bald
In dieser Harzesfrische.

Du bist noch kaum bei uns daheim
An unsres Kindes Bettchen,
Und sieh, schon sitzt ein muntrer Reim
Auf meinem Fensterbrettchen.

Er sitzt allda und schaut mich an
Wie auf dem Felde die Lerchen
Und singt: »Du hast ganz wohlgetan,
Dich still hier einzupferchen.

Steh nur früh auf und schweif umher
Und lache wie der Morgen,
So wird dies grüne Waldesmeer
Schon weiter für dich sorgen.

Und schiedst du doch zu dieser Frist,
So tu es ohne Trauern,
Das Leben, weil so schön es ist,
Kann es nicht ewig dauern.«

Im Juli hält er sich in guter Landluft bei Scherz in Kränzlin auf und trinkt Molken – die übliche Kur, mit der man damals der Tuberkulose Herr zu werden versuchte. Fontane ist ziemlich verzweifelt; wenn er diesen Husten, der ihn seit einem halben Jahr quält, nicht los werde, schreibt er am 7. Juli an Wolfsohn, könne er »einpacken«.

Freunde greifen hilfreich ein: Franz Kugler, Kunsthistoriker und Vortragender Rat im Kultusministerium, Tunnel-Mitglied und Verfasser des heute noch bekannten Liedes »An der Saale hellem Strande«, erwirkt – ohne daß Fontane etwas davon weiß – beim König eine Unterstützung von 100 Talern für den Autor, den er in einem gutachterlichen Brief in den höchsten Tönen gelobt hat. Zugleich bietet Bernhard von Lepel dem kranken Freund großherzig seine Unterstützung an. Ihm scheint, daß nur ein Aufenthalt in Italien Heilung bringen könne, wofür er das Reisegeld zur Verfügung stellen würde. Lepel, selbst Ehemann und mit Emilie gut bekannt, schreibt an Fontane: »Die Trennung von Deiner Frau mußt Du in den Kauf nehmen. Die wird auch lieber einen Mann unter den Lebenden haben, wenn er auch 300 Meilen entfernt ist, als einen unter den Toten, wenn er sie auch immer umschwebt. Den Gedanken, sie mitzunehmen, mußt Du unterdrücken. Es wird ihr hier schlechtgehn, sie wird vielleicht darben, aber sie wird sich durchhelfen, u. es sind genug Freunde da, die sich der Frau des Freundes annehmen.« Lepels Überlegungen zeigen, wie ernst man Fontanes Erkrankung nimmt. Der Status des jungen Vaters verbindet übrigens die beiden auf besondere Weise. Als Lepel stolz mitteilt: »Mein klein Fränzchen hebt sich schon allein das Röckchen, wenn ihm was ankommt«, antwortet Fontane mit Blick auf seinen George etwas resigniert: »Der Schluß Deines

Briefes über die fortschreitende Entwicklung Deines Fränzchens dem Reinlichkeits-Ideale entgegen hat im Weiberkreise hierorts natürlich sein Quantum Entzücken gefunden und den geseufzten Nachsatz: ›wenn du doch nur 5 Gran von dieser Gemütlichkeit hättest‹.«

Brunnen- und Molkenkur schlagen an. Im September teilt Fontane Lepel mit, daß er sich »unberufen außerordentlich wohl« fühle und die italienische Reise vertagen könne. Doch der Herbst bringt neue berufliche Unruhe. Statt Ryno Quehl leitet jetzt Immanuel Hegel, ein Sohn des Philosophen, die Centralstelle für Preßangelegenheiten, und der verfügt am 14. Oktober kurzerhand die Entlassung des ewig kränkelnden Fontane. In fast demütigen Briefen an die Behörde sucht Fontane den Rausschmiß rückgängig zu machen, und tatsächlich erreicht er, zur großen Erleichterung Emilies, seine Wiedereinstellung; ab 16. Dezember ist er Lektor für englische Zeitungen.

Emilie, mit Kindererziehung beschäftigt und in steter Sorge um die Gesundheit ihres Mannes, hat in dieser Zeit, wie gewohnt, reichlich mit sich selber zu tun: Seit Jahresanfang ist sie erneut schwanger; sie hat, wie Lepel unter dem 31. Juli erfährt, »ihre schlanke Figur bereits wieder eingebüßt und das Marterbett vor Augen«. Am 14. Oktober 1853 bringt sie ihren dritten Sohn zur Welt: Peter Paul. Doch der Kleine kränkelt den Winter hindurch und stirbt am 6. April 1854 an Zahnkrämpfen. An Storm schreibt Fontane: »[…] außer Vater und Mutter wohnte ein besoffner Leichenkutscher und die untergehende Sonne dem Begräbnis bei. Der Kreis der Erlebnisse ist nun so ziemlich geschlossen, nur das eigne Sterben fehlt noch.« Die Todesnacht hat er sehr einfühlsam in dem Gedicht »Der Gast« gestaltet und später in seiner Erzählung »Ellernklipp« die Tragik eines nicht lebensfähigen Kindes verallgemeinernd beschrieben. Es gibt ein Foto von Emilie, das »um 1854« datiert wird. Es zeigt eine von Kummer und Leid gezeichnete Frau, mit tiefliegenden Augen und schmallippigem Mund – so etwa muß sie in jenen Wochen ausgesehen haben.

Die Fontanes sind nach der Beerdigung am Ende ihrer Kräfte und reisen, um Abstand zu gewinnen, für ein paar Tage nach Letschin, zu Schwester Jenny, die inzwischen mit Apotheker Sommerfeldt verheiratet ist. An Storm schreibt Fontane: »Seit fünf Tagen bin ich nun mit Frau und Kind hier: riesige Napfkuchen und blaue Veilchen, Sonnenschein und Glockenklang laben abwechselnd alle Sinne, und ich fühle ordentlich, wie ruckweise der Alp von Leib und Seele rutscht. Erst unter natürlichen, wohlhabenden, sorglosen und freien Menschen fühlt man so recht, welch ein stellenweis erbärmliches Leben man in unsern großen Städten und unter unsern kleinen, dürftigen Sechserverhältnissen führt.«

Die »Sechserverhältnisse« geraten nicht von ungefähr in diesen Brief an den als literarischen Partner umworbenen Theodor Storm (den Emilie übrigens von Anfang an nicht leiden kann). Der Hausherr bemerkt bereits am 17. Februar 1854, daß das Haus Fontane »am Bankrutt« sei, und bittet Lepel um ein Darlehen von zehn Talern. Kaum hat er zurückgezahlt, pumpt er den Freund Anfang Mai erneut um fünfzehn Taler an, verbunden mit dem Hinweis: »Mein alter Banquier – meine Mutter – ist leider nicht mehr in Berlin.« Da hilft es schon, daß alle drei im Juni wieder auf dem Gut von Hermann Scherz in Kränzlin unterkommen. Gleichwohl schreibt Fontane von dort an Paul Heyse, der bald nach seiner Hochzeit am 15. Mai – beide Fontanes nehmen daran teil – in München eine fabelhafte Pfründe durch den bayerischen König abbekommen hat: »Es geht mir nicht gut, und ich sehne mich nach einem Tropfen Glück wie heißes geborstenes Land nach einem Regenschauer. Überall fühl ich meine äußerste Überflüssigkeit, das bloße Toleriertsein, und mit dem sterbenden Selbstvertraun stirbt zugleich die einzige Garantie einer glücklicheren Zukunft. Meine Hauptfreude ist mein kleiner George, mit dem ich eben in der Nähe des Erbbegräbnisses, das er unabänderlich ›die Speisekammer‹ nennt, spazierenging. So spuken bereits Hamlet-Ideen in seinem Borstenkopf; welche Größe muß sich daraus entwickeln und wo den Shakespeare für solchen Charakter hernehmen.«

Das Stimmungstief ihres Mannes beeinträchtigt auch Emilie, und da ist es heilsam, daß in Kränzlin für sie und Lisbeth Scherz für die erste Julihälfte eine Reise nach Dresden verabredet wird. Die Damen steigen im herrlich an der Elbe gelegenen, erst vor Jahresfrist eröffneten Hotel Bellevue ab; Scherz zahlt, und Fontane engagiert Wolfsohn als Stadtführer. Im August halten sich Emilie und George bei den Knochenhauers in Luckenwalde auf. Fontane rapportiert gegenüber Henriette von Merckel, daß es seiner Frau in Luckenwalde sehr gut gehe: »Sie scheint sich dort um vieles besser zu amüsieren als in Kränzlin. Ich gönn ihr diese Zerstreuung von Herzen.« Er wünschte, daß er die Strohwitwerschaft für seine Arbeit besser nutzte; er habe aber noch nichts geschrieben und schwelge nur immer in neuen Plänen. Immerhin hat er die Genugtuung, daß Ende Juli sein erstes Prosabuch erscheint und freundlich aufgenommen wird: »Ein Sommer in London«, seine Erlebnisse und Beobachtungen im Jahre 1852 resümierend.

Wie desolat sich die wirtschaftliche Lage der Familie Ende 1854 gestaltet, geht aus einem Angebot des stets um den Freund besorgten Lepel vom 24. Oktober hervor. Er vermittelt ihm bei zwei Offizieren und deren Frauen Vorträge über brandenburgische Geschichte, die monatlich ganze acht Taler einbringen, mitunter auch weniger, denn der eine »Kunde« wohnt weit entfernt in der Holzmarktstraße, und bei schlechtem Wetter ist eine Droschke unvermeidlich. Übrigens weiß Fontane solche privaten Veranstaltungen längst als wichtige Einnahmequelle zu schätzen: Seit Frühjahr 1853 unterrichtet er die Töchter des Verwaltungsbeamten Adam Flender und, was auch für Emilie bedeutsam werden soll, die Zwillinge des Oberregierungsrats Karl Hermann von Wangenheim. Während die Beziehungen zu den Flenders bald wieder einschlafen und Frau Flender als Typus der un- oder allenfalls halbgebildeten Bürgerlichen Fontane in Erinnerung bleibt – sie pflegte seine Novelle »Tuch und Locke« beharrlich »Tuch und Wolle« zu nennen –, entwickelt sich zu den streng katholischen, aber sehr freisinnigen Wangenheims eine jahrzehntelange Freundschaft.

Die Bilanz 1854 fällt, alles in allem, keineswegs berauschend aus. Immerhin jedoch wird der 14. November gebührend gewürdigt – es ist Emilies dreißigster Geburtstag. Schon am Vorabend schickt ihr der aufmerksame »Ellorasohn« Friedrich Eggers ein langes nostalgisches Gedicht, in dem es heißt:

Ach, wohin sind jene Zeiten,
Wo wir in dem Überflusse
Goldner Stunden sorglos schwelgten?
Wo Elloras Tempelhallen
Wöchentlich geöffnet prangten,
Wo wir lachend Ater spielten,
Daß der George das Weinen kriegte?

Und ihr Mann verschönt ihr den Tag mit »liebenswürdigen Aufmerksamkeiten«, die in einigen Efeutöpfen kulminieren!

Den Jahresausklang wollen die Fontanes natürlich auch so freundlich wie möglich gestalten; denn am 30. Dezember ist Theos 35. Geburtstag zu feiern. Lübke und Lucae sind schon zum Frühstück eingeladen, die Merckels spendieren ein vorzügliches Diner, und trotz miserablen Sturmwetters habe man den Tag angeblich, so Fontane an seine Mutter, »in ungetrübter Freude verbracht«. Allerdings, fügt er an, seien die Festtage durch »Emiliens andauerndes Unwohlsein« doch beeinträchtigt gewesen; das »ewige Windgeheul« in der Wohnung habe sie bis zur Todesfurcht geängstigt. Lepel gegenüber wird Fontane deutlicher: Emilie habe ausgesehen und gesprochen, als ob sie »in der nächsten Viertelstunde füsiliert werden« solle. Emilies wohl krankhafte Furcht vor Stürmen wird künftig immer wieder für Aufregung sorgen, aber weder Lepel noch der Mutter sagt Fontane in diesem Fall etwas über die eigentliche Ursache des »andauernden Unwohlseins« seiner Frau: von ihrer vierten Schwangerschaft. Sie trägt ihr

Schicksal mit leidlicher Fassung, und ihr Mann, der am 4. Februar 1855 an Heyse schreibt, daß er sich »barbarisch quälen« müsse und sich eigentlich überfordert fühle, stellt ihr in diesem Brief ein tadelloses Zeugnis aus: »Was mich sehr glücklich macht, ist das, daß meine Frau sich in eine gewisse Anerkennung meiner hineingewachsen hat und in großer Liebe und Güte mir die Ehe zu dem macht, was sie sein soll und so jämmerlich selten ist.«

Die nächsten Monate, über die wir nicht allzuviel wissen, sind wohl von den üblichen Schwangerschaftsbeschwerden begleitet, wie sie Fontane in dem Brief an Heyse andeutet: »Meine Frau liegt, wie sie sich ausdrückt, ›abgekopfweht‹ auf dem Sofa. Sie erklärt, zwar viele Gefühle, aber gar keine Gedanken zu haben [...]« Gleichwohl fühlt sie sich Pfingsten 1855 in der Lage, gemeinsam mit ihrem Mann einen Verwandtenbesuch bei den Knochenhauers in Luckenwalde zu unternehmen, und dort kommt, überraschend, ein Siebenmonatskind zur Welt. Wieder ein Sohn; er erhält den Namen Hans Ulrich, aber er stirbt schon am 8. Juni. Die ärztliche Betreuung ist unzureichend; Emilie schreibt im Jahr darauf an Bertha Kummer, sie wolle »nicht wieder in die Hände des dortigen mir verhaßten Arztes fallen«. Emilie ist, begreiflicherweise, »sehr angegriffen« und nach dem dritten Kindstod in vier Jahren körperlich und seelisch in desolatem Zustand.

Kapitel 5

Eine Ehe zwischen englischer Metropole und preußischer Residenz

1855–1857

Im Laufe des Sommers 1855 muß sich Emilie Fontane mit einer weiteren Ungeheuerlichkeit abfinden. Die Weltgeschichte greift sozusagen über das berufliche Engagement ihres Mannes in ihr Privatleben ein. Seit 1853 toben – wenn auch, »hinten, weit, in der Türkei« – die militärischen Auseinandersetzungen, die Rußland gegen die Türkei sowie gegen Großbritannien und Frankreich um die Vorherrschaft im Nahen Osten führt; nach dem Hauptschauplatz der Kämpfe spricht man vom »Krimkrieg«. Preußen hält sich aus dem Konflikt heraus und sucht seine Position publizistisch abzusichern. Zu diesem Zweck erhält Fontane, der Lektor in der Centralstelle für Preßangelegenheiten, am 21. August den ministeriellen Auftrag, in London einen Informationsdienst für deutsche und englische Zeitungen aufzubauen und zu leiten. Er hat keinerlei Erfahrung für ein solches tendenziöses Unternehmen, sein Englisch ist noch immer mangelhaft, die finanziell-technische Ausstattung ist denkbar unzureichend, und die Konkurrenz ist stark. Doch der Auftrag ist ehrenwert und gewährt ein knappes, aber sicheres Einkommen. Für Emilie freilich bedeutet er – wie schon 1852 – eine neue, harte Trennung, und besonders beunruhigend ist, daß der zeitliche Rahmen für die Mission völlig offen bleibt: »zwei Monate oder fünf Jahre«, heißt es in einem Abschiedsbrief an Theodor Storm.

Am 7. September reist Fontane über Hamburg nach London, und in einer unglaublichen Hetzjagd – begleitet von Krankheit, mehrfachem Wohnungswechsel und Ärger mit der Berliner Behörde – schafft er es, daß zehn Wochen später, am 19. November 1855, die erste Nummer der »Deutsch-Englischen Correspondenz« versandt werden kann. Es spricht für seine Arbeitsintensität, daß er, von einem ausgedehnten Briefwechsel ganz abgesehen, daneben eine Artikelserie zum Thema »Shakespeare auf der modernen englischen Bühne« verfaßt.

»Herumvagabondieren« zwischen Schlesien und Brandenburg

Am Tag nach Fontanes Abreise hat auch Emilie Berlin verlassen und ist, nach all den Kümmernissen des Sommers dringend der Erholung bedürftig, nach Schlesien gefahren. Den vierjährigen George »schmuggelt« sie auf der Eisenbahn ohne Fahrkarte durch – ein Trinkgeld für den Kondukteur macht's möglich, und sie entfaltet auch künftig einen Ehrgeiz, die kleinen Kinder kostenfrei befördern zu lassen. Am Bahnhof in Liegnitz erwarten sie die Treutlers und die Mattersdorfs, und bei herrlichem Frühherbstwetter rollt die kleine Gesellschaft in der stattlichen Treutlerschen Equipage nach Neuhof, wo Emilie ein schönes, bequemes Zimmer bezieht.

Damit beginnt ein Ritual, das sich in den nächsten Jahrzehnten oft wiederholen wird: bei den wohlhabenden Treutlers sind Emilie und ihre Kinder in den Sommermonaten herzlich willkommene, gern gesehene und verwöhnte Gäste. In dem ganz in der Nähe von Liegnitz gelegenen Neuhof besitzt Treutler ein einträgliches Gut, das auf Zuckerrübenanbau spezialisiert ist und in einer weitläufigen herrschaftlichen Anlage mit Herrenhaus und Wirtschaftshof besteht – ein ideales Tummelfeld für den Großstadtjungen George und später für seine Geschwister. Für die ausgemergelte, in ärmlichen Umständen lebende Emilie sind das generöse Verhalten Treutlers, die reizende landschaftliche Umgebung des Katzbach-Gebirges und die historischen Reminiszenzen (die Schlacht an der Katzbach vom 26. August 1813) jedesmal ein erquickendes Erlebnis. Vor allem aber schätzt sie den Umgang mit der gebildeten, gütigen Johanna Treutler geb. Mattersdorf, der zwei Jahre jüngeren Tochter eines Arztes, mit der sie seit ihren Aufenthalten bei den Triepckes in Liegnitz Ende der vierziger Jahre befreundet ist und mit der sie über alles plaudern kann. Emilie spricht denn auch meist vertrauensvoll von »meiner Johanna«.

In Neuhof fehlt es Emilie, äußerlich gesehen, an nichts, sie wird regelrecht, wie sie das nennt, liebevoll »abgepflegt«. Aber sie ist eine heißblütige junge Frau, die ihren Theo sehr vermißt, und daher spielen die Trennung und die Aussichten, sie zu beenden, eine zentrale Rolle in ihrer Korrespondenz mit London. Sogleich in ihrem ersten Bericht aus Neuhof bekundet sie ihre Freude über die »Einnahme von Sebastopol«; die Stadt war nach elfmonatiger Belagerung und weitgehender Zerstörung am 10. September 1855 von den Russen geräumt und von den verbündeten französisch-englischen Truppen besetzt worden. Die politisch gut informierte Emilie registriert das Ereignis durchaus im Zusammenhang mit der Mission ihres Mannes. Sie weiß, daß mit diesem Ereignis der Krimkrieg noch lange nicht beendet sein wird, und sie macht sich mit dem Gedanken vertraut, daß ein Wiedersehen mit ihrem Mann wohl am ehesten durch ihre Übersiedelung nach England zu erreichen sei. Durch Liebenswürdigkeit, kündigt sie an, wolle sie ihm Deutschland ersetzen. Um ihm gedanklich möglichst nah zu sein, liest sie mit dem literarisch nicht uninteressierten Treutler das Buch »Ein Sommer in London«.

Fontane, im Grunde doch ein unverbesserlicher Einzelgänger, taktiert in dieser Frage. Am 29. Oktober schreibt er an seinen Chef Ludwig Metzel, den neuen Leiter der Centralpreßstelle, daß es kein Vergnügen sei, abends einsam ins kalte Bett zu steigen und auch die anderen »Reize des Familienlebens« entbehren zu müssen – »gegen die selbst ich, trotz einer entschiednen Junggesellennatur, nicht gleichgültig bin«. Er fragt an, wie sich die Behörde dazu stellen würde, wenn er seine Familie »herüberkommen« ließe, und betont ausdrücklich, »daß ich diesen Wunsch mehr meiner Frau als meiner selbst willen ausgesprochen habe«. Fontane bittet um eine diplomatisch-ostensible Antwort, die er nach Hause schicken könne. Auch Emilie gegenüber wiegelt er eher ab. Er möchte zwar gern mit seiner Familie zusammensein, beteuert er, aber andererseits malt er seiner Frau den Londoner Winter mit Einsamkeit und der »Koddrigkeit« des Chambregarni-Lebens in düstersten Farben und plädiert eher für längere Trennung als Gemeinsamkeit ohne wirkliche »Häuslichkeit«. Einmal allerdings, als er sich mit Grog »ein bißchen fisslig« getrunken hat, bringt er es fast zu einer Art Liebesbrief an seine Frau: »Ich denke oft an Euch, auch nüchtern, und mit herzlicher Freude und bin ordentlich überrascht, daß Du mir doch mehr fehlst als der Junge. Du wirst an dieser Stelle vielleicht weinen und ausrufen: ›wenn er nüchtern ist, sagt er mir so etwas nie‹, aber finde darin Deinen Trost, daß in der Überwachtheit des Rausches der eigentliche Mensch erst zutage tritt, und freue Dich über diese Geständnisse, selbst wenn sie Dir Tränen kosten.« Emilie, von solchen zärtlichen Anwandlungen nicht gerade verwöhnt, findet den Brief »sehr, sehr nett«. Vier Wochen später freilich hat sie sich mit einem ruppig-humoristischen Glückwunsch zum fünften Hochzeitstag abzufinden: »es war am Ende kein Unglück, daß wir uns gekriegt haben«. Sie dagegen bekennt aus gleichem Anlaß, daß sie »mit innigster Liebe« seiner gedenke und Gott danke, »daß er meine Augen zur rechten Würdigung Deiner geöffnet« habe.

Mit gehörigem mütterlichem Stolz berichtet sie regelmäßig über ihren George. Der etwas ängstliche Knabe gehe jetzt mutig in den Kuhstall, trinke die warme Milch quartweise und schikaniere die älteren Gänsejungen im Dorf. »Eine kleine Geschichte von heut kann ich Dir aber doch nicht vorenthalten. Er kam heulend u. schreiend zu mir, weil ihm ein kleines Unglück in die Hosen passiert war. Während ich scheltend ihn entkleide u. frage, wie ist denn das gekommen, antwortet er ganz naiv: ›ich wollte den César bepinkeln‹, das ist nämlich der große Hofhund, sein Liebling; denke mal, ob ein kleiner Aristokrat wie z. B. Franz v. Lepel wohl auch auf solche liebenswürdige Ferkeleien verfällt?« Die schönen Tage in Neuhof neigen sich ihrem Ende zu, und auf dem Liegnitzer Bahnhof hat George noch einmal eine aparte Szene: »Der Kutscher, Georgechens bester Freund, nahm Abschied von ihm, u. unser Junge küßte ihm die Hand, worüber der Mann so betreten wurde, daß nun ein gegenseitiger Handkuß erfolgte, der sehr possierlich anzusehen war.«

Am 14. Oktober kehrt Emilie nach Berlin zurück. Sie wohnt, da sie nur eine Woche bleiben wird, bei Stiefmutter Bertha Kummer in der Wilhelmstraße 132, und die beiden Frauen haben viel zu besprechen. Denn vier Tage vorher ist Karl Wilhelm Kummer im siebzigsten Lebensjahr gestorben – offenbar, nach langem Zerwürfnis, unversöhnt mit seiner Frau. Emilie jedoch erinnert sich seiner dankbar: »Alles Gute, was er mir erzeigt, steht hell u. ungetrübt vor meiner Seele, u. mit Innigkeit habe ich Gott um Barmherzigkeit u. Gnade für ihn angefleht.«

Mit gewohnter Umsicht erledigt Emilie das Geschäftliche, sieht in der Luisenstraßen-Wohnung die eingegangene Post durch, macht diverse Visiten und sucht Ludwig Metzel auf, der mit ihr die nötig gewordene personelle Verstärkung der »Deutsch-Englischen Correspondenz« durch einen Dr. Wentzel bespricht. Bei Bekannten hört sie beiläufig Neues von ihrem Stiefbruder Hermann, der sich nach Potsdam versetzen lassen wolle, da er sich in Aschersleben durch seinen ausschließlichen Umgang mit der dortigen Aristokratie mißliebig gemacht habe. »Denke Dir«, empört sie sich, »das ist auch ein 48ziger Demokrat gewesen!«

Ab 21. Oktober finden wir Emilie für rund zehn Wochen in Fontanes Geburtstadt Neuruppin; sie kommt bei der Mutter ihres Mannes unter, die seit 1854 dort lebt. Nach dem ländlich großzügigen Treiben bei den Treutlers in Schlesien gerät sie nun in die spießige Enge eines märkischen Provinznestes und fühlt sich »von der Kleinlichkeit der kleinstädtischen Gesellschaft bedrückt«, wie sie am 25. November 1855 ihrem »Ellorasohn« Eggers beichtet. Er möge sich – fügt sie zum Beweis für die »Beschränktheit dieser Stadt« an – ja keine Hoffnung auf Abonnenten für sein »Deutsches Kunstblatt« machen. »Es wäre übernatürlich, wenn sich hier ein solcher vorfände; pensionierte Offizierfamilien lesen je zu drei Partners die Vossin, u. die jüngere Mannschaft begnügt sich, glaube ich, mit dem, was sie bei den Conditoren vorfinden. Es befinden sich hier auch, mit Johanna Wagner zu sprechen, viele ›späte Mädchen‹, die zwar auch der Kunst huldigen, aber der alleruntergeordnetsten. Das Liebste für mich in Ruppin ist mein ›dreijähriger Junge‹, wie man George zu nennen beliebt, meine Schwiegermama u. meine hübsche Schwägerin; das Schönste ist der blaue See, dem ich jeden Tag zuwandre u. mir einbilde, er könnte, wäre nur ein Dampfschiff da, mich zu meinem Manne bringen; Sie mögen hieraus ersehen, daß Ihre würdige Mama noch an dem jugendlichen Fehler, der Sehnsucht, leidet.«

Es verwundert, daß die »Schwiegermama« in diesem schönen, selbstbewußten Brief an Eggers so gut wegkommt, denn in Wirklichkeit ist sie das eigentliche Ärgernis des Ruppiner Aufenthalts. Emilie Fontane, geborene Labry, ohnehin ein herber Typ, ist nach ihrer gescheiterten Ehe und der Trennung von ihrem Mann verbittert und herrschsüchtig, unzufrieden mit sich und der Welt. »Es ist unendlich schwer, mit unserer guten Mama zu leben«, klagt Emilie ihrem Mann, »nur vollständige Unterjochung jeder, auch der kleinsten Meinung unter ihren Willen würde sie befriedigen. [...] Dabei ist mir so unendlich traurig, daß sie gar keine Liebe hat u. alle früheren Bekannten *ihr* die *meiste* Schuld an ihrem ehelichen Unglück zuerteilen. [...] Sehr ungern gehe ich mit ihr in Gesellschaft, einmal weil mir dieser flache, mehr wie oberflächliche Kreis der Offiziere u. ihrer Damen nicht zusagt u. weil *ich* fühle, daß wir nur geduldet werden. Oft bin ich froh, daß Du das nicht mit ansehen mußt, denn Du könntest nicht schweigen. Denke nur, daß unsere Mama, die wir um so vieler

Eigenschaften willen über alle Frauen stellen, in Gesellschaft, namentlich mit ihrem *Geist* gefallsüchtig ist u. z. B. auch nie versäumt zu erzählen: ›ich habe 6 Körbe ausgeteilt u. Hunderte an meinem Triumphwagen gehabt‹.« Bei solchen Auftritten wird es der Schwiegertochter »blutsauer«, den Mund zu halten, doch ihre Herzensgüte und ihr Gerechtigkeitssinn stimmen sie zu Milde und Nachsicht, schließlich verdanke sie der Mutter ihr Glück, und überdies sei sie ja »in der Kinderstube u. den angrenzenden Räumen« ausnehmend gut und eben nur »ungenießbar in der Gesellschaft«. Freilich greift sie auch ständig und willkürlich in die Erziehung Georges ein: »verbiete ich dem Jungen was, so erlaubt sie es unbedingt«.

Die Sehnsucht nach ihrem Theo wächst natürlich in dieser verkorksten Atmosphäre. Mehrfach entschuldigt sie sich bei ihrem Mann, daß sie wohl viel zu leidenschaftlich empfinde, und sie versichert: »Bin ich nur erst wieder bei Dir, bin ich auch in meinem Lebens-Element.« Fontanes Liebesbekundungen, beispielsweise zum 14. November, nehmen sich dagegen sehr viel förmlicher aus: »Was ich Dir zu Deinem Geburtstage zu sagen habe, ist etwa das: daß ich mich von Herzen freue, Dich zu besitzen, daß ich den 16t Oktober 1850 nicht zu den Unglückstagen meines Lebens rechne, daß ich Dir und mir Freude an unsrem Kinde wünsche, daß ich Dich bis zu unserm endlichen Wiedersehn in Geduld auszuharren bitte und daß ich Dir, je älter wir werden, immer mehr meine Liebe zu Dir zu betätigen hoffe.« Das ist etwa die gleiche Sachlichkeit wie in seinem Brief vom 5. Dezember, in dem er einen Fragenkatalog »abarbeitet« und zu Punkt 4 anmerkt: »Ob ich Dich liebhabe? Ja!« Emilie liest aus den vagen Formulierungen des Geburtstagsbriefes nur das Positive heraus (»Deine Wünsche haben mein Herz erquickt«) und ist durch sein Geschenk ohnehin völlig besänftigt: er hat ihr von der hilfreich-umsichtigen Henriette von Merckel einen Mantel mit Umtauschmöglichkeit kaufen lassen.

Die ziemlich sichere Aussicht, in absehbarer Zeit nach

London kommen zu dürfen, hilft ihr einigermaßen über das einsame Weihnachtsfest hinweg, zu dem sie sein »weihnachts-sentimentales« Gedicht erhält, das er im Café Divan, ihrer gedenkend, geschrieben hat:

Ich seh im Geist ein rumpliches Haus
Und eine rumpliche Stube.
Drei Frauen gehen ein und aus,
Und der vierte ist mein Bube;
Die älteste Frau hat schwarzes Haar
Und die jüngste hat es nicht minder,
Das macht, es ist, wie's immer war,
Es ähneln sich Mutter und Kinder.

Die dritte sieht ihren Knaben an,
Unter Lachen und unter Weinen,
Sie denkt: ich hab eine Art von Mann
Und hab auch wieder keinen.
[...]

Und gewiß tröstet sie auch seine besorgte Frage, warum sie um Neujahr unbedingt, »völlig frei und ungestört«, drei oder gar vier Tage in Berlin sein wolle. »Ich bin übrigens vernünftig und auch vertrauensvoll genug, um diesem aufkeimenden Gedanken nicht allzuviel Raum in mir zu gönnen, aber so viel bleibt doch, daß ich mir einbilde, Du hast irgendeinen, wenn auch den besten, heimlichen Grund, der Dich veranlaßt, just um diese Zeit Deine Rückreise nach Berlin anzutreten.« Also muß der liebe Theo doch mit eifersüchtiger Liebe an sie denken, zumal er von ihrer »schwarzen Schönheit« schwärmt und sogar andeutet: »Vielleicht werd ich Feuer und Flamme wie der Jüngste.«

Am Silvestertag, morgens 10 Uhr, reisen Emilie und George mit der Post in Neuruppin ab. Um 5 Uhr am Nachmittag treffen sie in Berlin ein, und bei Bertha Kummer erwartet sie »eine hübsch warme Stube u. eine gute Brühsuppe«. Bald schon vertraut Emilie den Jungen der Stiefmutter an und macht sich auf den Weg, um bei Metzel die endgültige Entscheidung über ihre London-Reise zu erfragen. Da sie ihn nicht zu Hause findet, spricht sie bei den Merckels vor und verbringt den Rest des Abends bei den Kuglers. Sie liest Fontanes argwöhnischen Brief vor und erntet allgemeine Heiterkeit; nach Tisch trägt Kugler das Divan-Gedicht vor, und alle sind gerührt. Am Neujahrstag erreicht sie Metzel und schreibt überglücklich an ihren Mann: »*In vier Wochen, so Gott will, sind wir bei Dir!* ach, Theochen, ich glaube, ich habe alle Menschen auf dem Wege hierher angelacht.«

Wie verabredet, fährt sie am 3. Januar 1856 mit George zu den Knochenhauers nach Luckenwalde, wo sie gehegt und gepflegt werden. Am 14. Januar ist sie bereits wieder bei der Stiefmutter in Berlin; für die Nacht hat sie ein Stübchen in der Herrnhuteranstalt, gleich gegenüber, gemietet. Die folgenden Tage verfliegen in größter Hektik. Nach den präzisen Anweisungen ihres Mannes löst sie die Wohnung in der Luisenstraße auf und stellt die mitzubringenden Sachen samt einer kleinen Bibliothek für die Spedition bereit. Zwischendurch muß sie noch genügend Muße aufbringen, das neunzehnstrophige Toast-Gedicht ihres Mannes zu Franz Kuglers Geburtstag am 19. Januar einzustudieren, für dessen Vortrag sie vom Autor-Regisseur genaue Instruktionen erhält: »Ich rate Dir sehr, eine halbe Stunde vorher ein Glas Grog oder 2 Gläser guten Wein zu trinken. Verkleide Dich, aber so, daß Du *gut* aussiehst und nicht etwa wie meine Karikatur. Nur die stehenden Vatermörder mußt Du haben. Beim Vortrag, mit Ausnahme der ersten Strophe, mußt Du mehr ernst als heiter sein. (Nur die 2 letzten Zeilen, wo Du Dich auffordernd an die Gesellschaft wendest, müssen scherzhaft gesprochen werden.) […] Übrigens mußt Du das ganze Gedicht halb auswendig wissen, um es gut vorzutragen; wenn man noch mit dem bloßen Lesen zu tun hat, glückt es nie. Und nun mit Gott!« Emilie erledigt auch diese Aufgabe mit Bravour, und am 23. Januar bricht die kleine Gesellschaft – außer George zählt auch Schwägerin Elise dazu, die inzwischen nach Berlin gekommen ist – über Köln, Aachen und Ostende auf, bestens versorgt mit den praktischen Hinweisen Fontanes über die Höhe der Trinkgelder und die verschiedenen Währungen.

Intermezzo an der Themse

Es ist Freitag mittag, 25. Januar 1856, als das Schiff im Hafen von Dover anlegt und Fontane, der eigens von London herübergekommen ist, die Reisenden begrüßen kann. Es wird ordentlich soupiert und ausgiebig geplaudert, und für die Nacht hat er Zimmer im Dover-Castle-Hôtel reserviert. Nach einem »Frühstück en famille« und einem Bummel am Meer fährt man in reichlich drei Stunden nach London und zieht in der eigens gemieteten Wohnung bei Mrs. Tucker ein, 38 Berners Street. Als ein paar Tage später auch die Kiste mit dem Umzugsgut eintrifft, wird sie, nach Fontanes vielsagendem Bericht, »mit einem ähnlichen Jubel ausgepackt, wie ihn die Krim-Offiziere empfanden, als sie nach einer ganzen Wintercampagne wieder des ersten reinen Hemdes ansichtig wurden«.

Emilie genießt das Wiedersehen und die abendlichen Plauderstunden am Kamin, die Stadtspaziergänge und Omnibusfahrten, Theaterbesuche und Ausflüge. Sie begegnet den Freunden ihres Mannes – dem Apotheker Julius Schweitzer (der sich in Elise verliebt) und dem Arzt James Morris –, lernt seinen Mitarbeiter Rudolf Wentzel kennen und versucht sich mühsam im Englischen. Aber unter all den Eindrücken, die auf sie einstürmen, dominiert die Sorge um ihren Theo, der sich mit seiner »Deutsch-Englischen Correspondenz« fürchterlich quälen muß. Am 26. Februar zieht sie gegenüber Bertha Kummer ein erstes ernüchterndes Resümee: »Wir sind nun, liebes Herz, beinah 5 Wochen hier, aber es gefällt mir eigentlich weniger wie zu Anfang, wo die Freude u. das Glück, wieder mit meinem Theo vereint zu sein, mich alles leicht u. getrosten Mutes erfassen ließ. Die

Hauptsache nun meines eigenen Unbehagens ist, mit ansehen zu müssen, daß mein Mann sich unendlich plackt u. schindet u. nichts wie Unannehmlichkeiten dafür eintauscht. Er hat hier *täglich* mit dem Zeitungswesen Ärger, der dann bisweilen durch kleine Anfragen aus Berlin noch gepfeffert wird. Wenn dies nicht bald anders wird, meine teure Mama, so setze ich alles dran, bald mit meinen Lieben wieder in die Heimat zu kommen, denn so viel erreichen wir hier nicht, daß es wert sei, daß Theo nicht nur seine Gesundheit, sondern auch seine Haupt-Lebenskraft, seinen Humor, einbüßen könnte.«

Es sind jene Tage, in denen der von der Berliner Behörde tatsächlich arg bedrängte Fontane seinen Vorgesetzten die absolute Erfolglosigkeit des Unternehmens begreiflich zu machen versucht. »Es kostet viel und wirkt eigentlich nichts«, erklärt er Metzel, und an Hegel schreibt er, daß diese »Danaiden-Arbeit« seine Kräfte nutzlos verzehre. Das Problem löst sich indes erfreulich schnell: mit dem Pariser Frieden vom 30. März 1856 endet der verlustreiche Krimkrieg, und die »Correspondenz« wird sogleich eingestellt. »Wie ihr Leben ohne Freude war, so ihr Tod ohne Schmerz«, kommentiert Fontane im Tagebuch. Die journalistische Hetzjagd hat ein Ende, und er findet mehr Zeit für die Familie. Emilie berichtet: »Mein guter Theo, dessen Vorgesetzter, der Dr. Metzel, 14 Tage bei uns war, ist nun seit dem 1. April der lästigen Zeitungsfabrikation überhoben, u. wenn er auch immerhin noch viel zu tun hat, so entspricht seine jetzige Beschäftigung doch etwas mehr seinen Neigungen. Er ist wohl u. munter, liebenswürdig, u. sein fast immer zufriedener Sinn könnte mich mehr zur Nacheiferung ermuntern.«

Doch bei Emilie hat sich längst, wie es der letzte Satz andeutet, der Unmut über den englischen Alltag aufgestaut. Fontane lobt sie zwar in einem Brief an seine Mutter: »Hundert Frauen würden sich viel schlimmer benehmen und ihrem Mann jeden Tag versichern: sie könnten hier nicht leben, es gäbe hier keinen Weißkohl, und die Kartoffeln konsumierten zuviel Butter«; aber er vertraut seinem Tagebuch auch an: »Emilie unwohl und sehr verstimmt« (15. März) und »Emilie heimweh-krank wie immer« (6. April). Und Emilie selber schüttet in einem Brief an Bertha Kummer vom 21. April rückhaltlos ihr Herz aus: »Mir fehlt die Heimat täglich, u. habe ich eine recht traurige Zeit hier durchgemacht. Wir wohnen bei einer alten, prätentiösen Engländerin, u. in ihrem schmutzigen, unordentlichen Hause habe ich mich noch keine Stunde wohlgefühlt. Überhaupt ist das, was ich bis jetzt von England u. seinen Bewohnern kennengelernt habe, wenig empfehlenswert für sie, u. würde ich jetzt zurückkehren, hätte ich den Eindruck eines eingebildeten, langweiligen u. wenig liebenswürdigen Wesens. Vielleicht machen wir bessere Bekanntschaften, dann will ich mit Freuden mein Urteil ändern. Ich bin hier fortwährend erkältet, werde Schnupfen u. Husten nicht los u. friere immer.« Emilie moniert auch den schrecklichen Kohlenstaub (»einmal ausgehen u. Kragen, Ärmel etc. ist zur Wäsche reif«), die hohen Miet- und Lebensmittelkosten sowie die in London gänzlich unbekannten »Quirle u. Holzkellen«, »so daß einen ordentlichen Eierkuchen zu backen nicht möglich ist«.

Die Umstände im Hause Tucker sind tatsächlich wenig erfreulich; Mäuse müssen gejagt werden, und die zeternde Alte beklagt sich über »so very much noise«. Da entschließen sich Fontanes, die Wohnung zu wechseln. Sie mieten sich in der Pension von Mrs. Jackson ein, Chepstow Place, und Emilie ist froh, »die finstere Stadt etwas im Rücken« zu haben; vielleicht, so hofft sie, »ist in der Vorstadt auch Milch zu erlangen, die hier nur ein greuliches Gebräu von Kalbsbrägen u. dgl. ist, so daß von Milchspeisen bereiten keine Rede ist«. Am Vorabend des Umzugs freilich, der am 23. April stattfindet, dämpft sie in einem Brief an Friedrich Eggers ihre eigenen Erwartungen: »Unsere Häuslichkeit fehlt uns sehr, und dies Chambre-garni-Leben für eine ganze Familie ist unerträglich.« Und bekenntnisreich fährt sie fort: »Mein kleinbürgerlicher Sinn und Geist wird diesem Riesen-London nie

Geschmack abgewinnen, und die Bewunderung für ihre Größe fehlt mir. Die Menschen gefallen mir erst recht nicht – dabei fällt mir aber ein, ich kenne sie nur vom *Sehen*, denn solche Exemplare wie unsre Wirtsleute würde man leider überall finden, wenn man Pech haben soll. Ist denn nicht Aussicht, daß einer der Söhne [der Ellora] im Laufe des Sommers hierherkäme? wie schön würde eine solche Aussicht uns die Zeit verkürzen. Aber ich plaudere mit Ihnen, als sollte Rütli bei uns sein und Sie und Theo gestatteten mir noch etwas Anwesenheit im geweihten Raum. Sie werden daraus sehen, daß ich recht habe, Hopfen und Malz ist an mir verloren, denn welche einigermaßen schwunghafte Frau hätte Ihnen statt dieses Gekohles nicht lieber von Greenwich und Siddenham etwas vorphantasiert – na, vielleicht kommt es noch nach, einstweilen haben Sie Nachsicht, wie sie auch Noel übt mit Ihrer Ihnen innig zugetanen Ellora-Mutter.«

Bei aller deutlich genug artikulierten Aversion gegen das Leben in England – soweit sie es überhaupt kennt – ist keineswegs von raschem Abbruch der Zelte die Rede; doch in Fontanes Tagebuch zeichnet er sich schon bald ab. Am 2. Mai heißt es: »Streit mit Mrs. Jackson. Allgemeine Entrüstung über English people und Emilie entschlossen, nach Deutschland zurückzugehn«, und am 9. Mai: »Abermaliger Entschluß, Frau und Kind nach Haus zu schicken. Es wird ernst. Mittwoch über 8 Tage zur Abreise festgesetzt.« Am 16. Mai notiert er: »Große Packerei bis nach Mitternacht«, und am folgenden Tag verlassen Emilie, George und Schwester Elise die Stadt – fluchtartig, wie es scheint. Was Emilie seit Herbst 1855 so sehnsüchtig erwartet hatte, endet in arger Ernüchterung; Fontane beteuert, sie hätten die Entscheidung gemeinsam mit Mut und Vernunft getroffen. Die offiziöse Lesart für das Ende des familiären Intermezzos lautet: Fontane hat in seiner neuen Position als Presseagent der preußischen Regierung in London viel mehr Zeit und Ruhe für seine Aufgaben, wenn er *allein* dort lebt. Emilies überraschende Rückkehr wird im Verwandten- und Bekanntenkreis überwiegend gehässig durchgehechelt, und sie kommentiert den Klatsch mit den Worten: »[…] wenn es dem ›armen Theo‹ nicht glückt, ist lediglich alle Schuld seiner mehr oder weniger doch unangenehmen Frau zuzuschieben. Erst ärgerte ich mich, jetzt trage ich es, denn mein Bewußtsein spricht mich in diesen Beziehungen von jedem Tadel frei; verwerflich ist aber, daß ich mit ›guter Hoffnung‹ zurückgekommen. O ihr guten Philister! wie froh bin ich, daß der liebe Gott mich nicht mit *Verwandten*, sondern *Freunden* umgeben hat.«

Unsichere Zukunft, aber sichere Schwangerschaft

Emilie reist über Antwerpen und Köln. Die Seekrankheit beutelt sie; auf der Eisenbahn muß sie diesmal, was sie ein bißchen grämt, für den Kleinen ein Billett lösen, in Deutz – damals wichtiger Umsteigebahnhof – verpaßt sie den Anschluß, so daß sie erst am Abend des 20. Mai 1856 in Berlin ankommt. Mutter Kummer hat in der Puttkamerstraße ein Zimmer besorgt; dort will sie bleiben, bis sich Knochenhauers, an die Fontane schon von London aus geschrieben hat, äußern, ob Emilie nach Luckenwalde kommen kann.

Zu tun hat sie genug: die Freunde sind zu begrüßen, mit Direktor Metzel ist allerlei Dienstliches zu besprechen, und – horribile dictu – sie muß Dr. Koblanck, den Hausarzt, der schon 1853 bei der Geburt Peter Pauls assistiert hatte, konsultieren. »Ich bin recht angegriffen u. werde allgemein, was Dich nicht wundern wird«, schreibt sie ihrem Mann, »recht elend gefunden. Mein Zustand ist mir nicht mehr zweifelhaft«; sie leidet unter »heftigsten Unterleibsschmerzen«. Die neue Schwangerschaft überrascht Fontane nicht, und er empfiehlt: »Ein Ei und ein Glas Rotwein zum Frühstück; spazierengehn; wenig Lektüre, etwas mehr Arbeit und vor allem viel Unterhaltung in Gemeinschaft mit Pfefferkuchen und Braunbier werden Dir guttun.«

Von den ruhigen Lebensverhältnissen im kleinen Industriestädtchen Luckenwalde verspricht er sich viel; Knochenhauer hat inzwischen, wenn auch zurückhaltend, Einverständnis signalisiert und eine Wohnung gemietet. Aber Emilies Aufenthalt – obendrein von Sturm, Regen und Kälte begleitet – gestaltet sich katastrophal. Nachdem sie einen ersten »Klagebericht« weggeworfen hat, schreibt sie am 1. Juni an ihren Mann, daß sie unmöglich bleiben könne. »Du wirst nun vor allen Dingen fragen: aber warum hältst Du nicht aus? ich könnte antworten, ich werde hier gemütskrank wie in London, aber ich muß Dir mein Leben beschreiben. Ich hatte meine Ankunft zum Dienstag gemeldet, kein Mensch auf dem Bahnhof. Nach herzlichem Empfang erklärte es sich, der Zug war eine Stunde früher gekommen – aber ich hatte den trüben Eindruck fort. Dann ging ich in meine Wohnung; ein zellenartiges Stübchen, kaum mit dem Notwendigsten ausgestattet, empfing mich, ein entsprechendes Kämmerchen mit einem schmalen Bett schloß sich ihm an. So gut wie möglich richtete ich mich mit Georgechen in dem Bett ein u. wollte, als ich mich satt geweint, einschlafen, als ein förmlicher Mäusekrieg begann, so daß ich mit Bett u. Jungen in der Nacht um 1 Uhr in die Stube zog (wo ich erst in dieser Nacht etwas knabbern hörte). Frühmorgens bringt meine Aufwartefrau Milch u. Semmel um 7 Uhr, dann frühstücke ich mit unserem Jungen, u. nachdem wir uns angekleidet, sitze ich nähend oder strickend bis 1 Uhr. (George fast immer bei mir, da er sich mit Lauras Kindern nicht verträgt.) Dann kömmt unser knappes, laues Mittagsessen, zum Kaffee läßt mich Laura gewöhnlich einladen, kommt zufällig was Verwandtes, so sehe ich ihr an, *meine* Anwesenheit hat ihr etwas Peinliches, mir ist dabei nicht *wohl* u. sehe ich *Lauras* u. unserer Freundschaft wegen ein, ich verschwinde zu unserem Besten sobald wie möglich. Ich bin jetzt ruhig, mein Herzensmann, aber dies alles hat mir heiße Tränen gekostet u. habe ich mich recht hülflos u. verlassen gefühlt. Wo aber hin? war mein Gedanke. Herumreisen, mich Freunden u. Bekannten immer neu verpflichten kann ich nicht mehr [...]«

Fontane reagiert beschwichtigend auf diesen verzweifelten Ausbruch und nimmt die Knochenhauers in Schutz, »die sich aufs neue bewährt und alles getan haben, was sie konnten«. Er schwärme nicht für sie, sei aber von ihrer Bravheit und Herzensgüte durchdrungen. Sie seien halt von der Meinung ihrer philiströsen Umgebung abhängig, die sich sage: »Na, diese Jutste is ooch alle Naslang hier, wenn ihr irgend en bisken wat schief jeht, denn is se da; se hat ja Verwandte jenug und red't immer von ihre vornehme Freindschaft – wat tut se denn die hohen Herrschaften nich ooch mal die Ehre an.« Fontane, der die bucklige Verwandtschaft märkischer Prägung zur Genüge kennt, rät seiner Frau, Luckenwalde, dessen träge Post er beschimpft und das er ein »Loch« nennt, »ohne Bitterkeit gegen Knochenhauers« aufzugeben.

Emilie fühlt sich denkbar unglücklich. Sie ist schon ziemlich stark und ihr Gesicht von gelben Flecken entstellt. Es muß etwas geschehen, und sie fährt am 18. Juni für einen Tag nach Berlin, um mit Direktor Metzel über die Zukunft ihres Mannes in London und damit über die Zukunft der Familie Fontane zu sprechen. Und sie trifft in Ludwig Metzel einen nicht gewöhnlichen preußischen Beamten: klug, warmherzig und sogar von einigem Verständnis für den sensiblen Literaten Fontane; der Besuch im Büro der Centralpreßstelle in der Leipziger Straße 110 findet in privaten Begegnungen mit Metzels Frau eine angenehme Fortsetzung. Emilie berichtet: »Er war sehr liebenswürdig. Die Unterredung war für ihn gewiß ebenso schwierig wie für mich, da es ihm als Gefühlsmenschen gewiß schwer wurde, einer weinenden jungen Frau zu sagen: wir wünschen, daß Ihr Mann nicht bloß dies Jahr, sondern womöglich auch noch im folgenden in London bliebe.« Also Trennung auf unbestimmte Zeit; Emilie muß bei Merckels erst mal die Fassung wiedergewinnen.

Aber sie weiß nun, was sie tun wird. Sie beherzigt den Rat Metzels, übersiedelt mit George am 27. Juni nach Berlin und macht sich auf die Suche nach einer Unterkunft, was um Johanni nicht leicht ist, denn »Ziehzeit« ist im Herbst. Dennoch findet sie eine Mansardenwohnung in idealer Lage, die sie dann auch durch die energische Intervention von Henriette von Merckel bekommt: in der prächtigen Villa des Obermedizinalrats Caspar in der Bellevuestraße 16. Emilie berichtet begeistert: »Die Wohnung ist wie Kuglers, kleine Fenster, reizende Aussicht über den Tiergarten, nett möbliert, gewiß sehr hübsch – Küche, 2 geräumige Zimmer etc. 96 Taler, sogleich zu beziehen.« Endlich hat Emilie wieder ein *eigenes* Dach überm Kopf. Am 3. Juli teilt sie weitere Einzelheiten mit: »Das Wohnzimmer ist ein Eckzimmer mit 3 Fenstern u. einer entzückenden Aussicht u. so groß, daß unsere beiden Sofas drinstehen (Dein Schlafsofa, wo die Lappen dran herumhängen, bekommt heut einen neuen braunen Überzug); es ist, wie auch unsere Merckel findet, noch hübscher wie Kuglers Wohnzimmer. Der Umzug ist mir etwas sauer geworden, so ohne jede Hülfe u. Mangel am Notwendigsten, seit gestern besitze ich erst wieder einen Topf zum Kochen, so lange hat mich meine Merckel gespeist, die mir täglich zahllose Liebesdienste erweist u. mit ihrer Herzensgüte mich wirklich erquickt.«

Die Bekanntschaft mit den Merckels wird zum Segen. Die Männer kennen sich seit 1843 aus dem »Tunnel über der Spree«. Wilhelm von Merckel, Jurist aus Schlesien, Kammergerichtsrat und begabter literarischer Dilettant in Berlin, hat 1850 schon einmal nachhaltig in das Leben der Fontanes eingegriffen, indem er, damals vorübergehend Leiter des Literarischen Cabinets, ihn in seine Behörde holte und dadurch die Heirat ermöglichte. Ihre politischen Auffassungen liegen weit auseinander. Während Fontane im Revolutionsjahr publizistisch radikal-demokratische Positionen verficht, dichtet Merckel aus tiefster Überzeugung die berüchtigten Zeilen »Gegen Demokraten helfen nur Soldaten«. Doch der Privatmann Merckel ist ganz anders: der kleine, halb verwachsene Mann ist klug, sensibel und geistreich-humorvoll und wird in seiner Hilfsbereitschaft und Herzensgüte nur noch von seiner Frau Henriette übertroffen, einer Tochter des preußischen

Justizministers von Mühler. Sie ist gebildet und belesen, eine gute Pianistin und eine passable Sängerin, und sie faßt, von Fontanes poetischem Talent ohnehin überzeugt, eine herzlich mütterliche Zuneigung zu Emilie, der sie sogar das »gnädige Frau« ausredet und das »Du« anbietet. Ohne die völlig uneigennützige Unterstützung der Merckels in Rat und Tat wäre die zweite Hälfte der fünfziger Jahre für die Fontanes wesentlich schlimmer verlaufen.

Merckels wohnen, ebenso originell wie gemütlich eingerichtet, Potsdamer Straße 1, zwei Treppen hoch, also in unmittelbarer Nähe von Emilies neuem Domizil in der Bellevuestraße 16, und Henriette sieht regelmäßig und tröstend nach dem Rechten. Emilie leidet unter der Abwesenheit ihres Theo, und an melancholischen Abenden, wenn Musik vom Tiergarten herüberschallt, bringen »Sehnsuchtsschauer« ihre Standhaftigkeit zum Wanken. Sie fühlt sich dann »witwenhaft«, und doch ist sie nicht eigentlich einsam. Schwiegermutter und Schwägerin Elise halten sich in Bethanien auf, und der große Freundeskreis versorgt sie mit Besuchen und Einladungen. Die Merckels betätigen sich an erster Stelle, aber auch Kuglers und Baeyers – die Familie des hochangesehenen Geodäten und Generals –, die damals noch im selben Haus in der Friedrichstraße wohnen, bemühen sich um sie. Sie trifft Heyses, die zu Gast in Berlin sind, Lepel und Eggers und auch Frau Metzel. Sie hört ein Konzert im Englischen Haus, besucht die Menzel-Ausstellung und spielt begeistert auf dem für zwei Taler monatlich gemieteten Klavier, dessen Anschaffung ihr Mann bewilligt hat: »nur mit der *einen* Bedingung – mäßiger Gebrauch desselben, wenn meine Ohren wieder in der Nähe sind«.

Trotz diverser Geldprobleme – Emilie bezahlt endlich die seit Monaten unbeglichene Rechnung bei Schneider Hermann, immerhin 40 Taler! – kommt sie wirtschaftlich einigermaßen zurecht, und emotional stützt sie die ungewöhnlich dichte Korrespondenz mit ihrem Mann in London, in der sie sich, erstaunlich offen, miteinander und übereinander verständigen – wie noch oft in den kommenden Jahrzehnten ihrer Ehe. Fontane gibt sich sichtlich betroffen, als ihm der Gesandtschaftssekretär Maurice Alberts, den Emilie in ihren Londoner Tagen sehr beeindruckt hat, eines Tages erklärt, er, Fontane, habe sich seiner Frau gegenüber wie ein Tyrann aufgeführt und er schlüge überhaupt oft einen besserwisserischen »Überlegenheitston« an. Bald nach der selbstkritischen Betrachtung geht Fonane jedoch wieder zum Angriff über und moniert als »großen Fehler« in ihrem Charakter »das äußerste Schwanken in Deinen Gefühlen *für* und in Deinen Ansichten *über* andre Menschen. Solange Leute Dich gleichmäßig freundlich behandeln, geht alles seinen guten Weg; sowie Du aber mal einen Tadel, ein hartes Wort, einen abschlägigen Bescheid, eine kleine Zurücksetzung oder zufällige Vernachlässigung hinnehmen sollst, so ist es vorbei.« Fontane sucht mit dieser Analyse das widersprüchliche Verhältnis Emilies zur Schwiegermutter zu erklären und zu entschärfen.

Solche Vorwürfe – »wer heute noch ein Engel war, kann morgen in Deinen Augen ein Teufel sein« – trüben das generelle Einvernehmen zwischen den Eheleuten nicht ernsthaft, bestimmen aber die Gefühlslage nach sechsjähriger Ehe genauer. Bei Fontane, der sich, wie später sein Geert von Innstetten, eher liebenswürdig gibt, als daß er ein wirklicher Liebhaber ist, pegelt sie sich auf eine Art märkischer Kühle ein. Sein Brief zum 16. Oktober 1856 beispielsweise erbringt zu diesem Ereignis nicht mehr als den Satz: »Heut an unsrem Hochzeitstage muß ich doch ein paar Zeilen schreiben.« Daß er aber überhaupt daran gedacht hat, entschädigt Emilie, und sie antwortet vielsagend: »Heut vormittag erhielt ich Deinen lieben Brief aus Paris. Deine Herzlichkeit erquickt mich, u. ich fange immer mehr an, mit dem Maß u. der Art Deiner Liebe zufrieden zu sein.« Das heikle Thema wird künftig noch oft und variantenreich erörtert werden, aber dieser Satz gibt den resignativen Grundton an.

Der Briefwechsel mit ihrem Mann ist für Emilie lebenswichtige Kommunikationsbrücke und notdürftiger Ersatz für tägliche Aussprachen und weitreichende Plaudereien. Aber die Korrespondenz wird nicht etwa dem Zufall oder dem guten Willen und dem jeweiligen Bedürfnis überlassen; sie gehorcht vielmehr einem strikten Reglement, das der Brieffanatiker Fontane präzise fixiert hat und mit dem er seine Frau zuzeiten regelrecht drangsaliert. Normalerweise muß am Sonnabend geschrieben werden. Da sich aber in Emilies Briefen zeitweise die unangenehmen Nachrichten häufen, die er jeweils zu Wochenbeginn erhält, plädiert er für Verlegung des »Schreibetages« auf Dienstag. Dann treffen ihre Schreiben am Donnerstag in London ein, was ohnehin »schon wie alle Donnerwetter« klinge. Und er bemerkt: »Also richte es danach ein; keine Trauerbriefe am Montag, dazu sind andre Tage gut genug.« Zur Verbesserung seiner Gefühls- und Gemütshygiene möchte er folglich auch die Inhalte von Emilies Briefen an bestimmte Wochentage gebunden sehen. Als er sie später einmal mit einer für sie dramatischen Mitteilung konfrontiert, dekretiert er folgendes Verfahren: »Schreibe mir am Sonnabend einige ruhige Zeilen als Antwort. Unsre gewöhnliche Korrespondenz erleidet keine Störung oder Ändrung. Ich schreibe am Sonnabend wie immer und Du antwortest am Montag. Der heutige Brief und Deine Antwort darauf sind nur eingeschobene Extras.«

Aber Emilie hat nicht nur das System zu respektieren, sondern soll gefälligst auch seine Ansprüche an Informationsgehalt und ästhetische Gestaltung erfüllen. Sie schreibe zuwenig, es fehle an Neuigkeiten, sie nehme sich nicht genug Zeit für die Briefe, und mitunter – wie am 26. November 1856 – tadelt er sie auf geradezu ungehörige Weise: »Dein heut erhaltner, nicht bloß schlechtgelaunter, sondern in furchtbarster Hast hingefludderter Brief war allerdings keine besondre Herzstärkung.« Zwar entschuldigt er sich am Tage darauf, daß er ihr in der Rage »ein Dutzend Malicen« gesagt habe, aber rechthaberisch moniert er erneut, daß sie ihn mit Flüchtigkeiten abspeise und nicht auf seine Fragen eingehe.

Fontane zeigt kein Verständnis dafür, unter welchen meist schwierigen Bedingungen sie ihre umfangreichen und detaillierten Berichte verfaßt. Da toben, wie in Luckenwalde, vier »hoffnungsvolle Knaben« umher, da sind, wie in der kleinen Behausung in Berlin, zwei Kinder und drei Erwachsene im Zimmer, da muß ein fiebernder Sohn betreut werden, oder da hält sich die kranke Schreiberin selbst nur mühsam aufrecht.

Die trotz alledem gern getragene Mühsal der Korrespondenz wird Ende August 1856 für fünf Wochen unterbrochen: Fontane trifft in Berlin ein, und zwar in Begleitung des Zeitungsverlegers William Glover, den er erst einmal im renommierten »Hôtel de Russie« in der Nähe des Zeughauses unterbringt, bevor er in der Bellevuestraße auftaucht. Er besucht seinen Vater in Schiffmühle, hat allerlei Dienstliches zu erledigen und kann vor allem darüber mit Emilie reden. Denn es sind wichtige Entscheidungen gefallen: er wird, voraussichtlich für längere Zeit, in England bleiben, und die Familie soll nachkommen. Und das heißt: die ewigen Trennungen könnten nun endlich ein Ende haben. Mit dieser erfreulichen Aussicht verabschiedet Emilie am 6. Oktober ihren Mann, der, anfangs mit seinem Chef Ludwig Metzel, über Süddeutschland und Paris nach London zurückfährt. Die letzten Tage in Berlin müssen ziemlich turbulent gewesen sein, denn Fontane bittet seine Frau von Bamberg aus, auf einem Zettel anzugeben, »wo ich von Mittwoch früh bis Sonnabend abend gewesen bin«, damit er sein Tagebuch komplettieren könne. Emilie erledigt das prompt, und in einem Brief an Bertha Kummer vom 14. Oktober resümiert sie den Besuch ihres Mannes: »Er war fünf Wochen hier, u. zählt diese Zeit mit zu der schönsten meines Lebens. Die Reise hierher kam sehr überraschend, da er mich erst zu Weihnachten besuchen wollte, aber amtliche Geschäfte führten ihn jetzt schon her, was wohl auch in vielen Beziehungen gut gewesen sein mag. Das schönste Wetter begünstigte sein Hiersein, Freunde u. Bekannte trugen ihn auf Händen, so daß er den liebenswürdigsten Eindruck von der Heimat mit in die Ferne trägt. Gegenwärtig macht er noch eine schöne Reise; München, Heidelberg, heut erhielt ich einige Zeilen aus Mannheim, nach denen er morgen in Paris einzutreffen gedenkt, wo er sich gute 14 Tage aufhalten wird, u. dann nach dem grauen London zurückkehren, welches *er* aber zum Glück *so liebt*, daß er sich darauf freut. Das ist nun, mein Herzensmütterchen, sehr gut, da es bestimmt zu sein scheint, daß London unsere zweite Heimat werden soll; unter viel besseren Bedingungen, namentlich einer Stellung ganz nach Theos Wünschen, werden wir nun unser Heil noch einmal dort versuchen. Im Mai, so Gott mich [bei der bevorstehenden Geburt] am Leben läßt, werde ich mit den Kindern u. Sack u. Pack übersiedeln, u. ist dies hoffentlich die letzte, schwere Trennung.« Auch in einem Brief an ihren Mann bekräftigt Emilie liebevoll ihre Entschlossenheit, einen Neuanfang jenseits des Kanals zu wagen: »Ich freue mich, daß *Du* mich bei Dir haben willst, u. wenn Du ein jahrelanges Bleiben in London beinah für gewiß hältst, so komme ich, sobald es die Umstände erlauben, u. bleibe auch, denn so schön es in der Heimat ist, *dauernd* gut u. schön ist es nur bei Dir.«

Die Gewißheit, im kommenden Jahr wieder mit ihm vereint zu sein, hilft Emilie, mit den Ängsten wegen der bevorstehenden Entbindung leichter umzugehen, die nach ihren bisherigen Erfahrungen natürlich beträchtlich sind. Die Schwangerschaft beginnt zunächst bedenklich. In Luckenwalde, wo sie sich gerade aufhält, ist ihr, wie sie Bertha Kummer erzählt, mehrfach so übel, »daß ich eine Wiederholung meines vorjährigen Unglücks fürchtete«. Dann aber geht es ihr relativ »normal«. Die Eltern richten sich, wie 1852, auf ein Mädchen ein. Emilie schreibt am 3. Juli an ihren Mann: »Ich esse rasend viel, fühle jetzt schon bedeutend Leben u. denke, das Töchterchen wird mir wohl zu meinem Geburtstag durch sein Erscheinen Freude machen; ich freue mich übrigens so auf das Kind, daß es auch ein Junge sein kann; es soll mich mit England u. der bittren Trennung versöhnen.« Fontane reagiert, wie gewöhnlich, recht rüde: »Ich wünsche recht *sehr*, daß Du ein gesundes Kind zur Welt bringst, das Geschlecht ist vorläufig gleichgültig und alles wird dankbar akzeptiert. Nur keine allzu elenden Würmerchen; es ist eine Art Ehrensache; also nimm Dich zusammen und tu das Deine. Man schreibt mir sonst auf den Grabstein: seine Balladen waren strammer als seine Kinder.« Er hält ihr bald darauf, fast entschuldigend, eine Art populären anatomischen Vortrag: »Was bei Dir schwach ist, sind die sogenannten Mutterbänder, die wie zwei Strippen das Kind in der Schwebe halten. Starke Strippen können viel tragen, schwache wenig. Daher sind Deine Kinder so klein und kümmerlich, weil die Natur in ihrer Weisheit an diese Bänder nicht mehr hängt, als sie einigermaßen tragen können.« Und er, der entlaufene Apotheker, verordnet vor allem viel Ruhe. Dabei hat gerade seine Abreise nach London Emilie heftig aufgeregt; sie bekommt in der Nacht zum 7. Oktober Nervenkrämpfe, Doktor Koblanck wird geholt, der gleich seine geburtshelferlichen »Marterwerkzeuge« mitbringt, weil er glaubt, »es ginge los«. Kurz vor der Geburt stellt Fontane Überlegungen zum Namen an. Am 4. November wählt man in den USA einen neuen Präsidenten, und zu Ehren des Siegers oder zum Trost des Verlierers könne man die Kandidaten-Namen verwenden: »Theodor Buchanan Fontane, wie hübsch das klingt! Ja, die Sache geht noch weiter; es paßt auch, wenn es ein Mädchen ist: der eine Kandidat heißt ›Fillimore‹, das klingt ganz weiblich und hübsch dazu und erinnert an die reizende ›Fennimore‹ in einem Roman der guten Paalzow. Was es also auch sein mag, für aparte Namen ist wenigstens gesorgt.«

Ein schlimmer Winter

Am 3. November kommt der »kleine Engländer«, wie das Kind nach dem Ort der Zeugung von den Eltern scherzhaft genannt wird, auf die Welt, und obwohl Buchanan in Amerika gewinnt, heißt er Theodor Henri. Emilie hat viel auszustehen. Es ist eine komplizierte Steißgeburt, die Fontane zu einem ironischen Kommentar veranlaßt: »Wenn Du nur mehr Regelmäßigkeit in die Sache brächtest! Erst mit dem Kopf zuerst, dann mit den Beinen, nun gar mit dem Allerwertesten; wohin soll das schließlich noch führen?!« Emilie kann den Scherz nicht besonders lustig finden, denn, wie sie in ihrem ersten Bericht an ihren Mann schreibt, es ging hart her, »*härter* denn je«.

Was sie bereits im Sommer vorsorglich erörtert hat, ist nun aktuell: wie soll das Baby großgezogen werden? Das Selbernähren verbietet sich wegen ihrer geschwächten Konstitution, das »Päpeln« – die Aufzucht mit der Flasche – gilt als Notlösung, und so bleibt die Amme, die der Vater in London trotz der zusätzlichen Kosten dringend empfiehlt. Aber obwohl das »Ammenwesen« zu dieser Zeit hoch entwickelt ist – es gibt regelrechte Vermittlungsbüros –, sind diese »lebendigen Milchquellen« mitunter rar, zumal sie möglichst jung, kräftig und von gutem Charakter sein sollen. Emilie hat Glück und ergattert ein Prachtexemplar: hübsch, gutmütig, kerngesund, achtzehn Jahre, Mutter von Zwillingen. Fontane ist froh, daß er »solcher verführerischen Nähe enthoben« ist.

Doch schon nach vierzehn Tagen sprudelt diese Quelle nicht mehr ausreichend, das Baby muß »gepäpelt« werden, was ihm zunächst nicht bekommt: es nimmt besorgniserregend ab und ist wund. Und nun beginnt eine richtige »Ammenjagd«, am 30. November wird tatsächlich, wie Emilie schreibt, eine »erlegt«: »der Kleine packte gleich zu u. ließ es sich wohlschmecken«. Es ist wie ein Geschenk, denn gerade an diesem eisigen Sonntag hält die stark erkältete Henriette von Merckel statt der Mutter, die nach damaliger Auffassung frühestens sechs Wochen nach der Entbindung die Wohnung verlassen darf, das Kind über das Taufbecken der französisch-reformierten Kirche in der Klosterstraße. Die neue Amme, 28 Jahre alt, aus Nordhausen stammend, erweist sich auf die

Dauer als Mißgriff. Emilie wirft sie Anfang Februar hinaus, als der schlecht genährte Theo plötzlich ernsthaft krank wird – er liegt »steif u. kalt« da – und der Arzt die Amme anherrscht: »Wohl immer boshaft, ärgerlich, darf nicht mehr angelegt werden.« Emilie beklagt schon im Januar einmal, daß der zanksüchtigen Amme »die Galle in die Milch getreten« sei und das Kind darunter zu leiden habe. Fontane begleitet die Nachrichten über den »miserablen Ammen-Fleischklumpen« mit ungewöhnlich sarkastischen Bemerkungen; der ewige Ärger mit Dienstmädchen, Nachbarn und Hauswirten sei »ein schlechter Spaß Sr Majestät des Deibels«. Seiner Mutter gegenüber äußert er sich ganz anders; er vermutet, daß seine liebe Frau »jene Amme erst bis zum Biesttum hinaufgenärgelt« haben könnte. Und er beschwert sich auch gleich noch, daß Emilies Briefe nur »häusliche Klagen« enthielten. Der besorgte Koblanck beschafft indes eine dritte Amme, ein »dickes u. fettes« Bauernmädel aus der Umgebung Berlins, ein »ruhiges, liebes Geschöpf«, das den Kleinen wieder »auf den Strumpf« bringt, wie Emilie mitteilt.

Sie bewältigt diese Ammen-Misere, während sie selber auf den Tod erkrankt. Noch am Tauftag sieht sie nach Henriette von Merckels Zeugnis »ganz frisch u. blühend« aus, so daß Fontanes Mutter, die sie in den letzten Wochen betreut hat, nach Neuruppin zurückkehren kann. Doch dann ereignet sich, wohl als Spätfolge des Wochenbettes, eine unangenehme Geschichte. Bei ungewöhnlich warmem Wetter geht Emilie am 9. Dezember zum ersten Mal aus dem Haus, läuft bis zur Friedrichstraße, um Lebertran für George zu kaufen, und infolge der Überanstrengung stellen sich in der Nacht Krampfzustände im Unterleib ein, die zu einer gefährlichen Entzündung führen. Die Merckel springt sofort als Pflegerin ein, übernachtet sogar bei Emilie, bis die Schwiegermutter wieder in Berlin eintrifft. Koblanck setzt mehrfach Blutegel und bekommt die Sache allmählich unter Kontrolle. Henriette von Merckel übernimmt die regelmäßige, ausführliche Berichterstattung nach London, die zunehmend gute Nachrichten über die beginnende Rekonvaleszenz enthält. Zu Weihnachten ist Emilie über den Berg. Die Merckels schicken am Heiligen Abend einen schön geschmückten Baum (Henriette kann ihn, krankheitshalber, nicht selber bringen), und aus London trifft eine poetische Botschaft ein, die Emilie einigermaßen aufrichtet:

Die Stunden gehen, die Tage gehen,
Vergehen immer geschwinder,
Es kommt, will's Gott, ein Wiedersehn,
Es kommen Frau und Kinder,
Es ist der Trennung bald genug
Und leer wird auch ein bittrer Krug,
Es geht nun mal nicht anders.

Als sich Emilie Anfang Januar 1857 wieder in der Lage fühlt, selbst an ihren Mann zu schreiben, resümiert sie: »Ich sitze nun bereits ein Vierteljahr ein u. darf höchstens in 4 Wochen u. bei schönem Wetter an Ausgehen denken, u. so schwer es mir oft geworden ist u. wird, dies alles zu ertragen, ich denke doch auch: der liebe Gott lenkt alles zu unserem Besten u., wer weiß, soll dieser einsame Winter voll Schmerzen u. Entbehrungen nicht eine Kur für England sein, meinem Gefühl nach sind wenigstens jetzt die Entbehrungen in London Spaß gegen alles Schwere, was ich jetzt durchgemacht.« Bald erfährt sie, daß Theodor in etwa fünf Wochen auf Urlaub kommen wird, um die Übersiedlung vorzubereiten, und diese Aussicht empfindet sie als Entschädigung für alles, womit sie sich in den letzten Monaten habe »vom Schicksal schurigeln« lassen müssen.

»... daß endlich unsere Wiedervereinigung abzusehen ist«

Am Sonnabend, dem 28. März 1857 abends halb acht trifft Fontane in Berlin ein; für April stehen ihm 125 Taler zu, die Reise hin und zurück verschlingt 90, so daß für den Aufenthalt ganze 35 Taler bleiben. Er findet, laut Tagebuch, »alles wohl und munter« vor. An Emilie freilich haben die Strapazen des Winters deutliche Spuren hinterlassen. Sie klagt über »Schmerzen in der Seite«, die sie beim Atmen behindern, vor allem aber über langwierige schmerzhafte Augenprobleme, die sie gelegentlich dazu nötigen, einen Brief zu diktieren; sie begibt sich schließlich in Behandlung bei dem berühmten Professor Graefe, muß »duschen und eine blaue Brille tragen«. Vor allem aber: ihr einstiger »Haarschmuck« hat sich auf ein »Rattenschwänzchen« reduziert; »ich hoffe, Deiner Liebe wird es keinen Abbruch tun, denn auch ich habe standhaft den Anfang Deiner Glatze mit angesehen«.

Sonst aber scheint ihre alte Tatkraft fast zurückgekehrt. Seit Jahresbeginn treibt sie bei Frau Neßler am Hausvogteiplatz Englisch, besucht wieder ein Konzert in der Singakademie und ist einigermaßen für das turbulente Leben gerüstet, das ihr Theo ins Haus bringt. Sie plaudern viel und gehen im Tiergarten spazieren; er verwöhnt seinen Ältesten, dem er Kunststücke vormacht und oft eine Kleinigkeit kauft. Rütli und Ellora tagen häufig, die Freunde laden zu Geselligem ein, und sie kommen zu Besuch in die Bellevuestraße. Zudem hat Fontane in seiner Dienststelle bei Metzel zu tun, und er wird sogar vom Ministerpräsidenten Manteuffel empfangen.

Am 28. April fährt Fontane wieder nach London; Emilie bleibt mit ihrer Sehnsucht zurück und versichert, daß sie, sobald die Modalitäten feststehen, »mit Freuden« zu ihm kommen wolle, »und will's Gott, sollst Du auch Freude an mir haben. Gott hat uns beiden, teurer, heißgeliebter Mann, diese Trennungen nicht von ungefähr, sondern in seiner Weisheit zugeschickt, u. will ich dies nicht umsonst erkannt haben.« Emilie trinkt Chinawein und Spaa-Brunnen, um sich zu kräftigen. Die Kinder lassen indes keine Krankheit aus; Klein-Theo »zahnt bereits seit 3 Wochen erfolglos«, dann kriegt George die Masern. Emilie berichtet ihrer Stiefmutter, daß sie Tag und Nacht nicht von seinem Bette wegkonnte:

»Meine Augen haben durch das Nachtwachen wieder sehr gelitten.« Die Englisch-Studien münden in einen ersten, noch unbeholfenen Brief in der fremden Sprache: »I am tormenting myself, to write an english letter to you, but what does one not for love?« Und dann jubelt sie, als sein Brief vom 8. Mai ankommt:

Der Brief spricht:
Bin ich auch nur klein,
Melden kann ich doch:
London soll es sein
Drei, vier Jahre noch.

Während Emilie völlige Anpassung verspricht, dämpft Fontane ihre Erwartungen. Sicher werde sich eine »gewisse, alles schief und trüb sehende Melancholie« wieder einstellen, weil das gesellschaftliche Leben für arme Teufel trostlos sei: »Das Gefühl der Leere kann gar nicht ausbleiben; auch die beste, ungestörteste Ehe zwischen Leuten, die sich lieben, kann das nicht hintertreiben.« Emilie übersieht gern das Ernüchternde in den Vorhersagen für das gemeinsame Leben in London und antwortet auf diesen Brief: »Er tat mir so wohl wie ein Liebesbrief, u. ich alte Frau packte ihn ganz glücklich unter mein Kopfkissen, Du wirst finden, daß ich gerechte Ursache habe, mich zu ängstigen, eine alte Frau mit einem jungen Herzen zu werden.« In einem Brief an die Mutter behandelt Fontane das Thema recht kaltschnäuzig. Wenn erst der Londoner Nebel seine Frau einhülle, werde sie rasch trostbedürftig sein: »Auf solche Exklamationen wie: ›wenn ich nur meinen Mann erst wiederhabe; mit meinem Mann durch die Welt‹ etc., geb ich keinen Sechser.«

Vorerst aber ist Emilies Einsamkeit nicht zu Ende; denn nach der Grundsatzentscheidung über Fontanes weiteren Aufenthalt in England müssen die Bürokraten in Berlin noch die finanziellen Formalitäten klären. Erst am 7. Juli hört Fontane – er ist gerade in Manchester –, daß »1980 Taler Gehalt auf 3 Jahre bewilligt« sind. Nun können die Umzugsvorbereitungen intensiviert werden, die Emilie völlig allein zu bewältigen hat. Sie löst die Wohnung auf, sortiert Möbel und Hausrat aus, die die Merckels später auf einer Auktion losschlagen, und verpackt mit Hilfe von Bertha Kummer, was mitgenommen wird. Sie reist über Hamburg, wo sie übernachtet, und hat eine anstrengende Überfahrt auf der »verwanzten ›Countess of Lonsdale‹«, die Fontane schon im September 1855 – im gleichen unhygienischen Zustand – benutzt hatte. Klein-Theo ist schwach und krank, die Seekrankheit setzt allen zu, und Emilie schreibt an die Stiefmutter: »Ich wäre am liebsten mit Maus u. Mann untergegangen.« Am 27. Juli trifft sie, in Begleitung des eigens engagierten Hausmädchens Rosalie Hertwig, in London ein. Die Zeiten des Getrenntseins, unter denen sie seit über einem Jahrzehnt immer wieder gelitten hat, sind – so scheint es – endgültig vorbei.

Kapitel 6

Im eignen Haus in London

1857–1859

Friedliche Tage in Camden Town

Fontane war nach seiner Rückkehr aus Berlin, Ende April 1857, in eine kleine Wohnung in 9 East Compton Street gezogen, und dort bringt er vorerst auch seine Familie unter – mit dem kranken Theo und mit beständigem Ärger. Er hatte sich längst wegen eines eigenen Hauses umgetan und seine Frau mit der Bemerkung irritiert, daß es doch nicht darauf ankomme, »ob man in einer grünen oder gelben Stube schläft und ob das Haus diesseits oder jenseits der Themse liegt«. Aber nun findet sich rasch im Londoner Norden, in der Nähe von Regentspark, freilich auch unweit des Viehmarktes Copenhagen Fields (in »ehrfurchtsvoller Entfernung«), ein geeignetes Domizil. Henry Findon vermietet ihm ein Häuschen in 52 St. Augustine Road (»Zinn-Ogöstin-Road«, wie Freund Lepel gelegentlich scherzt); es existiert noch, trägt heute die Nummer 6 und soll demnächst mit einer Erinnerungstafel versehen werden. Am 10. August ziehen die Fontanes dort ein, und das bescheidene Häuschen sichert der keineswegs verwöhnten Familie für knapp anderthalb Jahre einen angenehmen und bequemen Aufenthalt, ebenjene von Emilie so lange vermißte »Häuslichkeit«.

Camden Town liegt hügelan, gilt als gesunde Gegend, hat schöne Aussichten auf London und auf die damaligen »Höhendörfer« Hampstead und Highgate. Haus Nr. 52 hat, wie alle Häuser in englischen Vorstädten, keinen individuellen Charakter; sie sehen aus, so spöttelt Fontane, »wie eine ausgepackte Schachtel Nürnberger Spielzeug, *bevor* das letztre bunt angepinselt ist«. In einem umfangreichen Brief vom 23. August erläutert er den Merckels Aussehen und Aufbau:

»Unser Haus besteht aus 3 Etagen, ein Souterrain, ein Hochparterre und ein Eine-Treppe-hoch. Zwei Fenster Front wie fast alle englischen Häuser. Die Vorderfront des Hauses ist gefällig: flaches Dach, der Abputz von graubrauner Farbe, die Fenster breit mit venezianischen Blenden [Jalousien]; eine 12 Stufen zählende Sandsteintreppe, zu einem pfeilergetragenen Vorbau führend, aus dem man dann in den Flur (Hochparterre) des Hauses tritt.« Fontane schwärmt vor allem von den beiden drawing-rooms dieses nahezu elegant und luxuriös ausgestatteten Hochparterre-Geschosses. Der hintere Teil ist sein Arbeitsraum: »Es arbeitet sich trefflich darin; ich hätte nie gedacht, daß ich angesichts solcher Tapete und mit meinen Stiefeln auf einem Teppich, der 20 £ kostet, so unbehindert Korrespondenzen schreiben könnte.«

In diesem Zimmer sitzt zwei Tage später auch Emilie und liefert aus der Sicht der Hausfrau eine detaillierte Beschreibung für Bertha Kummer, wobei sie eigens hervorhebt: »Der nie gekannte Reiz, ein Häuschen mit tausend Bequemlichkeiten allein zu besitzen, macht mir viel Freude.« Emilie erzählt: »Unser Häuschen hat nach der Straße heraus ein Gärtchen u. nach hinten heraus einen Rasenplatz, groß genug, um Wäsche darauf zu trocknen u. zu bleichen. Im Souterrain ist die Küche, daneben ein Waschhaus, mit eingemauertem Kessel, Wasserhahn etc. Die Küche ist geräumig u. allerliebst eingerichtet mit all dem neuen, schönen Geschirr. Als Tisch steht die große Kiste darin, die Du so meisterhaft gepackt hattest, daß auch nicht das Geringste gelitten hatte; dasselbe gilt von allen anderen Sachen, kein Bild, kein Glas, nichts ist beschädigt angekommen. Neben der Küche sind 2 Speisekammern u. ein Raum für Besen, Bürsten etc. u. der Kohlenkeller. Nach vornheraus ein Zimmer, was zum Frühstück u. Mittagessen benutzt wird. Darinnen befinden sich zu jeder Seite des Kamins ein Wandschrank, zum Aufbewahren von Tassen, Gläser, Tee, Zucker u. dg. Über dem Kamin hängt Frankreich. Aus diesen unteren Räumen führen 2 Ausgänge in den Garten. Eine Treppe führt in das hohe Parterre, von der Straße durch eine zierliche Steintreppe zu erreichen. Links die beiden schönsten Zimmer; kostbare Teppiche u. Gardinen; ein Zimmer, mit großem Fenster u. Balkon nach der Straße, eins dito nach dem Garten, beide Zimmer durch eine mächtige Tür verbunden, die, wenn man sie öffnet, die Zimmer zu einem Saal vergrößert. Das hintere benutzt Theo zu seinem Arbeitszimmer, u. sitzen wir uns jetzt eben schreibend an seinem Arbeitstisch gegenüber. Neben dem Zimmer eine Glastür, die geradeaus vermittelst einer Treppe in den Garten führt, rechts das water closet. Eine mit Teppich belegte Treppe führt in den obersten Stock, wo sich vornheraus unsere geräumige Schlafstube befindet, daneben ein Stübchen für – deutsche Gäste! nach dem Garten die Kinder- und Schlafstube, daneben das Stübchen des englischen Mädchens. C'est tout; vermittelst einer Leiter kann man durch eine Dachluke auf das platte Dach klettern.« Mit der Einrichtung hapert es noch an vielen Ecken, dennoch finden es Fontanes, an Berliner Verhältnissen gemessen, »schön und prächtig«, mit dem Londoner Standard verglichen allerdings »nur eben anständig«.

In diesem Haus führen die Fontanes ein fast behagliches Familienleben, und Theodor und Emilie – Causeur der eine, Plaudertasche die andere – frönen ihrer Leidenschaft zu ausgiebigen Gesprächen; später wird das im hauseigenen Jargon »papeln« genannt. In Fontanes Tagebuch, das auf weiten Strecken von Emilie geführt wird, kommt der Eintrag »Geplaudert« (vor »Gearbeitet« und »Gelesen«) besonders häufig vor: »Bei einer Marsala-Bowle bis Mitternacht geplaudert« (28. Februar 1858); »Geplaudert bei Rotwein und Sandtorte« (23. März 1858); »Den Abend mit Emilie am offnen Fenster verplaudert; schöne Sommerluft« (1. Juni 1858). An anderen Abenden liest Emilie vor, oder man spielt Whist oder Sechsundsechzig.

Und Emilie nimmt sich im Spätherbst und Winter 1858 sogar Zeit, den Anfang ihrer »Jugendnovelle« aufzuschreiben. Sie sucht darin auf beeindruckende Weise die traumatischen Erlebnisse ihrer Kindheit und Jugend zu verarbeiten, und die kluge Henriette von Merckel, die sie zu der Arbeit angeregt zu haben scheint, rät ihr ausdrücklich: »wenn es Dir eine Erleichterung ist, so setze sie fort, aber nur dann«. Leider hat Emilie diese autobiographische Skizze, die lange verschollen war und erst 1983 veröffentlicht wurde, nur bis zum Jahre 1839 geführt. Dieses Bruchstück liest sie am 10. Dezember 1858 ihrem Mann zu dessen »großem Ergötzen« vor, und der stellt fest: »Die kleinen stilistischen Unarten werd ich absichtlich nicht korrigieren, um nicht der Sache den naiven Ton zu nehmen, worin ihr größter Reiz besteht.« Am 2. Januar 1859 schickt er den Text an Frau von Merckel.

Auch an den beiden Geburtstagen, die Theodor in London begeht, erprobt sie sich im Verseschmieden. Zum 30. Dezember 1857 schenkt sie ihm einen Weltatlas und begleitet ihn mit folgendem Gedicht:

Leuchtet Lichtlein hell in seine Seele,
Strahlet Freude reich in seine Brust,
Daß ihm nichts am heut'gen Tage fehle,
Er bewegt nur sei von Freud und Lust!

Vieles fehlt in Wahrheit diesem Tage,
Keine Welt dir aufgebauet ist,
Doch zuviel gewiß ich dir nicht sage,
Daß zu Besserem aufbewahrt du bist!

Eine Welt wird nächstens vor dir liegen,
Bunt und groß, sie kostet nah zwei Pfund,
Doch noch andres wirst du dir ersiegen,
Laß dich Gott nur kräftig und gesund.

Dann – eine Welt nach deinen schönsten Plänen
Wirst du auferbaun mit eigner Hand,
Und gestillt wird noch dein heißes Sehnen:
Du erreichst noch Ziel und Vaterland!

Strahlet Lichtlein heut ihm Zukunftsfreuden
In sein Herz, das edel ist, hinein,

Und bewahr du Gott ihn stets vor Erden-Leiden,
Laß ihn aller Orten glücklich sein!
Der lahme Pegasus Deiner Frau

Im Jahr darauf verehrt sie ihrem Mann einen Schirm und dichtet – wohl nach einer alten Vorlage – diese Verse dazu:

Ich riet wohl hin, ich riet wohl her,
Was Gutes wär heut zum Bescher,
Zuletzt erwählt ich dieses Stück
Und hoff, es bringt dir alles Glück.

Ein Schirm ist eine gute Sach,
Beim Regen ist man unterm Dach,
Er schützt die Kleider und die Haut,
Drum brauch ihn, wenn der Himmel graut.

Doch wünsch zu Deinem Schutz ich noch
Dir Gottes Schirm, der beste doch,
Sei er mit dir, dann, bester Mann,
Kein grau Gewölk dir schaden kann.

Selbstverständlich sitzen die Fontanes nicht nur zu Haus am gemeinsamen Arbeitstisch. Häufig sind sie unterwegs in der Stadt oder erkunden die Umgebung. Zuweilen nimmt Fontane seine Frau auch in die preußische Gesandtschaft mit, wo er als Journalist mit dem Gesandten Bernstorff zu tun hat. Weite Wege und manche Abenteuer werden in Kauf genommen. Nach einer Party am 4. Juli 1858 zum Beispiel machen sie sich um 23 Uhr auf den Heimweg: »Furchtbarer Marsch, bei klatschendem Regen, von Denmark Hill über Blackfriars Bridge bis New Oxford Street; endlich einen Cab erobert. Emilie halb tot.« Die Notiz »Todmüde nach Haus« erscheint oft im Tagebuch. Am 25. Juni 1858 vermerkt es sogar etwas für Fontanes Gewohnheit ganz Ungewöhnliches: »Bal Champêtre [ländliches Tanzfest] auf der großen Wiese; teilgenommen und mit Emilien schottisch gehoppst. Das Vergnügen mäßig, die Szenerie reizend.« Emilie läßt sich gern in die Konditorei von Farrance oder zu Austern- und Lobster-Soupers einladen, und er zeigt ihr auch Simpson am Strand, wo er früher viel gesessen, gegessen und geschrieben hat. Vor allem aber wird zu Hause gespeist, und Emilie ist eine kundige und umsichtige Hausfrau. Sonnabends pflegt sie auf dem Markt in Newgate Street den Sonntagsbraten zu holen, den man dort besonders preisgünstig bekommt, und Enten und Hühner für Weihnachten kauft sie ebenfalls dort. In der Küche wird sie von Betsy unterstützt, der Emilie ein vorzügliches Zeugnis ausstellt: »Mein englisches Mädchen scheint mich auch mit dem Dienstpersonal ihres Vaterlandes aussöhnen zu wollen. Sie ist folgsam u. gelehrig, wäscht Fleisch u. Rosinen u. kocht nach meiner Anleitung deutsche Gemüse schmackhaft u. gut.« Überdies kommt alle vierzehn Tage eine Waschfrau, mit der Emilie sehr zufrieden ist.

Und Wäsche fällt, nicht zuletzt durch die beiden Jungen, reichlich an. George ist inzwischen sieben, der kleine Theo lernt gerade laufen, nachdem er sich wieder erholt hat. George, der schon Anfang 1857 in Berlin zur Schule ging – Wilhelm von Merckel hat eine hübsche Zeichnung davon angefertigt –, besucht in London den von Johannes Ronge, einem deutschen Flüchtling, geleiteten Kindergarten, der nach den pädagogischen Prinzipien Friedrich Fröbels geführt wird. Der Älteste ist der Liebling, aber er ziere sich und habe, sagt der Vater, »eine völlig diplomatische, um nicht zu sagen intrigante Natur«; aber er ist unbesorgt: »Erziehen läßt sich da nichts; erziehn und doktern heißt in der Regel – verderben.« Er erzählt ihm lieber Geschichten aus seiner Swinemünder Jugendzeit. Als George zufällig in Briefen seiner Mutter an Friedrich Eggers von deren »Ellora-Söhnen« liest, protestiert er: »Ich finde es gar nicht hübsch, daß sich so viele deine Söhne nennen.« Henriette von Merckel ist beglückt, daß der kleine Theo, ihr Patensohn, ein eigenes Gärtchen zum Spielen hat. Sie selbst ist kinderlos, weiß aber: »Ein Kind bedarf ja nur eines Sandhaufens zum Gedeihen.« Stolz berichtet Emilie am 19. November 1858 ihrer Stiefmutter: »Meine Jungen gedeihen körperlich u. geistig, und die Vernunft läßt es mich als ein Glück ansehen, daß sich ihnen kein Schwesterchen zugesellt hat. George liest, schreibt u. spricht englisch, daß ich hoffe, er nimmt es als einen kleinen Schatz mit in die Heimat. Theochen ist ein feines, schmeichlerisches Kind, grundverschieden von George, mit Mamas Charakter u. Papas schönem, gelocktem Haar.«

Nicht nur Haus und Familie beschäftigen Emilie, sie wird auch Zeugin der damals viel beachteten dynastischen Fusion zwischen Preußen und Großbritannien: Kronprinz Friedrich Wilhelm (der spätere Kaiser Friedrich III.) heiratet am 25. Januar 1858 in London die englische Prinzessin Victoria; sie ist eine hochgebildete junge Dame, die mit ihrem Vater Albert, dem aus Sachsen-Coburg-Gotha stammenden Ehemann der englischen Königin, sogar die Schriften des in London lebenden deutschen Emigranten Karl Marx gelesen hat. Fontane ist der offizielle Berichterstatter; Emilie beobachtet als Frau und schreibt teilnehmend an die Merckel: »Deine Mitteilungen über die Prinzeß sind allerliebst, *hier* hörte man dergleichen kleine Züge gar nicht von ihr, nur der Glaube ist hier etwas verbreitet, daß sie sich beständig mit ihrer Mutter [Königin Victoria] gestritten habe; solche Erzählung wird aber durch nichts motiviert u. ist darum mißlich weiterzuerzählen. Ich sah sie nah bei ihrer Abfahrt durch die City; sie saß im offnen Wagen, hatte aber so geweint, der Abschied von Mutter u. Geschwister lag eben hinter ihr, daß ich nichts sah wie ihre Trauer u. sie um der Trennung von Heimat u. ihren Lieben mitfühlend betrachtete. Der Jubel in Berlin [beim feierlichen Einzug des jungen Paares] muß groß gewesen sein, u. die sich bekundende allgemeine Teilnahme u. Liebe muß etwas Erhebendes gehabt haben, um so schärfer ist aber auch der Kontrast mit unserem Königspaare [der kranke Friedrich Wilhelm IV. und seine Frau Elisabeth Ludovika] hervorgetreten, u. ich habe oft mit innigster Teilnahme der Königin, die ich als eine mit Tugenden reich begabte Frau verehre, gedacht; wie muß *ihr* bei dem allgemeinen Jubel zumute gewesen sein!«

Emilie hat als Gattin des Presseagenten der preußischen Gesandtschaft ohnehin eine Fülle geselliger Verpflichtungen wahrzunehmen. Sie hat Besucher zu bewirten und ist häufig mit ihrem Mann bei Freunden und Bekannten eingeladen. Den Gesandtschaftssekretär Alberts, den Apotheker Schweitzer und den Arzt Dr. Morris kennt sie von 1856 her, nun kommen die Journalisten Julius Faucher und Heinrich Beta und ihre Frauen hinzu. Zuweilen sieht sie auch Edgar Bauer, und sie hat keine Ahnung, daß dieser im Auftrag des dänischen Geheimdienstes ihren Mann bespitzelt. In den Kreis der Bekannten tritt im Sommer 1858 ein benachbartes Ehepaar, Margret und Richard Merington, »allem Anschein nach brave, liebenswürdige Leute«, wie Fontane im Tagebuch vermerkt, die künftig noch hilfreich tätig werden. Im Umgang mit den englischen Bekannten empfindet Emilie ihr klägliches Englisch als beträchtliches Handicap; sie möchte möglichst wenigen ihr »Radebrechen« zumuten. Sehr erfreulich gestalten sich die Tage, als Bernhard von Lepel bei ihnen wohnt; er bringt Neuigkeiten aus Berlin mit und begleitet Fontane auf einer zweiwöchigen Exkursion durch Schottland, »welche wohl«, wie Emilie zu Recht vermutet, »für beide Freunde eine ihrer schönsten Lebenserinnerungen bleiben wird«. Nach Lepels Rückreise wollen Stiefbruder Hermann Müller und seine Frau nach London kommen. Emilie freut sich riesig, doch nach langem vergeblichem Warten erfährt sie, daß »unser armer, geliebter Hermann« geisteskrank geworden und in die Provinzial-Irrenanstalt Leubus eingeliefert worden ist, wo er 1859 stirbt. Andere Nachrichten beunruhigen sie sehr: in Jauer stirbt 1857 Schwager Moritz Fels, dessen letztes Alkoholikerstadium sie noch miterlebt hat; aus Berlin kommt die völlig überraschende Mitteilung vom Tode des hochverehrten, gerade fünfzigjährigen Franz Kugler. »Meine Frau, selbst krank und angegriffen, schwimmt in Tränen«, meldet Fontane.

In all den englischen Monaten bleiben Fontanes durch eine dichte, ausgiebige und höchst gehaltvolle Korrespondenz mit dem Ehepaar Merckel in Berlin verbunden. Von den erhaltenen Briefen stammen mehr als dreiviertel aus dem Zeitraum von September 1855 bis Januar 1859. Völlig uneigennützig stehen ihnen die Merckels in allen Fragen des Alltags bei. Emilie »quält« die Freundin wie einst in der Bellevuestraße mit allerlei Aufträgen: sie bestellt »Schlagwurst«, Pflaumenmus, eine Angorajacke, ein Rezept. Die Merckel greift sogleich ein, wenn der Freundin in London, der sie Weihnachten 1857 das Du anbietet, irgend etwas fehlt. Sie sei »ganz indigniert, daß es in London keine saueren Gurken gibt«, und sie schickt umgehend ein Fäßchen und schmuggelt es – in die Gesandtschaftspost! Die Merckels verkaufen die restlichen Möbel der Fontanes, rechnen sorgfältig ab, bieten finanzielle Unterstützung an, und er transferiert so manche Fünfpfund-Note nach London, indem er sie – ein damals aus Sicherheitsgründen übliches Verfahren – in der Mitte durchschneidet und die Teile in verschiedenen Briefen schickt.

Nicht minder wichtig ist der intensive Gedankenaustausch über die sich abzeichnenden politischen Veränderungen in Preußen – die Erkrankung des Königs und die Regentschaft des späteren Wilhelm I. – sowie die wirkungsstrategisch-kulturpolitischen Überlegungen zur literarischen Intention des Berliner Rütli, der nach Fontanes Worten kein »unter Fenster- und Mauerverschluß gebrachtes lyrisches Treibhaus« sein dürfe, sondern mitten im täglichen Leben stehen und auf dieses einwirken müsse. Henriette und Emilie, obwohl sie jeweils ihren eigenen Briefwechsel führen, nehmen an den Debatten der Männer »lebhaftesten Anteil«.

Beide Fontanes schätzen diese tätige Freundschaft sehr hoch. Fontane weiß, wovon er spricht, wenn er einen vielseitigen Brief Merckels mit einem »wohlservierten Diner« mit einem »Dutzend Gängen (darunter allerhand Lieblingsspeisen)« vergleicht, das er mit wachsendem Behagen zu sich nehme: »Welche beneidenswerte Gabe, immer trösten, aufrichten, ermutigen zu können«, und ein andermal betont er die gleichbleibend »freundschaftliche, wohlwollende, herzliche

Gesinnung«, die in jeder Briefzeile stecke. Und Fontane nimmt es auch hin, wenn ihm Merckel wegen eines »gramseligen, seufzerduftenden, wehmutdampfenden, mit untergeschlagenen Armen einherwandelnden und auf die Stiefelspitze starrenden Briefes« ordentlich den Kopf wäscht. Emilie und Henriette finden dergleichen »ebenso interessant als ergötzlich«.

Kritische Harmonie und fragile Gesundheit

Es hat den Anschein, daß die Fontanes während dieser Londoner Jahre eine harmonische Ehe führen und in äußerlich relativ stabilen Umständen ohne größere Reibereien miteinander auskommen. Emilie, immer stark auf Ausgleich bedacht, gesteht gleich anfangs ihrer Stiefmutter: »Mein Mann ist meine Erquickung, könntest Du nur sehen, mit welcher Ruhe u. Freundlichkeit er all die Unannehmlichkeiten trägt, die unser Hiersein ihm verursacht.« Ein wenig anders klingt es in einem Brief an die Schwiegermutter, in dem sie von Theos »nervöser Kränklichkeit« berichtet, was dieser aber sogleich als einen milden Ausdruck für »kribblig« zu interpretieren versucht. »Mit herzlicher Freude«, erklärt er seiner Mutter kritisch-selbstkritisch, »geb ich Emiliens Benehmen gegen mich das beste Zeugnis; direkt quält sie mich so gut wie gar nicht, und unsre Ehe hat sich nach der Seite hin sehr glücklich gestaltet. Du weißt aber, daß ich sie für witzig, espritvoll, klug und umsichtig gekauft habe. Witzig ist sie wirklich, aber sie ist zu gleicher Zeit in allem, was sie sagt, so hin und her huschig, so planlos, so unselbständig, so abhängig vom Moment und von jedem neuen Einfall, der ihr durch den Kopf geht, daß eine Unklarheit entsteht, die mich mitunter aufs höchste ärgert. Ich mag darin oft hart und ungerecht sein, aber der Grund ist au fond schmeichelhaft für Emilien und liegt darin, daß ich von ihren Fakultäten eine zu gute Meinung habe.« Ganz ähnlich spricht er sich ein Jahr später gegenüber Henriette von Merckel aus: »Meine gute

Frau versteht eine Kunst nicht recht – das Maßhalten. In Trauer und Freude, in Bedrücktheit und Hoffnung geht sie leicht zu weit.«

Was Emilie an temperamentvoller Unbeherrschtheit in die eheliche Gemeinschaft mitbringt, das ergänzt Theodor durch ständigen Argwohn und ewiges Mißtrauen – später wird er sich selber gern »supçonnös« nennen. Freund Lepel sagt ihm zu dieser Charakterschwäche, die die Beziehung zu Emilie erheblich belastet, im Mai 1858 gehörig die Meinung: »Du bist darin nun einmal ein närr'scher Mensch. Deine falsche Spürung, neben der häufig richtigen, hat Dir, wie Du nicht leugnen kannst, Dein ganzes Leben über zu schaffen gemacht – ich erinnere nur an Deine haarsträubenden Eifersuchtsqualen, über die Du jetzt mit Frau Mila zusammen lachst. Aber zu ihrer Zeit, wenn Du mit verstörtem Gesicht in die Kaserne kamst, waren sie fürchterlich. So siehst Du auch jetzt noch aus meinen gelegentlich im Dusel geschriebenen Zeilen heraus die Fußtapfen der Philisterei oder der Heuchelei, die ins Fenster der Freundschaft führen – sollen. Hinterher erkennst Du, wie damals, daß alles Schwindel war.«

Fontane kommt selber, in einem Brief an die Mutter, ironisch auf das »ruhiger« gewordene Verhältnis zu seiner Frau zu sprechen: »Emilie unterhält mich jetzt dann und wann von meiner frühren Leidenschaft, von meinem arabischen Feuer und der erhabenen Glut meiner Gefühle. Mir ist dann immer, als erzähle sie von irgendeinem Schah oder Sultan, der auf der Ottomane ruhend reizende Töchter von Circassien den Selam tanzen läßt und, wenn Achme und Zuleika fertig sind, ›frische Pferde‹ bestellt. So hat man die Märchen aus ›Tausend und einer Nacht‹ durchlebt, ohne es recht zu wissen, und hat eigentlich keine Ahnung davon, daß man auch mal ein Kerl bei der Spritze war. Es ist auch recht gut; eigentlich werd ich immer verlegen, wenn ich von meiner glorreichen Vergangenheit in der Liebe höre.« Aber, fügt er märkisch-trocken hinzu, er fühle sich bei mehr Ruhe wesentlich wohler und schätze Selterswasser höher als Champagner. Die behäbige Attitüde läßt gleichwohl ein ordentliches Lob für seine Frau zu. Seiner Mutter verrät er im September 1858: »Sie ist passabel wohl mit Ausnahme davon, daß der im allgemeinen verschlossene Charakter ihres Unterleibs ihr häufig was zu schaffen macht. Mit Rücksicht auf diese Zustände muß ich eigentlich einräumen, daß sie sehr liebenswürdig ist. Denn an gewissen Dingen scheitert zuletzt alles, und man muß nicht unbillig sein.«

Damit ist auf behutsame Weise angedeutet, daß das körperliche Wohlbefinden zu wünschen übrigläßt, und tatsächlich belegen Tagebuch und Briefwechsel leichtere und ernsthafte Erkrankungen in Permanenz. Fontane hat seine Probleme mit Lunge und Herz noch lange nicht überwunden und brauchte dringend eine Kur. Emilie leidet mehrfach an heftigen, bedrohlichen Krampfanfällen, die teils noch immer Nachwirkungen der Unterleibsentzündungen vom Winter 1856, teils aber auch auf »no acting in the bowels« zurückzuführen sind, wie der Londoner Arzt dezenterweise diagnostiziert. Ein andermal zwingen sie die Röteln und ein rheumatisches Fieber tagelang zur Bettruhe. Besonders anfällig in den trüben Wintermonaten, fühlt sie sich zudem durch den Londoner Nebel beeinträchtigt, der sie »gemütskrank« macht. Ihrer Freundin Henriette von Merckel bekennt sie, daß sie sich »nie werde akklimatisieren können, und dies Immermedizinieren-*Müssen* und Achthaben auf meinen Körper ist mir unleidlich. Mein guter Mann ist mir auch freilich darin ein gutes Beispiel, u. seiner Achtsamkeit verdanke ich es, daß er noch nicht ernstlich krank geworden ist.«

»Eine Pflanze im fremden Boden«

Woran freilich beide Fontanes, und zwar in zunehmendem Maße, am meisten leiden, ist ihr Aufenthalt in der Fremde, sind der London-Überdruß und die Sehnsucht nach der Heimat. Darin stimmen sie in ihrer Gemütslage völlig überein. Fontane registriert schon im September 1857 eine »nicht wegzuleugnende Gemütlichkeits-Dürre«, und seit Sommer 1858 häufen sich seine massiven Klagen. Das Leben in England lähme seine Kräfte, er gähne sich allenfalls noch anständig durch die Welt, es fehle an Zuspruch und geistiger Auseinandersetzung, und er schreibt an Lepel: »Ich will hier fort.« Er fühlt sich wie eine Pflanze im fremden Boden. »Es ist ein kühles Amphibiendasein, ein 3jähriger Krötenschlaf unterm Stein«, bekommt Merckel zu lesen, und die scharfsichtige Henriette spürt, daß Fontanes Unzufriedenheit die arme, immer mit dem Heimweh kämpfende Emilie in höchstem Maße mitbedrückt. In einem Brief an Henriette von Merckel hatte sie schon am 2. November 1857 bekannt: »Es geht uns gut, u. dankbar erkenne ich es täglich an, doch kann ich nicht leugnen, meine innigst geliebte Freundin, daß wir beide, mein Mann wie ich, die Heimat schmerzlich vermissen. Es gibt keinen Ersatz hier für unsere Lieben!«

Die Lösung kommt von außen: die Vorgänge in Preußen kündigen das Ende der Londoner Zeit an. Ministerpräsident Manteuffel tritt am 6. November zurück, die sogenannte »Neue Ära« beginnt, und Fontane bittet am 2. Dezember bei Minister Auerswald um die Aufhebung seines Vertrages, der eigentlich noch zwei Jahre gilt. Emilie kommentiert auf ihre Weise die Lage in einem Brief an die Stiefmutter: »Die Veränderungen in Berlin, namentlich der Ministerwechsel, werden auch auf Theos Stellung hier einwirken, u. wir harren der Dinge, die da kommen werden. Wir wissen noch nichts über unsere Zukunft, denken aber zu Ostern k. J. wieder in Berlin zu sein; möge es auch nur unter einigermaßen günstigen Verhältnissen sein, so kehren wir mit Freuden zurück. Unser Leben ist zwar nicht mehr ganz so vereinsamt wie im Anfang, aber Theodor entbehrt jeder geistigen Anregung u. denke ich, was wir *vielleicht* verlieren, gewinnt er *gewiß* wieder an geistiger Frische u. Regsamkeit in der Heimat.« Zu Emilies Geburtstag am 14. November trägt Sohn George bereits die hoffnungsvollen Verse des Vaters vor:

Meine liebe Mama, trara, trara,
Dein Wiegenfest ist wieder da,
Du trittst es an, frisch und gesund,
Des freu ich mich von Herzensgrund.

Das nächste Jahr, das nächste Jahr,
Da sind wir wieder, wo's besser war,
Da feiern wir deinen Geburtstag froh
Am Kanal oder Schafgraben irgendwo.

[...]

Ach daß es alles so kommen mag,
Das wünsch ich dir an diesem Tag,
Ich aber will rufen dann: Juchhe,
I wish you a happy return of the day.

Noch einmal feiern die Fontanes das Weihnachtsfest in der Fremde. Am 23. Dezember schmücken die Eltern gemeinsam den Tannenbaum. Das Marzipan dazu stammt aus dem liebevoll bestückten Paket Henriette von Merckels, die die ganze Familie bedenkt: ein Buch für George, »Silberfischchen« für Theo, Pfefferkuchen für den Hausherrn, Schokolade für Emilie. Heiligabend verläuft, nach Fontanes Bericht, »passabel, aber einsam«; immerhin kommen gegen 9 Uhr die Betas vorbei. Fontane bedankt sich am 29. Dezember bei den Merckels auch im Namen seiner Frau, die gern Gruß und Glückwunsch zum neuen Jahr hinzugefügt hätte; »sie macht aber Salat für morgen (zum Geburtstag), ›und mit Heringshänden könnte sie's doch nicht tun‹«.

Die Feiertage nutzt man für die intensive Planung der Rückkehr. Fontane wird allein nach Haus reisen – er bricht am 15. Januar 1859 auf und trifft am 17. in Berlin ein –, während Emilie noch in London bleibt und den Verkauf des Inventars abwickelt. »Da wir«, teilt Fontane den Merckels mit, »mit dem ›furnisher‹, der alles geliefert hat, auf gutem Fuße stehn (er ist Gesandtschaftstapezierer und ein anständiger Mann), so, hoff ich, werden die unvermeidlichen Mühen und

Ärgerlichkeiten wenigstens nicht allzu hart sich fühlbar machen.« Emilie erledigt alles in gewohnter Souveränität, wenn auch nicht ganz ohne Verluste, und kehrt mit dem kleinen Theo am 7. Februar nach Berlin zurück; George bleibt bei den Meringtons. Die Fontanes sind wieder zu Hause, aber das Abenteuer ihres Lebens beginnt von vorn.

Kapitel 7

Ein Jahrzehnt »zwischen Hoffen und Harren«

1859–1869

Das »Pensum« abarbeiten: neuer Kindersegen

Die Pose des behäbig gewordenen Sultans, der sich von seiner Leidenschaft und seinem arabischen Feuer allenfalls noch *erzählen* läßt, stimmt mit der Wirklichkeit keineswegs überein. Die zärtliche Zuneigung, die Fontane sogleich nach der Ankunft in Berlin den Briefen an seine Frau anvertraut – immer mit Bezug auf die glücklichen anderthalb Jahre in England –, dauert an, und so muß Emilie am 28. Oktober 1859 ihrer Stiefmutter beichten, daß sie »zum Frühjahr wieder etwas zu erwarten habe«. Nach den strapaziösen fünf Geburten zwischen 1851 und 1856 mit drei jeweils früh gestorbenen Babys leuchtet ein, wenn sie hinzufügt: »Ich hatte gehofft, mein Pensum in dieser Beziehung abgearbeitet zu haben.« Vier Wochen danach heißt es im nächsten Brief an Bertha Kummer: »Wir sind Gott sei Dank wohl, aber mein Zustand fängt an, mir recht unbequem zu werden, körperlich wird mir alles schwer, und geistig sehe ich alles schwarz. Man tröstet mich mit der Aussicht: ein klein Mädchen zu bekommen, aber ich glaube nicht daran und will mich lieber nicht in diesen Gedanken wiegen.«

Doch der langgehegte Wunsch der Eltern erfüllt sich diesmal: genau zu Frühlingsanfang, am 21. März 1860, wird eine Tochter geboren und auf den Namen Martha getauft, im häuslichen Sprachgebrauch aber schon bald zu Mete abgewandelt und dadurch von den ungezählten Marthas jener Jahre unterschieden. Mutter Kummer erfährt aus Emilies Brief vom 19. April: »Mein kleines Mädchen kam schnell zum Dasein und hat mir vom Anfang bis jetzt die wenigsten Schmerzen bereitet. Drei Tage quälte ich mich wieder mit dem Nähren, seitdem trinkt sie die Flasche und gedeiht unberufen« – Sorgen und Kummer wird das Kind – »ein freundliches liebes, kleines Dingelchen, das uns viel Freude macht«, sagt der Vater – erst später bringen. Gegen Jahresende berichtet Emilie ihrer Stiefmutter: »Unsere kleine Martha, die gestern 8 Monate alt war, ist mit ihrer immerwährenden Freundlichkeit der Sonnenschein des Hauses, mein Herzblatt und ihres Vaters erklärter Liebling. Sie macht der Päppelei alle Ehre und ist rund und nett, wie nur immer ein Ammenkind sein kann.«

Indes ist Emilies »Pensum« noch nicht erschöpft. 1863 wird sie erneut schwanger, und wieder bedrängen sie die sattsam bekannten Komplikationen. Sie habe »diesmal mehr gelitten denn je«, und zu Weihnachten wendet sie sich an Bertha Kummers »mütterliches Herz um Fürbitte für die schwere Stunde, die mir nun nochmals bevorsteht«. Emilie ist neununddreißig und in »jämmerlichen Körperzuständen«, als sie am 5. Februar 1864, vormittags 10 Uhr 15, einen Jungen zur Welt bringt: Friedrich, meist Friedel oder Fuz genannt. Der Kleine sei erst »nach einigem Sträuben einpassiert«, meldet Fontane der befreundeten Mathilde von Rohr, und in Emilies Rapport an Bertha Kummer vom 16. Februar finden sich die Details: »Bis jetzt habe ich, seit die schwerste Stunde vorüber (Theo hat zum ersten Mal bei seinem 7ten Kinde mir Beistand leisten müssen), nur immer dankend und preisend meine Hände erhoben, um Gott zu loben, der mir so treu beisteht. Seit meinem Geburtstag von einem schrecklichen Husten geplagt, bekam ich noch in den letzten 14 Tagen die Grippe, so daß ich kaum aus dem Bett aufgestanden war, als das Ereignis kam und mich vollständig ohne Kräfte vorfand. Aber Gott kann ja immer helfen; freilich bin ich so schwach, daß ich kaum gehen kann, aber ich werde mich erholen, denn der Husten ist verschwunden, und ich fühle mich wohl. Du wirst Dich sehr wundern, mein Mütterchen, zu hören, daß ich niemand zu meiner Pflege hier habe, das hat darin seinen Grund, daß wir, da ich schon monatelang elend war, den Entschluß fassen mußten, für das zu erwartende Kind eine Amme zu nehmen; ich vermied nun jede andere Ausgabe um deshalb. Und auch hierin ist mir bis jetzt nur Freude beschieden, wovor ich mich so geängstigt und gegraut. Mein kleiner Junge, der zum Erstaunen des Doktors und unser aller ein gesundes, starkes Kind ist, wie ich noch nicht gehabt, hat sich bis jetzt noch kaum hören lassen, er schläft und trinkt und hat eine außerordentliche Amme [...] Es ist, als hätte ich alles Schwere vorher durchgemacht; Du siehst, wieviel Grund ich zum Dank habe, dessen will ich auch gedenken, wenn mir die Zeiten wieder schwerer werden.«

In Parenthese: Emilies Brief belegt ein gesundes, praktisches Gottvertrauen in den Nöten des Alltags. Ihre Frömmigkeit ist säkularisiert, und wenn sie sonntags die Kirche besucht, dann weniger um religiöser Erbauung willen; ihr ist mehr an der literarischen Qualität der Predigt gelegen. Die Berufung auf den »lieben Gott« und das Vertrauen auf »ihren lieben Mann« sind eng ineinander verwoben, und Fontane, bei dem die Dinge ähnlich liegen, hat kein Problem, ihr zu Weihnachten 1865 »Gesang- und Wirtschaftsbuch« mit folgenden Versen zu schenken:

Wenn das Wirtschaftsbuch nicht stimmt
Und das Debet das Credit überklimmt,
Geben die alten Luther-Lieder
Trost und Contenance wieder.

Emilie geht es nach der Entbindung miserabel; »das halbe Rückgrat ist ihr wie abgestorben«, schreibt Fontane an seine Mutter, und sie sei sehr verstimmt wegen ihrer Hinfälligkeit. Gleichwohl gibt es ein ordentliches Tauffest, bei dem der Architekt Richard Lucae einen vielbeachteten Toast auf Emilie ausbringt, an den Fontane sie drei Jahre später erinnert: »Es waren die Strophen, in denen es heißt: die Freunde hätten am

Ende doch recht, wenn sie die Architektur als niedrigste Kunst ansähen; bisher habe er es bestritten, aber heute empfände er allerdings, daß sich die Mutterliebe nicht architektonisch ausdrücken lasse und daß er zum Wort und zum Liede greifen müsse, um die Mutter des Täuflings leben zu lassen.«

Mit Friedrichs Geburt schließen Fontanes ihre »kleine Kinderfabrik«, wie Schwager Fels einst gesagt hatte. Als Emilie 1866 ihrer Stiefmutter von einem »gastrisch-nervösen Fieber« erzählt, fügt sie rasch beruhigend hinzu, »daß mein Kranksein keinen interessanten Hintergrund hat, Gott sei 1000mal gedankt!«

»Zum Erziehn ist keine Zeit«

Emilie hat mit ihren vier Kindern reichlich zu tun, zumal dreizehn Jahre zwischen dem ersten und dem letzten liegen und sie von sehr unterschiedlichem Charakter sind. *George* »piept und weimert« und hat sich eine »waschlappige Augenverdreherei« angewöhnt, als er mit neun Jahren aus England zurückkommt. Doch dann wird ein ganz patenter, wenn auch etwas kindischer Schüler aus ihm. Henriette von Merckel bringt ihm erfolgreich das Klavierspiel bei, und sie lobt sein »eminentes Gedächtnis«. 1867 wird er konfirmiert. Da er Schwierigkeiten in Mathematik hat, verläßt er 1868 das Friedrich-Wilhelms-Gymnasium nach Untersekunda, und im Oktober beginnt er in Kassel eine Offizierslaufbahn im 84. Regiment. Er nimmt es mit der Disziplin nicht sonderlich genau, muß wegen einer versäumten Kirchenparade 24 Stunden »brummen«, und Fontane sieht sich veranlaßt, bei dem mit ihm befreundeten General von Zychlinski zu intervenieren. George wird nach Magdeburg versetzt und kommt 1870 auf die Kriegsschule in Hannover. Emilie ist in steter Sorge um den Jungen. Seine Briefe entzücken die Eltern wegen ihres »zwanglosen Humors« und ihrer »scharfen Beobachtung«, aber sie kulminieren meist im »üblichen Geld-Dunkel«.

Weihnachten 1868 kommt er auf Urlaub; der Vater notiert resigniert im Tagebuch: »Erst sehr glücklich, dann Verstimmungen. Erste Anfänge ungeregelter Finanzwirtschaft.«

Auch Bruder *Theodor* besucht das Friedrich-Wilhelms-Gymnasium, ist ehrgeizig, strebsam und ein bißchen zu selbstbewußt; seine liebevolle Patentante Henriette von Merckel gönnt es ihm, daß er Ostern 1870 sitzenbleibt. Er sammelt Briefmarken (bis zum Lebensende!), spielt gern Schach, ist aber – meint der Vater – »wirklich (leider) ein krankhaft angelegtes Kind, bei sonst sehr vielem Guten und Tüchtigen«. Offenbar ist Theo hauptsächlich an dem permanenten Streit mit Schwester Martha schuld, und Fontane erwägt 1869 ernstlich, »Theon in Pension zu geben, wenn ich es irgend erschwingen kann«. Fontane schildert die Situation in einem Brief an seine Schwester Elise: »Theo und Martha [...] in beständiger Kriegführung ›bis aufs Messer‹; Biest und ausgerissene Haare zählen zu den Alltäglichkeiten, mitunter werfen sie sich wahre Judenflüche an den Kopf, um die Mosenthal und seine Deborah diese beiden Kämpfer von 8 und 11 beneiden könnten.« Emilie ist selbst im fernen Neuhof, wo sie fast neidisch die Verträglichkeit von Johanna Treutlers Kindern erlebt, über den Geschwisterzwist beunruhigt.

Daß *Martha* nicht ganz unbeteiligt ist, läßt sich denken, denn sie ist ein wildes, ungehorsames und sehr nervöses Kind, ein Wildfang von kaum bezähmbarer Kletterleidenschaft, aber als einziges Mädchen natürlich der »Verzug«, der Liebling der Eltern, und Fontane registriert 1869 nicht ohne Stolz: »Martha mausert sich sehr heraus und wird elastisch, graziös, leider auch eitel, putzsüchtig und schulschnabbrig.«

Friedrich, der als der Jüngste wohl zunächst etwas verwöhnt wird – nicht zuletzt in der Küche von Luise Reißner –, ist anfangs ein ziemlich verbockter Knabe, der sich auf die Erde wirft, wenn er seinen Willen nicht durchsetzen kann. Fontane schreibt schon 1859 einmal – in bezug auf Theo – an die Großmutter: »Er ist possierlich und sehr zärtlich, aber ein furchtbarer Bock und bedarf der bekannten Vorlesungen aus

Kloppstock.« Nach diesem Prinzip wird auch Friedrich erzogen, und es mag überraschen, wie oft Emilie von solchen Exekutionen berichtet. Friedel sei so eigensinnig, daß er »noch viel Klopse wird besehen müssen, ehe wir ihn zur Raison bringen«. Er habe wieder »some drashing« abgekriegt, heißt es an anderer Stelle, und einmal konstatiert sie, daß er folgsamer geworden sei, aber die »grün u. blauen Flecke auf seinem fetten Hinterteilchen« verrieten, »wodurch die Erziehungsresultate erzielt worden sind«. Die Methode hat sich schon bei Martha bewährt. Emilie führt in Neuhof immer eine Rute bei sich – »wie ein Tanzlehrer seine Violine« – und macht gehörig Gebrauch davon, so wie die Tochter später als Erzieherin in Klein-Dammer unbekümmert von »dreimaliger Anwendung der Prügelstrafe täglich« berichtet.

Die »Vorlesungen aus Kloppstock« zeigen, daß Emilie mit der Erziehung ihrer Gören ziemlich überfordert ist, zumal sie von ihrem Mann allein gelassen wird. Er kann zugegebenermaßen mit kleinen Kindern nicht viel anfangen und ist der Meinung, daß man die vorgeprägten Charaktere ohnehin nicht ummodeln könne. Dieser Ansicht liegen die Erfahrungen im eigenen Elternhaus zugrunde, wo er – er wird das im hohen Alter in seinem Buch »Meine Kinderjahre« darstellen – »gar nicht und – ausgezeichnet« erzogen wurde, wobei Strafen selten vorkamen; dazu wurde der Vater »abkommandiert«, und solche Strafen »auf Befehl« der Mutter schmerzten ihn sein Leben lang.

Emilie fordert ihren Mann beispielsweise 1862 auf, den Ältesten beim Essen besser zu kontrollieren; er müsse ihn »rüffeln«, weil er sich so unfein benehme. Aber Fontane weist das Ansinnen mit fadenscheinigen Argumenten zurück. Wenn er schon gelegentlich beim Mittagsmahl mit dem Sohn zusammentreffe, dann käme er meist zu spät vom Büro, und George müsse gleich wieder in die Schule. »Wartet er aber wirklich, so ist er doch jedenfalls pressiert, schluckt die Speisen runter, und zum Erziehn ist keine Zeit. Ich bedaure, daß es so ist, aber es ist faktisch nicht zu ändern, denn ich werde doch deshalb mittags nicht zu Hause traben, bloß damit mein Junge *vielleicht* etwas manierlicher essen lernt. Ich unterschätze diese Dinge, wie Du weißt, gar nicht und habe, wenn auch selbst nur Mangelhaftes leistend, wenigstens Sinn und Neigung dafür, aber es ist nicht durchzuführen, ebensowenig wie eine englische oder französische Konversation u. all dergleichen mehr.«

Übrigens spricht Fontane – ganz im Gegensatz zu Mutter Emilie – sehr nüchtern und zuweilen wenig liebevoll über die Kleinen. Emilie wird sich geärgert haben, als sie in einem Brief von 1867 folgende Stelle liest: »Viel Glück [...] haben wir übrigens nicht mit unsren Kindern, als ›allgemeine Lieblinge‹ können sie sich nicht ausspielen. Schadet übrigens gar nicht; vielleicht im Gegenteil. Auch räum ich ein, daß sie, namentlich in ihrer Erscheinung, nur sehr stark Mittelgut sind. Aber auch das bedrückt mich nicht.«

»Sieh zu, wie Du zurechtkommst«: alte Geldsorgen

Emilies Bericht über die Umstände, in denen ihr Jüngster zur Welt kommt, deutet an, daß die Fontanes auch im fünften Jahr nach ihrer Rückkehr aus London in beträchtlichen materiellen Nöten stecken – fast wie eh und je seit ihrer Heirat. In den »Erinnerungen an die Familie Fontane«, die Henriette von Merckel im März 1865 niederzuschreiben beginnt, wird die besondere Rolle Emilies bei der Bewältigung des Dilemmas betont: »Ich habe bei einer Frau noch nie so viel Energie gefunden; sie ist nicht eine errungene, sondern eine angeborene – sie kann nicht anders. Durch das Leben ist sie freilich noch sehr ausgebildet worden. Sie hat sich durch Bedrängnisse schlagen müssen, wie sie mir nie vorgekommen sind – ich bin ja überhaupt in dieser Beziehung von dem Glück immer auf den Schoß genommen worden. Gegenwärtig haben meine lieben Freunde keine Nahrungssorgen, aber ihre reizbaren Naturen, und namentlich seine Angegriffenheit und

Stockungen des Blutes, lassen die Frau selten zur Ruhe kommen.«

Als Fontane am 17. Januar 1859 sich bei den Merckels zurückmeldet, bessert er vorher seinen abgewetzten schwarzen Überrock mit Tinte aus, um nicht allzu schäbig zu erscheinen, und als er zwei Monate später zur Audienz beim bayerischen König antritt, hat er drei Paar wollene Strümpfe angezogen, damit die Falten und Risse in seinen abgetragenen Lackstiefeln nicht allzusehr ins Auge fallen. Emilie ist entsetzt, wenn sie von solchen Notmaßnahmen hört, aber ihr ergeht es nicht besser; sie besitzt »weder Windel noch Hemdchen, noch sonstwas«, als Metes Geburt bevorsteht. Verzweifelt schreibt Emilie denn auch am 28. Oktober 1859 an ihre Stiefmutter: »Keine der Hoffnungen, die mein guter Theodor aus London für die Heimat mitgebracht hatte, erfüllte sich noch – hat sich bis jetzt erfüllt. Mein armer, vortrefflicher Mann, der den Wechsel seines Geschicks bewunderungswürdig trägt, ist auf seine Feder allein angewiesen, und wir haben keine, nicht die geringste sichere Einnahme. Der Sommer verging zwischen Hoffen und Harren und steten Enttäuschungen […]« Gleichwohl, so bekräftigt Emilie weiter, leben sie in ihrer »Ehe *ganz glücklich* u. in ›Frieden‹. Mit Liebe trägt sich viel.«

Unter solchen Umständen leistet sich Fontane zum Geburtstag seiner Frau ein besonders wertvolles, aber wohl auch sehr nötiges Geschenk, das er mit folgenden Reimen begleitet:

> Gestochen hat mich die Tarantel.
> Nur so erklärt sich dieser Mantel.
> Im übrigen raten Politici:
> Man akzeptiere ein fait accompli.

Das Weihnachtsfest, das Emilie jeweils liebevoll zu gestalten sucht, fällt 1859 entsprechend bescheiden aus. Es wiederholt sich, was Fontane ihr, fast programmatisch, schon zum Geburtstag 1856 gedichtet hatte: »Ich bin ein rechter Poveretto, / Der freilich dir das Beste gönnt, / Doch hat er keinen

Pfennig netto, / Wofür er etwas kaufen könnt.« Fontane vermag sich auch diesmal fast nur in poetische Unkosten zu stürzen und legt ihr – galgenhumorig auf Schwangerschaft und leere Kasse anspielend – folgende Verse unter den Tannenbaum:

Gekommen ist der Heil'ge Christ,
Die ganze Stadt voll Lichter ist,
Auch unsre sollen brennen,
Die Sorgen weg und zünde an,
Ich will derweil, so gut ich kann,
Dir meine Wünsche nennen.

Empfang zuerst ein Strumpfenband,
Das ich für 30 Pfengk erstand
Bei Fonrobert im Laden,
Ich wünsche Dir, geliebtes Weib,
Bald wieder einen dünnern Leib
Und etwas dickre Waden.

Empfang alsdann ein Konto-Buch,
Fürs Credit ist es groß genug,
Fürs Debet etwas kleine,
Indes es heißt ja: »rund die Welt«,
Der Beutel wird mal wieder Geld
Und hilft uns auf die Beine.

Und drum zuletzt den heißen Wunsch,
Daß unsres Schicksals dicker Flunsch
Bald hübschren Zügen weiche,
Und daß ein bißchen Sonnenschein
Zieh wieder endlich bei uns ein
Und unser Herz beschleiche.

Seit dem 5. September 1859 hat Emilie übrigens zwei Esser mehr am Tisch: die älteste Merington-Tochter, auch eine Martha, hat George zurückgebracht und bleibt als »Glied unserer Familie« in Berlin. Schmalhans ist Küchenmeister bei den Fontanes, und Emilie gesteht ihrer Stiefmutter im April

1860, alles trüge sich doch leichter »als beständige Nahrungssorgen, zu denen ich bestimmt zu sein scheine; oft wird es mir recht schwer, dieselben zu ertragen, namentlich nach der Zeit in London, wo wir uns doch zu ganz anderen Hoffnungen und Aussichten berechtigt glaubten. Mein armer Theo muß sich über seine Kräfte anstrengen, um uns nur, ohne Schulden zu machen, durchzubringen. Im Laufe dieses Jahres werden 3 Bücher von ihm erscheinen, aber das Honorar für dieselben ist so unbedeutend, daß es uns auch nicht viel helfen kann. Aber ich will nicht klagen, irgendwo drückt einen der Schuh, und ich habe Gott für einen braven Mann und liebe Kinder zu danken.«

Tatsächlich schlagen die erwähnten drei Publikationen – »Jenseit des Tweed. Bilder und Briefe aus Schottland« (1860), »Aus England. Studien und Briefe über Londoner Theater, Kunst und Presse« (1860) und »Balladen« (mit der Jahreszahl 1861) – nur auf dem Konto des literarischen Renommees zu Buche – ähnlich wie die Erfolge Fontanes im »Tunnel über der Spree«, der das »Prinz Louis Ferdinand«-Gedicht am 13. Februar 1859 begeistert aufnimmt und den Dichter im Oktober zum »Angebeteten Haupt« (zum Vorsitzenden) wählt. Für Emilies wackligen Haushaltsetat zählen nur die publizistischen Arbeiten, darunter die Vorabdrucke aus »Jenseit des Tweed« und vor allem die seit dem Spätsommer 1859 erscheinenden märkischen Skizzen, aus denen Fontane 1861 und 1864 die ersten Bände seiner »Wanderungen durch die Mark Brandenburg« zusammenstellt. Freilich verstreichen zwischen Abdruck der Artikel und Auszahlung des Honorars oft Wochen, und Fontane setzt seiner Frau, die sich gerade bei Familie Scherz in Kränzlin ein bißchen zu erholen sucht, 1859 gereizt und nervös auseinander: »Du hast also zunächst nur die 150 [Taler] zur Verfügung und mußt sehn, wie Du's damit arrangierst. Ich habe mich aufs äußerste gequält, es besser zu arrangieren, aber ich kann mein Schicksal nicht zwingen.« Die Devise »Sieh zu, wie Du zurechtkommst« wird Emilie noch auf Jahre hin begleiten.

Eine Erleichterung bedeutet es immerhin, als Fontane am 1. Juni 1860 endlich wieder – eine Bindung an das Ministerium als »Vertrauenskorrespondent« hat er im Vorjahr nach wenigen Wochen durch eine Ungeschicklichkeit vermasselt – eine feste Anstellung bekommt: er wird Redakteur des England-Ressorts bei der »Neuen Preußischen Zeitung«, nach dem Eisernen Kreuz im Titelkopf meist »Kreuzzeitung« genannt. Er hat schon aus London für das Blatt geschrieben, das als Organ der Junkerpartei nun allerdings, unter den neuen Verhältnissen in Preußen, nicht den besten politischen Ruf genießt. Aber non olet; Fontane erhält ein Gehalt von zunächst 900, später 1000 Talern jährlich. Hinzu kommt von 1861 bis 1868 eine Beihilfe für seine märkischen Studien in Höhe von 300 Talern durch das Kultusministerium. Dadurch haben die Fontanes zwar sichere und überschaubare Einkünfte, aber von finanziell entspannter Situation kann nicht die Rede sein. Bei der Kasse des »Tunnels«, bei Scherz und Lepel sind sie 1862 noch mit rund 350 Talern verschuldet. In akuten Verlegenheiten wird – wie in den Fünfzigern – Lepel angepumpt und Verleger Wilhelm Hertz, bei dem die »Wanderungen« erscheinen, gelegentlich um eine Vorauszahlung ersucht.

Emilie hat das wirtschaftliche Desaster in all den Jahren in ihren Haushaltsbüchern festgehalten, die sie vom Beginn ihrer Ehe an mit größter Penibilität führt und in denen sich erst viel, viel später ein passables Verhältnis von Ausgaben und Einnahmen einstellt; sie sind, mit einigen Lücken, von 1856 bis 1896 erhalten. Diese Kladden, in gewisser Weise das ökonomische Pendant zu Fontanes Tagebüchern, sind ein einmaliges Dokument zur Sozialgeschichte eines bürgerlichen Haushalts im 19. Jahrhundert. Auch diese scheinbar banale buchhalterische Tätigkeit ist Emilie hoch anzurechnen, zumal sie schon zur Identifizierung anonym gedruckter Fontane-Texte und zu finanziellen Aspekten seiner Verlagsbeziehungen wesentlich beigetragen hat.

Gewitzt durch die ständige Verwaltung des Mangels, ist

Emilie vorsichtig im Umgang mit noch nicht verdientem Geld. Sie weiß, daß im Schrank ihres Mannes diverse Mappen mit den Vorarbeiten zu seinem geheimen Lieblingsprojekt liegen, das sie kennt und an das sie glaubt: einem Roman aus der »Franzosenzeit«, der Jahre später unter dem Titel »Vor dem Sturm« herauskommen wird. Doch als Fontane 1866 mit Hertz über die Vertragsmodalitäten verhandelt, greift Emilie energisch ein. Sie akzeptiert – obwohl sie die Summe dringend gebrauchen könnte – den vorgesehenen Vorschuß von 600 Talern nicht, und zwar mit folgenden Überlegungen: »Gesetzt, du stirbst, nachdem du von Herrn Hertz 600 Tlr. empfangen hast; dein Roman ist 2/3 oder 3/4 fertig, also unbrauchbar; ich würde nun also in die Lage kommen, die 600 Taler innerhalb 3 Monaten zurückzahlen zu müssen. Wovon? Du weißt, daß ich vor Empfang meines kleinen Erbes kein Geld habe; dies Erbe aber ist nicht eher da, als ein bestimmter Todesfall eintritt. Meine Anverwandte [Stiefmutter Bertha Kummer, die 1870 stirbt] ist aus einer Langlebe-Familie; sie ist jetzt 76, aber sie kann 90 Jahre alt werden, in welchem Falle ich erst 12 Jahre nach deinem Tode das Geld bezahlen könnte.«

Ähnlich reagiert Fontane selbst Ende 1868, als Lepel, um die prekäre Lage des Freundes wissend, dem das Fixum durch das Kultusministerium gestrichen wurde, bei der Schillerstiftung einen Unterstützungsantrag einbringen will. Er sei »in bezug auf Geldnehmen« »nicht kitzlich«, »eben weil ich ganz und gar keine Goldene-Kalb-Adoration kenne, aber Geld, das zögernd gegeben wird, an dem ein Etwas haftet, das mich verletzt, das nehm ich nicht, solang ich es nicht nehmen muß«. Nachdem er die Angelegenheit mit Emilie wieder und wieder durchgesprochen hat, bekräftigt er in einem weiteren Brief an Lepel seinen Ehren-Standpunkt: »Ich will von der Schillerstiftung, solang ich noch Zipp sagen kann, keine Commisserationsgabe.«

Von Schöneberg nach Tempelhof: Sommerwohnung und Winterquartier

Auch bei der Suche nach einer geeigneten Wohnung setzen sich die Kalamitäten der fünfziger Jahre fort: von praktischen und vor allem pekuniären Umständen gedrängt, zieht die Familie in fünf Jahren fünfmal um, und Emilie hat jeweils das Ein- und Auspacken von Möbeln und Hausrat zu organisieren und alles wieder einzurichten, wobei sie – soweit die Mittel es erlauben – auf Behaglichkeit achtet; Blumen gehören immer dazu.

Gleich der Start gestaltet sich reichlich chaotisch. Emilie nimmt, noch in London, höchst besorgt die Mitteilungen ihres Mannes über seine Unterkünfte zur Kenntnis. Er wohnt zunächst im Hôtel de Pologne in der Dessauer Straße 38, hält es aber in dieser »höhren Berliner Räuberhöhle; Details unschreibbar und der mündlichen Erzählung vorbehalten«, nur kurze Zeit aus und schläft – was ihn freilich geniert – in den nächsten Tagen auf dem Sofa bei Friedrich Eggers, der in der Nähe, Hirschelstraße 9, wohnt. Ab 22. Januar mietet er sich chambre garni in der Dessauer Straße 31, drei Treppen hoch, ein, entdeckt dort aber zu spät die landesüblichen Unzumutbarkeiten, vor allem die »Commodité (dreckig und eigentlich entsetzlich) hinten auf dem Hof«. Daß in diesem Hause auch die Witwe des 1856 im Duell getöteten Generalpolizeipräsidenten von Hinckeldey lebt – die Affäre hat Fontane sehr beschäftigt und wird viel, viel später in seinen Roman »Irrungen, Wirrungen« anekdotischen Eingang finden –, macht die Wohnung nicht attraktiver, und als Emilie am 7. Februar in Berlin ankommt, geben die Fontanes sie auf und ziehen in die Pension von Frau C. Perlewitz, Jerusalemer Straße 29, Ecke Kronenstraße. Doch auch dies ist nur Zwischenstation. Am 24. Februar fährt Fontane nach München, wo Paul Heyse ihm vage Aussichten auf eine Anstellung als Privatbibliothekar am bayerischen Hof gemacht hat. Emilie reist zunächst zur Schwiegermutter nach Neuruppin, ist aber am 8. März schon wieder in Berlin und bringt sich bis Mitte des Monats in der Perlewitzschen Pension unter, in der sie sich – so angenehm sie ist – »des Abends immer recht miserabel allein« fühlt und sich am liebsten ausweinen möchte; aber, so schreibt sie ihrem Mann – und auch dabei lassen die bitteren Erfahrungen der fünfziger Jahre grüßen –, »ich will mein Renommee mit Mut und Kraft verdienen und schlucke immer tüchtig runter; das würde freilich nicht viel helfen, wenn ich nicht Vertrauen zu Gott und meinem geliebten Mann hätte«.

Sie ist ständig unterwegs, besucht Merckels und Baeyers, trifft Eggers und besorgt Bücher, die Fontane in München braucht, und – sie sucht und findet eine feste Bleibe. Um Kosten zu sparen, entscheidet sie sich für ein Provisorium: »Potsdamerstr. 33 in einem sehr niedlichen Hause [...], 100 Tlr. bis Michaeli, anständig und auch groß genug mit Garten und Laube; freilich nicht elegant, aber Dein hochstrebender Sinn«, fährt sie im Brief an ihren Mann fort, »könnte sich damit beschwichtigen, daß es eben *Sommer*wohnung« ist. Henriette von Merckel erledigt in gewohnter Güte die Formalitäten und schließt den Mietvertrag mit dem Besitzer, einem Kaufmann Moser, ab, während Emilie noch einmal nach Neuruppin fährt, wo der dreijährige Theo von der Großmutter betreut wird. Am 28. März kommt Fontane aus München zurück – die Sache hat sich zerschlagen –, und am 6. April 1859 ziehen Fontanes in der Potsdamer Straße ein. Das Vagabundieren hat ein Ende; Emilie lebt, vorerst wenigstens, mit ihrem Herzensmann unter einem Dach zusammen.

Nummer 33 ist ein einstöckiges Wohnhaus, um 1840 gebaut, irgendwo an der heutigen Lützowstraße, damals noch weit von der Stadt entfernt; immerhin ist der Ortsteil Schöneberg durch eine Pferde-Omnibuslinie mit dem Molkenmarkt verbunden. Man lebt da draußen ländlich, aber nicht unbedingt idyllisch. Fontane denkt an das satirische Bildchen »Berliner Sommerwohnung« von Theodor Hosemann: alles wird von einem Bretterzaun dominiert, hinter dem ein Apfelbäumchen steht, dessen laublose Äste nicht wissen, ob sie leben oder sterben sollen, und »im Schatten dieser jungen Anpflanzung« sitzt ein »Sommerwohner« und müht sich, »die weit aufgeschlagne ›Vossische Zeitung‹ doppelt zu verwerten, als Schutzdach und als höheres Bildungsmittel. Die Erinnrung an dies Bild will mir nicht aus der Seele, seit wir hier im Grünen sitzen.« Drastischer fällt seine Schilderung in einem Brief an Wolfsohn aus: er sitzt mit Emilie beim Nachmittagskaffee in der Geisblattlaube, und sie saugen »die echte Berliner Gartenluft (Blumen vorne und Müllkute hinten) in vollen Zügen ein«, und er setzt – auf die in Berlin noch immer fehlende Kanalisation anspielend – ironisch hinzu, der Chemieprofessor Magnus habe ja bewiesen, »daß der gute Gesundheitszustand der Berliner in der schamlosen Unbedecktheit ihrer Rinnsteine« wurzele. Auch die Tatsache, daß die Familie die städtische Schlacht- und Mahlsteuer in Berlin und die ländliche Einkommensteuer in Schöneberg entrichten muß, illustriert die kuriose Lage von »Potsdamer Straße 33«.

Da das Haus nicht winterfest und der Haushalt, wie gesagt, inzwischen auf fünf Personen angewachsen und das nächste Kind unterwegs ist, ziehen Fontanes Anfang Oktober 1859 in das benachbarte Tempelhof um, und zwar in einen Neubau in der Tempelhofer Straße 51 (dies entspricht etwa dem heutigen Areal von Mehringdamm Nr. 1). Sie sind – was sich immer günstig auf die Miethöhe auswirkt – »Trockenwohner«, und der kleine Theo kränkelt »8 Tage lang infolge der feuchten Wohnung«, aber Dunst und Schimmel haben sich, wie Fontane seiner Mutter am 26. Oktober mitteilt, bald »ziemlich verloren« und mit der besseren Luft habe sich das Kind wieder erholt. Emilie, durch den Umzugstrubel matt und angegriffen – sie ist etwa »im dritten Monat« –, berichtet ihrer Stiefmutter, daß sie nun »dicht vor dem Hallischen Tore sehr angenehm, parterre und eigentlich billig« wohnen, »da wir für 4 Zimmer, Küche und Kammer nur 180 Tlr. zahlen. Zur Einrichtung hat uns Mutter T[riepcke] einige 100 Tlr. geborgt, natürlich gegen Verzinsung und wie immer – in kränkendster Weise.«

Am 14. November 1859 feiert Emilie in diesem Haus ihren fünfunddreißigsten Geburtstag, seit zwei Jahren erstmals wieder in der Heimat, und sie ist ganz gerührt, als George folgendes Gedicht vorträgt, das ihm der Vater geschrieben hat:

Vor einem Jahr, vor einem Jahr
Unser Häuschen noch in London war,
Wir hatten damals englisch Brot
Fifty two in St. Augustine's Road,
Wir hatten mutton und english beef
Und Betsy uns zu Tische rief.

Dahin ist nun der mutton chop,
Doch gibt es Hammel auch hier, gottlob;
Statt english beef und english ale
Floriert nun Hirse und Kanèl [Zimt],
Und statt der Betsy, die nun hin,
Kocht Thilde, die Berlinerin.

Sonst scheint wie dort so hier die Sonn,
Wir haben Martha Merington,
Wir haben Hoffnung und Vertraun
Und müssen immer vorwärts schaun
Und glauben – was uns auch verschwand –,
Glück blüht doch nur im Vaterland.

Drei Jahre lang bleiben die Fontanes in dieser Wohnung. Dort wird Mete im März 1860 geboren, und von dort aus marschiert Fontane seit dem 1. Juni zum Dienst in die Redaktion der »Kreuzzeitung«, die sich, nicht allzuweit entfernt, in der Dessauer Straße befindet. Noch im Juni 1862 läßt Fontane Fliegenfenster einsetzen, und kaum hat er sich an diese sommerliche Wohltat gewöhnt, da kündigt Hausbesitzer Degebrodt zum 1. Oktober. Fontane bereitet seine Frau, die mit Mete bei den Treutlers in Neuhof ist, behutsam darauf vor: »Ich bin überwiegend froh darüber und bitte Dich, die Sache ebenfalls mit heitrem Auge anzusehn. Kein Zweifel, daß die Wohnung große Vorzüge hatte: parterre, billig, ansprechend, große Räume und eine Stadtgegend und ein Verkehr, die mir beide angenehm waren; aber es sind auch entschiedne Mängel da. Die Wohnung ist zu klein für uns, namentlich wenn wir eine Engländerin oder Französin ins Haus nehmen wollen« – wieder einmal spukt der Pensionsplan im Hintergrund –, »die Vorderzimmer liegen zu kalt und zu schattig, Commodité fehlt, Speisekammer is nich u. dgl. m.« Emilie ärgert sich über den Quasi-Hinauswurf durch den »alten Dicken« – »die Leute müssen ja denken, wir haben die Miete schlecht bezahlt«, antwortet sie ehrpußlig –, aber sie regt sich nicht ernstlich auf und rät ihrem Mann, einige findige Bekannte über die »Wohnungsnot« zu informieren. Er schaut sich beim abendlichen Spaziergang um und entdeckt ein noch nicht ganz fertiges Eckhaus in der Straße Am Johannistisch, Ecke Planufer, das ihm zusagen würde. Emilie, die die Gegend kennt, wehrt heftig ab: »Johannistisch und Umgegend ist mir schrecklich [...] Nein, lieber Kerl, dann doch lieber 3 Treppen hoch und, muß es sein, 280 Tlr. zahlen, aber nicht in einer Gegend, wo das Gebrüll des seligen Pöbels meine Nerven ruiniert; außerdem würde mir die Nähe der 3 Gasometer auch nicht zur Beruhigung dienen, ›es kommt doch vor‹, sage ich mit meinem Sohn George.« Auf Fontanes gleichzeitige Überlegung, ein eigenes Haus zu bauen, reagiert sie zurückhaltend. Er hatte ihr folgende Milchmädchenrechnung aufgemacht: »Man kauft eine Bau-Stelle für 1000 Tlr., und hat man solche Stelle, so erhält man ohne Mühe 3000 Tlr. zum Bau eines Hauses, die dann zu erster Hypothek völlig sicher stehn. Hat man dann auch 5000 Tlr. zu verzinsen zu 4 und 5 %, so wohnt man immer nicht teurer, als wenn man für 200 bis 250 Tlr. zu Miete wohnt. Einzelne Ausgaben kommen zwar hinzu, aber die Annehmlichkeit ist dafür sehr, sehr groß, und der Wert des Grundstücks wächst mit der Ausdehnung der Stadt, so daß er sich verdoppeln kann.« Auch aus einem 1863 erörterten Plan, zwischen Heringsdorf und Ahlbeck ein Sommerhaus zu bauen, wird, natürlich, nichts.

Statt dessen beziehen die Fontanes am 27. September 1862 ein Domizil in der Alten Jakobstraße 171, parterre links. Der Umzug kostet 10 Taler und 5 Silbergroschen, die Miete beträgt knapp über 62 Taler im Quartal – und wieder handelt es sich um einen Neubau, ein Zeichen für das rasante Wachstum Berlins. Über die Beschaffenheit der Wohnung ist nichts bekannt; in den vagen Erinnerungen von Theodor jun. ist lediglich von einem »merkwürdig kleinen Zimmer«, das »Dreieck« genannt, und einem »Hintergarten« die Rede. Hausbesitzer war der Baumeister Corsally, der aber, zu Fontanes Kummer, auch nicht für eine annehmbare »Commodité« gesorgt hatte.

Im Jahr darauf, am 1. Oktober 1863, ist wiederum »Ziehzeit«: die Familie ist nunmehr – bis 1872 – in einer durch Mathilde von Rohr vermittelten Fünfzimmerwohnung in der Hirschelstraße 14, Ecke Dessauer Straße, erste Etage, zu finden. Emilie kommt diesmal mit 9 Talern und 10 Silbergroschen für den Umzug davon und hat 65 Reichstaler und ein halbes Jahr später – nach dem Einbau einer Wasserleitung – 68 Taler Miete im Quartal zu bezahlen. Das Haus, 1842 gebaut, steht unmittelbar an der alten, längst funktionslos gewordenen und vielfach durchlöcherten Stadtmauer, und dort liegen die Gleise der 1851 angelegten »Verbindungsbahn«, auf der bis 1871 der gesamte Transport zu den außerhalb der Stadt liegenden Bahnhöfen abgewickelt wird. Die Fontanes werden auf diese Weise buchstäblich Augen- und Ohrenzeugen, wie Truppen und Gerät für die Kriege von 1864, 1866 und 1870/71 bereitgestellt werden. »Wenn zuletzt die Geschütze kamen«, erinnert sich Fontane, »zitterte das ganze Haus, und ich lief ans Fenster und sah auf das wunderbare Bild: die Lowries [Loren], die Kanonen, die Leute hingestreckt auf die Lafetten, und alles von einem trüben Gaslicht überflutet.« Man darf sicher sein, daß Emilie in solchen Nächten an seiner Seite steht und besorgt über den Krieg und seine unvermeidlichen Opfer debattiert; im August 1870, beim Ausbruch des Krieges mit Frankreich, eilt sie sogar mit Erfrischungen hinunter, um die unter der Hitze stöhnenden jungen Soldaten zu betreuen. Da Fontane die genannten »Einigungskriege« in umfangreichen Büchern beschreibt, hat er mit dem Standort seiner Wohnung und seines Arbeitszimmers, das immer zugleich auch »Entree, Durchgang, Empfangszimmer« ist, einen besonderen persönlich-lokalen Bezug zu den Vorgängen, und er hat nichts dagegen, als 1867 seine Hirschelstraße zum Gedenken an die entscheidende Schlacht des sechsundsechziger Krieges in Königgrätzer Straße umbenannt wird und sein Haus die Nummer 25 erhält.

Über Anordnung und Nutzung der Fontaneschen Wohnung, Emilies Reich für neun Jahre, sowie über die unvorstellbaren Toilettenverhältnisse geben die Memoiren von Sohn Theo hinreichend Aufschluß: »Ein dunkler Flur trennte zwei nach vorn liegende, als Arbeitszimmer des Hausherrn und als Damenzimmer dienende, leidlich große zweifenstrige Räume von zwei auf einen engen unfreundlichen Hof gehenden Schlafstuben. Die eine davon schuf hintenherum eine sonst nur durch die erstgenannten Zimmer mögliche Verbindung zum großen einfenstrigen Berliner Zimmer, das, als Eßraum dienend, auch zum Schlafen mit herhalten mußte. Dann folgte ein Durchgangsstübchen zur Küche. – Der erwähnte Flur stieß gradeaus auf eine gleichfalls düstere, überaus winzige, aber unabwendbar nötige Örtlichkeit, die mangels Ventilationsmöglichkeit sehr geschont wurde, d. h. nur für die Eltern und ›dringendste‹ Fälle bestimmt war. Allwöchentlich erschien eine ältliche Frau mit lang herabwallendem Umhang; er verbarg ein Traggestell mit zwei Eimern, deren einer gegen den unsrigen ausgewechselt wurde. Wir Kinder mußten die stark gewendelte Hintertreppe hinunter zu einem nicht auf Abtragung, sondern auf Absaugung eingerichteten Ruhesitz. Es waren keine schönen Stunden, wenn wir den Ozonbedarf unserer Hinterräume an Reinigungstagen von dem sich gar zu langsam wieder zurechtventilierenden Eckhaushof beziehen mußten.«

Der Sohn bewundert im nachhinein das Organisations-

und Improvisationstalent seiner Mutter, die auf dem engen Raum auch immer noch Dauergäste (Martha Merington, Lise Treutler) unterbringt, ihre wirtschaftlichen Gaben, die trotz knapper Mittel Geselligkeiten mit guter Verpflegung ermöglichen, und die geistigen Anregungen, mit denen sie – natürlich gemeinsam mit ihrem Mann – für anspruchsvolles Gesprächsniveau sorgt. Theodor jun. erinnert sich auch, daß seine Mutter bei solchen nicht allzu häufigen Gelegenheiten »ein olivbräunliches Seidenkleid mit Falbeln« trug, das sie »gewiß öfter anziehen mußte, als ihr lieb gewesen sein mag, während ich meine darin so stattliche Mama mit immer gleicher Bewunderung anstaunte«.

Geordnete »Häuslichkeit«

Was sich Emilie nach unbehüteter Kindheit, traumatischer Jugend und schwierigem Start in die Ehe immer sehnlichst gewünscht hat, stellt sich, trotz aller Geldsorgen, in den sechziger Jahren allmählich ein: eine geordnete »Häuslichkeit«, ein Minimum von Regelmäßigkeit im Alltag. Die Vormittage, von halb zehn bis halb eins, auch sonnabends, verbringt ihr Mann seit dem 1. Juni 1860 in seinem Redaktionsbüro der »Kreuzzeitung«; und die zweite Tageshälfte und gewöhnlich auch die Sonntage – wenn nicht gerade Besuch vor der Tür steht – sucht sie ihm für seine literarischen Arbeiten freizuhalten. Sie hat sich an seine äußerst nachlässige häusliche Kleidung gewöhnt (»Bammelhose, nur ein Knopf zu, Filzschuhe und Überzieher mit dem mausrigen Samtkragen«, wie er einmal sein »Räuberzivil« beschreibt), und sie kennt ihn als Morgenmuffel und Nachtarbeiter und genießt um so mehr die abendliche Plauderstunde beim Tee.

Nach den ständigen Improvisationen in den ersten Jahren ihrer Ehe kann sie jetzt ihre hausfraulichen Qualitäten erst richtig entfalten. Sie ist offensichtlich eine vorzügliche Regisseurin für den »Krimskrams des engsten Zirkels«, den

Fontane verabscheut, der aber erledigt sein muß, damit er wohlabgeschirmt arbeiten kann. Als Emilie in ihrer letzten Schwangerschaft monatelang ausfällt und er sich selber um die sogenannten »hundert Kleinigkeiten« zu kümmern hat, merkt er deutlich, welche »große Stütze« sie ihm ist. Seiner Mutter gesteht er: »sie macht die Visiten, die ich beim besten Willen nicht machen kann, sie schreibt einen Brief, macht einen Gang«, und er fügt zwei vielsagende »etc.« dazu.

Fontane ist bekanntlich überzeugt, daß die Verpflegung »für den Kulturmenschen eigentlich das Wichtigste« sei, und auch dabei kann er sich auf seine Emilie verlassen. Sie ist eine gute Köchin, die sogar die sauren Gurken selbst einlegt, und sie hat, zumindest in diesen Jahren, Glück mit ihren Assistentinnen in Küche und Haushalt. Sowohl Mathilde Gerecke – sie taucht im Briefwechsel stets liebevoll als Tilla auf – als auch Luise Reißner gehören ganz zur Familie. Mathilde ist zu Beginn der sechziger Jahre bei den Fontanes, wird bis 1873 von Luise abgelöst und ist dann wieder bis 1883 dabei und geistert als »Mathilde Einzahn« noch durch die spätere Korrespondenz. Die »Mädchen« darf man sich wohl so vorstellen wie die Schmolke in »Frau Jenny Treibel« und wie Friederike in den »Poggenpuhls«: praktisch, gütig, von großmütterlicher Anziehungskraft für die Kinder und aus dem Familienleben nicht wegzudenken. Am Hochzeitstag 1868 – Emilie ist in Neuhof – gibt es in Berlin ein bescheidenes häusliches »Zauberfest«, und in seinem Bericht darüber hebt Fontane eigens hervor, daß es dank »Deiner Anweisung und der Kochkunst unsrer Luise« sehr gelungen gewesen sei. Er schätzte beide Haushälterinnen sehr; er scheint Luise zeitweise sogar die Verwaltung der Finanzen übertragen zu haben, was Emilies berechtigten Zorn hervorruft, und über Mathilde wird er 1889, als er sich gerade in ziemlich vergnatzter Stimmung befindet, sagen: »Wir hatten ein altes Dienstmädchen, altes originelles Berliner Gewächs, das 16 Jahr in unsrem Hause war und all die Kinder hat wachsen und – gehen sehn, die wird trauern, wenn ich selber gehe, das andre ist alles nichts.«

Werden die Haushälterinnen gelobt, fällt immer auch etwas für die Chefin ab, die eigentliche mater familias, die für Zusammenhalt sorgt und um Harmonie bemüht ist. Rührend, wie sie den »Aufbau« unterm Weihnachtsbaum vorbereitet, oft mit selbstgefertigten Geschenken bestückt (die männlichen Fontanes scheinen nur Socken von Emilies Hand getragen zu haben). Faszinierend, wie sie immer wieder auf pünktliche Geburtstagsgratulationen achtet und ihren Mann und die Kinder an fällige Briefe erinnert. Fontane verläßt sich weitgehend auf sie, sie habe schließlich das »bessere Geburtstagsgedächtnis«.

In diesem Sinne pflegt Emilie mit liebevoller Umsicht die geselligen Kontakte, nimmt ihre Rolle als »Ellora-Mutter« wieder auf, und sie ist gern an dem beteiligt, was ihr Mann, zunehmend unlustig, ja frustriert, die »Gesellschaftsrennerei« nennt. Mitunter muß sie ihn zur Ordnung rufen, weil er gegen die guten Sitten verstößt. Bei Henriette von Merckel entschuldigt er sich: »Meine Frau hat mir gestern abend noch eine Strafpredigt gehalten und meine allerneusten Verstöße gegen Gentlemanschaft etc. aufgezählt. Ich hätte noch ruhig auf dem Stuhl gesessen, als Sie zum Aufbruch schon bereit gewesen wären, und hätte dabei ›in der mir eigentümlichen, unangenehmen Weise gestritten‹. Ich fürchte fast, daß meine Frau recht hat [...]«

Emilie ist es, die immer aufs neue Verstimmungen aus der Welt schafft, gegensätzliche Positionen überbrückt und ihrem ewig mißtrauischen Mann notfalls gehörig in die Parade fährt. 1869 zum Beispiel, als er sich (wieder einmal und nicht zum letzten Mal) als Fremdling, als das arme Luder im Kreis seiner durchweg etablierten Freunde empfindet und fürchtet, daß bei nächster Gelegenheit – wenn ihn »ein wichtigtuerisches liberales Gewäsch in Harnisch« bringe – der Kladderadatsch, der Krach und Bruch da sei, da überzeugt sie ihn vom Gegenteil. Er muß zugeben, daß er sich mit seinem ewigen Mißtrauen wieder mal blamiert habe, und er, der sich bei dieser Gelegenheit als »Soupçon-Othello« bezeichnet, gesteht ein: »Die ganze Geschichte wird lange schon durch *Dich* und nicht durch mich [zusammen]gehalten.«

Die Bemerkung bezieht sich auf den engeren Berliner Kreis. Dazu gehört der Jurist Karl Zöllner, Rat am Stadtgericht, wegen seiner galanten Umgangsformen »der Chevalier« genannt, und seine Frau Emilie; mit ihnen sind die Fontanes bis in hohe Alter freundschaftlich verbunden. Das gilt auch für den Akademie-Professor und Maler August von Heyden und seine Frau Josephine von Weigel. Zöllner und Heyden sind Rütli-Mitglieder. Man trifft sich also oft genug, überdies gibt es bei Heydens das »Bohnenkönigsfest« mit allerlei Lustbarkeiten. Mit Zöllners ist der persönliche Kontakt herzlicher; Fontane mag den scharfen Witz des Chevaliers; bei Heyden, dem Akademiker und Adligen, geht es wohl etwas förmlicher zu, und überdies stört es Fontane, daß Heyden immer dieselben Steckenpferde reitet. Beide werden später kein sonderliches Verständnis für den Erzähler Fontane aufbringen. »Is ganz hübsch, Noel«, sagt Zöllner, als »Grete Minde« erschienen ist – was den Autor »un sine Fru« arg verdrießt.

Von eigener Spezifik ist die Beziehung zur Familie von Wangenheim, wo es, zu Fontanes Vergnügen, ungeheuer freisinnig zugeht, obwohl oder weil vor allem die Dame des Hauses streng katholisch ist. Am liebsten verkehren sie freilich bei Mathilde von Rohr in der Behrenstraße. Das adlige Fräulein hat Emilie von Anfang an in ihr Herz geschlossen und in ihre etwas kuriose Geselligkeit und Fürsorge einbezogen. Emilie genießt die »herzerquickende Hospitalität« in den »vertraulichen Tee-Sitzungen«, und sie profitiert gern von den regelmäßigen Spargel- und Rehziemer-Sendungen der Rohr. 1869 nimmt Mathilde ihre Stelle als Stiftsdame in Kloster Dobbertin (Mecklenburg) ein, und damit geht für die Fontanes eine Ära besonderer Geselligkeit zu Ende, wo Fontane – oft zum Entsetzen Emilies – seinem »Bummelton« ungeniert freien Lauf lassen und sich »kleine Ungezogenheiten« erlauben konnte. In ihrer Berliner Zeit lenkt die stets unternehmungslustige Mathilde von Rohr Emilie gern ab, wenn sie »Strohwitwe« ist. Während sich Fontane im Mai 1868 für ein paar Tage »zum Dichten« ins »Hôtel Zehnpfund« nach Thale zurückgezogen hat, lädt die Rohr sie zu einem Ausflug nach dem »Spandauer Bock« ein. Emilie, durch pausenlose gesellige Verpflichtungen ohnehin gestreßt, berichtet am 21. Mai ihrem Mann: »Die gestrige Partie war nur für eine Kraftnatur wie unsere Freundin eine dankbare. In Sonnenglut mit 3 Kindern nach dem Brandenburger Tor; in einen vollgepfropften Omnibus nach Charlottenburg und dann im furchtbarsten Staube $^3/_4$ Stunden bis auf den Berg, dazu gehört mehr als meine Naturschwärmerei. Ich hielt mich leidlich und teilte mühsam ihr Entzücken; wir waren $3^1/_2$ Uhr auf dem Platze, gegen 6 erschien Frau v. Tietzen mit 3 kleinen Töchtern. Auf dem Rückweg bestimmte ich meiner Zustände halber Frl. v. R. zu einer Droschke, und so kamen wir um $9^1/_2$ Uhr müde, verstaubt, aber doch in nicht zu schlechter Stimmung nach Hause; aber die Partie kostete über 1 Tlr. Da kann ich viermal mit den Kindern nach Albrechtshof etc. gehen.«

Seit 1864 lebt Fontanes Schwester Jenny mit ihrer Familie in Berlin; Sommerfeldt hat die Luisenstädtische Apotheke in der Köpenicker Straße gekauft. Bei der sich pausenlos vermehrenden Kinderschar – 1866 teilt Emilie ihrer Stiefmutter mit: »Jenny erwartet in 14 Tagen ihr 14tes Kind!« – wachsen die Anforderungen an Emilie, Geburtstage und Konfirmationen der Neffen und Nichten zu bedenken. Überdies sind Fontanes zu diversen Festen »auf dem Balkon« eingeladen, wobei sie sich regelmäßig erkälten.

In all solchen Konstellationen ist Emilie die immerzu durch Brief und Visite Kontakt haltende, zur harmonischen Atmosphäre beitragende Person. Paul Heyse hat im Oktober 1865 bei einem Berlin-Besuch einen langen gereimten Toast speziell an die Fontanes gerichtet und darin auch Emilies liebenswürdig gedacht:

Da heb ich das Glas und trink es aus
Auf diese Tafelrunde,
Auf dieses traute Poetenhaus
Und den Sänger der Rosamunde.

Auf seine Frau Liebste, die Jahr um Jahr
Ihre Jugend im schönsten Licht zeigt
Und alten Freunden unwandelbar
Das alte liebe Gesicht zeigt.

Wohl weiß ich: gute Leute sind
Auch einige Münchner und Wiener,
Doch ruf ich als altes Berliner Kind:
Hoch meine alten Berliner!

Sobald Emilie irgendwo helfen kann, ist sie zur Stelle. 1866 erfährt sie von der schweren Erkrankung des Journalisten Heinrich Beta, den sie aus der Londoner Zeit gut kennt und mit dessen Familie die Fontanes auch jetzt in lockerer Verbindung stehen. Emilie schreibt an Bertha Kummer: »Noch etwas recht Trauriges habe ich Dir zu berichten: unser armer Beta, der nun gelähmt, rückenmarkkrank, seit dem Winter darniederliegt, ist nun auch gehirnleidend, so daß er nur noch mit höchster Anstrengung etwas zu arbeiten vermag, bald vielleicht gar nicht mehr! wovon nun kläglich weiterleben? – Wir haben eine kleine Lotterie à Los 5 sgr. arrangiert und bin ich trotz der jetzigen Zeit auf so viel gute Herzen gestoßen, daß ich dafür schon beinah 30 Tlr. eingenommen habe, 25 Tlr., außer der Lotterie gesammelt, habe ich ihm schon neulich gebracht, die er mit Tränen annahm! ach, es ist schwer auf der Welt, mein Mütterchen.« Am Ende kommen über 60 Taler zur Unterstützung Betas zusammen.

Daß Emilie neben all den praktischen, diplomatischen und sozialen Aufgaben noch Zeit für Handarbeiten findet, gelegentlich ein Konzert besucht, Bücher über unterschiedliche Gegenstände liest – von Goethes »Benvenuto Cellini« bis Auerbachs »Spinoza«, von Scotts »Woodstock« bis zum

»Lebensbild der Gräfin Schwerin« –, zeugt ebenso von ihrer enormen Energie und Leistungsfähigkeit wie die Tatsache, daß ihr Mann sie längst zum Abschreiben seiner Manuskripte einspannt. Seit 1863 hat sie auch wieder ein Klavier in der Wohnung, macht aber, einer dringenden »Empfehlung« ihres Mannes folgend, nur mäßigen Gebrauch davon, wenn er daheim ist.

Emilie allein zu Haus

Mit der Anwesenheit Fontanes in Emilies »Häuslichkeit« ist ein weiterer Aspekt der erwähnten Kontinuitäten berührt. Denn sie hat sich auf neue Formen der Trennung von ihrem Theo einzurichten. Es ist das Jahrzehnt ständiger Reisen, als er tage-, aber vielfach auch wochenlang unterwegs ist. Emilie fügt sich darein, daß er sich – vor allem bis 1864 – viele dutzendmal an den Wochenenden und an Feiertagen zu Recherchen im Brandenburgischen aufhält und auch seinen Urlaub dazu nutzt. Sie weiß, daß nur durch diese Wanderungen die »Wanderungen« entstehen können und nimmt Alleinsein und zusätzliche Belastung in Kauf. Wie in früheren Zeiten wertet sie die Briefe, die er ihr aus Schlössern und Gasthöfen schreibt, als Entschädigung für die Trennung, und sie sind mitunter unterhaltlich genug. Am 17. September 1862 erhält sie gleich zwei Briefe von ihm, in denen er die Tortur seiner Erkundungen um Freienwalde herum schildert; als »feuriger Liebhaber« der ihm »Angetrauten zu Tisch und Bett« schreibt er morgens aus Wriezen und abends aus Cunersdorf. Mit Besorgnis hört sie von den Strapazen und dem verdorbenen Magen, aber mit Beruhigung liest sie, daß in Schloß Cunersdorf nur ein alter Bedienter und eine freundliche Haushälterin – »übrigens über 50«, wie er vorsorglich dazusetzt – anwesend seien.

Wesentlich unbehaglicher ist es Emilie, wenn ihr Mann ab Mai 1864 zu seinen Fahrten auf die europäischen Kriegsschauplätze aufbricht. Die Gefechte und Schlachten in Schleswig-

Holstein und Dänemark (1864), in Böhmen (1866) und in Frankreich (1870/71) liegen jeweils nur wenige Wochen zurück, und die Bevölkerung in den besiegten Ländern ist nicht unbedingt preußenfreundlich gesinnt. Aber sie sieht ein, daß diese Reisen für die Bücher, die Fontane über die »Einigungskriege« für den Deckerschen Verlag verfaßt, unvermeidlich sind, und wann immer solche Recherchen für das literarische Werk und zur Auffrischung seiner geistigen Spannkraft anfallen, akzeptiert sie – auch die nicht unbeträchtlichen Kosten.

Da seine Arbeitskraft die Existenzgrundlage für die Familie sichert, gönnt sie ihm selbstverständlich auch, wenn er allein Erholungsreisen unternimmt: 1863 nach Usedom, 1865 an den Rhein und in die Schweiz, 1868 in den Harz und nach Schlesien, wo er sich 1869 erneut aufhält. Für gemeinsame Reisen reicht das Geld nicht, aber auch die gestreßte Emilie muß und kann ab und zu eine Pause einlegen, für die glücklicherweise nur die Fahrtkosten aufzubringen sind: Johanna Treutler in Neuhof lädt die Freundin mehrfach ein, nimmt ihr die Kinder ab und sorgt für gutes Essen. Emilie berichtet, beispielsweise 1862, begeistert über die »Nudelung« und ist über seine Reaktion nicht gerade entzückt, denn er antwortet rüde: »Komme nur nicht so sehr fett und vollbusig wieder.« Persönlich mochte Fontane den Hausherrn wohl nicht besonders (»sonores Biedermanns-Gedröhn«). Auch die Treutler-Kinder waren ihm nicht sympathisch, immerhin duldete er zum Beispiel Lischen Treutler wochenlang als Pensionsgast in der Wohnung. Am 16. Oktober 1879 heißt es in einem Brief an Mete: »Alle 4 Schwestern unter die hydraulische Presse gelegt und den Alten obendrauf, kommt noch kein Tropfen Esprit heraus.« Doch für die stete Großzügigkeit gegenüber seiner Familie war er dankbar; er wünschte 1868, daß Emilie »noch lange das gastfreie, liebenswürdige, in seiner Haltung immer gleiche Haus als ein Zufluchts- und Wiederherstellungsort verbleiben möge«.

Die getrennten Sommerfrischen zeitigen stets eine intensive Korrespondenz. Briefeschreiben, definiert Emilie, sei wie

Plaudern mit dem Herzlieben, und brieflich gute Nachrichten empfangen fördert ihr Wohlbefinden. Dabei kommt manches interne Detail zum Vorschein. Im Juli 1863 hält sich Emilie mit den Kindern bei Hermann und Lisbeth Scherz in Kränzlin auf; Fontane ist in Berlin und bereitet sich auf eine Reise nach Hamburg vor, wo er im Auftrag seiner Zeitung eine internationale Tier- und Landwirtschaftsausstellung besuchen und beschreiben soll, und er kostet das Alleinsein richtig aus. Emilie bekommt folgendes Statement: »Mir geht es ganz gut und wiewohl ich keineswegs immer in Einsamkeit leben möchte, weil es auf die Dauer nach meinem Geschmack entsetzlich sein würde, so muß ich doch andrerseits offen gestehn, daß man, auf eine kurze Zeit, in solcher Einsamkeit ordentlich aufatmet. Als glücklicher Familienvater, mit Frau und 3 Kindern um mich her, befind ich mich eigentlich konstant in der nervösen Aufregung einer Besatzung, die jeden Augenblick einen Angriff erwartet, und ich darf wirklich sagen, daß ich dies Gefühl der Ruhe, des Ungestörtseins dankbar genieße. Des Morgens kann ich ruhig eine Viertelstunde lang gurgeln, ohne irgendwen zu belästigen und meinerseits durch Zeichen des Mißfallens belästigt zu werden. Auch bei Tisch ist es mir eine Erquickung, nichts von Erziehung zu hören oder selber erziehen zu müssen. Ich habe für diese Partien des Familienlebens keinen Sinn [...]«

Nur einmal, im Sommer 1867, unternehmen Emilie und Theodor eine gemeinsame Reise nach Thüringen. In Kösen treffen sie mit Berliner Freunden zusammen, besuchen unter anderem Weimar (wo sie im »Russischen Hof« absteigen), Ilmenau, Erfurt und Eisenach, und während Fontane über Meiningen nach Kissingen weiterfährt – auf den Spuren des Krieges von 1866 –, kehrt Emilie nach Berlin zurück. Thüringen hat sie tief beeindruckt. Als ihr Mann im folgenden Jahr in Thale ist, schreibt sie: »Sehr begierig bin ich zu hören, ob der Harz wirklich großartiger auf Dich wirkt als Thüringen, wenn ich an die Waldmassen denke, die sich in immer neuen Höhen unserem Auge darboten, als wir vom Kickelhahn mit

Frl. v. Rohr nach Ilmenau zurückgingen, so kann ich mir den Harz nicht so großartig denken, sieh ihn Dir darauf an.«

Das brieflich dokumentierte Vorspiel für den geglückten Ausflug belegt, wie behutsam die Modalitäten vorher geklärt werden. Fontane unterbreitet euphorisch den Reiseplan und bemerkt: »*Gereist wird!* Aber allerdings erst nach der allerfeierlichsten Zusicherung, mir den Spaß nicht aufs bitterste verderben zu wollen.« Um den potentiellen Konflikt von vornherein zu entschärfen, antwortet sie von Neuhof aus mit entwaffnender Offenheit: »Die Reise-Aussicht hat mich so entzückt, daß ich gestern abend gar nicht einschlafen konnte, aber heut früh kam die Vernunft u. sprach von einem kalten Winter u. dgl. m. Du hast gewiß zu berechnen vergessen, daß wir leider einige 30 Tlr. bedürfen, um unseren Torf-Vorrat zum Winter zu beschaffen. Ich schreibe Dir dies lieber, als daß ich gleich so prosaische Gründe *gegen* meine Reise hervorbringen muß. Wenn die Summe dazu da ist, dann sollst Du noch nie einen liebenswürdigeren Reisegefährten gehabt haben als mich.«

Die Debatte bezieht sich auf frühere Versuche, wobei es wegen unterschiedlicher Auffassungen über den Umgang mit Kutschern und Kellnern, Wirten und Kastellanen und wegen Emiliens Sparsamkeit zu Auseinandersetzungen gekommen war. Dies sei, schreibt Fontane 1867 an Henriette von Merckel, »der Klagepunkt in unsrer Ehe«, und er räumt ein, daß er ebensoviel Schuld wie seine Frau trage. Er macht die »Verhältnisse« verantwortlich: sie »möchten weder vor der Welt noch vor uns selbst kümmerlich, talerabhängig erscheinen, und doch ist diese Abhängigkeit da und macht sich auf der Reise alle 5 Minuten geltend. Daher dann Verstimmung, die schließlich einer dem andern vorwirft.« Noch deutlicher hat er es am 9. Juli 1862 gegenüber seiner Frau zum Ausdruck gebracht: »Die kümmerlichen Verhältnisse, in denen wir so viele Jahre gelebt haben und bis auf einen gewissen Grad noch leben, haben Dir eine Gewohnheit und ein Anrecht der Kontrolle über alles, was ich tue, gegeben, ein

Kontroll-Recht, das mitunter zu weit geht und namentlich dann bedrücklich wird, wenn man mal aus dem alten Geleise heraus und ein bißchen freier aufatmen will.«

Szenen einer Ehe

Die Thüringen-Reise fällt in eine emotional hochmotivierte Phase in den Beziehungen der Eheleute. Emilie hat unmittelbar davor, am 1. August 1867, in Neuhof einen Brief ihres Mannes bekommen, der sie »ganz berauscht« und der wohl nicht zufällig der Familienzensur zum Opfer fiel. Sie antwortet am gleichen Tag mit einer Liebeserklärung, die zum Schönsten gehört, was sie je über sich und ihren Theo zu Papier gebracht hat. »Das Blut stieg mir ins Gesicht, u. ich lief schleunigst in mein Zimmer, um allein zu sein. Wie wunderbar doch geschriebene Worte wirken, es war mir, als umfaßtest Du mich so liebevoll u. als empfände ich Deine Nähe, u. doch sind viele Meilen zwischen uns. Ich habe ein kindisches Gefühl der Freude, daß man noch so empfinden kann, und werde Dich für diesen Brief ganz besonders herzen u. Dir danken; ja mein süßer, bester Mann, sosehr ich überhaupt jemand lieben kann, habe ich Dich geliebt, so die größte Beseligung dabei ist, daß ich, wenn möglich, Dich immer mehr liebe, Dich immer lieber gewonnen habe u., wenn ich jetzt sterben müßte, ohne Dich wiederzusehn, *nie* auch nur einen unrechten Gedanken neben Dir gehabt. Auch das ist ja Gnade u. Gott ist zu danken, der einem zu der Liebe auch die Treue der Empfindung gegeben hat. – Sieh nur, Du hast die alte 42jährige Frau ganz aus der Contenance gebracht; aber ich bin wohl jugendlicher wie viele meines Alters; hier finden sie mich unverändert, freilich mit liebevollen Augen gesehen, innerlich bin ich es gewiß, durch unseren Umgang, durch Dich, Du liebstes Herz.«

Solche Gefühlsausbrüche sind selten, und den Gepflogenheiten der Zeit entsprechend üben sich beide in eroticis in äußerster Dezenz. Der Romanautor Fontane wird sich später ebenfalls der »Gasglühlicht-Beleuchtung« alles Intimen enthalten und sich mit wohldosierten Andeutungen begnügen. Emilie vertraut ihren Briefen manchmal einen »herzinnigen Kuß« an, »nach dem in natura ich mich oft sehne«, setzt sie, fast schamhaft, hinzu. Einmal hat sie einen beängstigenden Traum, der aber »so unanständig« gewesen sei, daß sie nicht davon schreiben, sondern gelegentlich nur ein wenig davon erzählen könne. Zum 19. Hochzeitstag erinnert Fontane seine Frau, etwas zweideutig, an eine Episode aus dem Leben ihres gemeinsamen Freundes Hermann Scherz, der seinerzeit »in raffinierter Keuschheit einen großbeblümten Kattunvorhang zwischen seinem und seiner Lisbeth Lager« gezogen habe; »jetzt erklärt er mir (ich zitiere wörtlich): ›über 40 hinaus gewähre die Ehe keine sinnliche Befriedigung mehr‹. Man könnte fast annehmen, er habe den Kattunvorhang wieder aufgespannt.« Offenkundig bezweifelt Fontane Scherzens Aussage, und Emilie wird kaum anderer Meinung sein. Im Sommer 1862 bittet sie ihn von Neuhof aus, ihr seine Photographie zu schicken: »Wenn ich Dich auch im Herzen trage, treuer als die Photographie sein kann, so möchte ich Dich doch gern zeigen können, meinen schönen Mann.«

Fontane ist im allgemeinen zurückhaltender mit seinen Liebesbekundungen. Nur unmittelbar nach der Rückkehr aus London, Anfang 1859, schreibt er sehr zärtliche Briefe an seine Frau: »Ich habe Sehnsucht nach Dir und bin albern und dumm genug, es auszusprechen.« Und beim nächsten Mal heißt es gar: »Es ist nicht bloß Mangel an Komfort, daß ich so schreibe wie ein alter Staatshämorrhoidarius, nein, Ihr fehlt mir wirklich, Du, der boy [George] und der Kleine, und daß ich's nur gestehe, Du am allermeisten. Wenn es doch bestimmt wäre, daß uns dies gute Einvernehmen, das glückliche Verhältnis der letzten anderthalb Jahre erhalten bliebe!«

Damit klingt ein Thema an, das die Fontanes aus naheliegenden Gründen noch oft erörtern werden: die Abhängigkeit ihres ehelichen Glücks von den wirtschaftlichen Umständen. Emilie weiß es am besten, und ihr Mann formuliert es 1862: »[...] die kleinen Nöte haben doch etwas höchst Bedrückendes und haben uns während der ersten Jahre unsrer Ehe unendlichen Schaden getan. Jetzt, im Rückblick, erscheint es wunderbar genug, daß es noch so gegangen ist und nicht schlimmer.« Schon in seinem Geburtstagsgedicht zum 14. November 1859 hatte er dankbar die Rolle seiner Frau dabei anerkannt:

An alter Stell, an neuer Stell,
Es wird noch immer nicht recht hell,
Am alten Ort, am neuen Ort
Wolken hier und Wolken dort.

So lahmt man sich durchs Leben hin
Mit hektisch hoffnungsbangem Sinn,
Das beste Stückchen Sonnenschein
Heißt: »Ach es könnt noch schlimmer sein.«

Hab Dank, daß du es ruhig trägst,
Der Sorgen mutig dich entschlägst,
Hätt ich noch Leid und Kreuz im Haus,
Wahrhaftig, da wär alles aus.

Wieviel auch fehlt und auch gebricht,
Das Allerbeste fehlt doch nicht;
Erhalte dich der Himmel frisch,
So ist das Wein für unsren Tisch.

Wenn Fontane allein irgendwo reizvolle Landschaften bewundert, ist er in Gedanken bei Emilie. 1863 schaut er in Heringsdorf auf die Ostsee hinaus – die »Villa Fontane« gibt es, wundervoll restauriert, heute noch – und schreibt: »Ich denke bei jedem schönen Anblick an Dich und mache mir einen halben Vorwurf daraus, daß Du nicht dabei bist; ich gönnte Dir alles von ganzem Herzen.« 1868 sitzt er auf dem zeltartig überspannten Balkon des Hotels »Zehnpfund« in Thale, die Roßtrappe und das Bodetal vor sich – Jahre später die Szenerie seines Romans »Cécile« –, und bekennt: »[…] ich empfinde dabei mit flüchtigem Schmerz, um wie viele schöne Wochen wir uns dadurch gebracht haben, daß wir nicht zusammen reisen können oder reisen konnten. Wen die Schuld trifft«, fügt er stichelnd an, »magst Du selbst entscheiden.«

In den sommerlichen Korrespondenzen, aber auch in gegenseitigen Briefen zu den Hochzeitstagen reflektieren sie gern über ihr Verhältnis zueinander und über ihre Positionen in der Lebensgemeinschaft. Emilie fragt 1862 von Neuhof aus an, ob sie ihm denn gar nicht fehle; sie habe das Gefühl, daß man sie zu Hause nicht entbehre. Das ist ein höchst willkommenes Stichwort, ihr seine Lage zu erläutern. Er führe als Schriftsteller, von dessen Fleiß die Familie lebt, »ein vollständiges Hetzleben«, und er appelliert an ihr Verständnis dafür, daß er nicht immer aufmerksam und liebenswürdig sein könne. »Ich versichre Dich, daß ich oft viel lieber spazierenginge oder plauderte oder im Fenster läge, aber es geht nicht, und ich bitte Dich, mich in Zukunft nach *dieser* Seite hin etwas besser zu behandeln.« Er sei, bemerkt er gelegentlich noch einmal, ja »nur Schreibe- und Erwerbs-Maschine, in steter Besorgnis, daß der Kessel platzt«. Und er verspricht, daß er nach ihrer Rückkehr für ein paar Tage nur »Gatte, Vater und Mensch« sein wolle; sie könne von ihm alles verlangen, bloß nicht 1000 Taler.

Beide stimmen darin überein, daß ihre Art des Lebens – so entbehrungsreich es ist – auch seine speziellen Vorzüge hat. Fontane schließt 1862 den zitierten kleinen Briefessay: »So unbequem dies beständige innerliche Engagiertsein für mich und so empfindlich es gelegentlich für Dich ist, so ist auf die Dauer […] eine solche Existenz doch für beide Teile die allein glücklich machende. Wer immer bei ›Muttern‹ ist, wird notwendig ein Philister, ein lederner Patron, dessen Langeweile nachher viel verdrießlicher wirkt als die Unruhe des immer Beschäftigten, der eben nur Stunden und Tage hat, wo er zur Ruhe kommt, in solchen Stunden aber auch die Ruhe und alles Glück des Familienlebens doppelt genießt. Da hast Du's!«

Emilie stellt ihrerseits ähnliche Betrachtungen an. Sie berichtet von einem Damenkränzchen in Liegnitz mit dümmlichen alten Tanten und Muhmen, bei dem sie und Johanna Treutler sich wie die »Pipjungen« vorkommen. Und angesichts dieser provinziellen Beschränktheit bekennt sie: »Wenn ich so Menschen gesehen habe, die alt und grau im kleinen Städtchen und engen Lebensverhältnissen geworden sind, dann bin ich doch recht dankbar, daß ich trotz mancher Ängste und Sorgen so weit, weit herumgeflogen bin, so daß ich trotz meiner relativen Jugend so tausendmal mehr erlebt habe wie solche arme, alte Schachtel, die innerlich und äußerlich mit Watte ausgestopft ist.«

Was die Fontanesche Ehe über die Jahrzehnte hin auszeichnet, wahrscheinlich sogar ihre erstaunliche Stabilität ausmacht, ist, daß beide Partner auf der Grundlage einer tiefen Zuneigung sich auch kritisch, mitunter sogar aggressiv miteinander auseinandersetzen können. Emilie muß ihren »Soupçon-Othello«, der allzu schnell Unrat wittert, auf den Boden der Tatsachen zurückholen; Theodor ärgert sich über ihre unberechenbare, vom jeweiligen Augenblick abhängige Sprunghaftigkeit in ihren Urteilen. Er wünscht sich – und unterbreitet ihr das sogar im Glückwunsch zum 19. Hochzeitstag –, daß sie »gleichmäßiger« sein und Macht über ihre Stimmungen haben möge. Unter dieser Eigenschaft Emilies hat offenbar die ganze Familie ein wenig gelitten. Noch 1881 beklagt sich die Tochter, daß man nie wisse, wie Mama eine Angelegenheit beurteile; es könne heute so, morgen aber auch ganz anders sein.

Damit hängt ein anderer, immer wiederholter Vorwurf Fontanes zusammen, nämlich daß sie sich zu schnell ins Bockshorn jagen lasse und einen schwarzseherischen Zug habe. Als er ihr 1869 beiläufig mitteilt, daß ihm angetragen worden sei, den Prinzen Karl von Preußen, Chef der Artillerie und Herrenmeister des Johanniterordens, bei einer Exkursion in den Nahen Osten zu begleiten, ist sie, besorgt um seine Sicherheit, völlig konsterniert. Er wundert sich, daß sie das »Reiseprojekt nach Sonnenaufgang« irritiere, und anlysiert ihre Reaktion: sie sei eben doch »mehr witzig und geistvoll als klug«. »Du hast brillante Einfälle und bist scharfsinnig im Erkennen der Menschen, besonders im Erkennen ihrer Schwächen, ihrer Eitelkeiten und Lächerlichkeiten, aber das nüchterne Erkennen der *Situation* war nie Deine Force und ist es auch heute nicht.« Seine Formulierungen sind, mit Abstrichen, eigentlich Komplimente an die espritvolle Partnerin. Emilie nimmt Vorhaltungen gelassen, ja sogar gutwillig auf; sie weiß, daß er ihr in »ganz gemeiner Lebensprosa« überlegen ist. Am 21. Juli 1867 beginnt sie mit den Worten: »Es ist ein wahres Glück, daß Deine Briefe, so liebenswürdig sie sind, mir kleine Abhandlungen über meine Fehler u. Schwächen bringen, die ich auch in ihrer vollen, nur zu großen Erscheinung erkenne [...], halte Du mir, liebster Mann, nur immer den Spiegel vor, damit mir die Selbsterkenntnis bleibt.«

Ganz demokratisch gestimmt

Aufschlußreich ist auch, daß Emilie, die in ihrem Politikverständnis von der Erhaltung gegebener Ordnungen ausgeht und darin mit dem »Kreuzzeitungs«-Redakteur Fontane weitgehend übereinstimmt, gleichwohl keineswegs immer im Konsens mit ihm ist. Gewiß hat sie gelesen, was ihr Mann am 28. Mai 1860 – nachdem er gerade von einer ausbeutereichen Reise zum Derfflinger-Schloß Gusow und zum Marwitz-Sitz Friedersdorf zurückgekommen ist – an seine Mutter geschrieben hat: »Es verlohnt sich doch eigentlich nur noch, ›von Familie‹ zu sein. Zehn Generationen von 500 Schultzes und Lehmanns sind noch lange nicht so interessant wie 3 Generationen eines einzigen Marwitz-Zweiges. Wer den Adel abschaffen wollte, schaffte den letzten Rest von Poesie aus der Welt.« Und sie nimmt dieses Bekenntnis als geistige

Rechtfertigung seines Arbeitsbeginns bei der »Kreuzzeitung« am 1. Juni. Die politische Couleur des Blattes – Organ der oppositionell-reaktionären Junkerpartei – wird sie nicht ernsthaft beunruhigt haben; ihr Mann hat lange genug mit ihr über diesen Schritt diskutiert. Sie nimmt ihn in erster Linie als wirtschaftliche Sicherung der Familie durch ein festes Monatseinkommen, ohne daß sich ihr Theo bis tief in die Nacht mit Artikeln plagen muß, deren Veröffentlichung ungewiß ist. Aber dennoch: ihr gesundes Empfinden läßt sie manche Position ihres Mannes mit Vorbehalt beurteilen. Als er ihr von einer Gesellschaft mit hochrangigen Militärs und Diplomaten bei den Wangenheims berichtet, antwortet sie: »In Deinem heutigen Briefe wimmelt es ja von Grafen und Exzellenzen, werde Du nur nicht zu vornehm, daß wir uns nicht fremd werden.« Er wiegelt ab und erläutert, daß er teils wegen seines Metiers (»Poet und ›Wanderungen‹-Schreiber«), teils aber auch wegen seiner »politischen Richtung« mehr mit dem Adel als mit dem Bürgertum zu tun habe, und wer »im Lager der ›Feudalen‹ ficht, der muß sich noch mit den alten Elementen behelfen«.

Wenige Wochen nach diesem Diskurs schreibt ihr Fontane über Differenzen mit Bernhard von Lepel, und Emilie antwortet klipp und klar: »Je mehr Du mit ihm auseinanderkommst, je mehr zieht es mich zu ihm, und namentlich stimme ich so oft mehr mit seinen liberalen Gesinnungen als Deinen konservativen, mir ist oft, als sähest Du die Dinge verschleiert an.« Emilie bekundet mehrfach eine »linke« Einstellung. 1867 ist sie in Liegnitz zu einem »mäßig amüsanten« Kaffeekränzchen mit »hohem Adel« eingeladen. Eigens für die »Berlinerin« arrangiert, hätte sie diese Begegnung »wieder ganz demokratisch stimmen« können.

In Neuhof, merkt sie an, halten sich die Frauen aus politischen Gesprächen heraus; sie kennt das aus Berlin und aus dem Hause Fontane anders. Sicher plappert sie nicht nur Ansichten ihres Mannes nach, wenn sie 1866 ihrer Stiefmutter, die im sächsischen Herrnhut lebt, ganz forsch den preußischen

Standpunkt im Konflikt mit Österreich klarmacht: »Wie Du auf Bismarck zürnst, so wir auf das wahnsinnige Östreich, das seinen inneren und äußeren Ruin durch einen Krieg mit uns bemänteln will, es ist wortbrüchig, wie es stets war, und darum wird es nicht siegen, trotz seiner großmäuligen Verheißungen. Hier, da das Unabänderliche da ist, ersehnt man den Tag des Kampfes, um endlich dieser quälenden Ungewißheit überhoben zu sein. Gott hält es gewiß an der Zeit, den Menschen wieder zu zeigen, daß er im Amte sitzt und regiert, denn der Unglaube und die Selbstgerechtigkeit des Volkes sind riesengroß. Nun laß noch die Cholera, die bereits in Stettin und Swinemünde wütet, hinzukommen, dann haben wir Krieg und Pestilenz.«

Nach der Schlacht bei Königgrätz erfährt die Stiefmutter: »Wir loben und danken Gott, der uns den Sieg gegeben, den wir in Demut nicht erwartet, und ärgern uns über die Demokraten, die wieder unzufrieden, weil der König nicht Sachsen, Mähren etc. einsteckt; dieser Sorte ist nichts recht zu machen.« In einer Nachschrift zu diesem Brief vom 6. August 1866 präzisiert Fontane die Bemerkungen seiner Frau: »Deine sächsischen Anschauungen kann ich natürlich nicht durch ein paar Sentenzen in ihr Gegenteil verkehren. Nur so viel, daß wir glauben, durchaus im Recht gewesen zu sein, und daß wir ohne Blasphemie der Überzeugung leben, daß Gott entschieden und uns *deshalb* den Sieg gegeben hat, weil jede Art von Recht, das juristische und das politische, auf unsrer Seite war. Natürlich werdet ihr das nicht zugeben, ist auch nicht nötig. Ich wünsche Dich nur wissen zu lassen, wie die *Preußen* empfinden, trotz einiger ›schlapper Jungens‹, die, weil ihnen die Beine wehtun, in unpatriotischen Kleinmut verfallen. Nichts für ungut!« Emilie verweist Bertha Kummer im übrigen auf das gerade entstehende Buch ihres Mannes über den Krieg gegen Österreich; sie werde darin »manches erklärt und auseinandergesetzt finden, worüber ich Dich zu benachrichtigen weder Verstand noch Kenntnis genug habe«.

Emilie verfolgt die politischen Ereignisse ihrer Tage, wie

gewohnt, ziemlich aufmerksam. Als am 19. Juni 1867 der auf Betreiben Napoleons III. zum Kaiser von Mexiko gemachte österreichische Erzherzog Maximilian erschossen wird, fragt Emilie von Neuhof aus sogleich nach der Meinung ihres Mannes: »Was sagst Du zu Maximilians Ermordung oder Verurteilung? und wie ist die Stimmung gegen Frankreich; hier heißt es, er würde an uns die mexikanische Scharte auswetzen. Man liest hier die Breslauer Zeitung, die scheint weniger gut gesinnt wie die schlesische.« Als Frau eines Journalisten hat Emilie gelernt, die Nuancen in den politischen Positionen der Blätter zu unterscheiden. Gelegentlich beklagt sie sich, daß Fontane sie »mit großen Zeitungsnachrichten nicht au fait« halte. Er verspricht Besserung, meint aber, daß die »Schlesische« auch keine anderen Nachrichten bringe als die Berliner Zeitungen.

Herzliches Lachen kommt gleich nach Ziegenmilch

Äußerst beunruhigt liest Emilie die Mitteilungen über die Cholera-Epidemie, die 1866 vor allem Stettin und Swinemünde heimsucht und Vorsichtsmaßregeln auch in Berlin auslöst. An Bertha Kummer schreibt sie am 6. August: »Die schreckliche Cholera läßt nach, Gott sei gelobt! ich bin vor Sorge und Angst ganz elend geworden, und wenn wir auch bis jetzt vor der Seuche behütet waren, so sind wir doch zu keinem Wohlsein gekommen, denn Wasser ist nicht zu trinken, Regen, Wind, Kälte, Hitze wechseln in 24 Stunden ab, und ich war froh, die Kinder zu Hause zu haben in dieser angstvollen Zeit; heut sind die Jungen zum ersten Male wieder zur Schule gewesen. Freilich waren die 4 Wochen schwer für mich, und manch liebes Mal habe ich ihnen und mir die sanfte, liebe Großmama hergewünscht.«

Damit ist ein weiterer Aspekt jener fatalen Kontinuitäten berührt, die das Leben Emilie Fontanes in den sechziger Jahren bestimmen. Denn sie trotzt ihre bravouröse Lebensleistung einer nach wie vor gänzlich labilen Gesundheit ab, einem löchrigen Nervenkostüm, einer depressiven Disposition, einem durch die Schwangerschaften geschwächten Körper.

Der Katalog der organischen Leiden ist lang. Er reicht vom geschwollenen linken Leberflügel und Gallenerbrechen, von nicht näher diagnostizierten Krämpfen und Nervenkopfschmerz, von Fieberschauern im August und Ohnmachtsanwandlungen bis zu »allerheftigsten Zahnschmerzen« und monatelangem Husten. Dazu gesellen sich, wie in England, winterliche Depressionen. Fontane, der selbst pausenlos mit Erkältungen und grippalen Infekten, Nervenpleiten, Blasen- und Magenproblemen konfrontiert ist, berichtet am 29. Mai 1869 seiner Mutter, etwas resigniert, von Emilies Stimmungsbarometer. »Ich könnte Ehe-Mondstabellen herausgeben. Vom November an abnehmend, Weihnachten letztes Viertel, dann 4 Monate lang totale Verfinsterung, zu Ostern der erste goldne Sichelstreifen, der holde Mondkahn, um nun in den Stillen Ozean des Frühlings und Sommers einzuschiffen. Nach Pfingsten Vollmond. Ich nehme dies alles jetzt wie Natur-Erscheinungen hin, freue mich des blauen Himmels und murre nicht, wenn es regnet. Ich weiß, alles hat seine Zeit.«

Emilies Beängstigungen bei Gewitter und vor allem bei nächtlichen Stürmen sind ebenso Teil ihrer nervösen Konstitution wie ihre Reizbarkeit und ihre Überreaktionen. Fontane sucht ihr das klarzumachen; sie solle ruhig bleiben, »nicht alles gleich zu Lebensfragen« machen und »sozusagen vom Verstandes-Terrain aus die Gefühlswelt unter Kontrolle« nehmen. Er schärft ihr ausdrücklich ein: »dem *Körper* schieb es nicht zu. Trägt er ein gut Teil Schuld, was ich glaube, so behandle ihn danach und beßre ihn auf.« Er wird Jahrzehnte später, als sich seine Tochter mit ähnlichen Symptomen herumschlägt, resümieren: »Ich glaube mich auf psychische Zustände und auch auf Körperzustände, die mit dem Psychischen zusammenhängen, wundervoll zu verstehn, denn ich habe sie seit über 30 Jahren an mir und Mama studiert.«

Er beschreibt damit Befindlichkeiten, die man bald als »psychosomatisch« bezeichnen wird.

Hausarzt Koblanck, ein erfahrener Praktiker, verschreibt – vom entlaufenen Apotheker Fontane meist gebilligt – allerlei, vor allem sucht er mit Bitterwasser und Vichy-Brunnen der Übel Herr zu werden, aber in Emilies Briefen ist auch von »Goldschwefelpulver« und Chlor die Rede. In Neuhof verordnet die Arzttochter Johanna Treutler 1867 in erster Linie Heiterkeit und – Ziegenmilch. Fontane begrüßt die Behandlungsmethode: herzliches Lachen komme gleich nach Ziegenmilch. Frau Treutler weiß auch 1868 mit ihrer völlig erschöpften Freundin umzugehen; sie ist der Ansicht, schreibt Emilie an ihren Mann, »daß es Nervenschwäche ist, die ohne alle Medikamente, nur durch Ruhe u. gute Pflege beseitigt werden kann«. Auch da stimmt Fontane sofort zu, freilich mit Vorschlägen, die Emilie wie der reine Hohn vorkommen müssen: »Du mußt versuchen, Dein Leben etwas bequemer einzurichten und mußt Dir namentlich häufiger kleine Erholungen gönnen. Neue Eindrücke, keine Wirtschaftssorgen, keine Repräsentation, Heiterkeit, gute Pflege und change of air – das ist es, womit ich mich verpflichte, Dich jederzeit wieder zu kurieren. Solche schönen Tage wie jetzt in Schlesien müßtest Du alljährlich drei, viermal genießen; verführe ich nicht nach demselben Prinzip, so wär ich längst used up.«

Wie soll sie das bei den zahllosen Verpflichtungen zu Hause, bei ihrem Eingebundensein in sein Metier einrichten, und wer soll es finanzieren?! Aber ihr Mann beharrt darauf, daß sie »in allen Gesundheitsfragen« mehr auf ihn hören möge, und er doziert: »Ich habe die geheimnisvolle Kraft des Luft-, Orts- und Umgebungswechsels zu oft erprobt, seinen Segen zu oft erfahren, als daß ich mich in diesen Dingen irren könnte. Ich kann natürlich nicht Pocken oder Cholera oder Magenkrebs durch Luftwechsel kurieren, aber solche Zufälle, an denen wir zu leiden pflegen, heil ich unter 9 Fällen von 10 durch bloßen change of air. Kommt dann noch so viel Liebes und Gutes hinzu, wie Dir Neuhof jedesmal bietet, so ist die Kur gemacht.« Und als könnte Emilie die Zustände jederzeit ändern, setzt er demagogisch hinzu, sie habe gegen sich selbst und noch mehr gegen andere »die Pflicht, nicht mehr und nicht länger krank zu sein, als eben unvermeidlich ist«! Verständlich, daß Emilie gelegentlich an ihre Stiefmutter schreibt, daß »Gesundheit das größte Geschenk Gottes« sei.

Todesfälle

Und noch etwas hat Emilies sensibles Wesen in dem beschriebenen Jahrzehnt belastet: die zahlreichen Todesfälle im engeren Verwandten- und Bekanntenkreis. Den Umgang mit dem Tod hat sie bei den drei eigenen Kindern erfahren, wobei sie selber im Wochenbett aufs äußerste bedroht war. Den Gedanken, daß ihrem geliebten Theodor etwas Unumkehrbares zustoßen könnte, wird sie nie los. Die Vorstellung eines endgültigen Abschieds ist ihr unerträglich und hilft ihr, die zeitlich begrenzten Trennungen zu überstehen. Todesnachrichten bewegen sie jedesmal heftig. Und es soll ihr auch künftig nichts erspart bleiben. Sie wird die alten Freunde hinsterben sehen – 1885 Lepel, 1889 die Merckel und die Rohr, 1890 Wangenheim, 1897 Heyden und Zöllner –, und selbst die Tragik der fünfziger Jahre soll sich wiederholen: 1887 steht sie fassungslos am Grab ihres Ältesten.

Die Serie solcher Erschütterungen beginnt 1858 in London, als der hochgeschätzte Franz Kugler, der »Herdpriester« des geselligen Berliner Kreises, unerwartet stirbt. 1859 verliert sie ihren Stiefbruder Hermann. Sie fährt eigens nach Köpenick, um die Witwe, Mathilde Görsch, zu besuchen. Der Stiefmutter stattet sie Bericht ab: »Ich wußte, ich würde sie durch diese Aufmerksamkeit erfreuen, und gedachte dabei, wie sehr ich im Sinne unseres armen Hermann handelte. Es war ihr erster Geburtstag ohne ihn, freilich im vorigen Jahre war sie noch schlimmer daran, denn er lebte noch, aber wie! ach, sie hat furchtbar mit ihm ausgehalten, und für die reiche Liebe, die er ihr gegeben hatte, hat sie auch unendlichen Schmerz erdulden müssen. Sie trägt ihr Schicksal mild und still und gewinne ich sie lieber und stelle sie höher, denn ich je früher gedacht hätte zu tun.«

Sehr traurig stimmen sie auch Erkrankung und Tod (1860) von Fontanes jüngerem Bruder Max, an dessen Hochzeit in Küstrin sie 1857 teilgenommen hatte. Der Stiefmutter teilt sie mit: »Der arme Max! mit seinem Geschäft geht es besser, er hat aber seit 3 Monaten ein Darmleiden, welches Wilms neulich bei einer Konsultation hier für unheilbar erklärt hat; wir sind sehr betrübt darüber, noch dazu, da der arme Mensch die schrecklichsten Schmerzen zu ertragen hat; Mutter [Fontane] kennt diese Hiobspost noch gar nicht. Er hatte ein kleines Mädchen [Marianne] diesen Sommer, es starb aber nach 3 Wochen.« Noch heftiger trifft sie im Dezember 1861 der Tod Wilhelm von Merckels, des gütigen Freundes und Beraters. Fontanes sind über die Geste der Witwe sehr gerührt, die die Beerdigung mit Rücksicht auf Fontanes Geburtstag (30. Dezember) auf den 31. Dezember verschiebt. Wenige Monate darauf muß Paul Heyse in München seine Frau Margarete begraben, die Tochter Franz Kuglers; 1865 folgt in Dresden Wilhelm Wolfsohn, den Emilie sehr mochte.

Im Frühjahr 1867 stirbt mit 77 Jahren Therese Triepcke, die leibliche Mutter. Eine wirklich herzliche Beziehung haben die beiden nie unterhalten. Immerhin ist Emilie Anfang des Jahres noch einmal bei ihr in Beeskow. Zur Beisetzung fährt sie nicht und überläßt Stiefschwester Clara von Below die Auflösung des Haushalts: »es würde mir jetzt doppelt schwer sein, dort bei Nacht u. Nebel anzukommen und in der Wohnung wie ein Rabe herumzuforschen. Ich vertraue Clara ganz […]« Im selben Jahr 1867 stirbt auch der Schwiegervater Louis Henri Fontane in Schiffmühle bei Freienwalde. Emilie hat nicht vergessen, daß er »das bißchen Vermögen bis auf Null für uns reduziert« hat, aber sie wahrt stets ein töchterliches Verhältnis zu ihm – wohl vor allem, weil sie die Zuneigung ihres Mannes zu dem kauzigen Einsiedler respektiert, den der Sohn einen »schiefgewickelten oder ins Apothekerhafte übersetzten Weltweisen« nennt. Emilie berichtet in einem Brief an Mathilde von Rohr: »Unser aller Hauptsorge und dringendes Verlangen war natürlich zu erfahren, ob unser guter Papa noch viel gelitten und auf welche Weise sein Tod erfolgte. Wir haben denn auch Gott recht innig gedankt, als wir erfuhren, daß er gar nicht krank gewesen ist, abends 9 Uhr, sich unbehaglich fühlend, zu Bett gegangen ist, gegen 10 Uhr das Mädchen gerufen hat und um 10 1/2 Uhr mit voller Besinnung, aber ohne Todesangst, durch eine Lähmung dahingeschieden. [...] Die Details [der Beisetzung] behalte ich mir vor Ihnen, mein teures Fräulein, an einem traulichen Abend zu erzählen; im allgemeinen haben wir auch bei diesem Verlust, der uns betroffen, die Güte und Gnade Gottes zu preisen. Unser lieber Papa ist dahingeschieden im vollen Besitz der Liebe seiner Kinder, und die Zeit wird noch vieles verklären und sein Andenken uns stets lieb und wert bleiben.«

Mitte November 1869 reist Emilie nach Neuruppin, um der Schwiegermutter in ihren letzten Tagen beizustehen. Alle Querelen früherer Jahre verdrängend, pflegt sie gemeinsam mit Schwägerin Elise, auch ihr gegenüber einstigen Klatsch und Streit vergessend, liebevoll die Einundsiebzigjährige, die am 13. Dezember die Augen für immer schließt. An Mathilde von Rohr schreibt Emilie: »Seit dem 18. bin ich nun hier u. habe bange Tage u. Stunden verlebt. Am vorigen Sonnabendabend dachte der Arzt, es ginge zu Ende, u. seitdem ist die Schwäche so groß, daß wir auf keine Besserung mehr rechnen können. Ach, mein teuerstes Fräulein, es hat doch etwas recht Ergreifendes dies langsame Verlöschen eines teuren Lebens!«

Kapitel 8

Ein Jahr der Unruhe in Europa und in der Königgrätzer Straße

1870

Sorgenvoller Jahresanfang

Am 30. Dezember 1869 begeht man in der Königgrätzer Straße 14 in Berlin den fünfzigsten Geburtstag Fontanes; zum *Feiern* ist im Kreis der Familie keiner so recht aufgelegt. Nur Fähnrich George, seit Weihnachten auf Urlaub, bringt, wie Emilie an Mathilde von Rohr schreibt, »durch seine Frische u. Heiterkeit wieder Lebensmut in die bedrückten Gemüter«. Tod und Begräbnis der Großmutter in Neuruppin liegen gerade vierzehn Tage zurück. Andere Sorgen scheinen Gott sei Dank abgewendet: Emilie ist sehr erleichtert, daß ihr Mann das an sich ehrenvolle Angebot ausgeschlagen hat, den Prinzen Karl von Preußen auf einer Reise in den Orient zu begleiten. Und vor allem: sie kann die Ehrengabe des Königs für den jüngst erschienenen ersten Band des sechsundsechziger Kriegsbuches ihres Mannes – immerhin 80 Friedrichsdor, also rund 400 Taler – gut gebrauchen. Dennoch sind die finanziellen Aussichten für das nächste Jahr keineswegs berauschend. Zwar stapeln sich schon beträchtliche Manuskriptteile eines dritten Bandes der »Wanderungen« auf Theodors Schreibtisch, aber es ist gänzlich ungewiß, wie das Ministerium der »Geistlichen, Unterrichts- und Medizinalangelegenheiten« auf den im November wiederholten Antrag auf Wiedergewährung jener jährlichen Unterstützung von 300 Talern für die märkischen Arbeiten reagieren wird, und ohne diese Summe bleibt der Haushaltsetat, der im wesentlichen auf dem 1000-Taler-Gehalt von der »Kreuzzeitung« basiert, ziemlich wackelig. Und der Hausherr, im Unterschied zu seiner Frau durch das forsche Auftreten seines Ältesten ziemlich enerviert, notiert denn auch in sein Tagebuch: »Unruhig traten wir ins neue Jahr, und es sollte ein Jahr der Unruhe werden.«

Die Turbulenzen setzen schon Mitte Februar 1870 ein, als eine hartnäckige Grippe Fontane auf Wochen hin arbeitsunfähig und Emilie zur Krankenpflegerin macht. Kaum hat er sich einigermaßen berappelt, da lehnt das Kultusministerium tatsächlich das Gesuch um Beihilfe unter fadenscheinigen Argumenten endgültig ab. Emilie versteht die bitteren Äußerungen ihres Mannes über den ganzen »Literaturbettel«, und sie teilt seine Zornesausbrüche gegen das »vielgerühmte Zopfpreußentum«, ja, sie wettert selber in »hochverräterischen Worten« über die Behörde und bezeichnet das Ministerial-Reskript als einen »nichtsnutzigen Wisch«.

Die Fontanes überlegen und schmieden Pläne; »wir sind entschlossen, ein ganz neues Leben anzufangen«, heißt es dramatisch in einem Brief an Verleger Hertz. Der Vorschlag von Freund Zöllner, bei der Schillerstiftung anzuklopfen, wird rasch verworfen, und man holt statt dessen eine alte Überlegung wieder hervor: ein Pensionat für junge Frauen, möglichst Engländerinnen und Amerikanerinnen, soll für zusätzliche und möglichst regelmäßige Einkünfte sorgen. Und so verständigt man sich darauf, trotz der beträchtlichen Kosten, daß Frau Emilie nach London fährt, um gemeinsam mit der Familie Merington – in der England-Zeit die umgänglichen Nachbarn in Camden Town – das Terrain zu erkunden. Diese sind zudem bereit, die zehnjährige Martha für ein Jahr bei sich zu behalten, die bei dieser Gelegenheit Englisch lernen kann und die wirtschaftliche Situation zu Haus entlastet (ein Esser weniger).

Emilie soll in London recherchieren

Am 20. April reisen Emilie und Martha über Köln, Verviers, Brüssel, Calais und Dover nach London. Es ist das dritte Mal, daß Emilie, wiederum ohne männlichen Beistand, nach

England unterwegs ist und couragiert die Kontrollen, das mehrfache beschwerliche Umsteigen und die gefürchtete, diesmal aber »himmlische« Kanalüberquerung absolviert. Der Zoll durchstöbert das Gepäck natürlich nach Brüsseler Spitzen, aber die Beamten sind freundlich, und Emilie registriert den »großen Unterschied der Menschen zum Nachteil unseres Landes« und fügt an: »ich sprach french zu meinem eignen Erstaunen«. Am Nachmittag erreicht das Schiff bei strahlendem Sonnenschein Dover, und die Bahn bringt die beiden Reisenden bald nach Charing Cross Station, vorbei an St. Pauls, und Emilie bekennt: »Ich kann wohl sagen, die Großartigkeit der Umgegend struck me so, daß ich dachte, Du wirst nicht Kraft genug haben, dies alles zu erleben, und Augenblicke hatte, wo ich wünschte, führest Du doch jetzt in Dein kleines Berlin ein, wo Du des sicheren liebevollen Empfanges Deines Mannes gewiß wärest […]«

Zwei Tage später sitzt Emilie bereits, noch etwas reisemüde, aber glücklich, in ihrem Zimmer in der vornehmen Argyll Road, wo sie die Freunde herzlich aufgenommen haben. Sie genießt den Luxus, den großen Stehspiegel, die feinen Gardinen, den Blick nach draußen »mit blühenden Bäumen im Vordergärtchen«, den leise vorbeirollenden Cabs, und sie kommt sich vor »wie eine Prinzessin«. Sie möchte zwar nicht immer dort leben, aber der Gegensatz zu ihrer bescheidenen Berliner Wohnung behagt ihr schon, und auch Tochter Mete gewöhnt sich rasch daran, daß das »Vater-closet« (das sie noch nicht kennt und daher falsch schreibt) »so sehr spritzt«.

Im eigenen Zimmer also verfaßt Emilie unmittelbar nach der Ankunft ihren ersten Reisebericht, den sie in tagebuchartigen Briefen regelmäßig fortführt. Die Meringtons beziehen sie sogleich in ihr geselliges Leben ein, für das sie sich einiges an Garderobe nachschicken lassen muß: das braune seidene und das weiße Barège-Kleid mit Schleife, dazu Haube und Fächer. Sie hört sich Predigten an, besucht Gemäldeausstellungen und berichtet darüber nach Berlin. Die Riesenstadt London – längst über die Drei-Millionen-Grenze hinausgewachsen – fasziniert sie an allen Ecken und Enden, ihre Kulturstätten und ihr urbaner, mitunter kurioser Lebensstil, und sie bekennt ihrem Mann: »Ich liebe es nicht, zu anderen zu sagen, Berlin ist wie ein Dorf, aber es ist so.« Zu Hause spielt man seit Jahren David Kalischs Posse »Berlin wird Weltstadt«, doch so weit ist es im Vergleich zur englischen Metropole noch lange nicht – trotz der etwa 800000 Einwohner. Unter Emilies Anleitung liest Frau Merington Fontanes »Der deutsche Krieg von 1866«, Emilie übersetzt nebenher eines von deren Schulbüchern und aktiviert und erweitert auch auf diese Weise ihre Sprachkenntnis; die Briefe an ihren Mann geraten ihr teilweise zu einem köstlichen Gemisch: »I always so tired of Hören den ganzen Tag englisch sprechen.«

In einer Tee-Gesellschaft wird sie in eine Diskussion um die Gleichberechtigung der Frau verwickelt – ein höchst aktuelles Thema in Großbritannien, wo die »Frauenfrage« längst politisch-juristische Dimensionen angenommen hat. »Auch ich wurde nach meiner Meinung gefragt; aber ich konnte nur lachend sagen: ich hätte nicht Gelegenheit gehabt, über den Gegenstand nachzudenken, I had such a good position as the wife of you, that I don't want a other; which answer amused very much Mr. Merington.« Fontane nimmt das Schmeichelhafte dieser Formulierung gar nicht zur Kenntnis und erwidert am 6. Mai ziemlich anti-emanzipatorisch: »Dein guter Einfall, womit Du die Debatte über Frauen-Stimmrecht coupiertest, hat auch mich amüsiert. Man kann all diesen Dingen gegenüber sagen: ›warum nicht!‹, aber doch noch mit größrem Recht: ›wozu?‹ Die Frauen, die zur Zeit Ludwigs XIV. die Welt, den König und die Gesellschaft regierten, hatten kein Stimmrecht, haben sich aber leidlich wohl dabei befunden, jedenfalls besser als jene Unglücklichen, die sich ›in Erfüllung ihrer Bürgerpflicht‹ an die Wahlurne drängen.« So wie in diesem Falle geht Fontane jeweils mit Vergnügen auf Emilies Beobachtungen über Land und

Leute ein: »Das größte Lob, was ich Dir spenden kann, ist wohl das: ich lese das alles wie Pücklers Briefe, ich frische die alten Bilder wieder auf und stimme den Bemerkungen zu.«

Heftige Briefdebatte zwischen London und Berlin

Fontane berichtet seinerseits ausführlich nach London – über die Kinder, die Freunde, seine Arbeit, wobei die Pensionsangelegenheit in den Hintergrund rückt. Auf die besorgte Frage seiner Frau nach der »Zeitungs-Affaire« (»mir ist«, schreibt sie gleich anfangs, »als schwebte ein Gewitter über unseren Häuptern«) geht er mit keiner Silbe ein. Er gönnt ihr drei erlebnisreiche heitere Wochen und spart die wichtigste Information in der lebhaften Korrespondenz geflissentlich aus. Erst am 13. Mai erreicht Emilie die Hiobsbotschaft: ihr Mann hat – am Tage ihrer Abreise – seine Stelle bei der »Kreuzzeitung« gekündigt und damit die einzige sichere Einnahmequelle der Familie zugeschüttet. Emilie muß etwas geahnt haben, nur hat sie es in der Erlebnisfülle der Londoner Tage zurückgedrängt, und nun trifft sie die Nachricht doch wie der Blitz aus heiterem Himmel. All ihre Ängste in bezug auf finanzielle Unsicherheit und materielle Nöte sind wieder gegenwärtig, und sie ärgert sich maßlos darüber, daß ihr Mann diesen »entscheidenden Schritt« hinter ihrem Rücken gegangen ist und sie mit der perfiden Wendung unterrichtet, er habe von Anfang an den Zeitpunkt festgelegt, zu dem er sie »in unsre Geheimnisse« einweiht!

Und nun liefern sich die Fontanes bis in den Juni hinein – eingebettet in die »normale« Berichterstattung – ein heftiges Briefgefecht, reich an Vorwürfen und Rechtfertigungen, an Charakteranalysen und Schuldzuweisungen, aber stets auf menschlich noble Weise (bei allem bitteren Grundton), wobei sich Frau Emilie stilistisch und argumentativ völlig ebenbürtig, teilweise sogar überlegen erweist. Das Ganze läuft übrigens nach einer rigiden Regieanweisung des Briefschreibe-

Systematikers Fontane ab, der, wie bereits zitiert, in einem Postskriptum zu seinem Brief vom 11. Mai genau festlegt, wer an welchem Tag in welcher Gemütslage über welches Thema zu berichten habe.

Fontane begründet seine Kündigung vor allem mit der rücksichtslosen Ausbeutung seiner geistigen Kräfte durch die Zeitung, die sich gern mit Bibelsprüchen und christlichen Redensarten schmücke, aber, wenig karitativ, nicht im entferntesten an die Altersversorgung der Mitarbeiter denke. Diese Betrachtungen sind Frau Emilie nicht neu – er hat schon im Dezember 1869 darüber an sie geschrieben –, und sie erkennt hinter seinem Schritt noch andere Motive und attackiert ihn hart und grundsätzlich: »Jedes Gebundensein widerstrebt Deiner Natur; solange die Dinge ruhig gehen, bist Du glücklich und zufrieden; kommt aber ein Anstoß, so verwirfst Du auch alles. [...] Es ist dies der Fall mit mir seit beinah 20 Jahren. Sobald ich durch irgend etwas Dir unangenehm bin, sobald ich Dir entgegen stehe, sprichst Du von einer 20jährigen, unerträglichen Ehe. Dasselbe gilt von Deinen Freunden; sie binden sich immer wieder an Dich; nicht Du an sie.« Da Emilie die Geschichte nicht ändern kann, geht sie praktisch vor und stellt Überlegungen zur Umgestaltung ihrer Wohnung an, um seine Arbeitsmöglichkeiten zu verbessern. Gekränkt, aber einlenkend schreibt sie: »Es gilt nun meine Pflicht zu tun und Dir mit Freudigkeit beizustehn, zu helfen.« Damit hätte die Sache eigentlich abgeschlossen sein können. Statt dessen reagiert Fontane gereizt und selbstgerecht und verteidigt seinen »Hang nach Freiheit und Wechsel«, den er doch stets »unter Kontrolle« seines *»Urteils und Verstandes«* habe, »die überhaupt die Regulatoren meiner Lebens- und Handelweise sind«.

Erst allmählich werden die aggressiven Töne in den Briefen zwischen London und Berlin leiser, und Fontane hofft »von ganzer Seele« auf einen »herzlichen und *dauernden* Friedensschluß«. Und auch Emilie ist bemüht, das gespannte Verhältnis – er will sich aus der Wohnung zurückziehen und anderswo seine Bücher schreiben – weiter zu entkrampfen und den Streit um die Kündigung von den Auseinandersetzungen um Charaktereigenschaften zu trennen. Am 26. Mai schreibt sie: »Gestern erhielt ich Deine freundlichen Zeilen, für deren Absicht ich Dir danke. Ich kann nur immer noch nicht begreifen, daß Du Ursache fühlst, mir so heftig zu zürnen, das Aufgeben Deiner Stellung hat doch gar nichts damit zu tun, wie ich sonst über Deine Person denke und fühle; ich glaube gewiß, daß ich diese Angelegenheit weniger schwer fühlen würde, wenn ich Dich weniger liebte; dann würde ich sagen: after all er muß für Frau u. Kinder sorgen, ob es ihm schwer wird oder nicht. Alles Schwere für Dich ist mir aber eine Last; meine Ansprüche sind nicht groß, u. ich kann sie noch verringern, ohne mich unglücklich zu machen. Ich würde kein Wort mehr gesagt haben, wenn nicht zwischen jeder Deiner Zeilen ein mir ungerecht erscheinender Vorwurf stände; nach meinem Urteil wäre es nicht nur leichtsinnig, sondern auch lieblos gerade gegen Dich gewesen, wenn ich hätte sagen können: Du hast ganz recht gehandelt.«

Fontane quittiert diesen Brief sichtlich erleichtert, verweist seine Frau aber zugleich darauf, daß die Sorgen sie auch künftig begleiten werden; »dergleichen ist schwer abzutun, wenn man sich auf 40 Taler monatlich hin verheiratet hat und das Metier eines deutschen Schriftstellers betreibt. … *Sicherheit* is nich.« Und Frau Emilie wird zu wiederholten Malen darauf eingeschworen, daß sie – »trotz Armut und Unsicherheit« – an seiner Seite ein »bevorzugtes Leben« mit »Schönem, Apartem, Poetischem« führe, und er erinnert sie an ihren gegenwärtigen Aufenthalt in London: »Auch *Du* säßest dann schwerlich an Argyll Road und freutest Dich des Rotdorns, der Dir ins Fenster blüht, und die blauen Scheiben von Westminster-Abbey hätten nie ihren Zauber auf Dich geübt.« Emilie beendet die Debatte am 2. Juni mit der klugen Versicherung, daß es vielleicht recht gut gewesen sei, »daß Du Deine Stellung in meiner Abwesenheit aufgegeben hast, es hat Dir u. mir schwere Stunden gegenseitiger Anklagen erspart. Ich werde nun zurückkommen u. mit keinem Wort mehr diesen Wechsel unseres Geschicks beklagen. [...] Aber nun genug; fürchte nicht mein Leidensgesicht u. auch nicht Mutlosigkeit, sondern glaube, daß ich zum ernsten Handeln nach meinen Kräften entschlossen bin.«

Emilie fährt Anfang Juni nach Fullbourne, um sich von Mete, die dort bleiben wird, zu verabschieden, und besucht noch Cambridge. Die bevorstehende Rückreise – sie wählt die Route von London nach Hamburg und ist also länger auf See – »oppressed me a little«, wie sie gesteht. In ihrem letzten Brief aus England heißt es: »Ich komme nun und alles wird gut sein«, und sie schließt wie in alten Zeiten: »Lebewohl, mein Herzensmann. Mit innigster Liebe Deine Alte.« Fontane hat inzwischen die Finanzverhältnisse nach besten Kräften zu ordnen versucht. Das Innenministerium zahlt seit April einen Zuschuß von 400 Talern, mit Verleger Hertz wird der Vertrag über »den Roman« erneuert (»Vor dem Sturm«), und der dritte Band der »Wanderungen«, »Ost-Havelland«, vertraglich gebunden. Und zudem bietet ihm die »Vossische Zeitung«, für die er bereits in den fünfziger Jahren geschrieben hat, überraschend die durch den Tod des alten Gubitz frei gewordene Stelle des Theaterkritikers für das Schauspielhaus am Gendarmenmarkt an.

Durch Eisenbahnen regulierte Völkerwanderung

Auf dieser wirtschaftlichen Grundlage hoffen sich die Fontanes nach den Aufregungen vom Frühjahr nun ein wenig entspannen zu können. Im Juli folgen sie einem Vorschlag Mathilde von Rohrs und mieten sich in Warnemünde ein, und zwar »mit ganzer Familie«, Luise Reißner eingeschlossen. Doch das Ostsee-Idyll ist von vornherein bedroht: die Spannungen zwischen Frankreich und dem Norddeutschen Bund verschärfen sich, am 13. Juli veröffentlicht Bismarck die »Emser Depesche«, am 19. Juli erklärt Frankreich den Krieg, und in Warnemünde gehen Gerüchte um, daß bald

Panzerschiffe der französischen Flotte auftauchen würden. George Fontane, seit April auf der Kriegsschule in Hannover, wird im Schnellverfahren durch die »Fähnrichs-Presse« geschoben und befindet sich Ende Juli schon bei Homburg in der Bayrischen Pfalz; sein Regiment sei zur Avantgarde bestimmt, teilt die aufs höchste geängstigte Emilie der Freundin Henriette von Merckel mit.

Während Fontane noch einen Besuch bei Mathilde von Rohr in Dobbertin macht, fährt Emilie am 1. August nach Berlin zurück und erlebt aus allernächster Nähe einiges von den logistischen Aktivitäten der ersten Kriegstage. Auf der »Verbindungsbahn«, nur durch die alte Stadtmauer von der Wohnung in der Königgrätzer Straße getrennt, rollen Tag und Nacht die Truppentransporte vorüber oder warten dort auf die Weiterfahrt. Emilie, an ihren Ältesten denkend, sieht an der Eisenbahn, wie es den meist jungen Soldaten ergeht; gemeinsam mit anderen Hausbewohnern sucht sie die von furchtbarer Hitze Ermatteten mit Bier, Wein, Wasser und Limonade zu erfrischen. Sie vermag den Anblick der leidenden jungen Leute kaum zu ertragen: »ich habe kein so starkes Herz, es tut mir weh trotz allem Patriotismus«. Und dabei weiß sie genau, daß ihnen das eigentlich »Schlimme« noch bevorsteht. Emilie sucht sich als Mutter eines Berufssoldaten in der so plötzlich veränderten Lage zurechtzufinden. Ihr etwas kaltschnäuziger Schwager Sommerfeldt erklärt ihr, daß er es ganz in der Ordnung finde, »daß der fiele, dessen Handwerk es wäre, er beklage die anderen weit mehr«; Emilie antwortet, sie sei darauf gefaßt, ihren Sohn daranzugeben, und bäte Gott in diesem Fall »um eine gnädige Kugel«. Auch Fontane im fernen Dobbertin fühlt sich, auf Emilies Berichte eingehend, höchst unwohl: »Das Ganze wirkt auf mich wie eine kolossale Vision, eine vorüberbrausende wilde Jagd, man steht und staunt und weiß nicht recht, was man damit machen soll. Eine durch Eisenbahnen regulierte Völkerwanderung […]« Und ganz mit den zwiespältigen Empfindungen seiner Frau übereinstimmend, schreibt er im gleichen Brief vom 5. August:

»Mein Herz schlug mir höher bei dieser Nachricht [vom preußischen Sieg bei Weißenburg], und doch konnte ich ein Schmerzgefühl nicht loswerden. Wozu das alles? um nichts! Bloß damit Lude Napoleon festsitzt oder damit der Franzose sich ferner einbilden kann, er sei das Prachtstück der Schöpfung – um solcher Chimäre willen der Tod von Tausenden!«

Besorgt von Sieges- und Verlustmeldungen, schwankend zwischen patriotischen Gefühlen und väterlicher Sorge um den Sohn, der bei Toul steht und die »Feuertaufe« hinter sich hat, nimmt Fontane am 17. August zum ersten Mal sein neues Amt wahr: er hat über eine Festvorstellung von Schillers »Wilhelm Tell« im Königlichen Opernhaus zu referieren. Die Besprechung der »Tell«-Aufführung gerät ihm sogleich zum Muster: sein Urteil ist klar und ausgewogen, und über die politische Aktualität schreibt er höchst subtil. Die Parallelen drängen sich auf, sagt er behutsam, »und wir müssen uns des guten Taktes des Publikums freuen, das nicht stichwortbegierig mit seinem Beifall im Anschlage lag, sondern ihm nur Ausdruck gab, wo Schweigen ein Fehler der Affektation gewesen wäre«. Noch vier weitere Male nimmt er seinen Kritikerplatz ein, dann passiert ihm genau das, was er am 5. August an Emilie über die kriegerischen Massenbewegungen geschrieben hatte, »innerhalb deren man selbst als ein Atom wirbelt, nicht draußen stehend, beherrschend, sondern dem großen Zuge willenlos preisgegeben«. Der Verleger Rudolf von Decker bietet ihm an, auch diesen neuen Krieg zu beschreiben, man einigt sich über Honorar und Reisekostenvorschuß, und Fontane gerät »willenlos« in den Wirbel eines dramatischen Herbstes.

»Das kommt davon, wenn man nach Jungfraun geht«

Mit »Zittern und Zagen«, erinnert sich Henriette von Merckel, verabschiedet Emilie ihren Mann am 27. September; sie hat den Beginn solcher »Reisen auf die Schlachtfelder«

schon 1864 und 1866 erlebt und weiß, daß sie nicht ungefährlich sind. Zur Beruhigung schreibt er ihr täglich, und was sie zu lesen bekommt, sieht zunächst nach einer amüsanten Studienfahrt durch frisch erobertes Feindesland aus. Er plaudert heiter über Bekanntschaften und ironisch über sein mangelhaftes Französisch und stellt kritische Betrachtungen über Frankreich an, versichernd, daß er keineswegs eine »Vorurteils-Brille« trage: »Wieder sitze ich an einem Wackeltisch, um an Dich zu schreiben; alle Tische scheinen hier wacklig, wie das ganze Land selber.« Sein Bericht aus Toul vom 4. Oktober wird sie entzückt haben; sie kennt ja diese pikanten kleinen Feuilletons ihres Theo, der auf so kunstvoll-saloppe Weise Menschlich-Allzumenschliches zu behandeln versteht. Aber vielleicht hat sie auch das Hintergründig-Bedrohliche in diesem Brief gespürt: aus dem geplanten Besuch der Kathedrale, der erhofften Begegnung mit architektonischer Poesie wird die banale Suche nach dem Klo im stramm anti-preußisch orientierten Hotel, und am Tag darauf führt sein »Ritt in altes romantisches Land« direkt in lebensbedrohende Gefangenschaft. Als Emilie, die nach seiner Abreise eine heftige Grippe zu überstehen hat, am 8. Oktober seine ersten Briefe bestätigt, hat sie keine Ahnung, daß ihn bereits am 5. Oktober französische Freischärler in Domremy, wo der alte Jeanne-d'Arc-Schwärmer Geburtshaus und Denkmal der Jungfrau besichtigt, als vermeintlichen Spion verhaftet und längst ins Landesinnere transportiert haben – ein geladener Revolver in der Reisedecke und eine verdächtige Rote-Kreuz-Binde am Arm legitimieren ihn nicht gerade als harmlosen Literaten.

Frau Emilie und Schwägerin Elise, die während seiner Abwesenheit bei ihr ist, sind freilich verwundert und zunehmend beunruhigt über das Ausbleiben seiner Briefe. Tagelang warten sie vergeblich auf Nachricht, und Emilie, die familiäre Gedenktage sehr schätzt, kann sich nicht erklären, daß er den 20. Hochzeitstag am 16. Oktober vergessen haben sollte; denn nach dem Streit vom Frühjahr ist doch längst das alte Einvernehmen wiederhergestellt. In ihrer Verzweiflung wendet sie sich an Freund Lepel. Dieser bringt die Angelegenheit am 15. Oktober im Rütli zur Sprache, und man beschließt, Friedrich Eggers solle einen in Kürze abgehenden Lazarettzug begleiten und nach dem »verlorenen Freund« suchen. Am 17. Oktober spricht Emilie persönlich bei Professor Eggers vor, der sozusagen »um die Ecke« wohnt, Königgrätzer Straße 20. Er notiert in seinen »Wochenzetteln«, daß Emilie sehr beherrscht gewesen, aber schließlich doch in Tränen ausgebrochen sei. Eggers, seit langem mit Fontane gut bekannt, aber nicht eigentlich herzlich befreundet, telegraphiert an seinen Freund Lüdecke in Frankreich, informiert das Kriegsministerium und reist, von Rütli-Mitglied Moritz Lazarus mit Geld ausgestattet, am 20. Oktober tatsächlich ab. Am 23. hört er in Remilly, daß Fontane auf der Zitadelle in Besançon festsitzt, und er gibt die Nachricht telegraphisch nach Berlin weiter; am 1. November ist er wieder zu Hause und berichtet der »Nöhlin«, die er im Kreise von Zöllners, Heydens und Richard Lucae vorfindet.

Inzwischen hat Emilie am 24. Oktober auf abenteuerlichem Wege ein Lebenszeichen ihres Mannes erhalten, das Elise »im Auftrage meiner recht leidenden Schwägerin« an Verleger Decker weiterleitet. Ein ebenfalls von Franctireurs verschleppter Schullehrer aus den Vogesen hat danach, so schreibt Elise, »meinen Bruder gesehen und ein höchst trauriges Bild von ihm [...] entworfen, auch gleichzeitig hinzugefügt, ›daß derselbe, seiner Ansicht nach, es nicht *mehr lange* aushalten würde, Gefahr im Verzuge sei‹ und ihn beschworen, seine Familie zu benachrichtigen und um schnelle Hülfe anzuflehen. Was irgend zur Befreiung oder doch Erleichterung unseres armen Gefangenen geschehen kann, geschieht allerdings.« Als Henriette von Merckel, die treue Seele, Ende Oktober aus ihrem schlesischen Sommeraufenthalt nach Berlin zurückkommt – sie weiß durch ihren Patensohn Theo um die Ereignisse –, findet sie Emilie im Bett vor – »ihre Kräfte waren erschöpft, nur die Aufregung erhielt sie noch; sie sagte: ›Wenn ich nur wüßte, ob er noch lebt!‹ – eine Gewißheit ließ sich nicht geben, obwohl Hoffnung vorhanden war, daß die Bestrebungen der Freunde [...] von Erfolg sein würden.«

Tatsächlich sind seit Fontanes Verschwinden vielfältige private und offizielle Aktivitäten, zum Teil auf höchster diplomatischer Ebene, angelaufen. Die katholischen Wangenheims bemühen den Erzbischof von Besançon, Césaire Mathieu, der segensreich eingreifen kann und mit dem Fontane später in Briefwechsel tritt. Der Völkerpsychologe Moritz Lazarus steht mit dem Präsidenten der Schweizerischen Eidgenossenschaft in Verbindung, der seinerseits Kontakt zum französischen Justizminister Adolphe Crémieux herstellt (23. Oktober). Der Offizier Bernhard von Lepel alarmiert das Kriegsministerium (20. Oktober). Lazarus und Eggers veranlassen schließlich Rudolf von Decker, den Verleger der »Königlichen Geheimen Ober-Hofbuchdruckerei«, Bismarck einzuschalten, der am 29. Oktober über den amerikanischen Gesandten Washburne energisch und ultimativ zugunsten des »preußischen Untertanen und wohlbekannten Geschichtsschreibers« interveniert; Washburne nimmt während des Krieges die Interessen deutscher Bürger in Frankreich wahr. Als Emilie Fontane am 18. November an Verleger Decker schreibt, hebt sie ausdrücklich hervor, sie habe erfahren, »daß unser großer Bismarck selbst sowie Herr General v. Werder (durch Ihre Güte) sich persönlich für die Befreiung meines Mannes verwandt hätten«. Die rüde Reaktion von Sohn George, mit dem Emilie in ständigem Feldpost-Briefwechsel steht und den sie mit Paketen versorgt, wird sie nicht gerade aufgebaut haben, obwohl sie die naßforsche Tonart des neunzehnjährigen »Sekonde-Lieutenants im 2. Magdeb. Inf.-Regt. Nr. 27« zur Genüge kennt: »Meine liebe, gute, arme Mutter. Vorgestern [29. Oktober] empfing ich die Trauernachricht von der Gefangennahme Papas. Ich muß Dir gestehen, daß ich schon oft eine Vorahnung davon gehabt habe, besonders als Du mir schriebst, Du bekämest keine Briefe mehr. Alle hier von den Offizieren finden es aber auch kolossal leichtsinnig, in einem Lande, dessen Einwohner, wie

Papa selbst schreibt, sont ›enragé contre nous‹, herumzuturnen. Ich hoffe natürlich sehr, daß durch die Verwendung der Freunde seine Freilassung zustande kommen wird, zweifle aber doch sehr daran.«

Fontane selbst erfährt erst nach und nach etwas von diesen Bemühungen, doch bekommt er praktische Auswirkungen zu spüren. Die französischen Behörden rücken von der Spionageanklage ab, womit die Gefahr einer standrechtlichen Erschießung gebannt ist, und man billigt ihm, den Bismarck in seinem Brief an Washburne einen »harmlosen Gelehrten« nennt, den Status eines »höheren Offiziers« zu, was ihm seine Lage als Kriegsgefangener erheblich erleichtert. Über kirchliche Kanäle erhält er in Besançon zum ersten Mal auch Nachrichten über seine Lieben zu Haus. In seinem unveröffentlichten Reisetagebuch notiert er am 25. November: »Empfang eines Briefes von Emilie, des ersten und einzigen seit 8 1/2 Woche. [...] Große Freude.«

Wann Emilie seine zahlreichen Briefe vom Oktober und November wirklich erhalten hat, die er teilweise französisch schreibt, damit sie die Zensur schneller passieren, ist nicht zu sagen. Er bestürmt sie darin mit Bitten um Alltagsdinge, mit Fragen nach ihrem Befinden, mit Aufträgen an Kletke und Decker (denn er hat längst begonnen, seine Abenteuer aufzuschreiben). Lange Zeit sind die Zeilen aus Rochefort vom 7. November, die tatsächlich pünktlich zu Emilies Geburtstag in Berlin eintreffen, die letzte Nachricht: »Leur but est seulement de vous dire: je pense à vous chaque heure. Ne soyez pas trop triste; tout a son temps et son tour. Votre consolation doit être: Dieu l'a voulu.« (Sie sollen Dir nur sagen: ich denke immerfort an Dich. Sei nicht zu traurig; alles hat seine Zeit und seine Stunde. Du mußt Dich damit trösten: Gott hat es so gewollt.) Emilie, die ihre Geburtstage stets gehörig gewürdigt sehen will, ist glücklich über diesen Brief; Eggers hält in seinem »Wochenzettel« fest: »Auch die Nöhlin mußte sich mit einer Idee von Erinnerung zu ihrem heutigen Gt. begnügen. War ein Brief von *ihm* da aus Rochefort.

Danach soll er nach der Insel d'Oléron. Sie war froh, daß er nun wenigstens festsitzt und nicht mehr unter Gefahren reisen muß. Auch v. George gute Nachrichten.«

Als der Brief Fontanes, den er am 14. November auf Oléron schreibt, irgendwann in Berlin eintrifft, wird Emilie lesen, mit welcher Zärtlichkeit (sonst nicht gerade seine Stärke) er an sie gedacht hat: »Heute früh bin ich Deinem Geburtstage zu Ehren eine Stunde früher aufgestanden, habe schon um 8 meinen Spaziergang auf dem rampart gemacht und nach Osten hinüberblickend, Deiner viel gedacht. [...] Es ist jetzt 2 1/2, bei Euch bereits 3 Uhr, und ich sehe Dich auf dem Sofa ruhn, um Dich von den Anstrengungen der Gratulations-Cour zu erholen. Gewiß hat heute niemand gefehlt; es ist so natürlich, daß Deine Lage Teilnahme weckt.« Später wird sie aus seinen Notizen erfahren, daß er in der Nacht vor ihrem Geburtstag »einige Verse« geschrieben hat, das Gedicht »O trübe diese Tage nicht«, das sich durchaus als Liebeserklärung an seine sechsundvierzigjährige Frau lesen läßt und das er wohl nicht zufällig ganz vorn in die Sammlung seiner Gedichte einordnete:

Die Flut des Lebens ist dahin,
Es ebbt in seinem Stolz und Reiz,
Und sieh, es schleicht in unsern Sinn
Ein banger, nie gekannter Geiz.

Ein süßer Geiz, der Stunden zählt
Und jede prüft auf ihren Glanz,
O sorge, daß uns keine fehlt,
Und gönn uns jede Stunde *ganz*.

Der Brief zu ihrem Geburtstag, die Nachricht, daß er nun auf Oléron erst einmal sicher und erreichbar ist, stabilisiert Emilie. Lepel bekommt es zu spüren; er schreibt am 19. November an sie, es freue ihn, daß sie »in dieser schweren Zeit doch noch einer kleinen Verstimmung fähig« sei (über deren Anlaß wir nichts wissen). – August von Heyden hat dem

»Gefangenen v. Oléron« eine kleine Karikatur gewidmet, die zwei französische Wachsoldaten vor einer Gefängnistür zeigt, und darunter geschrieben: »Das kommt davon, wenn man nach Jungfraun geht.«

»… um das Rhinozeros zu sehn«

Endlich, am 20. November, verfügt die französische Regierung Fontanes Freilassung; ein Telegramm von Justizminister Crémieux erlöst Emilie aus ihrer schrecklichen »Prüfungszeit«, der qualvollen Ungewißheit. Am 1. Dezember zeigt Fontane telegraphisch aus Genf seine Rückkehr an, am 5., »nach einer horriblen Fahrt von 6 Tagen und 6 Nächten«, ist er »wieder ›bei Muttern‹«, wie er an seine Schwester schreibt, »und also im glücklichen Besitze alles dessen, wonach sich nachgerade einige hunderttausend Menschen sehnen, die es nun satt haben, tot zu machen oder tot gemacht zu werden, wobei sie natürlich dem erstren doch immer noch den Vorzug geben«.

In der Stadt kursieren Gerüchte, wie er zu Weihnachten Elise berichtet: »Emilie sei toll geworden (Zehlendorf) und ich würde als Krüppel, an allen Gliedern gelähmt, von zwei Soldaten treppauf und ab getragen. Rollstuhl, Rückenmärker.« Das Gegenteil ist der Fall. Emilie ist »ziemlich munter«, und er selber trainiert die körperliche und nervliche Anspannung der letzten Wochen durch intensive Tätigkeit allmählich ab. Emilie hat in diesen Tagen nicht viel von ihm und lernt die Details seiner Gefangenschaft wohl auch erst bei der Abschrift seines neuen Buches kennen – »Kriegsgefangen. Erlebtes 1870« wird es heißen –, das er zu großen Teilen schon mitgebracht hat. Sehr viel stürmt auf den Heimkehrer ein. Da sind die Freunde und Journalisten, die ihn aufsuchen, um »das Rhinozeros zu sehen« (wie er in Anspielung auf Gellerts Fabel »Der arme Greis« formuliert), da müssen die Angehörigen von Mitgefangenen benachrichtigt werden, und er schreibt an das Kriegsministerium und den Kriegsminister persönlich, um die Verpflichtung zu erläutern, die er bei seiner Entlassung auf Oléron unterschrieben hat (sich nämlich für die Freilassung französischer Offiziere aus preußischer Gefangenschaft einzusetzen). Mit Decker und Hertz korrespondiert er um die Verlagsrechte für die Geschichte seiner Gefangenschaft, die er fairerweise Decker zugesteht, und mit Hermann Kletke, dem Chefredakteur der »Vossischen Zeitung«, verhandelt er um den Vorabdruck des Büchleins. Obwohl ihn so viele Geschäfte bedrängen, attackiert er selbstbewußt den Chef der »Vossischen Zeitung«, endlich für die Beseitigung der »Druckfehlerei« in seinen Beiträgen zu sorgen: »Ich wünsche bei Ihrer Zeitung zu bleiben; aber es ist unmöglich, wenn mir nicht eine Art von Garantie geboten wird, daß meine Arbeiten unlädiert und unridikülisiert vor dem Publikum erscheinen.« Diese Forderung bezieht sich auch auf den Abdruck seiner Theaterreferate, denn am 21. Dezember sitzt er wieder im Schauspielhaus an alter Stelle.

Die Weihnachtstage, »diese poetischsten Stunden des Jahres«, verbringen die Fontanes in kleinster Runde mit den Söhnen Theo und Friedel; George steht noch, glücklicherweise unversehrt, an der Front, und Mete ist in England. Fontane zündet wie sonst die Kerzen am Christbaum an. Henriette von Merckel kommt auf einen Sprung vorbei und sagt: »Gott sei gedankt, daß er Sie wieder zurückgeführt hat«, und, so fügt sie in ihren Notizen hinzu, »ich weiß, daß diese glückliche Errettung einen tiefen Eindruck auf ihn gemacht hat«. Doch der gute Ausgang von Fontanes Odyssee wird überschattet von Todesnachrichten aus dem engeren Familien- und Freundeskreis: Max von Below, der Neffe aus Ludwigslust, und Ernst Hermann Scherz, der Sohn des alten Jugendfreundes aus Kränzlin, sind gefallen, und Fontane fragt: »Wann wird es ein Ende haben?!« Am 1. Januar 1871 läßt er in der »Vossischen Zeitung« sein Neujahrs-Gedicht drucken, dessen letzter Vers nicht nur Frau Emilie aus dem Herzen gesprochen ist: »Du neues Jahr, o gib uns *Frieden, Frieden*!«

Kapitel 9

Relative Stabilität und – neue Katastrophe

1871–1876

Zu Beginn des Jahres 1871 ändern sich die politischen und militärischen Umstände grundlegend: am 18. Januar wird im Spiegelsaal zu Versailles das Deutsche Kaiserreich proklamiert; die Kämpfe an den verschiedenen Frontabschnitten sind im wesentlichen eingestellt. Am 26. Februar legt ein »Vorfriede« fest, daß Frankreich Elsaß-Lothringen an Deutschland abtreten und fünf Milliarden Franc als Kriegsentschädigung entrichten muß; bis zur vollständigen Zahlung bleiben weite Teile Frankreichs besetzt. Am 28. März rufen Arbeiter und Nationalgarde in Paris die »Commune« aus, und die nach Versailles übergesiedelte französische Regierung nimmt mit zunehmender Härte – begünstigt vom deutschen Oberkommando – die Belagerung der Stadt auf.

»Kleine Hülfen und Secretair-Dienste«

In dieser brenzligen Situation bricht Fontane am 9. April 1871 erneut nach Frankreich auf, um die im Vorjahr abrupt abgebrochenen Recherchen für sein Buch über den Krieg mit Frankreich fortzuführen, wobei inzwischen zahlreiche weitere Stationen des Feldzugs hinzugekommen sind. Nach den schmerzlichen Erfahrungen vom vergangenen Herbst stößt Fontanes Reiseentschluß bei Emilie verständlicherweise auf besorgte Vorbehalte. Er überzeugt sie mit dem Argument, daß »Büchermachen *aus Büchern*« nicht seine Sache sei, er den Augenschein brauche und vorsichtig sein wolle. Aber die Auseinandersetzungen gehen ihm nicht aus dem Kopf, als er am

Ostersonntag, eingepfercht zwischen preußischen und französischen Offizieren, im Zug nach Straßburg sitzt. Im ersten Brief an seine Frau klagt er, daß er ohne die »sonstige Reisefreudigkeit« sei, und er bemüht ein »Hamlet«-Zitat, um seinen Verdruß literarisch zu artikulieren: »›die angeborne Farbe der Entschließung‹ ist doch diesmal durch Deine ›Gedankensblässe‹ zu sehr angekränkelt worden«. Die Überfülle der Eindrücke während dieser »Osterreise« hilft ihm indes rasch über die Verstimmung hinweg, und Emilie empfängt fast täglich einen beruhigenden Bericht von ihrem »Leichtsinn«, in dem oft auch von dem forschen Leutnant George und seinem Wohlergehen die Rede ist; denn der Vater trifft mehrfach mit dem Sohn zusammen. Daß er gleich zu Anfang in Gefahr ist, durch einen falsch gewählten Zug in französisch kontrolliertes Niemandsland und damit erneut in Gefangenschaft zu geraten, schreibt er ihr vorsorglich nicht; sie wird es Monate danach erfahren, als sie sein Manuskript abschreibt. Wohl aber erzählt er ihr von einem zweieinhalbstündigen Ritt um das Schlachtfeld von Sedan. Sie kann sich ihren Theo zu Pferde schlecht vorstellen, wohl aber seine Wunden nachfühlen. Er bekennt nämlich: »Ich zähle seitdem zu den Blessierten des Krieges.«

Da ist nichts mehr von Reiseunlust zu spüren, und sie freut sich seines Humors und – seiner Anhänglichkeit: mindestens viermal findet sie in seinen Briefen Efeublätter und Blumen – »einliegendes kleines Gemüse«, sagt er –, die er an berühmten Stätten für sie gepflückt hat. Solche liebevollen Gesten schätzt sie sehr, auch wenn er sie gelegentlich mit einem angeblichen Zitat aus einer »alten Ballade« zu bagatellisieren sucht: »Das Tollste, was man sich denken kann, / Ist ein zärtlicher Ehemann.« Als Zeichen der Aufmerksamkeit entnimmt sie seiner Post auch kleine Tapetenstücke, die er in historischen Zimmern (wo sich etwa Napoleon aufhielt) abgerissen hat. Einmal ist ein Fetzen dabei – und das mag seinen touristischen Vandalismus ein wenig entschuldigen –, der nie angeklebt war; die »Conciergen-Frau« hat einfach ein bißchen Vorrat für die Besucher gekauft.

Reichlich erschöpft und fiebrig von »Wind und Fahren und Sehen, von Kaffe, Bier und Anisette« trifft er Mitte Mai wieder bei Emilie ein, die ihn, seiner Anweisung gemäß, mit Weißwein und Sodawasser empfängt und – mit großer Erleichterung. Und nun kehrt für die nächsten fünf Jahre eine Art Normalität à la Fontane ein: keine gefährlichen Reiseprojekte mehr, statt dessen weiß sie ihn – was ihr das liebste ist – überwiegend am Schreibtisch. Fontane ist außerordentlich produktiv. Zunächst erscheinen die Berichte über seine Reisen in Frankreich: »Kriegsgefangen. Erlebtes 1870« (1871) und »Aus den Tagen der Okkupation. Eine Osterreise durch Nordfrankreich und Elsaß-Lothringen 1871« (1872) – eines seiner bekenntnisreichsten autobiographischen Bücher, das wegen seines sperrigen, heute nicht ohne weiteres zugänglichen Titels allzuwenig gelesen wird. Er bereitet den dritten Band der »Wanderungen« vor (1873) und überarbeitet frühere Bände. Er schreibt in großer Regelmäßigkeit seine Theaterreferate und investiert am meisten Zeit und Kraft in die Darstellung des deutsch-französischen Krieges (erscheint 1873 bis 1876 in vier Teilen).

Emilie ist in all diese Arbeiten eingeweiht und eingebunden, auch in die Tagesdichtung. Zum Einzug der siegreich in die »Reichshauptstadt« einmarschierenden Truppen am 16. Juni verfaßt Fontane, wie üblich seit 1864 und 1866, ein Gedicht, das mit der bemerkenswerten Sentenz des Alten Fritz auf seinem Denkmal Unter den Linden endet: »*Nun*, Messieurs, ist es *genug*!« Diese Absage an das »ewige Gesiege« paßt nicht ins chauvinistische Hochgefühl, und der Autor kriegt seine Verse nur in Deckers »Fremdenblatt« unter. Emilie schickt den Abdruck am 28. Juni an Mathilde von Rohr und teilt verärgert mit: Chefredakteur Beutner habe »wirklich so kleinlich sein können, es nicht in der †-Zeitung abzudrucken«. Im übrigen erzählt sie von der Begeisterung ihrer Kinder am Einzugstage, »da Majestät, infolge eines ihm zugeworfenen Blumenstraußes, zu unseren Fenstern heraufgegrüßt«.

Stärker als früher ist Fontane jetzt bereit, die direkte und indirekte Mitarbeit seiner Frau im literarischen Geschäft zu würdigen. In der Geschichte vom »Swinegel un sine Fru«, so setzt er 1872 Mathilde von Rohr auseinander, hätte der Igel die Wette mit dem Hasen ohne die Igelin nie gewinnen können, »und ich soll nun ebenfalls gewahr werden – übrigens nicht zum erstenmal –, daß man ohne ›de Fru‹ verloren ist«. Und in einem weiteren Brief an die Rohr von 1874 räumt er ein, daß er seines »Metiers« wegen täglich »kleiner Hülfen und Secretair-Dienste« bedürfe, die ihm Emilie leiste. Sie ist in der Tat eine versierte Vorleserin aus Büchern wie Zeitungen, die er nicht missen möchte; auch Mete wird später bestätigen, daß Mama darin unübertroffen sei. Und vor allem landen auf ihrem Arbeitstisch sämtliche Manuskripte des schreibenden Hausherrn, die aus über und über korrigierten, nur schwer zu überschauenden Blättern in Reinschriften zu verwandeln sind. In diesem »Abschreibe-Amt« komme ihr niemand gleich, anerkennt der Autor. Dagegen nimmt er die Tatsache, daß sie sämtliche Kritiken über das Buch »Aus den Tagen der Okkupation« zusammengetragen hat, als selbstverständlich hin.

In einer wenig bekannten und selbst für Eingeweihte kaum durchschaubaren Episode treten Emilie und Theodor Fontane 1872 sogar gemeinsam an die Öffentlichkeit. Paul Heyse, der in München lebende alte Bekannte aus den fünfziger Jahren, hatte 1869 einen Band »Moralische Novellen« herausgebracht. Fontane, der das Buch am 28. Mai 1869 in der »Kreuzzeitung« anzeigt, hebt – gegenüber Heyses sonstiger Behandlung pikanter erotischer Stoffe – eine »gewisse Harmlosigkeit« hervor, die den Titel rechtfertige. Er verweist auf die Vorrede, »in der er [Heyse] sich schelmisch an ›Madame Toutlemonde‹ wendet und in Verteidigung seiner angefochtenen Richtung die genannte Dame als ›Vertreterin guter Sitte‹ liebenswürdig persifliert. In solchen Dingen ist er Meister.« Im Freundeskreis besteht sogleich Einigkeit, daß Frau Toutlemonde Emilie Fontane ist. Als Heyse drei

Jahre später seinen für damalige Moralvorstellungen ungewöhnlich »freizügigen« Roman »Kinder der Welt« als Fortsetzungsabdruck in der »Haude- und Spenerschen Zeitung« veröffentlicht – Bismarck soll das Werk persönlich vor seinen Töchtern weggeschlossen haben –, läßt er am 27. September 1872 die genannte Vorrede in der 76. Folge noch einmal einrücken. Am 12. Oktober erscheint in der Zeitschrift »Die Gegenwart« anonym eine Erwiderung unter der Überschrift »Frau Toutlemonde an Paul Heyse in München«. Der Text stammt mit Sicherheit von Fontane, der seine kritischen Einwände liebenswürdig-ironisch in einem Gespräch zwischen Frau und Herrn Toutlemonde unterbringt. Da werden in einer espritvollen Debatte die »schablonenhaften Eigentümlichkeiten«, die konstruierten »Charakterkuriositäten«, die »pikanten Zutaten« moniert, und überall blitzen unverkennbar Eigenschaften und Meinungen von Emilie und Theodor Fontane auf: in der »Unbefangenheit« und der »fatalen Rücksichtslosigkeit« von Herrn Toutlemonde ebenso wie in dessen generalisierenden Vorwürfen gegen die Frauen. Diese zögen im Wortgefecht den Guerillakrieg der taktischen Formation vor (Emilies Sprunghaftigkeit), und bei Briefen gingen sie von dem Grundsatz aus, »was für den Schreiber interessant sei, das müßte auch interessant sein für den Leser, und dabei sind sie freilich um Stoff nicht verlegen«. Das Ganze kann man als familiäres Doppelporträt verstehen, und so wie hier in der literarischen Fiktion die Toutlemondes agieren, kann man sich getrost die abendlichen Plaudereien bei den Fontanes vorstellen.

Von Dobbertin bis Ilmenau

Für Emilie verändert sich die häusliche Situation nicht nur in der intensiveren Zusammenarbeit mit ihrem Mann. Auch bei den sommerlichen Unternehmungen tritt nun die Gemeinsamkeit – und durchweg in entspannter Atmosphäre –

in den Vordergrund. Dies beginnt schon bald nach seiner Rückkehr aus Frankreich. Am 21. August 1871 fahren die Fontanes für ein paar Tage nach Dresden, er »angetan mit einem neuen Hut und dem alt-bewährten Reiseorden, meines schönsten Schmucks ganz zu geschweigen« – womit seine Frau gemeint sein dürfte. Sie besuchen eine Holbein-Ausstellung und schwelgen in alten Erinnerungen.

Gleich anschließend reisen sie, von Berlin aus, nach »Kloster Dobbertin«, wo Emilie von der Hospitalität der Mathilde von Rohr genauso entzückt ist wie von den stilvoll-gemütlichen Räumlichkeiten am alten Kreuzgang und dem herrlichen See mit den »Rabengeschwadern bei Sonnenuntergang«; man kann sich noch heute eine Vorstellung von dem romantischen Ambiente machen. Emilie plaudert und promeniert mit der Rohr, während Fontane, der die »gastliche Behausung« vom Vorjahr her kennt, sich »Stuben-Arrest« verordnet und intensiv an seinem Frankreich-Bericht schreibt. Im September setzt er die Arbeit in Warnemünde zügig fort, während Emilie zu den Belows nach Ludwigslust fährt, wo sie mit der Schwester des gefallenen Sohns gedenkt.

Ähnlich verläuft die Sommerfrische im folgenden Jahr. Im April 1872 verwendet sich Fontane vehement dafür, daß die Treutlers seine Frau zu einer Badereise nach Karlsbad mitnehmen. Obwohl er es »für höchst wünschenswert, um nicht zu sagen, für dringend notwendig« hält, wird nichts aus dem Vorhaben. Statt dessen begibt sich Emilie Ende Mai zu den Treutlers nach Neuhof, und Fontane geht am 6. Juli mit dem »ganzen Haushalt« nach Krummhübel, wo Emilie drei Tage später auch eintrifft. Es werden vier schöne, anregende Wochen mit zahlreichen Besuchern. Anfang August sind alle noch einmal in Neuhof, Fontane unternimmt Ausflüge nach Breslau und auf das Katzbach-Schlachtfeld; Mitte August kehren sie nach Berlin zurück.

Und auch 1873 hat Emilie einen abwechslungs-, ja abenteuerreichen Sommer. Im Juli und August sind die Fontanes mit Theo, Martha und Friedel wieder einmal in Thüringen. Mit von der Partie ist die »neue Luise«; die »eigentliche« Luise – Luise Reißner – ist im Frühjahr, zum allgemeinen Bedauern, weggegangen, um einen Witwer mit mehreren Kindern zu heiraten. Die Neue, »genannt die Ente, aus Lichtenau in der Neumark. Von dem Verführerischen der Lichtenau«, notiert Fontane im Tagebuch, »hat sie nichts«, und ein Pechvogel ist sie obendrein. Sie »humpelt« bald nach der Ankunft und muß das Bett hüten. Erst als ein »angeschnapster Dorfbarbier« Schröpfköpfe gesetzt hat, gibt es wieder Brühsuppe und untadelige Eierkuchen.

Fontane hat ein Häuschen auf dem Grundstück von Weber Schack in Tabarz, Ortsteil Cabarz, gemietet und sieht »Haus- und Wirtswahl« gelobt, als Emilie wenig später nachkommt. Sie bringt freilich eine arge Magen-Darm-Verstimmung mit. »Station Halle«, so berichtet Fontane den Zöllners, »war an meiner Penelope, die diesmal, statt treu zu warten, treu erwartet worden war, nicht spurlos vorübergegangen, und zwei um 5 Uhr früh genossene, eben heiß aus dem Ofen gekommene Semmeln begannen ihre infernale Wirkung zu üben«. Nirgends sonst ist ein derartiger Zustand und seine Überwindung so dezent und mit einem solchen Aufwand von »Faust«-Zitaten dargestellt worden wie in diesem Brief; am anrührendsten aber ist der Bezug zu Penelope, mit dem Fontane die jahrelange Situation seiner Frau in antiken Dimensionen sieht.

Schließlich aber ist im Thüringer Wald wieder alles auf den Beinen, man findet sich mit »gackernden Hühnern und meckernden Ziegen« ab und unternimmt – von Henriette von Merckel und Mathilde von Rohr unerbittlich stimuliert – Exkursionen nach Gotha und Reinhardsbrunn, nach Ilmenau und Schwarzburg (wo sich Emilie und Martha bei einem Unwetter im Wald verirren; »vollständiges Romankapitel«, heißt es im Tagebuch). Auf der Heimfahrt überstehen sie kurz vor Arnstadt noch einen »Verkehrsunfall«: der Kutscher ihres Wagens fährt auf den vorauffahrenden auf, es geht glimpflich ab, aber Emilie fällt in Ohnmacht. Am Abend des 25. August treffen die Fontanes wohlbehalten wieder in Berlin ein, und sie finden ihre neue Wohnung, in die sie vor einem Dreivierteljahr gezogen sind, in bester Ordnung vor.

»Dreitreppen-Klause hoch im Johanniterhause«

Die Fontanes leben nicht mehr in der beschaulichen preußischen Residenz. Sie sind jetzt Mieter in der hektischen Hauptstadt des Deutschen Kaiserreiches und damit wehrlose Objekte von Immobilien- und Terrain-Spekulanten, die das rasante Wachstum Berlins schamlos zu nutzen wissen; allein 1871 nimmt die Zahl der Einwohner um 55000 zu. Die Macher der sogenannten »Gründerjahre«, mit äußerem Glanz und innerer Fragwürdigkeit, kennen keine moralischen Skrupel, und ihr Tanz um das Goldene Kalb artet in eine Orgie um Aktien und Grundbesitz aus: günstig erwerben und mit großem Gewinn veräußern.

Auch das ansehnliche Eckhaus in der Königgrätzer Straße 25, in dem die Fontanes seit 1863 wohnen, gerät in den Strudel: Bankier F. A. Hackel kauft es dem Ziegeleibesitzer Fritze aus Glindow mit Wirkung vom September 1872 ab, und die Mieten werden sich mindestens verdoppeln. Das bedeutet erneut Umzug, und es soll nach den zahlreichen Übungen davor der letzte werden. Als ginge es ihn nichts weiter an, teilt Fontane Mathilde von Rohr am 30. März 1872 mit: »Meine Frau ist jetzt vor allem in Wohnungsnöten.« Kurz vor dem »Ziehtag« rekapituliert er in Dankbarkeit die neun Jahre in der alten Wohnung: »Es waren wie die besten so auch die interessantesten Jahre meines Lebens. Drei Kriege und welche! Alles an den Fenstern vorüber, Dänen, Kroaten, Turkos. Dazu Reisen kreuz und quer und selbst eine romantische Gefangenschaft.« Aber er muß auch eingestehen, daß das Haus völlig heruntergekommen und selbst die »Ordnungsliebe, auch der wirtschaftlichsten Frau« – Kompliment für Emilie –, nicht imstande sei, ein solches Domizil in Schuß zu halten (»der Hof sieht aus, als könne er das ganze Geheimerats-Viertel mit Typhus versorgen«). Fontane sagt: »Wir freuen uns auf den Wechsel der Szene.«

Emilie hat, so scheint es, den neuen Ort der Handlung ermittelt: Potsdamer Straße 134 c, drei Treppen links; vier Zimmer mit Küche und Kammer; 70 Reichstaler, später, nach der Währungsumstellung, 210 Mark im Quartal, ohne Steigerung bis 1898. Was freilich den Zustand der neuen Unterkunft angeht, so gerät Emilie zunächst vom Regen in die Traufe. Friedrich Fontane hat das Chaos beschrieben: »Seit Jahren aufgespeicherter Schmutz starrte den Ankömmlingen entgegen. Aber die schlimmste Hinterlassenschaft barg jener eigentümliche Schlafraum, der, Alkoven genannt, in alten Gebäuden die Verbindung zwischen den Vorder- und Hinterstuben herstellte. Hier wimmelte es nur so von Ungetier, hier feierte die Bettwanze ungestörte, ewige Brautnacht. In allen Fugen und Ritzen war es lebendig. An den Wänden, in herabhängenden Fetzen vielfach überklebter Tapeten hatten sie seit Äonen sich ihre Nester gebaut. Dazu gesellten sich, namentlich in der Küche, als ebenbürtige Bundesgenossen die biederen Schwaben [Kakerlaken] in einer kaum übersehbaren Heerschau.« Friedrich, damals acht Jahre alt, erinnert sich an die »wahre Sysiphusarbeit«, mit der seine Mutter, oft unter verzweifelten Tränenausbrüchen, diesen »Kampf gegen den ›Feind im Hause‹« schließlich gewinnt und, beraten von Richard Lucae, dem Direktor der Bauakademie, durch bauliche Veränderungen behagliche Räume herrichtet.

Dabei steht Emilie, die ein wenig abergläubisch ist und sich von Träumen und bedrohlichen Ereignissen leicht beeindrucken läßt, unter einem schockierenden Erlebnis. Als die Vorbesitzerin, eine alte Jüdin, aus der Wohnung verschwindet, zischt sie Emilie ins Ohr: »Na, Freude soll er hier nicht erleben.« Der Vorfall überschattet den Einzug am 3. Oktober 1872, aber da trifft vier Tage später ein Glückwunschbrief aus Dobbertin ein mit dem aufmunternden Satz: »Sie und Ihre liebe Frau bringen Segen in jedes Haus, in der unausgesetzten Tätigkeit und der dankbaren Anerkennung dessen, was Gott Ihnen schenkt.« Dieser Zuspruch der Freundin löst den Bann, und Fontane schreibt an die Rohr: »Ein christlicher Segenswunsch wird doch wohl mächtiger sein als ein alter halbversteckter Judenfluch.«

Das Haus in der Potsdamer Straße, bestehend aus Vorderhaus und zwei Seitenflügeln, war im März 1848 bezugsfertig geworden. Nach mehrfachem Besitzerwechsel hatte es 1866 die Brandenburger Sektion des Johanniterordens erworben. Dessen Erster Sekretär, Karl Herrlich, wohnt dort; er redigiert das »Wochenblatt der Johanniter-Ordens-Balley Brandenburg«, in dem Fontane mehrfach publiziert. Möglicherweise sind die Fontanes über diese Verbindung auf die Wohnung aufmerksam geworden. In dieser »Dreitreppen-Klause hoch im Johanniterhause« – so heißt es in dem späten Gedicht »Meine Reiselust« – wird Fontane bis zu seinem Tode leben und arbeiten. Die stets über seine Briefe geschriebene Ortsangabe »Potsd. Str. 134.c.« soll zu einem Markenzeichen werden. Das Gebäude, 1905 von der »Bazar-Aktiengesellschaft« erworben, wird 1906 abgerissen und durch ein Geschäftshaus für die damals florierende Mode-Zeitschrift ersetzt, das wiederum im zweiten Weltkrieg zerstört wird. Das »Johanniterhaus« mit Fontanes Wohnung lag genau dort, wo im Oktober 2000 am völlig umgestalteten Potsdamer Platz an einem Neubau auf dem Daimler-Chrysler-Gelände eine Erinnerungstafel an den Dichter angebracht wurde – übrigens nach 1899 und 1906 die dritte, diesmal am Standort des ehemaligen Wohnhauses.

Emilie kann die Räume erst nach und nach richtig einrichten. Ihr Mann schreibt zwar am 19. Oktober an Ludwig Pietsch, daß es in der neuen Wohnung »zu tagen« beginne und bei seinem nächsten Besuch würde ihm »das bekannte Moselblümchen in regelrechten Gläsern blühn«, doch im Tagebuch notiert er: »kaum zu Weihnachten sind wir in Ordnung«. Eine Skizze Friedrich Fontanes hat die Raumaufteilung festgehalten, von der Einrichtung weiß man aber so gut wie nichts – mit Ausnahme des Arbeitszimmers, das er ausführlich beschrieben hat. Überdies geben die Blitzlichtaufnahme, die die »Berliner Illustrierte« zum 75. Geburtstag Fontanes am Schreibtisch anfertigen läßt, und ein Aquarell von Marie von Bunsen vom November 1898 einen plastischen Eindruck von diesem Raum.

Die Wohnung ist über die Haupt- und eine Hintertreppe (vom Hof her) erreichbar. Wie wichtig der doppelte Zugang sein konnte, belegt das nächtliche Abenteuer vom April 1884, als Emilie und Theodor, aus dem Theater heimkehrend, feststellen, daß sie »Hausschlüssel und Drücker« vergessen haben und sich schließlich mit einem Hackebeil, das sie bei Herrlichs ausleihen, von der Hoftreppe her gewaltsam Zugang verschaffen.

Die Fontanes reden häufig davon, daß die Wohnung eigentlich zu klein sei und zu hoch liege. »Aber noch 75 Stufen«, seufzt der vom Spaziergang heimkehrende Fontane in seinem Gedicht »Meine Reiselust«; und als ihn ein Besucher nicht angetroffen hat, drückt er brieflich sein Bedauern aus, daß dieser die »unbequemen, mit Eisen beschlagenen drei Treppen« umsonst bewältigt habe. Auch die Toilette auf dem Hof ist keine reine Freude; offenbar ist sie nur auf umständlichem Wege zu erreichen. Fontane schreibt im August 1874 über eine unruhige Nacht; zweimal habe er, den Leuchter in der Hand, die »bekannte Pürschjagd« angetreten. Doch zu einem abermaligen Umzug können sie sich nicht entschließen. Auf die Atlas-Tapeten, mit denen erfolgreichere Schriftsteller-Kollegen ihre Arbeitsräume ausstatten, verzichtet Fontane gern, und in den letzten Lebensjahren, in denen sie von den sozialen Zuständen und den politischen Verhältnissen immer mehr frustriert sind, empfinden sie ihr enges, aber behagliches Domizil als gesicherte Rückzugsstätte. An die Tochter schreibt Fontane am 9. Mai 1897: »Die Welt wird überall roher und gemeiner. Nur Potsdamerstraße 134.c. drei Treppen gibt es noch ein Plätzchen, wo edlere Menschen wohnen ...« Doch dies ist ein Vorgriff; noch sind Emilie und Theodor mit Theo, Mete und Friedel gerade erst eingezogen.

»Arbeit, Gesellschaftsmayonnaise und Krankheit«

In den neuen vier Wänden hat sich Emilie wieder einmal einer veränderten Arbeitsweise ihres Mannes anzubequemen, die mit dem Tagesablauf der drei schulpflichtigen Kinder kollidiert, die morgens aus dem Haus gehen.

Fontanes kreative Zeit beginnt am Abend. Im Winterhalbjahr sitzt er zwei-, dreimal in der Woche auf seinem Parkettplatz 23 im Schauspielhaus. Bei wichtigen Inszenierungen und bemerkenswerten Gastspielen geht er nach der Vorstellung in die Redaktion der »Vossischen Zeitung« in die Breite Straße 8 hinüber, formuliert seinen Eindruck in einer kurzen Notiz, die sogleich gesetzt und im Morgenblatt gedruckt wird, und trifft erst weit nach Mitternacht zu Hause ein. Emilie ist meist noch wach. Er blättert die Abendausgabe der »Vossin« durch – ein festes Ritual –, während Emilie einen Tee oder einen Schlummerpunsch bereitet. Die eigentliche Rezension schreibt er am nächsten Vormittag.

Hat er nicht im Theater zu tun, pflegt er, umgeben von einem Wust von Nachschlagewerken und Karten, an seinem Kriegsbuch zu schreiben. Emilie hat in seinem Brief an Mathilde von Rohr vom 26. März 1874 gelesen, wie sehr er die scheinbare Endlosigkeit solcher Abende schätzt: »[...] man kann sie bis 2, 3 Uhr ausdehnen, und das Gefühl, was einem aus der Vorstellung erwächst: Du hast jetzt, wenn du willst, 7 Arbeitsstunden vor dir, ist außerordentlich angenehm und förderlich.« Emilie muß sehen, wie sie diesen Rhythmus von »Morgenstunde des Zu-Bette-gehns« und »Mittagsstunde des Aufstehens« – dies sei, merkt Fontane an, das einzige, was ihn mit Bismarck verbinde – mit dem Alltag der übrigen Familie koordiniert.

Dies fällt ihr bei einer ganz anderen Art der Abendgestaltung ziemlich leicht: bei den überaus zahlreichen geselligen Verpflichtungen, die ihrem kommunikativen Wesen durchaus entgegenkommen. Sie ist als zungenfertiger Gast gern gesehen und als liebenswürdige, aufmerksame Wirtin sehr geschätzt und macht der »Elloramutter« alle Ehre. Auf ihren Theo freilich muß sie nach wie vor achtgeben, der, einmal ins Plaudern gekommen, schnell die üblichen Regeln überschreitet, sich dann aber auch recht charmant zu rechtfertigen weiß. An Julius Stockhausen schreibt er einmal: »Plauderabende auf dunklen Balkonen sind entzückend; sie haben nur das eine Üble, daß man nicht sehen kann, wer müde wird. Dies zur Entschuldigung für die gestern abgelegten Proben unseres Beharrungsvermögens.«

Ein Beispiel für dichtgedrängte Besuchsprogramme von Ende Juli 1874: Sonntag mittag ißt man bei Wangenheims, am Abend bei Wichmanns; am Montag sieht Emilie die Verlegerfamilie Hertz bei sich zu Tisch; am Dienstag früh werden Wangenheims am Bahnhof in den Urlaub verabschiedet und am Abend Lepels empfangen. Eine solche Fülle von Einladungen ist keine Seltenheit; Emilie absolviert sie mit Vergnügen, ihren Mann behindern sie in der Arbeit. Schon 1872 wettert er einmal gegen Einladungen, »wo man drei Toaste und eine Mayonnaise mit einem langen Bericht und einer noch längeren Erkältung bezahlen muß. Was soll ich auf einem Ball? Ich lasse längst meine Kinder tanzen.«

Er reduziert also die »tägliche Gesellschafts-Rennerei« auf Donnerstag und Sonntag (wenigstens vorübergehend!) und gedenkt dankbar der Schopenhauer-Abende vom Winter 1873/74 – eben weil sie »maßvoll auftraten und nur alle 14 Tage wiederkehrten«. Diese Lese- und Diskussionsabende, an denen die Wangenheims, Pastor Windel und dessen Cousine teilnehmen, empfinden Emilie und Theodor Fontane als außerordentlich anregend. Auch die Kinder sind locker in die Studien eingebunden. In Fontanes Bericht aus Thüringen vom 14. Juli 1873 an die Zöllners heißt es: »[…] in die Tiefen Schopenhauers wird hinabgestiegen, und Wille und Vorstellung, Trieb und Intellekt sind beinahe Haushaltwörter geworden, deren sich auch die Kinder bemächtigt haben. Mete sagt nicht mehr: ›Theo, du bist zu dumm‹, sondern ›suche das Mißverhältnis zwischen deinem Willen und deinem Intellekt auszugleichen‹.« In seinen nachgelassenen Notaten zu Schopenhauer werden viele Äußerungen als »brillant« bezeichnet, während er das Kapitel »Über die Weiber«, das er sicher auch zur Selbstverständigung über sein Verhältnis zu Emilie gelesen hat, für »grundfalsch« hält; »es ist das Gequackel eines eigensinnigen, vorurteilsvollen, persönlich vergrätzten alten Herrn«.

Bei so viel »Leben und Treiben« im geselligen Umgang, der in all den Jahren oft in langwierige Krankheitsphasen fällt, gestaltet Emilie auch ein vielfältig interessantes Privatleben. Sie findet Zeit, mit den Kindern Whist zu spielen. Sie liest gemeinsam mit ihrem Mann neue Bücher und die Zeitung, und sie trinken manches Gläschen Wein dabei, wobei Rot- und Weißweine als Heil- und Stärkungsmittel gelten. Als Kaufmann Gentz aus Neuruppin sogar ein ganzes Faß an die Adresse »Fontane, Dichter« schickt und ein eigens bestellter Küfer 140 Flaschen davon abzieht, haben die Fontanes »das Gefühl einer gewissen Vornehmheit«, einer »bevorzugten Minderheit«. Und es gibt 1872/73 monatelang ein brisantes Gesprächsthema: ihr alter Freund Bernhard von Lepel läßt sich nach mehr als zwanzigjähriger Ehe scheiden und heiratet wieder, und die Neue, die Fontane insgeheim recht sympathisch findet, paßt mit ihrem schnoddrigen Selbstbewußtsein nicht in den festgefügten Freundeskreis. Noch am 10. März 1887 erhebt Emilie in einem Brief an Mathilde von Rohr schwere Vorwürfe gegen Lepels zweite Frau; sie habe das Vertrauensverhältnis der Freunde zerstört, »wie auch politisch oder weltlich ihre Anschauungen auseinandergingen«.

Die theaterbesessene Emilie darf man sich auch als die Patronin anderer Unterhaltungen vorstellen. Im November 1876 beispielsweise leiten die erwachsenen Kinder und ihre Freunde eine Liebhaberaufführung in die Wege. George, Theo, Martha und ihre Freundin Lise Witte spielen den Schwank »Wie denken Sie über Rußland?« von Gustav von Moser und die Posse »Das Schwert des Damocles« von Gustav von Putlitz. Auf dem professionell in der Deckerschen

Oberhofbuchdruckerei hergestellten Programmzettel steht: »Entree: Mit etwas Nachsicht und Geduld / Zahlt jeder reichlich seine Schuld.« Fontane vermerkt im Tagebuch: »Dies [der Besuch von Lise Witte] führte zu sehr angenehmen Tagen für die jungen Leute und zu Zerstreuungen, in die wir mit hineingezogen wurden. Ball, Abendgesellschaften, Komödienspiel.«

Besonderen Wert legt Emilie stets auf das weihnachtliche Ritual mit Christbaum und dem »Aufbau« der Geschenke. Traditionell bereitet sie einen vorzüglichen Heringssalat, mit dem man den durch zuviel Pfefferkuchen und Marzipan »verlatschten Magen« wieder in Ordnung bringt – behauptet zumindest Fontane. Am Heiligen Abend stellen sich üblicherweise Lepel und Friedrich Eggers (1871 zum letzten Mal; er stirbt ein halbes Jahr später) sowie die »schöne Julie«, die Witwe des Rendanten der Charité-Kasse August Müller, ein; meist kommt auch Henriette von Merckel auf ein Stündchen vorbei. George nimmt regelmäßig Urlaub, bringt aber Unruhe und (Geld-)Sorge in die friedliche Runde. Mitunter ist auch dem Hausherrn nicht feierlich zumute, da er einen termingebundenen Text zu schreiben hat. Zum Beispiel 1874 den Aufsatz »Ein letzter Tag in Italien«, den die »Vossin« in der Neujahrsausgabe bringen will. Im Tagebuch heißt es: »Er kostete mehr Zeit, als er wert war, machte sich aber dadurch glänzend bezahlt, daß er meinen Entschluß: über Italien nicht zu schreiben, befestigte« – Fontanes letztes Wort zu einem großen Ereignis im Leben seiner Frau.

»… es wird uns eine Sehnsucht im Herzen bleiben«

Mitte August 1874 reist Emilie – zum wievielten Male? – gemeinsam mit Mete zu den Treutlers nach Neuhof und läßt es sich wohl sein. Ihr Mann hat indes zu Hause alle Hände voll zu tun. Er schließt den dritten Teil seines Buches über den deutsch-französischen Krieg im Manuskript ab, bereitet die dritte, stark veränderte Auflage von »Grafschaft Ruppin« und die zweite Auflage der »Gedichte« vor, zu der sich Wilhelm Hertz endlich bereitgefunden hat. Die Spielzeit im Schauspielhaus hat ungewöhnlich früh begonnen, Fontane hat zu rezensieren, und er ist ständig zu Freunden eingeladen, die den Strohwitwer gern beköstigen.

In einem langen Brief vom 26. August erfährt Emilie Genaueres über die einzelnen Etappen dieser sommerlichen »Hetzjagd«, die ihn ziemlich erschöpft: »Ich geh um 1 zu Bett, schlafe 5 Minuten und höre von da ab endlos die Uhren schlagen; erst nach 5 komm ich wirklich zu Ruh.« Und dann traut Emilie ihren Augen nicht: für Seite 8 hat er sich die »Hauptsache« aufgespart, von der sie wirklich nichts ahnt: Er wird Ende September nach Italien fahren und – sie »coûte que coûte« mitnehmen! Von den Honoraren für den »Wanderungen«-Band und die »Gedichte« sei die Reise im wesentlichen zu finanzieren. Emilie stimmt offenbar sofort und begeistert zu, denn Fontane versichert ihr schon zwei Tage danach: »Von Leichtsinn ist bei der ganzen Sache keine Spur; in 24jähriger, fast bis zur Peinlichkeit getriebener Exaktheit haben wir uns einen ehrlichen Anspruch darauf erworben, auch mal fünfe grade sein zu lassen.«

Emilie kommt am 6. September nach Berlin zurück, um an der Hochzeit Richard Lucaes mit Marie Schacht teilzunehmen (die schon 1875 an der Schwindsucht stirbt), und drei Wochen später, am 30. September 1874, morgens halb neun, beginnt das Abenteuer am Anhalter Bahnhof. Das Wetter ist herbstlich schön, Emilie in gehobener Stimmung, und sie sind allein im Coupé. In Leipzig zeigt Theodor ihr »die Stätten seiner Jugend«, sie besichtigen das Schiller-Haus in Gohlis, und eine Droschke bringt sie nach Schönefeld, wo sie Moritz Lazarus besuchen. Um Mitternacht geht der Zug nach München, wieder haben sie ein Abteil für sich, und sie schlafen sich erst einmal richtig aus, ehe sie am 1. Oktober nachmittags in München eintreffen. Emilie ist von den Sehenswürdigkeiten angetan, und Paul Heyse erweist sich zweimal als liebenswürdiger Gastgeber. Am 3. Oktober bringt sie der Schnellzug nach Verona; die Fahrt über den Brenner »über alle Beschreibung schön«; aber: »Frierend fuhren wir in das schöne Land Italia hinein. Es goß mit Mollen. Der erste Eindruck war: ›*das* leisten wir auch‹.« Im Giardino Giusti in Verona trägt sich Fontane ins Fremdenbuch ein, »unmittelbar hinter Thiers!«, wie Emilie stolz in ihrem Tagebuch vermerkt, das sie parallel zu den Aufzeichnungen führt, die ihr Mann macht. Die beiden Shakespeare-Enthusiasten pilgern natürlich zum Grabmal der Julia, und nur das »Knoblauch-Beefstäck«, das sie angeekelt stehenlassen, trübt den Veroneser Auftakt. Doch Fontane erinnert sich noch 1882, als er »in der Geborgenheit eines feinen, vornehmen Hotels« in Oldenburg an seine Frau schreibt, auch an den romantischen Abend am Kamin, »als die großen Holzscheite brannten. Es war so schön und wohltuend und poetisch, daß wir den voraufgegangnen Jammer darüber vergaßen und 4 Francs für Feurung mit Vergnügen bezahlten«.

Am Tag darauf kommen die Fontanes abends um 10 Uhr in Venedig an und steigen nach einer »unsagbar schönen Fahrt durch den Canal grande« im Hôtel Bauer ab. Dessen Restaurant empfiehlt sich mit »wundervollem Fisch« und »kostbarem Bier«. Resumee im Tagebuch: »Alle Nationen vertreten; ein Lärm, ein Lachen, ein Rauchen, ein Spucken, ein Schmutz, u. dann wieder eine so anmutende Heiterkeit u. Ungeniertheit, wie ich es noch nicht erlebt.« Emilie sperrt, wie sie formuliert, alle Fühlhörner ihres Seins auf, betrachtet an der Seite ihres Mannes Kunst und Kirchen und stimmt mit ihm in der Bewunderung der Tizianschen »Assunta«, der vernichtenden Kritik an Tintoretto und in der Faszination durch den Marcusplatz überein. Nach den anstrengenden Tagen genießt man stets noch ein Bier oder ein Eis, plaudert mit Architekt Schwechten oder den Novilles aus Berlin und geht sehr müde zu Bett. Nur einmal schläft Emilie schlecht, weil ihr eine für Mete gekaufte Perlenkette kaputtgegangen war; aber in der Perlenfabrik kriegt sie eine neue und zwei

Armbänder dazu. Fünf Tage Venedig bei herrlichem Wetter – Fazit Emilie: »Venedig kann wieder besucht werden.« Und auch ihr Mann schreibt an die Zöllners: »es wird uns eine Sehnsucht im Herzen bleiben«, den Aufenthalt in der Stadt erneuern zu können. Die aus dem Nachlaß bekannt gewordene Skizze »Die goldene Hochzeitsreise« reflektiert sehr direkt das Venedig-Erlebnis der Fontanes.

Am 9. Oktober geht es weiter nach Florenz, wo man ebenfalls fünf Tage Station macht. Uffizien, Grabmäler und Paläste stehen auf dem strapaziösen Besichtigungsprogramm, aber Fontane bleibt abends noch stundenlang auf, um seine Notizen zu ordnen, das Tagebuch zu führen und Briefe zu schreiben, vor allem an die Zöllners, wobei er jeweils lange »herumschriftstellert«, wie Emilie moniert. Und vor allem hat er die Korrektur für den dritten Teil des Kriegsbuches zu besorgen, die er sich nach Venedig hatte schicken lassen. Gleichwohl ist der zu Hause meist gestreßte und daher oft ruppige Fontane gut gelaunt und liebenswürdig. Er bringt ihr – für sie völlig ungewohnt – morgens Kaffee und abends, »schön zubereitet«, Tee ans Bett; »so nenne ich ihn vom 10. Okt. 74 [an] meinen Pagen«. Emilie, die sich sogar allein in einen Laden wagt und drei Fächer als Souvenir erwirbt, fühlt sich inmitten des Kulturtrips doch etwas »heimwehsick« und gesteht im Tagebuch: »Eigentlich ginge ich nun gern wieder ein bißchen ›heeme‹, denn mein armer Grips reicht nirgends aus.«

Am letzten Tag in Florenz besuchen sie auf dem protestantischen Friedhof das Grab von Hermann Greve, dem Mann von Rosalie Fontane, der Pflegetochter von August und Philippine Fontane, und pflücken Kleeblätter und Buchsbaum von der verwahrlosten Stätte für Tante Pine. Auf dem Heimweg – so steht es bekenntnisvoll in Emilies Tagebuch – »den Dom nochmals besichtigt, den bedrückenden, seine Großartigkeit sehr vermindernden Eindruck empfangen, dazu das beständige Dämmerlicht, ein in dunkelster Ecke im Kerzenschein prangender Altar, Weihrauch, Geklingel, Plärren zweier Geistlichen, Spucken, Betteln, umherlaufende Fremde u. Einheimische, ›Yes‹ u. ›splendid‹ faselnde englische Kinder, wen das fromm u. andächtig stimmen kann, dem muß das Herz so übervoll von Gram oder Freude sein, daß er eben nichts mehr sieht u. hört; ich war froh, als ich wieder auf freiem Platze war u. meinen lieben, alten Himmel, blau u. klar wie in der Heimat, ohne Heilige, Gekreuzigte, Himmel- u. Höllenfahrt sah.«

Am 15. Oktober, morgens halb neun, reisen Fontanes weiter nach Rom. Dort beginnt alles recht heiter im Hôtel du Sud. Emilie freut sich über Theos »brillanten Appetit«; er »ißt wie ein Werwolf«. Ihren Hochzeitstag (16. Oktober) verbringen sie in schöner Harmonie, auch wenn es in Strömen gießt. Dann aber bricht das Verhängnis über sie herein. Nach stundenlangem Suchen mietet Fontane eine Wohnung, in die sie sogleich umziehen. Aber es erwartet sie eine »wahre Höllennacht«: Flöhe und entsetzlicher Lärm auf der Straße bringen Emilie zur Verzweiflung; »innigste Sehnsucht nach Potsdamer Str. 134.c.III«, notiert sie ins Tagebuch. Fontane hockt in denkbar ungemütlicher Umgebung über seinen Korrekturbögen und ist ernsthaft erkrankt. »Ich wage ihn nicht anzusehen, weil ich immer nur an meinen Tränen zu schlucken u. Flöhe zu fangen habe. Er ist so elend, daß er nicht ausgehen kann […]« Emilie schüttet Berge von Insektenpulver über sich aus; »es nutzt nichts, zu Dutzenden fange ich die Quälgeister, wie Nadelspitzen groß. Endlich Ausbruch der Verzweiflung; Alternative zwischen *mich* nach Berlin schicken oder ausziehen!« Die couragierte Emilie entscheidet sich selbstverständlich für letzteres: sie kehren ins Hotel zurück und schreiben die 150 Franc, die er im voraus für drei Wochen Miete bezahlt hat, als bitteren Verlust ab. »Zwischen Freude und Leid wird Tee getrunken, sich gründlich *bereinigt* u. sehr früh in das mir ideal erscheinende Bett gekrochen.«

Fontane fühlt sich nach wie vor »recht matt u. spack«, und auf den Rändern von Emilies Brief an Emilie Zöllner vom

22. Oktober schreibt er: »Milachen hält sich merkwürdig tapfer und ist viel besser im Stande wie ich. Ich bin so fiebrig, daß ich keine Weste zuknöpfen kann; die Knöpfe zittern mir immer wieder aus den Fingern heraus. Bei der Weste schließlich ertragbar, aber welche Perspektiven!« Emilie gibt indes nicht auf, und sie teilt mit, daß sie trotz alledem »nun anfangen zu ›arbeiten‹«. Und bei gewitterschwülem Wetter absolvieren sie tatsächlich, was an Kirchen, Kunst und Katakomben zu sehen ist. Emilie genießt »kostbare Musik-Vorträge von seiten der päpstlichen Sänger«, Theo »nimmt unterdessen den ganzen St. Peter durch«. Ausflüge in die Umgebung zählen zu ihren schönsten Erlebnissen; er wird im März 1884, als Tochter Martha in Italien ist, schreiben, daß es nur auf das ankomme, »was auf der Straße liegt, was man von jedem Hotel- oder Wagen-Fenster aus sehen kann. Mama und ich sind vollkommen einig darüber, daß die weitaus größten Genüsse, die wir in Italien gehabt haben, Fahrten aller Art: auf Eisenbahn, Dampfschiffen, Booten, in Landkutschen und Droschken und außerdem Spaziergänge waren […] und daß alle Kunstgenüsse daneben verschwinden. Auch der wütendste Bilder-Tiger kommt außerdem noch sehr bald dahinter, daß er nicht alles, nicht ein Zehntel verschlingen kann und daß man sich mit Brocken begnügen muß.«

Am 2. November brechen Fontanes nach Neapel auf. Im Hotelzimmer erwartet Emilie wieder »Ekelerregendes«, wogegen sie mit gehörigen Portionen Insektenpulver vorgeht; allerdings entschädigt sie der traumhafte Blick vom Hotel auf Capri und Vesuv. Bei den Exkursionen nach Pompeji und Paestum und zur Blauen Grotte – wobei sie das Dampfboot nach Salerno verpassen und sich einem kleinen Ruderboot anvertrauen müssen – bewährt sich, wie Fontane anerkennend schreibt, »die Elloramutter als Heroine« – übrigens auch als Pflegerin, denn ihr Theo ist noch immer krank. »Der ganze Vesuv saß mir im Leibe, und das unheimliche Rollen und Grollen nahm kein Ende«, berichtet er nach Berlin. Der geplante Aufstieg auf den Vesuv muß deshalb unterbleiben, zumal die Reisekasse weitgehend leer ist, nachdem ihm ein geschickter Langfinger auf dem Toledo das Portefeuille aus der Brusttasche geholt hat. Vorsorglich bittet er Zöllner, für ihn 50 Taler in einem Münchner Hotel zu deponieren.

Eine »tiefe Sehnsucht nach Teppich und Doppelfenster« durchfröstelt die Reisenden, als sie, müde und abgespannt, im schon winterlichen Florenz noch einmal haltmachen, da »gewisse Nummern« in der Welt der Kunst halt »unerläßlich« seien. Wo sie auf der Rückreise am 14. November Emilies 50. Geburtstag feiern, ist nicht zu sagen. Am 20. November aber schließen die Kinder und die Freunde sie wieder in die Arme, und in den folgenden Wochen reden sie sich bei Reiseberichten »den Mund geradezu fußelig«, wie Fontane, sich für den Berolinismus entschuldigend, an Mathilde von Rohr schreibt. Seine Bilanz ihr gegenüber lautet: vor dreißig Jahren hätten ihn nicht zehn Pferde von Neapel und den Schätzen Pompejis weggekriegt; jetzt aber sehe er seine »bescheidene Lebensaufgabe nicht am Golf von Neapel, sondern an Spree und Havel, nicht am Vesuv, sondern an den Müggelsbergen«.

Weniger pathetisch faßt Emilie in einem Brief vom 5. Februar 1875 an Mathilde Eggers – diese hatte Emilies Speisekammer für die Rückkehr mit »süßen Schätzen« gefüllt – ihre Erinnerungen zusammen: »Sehr oft haben wir in dem schönen Land Italia Ihrer u. Ihres lieben Mannes [Senator Karl Eggers] gedacht, die Sie es freilich gründlicher genossen haben; denn unsre Zeit war zu gemessen. Doch haben wir in den 7 Wochen unseres Aufenthalts viel Glück gehabt u. Verona, Venedig, Florenz, Rom u. Neapel doch so gesehen, daß wir mehr wie ein flüchtiges Bild davon mit nach Hause gebracht haben. Capri u. Sorrent, Paestum u. Bajä sind von uns ebenso wie Pompeji bewundert, u. nur auf den Vesuv sind wir nicht gekommen, man muß sich doch auch etwas fürs ›Wiederkommen‹ aufsparen. Ja, liebe Frau Senator, das ist das einzig Bittre im Nachgeschmack der Reise, daß der

Wunsch ›noch einmal‹ mir wohl fürs Leben, ob nun kurz oder lang, bleiben wird.« Als Fontane 1879 Wilhelm Lübkes Werk über italienische Malerei zur Rezension erhält, liest es auch Emilie mit Entzücken und bekennt am 1. Januar 1880 gegenüber Clara Stockhausen: sie durchlebe bei der Lektüre »im Geist noch einmal die Genüsse unserer italienischen Reise, für deren Leichtsinn ich meinem Alten bis zu meinem letzten Atemzuge dankbar sein werde«.

Was den »Leichtsinn« angeht, so kommt auch Fontane im nachhinein zu einem höchst befriedigenden Urteil. In einem Brief an Emilie vom 9. August 1882 heißt es: »Personen, wie wir beide sind, nervös, anfällig, gleich besorgt und geärgert, gleich aus dem Häuschen, immer durch Geldrücksichten eingeengt, wir können auf Reisen gar nicht leicht und bequem nebeneinanderhergehn, und wenn ich auf unsre italienische Reise zurückblicke, so muß ich mit einer Art Staunen und Bewundrung zugestehn, daß wir das Möglichste möglich gemacht haben. Unsrer Natur und unsrem Geldbeutel nach haben wir uns mit Ruhm bedeckt.«

Versuch einer »silbernen Hochzeitsreise«

Mit der überraschend angesetzten Reise nach Italien holt der europabefahrene Fontane ein bei den Zeitgenossen längst obligatorisches Bildungskapitel nach. So richtig hingezogen hat es ihn nie; die Magnetnadel in seiner geistigen Welt zeigt in die entgegengesetzte Richtung. Er sei »Nordlandsmensch«, sagt er noch 1896, und Schottland sei ihm wichtiger als Italien. Immerhin freilich muß ihn die Reise bis Neapel über Erwarten beeindruckt haben, denn er reist im August 1875 noch einmal – ohne Emilie, über die Schweiz, nur nach Oberitalien und früher als vorgesehen. Emilie hält in einem Brief an Clara Stockhausen vom 8. August die Vorgeschichte fest: »Wir hatten einen heißen, freud- und freundlosen Juli verlebt; drei interessante Abende durch Lewinsky [Gastspiel von Josef Lewinsky aus Wien] konnten uns nicht Ersatz geben für Stockhausens, Heydens u. Zöllners. Infolgedessen arbeitete mein geliebter Unverstand noch mehr als sonst wohl, u. und die Folge war, wie schon so oft, eine vollständige Nervenabspannung in freundlicher Begleitung der Berliner Sommerkrankheit. Einige Tage sah ich mir diesen trostlosen Zustand mit an; da, wie von oben erleuchtet, sprach ich ihm zu, schon *jetzt* anstatt erst Mitte Sept. zu reisen; dieser Vorschlag machte ihn halb genesen, u. am 3. abends dampfte er ab [...]« Durch seine ausgiebigen Briefe ist Emilie wenigstens aus der Ferne beteiligt; es sind mindestens elf durchnumerierte Exemplare von beträchtlichem Umfang! Der erste trifft nicht, wie sie es gewohnt ist, sogleich ein, und sie beklagt sich bei Clara Stockhausen, daß ihr »böser Nöhl (Sie wissen, ich habe immer auf ihn zu zürnen)« sie unverantwortlicherweise so lange zappeln lasse (es sind, beiläufig, keine fünf Tage). Doch sein Bericht aus Basel versöhnt und erheitert sie. Er sei im »Storch« abgestiegen; der Name habe in Jahren, »wo man nichts mehr von ihm zu befürchten hat, etwas Anheimelndes«, im übrigen sähe die mürrische Wirtin aus, »als habe sie der Storch zuviel oder zuwenig gebissen«. Später rückt er in bezug auf die gemeinsame Reise sogar mit einem Kompliment heraus. Er schildert ihr höchst amüsant seine Alpenüberquerung in der Postkutsche und schwärmt von seinem zeitweiligen Alleinsein in der Bergwelt, setzt aber sogleich hinzu: »Dies geht nicht gegen Dich. Du warst eine vorzügliche Reisegefährtin.«

Daran erinnert er sich noch einmal gegen Ende seiner Kunstexkursion. Am 18. August 1875, wohl von Genua aus, lädt er Emilie ein, mit ihm in Bayern zusammenzutreffen; er habe 100 Taler gespart. Und er fährt fort: »Es ist mir wie ein Zuspruch, Dich an der Schönheit dieser Reise auch mit teilnehmen zu sehen. Betracht es als vorweggenommene silberne Hochzeitsreise.« Emilie vernimmt das gern, zumal sie weiß, daß er von der bevorstehenden Festivität absolut nichts hält. Sie akzeptiert unverzüglich. Er trifft am 24. August in

München ein und holt sie am 25. nachmittags am Bahnhof ab. Sie soupieren ausgezeichnet, besuchen Glyptothek und neue Pinakothek, sehen »Don Juan« im Theater und treffen Paul Heyse. Am 28. August reisen sie nach Salzburg, besichtigen das »Haydn-Stübchen« und »den nicht sonderlich interessanten Dom« und fahren am gleichen Tag – romantisch in einem Einspänner – nach Berchtesgaden weiter. Dort nehmen sie sich eine Wohnung mit Balkon am Markt, und alles sieht nach Hochzeitsreise aus. Doch mit des Geschickes Mächten ist kein ew'ger Bund zu flechten: es wird bitterkalt, heftiger Dauerregen setzt ein, und Fontane kritzelt mit Mühe ins Tagebuch: »Ich bin total krank, Emilie halb; wir können beide keinen Bissen genießen und gehn dadurch der einzigen Zerstreuungsmöglichkeit verloren.« Eine Karte von Sohn Theo aus Berlin bringt einen kleinen Lichtblick: er hat das Abitur bestanden. Die Eltern behelfen sich mit Lektüre; »wie wütend« wird Gregorovius gelesen, also Nachbereitung und historische Grundierung der italienischen Impressionen.

Am 2. September, Sedan-Tag, geben sie – bei strömendem Regen – auf und nehmen den Postomnibus nach Salzburg: »Furchtbare Nacht«, heißt es im Tagebuch, »wo meine Zustände zur Krisis kommen.« Emilie bugsiert am nächsten Tage ihren nur halb genesenen Theo in die Bahn; abends kommen sie in Wien an. Und nun ist ihnen der Himmel noch einmal ein bißchen hold: es wird ein schönes Wochenende. Sie wohnen im Hôtel Müller, Ecke Graben und Kohlmarkt. Sie flanieren in der Stadt, besuchen Stephansdom, Kapuzinergruft und Prater und sitzen zweimal im Theater. Montag, den 6. September, brechen sie am Mittag auf – es regnet ohnehin wieder –, und die Eisenbahn bringt sie über Brünn, Prag und Dresden am nächsten Tag früh nach Berlin. Fontane resümiert: »In Wien, das meine Erwartungen noch übertraf, drei sehr angenehme Tage zugebracht.«

Und nun naht unabänderlich der 16. Oktober, die Silberhochzeit. Er hätte sie am liebsten in Italien oder der Schweiz verlebt, Emilie aber will sie unbedingt mit den Kindern und den Freunden feiern, und er fügt sich, »aber ganz contre cœur«, wie er schon am 20. April 1875 an Mathilde von Rohr geschrieben hatte. »Den Fest- und Feierlichkeits-Sinn hab ich nicht; im Gegenteil, alle solche Rührstücke sind mir unsagbar langweilig, die Hauptsache aber ist, daß ich nicht an die Teilnahme der Menschen bei solchen Gelegenheiten glaube und auch nicht glauben kann, da ich diese Teilnahme selber nicht habe, weder für mich noch für andre. So ist solch Fest in meinen Augen eine gezwungene Geschichte, und wie mir schon jetzt die Menschen leid tun (und ich mir auch), die mal die Anstandsverpflichtung haben werden, mir in einer schwarzen Kutsche, vielleicht wenn es grade recht kalt ist, zu folgen, so tuen mir auch die leid, die mir zu meiner silbernen Hochzeit einen eingerahmten Kupferstich schenken oder gar eine Festrede halten müssen.«

Nach diesem Szenario etwa verläuft nun auch der »Ehrentag« – Emilie sieht das jedoch ganz anders –, und Fontanes Bericht darüber, am 18. Oktober in einem Brief an Schwester Elise, fällt entsprechend karg aus: »Von unsrem silbernen Hochzeitstage schreib ich Dir nicht, aus zwei Gründen nicht. Ich kann mir kaum denken, daß Du viel Sinn für gemütliche Genreszenen, für Polterabend-Verse und Chevalier-Toaste übrig hast; das wenige aber, was zu wissen not tut, wird Dir Schwester Jenny, die mit Sommerfeldt und Anna zugegen war, binnen kurzem davon erzählen.« Aus dem Tagebuch ist noch zu erfahren, daß auch Johanna Treutler und ihre Tochter Clara dabei waren. 1878 ist Emilie ihrerseits zu Johannas Silberhochzeit in Neuhof eingeladen, und Fontane sieht sie »als Brautjungfer der Silberbraut« vor sich, »in derselben silbergrauen Robe samt Stehfraise, in der Du Dein eignes Silberfest – ich als unwürdiger Partner – feiertest.«

Der Alltag kehrt wieder ein, die Hauptlast ruht auf Emilie, und Fontane erkennt das sogar an: »Sie ist innerhalb ihrer Sphäre, durch Visitenmachen und -empfangen, durch Briefeschreiben, Kinderversorgung und Wirtschaftsführung, mindestens ebenso in Anspruch genommen wie ich in der meinigen.« Sehr geehrt fühlt sich Emilie, als zum Geburtstag am 14. November ein Glückwunsch vom Ellorasohn »Ikarus« – das ist Professor Wilhelm Lübke – aus Stuttgart eintrifft:

»Und Gott sprach:

Es werde der November! Und siehe, es ward der schlimmste Monat des Jahres: voll Nebel, Sturm und Regen; alles grau: die Erde, der Himmel und die Seele des zähneklappernden Menschen!

Und siehe, es erbarmte den Herrn, und als er all das graue Elend sah, sprach er sein allmächtiges ›Es werde Licht‹. Da zerriß der Nebelschleier, und es brach ein Sonnenstrahl hervor; und der Sonnenstrahl hieß: Emilie Fontane.«

Weihnachten und Theodors Geburtstag vergehen harmonisch, und Fontane ist zufrieden. An Lepel schreibt er zu Silvester: »Auch die Festtage werden stiller, nicht gerade zu meinem Schmerz: ›Die Ruh ist wohl das Beste‹, beginnt Waiblingers bestes Gedicht.« Im Tagebuch allerdings ist das Damoklesschwert, das über der Familie hängt, schon zu spüren: »Ruhig traten wir in das neue Jahr, das ein sehr stürmisches und vielleicht verhängnisvolles werden sollte.«

»Mir ist die Freiheit Nachtigall …«

Am 7. Januar 1876 stirbt Professor Otto Friedrich Gruppe, seit 1863 ständiger Sekretär der Akademie der Künste in Berlin. In der Woche darauf fragt Karl Zöllner seinen Freund Fontane – man trifft sich auf einer Gesellschaft bei August von Heyden –, ob er die frei gewordene Stelle übernehmen würde. Fontane studiert das Statut, bewirbt sich offiziell beim Präsidenten Friedrich Hitzig, und der einflußreiche Richard Lucae erledigt die Formalitäten. Ende Februar wird Fontane von Kaiser Wilhelm berufen, am 6. März in sein Amt eingeführt. Das Haus der Akademie, Unter den Linden, stand damals dort, wo sich heute das Gebäude der Staatsbibliothek befindet.

Eine überraschende Wendung: Fontane, schon mehrfach im Umgang mit Berliner Behörden frustriert und gescheitert, wagt es mit sechsundfünfzig noch einmal, sich einem preußischen Institut auszuliefern, das obendrein dem gehaßten Kultusministerium untersteht. Emilie ist, verständlicherweise, begeistert. Endlich können sie wieder mit einem festen Gehalt rechnen; 2300 Taler jährlich reichen zwar nicht aus, aber ihr Mann wird ja nebenher schreiben können. Und überdies: »Erster Sekretär« an der Akademie der Künste hört sich gut an und hebt sein gesellschaftliches Ansehen. Kurzum: sie sieht hauptsächlich die Chance, daß er auf seine älteren Tage noch richtig etabliert ist und Aussicht auf eine Pension hat. Die Angelegenheit wird in der Bewerbungsphase intensiv erörtert, und Emilie weiß genau um die Skrupel und die Zweifel, die ihren Mann bewegen und die er in Briefen aus diesen Tagen artikuliert. Nach der frei geübten literarischen Tätigkeit muß er sich wieder dem Joch einer dienstlichen Stellung beugen. Er wird in die unerquicklichen Querelen des zerstrittenen Senats hineingeraten, und reizbar und empfindlich, wie er ist, läßt er sich eventuell rasch hinausärgern. Er macht sich keine Illusionen, daß er etwa kulturpolitisch-künstlerisch irgend etwas bewirken könne; er werde, stellt er nüchtern fest, »ein letztes, weder mit sonderlicher Kraft noch mit sonderlichem Geschick arbeitendes Rad in dem großen Verwaltungsmechanismus sein«. Die Frucht, die ihm da, »ohne Schütteln oder sonstiges Zutun«, in den Schoß gefallen sei, habe rote Backen und wecke günstige Vorurteile; »aber auch Holzäpfel haben ein gutes Ansehn«.

Solche Überlegungen – sämtlich vor Dienstbeginn angestellt – prognostizieren präzise das Kommende: die Position erweist sich für den selbstbewußten Fontane von Anfang an als unerträglich. Es ist nicht mehr als eine untergeordnete Schreiber- und Protokollanten-Stelle in einer »unsagbar miserablen Wirtschaft«, und Fontane wirft schon im Mai den Kram hin, nachdem ihn Hitzig noch mit dem Vorwurf der

Zweideutigkeit tief beleidigt hat. Am 28. Mai reicht er bei Kultusminister Falk sein Entlassungsgesuch ein. Für Emilie geht die gerade erst erschaffene neue Welt aus den Fugen, und wie 1870, als er seinen Redakteursposten bei der »Kreuzzeitung« aufgab, attackiert sie ihn mit bitteren Vorwürfen. Es wird für beide eine zermürbende Zeit, und Fontane schreibt vielsagend an die Tochter nach Rostock: »Sei glücklich, daß Du diese letzten Wochen auf neutralem Boden zugebracht hast.«

Emilie gibt die Hoffnung zunächst noch nicht auf. Hinter dem Rücken ihres Mannes wendet sie sich am 7. Juni an Moritz Lazarus: »Ich komme heut angsterfüllten Herzens zu Ihnen, mit einer großen Bitte. Mein Mann hat seine Entlassung eingereicht; wie er sagt, behauptete Präsident Hitzig, daß er ›gar keine Befähigung für die Stellung besitze‹. Es wäre *mir* nun, den Freunden gegenüber, eine große Beruhigung, wenn Sie, verehrtester Freund, dies bestätigen könnten, daß Sie es auch vom Herrn Geheimrat vernommen. In der krankhaften Aufregung, in der sich mein guter Mann befindet, kann er doch vielleicht die Worte des Präsidenten zu scharf aufgefaßt haben. – Entschuldigen Sie, daß ich Sie damit behellige, aber ich will keinen Schritt unterlassen haben, der vielleicht noch retten könnte; sobald mein Mann an den Kaiser geschrieben, ist ja doch alles vorbei.«

Diese rührende Intervention verändert natürlich nichts. Fontane wendet sich »alleruntertänigst« am 19. Juni an den Kaiser, und der bewilligt am 17. Juli die Entlassung; am 2. August wird die Urkunde ausgehändigt. Der Haussegen in der Potsdamer Straße hängt entsprechend schief; sie gehen nicht einmal zum Silberhochzeitsfest von Karl Robert Lessing, der ja immerhin der Besitzer der »Vossischen Zeitung« ist. Fontane sucht in seiner häuslichen Not Schützenhilfe bei Freunden. Er rafft sich am 3. Juni zu einem Brief an Johanna Treutler auf. Seine Frau sei »ganz und gar gebrochen, *sehr* unglücklich und von ihrem Standpunkt aus mit Recht. [...] Ein großer Wunsch ihres Lebens, der sich auf kurze Zeit erfüllt hatte, ist ihr wieder zerstört worden; das ist hart. Aber mehr ist auch nicht zuzugeben. [...] Bitte sprechen Sie ein Wort des Trostes.« Am 17. Juni klopft er brieflich auch bei der vertrauten Mathilde von Rohr an und bittet um Verständnis und Unterstützung. Er verteidigt seinen allerseits kritisierten Entschluß mit dem berühmten Bekenntnis: »Die Glücksarten der Menschen sind eben verschieden; ›den enen sin Uhl is den annern sin Nachtigall‹. Mir ist die Freiheit Nachtigall, den andern Leuten das Gehalt.«

Um aus den täglichen Auseinandersetzungen herauszukommen und Emilie auf andere Gedanken zu bringen, wird eine Reise nach Neuhof verabredet; Fontane hofft, daß seine Frau an bewährtem Ort aus ihrem Trübsinn herausfindet. Die Debatte um die aufgekündigte Stellung wird freilich nun im Briefwechsel fortgesetzt. Leider sind Emilies Briefe aus diesen Wochen nicht überliefert, doch aus seinen Erwiderungen läßt sich die Art ihrer Anklagen ablesen. Er lobt sie für ihre selbständigen Gedanken und gerechten Urteile und wünscht sich, daß sie auch ihn so betrachten möge, als einen durchaus praktischen Menschen und nicht als ein poetisches Kind, das realitätsfern handelt. Auch den Vorwurf der Lieblosigkeit will er nicht auf sich sitzen lassen: »Egoistisch bin ich, aber nicht lieblos. Das ist ein großer, großer Unterschied.« Mitunter geraten der verzweifelten Emilie, der eine Leberaffektion ernsthaft zu schaffen macht, kleinlich-nörgelnde Bemerkungen über irgendwelche Kleinigkeiten in ihre Briefe – er habe etwa *ihren* Marascino ausgetrunken! –, und dann wird Fontane auf unangenehme Weise grundsätzlich, ja fast doktrinär, wie im Brief vom 15. August: »Meine liebe Frau; es ist im großen und kleinen das alte Lied. Du reizt mich bis aufs Blut und wunderst Dich hinterher, wenn ich heftig und bitter werde, Du machst ein böses Gesicht und wunderst Dich, wenn ich Dir aus dem Wege gehe, Du verhältst Dich ablehnend und wunderst Dich, wenn ich nicht zärtlich bin. Natürlich bin ich auch zuzeiten unzärtlich, ohne vorher einer Nüchternheit begegnet zu sein, aber das ist nicht zu ändern, weil es eben so in der menschlichen Natur wie ganz besonders in unsren Lebensverhältnissen liegt. Wenn ich bei einer Arbeit nicht von der Stelle kann oder das Gefühl des Mißlungenen habe, so bedrückt das mein Gemüt, und aus bedrücktem Gemüt heraus kann ich nicht nett, quick, elastisch und liebenswürdig sein, aber das müßtest Du auch, wenn Du Dich ein bißchen auf meine Art verstündest, gar nicht von mir fordern. Daß ich Dich liebe, weißt Du, daß ich es Dir tausendfältig gezeigt habe, wirst Du nicht wohl bestreiten können; an diesem schönen Bewußtsein müßtest Du genug haben und als kluge Frau wissen, in 24 Stunden ist das alles vorüber. Statt dessen zeigst Du Deine ganz und gar unberechtigte Verstimmung, die mich nun erst wirklich verdrießlich und aus dem tristen Tage eine triste Woche macht. Wenn Du doch all dies einsehn, wenn Du Dich doch nicht in der Vorstellung verblenden wolltest, daß Du ›a lone, lorn woman‹, eine arme, zurückgesetzte Kreuzträgerin wärest. Es ist ja alles bittre Torheit; Du bist eine durch Deinen Mann, Deine Kinder, Deinen Lebensgang und Deine Lebensstellung unendlich bevorzugte Frau. Es gibt wenige, die es so gut getroffen haben. Daß Du das Glück nach der Zahl der Geldrollen bemessen solltest, für so inferior halte ich Dich nicht, habe auch keine Ursach dazu.«

Emilie wird geweint haben bei der Lektüre dieses moralisierenden Essays, weil er an dem, was sie existentiell beunruhigt, elegant vorbeischreibt. Immerhin fährt Fontane versöhnlicher fort: »Ich erwarte Dich mit alter Liebe, die ich immer für Dich in meinem Herzen habe, auch wenn ich Dir die bittersten Dinge sage, Dinge, die ich leider auch heute nicht zurücknehmen kann. Denn die Zuneigung ist etwas Rätselvolles, die mit der Gutheißung dessen, was der andre tut, in keinem notwendigen Zusammenhange steht.«

Eine Woche später geht Fontane gegenüber Mathilde von Rohr noch einmal prinzipiell auf seine Ehe ein, und diese »Analyse« trägt entscheidend dazu bei, daß Emilie in der Nachwelt für lange Zeit das Image der unverständigen, ihn im

Grunde belastenden Gattin bekommt. »Meine Frau, die große Meriten hat und in vielen Stücken vorzüglich zu mir paßt, hat nicht die Gabe des stillen Tragens, des Trostes, der Hoffnung. In dem Moment, wo ich ertrinkend nach Hilfe schreie und wo ein freundlich ausgestreckter Finger mich über Wasser halten würde, hat sie eine Neigung, ihre Hand nicht rettend unterzuschieben, sondern sie wie einen Stein auf meine Schulter zu legen. Bescheiden in ihren Ansprüchen, ist sie in ruhigen Tagen eine angenehme, geist- und verständnisvolle Gefährtin, aber ebensowenig wie sie die Stürme in der Luft ertragen kann, ebensowenig erträgt sie die Stürme des Lebens. Sie wäre eine vorzügliche Predigers- oder Beamten-Frau, in einer gut und sicher dotierten Stelle, geworden; auf eine Schriftsteller-Existenz, die, wie ich einräume, sich immer am Abgrund hinbewegt, ist sie nicht eingerichtet. Und doch kann ich ihr nicht helfen. Sie hat mich als Schriftsteller geheiratet und muß sich schließlich darin finden, daß *ich*, trotz Abgrund und Gefahren, diese Art des freien Daseins den Alltagskarrieren und ihrem Zwang, ihrer Enge und ihrer wichtigtuerischen Langenweile vorziehe. *Jetzt*, wo ich diese Karrieren allerpersönlichst kennengelernt habe, mehr denn je.«

Erst ganz allmählich klingt die Aufgeregtheit ab, die Fontane dieses ungerechte, später von ihm vielfach revidierte Urteil diktiert. Moderatere Töne setzen ein, und als Emilie Ende August zurückkommt, scheint die Möglichkeit eines friedlichen Zusammenlebens gegeben, zumal er ihr ständig versichert, daß sie »durch die bescheidenen Erträge meines Fleißes und meines Talents in anständigen Verhältnissen weiterleben können«; seit 1. Oktober 1876 nimmt er zum Beispiel sein Kritikeramt bei der »Vossischen Zeitung« wieder wahr. Doch dann bricht die Wunde noch einmal auf: Karl Zöllner wird – unter wesentlich günstigeren Konditionen – Fontanes Nachfolger in der Akademie, und die Gestalt des Freundes erinnert Emilie immer wieder an die Affäre, die übrigens mit einem kuriosen Vorgang schließt. Als Fontane, der trotz angenommener Kündigung bis Ende Oktober die

Geschäfte in der Akademie führt, endlich ausscheiden kann, leistet sich das Ministerium – in aller Verbindlichkeit – noch ein Musterstück preußischer Korrektheit: er hat vom Gehalt für das letzte Quartal den Anteil für November und Dezember in Höhe von rund 400 Talern an die Generalkasse zurückzuzahlen. Dabei hatte er seine kurze Beamtenlaufbahn mit »zwei Monaten ohne Gehalt« begonnen! Daß er, wütend über die knickrigen Bürokraten, eine Strophe von Paul Gerhardt für unendlich wertvoller erklärt als 3000 solcher »Ministerial-Reskripte«, ist nachvollziehbar.

Fontane informiert seine Frau zunächst nicht über diese Geschichte, da sie höchst elend ist, »und zwar über den Durchschnittszustand weit hinaus«. Dafür aber erlebt sie mit, wie das Haus Hohenzollern – und das ist die letzte Kränkung in diesem Unglücksjahr 1876 – auf das Werk seines Kriegshistorikers Theodor Fontane reagiert. Er hat den Mitte Oktober erscheinenden vierten Teil des »Kriegs gegen Frankreich« an Wilhelm I. geschickt, aber der sieht, mißvergnügt über die Amtsniederlegung des Autors, keine Veranlassung, dem Verfasser durch eine Gratifikation oder dergleichen seine Anerkennung auszudrücken, obwohl gerade er als Kriegsherr und Held durch dieses Werk geht, das ihm – mit seiner Zustimmung – sogar gewidmet ist. Seine Majestät hat zwar gerade 140000 Taler für den Ankauf eines niederländischen Genrebildes ausgeben lassen und der Witwe des »Schauspielers Pohl (7. Ranges)« eine jährliche Pension von 500 Talern bewilligt, aber die Frage, ob es einen Grund gebe, dem Verfasser des »Kriegs gegen Frankreich« besonders wohlzuwollen, verneint S. M. Fontanes Degout ist auf dem Höhepunkt, und er sucht in dieser trostlosen Zeit Zuflucht bei seinem alten »Schmerzenskind«, seinem Romanprojekt, das er – nicht zuletzt wegen der kriegsgeschichtlichen Arbeiten – so lange zurückgestellt hat.

Über die Lage bei den Fontanes gibt Emilie in ihrem Brief an Mathilde von Rohr vom 10. November 1876 erstaunlich genaue Auskunft. »Ich beeile mich, Ihnen für Ihren so teilnahmvollen Brief meinen innigsten Dank auszusprechen u. Sie über die Stimmung meines Mannes zu beruhigen. Er ist glücklich, an seinem Roman arbeiten zu können, sieht wohl aus, ißt u. schläft gut u. läßt auch seine Stimmung nichts zu wünschen übrig; Sie haben in Ihrem treuen Freundschafts-Gefühl gewiß seinen Brief [vom 1. November] mit zu besorgten Augen gelesen. Der Konflikt zwischen uns besteht insofern, daß ich nicht einsehen kann, daß er recht gehandelt. Sonst ruht aber nun die Sache, denn geschehene Dinge sind ja nicht zu ändern. – Daß ich nach all diesen Stürmen weder glücklich noch froh sein kann, verlangen Sie wohl am wenigsten von mir; Körper u. Geist sind mürbe geworden, u. hätte ich nicht meine Kinder, würde das Bedürfnis nach Ruhe überhandnehmen. Mein guter Mann erklärt mich für gemütskrank, vielleicht bin ich es, die Betreffenden sollen das ja oft nicht wissen. Leider habe ich wochenlang nicht ausgehen können, weil ich die Grippe hatte, so daß mir die Aussprachen mit Tante Merckel u. Frau v. Wangenheim sehr fehlen, die mir treu in dieser schwersten Zeit meines Lebens zur Seite stehen. – George, der jetzt hier ist, ist mir ein teilnehmender Sohn u. fühlt den Druck, der auf uns lastet, mit seinen anderen Geschwistern, jeder Tag sagt: wie könnte es anders bei euch sein! Aber es klagt niemand, u. wir räumen, was möglich, aus dem Wege.« Gleichwohl belasten »arge Verstimmungen und traurige Szenen« den Winter.

Wie Fontane die häusliche Situation beurteilt, formuliert er in seinem Gedicht zu Emilies Geburtstag:

Wohl nur, weil dir Strophenkram
Grade jetzt zuwider,
Mich ein Lüstchen überkam:
Schreibe Verse nieder.

Denn der Hang zum Widerstreit,
Der mir so zu eigen,
Will sich eben jederzeit
Als sich selber zeigen.

Aber ob es dies nun war,
Oder minder Schroffes,
Trete in ein freundlich Jahr,
Mindestens erhoff es.

Hoff es, wenn du recht es willst,
Wirst du's auch gewinnen,
Aber wenn du weiter schiltst,
Scheuchest du's von hinnen.

Schelten ist nicht immer laut;
Auch das halbe Schelten,
Das aus trübem Auge schaut,
Kann als ganzes gelten.

Leg es ab: sieh wieder hell;
Ach was ist hienieden?
Gönne mir die stille Stell
Und mein bißchen Frieden.

Und so du dazu bereit,
Will ich Dank dir sagen,
Aber ohne Bitterkeit
Auch das andre tragen.

Ein schwieriges Jahr geht zu Ende. Nur oberflächlich gesehen, sind die Wogen geglättet, die Verbitterung bei beiden Ehepartnern ist groß, und die Verletzungen sind noch lange nicht geheilt. Doch vielleicht bedeutet der Titel von Friedrich Spielhagens Roman, den Emilie vorliest, einen winzigen Hoffnungsschimmer zu Silvester 1876: »Durch Nacht zum Licht«.

Kapitel 10

Es bleibt beim alten: »*Sicherheit* is nich«

1877/78

Den Roman schreiben oder Riesen-Erdbeeren züchten

Trister kann indes das neue Jahr nicht beginnen. Emilie ist mit der Betreuung ihres bedenklich angeschlagenen Mannes belastet, der am 13. Januar 1877 während eines Balls bei Heydens erkrankt; von Februar bis weit in den April hinein ist er körperlich und nervlich völlig herunter und daher schwer zu genießen. Dabei hatte alles recht anregend begonnen: er besucht die Vorstellungen einer französischen Theatertruppe, die im »Konzertsaal« des Schauspielhauses – dem heutigen »Kleinen Saal« – neue Dramatik aus Frankreich vorstellt, und – so darf man annehmen – er berichtet ihr davon. Trotz seines miserablen Befindens bespricht er alle elf Vorstellungen für die »Vossische Zeitung«. Aber die rechte Stimmung will sich zu Hause nicht einstellen. Emilie behelligt ihren Mann zwar nicht mehr mit Vorwürfen und räumt sogar vorsichtig ein, daß er sich wohl doch richtig verhalten habe. Er schreibt im März an Mathilde von Rohr: »So ist denn der Friede, Gott sei Dank, wieder da, aber nicht die Freude. Denn wir erleben nichts Freudiges mehr [...]«

Selbst der Besuch ihres alten Londoner Apothekerfreundes Julius Schweitzer, der 1856 gern Schwester Elise geheiratet hätte und nun, wohlhabend geworden, die Erinnerung an die gemeinsame englische Zeit auffrischt, führt, so angenehm er verläuft, zu bitteren Nachbetrachtungen. Alle seine Weggefährten hätten sich zu reputierlichen Leuten entwickelt, nur aus ihm sei nichts geworden. Auf seiner Arbeit ruhe weder Glück noch Segen, klagt Fontane dem Fräulein von Rohr; sein Leben gestalte sich seit geraumer Zeit aus einer ununterbrochenen Folge von Niederlagen, Kränkungen und Fehlschlägen.

Emilie beobachtet, wie ihr Mann aus den »Sorgen und Kümmernissen« in die Arbeit an seinem Romanmanuskript flüchtet, das er »langsam, langsam«, aber konsequent voranbringt. Gequält von Zweifeln über den ausstehenden Abschluß und über die ungewissen Erfolgsaussichten, beendet er Ende März den zweiten, Ende Juli den dritten Teil in einer Rohfassung. Seine Kräfte sind erschöpft, und er reist in den Harz. »Ich wünsche von Herzen«, schreibt er, anspielend auf die gespannte Atmosphäre, gleich nach der Ankunft an Emilie, »daß meine Abwesenheit zugleich als die Abwesenheit eines Drucks empfunden werden möge und würde mich glücklich schätzen zu hören, daß Ihr aufatmet. Letzte Vorkommnisse berühr ich absichtlich nicht; wie man die Streitigkeiten herzlich satt kriegt, so auch die Auseinandersetzungen darüber.« Er quartiert sich im »Hôtel Zehnpfund« in Thale ein, um sich bei der Korrektur seines Romans wieder zu erholen. Emilie erhält fast jeden Tag einen Bericht – über die Fortschritte bei der Arbeit, aber auch über seine depressive, lebensherbstliche Stimmung. Er müsse jeden Tag wie ein Geschenk und nicht als Pflichtteil nehmen, liest Emilie, und sie wird später auch die Verse »Herbstgefärbt« kennenlernen, die er in jenen Harzer Augusttagen in sein Notizbuch einträgt:

Rot und gelbe Herbsteslehnen
An der fernen Berge Joch,
Und wie Frühlingsgruß und Sehnen
Blühen um mich her Verbenen,
Aber ach wie lange noch?!

Und so schwindet hin das Leben,
Schwindet, und du liebst es *doch*;
Wieder regt sich Stolz und Streben,
Und der *Wunsch* keimt auf daneben, –
Aber ach wie lange noch?!

Der Unsicherheit gegenüber den eigenen künstlerischen und physischen Möglichkeiten trotzt er die Hoffnung ab, den Roman zu vollenden und der Welt zu zeigen: »[...] ›ich hab es wenigstens gekonnt‹. An was andres denk ich nicht mehr.« Emilie, zu dieser Zeit mit der Abschrift fertiger Manuskriptteile beschäftigt – Fontane hat schon 1876 den Vertrag über einen Vorabdruck in der Leipziger Familienzeitschrift »Daheim« abgeschlossen und ist auch insofern in Zugzwang –, ist glücklich über diese Zielstrebigkeit, denn sie weiß seit Jahren, wie sehr ihm das Vorhaben am Herzen liegt. Aber sie muß vier Tage danach schon wieder eine andere Betrachtung zur Kenntnis nehmen: »Hätt ich in Schöneberg ein Haus und einen Garten und könnt ich, je nach Gefallen, heute ein Kapitel schreiben und morgen nach Mist schmeckende Riesen-Erdbeeren ziehn, so würd ich gesund werden, aber Dienst und Arbeit, auch wenn ich keine Romane schriebe, würden mir meine schwachen Zustände überall fühlbar machen. Ich müßte Geld haben, und das hab ich nicht. Da liegt der Schlüssel.«

Die »Tägliche-Brot-Frage« – wie das Fontane in einem Brief an seine Schwester nennt – bedrängt ihn und die Familie, und was Emilie am 24. August Clara Stockhausen berichtet, klingt kläglich genug: »Oft hatte ich die Absicht, Ihnen zu schreiben, aber immer unterließ ich es wieder, weil ich Ihnen auch nach keiner Seite hin etwas Erfreuliches über uns mitteilen kann, im Gegenteil. Alles ist ausgesucht unerquicklich. Um am Haupt zu beginnen, so weilt mein Mann, der sich hier absolut nicht erholen konnte, seit 14 Tagen in Thale, jeden Tag erhalte ich einen trostlosen Brief; erst seit vorgestern fühlt er sich etwas besser, seine Stimmung bleibt aber niedergedrückt, u. jede seiner Zeilen drückt mich nieder. Mete ist von dem Tage an, daß mein Mann abgereist ist, elend, sie schläft keine Nacht, der Arzt hat mir größte Sorgfalt anempfohlen, am besten Luftwechsel, nun Sie kennen ja die Anordnungen, die ohne jede Rücksicht auf den Beutel getroffen werden; leider muß ich sie aber nehmen. Ich selbst leide an der Sommerkrankheit, die ich wohl erst mit dem

Wechsel des schwülen Wetters loswerden werde. Hier haben Sie, trocken, nüchtern, einen Einblick in unsere Lebenslage; dabei wird immer nach u. nach von einem lächerlich kleinen Kapital (nur zu Ihnen gesagt) geknabbert! wohin ich sehe, nirgends ein kleiner Lichtstrahl der Hoffnung oder des Anderswerdens. Glauben Sie nun nicht, teure Freundin, daß ich trostlos bin, ich bin ganz still ergeben, da ich nach meiner Kraft tue u. getan habe, um uns leidlich über Bord zu halten. Jetzt halte ich still; wird es stürmen oder nicht?«

Emilies Eingeständnis, daß jede seiner Zeilen sie niederdrücke, ist ein zuverlässiges Zeichen, daß die Sorge um seinen Gesundheits- und Gemütszustand die Verärgerung über den Abgang von der Akademie vollends verdrängt hat. Die Fontanes konzentrieren ihre Kräfte auf die Arbeit am Roman: er fährt im Oktober zu Lokalstudien nach Frankfurt an der Oder und schreibt am vierten Teil; Emilie fertigt die Reinschrift der Bände 1 bis 3 an, die Ende September 1877 an die Leipziger Redaktion von »Daheim« geschickt werden. Zu Weihnachten erscheint, wie immer, George, und zu »Silvester waren wir heiter en famille zusammen«, heißt es, scheinbar unbeschwert, im Tagebuch. In Wahrheit wird die Familie vom Finanzdilemma verfolgt wie eh und je. Am 21. Dezember fragt Fontane bei seinem Verleger an, ob er »abermals einen Vorschuß von 300 Talern« bekommen könne; und er möge bei seiner Antwort bitte die schon früher empfangenen 1000 Mark nicht erwähnen, »die noch immer ein süßes Geheimnis für meine Frau sind«.

Da sitzt das Scheusal wieder

Fontane hat in diesem Winter 1877/78 mit seiner Rezensententätigkeit besonders viel zu tun; das Schauspielhaus führt im November die Shakespeareschen Königsdramen in einem Zyklus auf. Und ab Januar 1878 stellt sich – wie im Vorjahr – auch die Schauspielertruppe aus Frankreich wieder ein. Zum großen Vergnügen Emilies, die das französische Theater liebt – sie referiert beispielsweise schon im Sommer 1852 sachkundig über ein Gastspiel der Elise Rachel in Berlin –, stehen ihm diesmal zwei Billets zur Verfügung, und Emilie sitzt neben ihm im »Konzertsaal« des Hauses am Gendarmenmarkt. Sprachlich haben beide keine Verständigungsprobleme, aber die Berichterstattung verursacht ihm »dieselbe Mühsal« wie im vergangenen Jahr, denn immerhin sind bis Ende März neun Aufführungen zu besprechen (1879 kommen noch einmal zwölf dazu).

Was 1870 als willkommene Brotarbeit begann, wird zum festen Bestandteil seines Lebens, zur selbstbewußt geübten künstlerischen Tätigkeit und für Emilie zu einem Ritual, dessen Rahmenbedingungen sie zu sichern hat. Wenn er sich in den späten Vormittagsstunden an den Schreibtisch setzt, hat Ruhe in der Wohnung zu herrschen, und die Dienstmädchen fertigen Besucher schon am Treppenflur mit der Bemerkung ab: »Der Herr hat heut Kritik.« Spätestens um 14 Uhr muß der Text in der Setzerei sein, und da Fontane meist erst in der letzten Minute fertig wird, stehen eins der Kinder, das Mädchen oder auch Emilie selbst bereit, um mit einer Droschke 1. Klasse – die ist am schnellsten – in die Breite Straße 8 zu fahren.

Fontane nimmt sein Kritikeramt sehr ernst. Ohne akademische Vorbildung, nur von seiner Passion für die Bühne getrieben und über ein sicheres Fingerspitzengefühl verfügend, das gut von schlecht, gelungen von mißraten zu unterscheiden vermag, beurteilt er Stück, Inszenierung und Schauspieler. Daß Adolf Glaßbrenner sein Kritiker-Signum in der »Vossischen Zeitung« – Th. F. – in **Th**eater-**F**remdling auflöst, hat ihn amüsiert und nie gehindert, enthusiasistisch zu loben und gnadenlos zu verreißen. In den Mienen der Getroffenen las er mehrfach die gehässigen Worte: »Da sitzt das Scheusal wieder.« Sein Urteil bleibt nicht ohne Wirkung auf die Öffentlichkeit. Als er über die durch »einen schönen Wuchs und eine schöne Stimme« ausgezeichnete Clara Ziegler aus München referiert, setzt er seiner Frau seine rigorose Haltung auseinander: »Der Ziegler, glaub ich, hab ich ihr Gastspiel total verleidet; ihr Beifall kommt nur noch aus dem zweiten und dritten Rang herunter; das Parquet verhält sich still. Als die Claque sie zum vierten oder fünften Mal an die Lampen haben wollte, zischte das Parquet. Ich bin, wie immer, wenn ich solche Damen tadeln muß, in einem Zwiespalt; ›laß es laufen‹, sagt die eine Stimme in mir, ›nein, nein‹, sagt die andre. Und ich glaube, die zweite Stimme hat recht. Es ist die reine Kunst-Quacksalberei von Anfang bis Ende, Scharlatanerie, Betrug. Die Menschen werden betimpelt und in ihrer schon vorhandenen Kunst-Dummheit noch dummer gemacht.«

Emilie, von Jugend an gleichfalls theaterbegeistert und durchaus von eigenem Urteil, stimmt keineswegs immer mit ihrem Mann überein, ja sie findet es zuweilen unter seiner Würde, wenn er seine »Späßchen« über die Mimen macht. Er dagegen verteidigt »scherzhafte Behandlung« und »Bummelton«, weil sie jeweils eine *»ernste und ehrliche Meinung«* zur Voraussetzung hätten.

Noch einmal der »Soupçon-Othello«

Ein Dissens in Theaterangelegenheiten führt auch zu der letzten großen Briefdebatte, die Emilie mit ihrem Theodor um Charakter und Sozialverhalten bestreitet – noch einmal eine kontroverse und bereinigende Standortbestimmung nach fast dreißigjähriger Ehe. Emilie hält sich seit Ende Mai 1878 bei den Treutlers in Neuhof auf und schreibt am 11. Juni: »Wenn ich jetzt so aus der Ferne Deine Kritiken zu lesen bekomme, so fällt mir den armen Schauspielern gegenüber immer wieder ein gewisser schulmeistriger Ernst, eine Art schmerzlicher Resignation auf.« Die Bemerkung ist Teil einer Auseinandersetzung, die Emilie oft auszuhalten hat und die zehn Jahre früher schon einmal einen heftigen Diskurs ausgelöst hatte: als ihr

Theo nämlich eingestehen mußte, sich als arger »Soupçon-Othello« wieder mal blamiert zu haben. Diesmal kommt ihm bei praktisch allen Berliner Bekannten »die Stimmung in bezug auf meine Person verschleiert vor«. Voller Mißtrauen glaubt er herauszuhören, daß man ihn nicht für ebenbürtig hält; das »arme Luder«, das es eigentlich zu nichts gebracht habe, klinge im Kreis der längst Etablierten immer mit, und darauf reagiert sein Künstler-Ich äußerst empfindlich. Er räumt ein, daß das Gefühl der Unsicherheit ihn »soupçonnös« mache und Kleinigkeiten zu Wichtigkeiten aufbausche.

Emilie geht sogleich energisch auf seine »Argwohns-Abhandlung« ein und wäscht ihm gehörig den Kopf. Er selbst sei »*sehr kühl* u. wenig aufmerksam den Freunden gegenüber« und verlange »ein bissel viel Aufmerksamkeit« von ihnen. Die »Stellungslosigkeit« werfe ihm niemand vor, im Gegenteil. Und dann charakterisiert sie – aus langjähriger Beobachtung gewonnen – ihren »Nöhl« ganz souverän: »In *einem*, glaube ich, bist Du manchmal auch Deinen wärmsten Verehrern u. -rinnen unbequem, in Deiner Wahrhaftigkeit u. Gründlichkeit! Wehe dem Unglücklichen, der *obenhin* Dir etwas erzählt; er muß jedes ausgesprochene Wort besiegeln u. beschwören, u. wehe der Unglücklichen, die eine leichte Frage hinwirft, sie muß die eingehendste Abhandlung aushalten. Nun, alles zu seiner Zeit. Auch die geistreichste Abhandlung ist gesellschaftlich mal nicht am Platz, u. ein hingeworfenes Wort bleibt besser unerörtert. Aus dieser ›liebenswürdigen Schwerfälligkeit‹, die Du manchmal hast, entsteht dann eine gêne [Verlegenheit], die Du dem einen oder anderen anmerkst u. woraus Du dann Gott weiß was für argwöhnische Schlüsse machst. Deine Wahrhaftigkeit u. Dein auf den Grund gehen geniert die Menschen, auch die besten u. Dir wohlgewogensten. (Mich nicht.)«

Fontane nimmt die liebenswürdige Zurechtweisung übel und poltert gegen seine Frau los: »Es hilft mir nun mal nichts, es mag liegen, wie es will, das Ende vom Liede bleibt doch immer, daß ich unrecht habe. Mal sagst Du's freundlich, mal unfreundlich, aber es bleibt immer dasselbe. Streite ich mit dem dummsten Menschen über Kunst, schreibt mir wer einen anzüglichen Brief, findet wer meine Kritik zu scharf, meine Bücher zu langweilig – Du sekundierst immer meinem Gegner.« Er gesteht, wenn auch widerwillig, seine mitunter pedantische Rechthaberei ein, beschimpft aber dann »die andern« als Langweiler und »matte Pilger«. »Zum Donnerwetter«, fährt er fort, »wer sind all die lieben Leute, daß sie den Anspruch erheben könnten, meine Aufmerksamkeit fordern zu dürfen, während sie mir die ihrige, nach Laune, versagen oder gewähren.« Er sei ihnen schließlich – was Emilie nie bestritten hat – überlegen, bringe stets »Leben in die Bude«, und dafür verlange er »einen Gesellschaftsorden, aber nicht lange Gesichter«. Kleinlaut, wie üblich, gibt er drei Tage später zu, daß ihm der »Unmut« seiner letzten Briefe schon wieder lächerlich vorkomme, und er trägt seiner Frau »eine Art Gesellschafts-Lehre« vor, die ganz in ihrem Sinne höflichen und freundlichen Umgang untereinander vorsieht. Bei aller verbalen Aufregung: ein klarer Punktsieg für Emilie. Der briefliche Krach hat wie ein reinigendes Gewitter gewirkt, und Emilie schreibt am 18. Juni an ihren »geliebten Theodor« die denkwürdigen Sätze: »Ich freue mich so auf Dich, daß die Redensart der alten Sohm, ›das Herz bleibt immer jung‹, die ich so oft belacht habe, sich an mir rächt. Mir klopft das Herz vor Freude, bei dem Gedanken, Dich wiederzusehen. Laß es Dir gut gehen, Du lieber Sekretär a. D.; es war ein böser Titel. Lächerlich an sich, für Dich – unter der Würde. Nein, wir wollen nun [für] Th. F. leben u. sterben. Hoffentlich gemeinsam u. gesund noch lange das erstere. Deine alte getreuste Frau.«

Damit schließt Emilie die Akademie-Affäre endgültig ab und wendet sich vorbehaltlos dem »freien Autor« Fontane zu. Einen bemerkenswerten Epilog zu dem programmatischen Vorgang fügt sie am 18. April 1879 in einen Brief an Clara Stockhausen ein: »Zufällig habe ich vor einigen Tagen den vollen Aufschluß bekommen, *wie* man ihn, vom Ministerium aus, behandelt hat, u. ich muß Ihnen bekennen, ich stand beschämt vor meinem geliebten Alten. *Wie* hat er all das Mißgeschick, all die Ungerechtigkeit ertragen! Einen fleißigen, armen Mann reißt man aus seiner Tätigkeit, schildert ihm die Stellung ganz anders, als sie in Wahrheit ist; er sagt in seiner Noblesse zu, *zwei* Monate ohne Gehalt dem Staat zu dienen, muß trotzdem sogleich seine sichre Theater-Stellung aufgeben, u. nachdem er gezwungen ist, durch die unerhörte Behandlungsweise des Hr. Hitzig die Stellung aufzugeben, muß er von dem Vierteljahrs-Gehalt, welches ihm bereits ausgezahlt war – 2 Monate *zurück*zahlen; – aber Hr. Schöne reist jetzt auf Staatskosten nach Rom, um dem Architekten-Verein dort eine Adresse zu übergeben!! Ich finde, man hat ihn behandelt wie einen Schuster. Und dabei schrieb er sein Buch, krank, gebrochen, mit einer Schuldenlast, die er, solange wir verheiratet, *nie* gekannt. Nun, jedenfalls interessante Details für seine einstige Biographie.«

Und – so darf man hinzufügen – sicher auch für die von Emilie Fontane, die die vorstehende Passage übrigens mit der Bemerkung abschließt: »Sie sehen, daß es mich nach wie vor treibt, Ihnen mein Herz auszuschütten; ich verspreche Ihnen aber noch zum Schluß: immer nett zu meinem wirklich braven Kerl zu sein.« Fontane selbst erinnert sich fünf Jahre später an den Sinneswandel seiner Frau. Er erzählt Ende Juli 1884 Bekannten in Krummhübel von seiner »Akademie-Sekretärschaft« und setzt – wie er an Emilie schreibt – hinzu, »daß Du, nachdem ich ›Grete Minde‹ geschrieben, gesagt hättest: ›ich begreife nun, daß du so handeln mußtest, wie du gehandelt hast‹«.

Das Kreuz mit den »Examen-Heiligen«

Den grundsätzlichen Auseinandersetzungen der Ehepartner gehen – ebenfalls während Emilies Neuhofer Aufenthalt – zwei Ereignisse voraus, die in der Korrespondenz lebhaft besprochen werden und Emilies Interesse in politicis zeigen.

Am 2. Juni 1878 schießt Karl Eduard Nobiling Unter den Linden in Berlin mit einer Schrotflinte auf den vorüberfahrenden Kaiser und verletzt ihn, nicht allzu gefährlich, an Kopf und Schulter. Fontane kommentiert den Vorgang ziemlich despektierlich in Versen: »Das war nicht nobel, Nobiling! / Du nahmst die Sache zu gering, / Man schießt mit dreißig Körner Schrot / Nicht einen deutschen Kaiser tot« (»Kaiser Wilhelms Helm«). Emilie sitzt mit den Treutlers am Whisttisch, als die »unglaubliche Nachricht« eintrifft. Sie fährt noch am Abend nach Liegnitz, um das Neueste zu erfahren. Am anderen Tag ist sie wieder dort; die Stadt prangt zu Ehren Wilhelms im Flaggenschmuck. »Aber auch in Liegnitz scheinen«, berichtet Emilie, aufs äußerste irritiert und von Umsturzgefahr geängstigt, ihrem Mann, »wie in Berlin, die unheimlichen Gestalten aus dem Boden zu wachsen, u. gestern in dem Dankgottesdienst in der Oberkirche sah man Blousenmänner u. wilde Gesichter, wie sie die Commune nicht schlimmer hat aufweisen können. Mich beschäftigt immer die Frage, bei dem ewigen Kreislauf der Dinge u. dem up and down im großen wie im kleinen, solche Zeiten müssen doch schon dagewesen sein, u. welches Mittel brachte dann Hilfe u. Ordnung?«

Solche Fragen hat ihr Theodor gern, und Emilies Rolle als Stichwortgeberin für seine meist weitreichenden Bekenntnisse ist generell nicht hoch genug zu bewerten. Bereits am folgenden Tag liefert er ihr einen politischen Kurzessay, der in der Anerkennung der zunehmend organisierten Arbeiterbewegung gipfelt. Millionen von Arbeitern seien »grade so gescheit, so gebildet, so ehrenhaft wie Adel und Bürgerstand, vielfach sind sie ihnen überlegen. [...] Sie vertreten nicht bloß Unordnung und Aufstand, sie vertreten auch *Ideen*, die zum Teil ihre Berechtigung haben und die man nicht totschlagen oder durch Einkerkerung aus der Welt schaffen kann.« Man müsse sie *geistig* bekämpfen, aber das sei nach Lage der Dinge sehr, sehr schwer. Emilie ist mit diesem Credo offensichtlich nicht recht einverstanden, denn Fontane bemerkt am 10. Juni: »Was die politischen Zeitläufte angeht, so bist Du, wie alle Frauen, zu sehr für Hängen und Köpfen.«

Das Nobiling-Attentat – für Bismarck im Herbst ein willkommener Vorwand für seine »Sozialistengesetze« – verdrängt rasch einen anderen Vorgang aus den Schlagzeilen, der Fontane noch viel stärker beschäftigt. Am 31. Mai 1878 stoßen – bei klarer Sicht und ruhiger See – vor der Südküste Englands die deutschen Panzerschiffe »König Wilhelm« und »Großer Kurfürst« bei einem Ausweichmanöver zusammen. Der »Große Kurfürst«, erst 1875 vom Stapel gelaufen, acht Millionen Mark teuer, sinkt sofort und reißt 274 Matrosen mit in die Tiefe. Fontane setzt seiner Frau eindringlich auseinander, daß dies kein »Unglück«, sondern die fatale Schuld der Flottenführung, ja der gesamten preußischen Politik sei. »Massen sind immer nur durch Furcht oder Religion, durch weltliches oder kirchliches Regiment in Ordnung gehalten worden«, philosophiert er im Brief vom 3. Juni, »und der Versuch, es ohne diese großen Weltprofosse leisten zu wollen, ist als gescheitert anzusehn.« Mit »Bildung«, »Schulzwang« und »Militärpflicht« sei nichts erreicht worden. Er wiederholt am 8. Juni seine alte Klage über »Examen-Weisheit« und »Examen-Dünkel«: »Einer wird dreimal oder siebenmal examiniert, und nun weiß er nicht bloß alles, nun *kann* er auch alles. [...] Wissen ist gut, als Unterstützung, Förderung und Aufklärung im Praktischen, wenn es aber die Praxis ersetzen soll, so ist es keinen Schuß Pulver wert. Selbst in der Armee, dem Besten, was wir haben, fängt die Sache an gefährlich zu werden; jeder generalstäblert, schlägt Schlachten auf dem Papier und kann keine Sektion über den Rinnstein führen.« Emilie kennt den Zorn ihres Mannes auf den »Patentpreußen«, auf den »Examen-Heiligen« in seiner »grenzenlosen Fadheit und Flachheit«, und sie stimmt ihm ja zu – aber sie denkt auch an ihre Kinder, die etwa zur gleichen Zeit *ihre* Examina ablegen.

Ein »primus omnium« in der Familie

Vater Fontane registriert zwar im Tagebuch und in Briefen die Entwicklung seiner Kinder, aber die tägliche praktische Zuwendung bekommen sie von Emilie, und sie ist die liebevollste Mutter, die man sich denken kann.

Im Mittelpunkt steht natürlich George, und sie liest begierig, was ihr Mann nach einem Treffen mit ihm im besetzten Frankreich am 20. April 1871 notiert: »Was aus ihm sich bilden wird, ist schwer zu sagen und wird von Fügungen abhängen. [...] Er kann ein einfacher ›bon camerade‹ werden, der Billard und Kegel spielt und eigentlich nicht recht von der Kneipe herunterkommt, er kann es aber auch zu einer feinen Künstlernatur und speziell zum Humoristen bringen. Nous verrons!« Nach der Rückkehr aus dem Feldzug 1871 ist er bei seinem Regiment in Magdeburg stationiert, und als im Frühjahr 1875 die sogenannte »Krieg-in-Sicht-Krise« durch die Zeitungen geistert – eine Pressekampagne gegen das französische Wiederaufrüstungsprogramm –, fürchtet Emilie sehr, daß er als Berufsoffizier wieder dabeisein könnte. 1877 wird er zunächst nach Halberstadt, dann, im Jahr darauf, im Range eines Premierleutnants nach Oranienstein als »außerordentlicher Geschichtslehrer« versetzt, wie die Mutter stolz mitteilt; im Dezember steckt er noch mitten im »Kadettenlehrer-Examen«. 1879 landet er in dieser Eigenschaft in Lichterfelde bei Berlin.

Er geht also seinen militärischen Weg und gibt seine künstlerischen Intentionen nebenher nie auf: er ist ein vorzüglicher Pianist – was die musikbegeisterte Mutter besonders entzückt –, und in Liebhaber-Aufführungen, wie im November 1876, übernimmt er souverän die Hauptrollen. Das Weihnachtsfest verbringt er grundsätzlich zu Hause. Emilie muß ihn in den »schönsten Stunden des Jahres« um sich haben; sie will sich, wie sie beispielsweise 1878 bemerkt, »unseren Ältesten aus Oranienstein als Familien-Weihnachtsgeschenk kommen lassen«. Fontane verhält sich wesentlich zurückhaltender, weil jeder Besuch von George in unerquicklichen Gelddebatten endet. Unbezahlte Schneiderrechnungen von beträchtlichen Dimensionen sorgen immer wieder für Verdruß, auch 1878. Bei kleineren Unregelmäßigkeiten drückt der Vater gern ein Auge zu, aber George übertreibt es wohl zuweilen und brüskiert sogar seine Mutter, so daß sich Fontane – in einem Brief an Schwester Elise vom 15. Juni 1872 – zu einem erstaunlichen Plädoyer für seine Frau veranlaßt sieht: »Emilie ist wirklich engelsgut zu ihm, gibt, was sie irgend hat, und hat wahrhaftig keinen Anspruch darauf, von G. als eng und kleinlich im Geldpunkt dargestellt zu werden. Im Gegenteil. Wie sie überhaupt einen noblen Charakter hat, so hat sie ihn auch in Geldangelegenheiten. Sie ist viel gütiger als ich; ich bin in allen diesen Dingen der reine Blender, wie alle Menschen, die leicht geartet sind und eine Neigung haben, sich alles Unangenehme so lange wie möglich vom Leibe zu halten. Wenn Emilie also etwas herbe (und vielleicht *zu* herbe) geschrieben hat, so liegt das darin, daß sie ein sehr feines Rechtsgefühl hat und in diesem Rechtsgefühl sich durch G.s ganze Art verletzt fühlt.«

Keinen Kummer bereitet dagegen der überaus korrekte Theo, und die Eltern können ihm 1874 während ihrer Italienreise das häusliche Regiment übertragen. Ostern 1875 wird er als »primus omnium« des Theologischen Seminars der Französischen Kolonie ausgezeichnet, das er seit 1871 besucht, und der Vater würdigt das seltene Ereignis in einem drastischen Brief an den Filius: »Ich *glaube* nicht nur, daß Du der erste ›primus omnium‹ in der Familie bist, ich bin dessen gewiß. Nach meiner nun durch 4 Generationen gehenden Kenntnis zählt es zu den fragwürdigen Vorzügen unsres Geschlechts, daß nie ein Fontane das Abiturientenexamen gemacht, geschweige vorher die Stelle eines primus omnium bekleidet hat. Der Durchschnitts-Fontane (wohin von Mutters Seite auch die tapfren Sommerfeldts gerechnet werden können) ist immer aus Oberquarta abgegangen und hat sich dann weitergeschwindelt, das beste Teil seiner Bildung aus

Journalen 3. Ranges zusammenlesend. *Ich* war schon eine Ausnahme, ein abnormer Zustand, der nun durch Dich seinen Abschluß gefunden hat.«

Im August 1875 besteht Theo das Abitur und erfreut mit dieser Nachricht die Eltern, die im verregneten Berchtesgaden festsitzen. Das folgerichtige Theologiestudium bricht er aber bald ab (Fontane ist noch bis weit in die achtziger Jahre hinein mit der Rückzahlung der Ausbildungskosten belastet!) und studiert statt dessen Rechtswissenschaft. Er wachse sich, heißt es zu Weihnachten 1875, »in einen forschen Juristen« hinein. Seit 1876 ist er nebenbei Hauslehrer bei Kommerzienrat Wilhelm Herz, einem Wäschefabrikanten in der Voßstraße.

Im Sommer 1878 – die Eltern sind gerade in Wernigerode – schickt Theo aus freien Stücken eine »Kiste«, und Fontane bedankt sich, die »Gabe des Schenkens und – was noch wichtiger – die Gabe des Aufmerkens mit dem Herzen« hervorhebend, beides seien Erbteile von Emilies Seite her. Und mit harscher Familienkritik, sich selbst nicht ausschließend, fährt er fort: »Die Fontanes sind alle hartgesottene Egoisten, die dann und wann Anfälle von Generosität kriegen, aber selten. Im ganzen verfahren sie nach dem Prinzip: ›nehmen ist seliger denn geben‹ und erkennen die Pflicht der Dankbarkeit theoretisch an, ohne sie praktisch zu betätigen.«

Im Oktober sitzt Theo jun. an der schriftlichen Abschlußarbeit; Anfang Dezember – so erfährt man aus Emilies Brief an Clara Stockhausen – wartet er täglich »auf die Vorladung zum Examen, u. wäre es ein besonderes Pech, wenn der arme Junge nicht noch vor dem Fest daran käme«. Am 13. Dezember besteht er, offenbar problemlos, das Referendariats-Examen – ein Patentpreuße mehr, doch Fontane nimmt es von der heiteren Seite und läßt Wilhelm Hertz wissen: »Er [Theo] läßt sich neue Karten stechen, steigert seine Schnurrbarts-Pflege und sieht seiner Abkommandierung nach Bernau oder Alt-Landsberg entgegen« (woraus dann Eberswalde wird, wo er sich, nach Auskunft des Vaters, »als Beisitzer und

Protokollführer, aber noch mehr wohl als Skat- und Billardspieler« wohl fühlt).

Friedel, der Jüngste, findet neben den Aufregungen, die George verursacht, und neben der akademischen Karriere Theos lange Zeit keine besondere Aufmerksamkeit bei den Eltern. »Von ihm ist nie die Rede«, entschuldigt sich der Vater 1877. Friedel wechselt im Herbst 1873 von der Doebbelinschen Schule zum Französischen Gymnasium; er lasse es »an sich kommen«, meint der Vater lakonisch 1874; »er ist weniger begabt wie die andern und weniger ehrgeizig, wird aber wohl auch seine Meriten haben«. Auch im folgenden Jahr erfährt Mathilde von Rohr nur – sie ist Friedels Patentante –, daß »der Kleine« sich von den Erfolgen seiner Geschwister wenig angestachelt fühle und »mit Ruhe und Behagen sein Pensum« ablerne. Doch Friedel verfolgt durchaus spezielle Interessen: er fehlt nicht, wenn im Tiergarten die Freiballons starten, Bahnhöfe und Fahrpläne kennt er bestens, und er ist ein praktischer, stets hilfsbreiter Junge, der sich, wie die Mutter lobt, »als Laufbursche, Diener etc.« bewährt. Er habe zwar 1878 nur »bescheidentlich eine 2 b« nach Hause gebracht, fange aber an, sich vorteilhaft zu entwickeln. Resigniert schreibt Emilie freilich im Juni 1879 an Clara Stockhausen, daß in Friedels Lexikon »das Wort Ehrgeiz auch gänzlich« fehle.

Das eigentliche Sorgenkind ist Tochter Martha, obwohl auch sie im Jahre 1878 ihr Examen besteht. Ende April 1871 ist sie nach einjähriger Abwesenheit aus England zurückgekehrt und geht, ohne Schwierigkeiten, auf eine höhere Mädchenschule. In den Ferien reist sie mit den Eltern 1872 nach Schlesien, 1873 nach Thüringen. 1874 nimmt Emilie sie mit nach Neuhof, 1875 besucht sie allein die Belows in Ludwigslust, anschließend die Treutlers in Neuhof. 1876 wird sie konfirmiert; sie beendet die Schule und verbringt vier Monate bei den Wittes in Rostock und Warnemünde. Danach absolviert sie eine Ausbildung am Königlichen Lehrerinnen-Seminar in der Berliner Schützenstraße. Mit achtzehn besteht sie im April ihre Prüfungen als Lehrerin für mittlere und höhere Mädchenschulen und erholt sich anschließend in Rostock und bei Mathilde von Rohr in Dobbertin.

Beglückt und besorgt empfangen die Fontanes die Briefe ihrer Tochter aus Mecklenburg. Die aparten Formulierungen, die espritvollen Beobachtungen entzücken sie; sie sei eben in der kritisch-kreativen Atmosphäre eines Schriftstellerhauses herangewachsen. »Ein merkwürdiges Kind«, schreibt Fontane an seine Frau, »eminent beanlagt, aber nicht harmlos und unbefangen.« Und Emilie hofft, daß die »Phrasenlosigkeit u. teilweise Nüchternheit« der Familie Witte Metes geistige Eskapaden zügeln werden. Doch Mete überrascht die Eltern mit immer neuen Ideen und Plänen, so daß sich sogar der verständnisvolle Vater zu einer »kleinen Predigt über ›Worthalten‹, über ›Treue im kleinen‹«, über den Konflikt zwischen Pflicht und Neigung genötigt sieht.

Mete nimmt seit Beginn ihrer Studienzeit eine Art Haustochter-Position bei dem Musiker und Gesangspädagogen Julius Stockhausen und seiner Frau Clara ein. Da die Familie im Sommer 1878 nach Frankfurt am Main übersiedelt, soll Mete, nachdem ihre Ausbildung abgeschlossen ist, sie begleiten. Doch sie überlegt sich's anders und möchte lieber Anna Witte nach Paris begleiten. Da greift der Vater ein und sagt ihr, wie zu verfahren sei: »Iß Deine Kieler Sprotte und danach Dein Frankfurter Würstel, und vergiß die französische Poularde, die Dir vorläufig verlorengeht. Das Leben hat mich gelehrt, daß man, im Konflikte der Pflichten, immer das offenbar Gebotene, das Nächstliegende und nicht das Bequemstliegende tun muß; wenn das schon *da* gilt, wo Pflicht gegen Pflicht steht, wie erst da, wo Pflicht und – Vergnügen in Kollision geraten. Also begrab's.« Die Gardinenpredigt scheint Wirkung zu zeigen, denn Emilie bemerkt am 12. Juni gegenüber Clara Stockhausen: »Mete fängt an, ihren letzten Briefen nach, in etwas geebnetere Bahnen zu lenken. Sie bedarf so sehr geistiger u. körperlicher Schulung, u. jedes kleinste Zeichen davon tut meinem Mutterherzen wohl. Sie hat keine Ahnung davon, wie sehr sie trotz alledem u. alledem mein Liebling ist u. ich oft aus Sorge um sie Tränen vergieße.«

Den Hintergrund für Metes eigentümliches Verhalten erfahren die Eltern erst Wochen danach, und er ist peinlich genug. Mete offenbart sich dem Vater, als sie wieder in Berlin ist, und diesem fällt die diffizile diplomatische Mission zu, Frau Stockhausen die Geschichte zu unterbreiten: »Es ist eine Herzensaffäre. Unser Töchterlein erklärt, eine so starke Zuneigung zu Ihrem Herrn Gemahl zu haben, daß ein Zusammensein mit ihm ihren Frieden stören und eine Gefühlswelt in ihr nähren würde, die sie verständig genug ist, als ein schweres Unrecht gegen Sie, teuerste Frau, zu empfinden.« Als Emilie am 19. August »wohl und heiter« aus Neuhof zurückkommt – sie war zur Silberhochzeit von Johanna Treutler eingeladen – und die Details erfährt, büßt sie in Minuten ein, was sie in vierzehn Tagen an Wohlbefinden und frischem Aussehen gewonnen hat. Die heftige Verliebtheit der Achtzehnjährigen in den 36 Jahre älteren Stockhausen veranlaßt den sichtlich irritierten Vater, die charakterliche Anständigkeit der Tochter, die ihm eine »beständige psychologische Aufgabe« sei, zu rechtfertigen. Am 10. September wendet er sich zu wiederholten Malen an Frau Stockhausen: »Sie [Mete] abends beim Tee perorieren zu hören, oft über die schwierigsten und sublimsten Themata, ist ein Hochgenuß; sie sagt dann Sachen, die mich absolut in Erstaunen setzen; alles Tiefblick und Weisheit; Salomo Cadet«; sobald freilich ihre eigene Person ins Spiel komme, »wird sie ein Kind, ein Quack, und ihre Deduktionen, die nun plötzlich aus dem Scharfen ins bloß Kniffliche und Advokatische umschlagen, werden zu verdrießlich machenden Quasseleien«. Damit ist die konfliktreiche Spannung zwischen den Fontanes und ihrem »Verzug« genau umschrieben, die die kommenden zwanzig Jahre prägen wird.

Fontane neigt auch später noch entschieden dazu, das »Töchterlein« in Schutz zu nehmen. Als er im Juni 1879 einen Brief von Clara Stockhausen an Emilie zurückschickt, damit ihn Mete nicht zufällig unter seinen Papieren findet, kommentiert er: »Die Weiber bleiben sich doch immer gleich. Anstatt ihrem unschuldigen Julius, diesem Lamm, einen Nasenstüber zu geben, hechelt sie an Meten herum. Dabei ist die Bezeichnung ›Schöngeist‹ nicht mal richtig; geistreich ist sie und etwas esprit fort; beides ist besser als ›Schöngeist‹, was nach Blaustrumpf und Blümchenkaffe schmeckt. Übrigens tut dies meiner Liebe zu Frau Clara keinen Abbruch; sie hat sich nur, all ihrer Dezidiertheit unerachtet, nicht die rechte Stellung zu geben gewußt. Moral: man heirate keine berühmten Tenöre, oder aber man kratze sie wie Frau Niemann-Raabe.«

Eine ungewöhnliche Freundschaft

Die unliebsame Affäre bedrückt die Fontanes um so mehr, als sie seit geraumer Zeit in einem sehr freundschaftlichen Verhältnis zu den Stockhausens stehen und speziell die Frauen sich eng aneinander angeschlossen haben. Obendrein ist Fontane der Patenonkel des 1877 geborenen Sohns Johannes, zu dessen Taufe er mindestens vier Gedichte geschrieben hat. Seit Emilie die Freundin nicht mehr in der Genthiner Straße 13a besuchen kann, plaudert sie sich gegenüber Frau Clara in ihren Briefen, die sie in den ersten Jahren nach deren Übersiedlung nach Frankfurt in besonders dichter Folge schreibt, alles vom Herzen, und die Texte, bisher nur teilweise an versteckter Stelle zugänglich, sind anrührende autobiographische Bekenntnisse. Bemerkenswert ist die Offenheit, mit der sie sich der Freundin anvertraut, und die geradezu schwesterliche Sympathie, mit der sich beide in ihrer Rolle als »Künstler-Frauen« finden (ähnlich, wie sich Emilie danach an die Menzel-Schwester und Musikdirektorsgattin Emilie Krigar anschließt, wiederum »viele gleiche Anklänge« in der »Stellung als Künstlerfrauen« betonend). Als Zeichen des Vertrauens schickt Emilie bekenntnisreiche Briefe ihres

Mannes beziehungsweise ausführliche Zitate daraus an die Frankfurter Freundin und kommentiert zum Beispiel: »So ist er. Harmlos wie ein Kind u. argwöhnisch wie ein Jesuit. Vielleicht finden Sie wieder eine Ähnlichkeit heraus.« Und sie fährt beschwörend fort: »Wir müssen eben mit unseren ›Künstlernaturen‹ Nachsicht üben u. mal mit ihnen himmelhoch jauchzen u. zum Tode betrübt sein. Freilich ist das erstere seltener der Fall. *Tauschen* würden wir doch um keinen Preis. Hier [in Neuhof], wo mich alles umgibt, was ich zu Hause vermisse, sehe ich wieder ein, wie glänzend meine kleine Kabache, mit dem ›tyrannischen Möbel‹ darin, möbliert ist. Zu meiner Entschuldigung muß ich auch sagen, daß ich seinetwegen manches besser u. anders wünsche.«

Emilie hat sich offenbar zu Fontanes Verdruß angewöhnt, die beiden »Künstlernaturen« in Parallele zu setzen. Ihr Mann protestiert mit der Bemerkung: »Ich bin entweder gar nicht verwöhnt oder wie ein Sperling auf einem Spittelfenster, er ist verwöhnt wie ein Sprosser, an dem alles andachtsvoll vorübergeht und schweigt und lauscht.« Er werde, droht Fontane an, dies alles mündlich mit ihr »weiter durchzusprechen« haben.

Sosehr Emilie bedauert, durch den Weggang der Stockhausens eine intime Gesprächspartnerin zu verlieren – und außerdem jemanden, der sie regelmäßig in Konzerte mitnimmt –, so sehr gönnt sie Julius Stockhausen einen anderen, besseren Wirkungskreis, denn Berlin hat sich ihm gegenüber nicht von seiner besten Seite gezeigt – man will ihm zum Abschied einen Flügel schenken, bekommt aber das nötige Geld nicht zusammen! Emilie sitzt noch in Neuhof, als sie am 23. Juni 1878 folgenden Brief an Clara Stockhausen schreibt: »Geliebteste Frau. Da es mir auch leider morgen versagt ist, Ihrem Abschiedsfeste beizuwohnen, so muß ich doch wenigstens in einigen Worten Ihnen meine wärmste Teilnahme aussprechen, daß das ›Stockhausenfest‹ [Abschiedsfest in den Räumen des Zoologischen Gartens am 19. Juni 1878, ausgerichtet vom »Sternschen Gesangverein«, den Stockhausen unter anderem geleitet hatte] ein so gelungenes war u. das für Ihren teuren Mann so oft disharmonienreiche Lied so harmonisch ausklingt. Mein Alter hat mir P. Meyerheims Tischkarte etc. geschickt u. durch eingehende Beschreibung mich zu entschädigen gesucht, daß ich nicht dabeisein konnte; auch seinen Bericht in der Vossin, der hübsch, aber vielleicht etwas zu maßvoll ist; aber sagen Sie ihm das nicht. Gerade, wo er mit dem *Herzen* beteiligt, haßt er, viel davon zu reden. Schriebe er à la L[udwig] P[ietsch], dann hätte er es sich gewiß nicht entgehen lassen, von ›seinem Freunde St.‹ zu reden. Aber er liebt Sie u. Ihren Mann, wie ich es tue, und beklagt Ihr Scheiden. Sie werden u. müssen neue Freunde finden, aber wir sind alt, mißtrauisch, u. *wer* wird uns noch einmal mit so viel Liebenswürdigkeit entgegentreten, wie Sie beide es getan? [...] Sollte es sich morgen, in der Festesfreude, so machen, so geben Sie meinem Alten einen recht herzlichen Kuß, u. sagen Sie ihm, er wäre einer der Besten. Ja, wir haben trotz alledem das Große Los gezogen, u. wieviel schwere Stunden wiegt ein Abend, wie für Sie der 19. Juni war, auf! Da fühlt eine Künstlerfrau, daß sie mit dem Geliebten über der Menge schwebt. Lachen Sie nicht über die schwärmerische 52erin, ›das Herz bleibt immer jung‹, u. vielleicht ist es ein Vorzug.«

In einem herzlichen Brief aus Wernigerode vom 21. Juli 1878 geht Emilie auf das Besondere ihrer Freundschaft ein. »Da es mir nicht vergönnt ist, morgen zu Ihnen zu kommen, so will ich mir die Freude machen und mit Ihnen plaudern, während mein Mann die hiesige Kirche besucht. Ein wundervoller Sommermorgen! Auf dem Balkon sitzend, die Burg und die Berge vor Augen, genieße ich diese Zeit und denke nur an liebe Freunde und freue mich ihres Besitzes. Sie gehören in erster Reihe dazu, und keine Entfernung, so hoffe ich und erwarte ich, wird mich darum bringen. Morgen ist es ein Jahr, wo ich einen schönen, für unsre Freundschaft unvergeßlichen Tag mit Ihnen verleben konnte; er gewährte mir einen Einblick in Ihr Herz und band mich für immer an

Sie. Auch mir ist es wunderbar, mich mit einer um so vieles jüngeren Frau befreundet zu haben, und ist doch wohl ein Zeichen, daß die Gleichartigkeit unserer innersten Verhältnisse und Gefühle den Altersunterschied beseitigen half. Dazu kommt bei Ihnen eine größere Reife des Geistes und Verstandes, denen mich unterzuordnen mir von jeher Bedürfnis war, weil ich, ich fürchte wenigstens, zu sehr ein Kind des Augenblicks und der Empfindung geblieben bin. Bei unserem letzten Zusammensein in Krugs Garten fiel mir recht klar in die Augen, wie verschieden man zu den Freunden stehen kann; ich liebe Frau Lübke und unsere kleine Zöllner und kenne beide so viel länger als Sie, und doch fühle ich, wie wir beide uns in einem Blick verstehen, weiß, was Sie wohl bei diesem oder jenem gesprochenen Wort empfinden. [...] Möchte doch in Frankfurt sich alles möglichst licht für Sie gestalten, meine geliebte Freundin! Ich bin selbst so uneigennützig, Ihnen so gute Freunde, wie wir sind, zu wünschen; das ist ja der große Vorzug der Freundschaft vor der Liebe, daß sie, wenn sie echt ist, keine Eifersucht kennt. Und nun noch einen herzlichen Händedruck von Ihrer alten Emilie Fontane.« In einer Nachschrift merkt Fontane an: »In der festen Überzeugung, daß auch die Freundschaft die Eifersucht kennt, Ihr herzlich ergebenster Th. F.«

Der Beziehung zu den Stockhausens verdanken Fontanes auch die erlebnisreichen Herbsttage auf dem Landsitz Forsteck bei Kiel; er gehört dem Hamburger Fabrikanten, Meereskundler und Reichstagsabgeordneten Adolf Meyer, der mit einer Schwester von Clara Stockhausen, geb. Toberentz, verheiratet ist. Fontanes begegnen dort mehrfach dem Dichter Klaus Groth – mit dem Fontane 1891 gemeinsam den Schillerpreis erhalten wird –, und Fontane merkt beziehungsreich an: »Er ist ein Kapitel wie sein Landsmann Storm.« Fontane bedankt sich in einem wunderschönen Gedicht vom 2. Oktober für den Aufenthalt, die Gastlichkeit der Wirte und die Poesie des Ortes (der im zweiten Weltkrieg zerstört wurde) beschwörend.

Emilies Brief an die Frankfurter Freundin vom 1. Oktober 1878 reflektiert den Aufenthalt und sehr einfühlsam die offenbar problematische Ehe der Meyers; Emilies klug formulierte Impressionen lassen ahnen, wie Gespräche zwischen den Frauen verlaufen sein mögen. »Ihr lieber Brief wurde mir von Forsteck nachgeschickt, wo wir leider schon am Sonnabend wieder fortmußten, damit mein Mann seines wichtigen Kritiker-Amtes warten mußte. Nun, es hätte sich schon noch einmal eine Entschuldigung finden lassen, aber Theodor hat den Grundsatz u. die sich daran knüpfende Berliner Redensart: nur nichts austitschen, u. so reisten wir nach anderthalb schönen Wochen wieder heim u. erwachten eines schönen Morgens wie weiland der ›verwunschene Prinz‹ in unserer Klause. Aber fröhlich u. guter Dinge. Wieder bin ich um eine Erfahrung reicher geworden, teuerste Frau, u. ich sehe, man lernt nicht aus. Neben allem Schönen, Erhebenden u. Interessanten habe ich eingesehn, wie *wenig* glücklich Reichtum macht, wenn andere Faktoren fehlen. Ach, wie schade, schade, daß ich nicht mehr zu Ihnen schwatzen kommen kann. Wieviel möchte ich fragen, wissen, nicht aus Neugier, nein, aus wahrem, warmem Interesse für die Beteiligten. In Hamburg Ihre Schwester! bezaubernd liebenswürdig; auf der Fahrt mit ihr nach Kiel wurde sie mir so sympathisch, daß ich bei ihrem fröhlichen Lachen, im dunklen Coupé, wo der Hut die gepuderten Haare bedeckte, vermeinte, in Ihr liebes Gesicht zu schauen. Dann in Kiel Ihr Schwager! dieser feine, sinnige Mensch; der es einem antut mit der Melancholie in den lieben Augen u. dem man ›helfen‹ möchte, trotzdem er einem wie ein Fürst erscheint? Und dann wieder beide beisammen, sich neckend, in freundlicher Rede Meinungen austauschend. Wie ist da eine Kluft möglich? Ist sie nicht zu überbrücken? wer könnte helfen, gibt es kein erlösendes Wort? Sie kennen mich; ich liebe alles klipp u. klar, u. daher ist mir wohl besonders ein solches Verhältnis ein unerklärliches. Aber Sie können mir gar nicht antworten, u. ich habe Ihnen nur zeigen wollen, in welche Mitleidenschaft mich der

Zustand dieser beiden gewiß vorzüglichen Menschen versetzt hat. – Ihnen danken wir die so überaus freundliche Aufnahme bei Ihren lieben Verwandten, u. Ihr warmes Freundeswort hatte uns eine so gute Stätte bereitet. [...] Mein Mann grüßt Sie mit alter Verehrung; er ist sehr fleißig, hat viel Stoff durch Mitteilungen Ihres Schwagers aufgehäuft, wird vielleicht einen Artikel über Klaus Groth schreiben. Ende dieses Monats hoffe ich Ihnen endlich seinen Roman schicken zu können. Er ist sehr erfrischt u. sprach gestern abend so lebhaft von allerlei Arbeiten, die er vorhätte, daß Mete sagte: ›ach Papa, du wirst am Ende noch ein Schmierer‹. Worüber er eingedenk seiner Tiftelei doch herzlich lachen mußte.«

Das »Schmerzenskind« wird endlich geboren

Briefe an Clara Stockhausen sind es auch, in denen sich Emilie über das für ihren Mann wichtigste literarische Ereignis im Jahre 1878 ausspricht: Nach einem (gekürzten) Fortsetzungsabdruck in der Leipziger Zeitschrift »Daheim« vom 5. Januar bis 21. September erscheint Ende Oktober/Anfang November bei Wilhelm Hertz sein erster Roman: »Vor dem Sturm«, an dem er, mit großen Unterbrechungen, mindestens anderthalb Jahrzehnte gearbeitet hat – von Zweifeln geplagt, aber auch ständig von dem Zwang zur Selbstbestätigung getrieben und von Emilie im Innersten immer unterstützt. Als der aufmerksame Verleger ihr persönlich ein gebundenes Exemplar schickt, bedankt sie sich mit den Worten: »Sie haben mir eine große Freude bereitet. Es war mein Wunsch, den Roman ganz zu eigen zu besitzen, und da ich ihn abgeschrieben habe, von A bis Z, so war dieser Wunsch wohl einigermaßen gerechtfertigt.« Sie weiß, daß ihr Mann auf dieses Buch den Beginn einer neuen, ganz anderen Phase seines Schaffens datiert. Er schreibt an Hertz: »[...] so lächerlich es klingen mag, ich darf – vielleicht leider – von mir sagen: ›ich fange erst an.‹ Nichts liegt hinter mir, alles vor mir; ein Glück und ein Pech zugleich. Auch ein Pech. Denn es ist nichts Angenehmes, mit 59 als ein ›ganz kleiner Doktor‹ dazustehn.«

Das Erscheinen des Romans fällt für Emilie in eine schwierige Zeit: eine Typhuserkrankung im Oktober/November bringt Mete in Todesgefahr, und die Mutter ist Tag und Nacht auf den Beinen. Gleichzeitig plagt sich ihr Mann fünf Wochen lang mit einem schmerzhaften »Gesichtsreißen«, so daß ihr auch noch die Betreuung zahlreicher Besucher obliegt. Es geht oft über ihre Kräfte. Aber der Erfolg von »Vor dem Sturm« hilft ihr über manche Nöte hinweg. In aller Ausführlichkeit berichtet sie Clara Stockhausen in einem Brief vom 1. Dezember 1878 davon: »Es war eine böse Zeit u. doch, der Ausgleichung wegen, so reich, wie wir sie nach einer Richtung hin noch nicht erlebt, ich meine die Anerkennung, die meines Mannes Roman findet, sie geht weit über das hinaus, was er in seinen kühnsten Hoffnungen erwartet. Ich schreibe Ihnen das gleich zuerst, weil ich weiß, daß niemand sich mehr mit uns freuen kann als Sie. Die Presse hat es schon teilweise in einigen großen Zeitungen besprochen u. stellt es als Bestes hin, was dieser Weihnachten bringt; verschiedenes in der Rundschau, Gegenwart etc. steht noch in Aussicht, u. anerkennende, reizende Briefe von Lübke, Paul Heyse, Roquette etc. haben meinem Manne unendlich wohlgetan. Es ist sehr wichtig u. wird vom Verleger sehr betont, daß in dem Roman ein gewisser reaktionärer Zug vorwaltet, sowohl politisch wie kirchlich, ja wohl auch moralisch, der, *weil ungewollt*, nur als Ausdruck einer idealen Natur die Leser so wohltuend berührt. In jeder Kritik wird die Vornehmheit der Gesinnung u. die Freimütigkeit des Gesagten hervorgehoben, u. darin stimmen auch *Sie* mit ein.«

Dann aber folgt eine bittere Passage, die Desinteresse und Unverständnis im engsten Bekanntenkreises schildert. »*Hier*, von den Freunden, wird mein Mann totgeschwiegen, noch kein freundliches Wort ist an sein Ohr gedrungen, ja Zöllner sagte ihm neulich einmal: ›was Ordentliches, Hervorragendes wird gar nicht mehr geleistet‹, u. nachdem eine überaus lobende Kritik von Pietsch erschienen war, erzählte er meinem Manne, ›er sei P. begegnet u. der habe ihm auch unter vier Augen gesagt, er halte das Buch für etwas Bedeutendes‹, woraus deutlich hervorging, daß er, unser alter Freund, gefragt hat: na, hören Sie mal, da sind Sie doch wohl sehr über das Ziel geschossen? – Glauben Sie nun nicht, daß unser Verhältnis dadurch sich anders gestaltet hat wie bei Ihrem Hiersein, *ganz* so kann es nie wieder werden, wie es früher war, aus vielen Gründen, die in den Verhältnissen noch mehr wie in uns liegen. Wir sind jetzt durch die 6wöchentliche Krankheit Metens ans Haus gefesselt gewesen; in Gesellschaft zu gehen, um den Leuten, die einem nicht sympathisch sind, einigen Zeitvertreib zu gewähren, dazu sind die Leute nicht angetan, das Haus Stockhausen fehlt meinem Manne ebensosehr wie mir; so werden wir nach u. nach immer weniger unter Menschen gehen u. uns auf unsere Jugend beschränken. Dazu bringt die jetzige Zeit täglich fast freudige Aufregungen, so daß mein Alter froh ist, wenn er abends in Stille u. Einfachheit seinen tea trinken kann.«

Emilie erzählt in diesem Zusammenhang, daß ein Leipziger Verleger, Johannes Klasing, ihrem »Alten« ein äußerst lukratives Angebot unterbreitet habe; es ging um die Texte zu einer illustrierten Weltgeschichte für den Verlag Velhagen und Klasing. Da hätte man auch mal »mit dem Gelde ›mantschen‹ können«, setzt sie hinzu, aber »wir waren beide vernünftig u. schrieben nach 3 aufgeregten Tagen ab. Nur nicht mehr verkaufen, nun soll er für den Rest seiner Tage frei bleiben.« Es ist schon bemerkenswert, wie selbstverständlich Emilie jetzt von »wir« spricht; sie meint es ernst, wenn sie »nur noch [für] Th. F. leben und sterben« will.

Kapitel 11

»Nun soll er für den Rest seiner Tage frei bleiben«

1879–1885

Vom »ersten Bedingnis eines häuslichen Glückes«

Der Autor von »Vor dem Sturm« erweist sich auf dem für ihn neuen Terrain sogleich als äußerst kreativ: jedes Jahr veröffentlicht er einen Roman oder eine Novelle. Überdies wird das erzählerische Werk vom Abschluß der »Wanderungen« (1882) sowie von gewichtigen historischen Essays begleitet, die er am Ende des Jahrzehnts (1889) in dem Band »Fünf Schlösser« zusammenstellen wird. Von seinem Parkettplatz 23 aus verfolgt er weiterhin kritisch das Geschehen im Schauspielhaus, und mit drei Balladen erinnert er, in fast regelmäßigen Abständen, an seine alte lyrische Spezialität: »Die Brück' am Tay« (1880), »John Maynard« (1885) und »Herr von Ribbeck auf Ribbeck im Havelland« (1889).

Dieser vielgestaltigen Produktivität liegt ein gerade erst wiedergewonnenes Selbstbewußtsein Fontanes zugrunde, der zu seinem »Eigentlichen« gefunden hat und jetzt sein Metier – so versichert er seiner Frau – als eine Kunst betreibt, deren Anforderungen er kennt. Er sei – auch dieses Bekenntnis ist nicht zufällig an Emilie gerichtet – »erst in dem Unglücksjahre 76 *ein wirklicher Schriftsteller* geworden; vorher war ich ein beanlagter Mensch, der was schrieb. Das ist aber nicht genug.« Freilich kollidiert dieses Selbstwertgefühl schon bald mit der weitgehenden Resonanzlosigkeit seiner Bücher; einige wenige Leute seien sehr davon eingenommen, »aber die große, große Mehrheit läßt mich im Stich«. Resigniert vergleicht er sich mit dem einsamen, im Schnee versinkenden russischen Soldaten am Schipka-Paß, den ein damals vielbeachtetes Gemälde von Wassili Wereschtschagin zeigt, das er, vermutlich in Begleitung Emilies, am 7. Februar 1882 bei Kroll gesehen hat. Anspielend auf die verlustreichen Kämpfe im russisch-türkischen Krieg, dessen grausige Szenen Wereschtschagin in seinen Bildern dargestellt hat, fügt er hinzu: »Der einzige Trost, der einem bleibt, ist *der*: es liegen viele im Schipka-Paß.«

Wie couragiert sich die »Dichterfrau« Emilie zu diesen bitteren Einsichten stellt, wie sie sich – endgültig und vorwurfsfrei – den Fährnissen der Schriftstellerexistenz ihres Mannes zu Beginn der achtziger Jahre anpaßt, hält sie eindrucksvoll in ihren ausführlichen Berichten an Clara Stockhausen fest. Emilie schreibt in den Jahren 1879 bis Anfang 1883 besonders häufig an die Frankfurter Freundin und verschafft sich auf diese Weise Ersatz für die mündlichen Aussprachen, die in Frau Claras Berliner Zeit für die beiden »Künstlerfrauen« so wichtig waren; über ein Dutzend Briefe sind erhalten.

In liebevollen Wendungen und in herzlichem Ton berichtet sie über die Arbeit ihres »lieben Alten«, der »schon wieder im vollen Produzieren« sei. Das Leben habe ihr deutlich gezeigt, bemerkt sie am 29. April 1879, »daß es das erste Bedingnis eines häuslichen Glückes ist, daß der Mann in seiner Tätigkeit glücklich u. unbehindert ist; alles andre, Umgang, Freundschaft etc., ist nur Ornament«. Und auf einen Brief Goethes an Sophie La Roche verweisend, schreibt sie: »Da würde ich an Sophiechens Stelle dem großen Manne geantwortet haben: das ist es eben, aufs *Empfinden* kommt es an. Und ich empfinde es als eine Ungerechtigkeit, daß mein Alter, trotz angestrengtester, *anerkannter* Arbeit, nicht so weit kommen kann, sorgenlos in dem Ihnen bekannten Poetenstübchen mit den geringsten Ansprüchen leben kann.«

Jahrelang registriert Emilie in ihren Bulletins nach Frankfurt und gelegentlichen Berichten an Emilie Zöllner oder Nahida Lazarus den steten Wechsel von wenig Hoffnung und viel Enttäuschung im Schaffen ihres Mannes, auch das Auf und Ab in seinem körperlichen Befinden, und die Briefe vermitteln darüber hinaus ungewohnte Einblicke in die depressiven Phasen Fontanes. Der Sommer 1879, um ein Beispiel zu geben, gerät den Fontanes in Wernigerode zum ehelichen Idyll: er ist fleißig und zufrieden bei seiner Arbeit, Emilie betätigt sich in der Küche und schmort und brät »mit Wonne 2 ℔ Kalbskotelettes für eine Mark«; ein anderes Mal »palt« sie Schoten aus, »mein Alter wirtschaftet heut irgendwo ›in der Mark‹, so haben wir jeder gute Beschäftigung«. Doch bald folgt auf die friedliche Genreszene eine schlimme »Herbst-Niederlage«; Clara Stockhausen erfährt unter dem 1. November 1879: »Es sieht traurig bei uns aus, u. Sie würden Ihren ›lieben‹, von Ihnen so verwöhnten ›Dichter‹ kaum wiedererkennen. Verbitterung u. Menschenscheu wachsen mit seiner zunehmenden Nervosität, u. einsam u. traurig vergehen uns die Tage u. Wochen. Seit dem letzten Aug[ust], unserer Rückkehr aus dem Harz, ist mein Mann leidend u. – arbeitsunfähig! Sie wissen, was das bei uns heißt.«

Der sechzigste Geburtstag Fontanes am 30. Dezember 1879 ist unter diesen Umständen kein Anlaß zum Jubel, obwohl er sich gesundheitlich wieder »berappelt« hat; Emilie an Clara Stockhausen: »Er arbeitet unausgesetzt, jetzt eine Novelle, worin er den Ravené-Stoff [»L'Adultera«] benutzt. Vorgestern ist er nun 60 Jahr geworden, u. war dies doch ein Abschnitt, den er ernster nahm, als ich erwartet hatte. Sowohl der Rückblick auf sein Leben noch der [Ausblick] in die Zukunft konnten ihn befriedigen, u. dies arbeiten *müssen* in seinem Alter wird ihm doch oft recht schwer. Aber ich komme schon wieder ins Klagen u. muß u. kann doch für so vieles dankbar sein.«

Noch im Frühjahr 1880 lauten Emilies Nachrichten keineswegs erfreulich. Ziemlich mutlos schreibt sie am 10. April: »Ich fürchte oft, daß wir einer eigentümlichen Zukunft entgegengehn; meines Mannes Hang zur Einsamkeit wird durch die Erfolglosigkeit seiner Bestrebungen so ausgebildet, u. seine Mutlosigkeit wächst von Tage zu Tage, daß ich es nicht für unmöglich halte, er macht den in trüben Stunden ausgebrüteten Plan zur Wahrheit u. erklärt sich seinen Kindern gegenüber für insolvent u. zieht mit mir sich in irgendein entferntes Winkelchen der Erde zurück; er malt sich dort sein Leben ganz angenehm aus. Übrigens ist die Ravené-Novelle fertig u. erscheint wahrscheinlich im Juniheft von ›Nord u. Süd‹.«

Schon der nächste Brief, vom 1. Juni 1880, malt ein anderes Bild. Aufgekratzt erzählt Emilie, daß in »Nord und Süd« der erste Teil von »L'Adultera« tatsächlich, und zwar mit einem Porträt des Autors, abgedruckt sei: »Mein Mann hat in letzter Zeit viel Freude u. Ehre an seinen Arbeiten erlebt; die ›Wanderungen‹ sind seit dem Herbst in zwei Auflagen erschienen, außerdem ist von den besten Blättern Nachfrage in dringlichster Weise nach Beiträgen. Gottlob ist er trotz beständig angestrengter Arbeit frischer denn seit Jahren, u. da ihm nichts außerdem mehr Freude oder Vergnügen gewährt, so habe auch ich mich in unseren nun fast gänzlich erfolgten Rückzug von jeder Geselligkeit gefunden [...]« »L'Adultera« habe in Berlin »Sensation gemacht« und sei vergriffen, heißt es am 10. August, aber Emilie notiert auch: »Der Dichter quält sich, trotz seines unverkennbar wachsenden Renommees, redlich weiter, zu Weihnachten wird seine ›Grete Minde‹ im Buchhandel erscheinen, aber, wie er sagt, keine [zweite] Auflage erleben, u. so ist denn aus unserem beginnenden alten Leben der Hoffnungs-Mut geschwunden, u. wir sind schon dankbar, daß wir zufrieden sein wollen, wenn uns kein Unglück trifft.«

Doch dann kann Emilie – diesmal in einem Brief an Nahida Lazarus vom 4. Februar 1882 – auch wieder Erfreuliches mitteilen: der vierte Teil der »Wanderungen« (»Spreeland«) und die Novelle »Ellernklipp« sind freundlich aufgenommen worden, und die Schriftstellergattin bekennt: »die schmeichelhaften Kritiken waren meiner Eitelkeit ein Leckerbissen«. Auch der relative Erfolg von »Schach von Wuthenow« – zwei rasch aufeinanderfolgende Auflagen – wird freudig vermerkt, doch die besorgten Klagen um den »armen, gequälten Arbeiter« verstummen nicht. Indes: die Fontanes finden sich mit ihrem Leben ab, und Emilie gewöhnt sich sogar daran, die positiven Seiten zu sehen. In ihrem Brief an Clara Stockhausen vom 2. März 1885 zieht sie eine Zwischenbilanz: »Die ›Stellungslosigkeit‹, unter der wir früher, dann u. wann, litten, ist uns zum Segen geworden. Wir können ganz nach unserem Gefallen leben, niemand verlangt etwas von uns, u. was wir nehmen u. geben, ist freie Wahl, ist Geschenk. Und da kommt im Lauf der Wochen, Monate u. Jahre immer genug zusammen, um dankbar aufs Leben zu blicken, so z. B. der liebenswürdige Brief von Ihnen, teure Frau [wie alle anderen Briefe von Clara Stockhausen nicht überliefert]. Auch darüber sind wir ruhig geworden, daß mein alter, guter Mann arbeiten muß, fürs tägliche Brot, solange er Kraft zum Schaffen behält. Erstlich könnte er ohne Arbeit, seines Lebens Lust, gar nicht existieren, dann aber ist die Frage um die Existenz doch weniger brennend geworden, seitdem er die Kinder so weit gebracht, daß alle vier uns, im Notfall, entbehren könnten.« Wir werden sehen, wie trügerisch diese Aussage ist.

»Th. F. von Emiliens Gnaden«

Emilies Briefe aus den achtziger Jahren – faszinierende Innenansichten aus einer äußerlich florierenden Schriftstellerwerkstatt – zeigen ihr fast bedingungsloses Einverständnis mit dem Tun ihres Mannes, der seinerseits ihren Sinneswandel nicht in gleicher Weise honoriert. In der Ehekorrespondenz, die gerade aus dieser Zeit besonders opulent erhalten ist, kommen immer wieder Meinungsverschiedenheiten, ja Kontroversen zur Sprache. Aber im Gegensatz zu den früher temperamentvoll geführten Debatten um bestimmte Entscheidungen (1870 bei der Kündigung der »Kreuzzeitungs«-Stelle), zu den vielfach aggressiv vorgetragenen Vorwürfen über Charakterfehler (in der Akademie-Affäre von 1876) dominiert nun ein milder Ton, ein humorvoll-ironischer Gestus, der Verletzungen meidet.

Am 5. Januar 1880 beispielsweise heißt es in einem Brief Fontanes an Friedrich Witte, in dem es um die Klagen Emilies über die »Knickrigkeit« von Verleger Hertz geht: »Ich habe mir manches in meinem Leben gefallen lassen müssen, aber das darf ich sagen: nie mehr, als ich *mußte*. Das übersieht meine gute Frau immer; auf der einen Seite sieht sie in mir einen vollkommenen Proletarier, der in seinem langen bismarckbraunen Überzieher und neuen Zylinderhut wie in einer Art *Verkleidung* umhergeht, und dann erwartet sie wieder eine Haltung von mir, als wär ich aus einer unnatürlichen Kreuzung von Cato mit Goethe hervorgegangen.«

Auch mit der folgenden Charakteristik kann Emilie durchaus leben. Fontane sitzt allein in seiner bescheidenen Ferienwohnung auf Norderney und redet sie, fast zärtlich, mit dem schmeichelhaften Zitat einer Französin aus dem Berliner Bekanntenkreis an, die Emilie »Madame la plus gracieuse physiquement et moralement« genannt hatte, also eine körperlich und moralisch überaus graziöse Frau. Fontane schreibt am 23. Juli 1883: »Ich will mit der Liebeserklärung beginnen, daß die Desteuque beinah recht hat. Du bist, nicht nur Deiner tatsächlichen Abstammung, sondern auch Deinem ganzen Menschen nach halb aus Beeskow und halb aus Toulouse. Hast Du Deinen Toulouser Tag, so hat die Desteuque vollkommen recht, hast Du Deinen Beeskower, so hapert es. Ich bin Dir aber das Zeugnis schuldig, daß, wenn nicht kleine Verhältnisse Dich niederdrücken, der Toulouser Tag vorherrscht. Am toulousesten bist Du, wenn gut Wetter im Kalender steht, in Deinem eignen Hause. Unter Fremden, wenn sie fein, klug und vornehm sind, bist Du mehr oder weniger befangen und wenn sie trivial sind, gehst Du sofort auf ihre Trivialitäten ein und wirst kleinstädtisch und spießbürgerlich. Übrigens hat sich das Letztre in neuster Zeit erheblich gebessert.«

Im Jahr darauf, als sich Fontane von Krummhübel her drastisch über die hygienischen Unzumutbarkeiten deutscher Kurorte verbreitet und Emilie offensichtlich besorgt auf diesen Ärger reagiert hat, weist er sie sogleich zurecht: »Was meine ›Stimmung‹ angeht, so schießt Du vorbei wie gewöhnlich; Du hast wie Tante Jenny ein riesiges Talent, die Dinge nicht so zu sehn, wie sie sind, sondern wie Du sie sehn willst. Du hast Dir aus dem Th. F. von Gottes Gnaden einen Th. F. von Emiliens Gnaden zurechtgemacht, und alles, was Du über mich denkst und sprichst, sind Sätze, die auf Deine Phantasie-Puppe passen, aber nicht auf mich.« Und wie er in dem zuvor zitierten Statement am Schluß versöhnlich einlenkt, so auch hier: »Indessen es schadet nichts; ich bin vielfach nicht gut dabei gefahren, aber vielfach auch sehr gut, und so mag sich's balancieren. Nur der Sinn für *exakte* Beobachtung des Tatsächlichen fehlt Dir.«

Emilie in ihrer lebhaft kommunikativen Art neigt dazu, »konfidentielle Mitteilungen« nicht unbedingt vertraulich zu behandeln; es sei schrecklich, klagt Fontane, daß sie sich mit Neuigkeiten gleich auf den Markt setze, um sie auszuposaunen. Die Feststellung mag zutreffen, aber der gute Theodor hat mit der Diskretion ja selber seine Schwierigkeiten. 1859 hat ihn die voreilige Weitergabe einer internen politischen Information die Stellung gekostet; 1881 plaudert er in seinem »L'Adultera«-Roman die historisch verbürgte Ravené-Geschichte vom Jahre 1874 ungeniert aus. Andererseits empfindet er in seinen Aufzeichnungen über Goethes »Werther« das Buch »nach der Diskretionsseite« hin als »schwere Versündigung«, räumt aber auch ein, »daß alle Schriftstellerei mehr oder minder von Indiskretionen lebt«.

Einmal, im August 1880, fängt Fontane die alte Kabbelei mit Emilie noch einmal an, freilich in moderater Tonlage und unter der vorausgeschickten Versicherung: »ich sage dies ohne Vorwurf und fast ohne Klage«. Der eigentlich »dunkle Punkt« in ihrer dreißigjährigen Ehe sei gewesen, daß Emilie bei allen »Scheiterungen des Lebens« – er hat vor allem die Ereignisse von 1870 und 1876 im Sinn – die Ursachen nie in

»Allgemein-Stürmen« oder bei sich selber, sondern immer wieder bei »den andern« gesucht habe. Dann gibt er zu: »Es mag, um der steten Unsicherheit meiner Existenz willen, schwer gewesen sein, mit mir zu leben, aber in jeder andern Beziehung recht [leicht]. Ich bin wirklich umgänglich und habe wenig Ecken.«

Sympathisch bei solchen rechthaberischen Anwandlungen ist seine mehrfach abgegebene Erklärung: »Du weißt, wenn ich so schreibe, ist mir schon wieder besser, und alles fängt mir schon wieder an lächerlich zu werden.« Doch ärgerlich für Emilie ist, daß sie die Vorhaltungen erst einmal über sich ergehen lassen muß, und überraschend bleibt, daß sie bei allem gestärkten Selbstbewußtsein durchaus selbstkritisch reagiert. Sie entschuldigt sich für ihre Ungeduld und bedauert, daß sie »das ›Ausgleichen‹ im Leben« nicht beherrsche. Da geht sie mitunter zu weit. Denn sie steckt doch permanent zurück, sorgt für gute Arbeitsbedingungen, findet sich im wesentlichen mit einem stilleren Lebensstil ab, obwohl ihr der Sinn nach Umgang, Begegnung, Verkehr steht und sie bei aller Kränklichkeit erstaunlich kregel ist. Kurzum: die Fontanes haben sich zusammengerauft und können ohne einander nicht recht leben. Als er vierzehn Tage allein in Kissingen ist, langweilt er sich zu Tode; und als er dann von Kissingen für kurze Zeit nach Bayreuth zu den Wagner-Festspielen fährt, schreibt sie, kaum daß er im Zuge sitzt: »Mir ist, als wärest Du schon 8 Tage fort, u. ich bete immer: Gott erhalte ihn mir!« Briefe müssen »im Notfall« das tägliche häusliche »Papeln« ersetzen, und es ist mehr als eine Floskel, wenn Fontane einmal bemerkt: »Einen Tag wirst Du es wohl ohne Brief aushalten können.«

Sie leben in kritischer Harmonie und herzlicher Zuneigung. Fontane weiß, was er an seiner Emilie hat, und gelegentlich sagt er ihr's sogar. Als er 1883 in seiner Pension in Thale ein junges, verliebtes Arzt-Ehepaar aus Nordhausen beobachtet, kommt ihm folgendes Geständnis in die Feder: »Wenn ich jetzt solche jungen Paare sehe, was ja öfters vorkommt, tust Du mir nach 33 und fast kann ich sagen nach 38 Jahren noch nachträglich aufrichtig leid. Wie gut haben es diese Leute, und wie schlecht hast *Du* es gehabt. Von *mir* red ich nicht; Poetenverrücktheit und Poetendünkel helfen einem über alles weg. Aber die armen Frauen! Hunger, Not und Sorge, kleine Kinder, keine Aussichten (oder höchstens auf neue) und von der Welt mit einem Blick des Mitleids oder auch wohl mangelnder Achtung gestreift. Schließlich hat sich ja alles leidlich wieder zurechtgerückt, und Du würdest jetzt ein schlechtes Geschäft machen, wenn Du mit der ›Frau Doktern‹ in Thale tauschen wolltest, aber der Anfang war schwer.«

Mitarbeit in einem »kleinen Romanschriftsteller-Laden«

Mit entwaffnender Offenheit nennt sich Fontane einen »Quängelpeter und Egoisten« und gesteht auch ein, wie stark er Emilie mit diesen Eigenschaften in seine »Geschäfte« einspannt. »›Bitte, besorge mir das‹, ›bitte, mache doch den Besuch‹, ›bitte, lies mir doch was vor‹, ›bitte, schreibe mir doch was ab‹ – so geht das oft tagelang«, konzediert er. Vielfalt und Intensität ihrer hier angedeuteten Mitarbeit wird in der Literatur über Fontane viel zuwenig beachtet und allenfalls auf das reduziert, was er in der Autobiographie selbst anführt: Vorlesen und Abschreiben.

Er schätzt, daß Letzteres »gute vierzig Bände« betrifft und anerkennt ihre spezifische Fähigkeit, aus seinen »von Korrekturen und Einschiebseln starrenden Manuskripten« lesbare Reinschriften hergestellt zu haben. Was er nicht sagt, ist, daß Emilie häufig unter enormem Zeitdruck zu arbeiten hat, weil der vereinbarte Abgabetermin beim Verlag oder der Redaktion bedrohlich nahe gerückt ist. Er verschweigt auch, daß er ihre Ausdauer und ihre Geduld oft auf eine harte Probe stellt, denn bei seiner Gewohnheit, penibel bis zum Schluß zu feilen und zu verbessern, verwandelt er ihre Abschrift meist in ein neues Korrekturschlachtfeld, und Emilie hat die ganze Prozedur zu wiederholen. »Du wirst Dich wundern«, kündigt er 1883 bei der Arbeit an »Graf Petöfy« an, »wie Dein schönes Manuskript aussieht.« Weihnachten 1887 legt er ihr die Rohfassung von »Unwiederbringlich« unter den Tannenbaum, dazu folgende Verse:

Der neue Roman, ich hab ihn fertig.
Wenn auch nicht in allen Stucken,
Er ist noch deiner Abschrift gewärtig –
Dann kann ihn Kröner drucken.

»Unwiederbringlich« sein Titel ist,
Unwiederbringlich ist vieles,
Doch lassen wir das zum Heiligen Christ
Und gedenken wir – *unsres* Zieles.

Emilie erntet jedoch auch mehrfach Lob für Qualität und Tempo ihrer Abschriften. Als sie während ihres Aufenthalts in Neuhof im Juli 1882 große Teile des »Schach von Wuthenow« abgeschrieben hat, stellt ihr der Autor folgendes Zertifikat aus: »Du hast Dich oft auf diesem ›champ d'honneur‹ mit Ruhm bedeckt, aber nie so wie diesmal. Das alles in 3 Tagen! Es ist eine Fleißesleistung, die an Deine 18jährige Zeit, an die Zeit der Billetfabrikation erinnert. – Sei nochmals bestens bedankt.« In einem Fall lassen sich Manuskriptumfang und Zeit für die Abschrift exakt kontrollieren. Fontane bedankt sich am 29. Juni 1881 mit den Worten: »Eine neue imposante Leistung; in 4 Stunden und noch dazu abends!« Es handelt sich um das Kapitel »Eine Osterfahrt in das Land Beeskow-Storkow« aus dem »Wanderungen«-Band »Spreeland«, das *im Druck* 36 Seiten umfaßt.

Mitunter gibt Emilie zu, daß die Arbeit, die große Konzentration erfordert und für die sie sich ja nicht einfach aus den häuslichen Verpflichtungen zurückziehen kann, sie nervös macht, und wenn sie gar an Feiertagen abschreiben muß, seufzt sie schon einmal: »[...] ist *das* ein Leben, ist *das* ein

Pfingstfest«. Im Sommer 1888 ist das Satzmanuskript des Bandes »Fünf Schlösser« vorzubereiten, und Emilie, von einer »Schwäche beim Schreiben in der rechten Hand« behindert, gesteht dem Sohn Theo: »Ich bin nur noch Abschreibe-Maschine.« Und als sie sich 1897 durch die über 500 Seiten des »Stechlin« schreiben muß – die Fontanes verbringen ihre »Sommerfrische« in Augusta-Bad bei Neubrandenburg –, verläßt sie zeitweise doch der Mut, und der verwöhnte Autor klagt bei der Tochter: »Mama sitzt fest am Schreibtisch und packt Blatt auf Blatt; ich bewundre den Fleiß, aber nicht die Stimmung; sie leidet unter einer kolossalen Langenweile, deren Zutagetreten weder schmeichelhaft noch fördersam für mich ist, auch nicht durch die Resignation, in die sie sich kleidet. Denn diese Resignation hat weniger von einer weichen Wehmut als von einer stillen, aber starken Verzweiflung. Schriebe ich *noch* einen Roman – allerdings undenkbar –, so würde ich einen Abschreiber nehmen, coûte que coûte.« Drei Tage später erfährt Mete, daß Mama sich in ihrer Stellung zu dem Ganzen »wieder berappelt und das Desperationsstadium hinter sich« habe. Und von Fontanes nächstem Buch – »Von Zwanzig bis Dreißig«, mit fast 700 Seiten in der Erstausgabe – hat selbstverständlich Emilie die Druckvorlage hergestellt.

Wenn die fleißige Kopistin Glück hat, wird sie sogar »honoriert«. Als aus dem Stuttgarter Kröner-Verlag 1884 statt erwarteter 100 Mark 250 eintreffen, fragt sie an, ob er ihr 100 davon zur Aufbesserung ihrer Garderobe schenken würde. Fontane antwortet ganz generös und spendiert die gesamte Summe, mit der Bedingung, daß sie nichts für ihn kauft.

Ein Tröpfchen von »Storms Bibber«

Emilie bedauert manches Mal, daß sie, ihre Aufmerksamkeit ganz auf das einzelne Wort und die Korrektheit des Textes richtend, zuwenig von inhaltlichen Zusammenhängen und ästhetischen Feinheiten mitbekomme und folglich nicht kompetent urteilen könne. Da sie genau weiß, wie empfindlich ihr Mann auf kritische Einwände reagiert, baut sie mit solchen Eingeständnissen geschickt vor, wenn sie doch etwas zu kritisieren hat – zum Beispiel bei »Graf Petöfy«. Fontane schickt 1883 von Thale aus – er hat sich im »Hubertusbad« einquartiert – sukzessive die durchkorrigierten Kapitel an seine Frau nach Berlin. Sie schreibt ab und wagt zu monieren, was ihr nicht recht einleuchtet. Vorsorglich bringt sie ihre Notizen auf dem Innenteil eines vierseitigen Briefes vom 14. Juni unter und bezeichnet sie, abwiegelnd, als »›Gequatsch‹, wie es mir, nach dem Abschreiben, in die Feder kam; ich wollte es Dir erst nicht schicken, aber warum nicht? kleine Pferde machen auch ..., u. Du siehst doch mein warmes u. ängstliches Interesse an Deiner großen Arbeit.«

Ihre Bedenken gelten sprachlichen Eigenheiten: »mal« statt »einmal«, überflüssige »von ... *her*, von ... *hin*«-Wendungen, »wurd'« statt »wurde« (»es sieht auch schon so schlecht aus«!), vor allem aber, aus ihrer gar nicht abwegigen Sicht, Struktur- und Motivationsschwächen in der Handlung. Sie wünscht sich eine plausiblere Exposition für die Beziehung zwischen Franziska und Egon, Egon kommt ihr zu »schemenhaft« vor, und der alte Graf sei ein schlechter Menschenkenner, »daß er einen solchen Feuerbrand [wie Franziska] auf seine alten Tage nehmen konnte«. Dann unterbricht sie ihre klugen Überlegungen mit dem erneut entschuldigenden Satz: »Doch ich schwatze u. weiß nichts«, und traut sich dann aber einen Hinweis, der das Stärkste ist, was sie dem Autor antun kann: »Liebesschilderungen, merkt man Dir doch zu sehr an, sind nicht Deine Sache; ein *Tröpfchen* von Storms ›Bibber‹ könnte meinem Geschmacke nach nicht schaden.« »Storms ›Bibber‹« scheint ein fester Begriff im Hausgebrauch der Fontanes gewesen zu sein, mit dem man eine gewisse gefühlsselige Erotik in dessen Novellistik benannte. Er geht wohl auf einen Brief an Heyse aus dem Jahre 1859 zurück, in dem Fontane Storms Novelle »Späte

Rosen« tendenziös nacherzählt und bemerkt: »Eigentlich ist die Sache viel schlimmer, als ich sie hier geschildert habe, denn man sieht Stormen beständig bibbern und zittern, wodurch die Affäre etwas höchst Bedenkliches kriegt.«

Emilies Ruf nach etwas Stormschem »Bibber« ist Frauenmut vor Königsthronen, und der sichtlich getroffene Autor repliziert umgehend. »Besten Dank, auch für das, was Du ohne Not als ›Quatsch‹ bezeichnest« – Emilie hatte, ein feiner Unterschied, ›Gequatsch‹ geschrieben –, »es ist alles ganz verständig und wahrscheinlich, mit einigen Einschränkungen, auch richtig.« Dann aber verteidigt er seine Version und meint: »Im übrigen weiß ich sehr wohl, daß ich kein Meister der Liebesgeschichte bin; keine Kunst kann ersetzen, was einem von Grund aus fehlt. Daß ich aber den Stormschen ›Bibber‹ *nicht* habe, das ist mein Stolz und meine Freude: Storm ist ein kränkliches Männchen, und ich bin gesund trotz meiner äußren Kränklichkeiten.« Emilie, die sich schon Vorwürfe macht, »überhaupt *geurteilt* zu haben«, ist über seine Reaktion erleichtert.

Ebenfalls im Kontext von »Graf Petöfy« und einer Bemerkung Emilies über eine gewisse »Weitschweifigkeit« seiner Schreibweise formuliert Fontane am 8. August 1883 einige Grundsätze seines Literaturverständnisses. Es ist, versichert er, ein Unterschied, »ob ich nervös und dröhnig nach einem gleichgültigen Wort suche oder ob ich weitschweifig bin, d. h. über den linken Hinterfuß eines Flohs eine Abhandlung schreibe. Das Dröhnen ist unter allen Umständen eine Tortur für die Hörer und sans phrase ein Fehler, eine Ungehörigkeit; die Weitschweifigkeit aber, die ich übe, hängt doch durchaus auch mit meinen literarischen Vorzügen zusammen.« Er erläutert seiner Frau zu wiederholten Malen seine Vorliebe für »das Kleine« und begründet das »Auspulen« von Details mit einem variierten Schiller-Zitat: »Wär ich nicht Puler, wär ich nicht der Tell.« Und am Schluß des Plädoyers in eigner Sache – von Emilie provoziert – steht das Credo: »Herwegh schließt eins seiner Sonette (›An die

Dichter‹) mit der Wendung: ›Und wenn einmal ein *Löwe* vor euch steht, / Sollt ihr nicht das *Insekt* auf ihm besingen.‹ Gut. Ich bin danach Lausedichter, zum Teil sogar aus Passion; aber doch auch wegen Abwesenheit des Löwen.«

Übrigens muß sie schon bei »Schach von Wuthenow« die psychologische Motivierung des Helden angezweifelt haben, und ihrer Nachfrage, die nicht erhalten ist, verdanken wir die schöne Interpretation der Erzählung in seinem Brief vom 19. Juli 1882, die in dem Satz gipfelt: »Die Furcht vor dem Ridikül spielt in der Welt eine kolossale Rolle.« In ähnlicher Weise mischt sich Emilie auch in den Entstehungsprozeß von »Stine« und »Meine Kinderjahre« und in die Titelfindung von »Frau Jenny Treibel« ein, ohne daß die Details überliefert sind.

Zudem hat die meist gut informierte Emilie auch als Stoffvermittlerin mitgewirkt. Einzelheiten aus der Ravené-Affäre, wie sie Fontane in »L'Adultera« verarbeitet, stammen mit Sicherheit von ihr, da sie mit Minette Harder befreundet ist, der Frau von Paul Harder, der als Prokurist in der Firma von Louis Ravené tätig war und die Ehegeschichte als Augenzeuge kannte. In vergleichbarer Weise bemüht Fontane seine Frau bei diversen Recherchen: sie erkundigt sich bei den Wangenheims nach »Spezial-Heiligen« in der Steiermark (»Graf Petöfy«), sie hat bei Verleger Müller-Grote nachzufragen, wo Material über die Menoniten zu beziehen sei (»Quitt«), sie wird mit einem Fragebogen zu Hofmaler Adolph Menzel geschickt (für das Buch über Christian Friedrich Scherenberg); und »Alltäglichkeiten« sind obendrein immer zu erledigen: sie hat Theaterkarten bei Direktor Deetz zu besorgen oder den Herrn Theaterkritiker Th. F. bei Chefredakteur Kletke zu entschuldigen. Wer so in das »Gewerbe« eingebunden ist, kennt sich natürlich auch in dem »Defilee« des Fontaneschen Schreibtisches aus und muß helfen, wenn dort etwas hoffnungslos »verkramt« ist. Als er beispielsweise auf eine Einladung von Elsy von Wangenheim erst spät reagiert, liefert er als Entschuldigung eine plastische Beschreibung dieser Wirkungsstätte: »Könnten Sie das Schlachtfeld sehn, als welches ich meinen von Briefen, Karten, Blättern, Zeitungen, Manschettenknöpfen, Photographieen und Hustenpastillen überdeckten Schreibtisch wohl bezeichnen darf, so würden Sie mir verzeihn.« 1884 braucht er Emilies Abschrift des Scherenberg-Manuskripts und wendet sich von Thale aus an seine Frau: »*Wo* das Paket liegt, weiß ich nicht recht – es sind aber nur zwei Stellen möglich, entweder in dem *kl.* Schrank am Fenster, im *zweiten* Fach, ganz oder beinah obenauf, oder im Bücherschrank daneben, da wo das Schreibpapier liegt.«

»Angeborner guter Sinn für Kunstdinge«

All diese nur scheinbar beiläufigen Hilfsdienste zeigen, daß die »Abschreiberin« in Wirklichkeit mitwirkende Partnerin ist – eingeweiht in und besorgt um die literarische Produktion im »kleinen Romanschriftsteller-Laden« in der Potsdamer Straße. Ein Glücksgefühl überkommt sie, wenn sie den »geliebten Alten« an seinem Schreibtisch weiß; sie gönnt ihm die »Schaffensfreude« von Herzen und jubelt pathetisch, wenn der »Genius« wieder über ihn kommt. Ihre Erwartungshaltung gegenüber der öffentlichen Resonanz ist jeweils groß, und die laue Reaktion Karl Zöllners bei »Grete Minde« verärgert sie persönlich und wird ihm lange nachgetragen. Auch in »produktionspolitischen« Fragen stimmt sie mit ihrem Mann überein. Sie ist völlig einverstanden, als er, wie wir sahen, das attraktive Klasing-Angebot ablehnt. Sie freut sich, daß er nicht zu »Loyalitäts-Ergüssen« für die Hohenzollern bereit ist. Und als Exzellenz Graf Redern ihn zu sich bestellt, weil er dessen Biographie schreiben soll, ist sie »wütend über dieses Zitiertwerden«.

Emilie identifiziert sich gänzlich mit dem Romanautor »Th. F.«. Im Briefwechsel mit Mathilde von Rohr beschwert sich Fontane über seine Kinder, die es »zu keiner echten und tiefen Anerkennung« seiner Bestrebungen gebracht haben,

»weil ihnen die relative Resultatlosigkeit dieser Bestrebungen unbequem ist«. Und er fährt fort: »Meine Frau ist darin viel verständiger und viel liebenswürdiger geartet (überhaupt die Beste von der ganzen Gesellschaft, mich mit eingerechnet) und leidet nur ihrerseits wiederum unter ihrer großen körperlichen Gebrechlichkeit.« Die bedrückende »relative Resultatlosigkeit« seines literarischen Schaffens – zuweilen spricht er illusionslos von seinen »Nullgrad-Erfolgen« – erörtert er gern in den Briefen an Emilie. Er schickt ihr 1884 aus Thale einen Zeitungsausschnitt mit folgendem Text: »*Ein böser Mensch!* Graf X. Sagen Sie, lieber Baron, wer war jener Herr, der gerade ging, als ich in den Salon trat? Baron Y. Es ist zwar gegen meine Grundsätze, lieber Graf, von irgend jemand hinter seinem Rücken Böses zu sprechen, aber ich glaube, der Herr ist ein – Dichter.« Fontane kommentiert, daß er sich bei seinem Sinn für Tatsächlichkeiten wohl oder übel mit dieser »gesellschaftlichen Stellung« abgefunden habe. »In meinem *Herzen* aber hat es mir nie an Selbstgefühl gefehlt. Was wäre auch wohl sonst aus mir geworden? Andre (merkwürdigerweise Dich ausgenommen) haben immer nur gezweifelt und gelächelt. Gott, und in der Regel was für Nummern!«

Diese Äußerung korrespondiert mit einer Wertung des Literaturkritikers Eduard Engel, der 1881 im »Magazin für die Literatur des In- und Auslandes« Fontane »einen Erzähler hohen Ranges« nennt. Der Autor bemerkt dazu: »Das hat noch keiner von mir öffentlich gesagt; allen bin ich nur der Dichter der preußischen Balladen in den Schullesebüchern und der Theaterberichterstatter für die Vossische. Ich selbst habe immer geglaubt, daß ich noch etwas andres könne, und meine Frau hat es auch geglaubt, aber wer sonst?«

Emilies Vertrauen in den Erzähler Fontane dürfte mit dem zusammenhängen, was dieser 1891 einmal ihren »angebornen guten Sinn für Kunstdinge« nennt und was er auf ihre großväterlich-südfranzösische Abstammung zurückführt: »[…] in den romanischen Ländern sind *alle* Menschen mehr oder weniger Kunstmenschen und haben ein natürliches Gefühl für das, was schön ist, in den Fingerspitzen«. Emilies Souveränität in der Beurteilung künstlerischer Angelegenheiten bewährt sich vielfach. Zola, den sie im französischen Original liest, rangiert sie in die Kategorie »Schmöker u. höchster Schmöker« (»für mich langweilig u. degoutant«); die Romane von Brachvogel findet sie »greulich« (»sie verlangt«, meint Fontane, der sie teilweise als passabel gelten läßt, »in solchem Buche Bildung, Klarheit, Konsequenz und künstlerische Form, vor allem originelle, selbständige Menschen und Gedanken. Von all dem ist wenig oder gar nichts drin; es ist Küchen-Lektüre«).

Wie hoch Emilie ihre geistigen Ansprüche ansetzt, geht aus einem Brief vom 16. Juni 1884 hervor. Sie berichtet ihrem Mann von einer Gesellschaft beim Verleger Carl Müller-Grote, der sich gerade eine schöne Villa hat bauen lassen und der 1885 »Unterm Birnbaum« verlegen wird. Obwohl sie dort erfolgreichen Künstlern begegnet und sich, vorübergehend, angenehme freundliche Verbindungen entwickeln, ist sie von dem flachen Bildungsgehabe angewidert: »Mein Gott, wie *verwöhnt* ist man doch in geistiger Beziehung! ich muß noch einmal darauf zurückkommen. Das schöne M[üller]-G[rotesche] Haus! aber wie leer wirkt es doch auf die Dauer, bei genauer Besichtigung: selbst Größen wie J. Wolff u. Gussow können es nicht retten. Und das Schlimmste ist der Mangel an geistiger Freiheit! Jedes Kunsturteil muß erst verbrieft u. versiegelt sein, oft durch Größen, die auch nichts wissen. Aber genug, darüber müssen wir papeln.«

Besonders eindrucksvoll artikuliert sich Emilie in einem Brief an Clara Stockhausen vom 2. März 1885 über Paul Heyse, dessen Schauspiel »Alkibiades« bei der Premiere in Berlin zurückhaltend aufgenommen wird. »Die Kritik hat sich ungemein schonend geäußert, den Mißerfolg auf die armen Schauspieler geschoben (die meines Erachtens ihr Möglichstes getan haben), die schöne Sprache etc. gelobt. Sie kennen mein u. meines Mannes Heyse-Verehrung, u. einige seiner

Sachen im Buch der Freundschaft halten diese auch aufrecht, aber dieser hohle Held, dieser sich nur mit Erfolgen bei dieser u. jener brüstende Liebhaber ist keine Figur, für die ich mich erwärmen kann, u. nun gar die Weiber! diese Mandane mit ihrem lächerlichen Haß! Leider, denn ich hätt ihm dauernden Erfolg gegönnt, ist das allgemeine Urteil ebenso u. der große Grieche mit der zweiten u. dritten sehr dürftig besuchten Aufführung zu Grabe getragen. Mein Mann hatte, kann ich wohl sagen, das Glück, bei der Première, die er hätte besprechen müssen, krank zu sein, u. wir lasen dann in den Tagen von Pauls Anwesenheit seine schönen Reisebriefe u. andre Gedichte von ihm u. erquickten uns daran, was wir an seiner Person nicht konnten, wie er uns denn bei jedem Besuch fremder wird: er ist immer in Pose, u. wir alten Leute, die im Leben so viel für ihn übrig gehabt haben, werden immer befangen u. möchten sagen: wirf doch bei uns dein Staatskleid ab. Und wir sind es nicht allein, frühere bewährte Freunde äußern sich ebenso, für niemand hat er mehr Zeit u. wendet sich den neuen Göttern zu. *Seinetwegen* tut es uns leid, wir können es ertragen. Denken Sie nur, wie viel, viel kürzere Zeit wir befreundet sind, u. doch ob kürzere oder längere Pausen, sehen wir uns, so sind wir die alten, so kommen die Fragen aus dem Herzen.«

Wenn auch anonym, so äußert sich »Frau Toutlemonde«, der wir schon um 1869 und 1872 begegnet sind, ab und zu sogar öffentlich. Bei einer Festveranstaltung am 12. Mai 1884 zu Ehren Theodor Storms hatte dieser, ohne Namen zu nennen, einen Autor attackiert, der behauptet hatte, daß er sich beim Novellenschreiben von der Romanarbeit ausruhe. Die Fachwelt rätselte, wen Storm gemeint haben könnte. Während einige sogleich auf den professoralen Vielschreiber Georg Ebers tippten, druckte das »Magazin für die Literatur des In- und Auslandes« am 21. Juni 1884 eine Zuschrift von F. Geßler ab, der Storms Äußerung auf Wilhelm Jensen bezog. Darauf reagierte Emilie Fontane mit einem Leserbrief, den das Magazin am 19. Juli in der Rubrik »Sprechsaal« veröffentlichte:

»Geehrte Redaktion! In Anlehnung an die Geßlersche Notiz (in Nr. 25), daß Th. Storm in seiner bekannten Berliner Rede auf Wilhelm Jensen angespielt habe, ist eine Berichtigung wohl gestattet. Th. Storm hat *Georg Ebers* gemeint, welcher in seiner Vorrede zu der Novelle: ›Eine Frage‹ ausspricht, ›daß er dieselbe zu seiner Erholung geschrieben habe‹. Dies aus dem Munde Th. Storms in einer Gesellschaft gehört zu haben, erlaubt sich Ihnen mitzuteilen ein Unbekannter in Berlin.« Fontane lobt am 21. Juli seine Frau: »Die Notiz für das ›Magazin‹ (über Storm etc.) hast Du sehr gut abgefaßt.«

Ein anderer bemerkenswerter Vorgang gehört ebenfalls hierher. Am 30. Januar 1884 beginnt Alexander Strakosch im Saal der Singakademie, dem heutigen Maxim-Gorki-Theater, eine mehrteilige Rezitationssreihe. Fontane besucht den ersten Abend und berichtet darüber in der »Vossischen Zeitung«. Laut Tagebuch geht Emilie in die zweite und dritte Vorlesung allein, und Fontane schreibt nach ihrem Bericht jeweils kleine Notizen darüber – falls Emilie sie nicht gleich selber verfaßt hat.

Das umfangreiche Konvolut ihrer Briefe ist freilich Emilies bedeutendste produktive Leistung. Die etwa 180 überlieferten Briefe an ihren Mann, die vielen »Bekennerschreiben« an Clara Stockhausen, die zahllosen Briefe an die Kinder (leider durchweg nicht mehr vorhanden, nur an Sohn Theo sind wertvolle Texte erhalten) und viele andere dokumentieren ihre kommunikativen Bemühungen. Sie schreibt einmal, daß ihr die Fähigkeit versagt sei, sich in Briefen »die Seele frei zu machen«, doch da untertreibt sie. Ihr Mann stellt zwar fest, daß »Ausmalungen im Stil Stifterscher Studien« nicht ihre Force seien, doch charakterisiert er gegenüber der Tochter geradezu liebevoll das Eigenartige ihrer Briefe: »Sie hat eine reizende Art zu schreiben, eine Mischung von Natürlichkeit, Unwissenschaftlichkeit und leiser Ironie teils über sich, teils über die ›Wissenschaftlichkeit‹. Man kann an Mama studieren, daß das Gefälligste, vielleicht auch das Beste, was der Mensch haben kann, die Natürlichkeit ist.« Emilies Briefe können natürlich nicht mit Fontanes charmantem Witz, mit seiner espritvollen Darstellung pikanter Gegenstände konkurrieren, doch in vielen Stücken sind auch sie bewegende Zeugnisse großer Briefkunst im 19. Jahrhundert. Sie geht meist assoziativ vor, kommt, wie in einem anregenden Gespräch, vom Hundertsten ins Tausendste und reiht mitunter die unpassendsten Sachen aneinander, etwa wenn sie von einem einbeinigen Besucher übergangslos auf die Beinkleider von George überspringt. Aber ein »Briefschreibetalent« ist auch sie, und Fontane erkennt es gern an.

Es ist kein Zufall, daß die Fontanes ihre eheliche Korrespondenz lange Zeit sorgfältig gesammelt haben. Im Sommer 1881 beginnt Emilie, die allein in Berlin ist, das Konvolut zu sichten – offenbar in Absprache mit ihrem Mann. »Es ist ein schweres, ernstes Stück Arbeit«, schreibt sie ihm nach Thale, »und mir war nach einigen Stunden Lektüre, als könnte ich mich gar nicht wieder in der Gegenwart zurechtfinden [...] ach, Theo, wir sind noch wie vor 35 Jahren, u. wenn wir uns, Du u. ich, wenig geändert haben, so laß nun auch die Liebe, wie sie damals war, so fortdauern, für die armselig kurze Zeit, die uns noch bleibt. *Darin* fühle ich mich unverändert.« Fontane warnt seine Frau, sich zu sehr in die alte Korrespondenz zu vertiefen: »es hat etwas von dem träumerischen Rausch, der einen jedesmal überkommt, wenn man Grabsteine liest, die von gelben Studentenblumen und allerhand andrem Blumen-Unkraut überwachsen sind. Ein Genuß und eine Trauer, und es ist schwer zu sagen, wovon mehr.« Emilie nimmt sich dabei Zeit für die erinnerungsträchtige Lektüre und hegt ein »Gefühl tiefster Dankbarkeit gegen Gott«. Aber sie hat – zum Bedauern der späteren Fontane-Freunde – auch begonnen »zu vernichten«. Allzu Intimes wird aussortiert, ihre eigenen Briefe werden am stärksten dezimiert, so daß ganze Jahrgänge fehlen. Damit setzt sie ein familienphilologisches Autodafé in Gang, das nach Fontanes Tod noch größere Ausmaße annehmen wird. Aber wer darf darüber rechten? Der Briefwechsel mit ihrem Mann war das Denkmal einer lebenslangen, zunehmend verständnisvolleren Zuneigung, und obwohl beide nie an eine Publikation dieser privaten Zeugnisse gedacht haben, sollten sie doch in jenen Umrissen auf die Nachwelt kommen, die sie wünschten.

»Mädchenwechsel«

Emilies Tage sind völlig ausgefüllt, so scheint es, und doch sind ihre Kapazitäten keineswegs erschöpft, und die braucht sie auch, um ihre kulturellen Ambitionen und geselligen Bedürfnisse zu befriedigen sowie die Familie bei Laune und – den Haushalt in Ordnung zu halten.

Die Fontanes haben sich, auch in Notzeiten, stets eine Haushaltshilfe, ein »Mädchen«, geleistet. Luise Reißner und Mathilde Gerecke sind wir in einem früheren Kapitel schon begegnet. Was 1883 nach langen Jahren gegenseitiger Zufriedenheit zum Bruch mit der Gerecke führt, ist nicht recht ersichtlich. Fast zwei Jahrzehnte gehörte »Tilla« quasi zur Familie, und in der Fontaneschen Zeitrechnung heißt diese Phase: »unter Mathilden«. Vielleicht regierte sie in Küche und Kammer am Ende zu eigenwillig und selbstherrlich, fügte sich nicht mehr in die »Subordination«, die Emilie erwarten durfte. Anfang August 1883 meldet Fontane seiner Tochter: »Die Geschichte mit Mathilde ist der vielzitierte ›Mehltau‹, der auf diesen Sommer fällt. Aber umsonst ist nichts, und alle Befreiungskriege fordern Opfer.« Was auch immer vorgefallen sein mag: Emilie genießt es noch ein Dreivierteljahr nach dem Krach, »von *dem* Druck befreit zu sein«. Teilnahmsvoll kommentiert ihr Mann diesen Seufzer: »Wie mußt Du unter Mathilde gelitten haben, daß ein glückliches Gefühl des Aufatmenkönnens immer noch wiederkehrt! Ob sie wohl eine Ahnung davon hat, welche Last sie war und welche Riesen-Geduld wir geübt haben?« Später wird »Tilla« aber bei besonderen Gelegenheiten wieder engagiert; sie trete, teilt Emilie 1889 mit, »sehr gern zu jeder Zeit als Reserve« ein und sei »immer voller Interesse« vor allem an Mete. Zu Emilies Geburtstagen scheint sie regelmäßig aufgetaucht zu sein. »Einen Topf mit einer Eriké / Kriegst du wohl von der Gericke«, heißt es 1896 in Fontanes obligatorischem Gedicht zum 14. November.

Doch ab Herbst 1883 – »Stellungswechsel« ist gewöhnlich zu Michaelis – herrscht erst einmal »Mädchennot« bei Emilie. Mit der neu installierten »Bertha« – »eine ganz auf die dumme Seite gefallene Märchengestalt«, sagt der Hausherr – hat sie mehr Ärger als Hilfe; sie klopft das Schmorfleisch vor dem Spicken nicht weich, sie zerhackt es regelrecht, so daß es Emilie mit Zwirnsfaden zusammenschnüren muß. Der Tolpatsch erkrankt schon bald; Emilie besorgt die Geschäfte selber. Sie fängt morgens den Bolle-Wagen ab und holt persönlich die Milch herauf, muß auch die Einkäufe beim Fleischer und bei Bäcker Thier erledigen (von dem Fontane meint, daß es seinen Brötchen guttäte, wenn er mehr Bäcker und weniger Stadtverordneter wäre). Obwohl es draußen schwül und in der Küche unerträglich heiß ist, kocht sie für die Jungen auch noch schnell »Klobbse«.

Dann taucht eine »Ernestine« auf, sehr geeignet und gut empfohlen; sie war vorher bei der Frau des jüngst gestorbenen Politikers Schulze-Delitzsch in Stellung. Doch nach zwei Tagen fängt sie an zu humpeln und muß sich in eine Klinik begeben. Fontane begreift, was dies alles für Emilie bedeutet. Am 23. Mai 1885 schreibt er an Mathilde von Rohr über das Dilemma und liefert aus privater Perspektive eine soziologisch aufschlußreiche Typologie von »Dienstmädchen«: »Ich überzeuge mich jetzt doch mit Schrecken, wieviel Ursach die armen Frauen zum Klagen haben; früher glaubte ich immer, meine Frau verlange zuviel und fordre so viele Tugenden und Vorzüge, wie sich eben selten vereinigt finden. Das ist aber nicht der Fall; von den 6 der 7, die wir nun seit anderthalb Jahren gehabt haben, war die erste roh, eitel und verlogen (sonst ganz brauchbar), die zweite vor Eitelkeit dreiviertel verrückt und stockdumm; die dritte, nett und gut, kriegte den dritten Tag einen kranken Fuß [»Ernestine«]; die vierte, sehr hübsch, war nur für Tanz und Liebschaften; die fünfte, brauchbar, aber ganz krank; die sechste, noch brauchbarer, aber auch noch kränker. Alle, mit Ausnahme der ersten, sind freiwillig gegangen und nicht unsrerseits fortgeschickt worden; die *gesunden* waren eitel, liederlich und dumm, die brauchbaren waren krank. Was soll man da machen?«

Das Pech in der Küche verfolgt Emilie auch in den folgenden Jahren, wo sie oft alles selber machen und nach der Aussage ihres Mannes »auch noch die Liebenswürdige oder doch die ewig Dienstbereite spielen muß«. Noch im Juli 1889 liefert Fontane eine Charakteristik der amtierenden »Ottilie«: »Heute wirst Du nun Deine Ottilie los; ich beglückwünsche Dich dazu, *sie* wird aber auch froh sein. Du hast alles in einem falschen Lichte gesehn und ihr Motive unterschoben, die gar nicht da waren. Sie war nichts als eine grenzenlos verwöhnte Krabbe, die weiter verwöhnt sein wollte; sie wollte pet [Schoßkind] sein, und man sollte ihr sagen: ›nun, Ottilichen, nun kommen Sie mal her, wir wollen das so machen; es braucht ja nicht gleich zu glücken, aber Sie sind ein liebes, kleines Balg; kommen Sie her, Töchterchen, ich will Ihnen einen Kuß geben.‹ Da war sie nun furchtbar schlecht bei uns angekommen, denn so gut und rücksichtsvoll die Mädchen bei uns im allgemeinen behandelt werden, so quietscht diese Behandlung doch von Nüchternheit und Langerweile. Sie paßte nicht für uns, aber wir auch nicht für sie; die kommen, sind weichlich, verwöhnt, anspruchsvoll, eitel und ohne den Drang und Ehrgeiz der Pflichterfüllung; sie wollen einen guten Tag leben und beschäftigen sich nur mit sich, was sie in der Ordnung finden, weil sie eine sehr hohe Meinung von sich haben. Übrigens ist dies alles bei ihren natürlichen Gaben (in denen sie den bockbeinigen Knubbelmärkern unendlich überlegen sind) nicht ohne einen gewissen Grad von Berechtigung. Wenn sie dienen wollen, gehören sie ganz in ›feine Häuser‹. Dazu kann ich unsres, trotz seiner Vorzüge, nicht rechnen.« Es handelt sich bei »Ottilie« um jenes Mädchen, von dem Emilie im Frühjahr 1889 an Sohn Theo schreibt, sie müsse zur Zeit »einen Diamanten (hoffentlich!) zum Brillanten schleifen«, das heißt, »eine Achtzehnjährige nicht nur in allen häuslichen, sondern namentlich auch in allen Kochkünsten unterweisen« – ein neuer Aspekt: Emilie als Ausbilderin für Dienstmädchen. Im November 1889 stellt sie erleichtert fest: »In unsre Mädchenpleite scheint ein Stillstand eingetreten; wir haben ein Individuum, das wenigstens gut kocht, gut aussieht u. anständig ist, leider aber bald heiraten wird.«

Ruhe und Zufriedenheit im Küchenbereich kehren erst wieder Ende September 1890 ein, als Fontanes die Schlesierin Anna Fischer einstellen, die sie während der Sommerfrische auf der Brotbaude kennengelernt haben und die bis zu Fontanes Tod bei der Familie bleibt. Sie ist ein kluges und geschicktes Mädchen, das Emilies volles Vertrauen genießt. Anna begleitet, immer »frisch und munter«, die Fontanes auch auf Reisen, ist 1895 mit Mete in Deyelsdorf, begleitet diese 1896 zu Ausstellungen in Berlin. Als ihre Cousine Ida in Berlin ist, schickt man beide ins Theater. Sie sehen Hauptmanns »Versunkene Glocke«; »sie müssen«, räsoniert Fontane, »doch was davon haben, daß sie mit zur Literatur gehören«. Im übrigen ist Fontane von Annas Kochkunst begeistert; »beste Grüße an Anna«, heißt es 1897, »deren Wirsingkohl und Abendaufschnitt ich ersehne«. Schon 1896 verbindet er seine Gratulation zu Annas Geburtstag am 1. Juni mit dem Wunsch, »daß sie sich erst verheiratet, wenn wir tot sind«.

Zwischen »Trouble« und Langerweile

Wenn Fontane in seinem Tagebuch blättert, ist er jedesmal wieder erstaunt, wieviel sich »in einem kleinen stillen Leben doch immer noch zusammenläppert«, und Emilie ist stets mit von der Partie. Wenn der wohlbeleibte Reichstagsabgeordnete Friedrich Witte, der Freund aus alten Tagen, zu den

Sitzungen nach Berlin kommt, spricht er selbstverständlich bei den Fontanes vor und breitet das Neueste aus der Politik aus, während er, nicht gerade mit feinsten Tischsitten, große Mengen von dem »verputzt«, was aufgetragen wird. Auch Paul Heyse, der erfolgreiche Münchener Dramatiker und Erzähler, scheut die drei Treppen nicht – freilich immer in der jovialen Attitüde des verwöhnten Stars. Auch wenn der Rütli reine Männersache ist, sorgt Emilie, wenn die Herren bei den Fontanes »kochen« – wie der Jargonausdruck seit Gründungstagen lautet –, für die üblich gewordene Bewirtung, und muß eine Beratung vertagt werden, schreibt Emilie auch mal die nötigen Zeilen.

Diners reihum bei Heydens, Zöllners und Wangenheims sind nach wie vor selbstverständlich. Angeregte Abende verbringt man 1882 mit dem Ehepaar Siemens; Georg Siemens hatte 1870 die Deutsche Bank gegründet und war seither ihr Direktor. Emilie trifft den hochdekorierten Hofmaler Adolph Menzel, der als Junggeselle bei seiner Schwester Emilie haust, die in hektisch-streitbarer Ehe mit dem Musikdirektor Hermann Krigar lebt; sie ist verwundert, wie »der kleine Berühmte« es dort aushält. Einladungen kommen regelmäßig von »Tante Merckel« und Schwägerin Jenny Sommerfeldt. Und nicht zu vergessen: Emilie ist dabei, wenn die Fontanes zu Bismarcks Geburtstag (1. April) als Zeichen der Verehrung ihre Karten abgeben; Fontane erinnert sich 1887: »es gab Zeiten, wo wir wie ein Clan im Kanzlerpalais auftauchten«. Und wenn sich's einrichten läßt, geht Emilie in Begleitung der Söhne auch gern ein Bier trinken, mal mit Friedel bei Richter, mal mit Theo und Paul Schlenther im Weihenstephan am Potsdamer Platz, und dann ist gewöhnlich von einem gemütlichen Plauderstündchen die Rede und von prächtigem Schlaf hinterher. Man erinnert sich, wie genüßlich Emilie 1874 auch in Italien dem Bier zusprach, das ihr Mann als »Roborans«, als Stärkungsmittel, klassifiziert.

Emilies Befindlichkeiten in diesem »Trouble« schwanken. Fontane klagt am 1. Dezember 1880 gegenüber Mathilde von

Rohr, daß seine Frau vor der Zeit alt geworden sei; sie wirke mit ihren sechsundfünfzig Jahren wie sechsundsechzig und habe ihre ehemalige Beweglichkeit und Energie ganz eingebüßt. »Um 9 oder 9 1/2 legt sie sich in meinem Zimmer aufs Sofa und schläft, während ich bis 2 an meinem Tisch sitze und schreibe oder lese, ganz fest; ein offenbarer Zustand großer Nervenerschöpfung.« Aber es gibt, beispielsweise im Mai 1882, auch völlig gegenteilige Schilderungen. Friedrich Witte hat Emilie in Berlin getroffen und schwärmt bei der Rückkehr nach Rostock Mete Fontane »von den Reizen seiner Jugendfreundin« vor: »Er hatte Dich wieder zu hübsch gefunden und behauptete, man könne noch jeden Tag ein kleines Liebesverhältnis mit Dir anfangen.« Zu diesem schmeichelhaften Bild passen durchaus die Nachrichten vom 30. März 1884. Da ist, wieder nach Dobbertin hin, von Emilies ungenutzten Reserven die Rede; sie leide unter der Stille und langweile sich mitunter »halb zu Tode«. Fontane rät ihr, »junge Dinger und alte Tanten ins Haus zu ziehn«, aber Emilie lehnt ab, weil ihr diese »Nichten und Martha-Freundinnen etc. viel zu langweilig sind, und nur wenn sie selber Langeweile fühlt, will sie plötzlich Menschen haben«.

Ennuyante Zeiten sind indes selten; der »Trouble« herrscht vor, und Fontane berichtet schon ein Vierteljahr später davon, wie ein längerer Besuch der Treutlers sowie das »unbrauchbare Mädchen« viel Wirbel bringen, wobei sich »unsre kleine Häuslichkeit« oder, wie Emilie es deutlicher sagt, die »Enge unsres Vogelbauers« besonders nachteilig auswirkt. Dann sehnt sie sich ernsthaft nach Ausspannen und Ruhe. Und beides findet sie gerade 1883, als Fontane im Harz an seinem »Graf Petöfy«-Manuskript arbeitet und sie allein in Berlin ist, oder wenn sie, wie in anderen Jahren, mit ihm gemeinsam die »Sommerfrische« absolviert. Selbst wenn sie »eigene Menage« haben – das heißt, Emilie kocht selbst –, steht sie nicht unter Druck. Hörbar erleichtert gibt sie sich in einem Brief aus Wernigerode an Frau Stockhausen: »Zeit haben ist ein Luxus, den man, wie Sie wissen, in Berlin, sei es in welchen Verhältnissen man auch lebt, nicht kennt und dessen ich mich hier tagtäglich, allstündlich erfreue. Auch die Seele u. das Gemüt ruht aus, u. weder hastige Gedanken noch überstürzende Eindrücke rauben einem den Genuß der Gegenwart.«

Gereist wird übrigens viel in diesen achtziger Jahren, und die Vorbereitungen liegen weitgehend in Emilies Hand. Die Gespräche um den geeigneten »Urlaubsort« beginnen meist schon früh, und man kann sie sich etwa so vorstellen, wie sie Fontane in dem Gedicht »Wurzels (Berliner Ehedialoge)« und in der Skizze »Wohin?« – eine Plauderei in dem Bändchen »Von, vor und nach der Reise« – dargestellt hat. Und was ist alles zu bedenken: Wäsche und Kleidung (bei Fontanes bekannter legerer Haltung besonders wichtig), Bettzeug und Handtücher, Manuskripte und Lektüre; stößt eins der Kinder dazu; geht das Dienstmädchen mit, wirtschaftet Emilie allein usw. usw. Vor ihrem Aufbruch nach Krummhübel schreibt sie am 27. Juni 1884 an ihren Mann: »Ich würde mir am liebsten meine kl. Wirtschaft allein besorgen, wenn es mein ›Stand‹ zuließ. Denn ich bin für entweder oder. Darin bin ich mit Dir einverstanden, es geht auch mit wenigem; das Schwere ist nur, was vorstellen sollen! Ich stehe ganz auf dem Standpunkt meiner Kinder u. finde die Unfreiheit, die mir die Abhängigkeit von jedem Markstück gebietet, die schlimmste.«

Bei all solchen Überlegungen siegt schließlich das jeweils Angenehme und Praktische, und so hat die Familie von 1879 bis 1881 Wernigerode bevorzugt, an dessen Stelle ab 1884 Krummhübel tritt. Zu diesen gemeinsamen Aufenthalten kommen zahlreiche Reisen, die Fontane allein nach Norderney (1882, 1883), nach Bremen, Emden und Lützburg (1880) und Emilie nach Nassau (1880, gemeinsam mit Emilie Krigar) und, selbstverständlich, nach Neuhof unternehmen. Anregende Bekanntschaften und anstrengende Wanderungen, freundlich-entspannter Umgang miteinander und ergötzliche Begegnungen markieren diese Sommeraufenthalte. Von den Tagen in Krummhübel 1884 berichtet Fontane unter anderem an die Tochter: »Wir leben hier in der alten Weise weiter. Bekannte und Nicht-Bekannte sind abgereist, aber neue Figuren tauchen auf, sogar Türken. Neulich erschienen 5 in einem offnen Wagen und setzten durch ihre roten Fez' alles in Staunen. Auch Mama begegnete ihnen und wurde der Gegenstand einer türkischen Ansprache, über deren Inhalt – vielleicht huldigend, vielleicht furchtbar, vielleicht beides – nur Mutmaßungen gestattet sind. Mama raffte aber sich und ihr Türkisch zusammen und antwortete mit Würde: ›Allah il Allah.‹ Wirkung unbestimmt.«

Als Emilie 1885 nach langen gemeinsamen Wochen im Riesengebirge wieder nach Berlin gereist ist, orakelt ihr Mann, noch aus Schlesien: »Wahrscheinlich liegt es so, daß Dir nach einem Vierteljahre ›Nicht-Wirtschaft‹ auch die Wirtschaft wieder willkommen ist.« Die Wirtschaft sicher, aber vor allem auch, wie stets nach der Rückkehr, das Wiedereintauchen in die hauptstädtische Kulturszene.

Emilies Passion: Kunst, Musik, Theater

Fontanes Frage in einem Aufsatz aus der England-Zeit: »Waren Sie schon in der Exhibition?« kann Emilie wohl meist mit Ja beantworten. Sie interessiert sich, gänzlich im Einklang mit ihrem Mann, lebhaft für Malerei, hat, an seiner Seite, zeitlebens Umgang mit Malern: mit Ludwig Pietsch, dem Kollegen bei der »Vossischen Zeitung«, und Ludwig Burger, der die Kriegsbücher illustriert, mit Korneck und Breitbach, die beide Fontane porträtieren, mit Heyden und Blomberg, von denen gleichfalls Fontane-Bildnisse stammen, mit Menzel und Liebermann, dessen Fontane-Porträts teilweise in der Wohnung in der Potsdamer Straße entstehen. Galerie-Besuche in London und Berlin sind für Emilie selbstverständlich; die jährlichen Präsentationen der Akademie der Künste – über viele schreibt Fontane ausführliche Referate – pflegt sie nicht zu versäumen. 1882 besucht Emilie eine Blechen-Ausstellung in Berlin und liefert Tochter Mete nach Rostock eine »himmlische« Schilderung (die leider nicht erhalten ist); »Du machst mir solche Freude, wenn Du in dieser Weise schreibst.«

Im Juni 1884 bietet Berlin für die Kunstenthusiastin gleich zwei hervorragende Möglichkeiten. In den Räumen des »Vereins Berliner Künstler« ist, unter großem Zulauf des Publikums, das neueste Bild von Adolph Menzel zu sehen: »Die Piazza d'Erbe in Verona« – besonders aufregend für sie, weil sie Maler und Szenerie kennt. Am 11. Juni faßt sie ihren Eindruck beziehungsreich in einem Brief an ihren Mann in Thale zusammen: »Gestern waren wir auch vor Menzels Bilde; es wirkt erst wie ein Sammelsurium u. macht auf mich als Ganzes gar keinen Eindruck. Verzeih, auch darin Deiner Produktion etwas ähnlich. Aber die Details, die kostbaren, interessanten Details, ich konnte mich gar nicht losreißen u. wünschte, ich könnte tagelang eine Stunde es studieren u. mich an jeder neuen Entdeckung eines Zuges, einer Person erfreuen; es erfüllt mich wie Ehrfurcht, vor *diesem* Fleiß.« Es spricht für Emilies kritisches Vermögen, daß der Kunstbericht in der Wochenschrift »Die Gegenwart« zehn Tage später bis in einzelne Wendungen hinein zu demselben Urteil über das Menzelsche Bild kommt. Fontane quittiert das zwiespältige Resümee seiner Frau gelassen: »Dem, was Du über Menzel sagst, stimm ich in Lob wie Tadel bei. Daß ich persönlich etwas schlecht dabei wegkomme, schadet nicht viel; man muß nur das Bewußtsein haben, sein Bestes getan zu haben, das andre ist gleichgültig.«

Zur selben Zeit läuft in Berlin eine Gedenkausstellung für den am 3. April 1884 gestorbenen Gustav Richter, dessen Darstellungen aus der zeitgenössischen Gesellschaft damals sehr populär sind. Emilie nimmt, wie zu Menzel, Lischen Treutler mit, die wieder einmal für längere Zeit Logiergast ist. Kaum wieder zu Haus, formuliert Emilie in wenigen Zeilen eine drastische Kritik für ihren Mann: »Es war mir höchst lehrreich; die ganze Ausstellung hätte ich hingegeben u.

dafür mir noch stundenlang Menzels Piazza d'Erbe ansehn [können]; ich habe für Richters Bilder gar keine Bewundrung u. ärgre mich über die hochmütigen u. leeren Aristokraten-Visagen wie über die geldsatten Semiten. Und nun gar die Verherrlichung seiner *eignen* Judensippe. Am meisten hat mich sein *eignes* letztes Porträt ergriffen, wo schon nichts mehr von Jugend, Lebensgenuß u. Weltlichkeit mitspricht.« Mit Kennerblick fügt sie hinzu: »Vornehm wirkt das ganze Arrangement der Ausstellung.« Fontane, der die Retrospektive schon vorher gesehen hat, stimmt der sachkundigen Meinung seiner Frau sogleich zu: »Dein Urteil über G. Richter ist *sehr* treffend, ich habe genau dasselbe empfunden, aber, milder beanlagt wie Du, lasse ich das Ganze doch viel mehr gelten. Es war ein Pech für ihn, daß er nur Trivial-Comtessen und Juden-Madames zu malen hatte. Wir haben keine rechte Aristokratie, so daß man schließlich froh ist, bei einem christlichen oder jüdischen Parvenü unterkriechen zu können.«

Beide Briefstellen belegen die einheitliche Meinung der Fontanes zu einem heiklen Thema. Ihre Vorbehalte gegenüber »den Juden« sind beträchtlich, wobei sie den hohen Anteil jüngst erst aus dem Osten Zugewanderter im Sinn haben, die, rasch reich geworden, ihren sozialen Aufstieg durch protzig-»pratschiges« Gehabe demonstrieren. Daß etablierte Freunde und Bekannte wie Verleger Hertz und Redakteur Rodenberg, Bankier Sternheim und Maler Liebermann auch Juden sind, spielt überhaupt keine Rolle für sie. Diese Differenzierung muß man stets beachten, um Fontanes mitunter bösartige antijüdische Äußerungen nicht mit purem Antisemitismus zu verwechseln, und man darf auch nicht vergessen, daß er nie etwas gegen Juden hat drucken lassen; die »Judenfrage« wird brief- und tagebuchverborgen ventiliert. Ein Brief Fontanes an seine Frau vom 13. September 1885 zeigt, wie behutsam er – trotz aller gelegentlichen verbalen Entgleisungen – damit umgeht: »Was Du über die Juden schreibst« – der Brief Emilies liegt nicht vor –, »ist richtig, man muß aber doch sehr aufpassen und vieles, was nicht sehr nett ist, mit in den Kauf nehmen. Aber freilich, wo müßte man das nicht. Und in bezug auf einen selbst wird es wohl ebenso liegen.« Emilie stimmt gewiß mit dem überein, was ihr Mann als einen Ausspruch des Berliner Gymnasialhistorikers Adolf Lasson mehrfach zitiert: »Sonderbar, die Juden bei uns tuen die deutsche Kulturarbeit, und die Deutschen leisten als Gegengabe den Antisemitismus.«

Aufschlußreich im Kontext von Emilies antijüdischen Ressentiments ist eine Beziehung, die in den achtziger Jahren für ihren Musikenthusiasmus bedeutsam wird. Am 4. Februar 1882 erzählt sie in einem Brief an Nahida Lazarus, die zweite Frau des Rütli-Mitglieds Professor Moritz Lazarus, daß ihr Mann seit Spätherbst 1881 »Fürstenknecht« sei, nämlich regelmäßig in den geselligen Kreis um Prinz Friedrich Karl von Preußen eingeladen werde. »Um daneben nicht ganz zurückzubleiben, habe ich auch meinerseits eine ›große Bekanntschaft‹ erneuert und Anfang dieser Woche die Freude gehabt, einen Jugendgespielen wiederzusehen, der kein Geringerer ist als Herr Gerson von Bleichroeder. Ich habe eine wirklich genußreiche Stunde mit ihm verlebt und freue mich, daß sich dieselbe, nach seinem Wunsch, in nächster Zeit wiederholen soll. Und wie lehrreich für mich! Dieser fürstliche Glanz und dieser reiche, arme, fast erblindete Mann!«

Bleichroeder, Chef eines florierenden jüdischen Bankhauses in Berlin, einflußreicher Berater der preußischen Regierung in Finanzfragen, Bankier Bismarcks und 1872 in den erblichen Adelsstand erhoben, ist Jahrgang 1822, also zwei Jahre älter als Emilie. Über Zeitpunkt und Art ihrer Jugendbekanntschaft ist nichts bekannt, auch darüber nicht, wie es 1882 zu der Wiederbegegnung kommt. Fontane ist nämlich Ende Januar/Anfang Februar vierzehn Tage krank und trägt nichts in sein Tagebuch ein, und genau in diese Zeit fällt das von Emilie geschilderte Treffen. Für Mittwoch, den 1. März, vermerkt Fontane die nächste Einladung: »Über Mittag machte Emilie einen Besuch bei ihrem alten Spielgenossen

Gerson Bleichroeder, jetzt geadelt, Geh. Comm.Rath und englischer General-Konsul. Dazu 30 Millionen oder doch 20. Er war *sehr* liebenswürdig, naiv, einfach, ganz unpratschig. Emilie frühstückte mit ihm, und sie plauderten eine Stunde.« Am 23. November 1882 heißt es wiederum im Tagebuch: »Emilie macht einen anderthalbstündigen Besuch bei Baron Bleichroeder und bringt Welten von Neuigkeiten mit nach Haus.«

Der Informationswert in persönlichen und finanzpolitischen Angelegenheiten ist für Fontane beträchtlich, für Emilie jedoch bedeutet die späte, überaus freundliche Beziehung zum reichsten Mann Berlins noch viel mehr: Bleichroeder stellt nämlich die vier Plätze seiner Loge in der Lindenoper über Jahre hin zur Verfügung. Fontane bedankt sich am 25. November für die Billetts, sich zugleich entschuldigend, daß er nicht hingeht. (Eine antisemitische Attitüde daraus zu konstruieren, wie neuerdings geschehen, ist Unsinn; der, das mindeste zu sagen, nicht sonderlich musikalische Fontane steht hinter der Absage.) Emilie und Martha, mitunter auch Theo und Friedel genießen die großzügige Spende in vollen Zügen: »Figaros Hochzeit« (24. November), »Don Giovanni« (30. November), »Tristan und Isolde« (16. Dezember), »Die Hugenotten« (4. Januar 1883), »Undine« (5. Januar), »Oberon« (8. Januar). Im Juni 1883 versucht Emilie – vergeblich –, Karten für die »Meistersinger« zu ergattern, »denn der Jugendfreund wird wohl nicht schicken«, wie sie an ihren Mann schreibt. Dagegen heißt es in Fontanes Tagebuch für November/Dezember 1885: »Emilie ist oft in der Oper (Bleichroedersche Loge).« 1888 teilt sie ihrem Sohn Theo mit: »Mein alter Jugendfreund hat wieder angefangen, uns Billets zu schicken, u. war ich zweimal mit Mete in der Oper.« Im Februar 1889 heißt es in einem Brief von Emilie: »Mein u. Metes liebste Zerstreuung ist die Oper, zu der wir, durch einen Jugendfreund von mir, der täglich eine Loge hat, sehr oft Billets bekommen. Dort zu sitzen ist mir lieber u. weniger angreifend wie in einer Gesellschaft, genußreicher jedenfalls.« Noch im Januar 1891 lauscht Emilie auf Bleichroeders Sitz Webers »Oberon«.

Im Verhältnis zur Musik gibt es bei den Fontanes unterschiedliche Meinungen; das Klavier, von Emilie und Sohn George sehr geschätzt und offenbar passabel gespielt, ist stets umstritten. Als Emilie ihrem Mann 1884 nach Thale schreibt, daß eine »Petition wegen Beschränkung des Klavierspiels« im Umlauf sei, antwortet er, daß dies seinen »ganzen Beifall« habe, »dennoch möchte ich nicht, daß wir das Blatt unterzeichneten. Es bindet einen so sehr. Fechten es die Anti-Klavierler durch, so freu ich mich dessen; aber ich mag nicht mitagitieren.« Noch im nachgelassenen Roman »Mathilde Möhring« wird als Kriterium eines ruhigen und anständigen Hauses geltend gemacht, daß der Wirt keinen ins Haus nimmt, der Klavier spielt.

Über die Schicksale einiger Musiker ist Emilie bestens informiert. So sorgt sie sich zum Beispiel sehr um die Stellung von Julius Stockhausen, der in Frankfurt zunächst Lehrer am Hochschen Konservatorium ist, bevor er 1880 eine eigene Gesangsschule gründet. Die Nachrichten über den Violinvirtuosen und Direktor der neuen Berliner Hochschule für Musik, Joseph Joachim, und dessen Frau, die Sängerin Amalie Schneeweiß, verfolgt sie aufmerksam. Im April 1879 schreibt sie an Clara Stockhausen: »Denken Sie, daß man hier davon spricht, Paul Lindau würde das Frankfurter Theater übernehmen! auch über Joachims klingt vieles durch die Stadt; eine Dame kann ich Ihnen nennen, zu der Frau J[oachim] in aufgeregtester Weise geäußert: man habe sie u. ihren Mann mit Schmutz beworfen etc., worauf die Dame (Frl. Dorn) geantwortet: beruhigen Sie sich doch ... Sie haben so viel Freunde ..., worauf Frau J. entgegnet: ach, bah, wo sind die Freunde? – Er soll bei seiner Rückkehr aus London mit Ovationen empfangen sein. Wahr muß an dem Gerede pekuniärer Fatalitäten etwas sein; denn Fr. J. hat ganz Schlesien mit Hr. Barth bereist, u. einem Konzerte, welches diese beiden in Liegnitz gaben, hat meine Freundin [Johanna Treutler] u.

ihre Töchter beigewohnt. Vielleicht habe ich unrecht, aber ich finde, die Gattin J. müßte *das* nicht nötig haben, denn man kann doch nicht annehmen, daß sie es zu ihrem Vergnügen getan hat.«

Die Anteilnahme an ausübenden Künstler-Ehepaaren, vor allem auch im Theaterbereich, ist überhaupt sehr groß. Es ist beispielsweise ein Brief von Maximilian Ludwig, seit 1872 Mitglied des Schauspielhaus-Ensembles und von Fontane geschätzt, an Emilie vom 15. November 1875 überliefert, aus dem hervorgeht, daß Frau Ludwig, zum Verdruß ihres Mannes, mit vertraulichen Mitteilungen gegenüber Emilie zu weit gegangen sei. »Auch unter den besten Bekannten müssen«, schreibt Ludwig, »gewisse Dinge stets unberührt und unerörtert bleiben.« Der Anlaß, offenbar eine Theaterintrige, ist unbekannt, aber der Vorgang zeigt, wie stark Emilie in familiäre und berufliche Dinge der Freunde involviert ist. Ähnlich gestaltet sich das Verhältnis zum Schauspieler-Ehepaar Marie Keßler und Richard Kahle und vor allem zu Paula Conrad und ihrem späteren Ehemann Paul Schlenther, dessen Anstellung bei der »Vossischen Zeitung« – er übernimmt 1890 Fontanes Theaterberichterstattung – auf eine Empfehlung Emilies beim Besitzer Karl Robert Lessing zurückgeht. Der persönliche Umgang mit den Mimen gibt Emilies Theaterleidenschaft die besondere Würze, und vielleicht verbirgt sich dahinter der unerfüllte Traum ihrer jungen Jahre, selbst einmal auf der Bühne zu stehen. Selbst mit den abergläubischen Gebräuchen der Theaterleute ist sie vertraut. Vor einer Premiere, an der sie nicht teilnehmen kann, schreibt sie an Paula Conrad: »Ich werde heute abend mit meinen Gedanken bei Ihnen sein – mehr darf ich ja nicht sagen.« Fontane hat kurz vor seinem Tod spöttisch über die Passion seiner Frau bemerkt: ihr werde es wohl so ergehen wie dem großen dänischen Bildhauer Thorvaldsen, der im März 1844 während der Vorstellung in einem Kopenhagener Theater starb.

Nächtliches Abenteuer

Emilie ist oft mit den Kindern oder mit Freunden im Theater, und besonders gern begleitet sie ihren Mann, den »Th. F.« von der »Vossin«, wenn er dienstlich auf seinem »kurulischen Stuhl« im Haus am Gendarmenmarkt sitzt. So erlebt sie mit ihm am 3. April 1884 die Aufführung des Schauspiels »Der Mohr des Zaren« von Richard Voß; der gestrenge Kritiker findet, daß es »ein vorwiegend gutes Stück« sei, und Emilie dürfte sich über die Geschichte vom Hofe Peters des Großen mitgefreut haben. Freilich hat der anregende Abend ein kurioses Nachspiel, das Fontane, die Rolle seiner Frau pointiert herausstellend, in einem Brief spannend und amüsant schildert. Dieses Kabinettstück eines privaten Feuilletons – es könnte auch ein Kapitel aus einem Roman über Wohnungsverhältnisse im alten Berlin sein – ist Teil eines Briefes an Tochter Mete, die zu diesem Zeitpunkt in Italien unterwegs ist.

»Um 10 fragt [Dienstmädchen] Bertha den sein Abendbrot verzehrenden Friedel, ›ob sie aufbleiben müsse oder zu Bett gehen könne?‹ – ›Gehen Sie ruhig zu Bett; die Eltern haben Hausschlüssel und Drücker.‹ Und Bertha geht zu Bett. Friedel holt Mama aus dem Theater ab und erzählt sein Gespräch mit Bertha. ›Ja, das ist schlimm, ich habe keinen Drücker, und Papa kann vor 12 von der Zeitung nicht wieder dasein.‹ – ›Nun, dann wollen wir solange zu dem Weihenstephan gehn und ein Seidel trinken.‹ Gut. Von 11½ an stehen sie aber wieder vor der Gittertür und warten auf mich. Endlich erkennen sie mich. ›Da kommt er angehupst.‹ – ›Guten Abend.‹ – ›Gott sei Dank, daß du kommst; wir können nicht in unsre Wohnung, Bertha ist zu Bett, und ich habe keinen Drücker.‹ – ›Und ich auch nicht.‹ Kolossale Verlegenheit. Mama merkwürdig gefaßt, weil sie noch unter dem Einfluß des Weihenstephan-Seidels stand. ›Ja, was machen wir nun? wir können ja bei der verschlossenen Hoftür auch nicht einmal die Hintertreppe hinauf und „bullern".‹ Friedel drang nun darauf, wir sollten mit in seine Wohnung kommen, wo ich mich in sein Bett und Mama sich aufs Sofa legen sollte, er aber wolle entweder auf einem Stuhl nächtigen oder zu Karl Zöllner ins Bett kriechen. Ich dankte ihm, erklärte jedoch mein ›non possumus‹; ich habe keine Vorliebe für andrer Leute Betten. So wurde denn beschlossen, daß Mama und ich bei Fredrichs [Hotel mit Restaurant und Weinhandlung in der Potsdamer Straße 12] drüben ein Unterkommen suchen sollten. Ums kurz zu machen, im letzten Moment entdeckten wir bei ›Geheimerats‹ [Herrlich] noch Licht; also wieder ins Haus hinein, treppauf und geklingelt. Der Geheimrat erschien, und das Wort Hamlets, als er seines Vaters Geist auf sich zukommen sieht: ›Thou comest in such a questionable shape‹, paßte auch hier. Schönheit ist auch bei Tage nicht seine Sache. Die Gattin stand ihm zur Seite. Beide übrigens voller Güte und er sogar voller Humor, natürlich seine Sorte. Mit einem Hackebeil bewaffnet, das ich in der geheimrätlichen Küche von der Wand nahm, zogen wir nun 5 Mann hoch treppauf und bullerten zunächst. Aber Bertha schlief den Schlaf der Gerechten, und so blieb dann nichts als das Hackebeil. Es wurde zwischen die Boden-Tür geklemmt, um eine Klinse zu gewinnen, in die nun die Hände vom Geheimrat, von Friedel und mir hineinfuhren; eins, zwei, drei und mit einem ungeheuren Ruck und Krach flog die Tür auf. Sonderbarerweise war nichts zerbrochen; die nur dünne Tür hatte elastisch nachgegeben und war einfach aus dem Schloß herausgesprungen. Und nun die Hühnersteige hinauf, um Bertha zu wecken. Ein vollkommener Sieg war erfochten, und ein mitternächtiger Schlummerpunsch war der allseitige, wohlverdiente Lohn.«

Kapitel 12

»Haus- und Familien-Diplomatie«

1885–1890

»Ohne eure Mutter wär es nischt mit euch«

Emilies Lebensresümee vom März 1885 – wir haben den Brief an Clara Stockhausen oben zitiert – hebt vor allem erleichtert hervor, daß die Kinder nun aus dem Gröbsten heraus seien und die Eltern »im Notfall« entbehren könnten. Doch der Weg dahin war bei der ausgeprägten Individualität der vier Sprößlinge steinig und kurvenreich, und er soll auch künftig nicht ohne Gefahren bleiben. Im Briefwechsel müssen sich die Eheleute aus aktuellen Anlässen immer wieder über Probleme mit den Kindern austauschen, und dabei treten die unterschiedlichen Auffassungen der »Erziehungsberechtigten« deutlich zutage, die die psychischen Belastungen Emilies zweifellos noch verstärken.

So gibt es im August 1882 einen geschwisterlichen Zwist zwischen Theo und Friedel, der in Abwesenheit der Eltern bei seinem älteren Bruder wohnt und sich zu dessen Verdruß allerlei Freiheiten herausnimmt. Emilie ärgert sich, aber Fontane will sich keineswegs echauffieren. Wenn ein Achtzehnjähriger wie Friedel einmal bis 12 Uhr Skat spielt, mehrere Seidel trinkt und eine Harfenistin nach Haus bringt, so sei er noch lange kein »outcast«. Fontane erklärt in seiner bekannt lässigen Art, daß er eigentlich gar nichts von solchen Lappalien wissen wolle: »Erfahre ich davon, so hab ich die ledernlangweilige Verpflichtung, eine Standrede zu halten und Sachen als ungehörig zu tadeln, die vielleicht nicht lobenswert, aber ganz natürlich und ganz verzeihlich sind.« Die »Katzbalgerei der ›feindlichen Brüder‹« verfolgt ihn aber noch in den nächsten Tagen, so daß er ärgerlich wird und Emilie vorhält: »Ich kann mit Dir über alles sprechen, nur nicht über die Kinder, weil Du die Tugend hast, eine Stunde später unter der berühmten Überschrift ›Papa sagt auch‹ Äußerungen, die nur für *Dich* bestimmt waren, an die große Glocke zu hängen.« Sie möge bitte seine »Confessions« wie Beichtgeheimnisse behandeln, und er schwört sie auf seine Maxime ein, an die er sich selbst oft nicht hält: »Wenn sich schon überhaupt ohne eine gewisse Diplomatie nicht leben läßt, so am wenigsten ohne Haus- und Familien-Diplomatie.«

Auch im folgenden Brief nimmt Fontane das Thema auf, gegen Emilies strengere Vorstellungen polemisierend. Sicher müsse man eine »gewisse Subordination« durchsetzen, aber man solle sich auch mit einer »mäßigen Respektsstellung« der Kinder begnügen. »Am allerwenigsten muß man an den Charakteren herumbasteln wollen; es führt zu gar nichts, außer zu Verstimmung und Ärgernis.« Und unter diesem Aspekt porträtiert er schonungslos seine Familie: »Wie sich ein Mensch gibt, das ist nicht ein Zufall, auch meistens nicht ein Erziehungsfehler, sondern der Ausdruck seiner Natur, und ebensowenig wie Dir einer die Sturmkrankheit oder mir das halb scheue, halb soupçonnöse Wesen wegdisputieren wird, ebensowenig kannst Du Martha ihre verbockte Hochmutsanlage, Georgen seinen Egoismus und Theon seine Verranntheit und Verschrobenheit nehmen.« Fazit nach eingehender Erörterung einiger notorischer »Vorfälle«: »Selig sind die Friedfertigen.« Mit »Kompromissen, Waffenstillständen, stillschweigenden gegenseitigen Abmachungen« komme man am besten um Streit und Konflikt herum.

Das typische Fontane-Credo hilft seiner Frau im Alltag nur wenig. Als George zum Beispiel im Sommer 1883 seinen Besuch ankündigt – er ist zu dieser Zeit in Wahlstatt stationiert –, ist sie reichlich verunsichert und gesteht ihrem Mann: »Je älter ich werde, je mehr hasse ich peinliche Auseinandersetzungen u. gehe ihnen bis zur äußersten Grenze aus dem Wege, aber dann bin ich auch um so geneigter« – nämlich die dreisten Anforderungen Georges energisch zurückzuweisen, womit er sie erst zu Weihnachten »genervt«

hat. Freilich erwägt sie zugleich, ob es nicht auch ihre eigene Schuld sein könnte, wenn sie »keine reine Freude am Kommen« der Kinder habe. Fontane geht liebevoll tröstend auf ihre Sorgen ein: »Du sollst immer geben, anschaffen, für alles einstehn, als ob Du eine wohlhabende Frau wärst, und das verdrießt Dich. Auch mit Recht. Es könnte anders sein; es könnte aber auch, nach *der* Seite hin, noch viel, viel schlimmer sein. Friedel ist ein guter Kerl, und Theo schränkt sich ein, so gut und soweit er kann. George macht keine Ansprüche mehr (die Ferienwochen kann man doch schließlich so hoch nicht taxieren), und Martha, wenn Du von *dem* Punkt absehen willst, daß sie nichts verdient, balanciert vieles dadurch, daß doch schließlich, halbe Jahre lang, ihre Verpflegung wegfällt; was *auch* was ausmacht. Also schließlich: es ist nicht so schlimm.«

Fontane äußert sich über die Jahre hin recht widersprüchlich über die Kinder. Bittere Bemerkungen entspringen oft einer augenblicklichen Verärgerung oder einer psychischen Krise. Nach dem Weihnachtsfest 1882, bei dem im Familienkreis keine rechte Stimmung aufkommen will (zumal der Hausherr die Feiertage über am Schreibtisch sitzt), analysiert er die Ursachen in einem Brief an Mathilde von Rohr. Er erhebt bittere Vorwürfe gegen die Kinder, die »im letzten Winkel ihres Herzens alle über ›die kleinen Lebensverhältnisse‹ verstimmt« seien und nicht mit dem »Pech« fertig werden wollen, arme Eltern zu haben. »Sie übersehen das tausendfältig Gute, das sie haben, und kommen zu keiner echten und tiefen Anerkennung meiner Bestrebungen, weil ihnen die relative Resultatlosigkeit dieser Bestrebungen unbequem ist.« Diese »tief-innerlichste *Nicht*-Heiterkeit« der Kinder bringe ihn um seine Heiterkeit, und er wettert: »Das Maß von Verkehrtheit und Undankbarkeit, das darin liegt, ärgert mich. Keins der Kinder hat je scharf zugefaßt und gesagt: ›so soll es sein; *das* übernehm ich, *das* ist nun *meine* Sache‹ – alle leben ganz ausschließlich nach ihrem Penchant [Neigung]. Dieser Penchant ist nicht schlecht, sie verlangen keine Dummheiten, sie sind nicht faul – aber jeder folgt nur seiner Laune, seiner Natur, keiner hat eine höhere Vorstellung von *Pflicht.*«

Mitte der achtziger Jahre scheinen – für eine kurze Zeitspanne wenigstens – alle Querelen der Vergangenheit anzugehören, und Emilie malt für Frau Stockhausen ein harmonisches Bild: George, avanciert und pekuniär gut gestellt, an der Kadettenanstalt in Lichterfelde, Theo kurz vor dem Assessor-Examen, Mete Lehrerin an einer höheren Mädchenschule und Friedel am Ende einer erfolgreichen Buchhandelslehre. »Alle machen sie uns Freude, u. je mehr der Älteste u. die Tochter uns zeitweise bekümmert u. geradezu beängstigt haben, um so mehr sind wir jetzt zufrieden mit ihnen, da sie sich endlich mit ihrem Charakter herumgekämpft haben. Das geistige Zusammenleben mit ihnen ist wohl für meinen Mann der schönste Lohn für das, was er für sie getan, u. die Anerkennung, ohne Überschätzung, die er in seiner Familie findet, ein Trost für sein fast freundloses Alleinstehn mit der Außenwelt.«

Der entscheidende Anteil an der charakterlichen Konsolidierung, an der beruflichen Entwicklung der so gegensätzlich gearteten Kinder ist ohne Zweifel Emilie zuzuschreiben, und Schwägerin Jenny Sommerfeldt, der Herz und Zunge am rechten Fleck sitzen und die als Mutter von elf Kindern und als vielfache Großmutter über die nötige Kompetenz verfügt, hat diese Tatsache auf gut berlinisch zusammengefaßt: »Ohne eure Mutter wär es nischt mit euch.«

Es fällt auf, daß Emilie in ihrer Bilanz einschränkend auf George und Mete verweist, die sie »zeitweise bekümmert u. geradezu beängstigt« hätten. Georges Schwierigkeiten beim Umgang mit Geld haben wir mehrfach gestreift; sie erweisen sich jedoch als relativ harmlos im Vergleich zu den ständigen Sorgen, die Tochter Mete den Eltern und speziell Emilie bereitet.

»Sie wird wohl unser Angstkind bleiben«: Mete

Die erotische Anziehung Julius Stockhausens, die die Achtzehnjährige 1878 in Verwirrung stürzte, macht die geplante gemeinsame Übersiedlung nach Frankfurt zunichte. Mete bleibt bei den Eltern, gibt Französisch-Stunden und nimmt Gesangsunterricht und – legt die überheblichen Allüren gegenüber der Mutter ein wenig ab. Emilie schreibt aufschlußreich genug an Frau Stockhausen: »In ihrem Benehmen gegen mich hat sie sich, soweit es ihr Charakter zuläßt, enorm zum Guten geändert, u. zeigte ihr mein guter Mann nicht in so übertriebener Weise sein Eingenommensein von ihr, würde es noch besser gehn.« Der Konflikt schwelt gleichwohl noch lange, weil die eigensinnige Mete ihre Mutter »immer noch erziehen will«, und Emilie seufzt manches Mal, daß es sich »am wenigsten gut mit Meten« leben lasse. Fontane hält der Tochter zwar häufig briefliche Vorlesungen zum Thema Pflicht und Neigung – selbstverständlich Pflichterfüllung anmahnend –, aber dem Liebling gegenüber ist er auch stets zum Nachgeben geneigt. Ja, er erklärt einmal in ihrer Gegenwart: »Solange ich arbeiten kann, soll sie zu meiner Freude im Hause sein, u. wenn ich auch nachts noch eine Stunde länger arbeiten soll.«

Doch im Sommer 1880, zwei Jahre nach dem Examen, findet die junge Pädagogin endlich eine erste Anstellung, und ihre zunächst begeisterten Berichte bringen Emilie ein wenig Sonnenschein ins Haus. Als Erzieherin in Klein-Dammer, einem neumärkischen Nest etwa 50 Kilometer östlich von Frankfurt an der Oder, sind ihr die vier Kinder des Gutsbesitzerehepaars Eugenie und Max von Mandel anvertraut, und sie ist zugleich Hausdame und Skatpartnerin, Vorleserin und Vorzeigegouvernante oder, wie die Leute im Dorf sagen, »Lehrmamsell« und »Comtesse aus Berlin«. Mete schickt ausführliche, fast tagebuchartige Briefe nach Berlin, meist an die »liebe Mama« adressiert, und selten hat eine Zwanzigjährige so plastische Skizzen vom Leben auf dem flachen

Lande geliefert. Eine hochgebildete, anspruchsvolle Berlinerin begegnet der tristen preußischen Provinz und schildert – zum Vergnügen der Eltern – geistreich und witzig ostelbischen Adelsstolz, verdrießliche Kulturlosigkeit und politisches Krähwinkeltum. Der Umgang mit den Kindern macht ihr viel Spaß und gelegentlich Ärger, die Fortschritte der Kleinen sind dank ihres interessant gestalteten Unterrichts erfreulich, und sie weiß sich »unter Anwendung der Prügelstrafe dreimal täglich« Respekt zu verschaffen.

Zugleich aber zeigen Metes Briefe – und da hört das Amüsement der Eltern auf –, wie sie zwischen selbstbewußter, nahezu hochmütiger Lebensauffassung und einem noch kindlichen Anlehnungsbedürfnis schwankt, das sie oft mit Sehnsucht an Berlin und besonders an den geliebten Vater denken läßt. In der geistigen Öde von Klein-Dammer träumt sie von der »Wonne des Zuhauseseins«, von den Disputen unter der traulichen »grünen Lampe«, und neidisch auf Mama, die das ständig um sich hat, bekennt sie: »Ich kann mir nichts Schöneres denken, als Papas Frau zu sein.« Die Bulletins aus Klein-Dammer geraten ihr mehr und mehr zu erstaunlichen psychologisch fundierten Selbstdarstellungen. Sie analysiert sich sehr genau, empfindet, daß sie gern ein »Luxusgeschöpf« sein möchte, und weiß um ihre erotischen Anfechtungen.

Die Heimwehanwandlungen haben auch psychologische Hintergründe: in erschreckendem Maße spricht die junge Frau nämlich von ihrer Menschenscheu. Bevorstehende Gesellschaften sind ihr ein Horror, Besuche auf den Nachbargütern machen sie tagelang nervös, und »Menschenlosigkeit« preist sie als Wohltat, ist aber auch, gelegentlich eines Manövers, durchaus den Komplimenten der Offiziere zugänglich. Aufs äußerste beunruhigt liest Emilie in den Briefen der Tochter zudem von bedrohlichen Erkrankungen, die ihren Symptomen nach physischer, psychischer und psychosomatischer Natur sein können. Emilie kennt ja die Rolle der eingebildeten Kranken, die das Kind virtuos zu spielen versteht, und ist nicht überrascht, als es im Brief vom 20. Januar 1881 heißt: »Ich ertappe mich auf meinem alten Fehler, ein Krankenbett etwas außerordentlich Gemütliches zu finden.« Doch der Katalog der tatsächlichen Leiden ist lang. Von »Kolik der Gebärmutter« ist die Rede, von »furchtbarem Gallenerbrechen«, von »gastrisch-nervösem Fieber«, von »entsetzlichen Träumen« und dem »Zustand zwischen Leben und Sterben«, Migräne genannt.

Während der Herbstferien 1880 kommt Mete nach Hause, und über den Jahreswechsel gewähren ihr die Mandels einen längeren Urlaub, damit sie sich, wie Emilie erläutert, von den »Nerven-Zufällen« erholen kann, die die Folge von Überarbeitung seien. »Ich bitte nun aber dringend«, schreibt Mete am 6. Dezember, »nicht als Sterbende empfangen zu werden.« Die liebenswürdige Eugenie von Mandel schreibt am 30. Dezember eigens an Emilie Fontane, wie besorgt sie durch Metes Befinden sei und wie schwer es ihr falle, sie ihr »so leidend in die Arme zu führen, und doch mußte ich mir sagen, daß ich ihr, beim besten Willen, die mütterliche Liebe und Pflege, die so viel vermag, nicht ersetzen konnte«. Einigermaßen wiederhergestellt, reist Mete im Januar 1881 nach Klein-Dammer zurück. Im Sommer verbringt sie schöne Wochen mit den Eltern in Wernigerode, und zu diesem Zeitpunkt dürfte schon entschieden sein, daß sie Ende September die Stellung bei den Mandels aufgibt.

Wie häufig in problematischen Lebenslagen, flüchtet Mete auch diesmal nach Rostock, wo sie bei Wittes längst eine Art zweites Elternhaus gefunden hat, das ihr obendrein durch gediegene Wohlhabenheit und gepflegte Atmosphäre sehr behagt. Im Mai 1882 heiratet Lise Witte – Mete ist bei der aufwendigen Hochzeit an einer Theateraufführung beteiligt –, und sosehr sie ihr das eheliche Glück mit dem Landwirt Richard Mengel gönnt, so sehr bedrückt sie (und die Eltern in Berlin mit) ihre eigene Bindungslosigkeit. Sie muß erleben, wie ihre besten Freundinnen nacheinander »weggeheiratet« werden: 1886 verbindet sich Martha Müller-Grote, die Verlegerstochter, mit dem Arzt Dr. Stöter, 1887 Marie Bencard mit dem 34 Jahre älteren Gynäkologieprofessor Gustav Veit. Fontane faßt Metes Lage in einem Brief an Emilie in die derbe Formel: »Daneben stehn und sich den Mund wischen, ist nicht sehr angenehm, wenn man 23 ist.« Er setzt seine Hoffnung darauf, daß Mete, wenn sie endlich in »richtiges Fahrwasser« kommt, »bei ihrer reichen Begabung ein Pracht-Exemplar werden« könne.

Hinter diesen Erörterungen spuken jüngste Ereignisse nach. 1882 hat Mete ein heimliches Verlöbnis mit dem durchgefallenen Jurastudenten Rudolph Schreiner gelöst und damit die Eltern in beträchtliche Verwirrung gestürzt, die mit den Schreiners gut bekannt sind. Die Beziehung hatte sich wohl schon 1879 angebahnt, und Mete scheint sie ohne jede Leidenschaft unterhalten zu haben. Sie trennt sich schmerzlos von dem »Pappstoffel« und »Hosenmatz«, wie Fontane den potentiellen Schwiegersohn nennt. Vielleicht haben sich Züge des unbedarften Stadtschulrat-Sohns in dem verbummelten Juristen Hugo Großmann (»Mathilde Möhring«) und dem willenlosen Leopold Treibel (»Frau Jenny Treibel«) erhalten, wie ja auch Corinna Schmidt in letzterem Roman in gewissem Sinne als Porträt Mete Fontanes gesehen werden kann – in Bildung und Cleverness, aber auch in bourgeoisen Gelüsten und dem Wunsch nach sozialem Aufstieg.

All solche Vorzüge und Bedenklichkeiten werden im Ehebriefwechsel und in der Korrespondenz des Vaters mit der Tochter ständig diskutiert. Mete sei die »Kleinheit unsres Lebenszuschnitts« unerträglich, schreibt Fontane am 22. Juni 1883 an seine Frau; sie wolle »Dame sein«, ohne die zugehörigen Pflichten zu akzeptieren. Und als Mete, wie gewohnt, 1883 wieder einmal wegen einer Fahrt nach Berlin anfragt, reagiert Fontane – gewiß in voller Übereinstimmung mit Emilie – mit einer haushaltspolitischen Grundsatzerklärung: die Kosten für das ständige Hin- und Herfahren könne und wolle er nicht übernehmen. Er weiß, daß dergleichen Mitteilungen »allemal ein tiefes ästhetisches Unbehagen« bei Mete wecken, aber das sei nicht zu ändern, und »nur dem

Siege der Pflicht über die Neigung, nur dem Verzichten-Können, nur der Erkenntnis und dem Handeln danach« sei es zu danken, »daß wir ehrlich gelebt, unser Haus ordentlich bestellt und unsre Kinder anständig erzogen haben. Mamas Verdienste nach *dieser* Seite hin sind *sehr* groß; ich hab es mir sauer werden lassen, aber das Haushalten, das Auskommen mit dem mühvoll und spärlich Erworbenen ist schwerer und namentlich auch niederdrückender als das Erwerben selbst.«

Dieses Hohelied auf die Wirtschaftsministerin im Haus Fontane scheint nicht ohne Eindruck geblieben zu sein, denn Emilie erzählt am 28. Juni 1883 von Metes »guten Vorsätzen«, die aber wohl in ihren »elenden« Gesundheitszuständen nicht recht wirksam werden könnten: »sie wird wohl unser Angstkind bleiben«. Fontane setzt wie immer auf das Prinzip Hoffnung und wünscht, daß Mete in Mecklenburg einem »reputierlichen Mann« begegnet, »der ihr jeden Tag Weingelee vorsetzen kann«. Diese Vorstellung nimmt indes ganz andere Gestalt an, und Anfang 1884 erhält Metes Anspruch auf »das Höhere« tatsächlich praktischen Auftrieb. Sie begleitet von Ende Februar bis Anfang Juli eine reiche Amerikanerin auf einer Italienreise. Die Eltern sind entzückt von ihren brillanten, leider nicht erhaltenen Berichten. Fontane kommentiert gegenüber Emilie: »Das Heimweh gönn ich ihr, weil es sie vielleicht von dem Wahne heilen wird, daß Geld, Gasthöfe, Galerien und galonnierte Diener irgendeinen Menschen glücklich machen können.« Das ist eine Umschreibung dessen, was Fontane Metes »verbockte Hochmutsanlage« nennt, und diese fatale Eigenschaft beschäftigt ihn. Erklärend und entschuldigend schreibt er an Emilie, daß Mete unter dem Fontaneschen »Hauszuschnitt« leide: »Wir sprechen immer von ›elterlichem Haus‹, aber sie hat nicht *das* davon, was sie befriedigt.« Freilich fehle ihr auch ein »schlichterer Sinn«. Zu Emilies denkbarem Unbehagen in solchen Fragen trägt erheblich bei, daß Mete ernsthaft erwägt, ihre Gönnerin, Mrs. Dooly aus San Francisco, nach der Rückkehr aus Italien in die Staaten zu begleiten. Emilie ist in heller Aufregung, aber Fontane beruhigt sie am 6. August 1884 von Krummhübel aus: »[...] man kann seine Kinder nicht lebenslang an der Schürze haben, was flügge ist, will fliegen, und schließlich, und nicht zum kleinsten Trost, es gibt keine Entfernungen mehr. Bis New York ist nicht schlimmer als 3 mal nach London und bis S. Francisco doubliert die Sache noch mal. C'est tout. Die Welt ist aus dem Engen heraus, und man hat keine andre Heimat mehr als die Erde [...]«

Doch Mete trennt sich von der Amerikanerin und nimmt im Herbst 1884 eine Stelle als Lehrerin an der höheren Mädchenschule von Fräulein A. Leyde in der Potsdamer Straße 64 an. Ein halbes Jahr später scheidet sie aus gesundheitlichen Gründen wieder aus; »ob Nerven, ob Milz«, schreibt Emilie am 14. April 1885, »darüber sind sich die Ärzte nicht einig«, und sie fährt fort: »Auch mein Mann macht mir Sorge, u. in unsrer kleinen Häuslichkeit ist für sein Befinden, das schon so viel zu wünschen übrigläßt, die Umgebung einer Krankenatmosphäre auch nicht heilsam.«

Emilie berührt damit eine schmerzlich-existentielle Sorge: wo soll die Tochter nach der endgültigen Aufgabe des Lehrberufs leben? Mete möchte sich am liebsten auf eine Zukunft zu dritt in der Potsdamer Straße einrichten. Bereits 1882 schreibt sie einmal: »Wenn uns das Leben auch nichts Besonderes an Glück mehr aufgehoben hat, so finden wir drei doch vielleicht in höherem Maße, wie sie jetzt vorhanden ist, die Kraft wieder, eine erträgliche Stellung zu unserem Lebenslauf einzunehmen.« Die Eltern dagegen sehen weitere materielle Belastungen auf sich zukommen und fürchten sicher auch zusätzliche seelische Herausforderungen. Fontane formuliert seine Position in einem Brief an die Tochter vom 13. August 1885 mit erstaunlicher Rigorosität, wobei man nicht richten sollte, wo Selbstbehauptung aufhört und Egoismus beginnt. Es handele sich, sagt Fontane, um die Alternative »Berlin oder nicht Berlin, elterliches Haus oder nicht elterliches Haus«. Bei wiedergewonnener »voller Gesundheit« würde man sie gern wieder um sich haben; »sollte aber, was Gott verhüten wolle, Milz- und Leberkrankheit im Frau Krigar-Stil Dein Dir zugedachtes Teil sein, so muß es, zu unsrer herzlichsten Betrübnis, bei den Propositionen bleiben, die mein voriger Brief gebracht hat [der nicht erhalten ist]. Es kann sich dann nur darum handeln, Lebensformen und Lebenswege zu finden, die das harte Los andauernder Krankheit Dir und uns so leicht ertragbar wie möglich machen. Ich weiß, daß Wechsel und zeitweilige Trennungen das beste Mittel zu diesem Zwecke sind. Nur sich nicht immer auf dem Halse liegen, wenn weder der eine noch der andre dieser Halsliegerei froh wird. [...] Der Kranke hat sein Recht, aber der Gesunde noch mehr, denn er hat (was bei dem Kranken fortfällt) zu arbeiten und Aufgaben zu erfüllen.«

Die Familie arrangiert sich. Mete ist monatelang in Rostock oder in Schwiggerow bei Güstrow, wo Lise Wittes Mann ein Gut gepachtet hat; sie genießt mit den Eltern die Sommerfrischen in Krummhübel und lebt im übrigen gern zu Hause, wo sie beispielsweise im November 1887 dem lieben Papa den »unsagbar langweiligen Ranke« vorliest. Aber ihre »Nervosität« – was immer sich dahinter verbirgt – steigert sich, und zudem entdeckt der Arzt, nach Emilies Information, »Herz-Ungehörigkeiten«; »sie mediziniert nun wieder u. sieht bleich u. nervös aus«. Im Umgang mit der Mutter gibt sie sich jetzt liebevoller: »Mete ist tapfer u. hilfebereit für jeden von uns, sie wird immer liebenswerter u. denkt stets an andre, zuletzt an sich.«

Im Frühjahr 1889 verschlechtert sich ihr Gesundheitszustand dramatisch, und man hofft, daß der Gynäkologe Gustav Veit in Bonn Abhilfe schaffen kann. Emilie schreibt am 5. Mai an Sohn Theo: »Die letzten Wochen waren recht schwer für mich; Metes Leiden wurden so hochgradig, daß unser Arzt sie binnen 24 Stunden zu Lisen aufs Land schickte, wo sie vierzehn Tage in traurigen Zuständen verlebte. Sie kam nach der 3stündigen Eisenbahnfahrt so verängstigt zurück, daß sie sich unfähig glaubte, die weite Reise nach Bonn zu unternehmen. In den 8 Tagen ihres Hierseins kam aber doch die gute Wirkung von Schwiggerow nach; sie schlief etwas besser, aber freilich an allein gehen auf der Straße war nicht zu denken, u. da ich sie begleiten mußte, wurde meine Zeit sehr knapp, zumal ich ein junges, mit dem Kochen unbekanntes Mädchen habe u. mich recht plagen muß auf meine alten Tage.«

Die erste Konsultation bei Veit bringt scheinbar tröstliche Resultate, und Emilie äußert die Hoffnung: »Möge Gott u. Veit dem armen Kinde helfen!« Die Kur beseitigt wohl ein lokales Übel, bleibt aber, wie Fontane dem Tagebuch anvertraut, »ohne sonderlichen Einfluß auf ihr Gesamtbefinden: hochgradige Nervosität«. Emilies Kräfte sind erschöpft, und sie bekennt in einem Brief vom 10. Juli 1889: Mete »kann nicht immer auf der Landstraße leben; dieser beständige Ortswechsel kann keine Besserung ihren Nerven sein, jedenfalls büßt sie den Sinn für unsre Häuslichkeit ein, u. wenn mir auch mein geliebter Mann das Zeugnis ausstellt, stets opferbereit für unsre arme Mete zu sein, so findet auch er es in der Ordnung, wenn eine Grenze gezogen wird u. mal unser berechtigter Egoismus in den Vordergrund tritt.«

Fontane schreibt in diesem Sommer eine ganze Folge von hilf- und ratlosen Briefen an die Tochter, die alle um die fragwürdige Behauptung kreisen: »Du bist gesund und hast bloß leidige Nerven.« Zum Herbst hin stabilisiert sich Mete wieder ein wenig; in einem Bericht Emilies an Theo vom 1. November 1889 liest sich das so: »Unsre Mete ist jetzt ›die Stütze der Hausfrau‹ (unter diesem Titel hat Fuz ein reizendes Buch herausgegeben) u. nimmt mir alle wirtschaftlichen u. häuslichen Sorgen ab, zu denen ich leider auch gar keine Kräfte mehr habe. Auch nicht zu denen außer dem Hause, die mir freilich obliegen, da sie immer noch nicht weitre Wege allein machen kann, u. so muß ich alle Geschäftsgänge u. Besorgungen machen, was mir anfängt recht schwer zu werden.«

In den Betrachtungen des Vaters über mögliche Therapiemethoden spielt auch immer das »Glück«, nämlich ein möglicher Ehemann, eine Rolle, und er hat ein breites Berufsspektrum im Auge. Ein »angenehmer deutscher Jüngling, ein Amtsrichter, ein Doktor, ein Oberlehrer, selbst ein Pastor« werde sich doch finden, und natürlich habe er »auch nichts gegen einen Rittergutsbesitzer, Bankier oder Schiffsreeder« einzuwenden, »zwischen Goldprinzessin und Linchen in der Fliederlaube« liege schließlich vielerlei. Ganz anders Emilie, die am 14. März 1888 bemerkt: Mete »ist unsres Alters Trost u. Freude, u. bin ich egoistisch genug, froh zu sein, daß kein Tischler u. kein Dachdecker sie uns entrissen«. Die älteren Söhne dagegen haben den Weg zum eigenen Hausstand längst beschritten, und deren Lebensgeschichte ist jetzt nachzutragen.

Hochzeit, Tod und Enkelkinder: George und Theo

Emilies Wunsch ist es seit langem, daß die beiden älteren Söhne endlich eine passende Frau finden und Kinder ins Haus bringen, kann sie sich doch gut in der Rolle der liebevollen Großmutter vorstellen. Aber der Kadettenlehrer George und der Assessor Theo zögern bei der Wahl unter den Töchtern des Landes. Erst als der Älteste, inzwischen zum Hauptmann aufgerückt, ab 1885 an der Kadettenanstalt in Berlin-Lichterfelde tätig ist, wird er fündig: er lernt die zwanzigjährige Martha Robert kennen, die Tochter eines wohlsituierten Justizrats französischer Herkunft.

Heiligabend 1885 verloben sich die beiden, und für Emilie wird es ein Weihnachten der besonderen Art. Fontane faßt das, was er von den Schwiegereltern weiß, in einem eher skeptischen Brief an Mete zusammen. Ihm imponiert, daß sie aus der Normandie stammen, aber erschöpft und verbraucht, wie er sich fühlt – auch Emilie weint oft vor Erschöpfung –, assoziiert er bei ihrem Namen Giacomo Meyerbeers Erfolgsoper »Robert der Teufel«. Der Schwiegervater wiegele im »Geldpunkt« beständig ab (»wobei ich«, gesteht

Fontane, »immer ein urdummes Gesicht mache«) und verweise auf zwei kinderlose Onkel, bei denen ein »kolossaler Batzen« zu erben sei. Die Roberts betonen, »welches rasende Glück ihnen und ihrer Tochter zuteil geworden sei«. Fontane kommentiert: »Du kannst Dir denken, wie mir dabei wird. Immer muß ich an den Kesselflicker denken, der als ›verwunschner Prinz‹ die Huldigungen seiner Hofchargen in Empfang nimmt und vor der berühmten Frage steht: ›sind die verrückt oder ich?‹«

Bei allen Vorbehalten, die sich später verstärken, machen die Fontanes am zweiten Feiertag ihren Antrittsbesuch in Lichterfelde, und Emilie stellt in einem Postskriptum zum Brief ihres Mannes an Mete fest: »Wir haben den besten Eindruck.« Am 9. Januar 1886 berichtet Fontane an Mathilde von Rohr über das künftige Familienmitglied: »Es ist ein sehr liebes Mädchen, gütig, gebildet, hübsch, wirtschaftlich und wohlhabend, unter welchen 5 guten Eigenschaften die Wirtschaftlichkeit beinah obenan steht, speziell für George. Pfingsten soll die Hochzeit sein; das junge Paar wird eine Villa beziehn, die die Schwiegereltern in Groß-Lichterfelde besitzen und die jetzt leer steht.«

Genauso läuft es ab: Am 10. Juni ist Polterabend, am 12., Pfingstsonnabend, Hochzeit. Die Trauung findet – wie üblich bei den Fontanes – »in der französischen Klosterkirche« statt, gefeiert wird im renommierten »Englischen Haus« in der Mohrenstraße. Fontane, etwas irritiert über die zahlreichen Schwiegerväter und Schwiegermütter (»meine Stellung zu mir selber wird mir immer unklarer«), bemerkt, das Fest sei – was immer das bedeutet – »doll genug« verlaufen; der Glanzpunkt sei nach seinem Geschmack ein Trinkspruch gewesen, den Mete auf die kapriziöse Autorin Ludovica Hesekiel ausgebracht habe, die als Tochter seines alten »Kreuzzeitungs«-Kollegen George Hesekiel George seit langem gut kennt.

An der Hochzeit nehmen auch weitere neue Verwandte teil: Sohn Theo, den nach Fontanes Tagebuch »Georges Lorbeeren nicht schlafen lassen«, führt die Westfälin Martha

Soldmann bei den Eltern ein, mit der er sich – jetzt in Münster stationiert – am 13. März 1886 verlobt hat, die dritte Martha im Familienverbund, Tochter eines Oberpostdirektors in Münster. »Diese zweite Verlobung erfreut uns wie die erste«, konstatiert Fontane. Emilie gratuliert am 15. März ihrem »lieben alten Theo«: »Vor mir liegt Deiner lieben Martha Bild, das helle, u. indem ich nochmals ihr liebes Gesicht, ihre hübschen Augen betrachte, will ich Euch beiden meinen innigsten Glück- und Segenswunsch aussprechen: möge Gottes Güte Euren Bund segnen u. Du, mein guter, vortrefflicher Junge, für Dein Herz u. Gemüt das in Deiner Braut finden, was Du ersehnst u. erhoffst. Mein erstes Wort nach Lesung Deines Briefes war: wenn sie ihn nur recht liebt, u. Mete u. Papa antworteten einstimmig, zu meinem Trost: das wird sie gewiß, sonst hätte sie nicht ja gesagt.«

Am 18. März wendet sich Emilie direkt an die werdende Schwiegertochter, die sie als ihr »neustes Marthachen« und »*unser* liebes Kind« anredet und ihr versichert: ihr Theo sei »grundgut von Kindheit an gewesen« und habe seinen Eltern »nur Freude u. Ehre bereitet«. Der nächste Brief nach Münster ist vom 3. April datiert. Emilie moniert eingangs ein wenig vorteilhaftes Foto der Verlobten, fährt dann aber bekenntnisreich fort: »Aber die Freude, Euch lieben Kinder zu sehn, wird dadurch nicht geschmälert, u. Dich, mein alter, lieber Junge, in vertraulicher Stellung mit einem andren Mädchen als Deiner Schwester, dieser Anblick ist für mein Mutterherz eine innige Genugtuung für alles Warten. Genießt nur recht die schöne Maienzeit, da es Euch vergönnt ist, sie sorgenlos u. mit sichrem Blick in die Zukunft zu durchleben. Uns Alten war das nicht beschieden, u. fast fing mit dem beglückenden gegenseitigen ›Ja‹ die Schwere des Lebens an; aber gereut hat es uns *nie*, u. tapfer sind wir durchs Leben geschritten u. gestritten, um einen Lebensabend zu haben, an dem jeder Tag uns zu haben eine dankbare Freude ist.«

Ein halbes Jahr später heiratet Theo die Zwanzigjährige. Die Fontanes und Mete sowie George und seine Frau reisen nach Münster und sind am 5. Oktober unter den Hochzeitsgästen. Alles sei, so Fontane, »trefflich und herzerquicklich« verlaufen; das junge Paar bricht noch am gleichen Tag zu einer Rheinreise auf.

Emilie weiß nun ihre Jungen in festen Händen, aber eben an diesen Zustand muß sie sich erst gewöhnen. »Ich fühle mich immer wieder als ›abgesetzte Mutter‹ u. muß recht dagegen ankämpfen, aber es ist auch schwer, was man so lange besessen …« Doch dann empfindet sie auch das Glück der vergrößerten Familie. Zum Geburtstag des Vaters am 30. Dezember 1886 raffen sich die Fontanes zu einer »Gesellschaft« auf. Die Roberts sind unter anderem dabei, und vier junge Damen übernehmen die Bedienung: die Schauspielerin Paula Conrad, Anna Zöllner, Mete und – Georges junge Frau.

Ohne erkennbare Begeisterung hält Fontane im nächsten Jahr fest: »Seit dem 21. Juli 87 bin ich Großvater.« Ganz anders reagiert Emilie auf Theos kleinen Otto. Sie bedauert sehr, wegen ihrer angegriffenen Gesundheit nicht zur Taufe nach Münster fahren zu können, bittet aber, sie auf jeden Fall als Patin ins Kirchenbuch eintragen zu lassen: »Wie gern ich mein erstes Enkelkind in meinen Armen halten möchte, werdet Ihr begreifen.«

Emilie bleibt indes auch im fortgeschrittenen Alter nichts erspart. Auf das freudige Großmutter-Erlebnis folgt ein besonders bitterer Schicksalsschlag; in einer kurzen Mitteilung vom 14. Oktober an Clara Stockhausen faßt sie das Unbegreifliche in dem Satz zusammen: »Ich habe meinen lieben George begraben müssen!« Ein paar Monate zuvor hatte sie voller Mitgefühl erlebt, wie die fünfundzwanzigjährige Anna Zöllner – gerade noch fröhlicher Gast bei Fontanes Geburtstagsfeier – einer Diphtherie-Erkrankung erlag; sie habe sich, so steht es in einem Brief Emilies an Mathilde von Rohr, noch nicht damit abgefunden, daß dieses heitere, liebenswerte Geschöpf jetzt in der Erde ruhe und eine entsetzliche Leere und Lücke bei den Eltern hinterlassen habe.

Vor genau derselben Situation stehen nun die Fontanes.

Nichtsahnend haben sie nach schönen Wochen am 19. September Krummhübel verlassen; Fontane fährt nach Berlin, Emilie macht einen Abstecher zu den Treutlers in Dresden-Blasewitz. Sie erfährt erst später, was ihr Mann zu Haus vorfindet: George liegt seit dem 17. September mit einer lebensbedrohenden Blinddarmentzündung im Krankenhaus. Mete pflegt den Bruder. Am 21. besucht Fontane den Sohn: »Als ich ihn wiedersah, sah ich in ein Gesicht, das der Tod schon gestempelt hatte. Sein Zustand war jämmerlich.« Nach einer furchtbaren Nacht stirbt der Sechsunddreißigjährige am 24. September, Sonnabend früh 9 Uhr. Am 27., Emilie ist inzwischen nach Berlin geeilt, wird er beigesetzt. Im Tagebuch heißt es: »Das Begräbnis war herrlich, 4 Uhr nachmittag, schönster Herbsttag, Exzellenzen und Generäle in Fülle, Kränze über Kränze, und die Gardeschützen gaben die drei Salven, die ihm als ›alten Krieger‹ zukamen. Er liegt nun auf dem Lichterfelder Kirchhof, einem umzäunten Stück Ackerland, und ich wünsche mir die gleiche Stelle.«

Die Notiz wirkt wie ein Genrebild, wie die Vorstudie für eine Romanszene, aber sie täuscht darüber hinweg, wie tief Fontane betroffen ist – betroffen vom Tode des Erstgeborenen, der trotz aller Sorgen, die er bereitete, doch sein »Verzug« war, und konsterniert vom kommerzialisierten »Trauerapparat«. Aber Fontane geht es wie Goethes Tasso: auch in seiner Qual gab ihm ein Gott zu sagen, wie er leidet. Er bannt seinen Schmerz in zwei subtile Gedichte: »Meine Gräber« und vor allem »Am Jahrestag (27. September 1888)«.

> Heut ist's ein Jahr, daß man hinaus dich trug,
> Hin durch die Gasse ging der lange Zug,
> Die Sonne schien, es schwiegen Hast und Lärmen,
> Die Tauben stiegen auf in ganzen Schwärmen.
> Und rings der Felder herbstlich buntes Kleid,
> Es nahm dem Trauerzuge fast sein Leid,
> Ein Flüstern klang mit ein in den Choral,
> Nun aber schwieg's – wir hielten am Portal.

Der Zug bog ein, da war das frische Grab,
Wir nächsten beide sahen still hinab,
Der Geistliche, des Tages letztes Licht
Umleuchtete sein freundlich ernst Gesicht,
Und als er nun die Abschiedsworte sprach,
Da sank der Sarg und Blumen fielen nach,
Spätrosen, rot und weiße, weiße Malven,
Und mit den Blumen fielen die drei Salven.

Das klang so frisch in unser Ohr und Herz,
Hin schwand das Leid uns, aller Gram und Schmerz,
Das Leben, war dir's wenig, war dir's viel?
Ich weiß das Eine nur, du bist am Ziel,
In Blumen durftest du gebettet werden,
Du hast die Ruh nun, Erde wird zu Erden,
Und kommt die Stund uns, dir uns anzureihn,
So laß die Stunde, Gott, wie diese sein.

Emilie wird diese wunderbaren Verse sehr gemocht haben, aber sie kann sich nicht in gleicher Weise von dem Schock befreien, der obendrein die Erinnerung an die drei toten Söhne aus den fünfziger Jahren aufwühlt. Um die »unglückselige Villa in Lichterfelde«, wo George und seine Frau wohnten und die Emilie »immer unheimlicher« wird, nicht sehen zu müssen, fährt sie lieber bis Steglitz, um auf den Friedhof zu gelangen. Dort wird Ende Juni 1888 der Grabstein aufgestellt. »Es ist ein einfacher schwarzer Syanit, mit goldnen Buchstaben, Name, Stand, Geburts- und Todesjahr!« teilt Emilie am 5. Juli dem Bruder in Münster mit. Georges Witwe schließt sich enger an sie an. »Martha II« mietet zum 1. Januar 1888 eine kleine Wohnung am Lützowplatz (Emilie: »wird wohl mehr Schlafstelle sein«) und klopft regelmäßig bei den Fontanes an, weil sie – nach Fontanes spitzer Bemerkung – »wenigstens sicher ist, sich bei unsrer grünen Lampe nicht ganz in Dalldorf [Klapsmühle; nach der Irrenanstalt in Berlin-Reinickendorf] zu befinden, was bei der Hängelampe von Vater Robert immer zweifelhaft ist«.

Mehr und mehr stellt sich heraus, daß Georges Frau »nur Tochter« war, keine solide Ausbildung und keine geistigen Interessen hat. Emilie schreibt, sehr ernüchtert, am 14. März 1888 an Sohn Theo: »Mir wird es immer klarer, daß es ihr besser gewesen wäre, unsren George nicht kennengelernt zu haben; sie hat zu kurze Zeit seinen Einfluß u. vielleicht den unsres Hauses genossen u. hat nichts dabei errungen, als daß sie die Schwächen ihres Elternhauses klarer sieht, dieselben kritisiert u. doch, ohne Vorwurf, da sie von Kindheit darin erzogen, auch drin steckt. Sie scheint eine große Liebe für Mete zu haben u. würde, wenn sie mit ihr lebte, ganz auf sie eingehen; da das aber nicht möglich, wir ihr auch nichts *Positives* bieten können, so ist es unsre Pflicht, sie zu den Ihrigen hinzuweisen – die uns über die Maßen unsympathisch sind. Ach, mein geliebter Theo, wie oft *muß* ich denken, bei aller Liebe, die ich zu Martchen habe, Gott hat es wohl gut getan, unsren lieben Jungen abzurufen.« Gleichwohl kümmern sich Fontanes rührend um »Martha II«, die im Sommer 1888 mit in die Sommerfrische nach Krummhübel genommen wird und im Oktober sogar ins Johanniterhaus zieht. Im Dezember 1890 heiratet sie einen Herrn Neefe und Obischau.

Emilie hofft, den Verlust Georges durch den Enkel in Münster kompensieren zu können, und ihr Wunsch wächst, »den kleinen lieben Kerl« endlich leibhaftig zu sehen. Am 1. November 1887 schreibt sie an Theo: »Trotz der liebevollen Beschreibung Deiner Martha kann ich mir keine Vorstellung von meinem Enkelchen machen; seine langen Gliedmaßen hat er wohl von Dir, denn Du warst, infolge Deiner 3 schlechten Ammen auch nur ein mageres, dürftiges Kerlchen, aber ganz brünett u. mit dunklen Augen, so daß die Leute in London Deine ›nurse‹ anredeten: is it a[n] indian boy? Das ist nun lange her u. will ich Euch wünschen, daß Ihr einmal nach so langen Jahren dieselbe Freude an Eurem Otto haben könnt wie wir an seinem Vater: körperlich u. geistig.«

Erst Mitte November 1888 kommt die Schwiegertochter mit Otto zu Besuch; zu Weihnachten ist auch Theo in Berlin.

Emilie ist entzückt vom anderthalbjährigen »Otting«. »Sie waren lieb und gut«, berichtet Emilie Frau Stockhausen, »aber statt der Weihnachtsfreude fühlte ich nur, was mir fehlte.« Auch Theos Frau genügt den Ansprüchen der alten Fontanes nicht recht. Am 9. September 1889 lästert Fontane in einem Bericht an Mete, sie hätten gerade einen Brief von »Martha III« bekommen, der als »Briefleistung« auch nur Nummer III gewesen sei: »Nichts klappt und paßt, so daß man sagen kann, ›geschrieben unter Ausschluß der Folgerichtigkeit‹. Du weißt, wie wenig Gewicht ich auf solche Dinge lege, wenn aber jemand ganz trivialer Durchschnittsmensch ist, muß er als Oberpostdirektorstochter und Assessor-Frau (und nun bald ›Rätin‹, so nehm ich an) wenigstens gebildet sein. Äußerlich haben und hatten beide Jungens ganz gut gewählt, aber im Erkennen des ›Feineren‹ haben beide schlecht bestanden; Theo, fürchte ich, eigentlich noch schlechter als George. Denn in unsrer weißen Pastellschwiegertochter hier unten [im Johanniterhaus] stecken einige gute, nicht verächtliche Züge.« Als Briefschreiberin fällt »Martha III« vor den kritischen Augen eines »talent épistolaire« durch, aber nicht als Mutter. Denn am Vorabend von Fontanes siebzigstem Geburtstag bringt sie die kleine Gertrud zur Welt, und »unter all dem Schönen, das dieser Tag uns brachte« – so in Emilies Glückwunschbrief –, »steht Eure Gabe doch weit voran: eine Enkelin«.

Sohn Theo rückt inzwischen auf der Karriereleiter weiter nach oben, wird als »Rat« ins Kriegsministerium nach Berlin berufen, und Anfang April 1891 bezieht er mit Frau und Kindern eine Wohnung in der nicht weitab verlaufenden Friedrich-Wilhelm-Straße 10, 3 Treppen. Großvater Fontane räsoniert gegenüber Mete ebenso ungeniert wie sarkastisch über die Familie: »Theo ist ganz der ›alte‹; brav, gut, bieder, tüchtig, kindlich, berechnend, Schlauberger und Philister; ein Stolz und eine Prachtnummer, aber so sehr eine Moral- und eine Rechts-Säule, und sich namentlich auch dafür haltend, daß ich als Kollege nicht mit ihm leben könnte. Als Vater geht es; da kommt dergleichen kaum zur Verhandlung, und wenn aus Versehen einmal, so breche ich rasch ab. Seine Frau gefällt mir ganz gut, sie weiß ihn geschickt zu behandeln, was nicht immer leicht sein wird, und ist fleißig, ordentlich, sparsam. Nur *eine* Tugend ist ihr wie ihm glänzend versagt geblieben, die des Erziehers. Und das ist insoweit schlimm, als die armen Kinder die Zeche bezahlen und für die elterlichen Untaten aufkommen müssen. Bei der Kleinen, die sehr niedlich und temperamentvoll ist, zeigt sich noch wenig davon, desto mehr bei meinem Freund Otto. Er ist bereits total ruiniert, natürlich nicht fürs Leben, all das wächst sich später wieder aus, aber doch für die Gegenwart. ›Otto *will* Milch, Otto will *nicht*, Otto ist *auch* süß‹ (wenn die Kleine gestreichelt und ein ›süßes Kind‹ genannt wird), ›Otto hat es im Bäuchl‹, ›Otto will raus‹, ›Otto‹ (wenn er zurückkommt) ›hat ein Würstl und Pipi gemacht‹, und nach dieser gefälligen Berichterstattung fängt er an zu rülpsen. Dann sagt die Mutter: ›Der arme Junge, er leidet so daran.‹ So geht es in einem fort. Dabei, glaub ich, ist es ein gutes Kind, aber, auf Erziehung angesehn, ein Monstrum, das im Panoptikum gezeigt werden kann, wie der ›Junge mit 2 Köpfen‹. Ich kann mich nicht entsinnen, in meinem langen Leben etwas so ›Verungeniertes‹ gesehn zu haben. Und das ist das Kind einer guten Mutter und eines ausgezeichneten Vaters, ausgezeichnet an Herz, Verstand, Wissen und – Anspruch. Mir schwindelt. Es ist mir, seitdem George tot ist und Du in der Fremde weilst, nicht beschieden, in unsrer ganzen Familie irgend etwas zu entdecken, was mich ästhetisch auch nur einigermaßen befriedigte; Kommißstiebelei, wohin ich blicke, alles unterm Stand und namentlich auch unter der natürlichen Begabung.«

»Bon enfant, gütig, anspruchslos und immer gefällig«: Friedrich

Merkwürdigerweise läßt dieses gnadenlose Pauschalurteil die Position eines Familienmitgliedes völlig außer acht und erhält die alte Voreingenommenheit gegenüber dem Jüngsten, Friedrich, aufrecht. Aber gerade er hat zu diesem Zeitpunkt eine berufliche Karriere begonnen, deren Resultate in die deutsche Buch- und Verlagsgeschichte eingehen werden und die lediglich familiengeschichtliche Bedeutung seiner Geschwister bei weitem überragen. Der »Kleine« gilt beim Vater als guter, aber unbedeutender Junge, nicht sonderlich »beanlagt«, doch pfiffig und gefällig, und da er – von nicht gerade blendenden Noten in der Schule abgesehen – keinen Kummer bereitet, wird er, auch bei Emilie, allenfalls am Rande erwähnt. Seine Rolle im Familienleben scheint sich danach auf geistreiche Ansprachen zu Weihnachten und Silvester zu beschränken; »Friedel hält mit Glanz seine übliche Rede«, notiert Fontane etwa 1881 im Tagebuch.

1881 verläßt er als Tertianer das Französische Gymnasium, »froh, die Schule hinter sich zu haben«. Sein Berufswunsch steht von Anfang an fest: er will Buchhändler werden, was im Sprachgebrauch seiner Zeit den Verleger einschließt. Dieses Ziel verfolgt er beharrlich und lernt »von der Pike auf« bei durchweg renommierten Firmen. Im Herbst beginnt er seine Lehre bei Langenscheidt in Berlin; leider ist das Archiv des Verlages im zweiten Weltkrieg vernichtet worden, so daß nichts über den »Auszubildenden« bekannt ist. 1884 schließt er bei Langenscheidt ab, ist danach für ein halbes Jahr bei Frommann in Jena, anschließend bei Köhler und Volckmar in Leipzig, das er »mit einem guten Zeugnis« Ende Mai 1885 verläßt. Ab Juni komplettiert er seine Ausbildung in der nicht minder angesehenen »Schulzeschen Hof-Buchhandlung und Hof-Buchdruckerei (A. Schwartz)« in Oldenburg (die heute noch, in anderer Firmierung, an alter Stelle existiert).

Ende September 1886 ist Friedel wieder in Berlin. Angesichts der schwierigen Arbeitsmarktlage denkt er zeitweilig daran, ebenfalls, wie die Brüder, eine militärische Laufbahn einzuschlagen; aber er wird nicht einmal für das Pflichtjahr angenommen. So arbeitet er, jeweils vorübergehend, in der Wasmuthschen und dann in der Claessenschen Buch- und Kunsthandlung, ist dann »monatelang ohne Stellung«, bevor er ab Juni 1887 in der Buchhandlung Seidel volontiert. Schon im August wechselt er in das Verlagsgeschäft von Emil Dominik, wo er gleich in die Arbeit an dessen gerade gegründeter Zeitschrift »Zur guten Stunde« eingespannt wird, die von Oktober bis Dezember einen illustrierten Vorabdruck von Fontanes »Quitzöwel«-Essay bringt. Emilie schreibt in dieser Zeit im üblichen Ton über ihren »Fuz«: »Ich fürchte, es steckt ein dolles Kneipgenie in ihm, aber sonst ist er wohl zu leiden, u. alle Menschen nimmt er durch sein artiges, gefälliges Wesen ein.« Ähnlich lautet ein Bericht Emilies von Ende Februar 1888. Friedel obliege, »soviel es das Geschäft erlaubt, dem Eis-, wohl auch noch manchem andern Sport«; »er ist aber immer zutulich u. für Papa mit seinem praktischen Wesen wirklich oft eine Hilfe«.

Auch die Mutter kann sich – noch – nicht vom familieninternen Klischee lösen: Lob für den stets hilfsbereiten Jungen, leiser Tadel an seinen Freizeitgewohnheiten und, im Hintergrund, kein rechtes Zutrauen in seine beruflichen Fähigkeiten. Aber nach einem lehrreichen Jahr in Dominiks Diensten wird der Sohn gerade diese Vorbehalte der Eltern glänzend widerlegen. Wahrscheinlich hat ihn der erfolgreiche Unternehmer Friedrich Witte, sein Patenonkel, bei einem Besuch in Rostock in seinen Überlegungen bestärkt: nach einer so soliden Ausbildung, bei so intimer Kenntnis der Branche will Friedel nicht wieder »eine Stellung für 400 Taler unter einem vielleicht wenig gebildeten Menschen« annehmen, sondern mit einer eigenen Firma selbständig werden. Er ist vierundzwanzig, verfügt über keinerlei Mittel, hat aber eine klare Vorstellung. Der Vater, die Tatkraft seines Jüngsten nach wie vor unterschätzend oder gar verkennend, hält gar nichts von dem Projekt und rät nachdrücklich ab. Am 30. August 1888 schreibt er, gewiß im völligen Einverständnis mit Emilie, dem Filius: »Alles, was Du vorhast, ist kein Unsinn, ein Erfolg ist möglich, aber – er ist nicht wahrscheinlich. Wer an ein Roulette tritt und 10 Taler auf eine bestimmte Nummer setzt, kann 1000 Taler gewinnen oder vielleicht noch mehr, aber es ist so furchtbar selten, daß die Kugel gerade so absolut glücklich rollt, daß man nach der Wahrscheinlichkeitsrechnung annehmen darf: die 10 Taler sind verloren. [...] Ein solcher Geldenergiemensch, der seiner Gier nach Erwerb auf viele Jahre hin jedes Opfer bringt, um zuletzt zu triumphieren, bist Du nicht, Du willst es von Anfang an nett und bequem haben, bei gutem Bier und guter Zigarre, und da gilt denn mein Beispiel von dem Roulette. Du gleichst einem, der ins Wasser springt, ohne seiner Schwimmkunst sicher zu sein. ›Warum nicht‹, denkst Du, ›die Welle wird mich schon tragen.‹ Aber die am Ufer stehn, sagen: ›er wird wohl ertrinken‹.« Selten hat wohl ein Vater seinem initiativreichen Sohn seine Pläne derart drastisch auszureden versucht. Doch obwohl auch die stets klatschbereite, nur in pekuniären Dimensionen denkende Tante Jenny Emilie fragt: »Wann ist er wohl pleite?«, läßt sich der junge Mann nicht entmutigen und etabliert am 1. Oktober 1888 die »Verlags- und Sortimentsbuchhandlung von Friedrich Fontane« in der Potsdamer Straße 122 b (später wechselt der Verlagssitz häufig). Zumindest bei Dominik hat er gelernt, wie man eine solche Firma finanziert, und so nimmt er den gutbetuchten Schulfreund Louis Levy-Fengler – später sind es andere Geldgeber aus seinem Bekanntenkreis – als stillen Teilhaber auf.

Zum skeptischen Erstaunen der Eltern gelingt das Experiment. Friedel macht sogleich ein »gutes Weihnachtsgeschäft«, und der geschickt geleitete Verlag beginnt zu florieren. Am 5. Mai 1889 berichtet Emilie nach Münster: »Fuz ist in großer Erregung; vorgestern ist die Broschüre: Witte – Stoecker bei ihm erschienen, u. gestern hatte er schon an 4000 davon verkauft. Er hat bis jetzt Glück, tut aber auch seine Schuldigkeit u. beruhigt nach u. nach unsre Bedenken gegen seine frühe Etablierung. Darin hat er unbedingt recht, daß ihm Papas Name die Wege ebnen hilft; Witte hat ihm direkt gesagt, von allen Buchhändlern, die sich ihm für seine Broschüre angeboten, hätte ihn *sein* Name gelockt.« Aber nun müsse sie Spinat kochen, fügt die Hausfrau hinzu!

Friedrich bindet eine Reihe prominenter Autoren an seinen Verlag und entwickelt zielgerichtet ein attraktives Programm (Cäsar Flaischlen und Ludwig Fulda, Ida Boy-Ed und Clara Viebig, Ernst von Wolzogen und Wilhelm von Polenz, um nur diese zu nennen). Und er umwirbt den Vater, der zunächst kategorisch geschäftliche Beziehungen ablehnt – weil er der wirtschaftlichen Stabilität Friedels mißtraut und weil er finanzielle Ungerechtigkeiten zwischen den Kindern vermeiden will. Schließlich aber kann der Jungverleger Fontanes Bedenken ausräumen, da er sich zutraut, was ein halbes Dutzend etablierter Verleger bisher nicht wagte: im April 1890 erscheint die überall abgelehnte »Schweinenovelle« (so der Autor) »Stine« bei »Friedrich Fontane & Co.«, wie der Verlag nun heißt. Umsichtig holt Friedel auch die weitverstreuten Rechte an den Romanen Fontanes zurück, übernimmt die zum 70. Geburtstag bei Dominik mehr schlecht als recht zusammengeschusterte Ausgabe der »Gesammelten Werke« und bringt – mit wenigen Ausnahmen – das erzählerische und autobiographische Spätwerk des Vaters erfolgreich heraus. Am 20. Juli 1890 schreibt Emilie an Sohn Theo: »Friedel, der sehr viel zu tun hat, will uns im Gebirge besuchen; er ist sehr rührig u. sehr gewandt. So hat er es doch ermöglicht u. Papa, der gegen *jede* Geschäftsverbindung mit ihm war, konnte es nicht ändern, daß er jetzt 5 Werke seines Papas verlegt; alle waren in schlechten Händen, u. Friedels Umsicht u. Rührigkeit ist es zu danken, daß diese Bücher, z. B. ›L'Adultera‹ (was ganz von der Bildfläche verschwunden war) wieder anfangen zu gehen. Papa sieht das nun auch ein u. hat dem ›Kleinen‹ seine Anerkennung nicht vorenthalten.

Wie betriebsam er ist, kannst Du auch daraus ersehen, daß ›Stine‹ schon einer 2t. Auflage entgegengeht, ›Stine‹, von der in der Familie die Lesarten auseinandergehen, ob nämlich sie Dir in Papas Abmachung ganz gehört, was Du demnächst mit einem einfachen ›Ja‹ oder ›Nein‹ beantworten kannst. Du wirst auch froh sein zu hören, daß wir mit Friedel wieder ganz ausgesöhnt sind u. uns des Guten, was er hat, erfreuen u. vom Dornenstrauch keine Trauben verlangen. Er ist eben eine ganz aufs Praktische angelegte Natur u. kann schließlich doch nichts dafür, daß ihm das geistige Plus seiner Herren Geschwister versagt worden ist (Mete hier als ›männlich‹ mit eingerechnet).«

Im »Poetenstübchen bei der grünen Lampe«

Die zitierte Passage belegt ein weiteres Mal, welche gehaltvolle Quelle sich in Emilies Briefen an Theo erschließt. Sie vermitteln in detailreicher Fülle und großer Kontinuität vielfach unbekannte Nachrichten über Hintergründe und Zusammenhänge der »Haus- und Familien-Diplomatie«, und sie zeigen, wie umsichtig Emilie den jetzt in Münster lebenden Sohn an ihrem Leben teilnehmen läßt. Es handelt sich um eine Folge von etwa drei Dutzend ausführlichen Briefen, die seit wenigen Jahren erst im Fontane-Archiv in Potsdam zur Verfügung stehen und hier erstmals herangezogen werden können; sie beginnen Anfang 1886 und setzen in idealer Weise die Mitte der achtziger Jahre weitgehend versiegende Berichterstattung an Clara Stockhausen fort. Die ewig mitteilsame, um den Zusammenhalt der Familie bemühte Emilie schreibt eine Art Familienchronik, und da sie stets auch das Umfeld im Auge behält – den Freundeskreis und die politischen Vorgänge –, lesen sich ihre Briefe wie private Korrespondenzen aus der Reichshauptstadt.

Das »Drei-Kaiser-Jahr« 1888 beispielsweise – Wilhelm I. stirbt mit 91 Jahren am 9. März, Kronprinz Friedrich Wilhelm folgt als Friedrich III., erliegt aber bereits am 15. Juni seinem unheilbaren Kehlkopfleiden, und Wilhelm II. wird deutscher Kaiser –, diese Ereignisse an der Spitze des Deutschen Reiches haben auch die Fontanes in helle Aufregung versetzt. Während er seine einschlägigen Betrachtungen fast leitartikelartig in Briefen an Martha nach Rostock richtet, sucht sie ihrer Erregung in Berichten nach Münster Herr zu werden und möglichst etwas mitzuteilen, »was Du nicht in den Zeitungen findest«. So erzählt sie schon Ende Februar vom politischen Gerangel hinter den Kulissen. Der todkranke Kronprinz, mit der tatkräftigen und klugen Tochter der englischen Königin Victoria verheiratet, ist bei Hofe nicht zuletzt wegen dieser Verbindung höchst umstritten und vor allem bei Prinz Wilhelm, seinem Sohn und Nachfolger, mißtrauisch angesehen. Emilie konstatiert, daß die Stimmung »traurig gespannt« sei. »Gestern waren wir mit dem Hofprediger [Karl Friedrich Windel] bei W[angenheim], der als Beispiel, wie sehr die engl. Herrschaft verhaßt sei, erzählte: Prinz Wilhelm habe bei einem neulichen Offizier-Casino-Fest Nasenbluten bekommen u. auf ängstliche Zeichen seiner Umgebung ausgerufen: lassen Sie nur, meine Herren, den letzten Rest von englischem Blut von mir abfließen. Der Kaiser [Wilhelm I.] soll viel weinen, namentlich auch über den Tod des Prinzen Ludwig, den er immer seinen Liebling genannt habe u. der auch in der Tat sehr liebenswert gewesen sei.« Dank der entgegenkommenden Umsicht Friedrich Wittes kann Emilie am 9. März die Rede von Kanzler Bismarck zum Tode Wilhelms I. unmittelbar miterleben: »Den gewaltigen Mann so erschüttert zu sehn, mit tränenerstickter Stimme sprechen zu hören u. die Kirchenstille des überfüllten Reichstags – nie werde ich es vergessen. Und nun? was sagst Du zu den Menschen? nach des neuen Kaisers Proklamation fällt die ganze Presse über ihn her – travailler pour le roi de prusse. – Papa ist darüber in unsagbarer Aufregung, u. es ist gut, daß unsre Wände keine Ohren haben; ihn packt, bei seiner idealen u. vornehmen Natur, der Menschheit ganzer

Jammer, u. ich glaube, er könnte die schlimmsten Dinge sagen, so daß es gut ist, er lebt in Einsamkeit.« Hochverräterische Dispute in der Potsdamer Straße!

Die eigentliche Trauerzeremonie am 14. März kann Emilie nur am Rande beobachten. Wie eine Reporterin schreibt sie: »Nach dem Dom zu kommen soll lebensgefährlich sein. Ich war mit Lischen Treutler bis zur Schloßbrücke, da war gesperrt u. ein solches Menschenmeer, daß wir froh waren, seitab gehen zu können. Die Linden werden ganz schwarz drapiert, in der Mitte Trauerbögen, Tribünen etc. gebaut, alles erst im ersten Anfang, denn zuerst muß der massenhafte Schnee fortgefahren werden, um überhaupt mit dem Bau zu beginnen u. Kies auffahren zu können, heißt es doch, daß alle hohen Herrschaften bis zur Siegesallee zu Fuß folgen sollen; dazu haben wir heut, trotz Sonnenschein, bei kaltem Nord, jetzt um Mittag noch 4 Grad. Poetisch sieht das massenhafte Weiß der Schneeflächen u. Dächer u. die schwarze Menschenmenge sowie die schwarz behangenen Häuser aus, unter den Linden sind diese unsre Landesfarben vertreten, wie wohl noch nie in solcher Großartigkeit. – Dem Kaiser *soll* es leidlich gehen, er kann aber nicht sprechen, kein Wort. Sollte er wirklich in so schwieriger Lage sich des größten Schutzes entäußern? man spricht, Bismarck sei von allem Schweren der letzten Tage erkrankt. Und Kronprinz Wilhelm, der ihn verehrt u. liebt, wie es sein Großvater getan. Das ›Tageblatt‹ sprach gestern jubelnd von dem ›Diener‹ Bismarck. Aber Du wirst dies alles auch lesen u. erfahren u. wissen, daß eine übermächtige Partei gegen den Schöpfer unsres Reiches steht u. daß wohl noch viele von ihm abfallen werden, wenn der Wind anders bläst. Wir, Deine Eltern, stehen unentwegt zu ihm.«

Die Erschütterung beider Fontanes beim Tod des alten Wilhelm hat nicht nur mit der Ungewißheit der politischen Zukunft zu tun, sondern vor allem mit dem starken Gefühl, daß in Preußen eine lange, relativ stabile Epoche mit dem Fixpunkt »Kaiser Blanchebart« (wie ihn Fontane in einem

Gedicht von 1871 nennt) zu Ende geht und sich parallel dazu auch im privaten Bereich vieles einem Abschluß zuneigt. So verkleinert sich der Kreis zuverlässiger Weggefährten, die man in Notfällen anrufen konnte, zusehends. Der »Urfreund« Bernhard von Lepel ist seit 1885 nicht mehr am Leben. Seine »ewige Weiberwirtschaft« habe sein Leben und sein Talent zerstört, meint Fontane, und Emilie wirft Lepels zweiter Frau vor, sie habe die Beziehungen zu ihrem Mann unterbrochen. An Mathilde von Rohr schreibt Emilie 1887: »Sie, teure Freundin, wissen, *wie* mein Mann darunter gelitten hat, unter der *geistigen* Entfremdung, nachdem die beiden Freunde, jahrzehntelang, wie auch politisch oder weltlich ihre Anschauungen auseinandergingen, auf gleichem poetischen Boden gestanden u. gewachsen waren; dies Verhältnis zerstört zu haben ist ein Vergehen dieser Frau.«

1888 kommt aus Kränzlin die Meldung vom Ableben Hermann Scherz', des etwas kauzigen Jugendfreundes, der immer für eine Anleihe gut war. Am 16. September 1889 stirbt das adlige Fräulein Mathilde von Rohr im mecklenburgischen Dobbertin – Fontane hat sie wenige Wochen vorher noch einmal besucht –, »sie hatte nur Liebe und Güte für mich«, schreibt er in seinem Nachruf, und im November auch Henriette von Merckel, die liebenswürdig-hilfsbereite Begleiterin der Familie. Trotz eines nur bescheidenen Kapitals bedenkt sie Mete und Theo mit beachtlichen Legaten. »Sei es, wie es sei«, bemerkt Emilie, »uns hat es gerührt, u. ich bin nur dankbar, daß ich noch in Liebe u. Freundschaft von ihr geschieden bin.« Im Februar 1890 liest Emilie ihrem Mann die schon erwähnten Aufzeichnungen der »lieben Tante Merckel« über die Fontanes vor und schreibt darüber: »Bewundernswert ist darin u. wohltuend zugleich das Fernsein von jeder Phrasenhaftigkeit, was diesen für uns so interessanten u. wohltuenden Mitteilungen auch einen literarischen Stempel aufdrückt; u. wie liebevoll u. klar hat sie alles gesehn u. beobachtet. Es ist mir eine ordentliche Beruhigung, daß ich ohne jeden Gewissensskrupel an die teure Freundin denken kann u. daß ich das entschiedene Gefühl habe, nach u. nach bei ihr verdrängt worden zu sein.«

All diese Todesnachrichten lassen den Kummer um den Ältesten erneut aufbrechen. Anläßlich seines achtunddreißigsten Geburtstages schreibt Emilie aus Schlesien: »Wir haben nach Sturm, Regen u. Kälte jetzt sehr schöne Tage gehabt, freilich waren die letzten schweren Erinnrungstage sehr, sehr schmerzlich, u. kann ich nicht dankbar genug sein, daß Papa mit mir so gleich empfindet u. nicht müde wird, mit mir von unserm teuren George zu reden. Aber nach jedem Gespräch, nach allen Betrachtungen, müssen wir immer wieder zu dem Schluß kommen: Gott hat es gut mit ihm gemeint. Wir haben an Friedel einen Kranz u. Kreuz von blühendem Heidekraut geschickt, u. hat der gute Junge für uns alle am 14. den schweren Gang nach seinem Grabe gemacht.«

Und noch etwas, an das man sich in der Potsdamer Straße längst gewöhnt hat – nicht nur wegen des Honorars –, findet sein Ende: Fontane sitzt offiziell Mitte Dezember 1889 zum letzten Mal auf seinem Kritikerplatz im Schauspielhaus. Die Verpflichtung ist dem alten Herrn schon geraume Zeit ein bißchen beschwerlich geworden. Emilie schildert am 24. November die Umstände: »Wir werden eben alt, u. ein Schnupfen erschüttert den alten Bau wie eine ernste Krankheit. Möchte nur Papa, bei dem er erst im Entstehen ist, leichter wie Mete u. ich davonkommen; er braucht seine Kräfte mehr denn je, u. gestern haben die neu einstudierten ›Räuber‹ bis 11 1/2 gespielt, so daß er erst um 1 Uhr nach Hause kam, natürlich erschöpft. Wir sehnen den Schluß dieser Tätigkeit herbei u. ärgern uns nur über die Klugschmuse, die sich wundern, daß er es aufgibt; ›ja, wird es ihm nicht leid tun?‹ werde natürlich *ich* immer gefragt. Passierte ihm aber etwas Menschliches, dann würde es heißen: ›wie kann auch ein Siebzigjähriger, bis in die Nacht, bei Wind u. Wetter …‹ Am besten ist freilich, man ärgert sich nicht u. tut, was einem recht bedünkt.« Die Direktion der »Vossischen Zeitung« verhält sich dem bewährten Mitarbeiter gegenüber recht generös und pensioniert ihn »wie einen alten Beamten regelrecht und auskömmlich« – sehr zur Erleichterung Emilies. Übrigens schreibt Fontane gelegentlich noch über weitere Aufführungen, da er von den neuen Tendenzen in der Dramatik höchst fasziniert ist.

Bis zum Schluß steht er zu seinen kritischen Maßstäben, befürwortet im Streit um die nachdrängende naturalistische Dramatikergeneration Themenwahl und Machart der Jungen. Emilie ist, wie immer, in die Auseinandersetzungen involviert. Als sie im Februar 1889 Clara Stockhausen zum Geburtstag gratuliert, fragt sie an, was diese und ihr »Sänger« von Henrik Ibsen halten; »uns wirft er hin u. her, aber wir freuen uns seiner Kraft«. Und als am 5. März das Schauspiel »Die Frau vom Meere« aufgeführt wird (Wiederholung am 19. März) – Paula Conrad in der Rolle der Hilde –, schreibt Fontane eine der längsten Kritiken seiner Laufbahn, und Emilie berichtet nach Münster: »Etwas verzögert hat die Beendigung [des »Quitt«-Manuskripts] die Aufführung von Ibsens Schauspiel: Die Frau vom Meere, im königl. Schauspielhaus, wozu sich Papa ordentlich vorbereitet hatte; wir hatten vorher fast alle seine Stücke uns vorgelesen, Essays über ihn von Brahm etc. *Was* Papa darüber gesagt, wirst Du aus seiner Rezension ersehen, die Du aber zurückschicken mußt, denn wir haben nur die eine. Berlin war in einem wahren Ibsen-Fieber; am Tage vor der Aufführung gaben Brahm u. Schlenther ihm ein Souper, wobei unter anderen: Brahms u. Bülow, Erich Schmidt (Nachfolger Scherers), Kainz etc. auch unser Alter war, der entzückt um 4 Uhr morgens! heimkehrte. Mete u. ich haben nun auch durch Frl. Conrads Güte das Stück gesehn u. waren, zu meiner höchsten Überraschung, ganz benommen davon. Am Abend darauf war die Kleine mit Brahm bei uns, u. es wurde so interessant debattiert, daß es selbst unserem Friedel nicht zuviel wurde. Auch unser Martchen [Georges Witwe] war dabei, die sich nun auch das Stück ansehen will.«

Im September 1889 packt es den alten Kritiker dann noch einmal. Die Ackermannsche Buchhandlung schickt ihm Gerhart Hauptmanns Bühnenerstling, »Vor Sonnenaufgang«, und seine Begeisterung über diesen »wirklichen Hauptmann der schwarzen Realisten-Bande«, den er einen »völlig entphrasten Ibsen« nennt, ist kaum zu bremsen. Die Inszenierung an der »Freien Bühne« am 20. Oktober rezensiert er denn auch enthusiastisch. Interessant ist Emilies Reaktion, die wir aus Fontanes Brief an Mete vom 14. September kennen: »Ich war ganz benommen davon. Mama natürlich wieder in Angst, ich ginge zu weit, ich engagierte mich ungebührlich; Durchgänger, Hitzkopf, ›*Jüngling*‹; nachdem nun aber gestern eine Karte von Brahm eingetroffen ist, der ganz meine Anschauungen teilt, hat sie sich einigermaßen beruhigt. Ich allein kann nie recht haben, es muß immer erst bestätigt werden, und wenn es durch Müller oder Schultze wäre.«

Emilie lernt Hauptmann persönlich kennen, spätestens beim Besuch des Dichters in Fontanes Wohnung am 12. Januar 1891 (gemeinsam mit Brahm und Schlenther); 1898 begegnet sie »Frau G. Hauptmann« auf dem Weißen Hirsch in Dresden, später auch der Magarete Marschalk, Hauptmanns zweiter Frau. Es entbehrt nicht einer gewissen Ironie, daß ausgerechnet Hauptmann, der seinen »Durchbruch« ein wenig auch dem Engagement Fontanes verdankt und dem Emilie respektvoll gegenübersteht, viel, viel später zu einem verzerrten Bild Emilies beigetragen hat. In einer Fragment gebliebenen Fortsetzung seiner Autobiographie, »Das zweite Vierteljahrhundert«, entstanden in den dreißiger Jahren des 20. Jahrhunderts, erzählt er von einem Besuch in der Potsdamer Straße. Er habe eine streitlustige Stimmung vorgefunden, und Emilie Fontane sei während der Unterhaltung ständig hin und her gegangen und habe das Dichtertum ihres Mannes bestritten: »Er ist ja gar kein Dichter, er ist ja gar kein Dichter.« Diese Darstellung war für künftige Biographen ein willkommenes, zudem von einer Autorität verbürgtes

Urteil über Emilies angebliches Unverständnis für das literarische Werk ihres Mannes. Gegen Hauptmanns Version, aus jahrzehntealter Erinnerung aufgezeichnet, spricht allein schon die Tatsache, daß die vielfach beklagte Enge der Fontaneschen Wohnung ein erregtes Auf- und Abgehen gar nicht gestattet hätte.

Eine authentische Aussage über das Leben in der dritten Etage des Johanniterhauses am Ende der achtziger Jahre findet sich in Emilies Brief vom 24. November 1889 an Theo. Stimmung und Laune des Vaters seien brillant, und da sich auch Metes Befinden, trotz einiger Rückfälle, gebessert habe, »so sind wir oft in unsrem Poetenstübchen bei der grünen Lampe vergnügt u. froh, wie in früheren Tagen«. Ganz nüchtern ist auch dieser Blick auf die Situation nicht, denn im »Poetenstübchen« hat man in den letzten fünf Jahren auch manches literarische Ärgernis erlebt. So heißt es am 10. März 1887 in Emilies Bericht an Mathilde von Rohr: »Eine Novelle meines Mannes ›Cécile‹ hat in einem in Dresden erscheinenden Journal: ›Universum‹, gestanden, u. mein Mann hoffte es Ihnen bereits zu Weihnachten überreichen zu können. Aber eine neue Kränkung wartete seiner: Hertz, aus unerklärlichen Gründen, *lehnte die Arbeit ab*, die von Kennern als eine der feinsten meines Mannes angesehen wird, u. – so liegt sie nun ruhig im Kasten. Natürlich ermutigen solche Erlebnisse meinen armen Mann nicht zu neuem Schaffen, u. was er nie ausgesprochen, tut er jetzt: brauchte ich es nicht zu meinem Lebensunterhalt, ich schriebe keine Zeile mehr.«

Emilie erlebt das entwürdigende Gerede um den Vorabdruck von »Irrungen, Wirrungen« mit, als aus dem Umkreis der Geschäftsleitung der »Vossischen Zeitung« der empörte Ruf nach Abbruch der »Hurengeschichte« laut wird. Als die Buchausgabe erscheint, bemerkt sie: »Es wird sehr gelobt u. sehr getadelt werden; die ›Zwanglosen‹ stehen dafür wie ein Mann, namentlich auch Schiff.« (Die »Zwanglosen« sind ein 1884 gegründeter literarischer Verein – neben den Söhnen George und Theodor gehören Brahm, Mauthner, Schlenther und Schiff dazu –, der sich besonders für das Werk Fontanes engagiert.) Fontanes Odyssee durch die Verlagslandschaft seiner Zeit – er muß praktisch mit jedem Romanmanuskript hausieren gehen, bis, wie wir sahen, Sohn Friedrich sich des »Stine«-Romans annimmt – hat Emilie nachhaltig beschäftigt, weil das verlegerische Desinteresse oder die moralischen Skrupel der Verlagshäuser unmittelbar die physische und psychische Befindlichkeit ihres Mannes tangieren. Trotz aller ärgerlichen Mißerfolge, zu denen auch kleine schwerverkäufliche Auflagen gehören, lesen sich Emilies Gesundheits- und Schaffens-Bulletins jedoch durchweg, mit kleinen, meist auf sie selbst bezogenen Abstrichen, recht erfreulich. Am 25. Januar 1888 erzählt sie, daß der »kleine Fuz« gern am Abend ein Glas Bier trinken geht und sich des Lebens freut, statt »bei seiner traurigen, grämlichen, halbtauben Mama zu sitzen. Denn seit 8 Tagen bin ich wieder einmal auf dem linken Ohr taub, habe aber dafür entsetzliches Ohrensausen. Nun, Papa meint: das Alter fordert seinen Tribut. Am wohltuendsten wirkt unser lieber Alter. Er ist von einer Arbeitskraft, wie kaum dagewesen, u. seit unsres George Heimgang ist dieselbe mit einer Leichtigkeit verbunden, die mich staunen macht; so lag am Weihnachtsabend eine Novelle fertig auf meinem Tisch, natürlich im Konzept, die er während der Trauerzeit erst begonnen hat [»Unwiederbringlich«].« Am 1. Mai 1888: »Er ist, wie Du ja weißt, immer am Schlusse einer größeren Arbeit, wo er sich dann Ferien machen u. Partieen machen will; aber kaum beendet, sitzt er schon wieder bei einem neuen Stoff. Und wie dankenswert, daß es so ist, denn seine Arbei hält ihn frisch, sonst ist sein Leben jetzt auch von erschrecklicher Einförmigkeit, u. er dauert mich manchmal, immer auf mich u. Mete angewiesen zu sein.« Oder am 17. März 1889, als von einer leichten Kur in Kissingen die Rede ist, die Papas »Schmerbäuchchen« etwas glätten soll: »Wenn Gott ihn uns bei der geistigen Frische u. Regsamkeit erhält, wie bisher, wird er auch seinen Schaffens- und Arbeitsdrang behalten. Brahm erzählte mir, wie unglaublich die meisten seiner neulichen Gäste es gefunden, daß Th. F. ›im siebzigsten‹ gehe, wie Tilla sagt.« Im Sommer 1889 erfährt Theo aus Kissingen, daß die Mutter mit der Badekur begonnen habe, »um meinen sehr lästigen Rheumatismus im rechten Bein loszuwerden, auch trinke ich morgens einen ›Schnitt‹ mit, sonst wäre die Diät, die auch dem Nichtkurgast auferlegt wird, noch unangenehmer mitzumachen. Am meisten erfreut mich das Nichtstun, das vollkommne Ausruhn unsres geliebten Alten, was ja noch nie dagewesen ist, da er in der Regel, mit einer schwierigen Arbeit bewaffnet, seine ›Erholungs‹zeit antrat.« Und schließlich am 1. November ein besonders herzliches Bekenntnis: »Täglich können nun auch Papas Gedichte erscheinen, über die er selbst sich freut; möchten es doch Tausende mit ihm tun! Er ist in so brillanter Stimmung, dabei so liebenswürdig, daß mir jeder Tag mit ihm zu leben Dank gegen Gott erweckt, der mir diesen vortrefflichen Menschen als Lebensbegleiter u., wenn es bei mir zutrifft, als *mich* Verbesserer gegeben hat. Gott erhalte ihn uns!«

In dieser gelösten Atmosphäre begeht Emilie am 14. November 1889 ihren 65. Geburtstag und stimmt sich auf den 70. ihres Mannes ein. Anfangs fürchtet sie, es werde »zuviel Klimbim« gemacht werden und es könne sich »mehr Partei u. Eitelkeit als wirkliche Anerkennung« zeigen. An Theo schreibt sie: »Sein Geburtstag wird viel Unruhe bringen, gebe Gott, auch Freude. Die literarische Gesellschaft gibt ihm ein großes Festessen, wozu Kind u. Kindeskind eingeladen werden sollte; ich habe mit Mete darauf verzichtet, aus den verschiedensten Gründen. So wird nur Fuz den lieben Alten begleiten, da Du ja auch nicht hiersein kannst. Natürlich ist das Diner erst einige Tage nach dem Geburtstag, an dem die Gratu[lanten ihn] genügend in Anspruch nehmen.« Unter den Hunderten von Glückwunschschreiben, die am 30. Dezember eintreffen, steht für Emilie die Freudenbotschaft aus Münster vornan: Enkeltochter Gertrud ist rechtzeitig zum Jubeltag auf die Welt gekommen. Aber natürlich genießt Emilie auch, daß der »geliebte Alte« nicht nur beim Fest im »Englischen Haus« am 4. Januar 1890 hoch geehrt – Kultusminister Goßler hält eine fulminante Rede –, sondern auch in der Presse gehörig gewürdigt wird. Der Jubilar, zwar etwas irritiert durch peinliche Zwischenfälle, bringt den unerwarteten Vorgang auf die Formel, er sei »nach fünfzigjähriger fast pennsylvanischer Absperrung vom Welt- und Literaturgetriebe« plötzlich seiner Nation als »Theodorus victor« gezeigt worden. Emilie ist stolz auf ihren Theodor.

Kapitel 13

Leben mit dem »geliebten Alten«

1890–1898

Krankheit und Schillerpreis, Unfall und Baugeschehen

Wie schon oft bei den Fontanes: der familiären Hochstimmung folgt der Absturz in die Alltagsmisere; die Ehrungen zu Fontanes Siebzigstem gehen in eine langwierige Erkrankung Emilies über. Während der Jubilar noch wochenlang an seinen Dankesbriefen arbeitet – er habe den Postminister Stephan um den Betrag von 200 Briefmarken bereichert –, stellt sich bei seiner Frau um den 22. Februar 1890 eine Gürtelrose ein. Emilie wird von den »heftigsten u. unangenehmsten Schmerzen« geplagt. Der kleinste Gang und jedes damit verbundene Ankleiden erschöpft sie, und Mete, die sich zu dieser Zeit leidlich wohl befindet, muß den Haushalt führen, Papa vorlesen, Briefe schreiben und Visiten erledigen.

Ende Mai wagt sich Emilie zum ersten Mal wieder aus dem Haus, noch immer von den »Nachwehen meiner ›Rose‹ besessen«. Ihr Mann dagegen befindet sich in ausgezeichneter Verfassung. Emilie schreibt an Theo: »Du würdest mit uns Deine helle Freude an dem lieben, frischen Siebziger haben, der nach wie vor seine 3 Treppen herunter- u. heraufspringt, als kostete es keinen Atem, ich komme mir wie eine würdige alte Matrone neben ihm vor u. muß, wenn wir mal zusammen gehen, immer seine Schritte zügeln. Dabei immer gütig und liebenswürdig [...]« Der Arzt rät Emilie dringend zu einer Kur in Kissingen, und von Mitte Juni bis Mitte Juli folgen sie dieser Empfehlung. Fontane bekommt der Aufenthalt sehr gut, aber Emilies Schmerzen sind, »trotz eifrigstem Solebaden«, nicht verschwunden. Ihr »Allgemeinbefinden« habe sich jedoch nach Metes Eindruck entschieden gebessert; »man selbst weiß ja nicht«, bemerkt Emilie nach der

Rückkehr aus Kissingen, »wie elend man einhergeschlendert ist«.

Am 21. Juli 1890 reist Mete als »Vorauskommando« nach Krummhübel und mietet in der Brotbaude eine Ferienwohnung. »Dort oben« verbringt die Familie – anfangs ist auch Friedel dabei – »7 wundervolle Wochen, so schön und ärgerlos, wie man's kaum glauben sollte«, registriert Fontane im Tagebuch. Auch Emilie ist begeistert von der herrlichen Luft und der entzückenden Aussicht; freilich macht ihr »das ›Rosige‹, was ich wohl auf diesem Stern nicht mehr verlieren werde«, noch immer zu schaffen. Aber ernsthaft scheint es weder bequeme Abendspaziergänge noch ausgedehnte »Partien« zu beeinträchtigen, wobei allerdings einkalkuliert werden muß, daß der »Alte vom Berge«, wie ihn Emilie nennt, sehr fleißig zu arbeiten hat und kaum vor drei Uhr nachmittags sichtbar wird – er bereitet den Roman »Unwiederbringlich« zum Druck vor. Stolz teilt sie mit: »Die Brotbaude ist durch seine Anwesenheit hier eine doppelte Sehenswürdigkeit geworden«, denn inzwischen ist »Quitt« im Vorabdruck erschienen, der Roman, der in der Gegend spielt und den fast alle, meint zumindest Emilie, gelesen haben. Ihr selbst ist natürlich auch kein reines Dolcefarniente beschieden: »Ich schreibe täglich mein Pensum ab [von »Unwiederbringlich«] u. bin als Ausbesserin bei meiner Tochter angestellt« – eine Liebe sei schließlich der andern wert, und Mete habe die Eltern ja in dieser Zeit sehr verwöhnt.

Am 22. September 1890 kehren die Fontanes nach Berlin zurück, und die in der Brotbaude akkumulierten Kräfte werden »in dem unvermeidlichen Trubel und Strudel Berlins« – so Emilie am 11. Oktober an Georg Friedlaender – rasch wieder aufgebraucht. Denn inzwischen verlobt sich Georges Witwe mit dem Herrn Neefe und Obischau und macht zu Emilies Verdruß keine »Brautvisite« (läßt sich aber 1894 wieder sehen, und die Fontanes sind von ihrer Anhänglichkeit gerührt); die »kleine Conrad« feiert ihre Verlobung mit Paul Schlenther in der Potsdamer Straße 134 c; bei der Enthüllung des Lessing-Denkmals sind beide Fontanes zugegen; und Emilie berichtet von »Auszeichnungen aller Art« für ihren Jubilar, »sogar ministerielle Diners, wozu er die ›Orden‹ einknüpfen muß, was er nicht recht versteht«. Am 16. Oktober jährt sich der 40. Hochzeitstag, der mit Friedel und den Zöllners begangen wird. Das Jubiläum, berichtet Emilie an Theos Frau, »ließ uns in der Erinnrung des Erlebten das viele Gute u. Schöne preisen, namentlich nach den schweren Anfängen unsrer Ehe. Auch das Leid, das uns beschieden, u. der Verlust unsres George, den wir bis an unser Ende schmerzlich empfinden werden, ist wohl zu unsrem Besten gewesen, u. so haben wir dankbar auf unsren Lebensweg zurückgeblickt.«

Ein Schatten freilich trübt die frohen Stunden: Metes Betriebsamkeit während des schlesischen Sommers ist wieder einer »nervösen Beängstigung« gewichen. Der Arzt versichert zwar, »daß sie ganz gesund sei, nicht den kleinsten organischen Fehler habe«, und sie nimmt der Mutter im »innren Departement« tatsächlich alles ab. Aber sie darf durch nichts aufgeregt werden, und sie traut sich auf gar keinen Fall auf die Straße. Dadurch sieht sich Emilie gezwungen, die Besorgungen außer Haus selbst zu erledigen, wobei sie sich bei dem eisigen Wetter eine heftige Erkältung einhandelt. Der »geliebte Papa« indes, erfährt Theo am 21. Dezember 1890, sei »so frisch, so arbeitskräftig« wie immer in diesem Jahr. Doch gerade er versetzt zwei Tage später seine Frau in tausend Ängste: bei Glatteis stürzt er am Tag vor Heiligabend in der Nähe des Brandenburger Tors (vor dem Blücherschen Palais) und kommt »in einer Droschke blutüberströmt nach Hause«. »Unsre liebe Mete, die schon die Feuerprobe ihrer Leistungsfähigkeit nach dieser Seite hin bei unserem George erprobt hat, leistete ihm die erste Hilfe, denn ich war vor Schreck wie gelähmt. Als unser guter Dr. Delhaes mit Verbandzeug etc. erschien, konstatierte er eine tiefe Kopfwunde; die arge Blutung rührte von einer getroffenen Ader her. Aber gottlob war u. blieb der geliebte Papa ohne Fieber, eigentlich auch ohne Schmerzen; gestern beim 2ten Verband war der Arzt sehr zufrieden, u. wir können schon über seinen weißen ›Wattekopf‹ scherzen.« Fontane selbst hält im Tagebuch fest, daß er »die Festwoche in Binden und Bandagen« verbringen muß. Der Unfall wird von der Polizei protokolliert, und Fontane erklärt ausdrücklich, daß er keinen Strafantrag gegen den Fürsten Blücher »wegen nicht Aschestreuens« stellen werde.

All die Aufregung hat noch eine ganz andere Belastung zum Hintergrund: seit Oktober wird das Nebenhaus, »links, gerade an Papas Wohn- u. unsrer Schlafstube«, abgerissen; ab vier Uhr früh ist kaum noch an Schlaf zu denken, und sie fürchten, »mit einzustürzen«. Überdies klagt Emilie, daß sie in diesem Winter mehr denn je in ihrer »schustrigen« Wohnung frieren müssen, und bekennt: »Dies sind Freuden u. Leiden der Großstadt.«

Die betrüblichen Ereignisse nehmen auch zu Beginn des neuen Jahres kein Ende. Im Januar 1891 stirbt – wenige Monate nach ihrem Mann – die verehrte Frau von Wangenheim; Fontane konstatiert: »Dies sind schwere Verluste für uns, die unser gesellschaftliches Leben verändern.« Im März trifft die Nachricht ein, daß der alte Treutler während einer Italienreise einem Herzschlag erlegen ist, und zu gleicher Zeit erleidet Freund Zöllner einen Schlaganfall, an dessen Folgen er jahrelang laborieren wird. Aber es gibt auch kleine Lichtblicke dazwischen: Theo wird als »Hilfsarbeiter« ins Kriegsministerium berufen, und Emilie kümmert sich sogleich um Wohnung und Köchin und ist glücklich, die beiden Enkel endlich in der Nähe zu haben. Und – sehr wichtig für Emilies Budget – Fontane erhält im Frühjahr den Schillerpreis, der ihn »sehr erfreut, vielleicht am meisten wegen der 3000 Mark«, vertraut er dem Tagebuch an.

Ende April fährt Emilie nach Dresden-Blasewitz, um ihre alte Freundin Johanna Treutler nach dem plötzlichen Tod deren Mannes zu trösten, und im Juni halten sich die Fontanes wieder in Kissingen auf. »Mama kam recht elend hier an und ist noch, wiewohl es seit heute besser geht, so herunter, daß ich statt ihrer schreibe«, heißt es in einem Brief Fontanes an Mete. Da es an »richtiger Genossenschaft«, an anregenden Bekanntschaften fehlt, langweilen sich die beiden ein wenig. Anfang Juli sind sie schon wieder daheim. Emilie beginnt sofort mit der Abschrift von »Frau Jenny Treibel«, denn Anfang August ziehen die Handwerker in das Johanniterhaus ein, das durch Abriß und Neubau des Nachbarhauses arg ramponiert ist. Fontane flieht nach Wyk auf Föhr, während Emilie mit Maurern, Anstreichern und Tapezierern fertig werden muß. Am 11. August 1891 schildert sie Paula Conrad ihre Lage: »Ich sitze hier ganz allein, aber wie Aschenbrödel, wenn sie keinen Prinzen gefunden u. alt u. grau geworden wäre, mein guter Alter ist seit beinah 8 Tagen bei strömendem Regen auf Wyk, Martha immer noch bei ihrer gräflichen Freundin [Margarete Wachtmeister in Zansebur], die sie verhätschelt u. wo sie in Musik aufgeht – etwas muß sie ja immer mit *Leidenschaft* treiben, da die richtige sich nicht eingestellt hat –, u. ich sitze in unsagbarer Handwerker-Umgebung, muß um 5 1/2 aufstehn, wo die Männer antreten, u. nichts trocknet, nichts wird fertig bei diesem noch nie dagewesenen Sommerwetter. Die ganze Wand an dem Neubau ist demoliert u. muß erneuert werden, aber genug *davon*.« Sie fügt gleichwohl noch an: »Mir geht's erbärmlich, u. bin ich darum recht froh, allein zu sein u., will's Gott, mich trotz Schurrmurr etwas auszukurieren. Der Arzt, der mich in ernste Behandlung genommen hat, meint, es sei nichts Gefährliches, aber Langwieriges – in meinem Alter keine schöne Aussicht.« Von ihrem Mann kann sie dagegen mitteilen, daß er »schaffensfroh« sei und – »ich vermisse ihn jeden Tag, nach 48 Jahren!«

Als Fontane am 29. August in das »geflickte Johanniterhaus« zurückkehrt – er hat trotz scheußlichen Wetters angenehme Tage auf der Insel verlebt –, findet er die Wohnung in vorzüglicher Ordnung, seine Frau aber völlig erschöpft vor; er verordnet Arseniktropfen, die sich als »neues altes Mittel« bewähren. Emilie erzählt ihm ausführlich von ihren Erlebnissen mit den Bauleuten, und das Konzentrat davon findet sich in Fontanes Bericht an die Tochter vom 30. August 1891. Der Hausarzt, Dr. Delhaes, habe den ganzen Bauvorgang mit der Zerstörung von Pompeji verglichen und Emilies »heldische«, resolute Haltung gewürdigt. »Bittner jun. [vermutlich der Bauleiter] wurde einfach rausgeschmissen, und ein Tapetenfritze, der die ›kunstvolle‹ Deckenmalung, weil er 50 Ellen 2-Groschentapete dadurch weniger loswurde, hintertreiben wollte, wurde mit der Bemerkung heimgeschickt: ›wer hat hier etwas zu sagen? Sie oder ich? Soviel ich weiß, ist dies meine Wohnung; ich übernehme *jede* Verantwortung.‹ – An solchen großen Momenten sind diese drei Wochen reich gewesen. Aber Mama scheint, während dieser ganzen Epoche, die Rollen des Königs und der Königin in des ›Sängers Fluch‹ [einer Ballade von Ludwig Uhland] glücklich in sich vereinigt zu haben, denn wenn es Bittner gegenüber hieß: ›Und was sie sinnt, ist Schrecken, und was sie blickt, ist Wut‹, so hieß es dem Mauerpolier gegenüber: ›Und lächelte süß und milde, als blickte Vollmond drein.‹ Es wurde dies durch beständiges Kaffekochen etc. erzielt. Der Lohn war ein Einsetzen voller Arbeitskraft, was bei einem Maurer immer noch nicht viel bedeutet, und vor allem ein beständiges tapfres zum Munde Reden. Es gipfelte in dem immer wiederholten Satze: ›Madamm, es is ja alles klagbar; ich ließe den Baumeister von nebenan nich los und ließe mir auch keine Vorschriften von'n Wirt hier unten machen, die Tapeten riechen ja schon sauer und *sind gegen die Desinfektion*.‹ Auf diese Schlußwendung ist er immer wieder zurückgekommen; Triumph preußischer Bildung.«

Herbst und Winter bringen Interessantes, aber nichts Aufregendes mehr. Fontanes sind im Oktober bei der aufwendigen Hochzeit der Sommerfeldt-Tochter Jenny mit Apotheker Kienast dabei. Emilie bewundert Paula Conrad im Schauspielhaus in verschiedenen Rollen, und Otto Brahm nimmt sie sogar ins Ostendtheater mit, wo sie den berühmten Josef Kainz als Hamlet erlebt. Fontane freilich kränkelt ein wenig:

»der Kopf ist mir beständig benommen«, schreibt er am 6. Dezember an Wilhelm Hertz, »und will von Anstrengung nichts mehr wissen. Die Klapprigkeit bricht herein, und das Arbeiten mit Vierteldampfkraft wird Regel« – die Sätze lesen sich wie das Präludium für ein bitteres neues Jahr.

»Vier schlimme Monate an der sonst so schönen Stelle«

Als hätte es eine Vorahnung kommenden Unheils, deponiert das Ehepaar Fontane im Februar 1892 das mit Justizrat Paul Meyer aufgesetzte Gemeinschaftstestament im Königlich Preußischen Amtsgericht Berlin I in der Neuen Friedrichstraße, in dessen »gelb gestrichner Stube«, bemerkt Fontane, »noch alles nach alter Zeit und echt preußischer Ruppigkeit schmeckte«. Bald danach erkranken sie gleichzeitig an der Influenza: »Eine schreckliche Krankheit, weil sie, wie kaum eine andre, deprimiert, ihrer sonstigen Tücken ganz zu schweigen.« Emilie erholt sich rasch wieder, aber Fontane fühlt sich wochenlang »recht spack«, zumal er sich im April mit Morphium vergiftet, da der Apotheker versehentlich den Wert 0,5 statt der verordneten 0,05 ausgehändigt hat. Da auch im Mai die Nachwehen der Influenza noch nicht weichen wollen, setzt er seine Hoffnung auf einen Aufenthalt im Riesengebirge. Am 13. Mai greift Emilie in die sich hinziehenden Erörterungen ihres Mannes mit Georg Friedlaender ein, fragt, was sie mitbringen müssen und ob sie *bald* kommen können. »[...] ich hoffe, Sie werden ihn nicht so erbärmlich finden, wie er sich schildert. Er ist so ungewohnt, sich krank u. angegriffen zu fühlen, findet jeden Tag, an dem er sich nicht beschäftigen u. arbeiten kann, für vergeudet, [so] daß er seine allerdings sehr langsam fortschreitende Genesung ungeduldig erträgt.«

Am 21. Mai treffen sie zu vieren – Mete und das Dienstmädchen Anna Fischer sind dabei – mit zwei Körben, einem

Koffer, etlichen Taschen und dem Bett für den Hausherrn in »Villa Gottschalk« in Zillerthal ein; ein dickes Manuskriptpaket – es enthält die vorläufige »Effi Briest«-Fassung – gelangt per Post zu Friedlaender. Emilie beginnt sogleich mit der Berichterstattung an Theo, informiert aber auch Friedel, der »sich so oft in internen Angelegenheiten als Zurückgesetzter betrachtet«. Und da der »Kleine«, wie stets, der Hilfsbereitere und Tatkräftigere ist, schreibt sie in den nächsten Wochen vorwiegend an ihn, und ihre Briefe fügen sich zu einer beklemmenden Krankengeschichte Fontanes und zu einem Ruhmesblatt für seine tapfere Pflegerin.

Fontane kommt in leidlichem Zustand an, aber mit der einsetzenden Hitze erneuern sich seine »Angst-Anfälle«. Der Hirschberger Arzt glaubt einen Herzfehler diagnostizieren zu können und untersagt auf unbestimmte Zeit »jegliche geistige Aufregung«. Damit ist, meint Emilie, über die Zukunft entschieden: »Ohne Extra-Einnahmen können wir in Berlin nicht existieren.« Und so wird, gemeinsam mit Georg Friedlaender, eine weitreichende Entscheidung getroffen: keine Rückkehr nach Berlin, im September Umzug nach Schmiedeberg; eine bescheidene Wohnung sei bereits in Aussicht. Emilie schreibt am 3. Juni an Theo: »Daß innre Kämpfe u. die schmerzlichsten Gefühle mit diesem Entschluß Hand in Hand gegangen sind, brauch ich wohl nicht erst zu betonen; ich kann nur wiederholen, daß alles Schwere uns dadurch erleichtert ist, daß wir eben keine Wahl haben. – Ob unser geliebter Papa sich hier erholen wird, ist abzuwarten. Wenn Du mich aufs Gewissen fragst, so muß ich antworten: ich glaube es nicht. Die Krankheit hat ihn rapid zum alten Mann gemacht, u. die Jugendlichkeit, Elastizität, die bisher sein größter Reiz waren, sind geschwunden, u. er sitzt als gebrochener Mann uns gegenüber, daß uns das Herz weh tut.«

Emilie und Mete fühlen sich gleichermaßen als »Invaliden«, entwickeln aber erstaunliche Energie: Mete sucht den Papa aufzuheitern, Emilie bereitet energisch den Umzug vor.

Sie will Ende Juni nach Berlin reisen, um alles Nötige in die Wege zu leiten: »Einiges möchten wir vorläufig in Berlin lassen, entweder auf einem Speicher oder befreundetem Boden; Pa's Schreibtisch wird mir am meisten zu schaffen machen.« Später sollen Mete und Anna nachkommen, um beim Verladen des Hausrats zugegen zu sein; »wir hoffen, alles auf einen Eisenbahnwaggon zu zwingen«. Emilie informiert Freunde und Bekannte über die Erkrankung ihres Mannes und veranlaßt, daß die »Vossische Zeitung« am 16. Juni eine »sehr nach unsrem Geschmack abgefaßte Notiz« bringt. Am 29. Juni will Emilie »als Vertreterin des Hauses« an der Hochzeit von Paula Conrad und Paul Schlenther teilnehmen.

Doch während sie sich, umsichtig wie immer, am 21. Juni schon mit Friedel im Restaurant Kögel zum Essen verabredet – Friedel übernimmt in dieser Zeit immer mehr die geschäftlichen Angelegenheiten –, sagt sie am Tag darauf die Reise nach Berlin überraschend ab. Wahrscheinlich hat ein Gespräch mit Marie Sternheim, die sie in Zillerthal getroffen hat, den Sinneswandel bewirkt. Diese könnte von dem Umzugsvorhaben abgeraten haben. Emilie schreibt nämlich an Friedel, daß Frau Sternheim ihn aufsuchen werde; »Du wirst angenehm überrascht sein, trotzdem Papa uns viel Sorge macht.«

Am 28. Juni vertraut sie dem Sohn an: »Du hast nun durch Fr. St[ernheim] gehört, *wie* traurig es hier steht. Wir leiden alle drei, der arme Papa, dessen Krankheit der Arzt als hochgradige Neurasthenie erklärt, eine Krankheit, die öfter nach geistiger Überanstrengung in einer Richtung eintreten soll, Mete an Magen u. Beklemmungen u. Deine alte Mutter an Kraftlosigkeit u. beständiger Angst u. Sorge um den geliebten Mann.« Doch sie kümmert sich gleichwohl auch um das Geschäftliche; im Einverständnis mit dem Kranken soll Egon Fleischel, Friedrichs Geschäftspartner, die Korrektur der Buchausgabe von »Frau Jenny Treibel« übernehmen. Emilie fügt niedergeschlagen hinzu: »Seine Gleichgültigkeit gegen alles, was er geschaffen, ist mehr wie betrübend, u. die vier Novellen (die größte hält er für seine beste [»Effi Briest«]), die er noch liegen hat, beschäftigen ihn höchstens nach der Geldseite hin. Streben u. Ruhm sind von ihm abgefallen!«

Die Nachrichten in den nächsten Tagen lauten nicht günstiger. Der Patient verbringt »böse Tage u. Nächte«, wird von innerer Unruhe umgetrieben und beginnt, wenn er an Berlin denkt, sich bereits vor dem Lärm der Rolljalousien im Nebenhaus sowie vor dem für Oktober angekündigten Abriß eines anderen Gebäudes in der Nachbarschaft zu fürchten. Ein besonders bedenkliches Bulletin schickt Emilie am 7. Juli an Friedel: »Sein Schlaf ist schlecht u. der Appetit mangelhaft. Es ist sehr, sehr traurig, u. oft geht mir die Kraft aus, u. ich denke immer ernstlicher an eine Nervenheilanstalt, wo er auch besser die Anordnungen und Vorschriften einhalten muß. Aber natürlich solange es nur zu ermöglichen ist, bleiben wir hier u. tun, was in unsren Kräften. Er magert sehr ab u. sitzt meist mit geschlossenen Augen da. Vorlesen strengt ihn so an, daß ich ihm jetzt den Inhalt der Artikel mitteilen muß. Zu alldem ist er wetterkrank; die Sonne kann er nicht sehen, die Schwüle ist unerträglich, u. der Nebel bedrückt ihn, kurz, es ist ein Jammer. Seine Gedanken beschäftigen sich meist mit der Berliner Wohnung, u. immer wieder fragt er mich: wo wirst du mich denn hinbetten, damit ich die Jalousien nicht höre u. das Einreißen der Wände? Dann sagt er auch wohl: ich fühle, ich bin euch zur Qual – aber es wird nicht lange mehr dauern. – Der Arzt, so beteuert er uns wenigstens, sieht keine Gefahr. Drastisch hat er zu Fr[iedlaender] die Äußerung gemacht: um zu sterben, muß sich Hr. F[ontane] erst eine andre Krankheit anschaffen.«

Vor allem die psychische Verfassung ihres Mannes ängstigt Emilie; sein Gemüt verdüstere sich, er spreche vom Sterben und möchte doch gern leben. Obwohl das »Schrecknis der Rolljalousien« ihn irrtiert, beschäftigt er sich mit der Rückkehr nach Berlin. Emilie hingegen denkt mit Entsetzen an »unsre 3 Treppen«, und sie schreibt an Friedrich: »Ich bin so müde u. mürbe von den letzten 3 schlaflosen Nächten, muß unsre immer noch ziemlich große Correspondence führen, daß mir die Kräfte versagen.« Sie habe noch nie in ihrem Leben so viel zu schreiben gehabt wie in diesen Wochen.

Der quengelig gewordene Kranke, der jede Stunde etwas anderes will, setzt am 20. Juli die rasche Rückreise durch; alles ist gepackt und geordnet, da fällt ihm »der Gedanke an die Hitze u. schlechte Luft in Berlin wie Zentnerlast auf die Seele«, und er beschwört seine Frau, doch in Zillerthal zu bleiben: »Da umarmt er mich, bittet mich, Nachsicht zu haben – u. wir packen wieder aus. – Diesen klaren, verständigen Mann *so* zu sehen ist herzzerreißend, u. Deine arme Mutter ist sehr zu bedauern.« Der Arzt spreche, teilt Emilie am 21. Juli mit, »immer dringender von einer Nervenheilanstalt«; »Papa, der erst damit einverstanden schien, zeigt jetzt ein wahres Grauen, so daß ich nur in äußerster Not meine Einwilligung dazu geben würde«.

Im August versucht man es, nach einer Konsultation bei dem Neurologen Professor Ludwig Hirt in Breslau, der eine Gehirnanämie diagnostiziert, mit einer Elektrotherapie – ohne sonderlichen Erfolg. Gegen Ende des Monats, als eine Gewitterfront die Hitzeperiode beendet, scheint sich eine gewisse Besserung einzustellen. Allerdings beunruhigen Fontane die Meldungen über eine drohende Cholera-Epidemie in Berlin. Emilie, wenn sie ihm die Zeitung vorliest, mildert die entsprechenden Notizen ab. Vorerst aber will er in Schlesien bleiben. Emilie hofft, daß wenigstens dieser Plan Bestand haben möge: »Ich beschäftige mich überhaupt mit unsrer dunklen Zukunft wenig, die Gegenwart fordert mein bißchen Kraft, u. ein ruhiger, sorgenloser Lebensabend scheint uns beiden Alten nicht beschieden zu sein.«

Doch vierzehn Tage später sind die »beiden Alten« wieder in Berlin; Mete ist schon Mitte August zu den Veits nach Deyelsdorf gereist, um sich behandeln zu lassen. Fontane bedankt sich am 13. September bei Friedlaenders für ihre tätige Anteilnahme während des Sommers und schildert die Rückreise: »Die Fahrt war gut, immer allein; das Landschaftsbild deprimierend und das Herankommen an die große Stadt noch schrecklicher. Ich litt ordentlich; das Rennen und Jagen wirkte wie Hölle. Hier zu Hause war alles nett und gut, viel besser, als ich erwartet, aber die matte Luft steigert meine Mattigkeit und meine Herzbeklemmung. Es ist ein trauriges Dasein.«

Emilie meldet sich am 15. September bei den Schmiedeberger Freunden, und in ihrem Brief blitzt Hoffnung auf. Ihr Mann erscheint zum Frühstück und hat zum ersten Mal seit einem halben Jahr wieder richtig geschlafen. Er ißt mit Appetit und verlangt nach seiner »grünen Lampe«. Emilie atmet auf: »also wieder Licht«. Sie berichtet: »Dienstag kam unser Arzt, sichtlich erschrocken über die Abmagerung, aber beruhigt, als er hörte, mein Mann litte nicht an Schwächezuständen u. wäre stundenlang am Tage fähig spazierenzugehn. Er verordnete kein Schlafmittel, aber eine täglich viermal zu nehmende Medizin. Erklärte das krankhafte Abwehren des Schlafes am Tage für töricht u. fand den Appetit brillant. Mir sprach er Mut ein u. – Hoffnung.« Eine aufmunternde Freude bereitet ihm der sehr gebrechliche Karl Zöllner; er läßt sich die berühmt-berüchtigten drei Treppen hinauftragen, um den Freund zu begrüßen und für den nächsten Tag zum Essen einzuladen. Auch Heydens und Sternheims sprechen vor und ermutigen Emilie. Dr. Delhaes hofft, »die Nerven meines Mannes berappeln sich durch Schlaf, viel Essen, Wein- u. Biertrinken u. Spazierengehn. Er sprach sogar von baldiger geistiger Arbeit, u. er gehört eigentlich nicht zu den Optimisten. Also hoffen wir!«

Und die treue Emilie hofft nicht vergebens: ihr Mann kommt, trotz Schwindelzustands und eines »Gefühls der Wackligkeit, des auf dem Abbruch Dastehens«, wieder auf die Beine. Die fast tagebuchartig an Friedlaender gerichteten Briefe vom Herbst belegen seine vielseitigen Interessen. Und vor allem: er beginnt schon im Oktober mit dem »autobiographischen Roman« über seine Kinderjahre in Swinemünde. Nachträglich notiert er im Tagebuch, er könne sagen, sich »an diesem Buch [»Meine Kinderjahre«] wieder gesund geschrieben zu haben«. Ob es den Leuten gefallen werde, müsse er abwarten, sich selbst aber habe er einen »großen Dienst« geleistet. Seine geistige Spannkraft kehrt zurück, und er kann »Effi Briest« vollenden. So diffus die Krankheitsbezeichnungen in Emilies Bulletins auch ausfallen – alle deuten auf die klassischen Symptome einer schweren Depression.

Zur inneren Konsolidierung trägt ganz wesentlich ein Vortrag bei, den Freund Schlenther am 17. Oktober in der »Freien Literarischen Gesellschaft« über Fontane hält. Der Dichter schreibt am folgenden Tag an den Referenten: »Bewegt kam meine Frau nach Haus, und unter dem Berichte, den sie mir gab, fielen Alter und Krankheit auf Augenblicke von ihr ab. In all dem Freundlichen, das sie hören durfte, lag so vieles, was sie beim Rückblick auf unser Leben hatte fühlen lassen: es war doch gut so, wie's war. Seien Sie herzlich bedankt für das Bild in verklärendem Abendschein, in das zu blicken zu Frieden und Versöhnung stimmt und manches Schwere leichter tragen macht.« Emilie hat in dem vertrackten Jahr 1892 eine weitere Bewährungsprobe bravourös bestanden, hat die Hoffnung nie aufgegeben und entschieden zur Genesung ihres Mannes beigetragen. Auch sie weiß aus ihrem langen Leben, »daß sich das Schwere, direkt von Gott Geschickte leichter ertragen läßt«.

Kur in Karlsbad

Mit Erleichterung beobachtet Emilie, wie ihr Mann allmählich wieder in seinen alten Arbeitsrhythmus hineingerät und sie, wie stets, einbezieht: im Frühjahr 1893 ist das Manuskript »Meine Kinderjahre« abgeschlossen, und sie kann, diesmal unterstützt von Mete, die Abschrift anfertigen. Es fällt ihr schwer, denn nach einer Blinddarmentzündung im Februar, die aber auch eine Leber- oder Gallenattacke gewesen sein könnte, fühlt sie sich abgeschlagen.

Daß Anfang April aus Karlsruhe die Nachricht vom Tode Wilhelm Lübkes eintrifft, trübt die Stimmung noch mehr; denn mit dem guten Bekannten aus alten Berliner Tagen stand man auch aus der Ferne in freundlichem Kontakt, den gegenseitige wohlwollende Rezensionen beförderten. Zugleich beunruhigt die Mutter die »erbärmliche Verfassung« der Tochter: »Nicht bloß das alte Nervenelend; vor 4 Wochen kriegte sie die Influenza, und seit drei Tagen ist sie von Mandelentzündungen gequält, es reißt nicht ab«, klagt Fontane am 22. Mai gegenüber Friedlaender; »wir sind alt und möchten uns an einem bißchen Freude um uns her aufrichten, aber das bleibt uns versagt.« Um das Maß vollzumachen, werden die Fontanes von einem weiteren schmerzlichen Verlust betroffen: in Rostock stirbt am 30. Juli 1893 Friedrich Witte an Magenkrebs. Fontane notiert im Tagebuch: »In Witte haben wir einen Freund verloren; bei kleinen Marotten und Eitelkeiten war er ein ganz ausgezeichneter Mensch, von seltener Integrität und großer Güte.« Friedel reist zum Begräbnis (»halb Mecklenburg war auf den Beinen«), und Mete, von Tante und Onkel Witte immer wie eine Tochter behandelt, erbt zwölftausend Mark, so daß sie, wie der Vater zufrieden vermerkt, 600 Mark Zinsen hat.

Inzwischen erfordern Emilies Beschwerden dringend eine Therapie; der Arzt verordnet Karlsbad. Am 16. August kommen die Fontanes dort an, nehmen Wohnung in der »Silbernen Kanne«, und Emilie ist, wie sie in ihrem Geburtstagsbrief an Freundin Zöllner schreibt, recht angetan: »alles ist sauber u. freundlich, die Gegend sehr gut u. bequem, die Bedienung aufmerksam, u. das Essen, drei Häuser von uns im Östreichischen Hof, läßt nichts zu wünschen übrig«. Der ganze Ort sei großartig, Kissingen »nuttig« dagegen; »freilich auch so weitläufig, so mit Menschen überfüllt, daß man sich mehr denn je wie ein Sandkorn vorkommt«. Ihr Kurbegleiter sei, im Gegensatz zu ihr, vorzüglich »beiwege«. Er »stapele«

so »jugendlich frisch« einher, »daß der Arzt, als er ihm sagte: ›mit 73 kann man nicht mehr verlangen‹, ganz erstaunt aufblickte u. die dem lieben Alten glatt heruntergehende Äußerung tat: 73? das ist überraschlich.«

Die Konsultation bei Dr. Karl Becher, dem erfahrenen Badearzt, ergibt nichts Erfreuliches. Emilie erzählt: »So leidend glaubte ich mich denn doch nicht. Beängstigend sind mir auch die Kosten meiner Kur, u. finde ich es fast tragisch, daß ich meinem lieben Alten in meinen hohen Semestern noch so teuer werde. Vorläufig habe ich mit einem Becher Markt- und einem Schloßbrunnen beginnen müssen. [Beide werden bald zugunsten des Theresienbrunnens aufgegeben.] Morgen muß ich wieder zu einer Konsultation; auch hat er mir bereits angekündigt, daß ich Moorbäder (huh) brauchen soll. 2 Gulden! Wäre Nöhl nicht so liebenswürdig in ›Geldsachen‹, so würde für mich die Gemütlichkeit aufhören. Aber er hat recht zu sagen, daß ich dankbar sein muß, hier zu sein, da auch der Arzt erklärt: hier wäre ich am rechten Ort. Und er muß ein Glas kalten Sprudel trinken. Mir sehr lieb, sonst würde es mich zu sehr bedrücken, daß er meinetwegen den Tag um beinah 3 Stunden verlängern muß. [...] Mir geht's sehr spack; meine Leber, Galle u. noch ein unerkanntes Dritte geben mir doch zu denken, u. sehe ich erst jetzt, in welch naivem Glauben ich mich hierherbegeben habe: ich bildete mir ein, keinen ernsten Makel zu besitzen; nun sind es deren drei!«

Wie ein Seitenstück zu seiner Krankengeschichte, nachzulesen in Emilies Berichten vom Vorjahr, muten nun, wenn auch weniger dramatisch, Fontanes Briefe über den Kurverlauf seiner Frau an, die er fast täglich an die Tochter nach Berlin schickt. Nachdem der rücksichtslose »Trampler« im Zimmer über ihnen sie schon um vier Uhr früh aus dem Schlaf poltert, ergeben sie sich dem wenig aufregenden Kur-Ritual mit Brunnentrinken, Spaziergängen, Diner (»bei Mama das alte Spitzenkleid wird angezogen, bei mir ein neuer Hemdkragen wird umgebunden«), Kaffee und Musik bei

Pupp (von ihrer Wirtin »nicht zu seinem Vorteil weich« ausgesprochen), Debatte über das Wetter (»wird ein Gewitter kommen oder wird es bloß wetterleuchten?«), Schinkeneinkauf »und um 9 in die Klappe«. Mama schlafe sich ansonsten »viertelstundenweise« durch den Tag.

In jedem Brief liest Mete, daß es Mama gar nicht gut gehe; »sie wechselt«, heißt es am 21. August, »zwischen Schmerzen und Unbehagen, wohlige Momente nur ›sporadisch‹, um eins ihrer gefährlichsten Lieblingswörter zu gebrauchen«. »Hausarzt« Fontane sieht indes keine Gefahr; das Brunnentrinken und die ständige Bewegung im Freien würden den alten Körper aufrütteln und nur vorübergehende Unannehmlichkeiten hervorrufen. Die Patientin selber fügt in einer Nachschrift hinzu: »Ich kann Dir nur einen kurzen Gruß senden, u. freue ich mich, daß Pa mir das Schreiben abgenommen hat. Ich bin in einem miserablen Zustand u. wünschte, ich wäre zu Hause. Letzte Nacht hatte ich so heftige Gliederschmerzen, daß ich immer aufstehen mußte u. umhergehen; wie gut, daß ich allein schlafe, denn ich quäle Pa schon am Tage genug. Er ist der nachsichtigste u. gütigste Krankenpfleger, u. es bedrückt mich sehr, daß er nur auf mich u. in meiner jetzigen elenden Verfassung angewiesen ist; ich begreife jetzt, wenn Treutlers vor einer immer neuen Badekur zurückschreckten. Wenn's nur nutzt! Mittwoch soll ich mit den Moorbädern beginnen, ich graule mich davor; vielleicht kräftigen sie mich ein bißchen, dann will ich dankbar sein.«

Die Schmerzen peinigen sie ärger, sie sucht Dr. Becher erneut auf, doch der sagt, er wisse nicht, was es sei – »was mich für ihn einnimmt«, kommentiert Fontane –, »es können allgemeine Unterleibsstörungen sein, Vorgänge in der Galle, neuralgische Schmerzen«, auch Ischias. Und Emilie steigt, voller Widerwillen, in die »gräßliche Modderei« des Moorbades. Der Tochter schildert sie die Prozedur: »Ich fand es nicht so schlimm u. saß wie in warmem Pflaumenmus. Zum Glück darf ich nur bis zum Herzen hinein, um das Klopfen zu vermeiden. Aber die Schmerzen melden sich schon wieder. Was wird's sein; das alte Gestell ist überall löchrig.«

Tatsächlich verschlechtert sich ihr Befinden, und sie greift, mit Fontanes Zustimmung, zu einem Morphium- und Kokain-Präparat. Fontane versichert der Tochter: »Was sie jetzt an Schmerzen aushalten muß, wird ihr für den Winter mutmaßlich gutgeschrieben; *ohne* die jetzige Kur wäre sehr wahrscheinlich die Gallensteinbildung tapfer fortgeschritten.« Und obwohl sich Emilies Zustand auch weiterhin ständig ändert, soll Fontane Recht behalten. Die Bäder helfen, und ihr geht es allmählich besser. »Wie Dir bekannt«, liest die Tochter am 4. September, »erholt sie sich immer sehr schnell und sieht, wenn sie erst wieder zipp sagen kann, leidlich fidel in die Welt.«

Am 13. September reisen die »beiden Alten« ab; Emilie fährt zu Johanna Treutler nach Dresden, Theodor kehrt nach Berlin zurück, wo ihn schon die Korrekturfahnen seiner »Kinderjahre« erwarten. Das Buch erscheint zu Weihnachten 1893 »mit dem bekannten Erfolg meiner Bücher: tüchtig gelobt und mäßig gekauft«. Den Swinemünder Weihnachtsmarkt habe er zwar literarisch beherrscht: »Freilich nur ein Lokaltriumph, aber besser als der Absatz der üblichen tausend Exemplare auf fünfzig Millionen Deutsche. Das ist ein Tropfen im Ozean, jenes ein tüchtiger Schuß Kognac in einem Glase Wasser.« Als er im Januar 1894 die Kritik von Siegfried Samosch in der »National-Zeitung« gelesen hat und deren liebenswürdige Nachsicht hervorhebt, schreibt er dem Rezensenten, daß er selber merke, »wie alles, was jenseits der Schilderung meiner beiden Eltern liegt, nicht recht gewirkt hat. Meine nächste Umgebung (Frau und Tochter) hat mir dies von Anfang an gesagt [...]«

Im Tagebuch heißt es: »Im übrigen wickeln sich die Tage ruhig ab, etwas einsamer, was bei nah 74 nur in der Ordnung ist. Der ›Rütli‹ versammelt sich spärlich und wird immer toter. So kommt Silvester heran.«

Das neue Jahr beginnt verhängnisvoll. Geheimrat Herrlich lädt Emilie am 27. Januar 1894, einem Sonnabend, zu einer Galavorstellung in die Oper Unter den Linden ein. Über dem Musikgenuß wird sie es kaum als ehrenrührig empfunden haben, daß er sie auf ihren Platz im dritten Rang führt, während er selbst, als Staatsbediensteter, im Parkett sitzt. Nach der Aufführung ist sie mit ihrem »Johanniterwirt« vor dem Opernhaus verabredet, und bei der Suche nach dem Treffpunkt stolpert sie über einen »für die hohen Herrschaften« über das Trottoir gelegten Teppichstreifen und verletzt sich erheblich an Kopf und Brust. »Sie sieht toll aus, und doch ist es sehr glücklich abgelaufen, alles nur äußerlich«, beruhigt Fontane Friedlaender. An Mete, die kurz vor dem Unfall nach Deyelsdorf zu den Veits gefahren war und dort, selber krank, als Krankenpflegerin einspringen mußte, berichtet der Vater die näheren Umstände: »Sie hatte den Trost, von einem gut aussehenden Offizier von 40 wieder aufgerichtet zu werden, der sie auch bis zu dem nächsten Droschkenstand begleiten wollte. Selbst in solchem Zustand ist sie nicht unempfindlich gegen dergleichen. Übrigens war ihr Verhalten wieder musterhaft, sie ängstigte sich (und mit Recht), bewahrte aber Contenance und bestand nur darauf, eine Minute lang weinen zu können. Das sind immer ihre Hoffmannstropfen.«

Mete kehrt, einigermaßen wiederhergestellt, nach Hause zurück. Die Mutter mißtraut zwar der »Besserung«, freut sich aber über Metes »guten Humor und ihre Erzählungsgabe«, womit sie oft den »geliebten Alten« erquickt, »der nach wie vor unsre größte Herzensfreude ausmacht«. Indes hat Emilie mit einer anderen einschneidenden Veränderung zurechtzukommen: Theos Zeit im Kriegsministerium ist abgelaufen, und er wird im April als »Intendantur-Rat« nach Hannover versetzt, wo es ihm gut gefällt. Für Emilie freilich fällt der regelmäßige Umgang mit Sohn und Enkeln fort, und sie muß ihre briefliche Berichterstattung erneut aufnehmen.

Überdies beansprucht sie ihr Mann wieder stärker, der »mit seinen 74 frischer als zuvor« ist. Er hat den Rest des »Effi Briest«-Manuskripts durchgearbeitet – den Anfang hatte er bereits am 15. Februar Julius Rodenberg für den Vorabdruck in der »Deutschen Rundschau« übergeben –, und Emilie tritt Mitte April wieder ihr »untergeordnetes Amt des Abschreibens« an. Am 13. Mai informiert sie Sohn Theo: »Papa u. ich sind mit der großen Arbeit fertig, die mich mehr angegriffen hat abzuschreiben wie den Autor zu vollenden, Gott sei Dank. Er ist sehr zufrieden damit u. ganz unbekümmert um den Beifall des großen Publikums.« Auch Fontane betont Emilies Anteil in einem Brief an Friedlaender vom folgenden Tag: »Wir sind derweilen hier allein und basteln meinen Roman fertig.«

Das »wir« in literarischen Angelegenheiten ist, wie immer, wörtlich zu nehmen. Am 4. Juni gibt Fontane ein Exemplar seines gerade erschienenen Bändchens »Von, vor und nach der Reise« für Friedrich Stephany zur Post – »meine Frau besteht darauf; ich persönlich würde es kaum riskieren«. Am 11. Juni äußert sich Fontane gegenüber Wilhelm Hertz anerkennend über Jakob Baechtolds Buch »Gottfried Kellers Leben. Seine Briefe und seine Tagebücher«: »Meine Frau hat sich als Vorleserin mit Ruhm bedeckt, und wir sind schon bis S. 231.« Und ein weiteres Beispiel: Als Fontane am Ende des Jahres vertragswidrig Texte zur Übersetzung freigegeben hat, gelobt er gegenüber der Firma Friedrich Fontane & Co. Besserung: »Ich habe Mama gebeten, daß sie bei jedem Briefe derart, also bei jedem Briefe, der von ›Übersetzenwollen‹ spricht, mich darauf aufmerksam macht, daß ich in dieser Hinsicht keine Bestimmungen zu treffen habe.«

Nachdem das Manuskript von »Effi Briest« komplett abgeliefert ist, holt Fontane sogleich die Rohfasssung des Romans »Die Poggenpuhls« aus dem Schrank, beginnt allzu intensiv mit der Korrektur, so daß Emilie im Juli von einer »angstvollen Nacht« berichten muß. »Wahrscheinlich hat sich der liebe Alte bei der Hitze überarbeitet, durch die er sich nicht stören ließ, täglich sein Pensum bis 3 Uhr abzuarbeiten. Er möchte so gern mit der Arbeit vor Karlsbad noch fertig werden, und so sitze auch ich bei der Abschrift, wobei mir nur die zunehmende Schwäche meiner Augen hinderlich ist. Wir hoffen Mitte August fortzukönnen [...]«

Tatsächlich sind die Fontanes vom 15. August bis 12. September wieder in der »Silbernen Kanne« in Karlsbad. Emilie berichtet an Freundin Zöllner nach Berlin: »Meine Wenigkeit kam zwar recht angegriffen von der langen Reise hier an, aber am andern Tage, nach der Konsultation beim Doktor, war mir schon erheblich besser, denn er fand mich viel weniger leidend wie im vorigen Jahr, erließ mir die Moorbäder, was mir in jeder Beziehung angenehm ist, u. fand meinen Begleiter, p. p. Fontane, wieder erfreulich konserviert für seine 74. Es ist doch eigen, was solch ärztlicher Ausspruch für einen Einfluß hat, u. ich begreife die Macht der Suggestion, nur muß man nicht am Abschrammen sein. [...] Das Wetter (die vorige Feder war wie eine Nadel, u. diese ist wie ein Schwefelholz) ist uns sehr günstig; wir gehen sehr viel spazieren, denn was sollen wir anders machen? Um 7 bin ich am Brunnen u. erst gegen 9½ zu Haus; Nachmittag wieder Dauerlauf, wer mir vor acht Tagen in Berlin gesagt hätte, das würde ich können, den hätte ich ausgelacht. Es muß doch die schöne Luft so stärkenden Einfluß haben. Noch sind wir ohne intimere Bekanntschaft, es wird wohl auch so bleiben.«

Und dann gerät Emilie in das Thema hinein, das sie schon im Vorjahr erwähnt und das auch ihr Mann gerade in den Briefen aus Karlsbad immer wieder erörtert: der hohe Anteil jüdischer Kurgäste. Emilie fährt in dem zitierten Brief fort: »Eigentlich hat man den Eindruck, als wären nur Juden hier, u. der Antisemitismus regt sich wieder bedenklich bei uns. Die Frauen, die Jüdinnen, wirken alle wie doppelt, durch ihre Dicke u. ihre Unverschämtheit; solche Gestalten gibt es bei uns [in Berlin] gar nicht, sie kommen alle aus dunklen Gegenden.« Emilie variiert damit eine Feststellung ihres Mannes vom 21. August 1893: »Liest man die Badeliste [in Karlsbad] durch, so findet man, daß bis auf Australien, Uruguay, Buenos Aires und Kapstadt alle Länder und Nationen hier vertreten sind, bei näherer Untersuchung (glücklicherweise nur der Namen) findet man aber freilich, daß sie alle gleichmäßig aus Jerusalem stammen und sich God save the Queen und Yankee-doodle nur vorspielen lassen, um auf die Weise fremde Nationalität [zu] heucheln.« Emilie teilt, wie wir schon sahen, die Vorbehalte Fontanes gegen eine bestimmte Spezies jüdischer Mitbürger, aber sie hat, wie ihr Mann, im Verkehr mit längst Assimilierten kaum Probleme – weder beim »Jugendfreund« Gerson Bleichroeder noch beim Theatermann Otto Brahm, mit dem sie in herzlichem Einvernehmen steht.

Nach der Rückkehr aus Karlsbad wird Emilie in eine regelrechte Serie »runder« Geburtstage einbezogen, die schon im Frühjahr begonnen hat, als »Tante Jenny« siebzig wurde. Emilie schreibt vorher an Theo, daß die Feier »für den guten Papa bedrohlich« sei, »da er für solche Familienfeste keinen Sinn hat. Die Gefeierte tut mir am meisten leid, denn sie ist doch unleugbar recht angegriffen und kraftlos. Mit einem Morgenständchen, was ihr die Kinder bringen lassen, fängt der Tag an. Dann aber hat der Festordner, der praktische Graumann [ein späterer Schwiegersohn], eingesehn, daß die Greisin der Ruhe bedarf, und der Schwerpunkt des Festes ist auf den Abend verlegt, um 6 Uhr sind wir Geladenen erwartet, wo verschiedene Überraschungen, kleine Aufführungen der Enkel etc. stattfinden werden. [...] Tante Lise, die recht leidend ist, wird hoffentlich nicht durch ihren Weber am Kommen verhindert sein, sie ist immer meine Zuflucht in dem mehr oder weniger fremden Anverwandtenkreis.« Fontane fügt sich ins Unvermeidliche, findet schließlich sogar alles »sehr gelungen«, und Emilie vermerkt: »Den Vogel schoß allerdings unser alter Papa ab, über dessen bestrickende Liebenswürdigkeit nur eine Stimme war.«

Im Juni reisen Mete und Friedrich zum siebzigsten Geburtstag Gustav Veits nach Deyelsdorf. Im September wird

Moritz Lazarus siebzig; dem Glückwunschbrief Fontanes wird Emilie gern zugestimmt haben: »Was ich höher zu veranschlagen habe, Ihr Eintreten für mich in meinen Gefangenschaftstagen oder Ihr mich so vielfach förderndes Wort in beinahe 1000 Rütlisitzungen, stehe dahin.« Und am 14. November erreicht Emilie selbst das siebzigste Lebensjahr. Glückwünsche der Freunde treffen ein, auch von dem »geliebten Kind« Paula Conrad-Schlenther, die aus Gesundheitsgründen den Winter in San Remo verbringen wird. Emilie formuliert am 16. November ihren »Reisesegen« an sie: »Daß er aus einem für Sie mütterlichen Herzen kommt, wissen Sie. Auch will ich uns nicht weich stimmen; auch das fühlen Sie, daß ich es für uns alle als eine Schickung betrachte, daß Sie fortreisen. Lassen Sie uns auf ein recht frohes Wiedersehn hoffen u. in der Zwischenzeit dann u. wann voneinander hören. Mein Alter unterschreibt alles Gesagte. Mitteilen will ich Ihnen noch, daß er mich mit einem Ringlein beschenkt hat: Zum 70.

An das Leben, an mich und das Glück
Bind er Dich noch ein gutes Stück.«

In einem weiteren Brief an die »junge Freundin« vom 4. Januar 1895 geht Emilie liebevoll und bekenntnisreich auf Schlenther und die derzeitige Trennung des Ehepaares ein. »Er ist, glaub ich, gleich meinem Alten, ein Lebenskünstler, der sich möglichst alles zum Guten auslegt, um nicht aus dem Gleichgewicht, die hervorragendste Eigenschaft solch bevorzugter Geister, zu kommen; dennoch, Martha u. ich hatten uns den Vorzug nicht entgehen lassen, neben Ihrem Mann zu sitzen [bei einem Essen zu Ehren von Sohn Theo, der nach Berlin gekommen war], war er, ich möchte sagen: in gedämpfter Stimmung. Natürlich fehlen Sie ihm; es blieb unausgesprochen, aber man hörte es doch aus jedem Wort. Er hat sich alles zurechtgemacht u. findet es gut, wie es ist; aber sein ganzes Wesen hellte sich auf, wenn er davon sprach, wie er zu Ihnen reisen u. sich gemeinsam mit Ihnen die schöne

Welt betrachten würde. Und, liebes Herz, so viel haben Sie auch wohl schon von Ihrem lieben Philosophen gelernt, daß Sie die jetzige Zeit nützen, vor allem zu Ihrer Wiederherstellung u. zur Sammlung Ihrer geistigen Kräfte. Ich glaube bestimmt, daß Ihnen ein körperliches u. geistiges Ausruhn unendlich wohltun wird, u. ich kann Ihnen auch noch das aus einer beinah 45jährigen Ehe sagen, solche Trennungen sind ein großer Gewinn für wirklich strebende Menschen. Als mein Mann mich als ganz junge Frau verlassen mußte, um nach England zu gehn, da wurde mir das halbjährige Alleinsein blutsauer; dennoch lernte ich viel für unser späteres Beisammensein, u. so hat alles sein Gutes.«

Und dann ist vor allem der Fünfundsiebzigste Fontanes zu begehen, der übrigens, neben aller verbalen Anerkennung, eine lebenslängliche Ehrenpension vom preußischen Kultusministerium einbringt. Emilie, stark erkältet während der Festtage, hat das Gefühl, daß die »Wogen des Weihnachts- u. Geburtstagstrubels« für »unsre alten u. schwachen Kräfte« etwas zuviel sind. Sie nimmt ihrem Mann einige der vielen Antwortbriefe ab, so den schon angeführten an Paula: »Dieser Brief soll Ihnen Dank u. Teilnahme des Empfängers ausdrücken, der trotz seiner 75 tief in Arbeit u. Beantwortung offizieller Briefe steckt. Sie glauben gar nicht, mit welchem Interesse er Ihren Beobachtungen des lieben deutschen (poplichen) Adels folgte u. beistimmte. Auch er kann ein Lied von seinem Hochmut, seiner Engherzigkeit u. Unbedeutendheit singen; ja, er hat ein humoristisches [Gedicht] *nach* seinem Gbt. wirklich niedergeschrieben [»Als ich 75 wurde« – und nicht die märkischen Junker, sondern das jüdische Bürgertum zur Gratulation antrat], u. hoffen wir, daß er es, bei einem kl. Diner, welches wir planen, unsren lieben Gästen als Dessert geben wird. Wir hoffen auf Fr. Erich Sch[midt], der ich meine Bitte mündlich vortragen will, selbstverständlich auf Ihren Mann, Brahm u. Hauptmann; es ist nur so schwer, die berühmten Leutchen an *einem* Tage zusammenzubringen.«

Die nachdrückliche Zustimmung zu Paulas Äußerungen über den preußischen Adel ist im Kontext mit Fontanes Ärger um die »Poggenpuhls« im Sommer 1895 zu sehen: Pantenius, der Herausgeber der Zeitschrift »Daheim«, lehnt den Vorabdruck ab, »weil der Adel in dem Ganzen eine kleine Verspottung erblicken könne«, notiert Fontane im Tagebuch. »Totaler Unsinn. Es ist eine Verherrlichung des Adels, der aber, soviel kann ich zugeben, klein und dumm genug empfindet, um das Schmeichelhafte darin nicht herauszufühlen.«

Auf die Übereinstimmung in der »Adelsfrage« kommt Emilie noch einmal gegenüber Paula im September 1895 zu sprechen: »Da muß ich Ihnen denn doch gleich antworten und Ihnen sagen, daß Ihre ›Adels‹-Abhandlung uns aufs höchste interessiert hat u. mein Alter bei seinem Abendtee sich noch in der Rückerinnrung freute, wie geschickt Sie die Debatte geführt u. als glänzende Siegerin daraus hervorgegangen sind. Diese verrotteten u. vermoderten Adligen, die jahraus, jahrein auf ihren Gütern hocken u. dann ein paar Wochen an die Riviera oder sonstwohin gehn, wissen von Gott u. der Welt nichts, u. Sie haben ein gutes Werk getan, wenn auch nur einem Glied davon die Augen zu öffnen.«

Noch ein weiterer Jubilar ist zur Jahreswende zu feiern: am 25. Dezember 1894 wird Ludwig Pietsch, der alte Kollege bei der »Vossischen Zeitung«, siebzig, und am 6. Januar 1895 muß, wie Emilie Paula Conrad-Schlenther mitteilt, »das Pietsch-Fest absolviert werden; mein Alter wünschte, daß unsre ganze Familie, hier vier Mann hoch, daran teilnimmt; auf unsre Kosten werden wir nur kommen, wenn wir in Nähe Ihres lieben Mannes sitzen, worauf wir hoffen.« Fontane scheint einer der Aufgewecktesten bei der Festivität gewesen zu sein. An Friedlaender schreibt er: »Es war sehr hübsch, auch apart durch die Persönlichkeit des Jubilars, der ja eine verdrehte Schraube ist, aber Genie pur sang.«

All die Feierlichkeiten im Winter 1894/95 überstrahlt ein anderes Ereignis: von Erich Schmidt initiiert, von Theodor Mommsen gefördert, verleiht die Friedrich-Wilhelms-Universität am 8. November 1894 Fontane die Würde eines Doktors honoris causa. Am 21. November überreicht der Dekan Ferdinand von Richthofen, begleitet von Professor Erich Schmidt, das Diplom. Fontane kündigt einen ausführlichen Bericht seiner Frau an »über die Szene selbst, die ganz eigenartig war«, der leider nicht überliefert ist. Er, der schon das Wort »Ehrung« schrecklich findet, zu »Auszeichnungen« »mau und flau« steht – seine bescheidenen Orden pflegte er nur bei Zahnarztbesuchen anzulegen –, freut sich ehrlichen Herzens, weil damit der »ganze Stand« anerkannt werde. »Denn ich bin weiter nichts als Schriftsteller«, schreibt er an Hanns Fechner, der ihn im August porträtiert hatte; »die meisten, oder vielleicht alle, denen solche Ehre bisher zufiel, waren noch was *daneben*, was aushelfen mußte.« Sogar die satirische Zeitschrift »Ulk« gedenkt am 7. Dezember des »jungen Doktors«, »halb Huldigung, halb Spott, von letztrem wohl eine Spur mehr«:

Fontane ist nun wohl fein raus,
Er ist jetzt ein gelehrtes Haus,
Und will er bürgerlich nicht bleiben,
Kann er sich auch *von Tane* schreiben.

Glückwünsche treffen in großer Zahl ein, auf die reagiert werden muß. Fontane klagt: »Und dabei kein rechtes Mitleid bei meiner weiblichen Umgebung, die davon ausgeht, daß ich, 40 Briefe beantwortend, meinem Affen Zucker geben kann. Aber ich bin besser als mein Ruf.« Emilie kommentiert die Situation in einem Brief an Theo: »Von uns kann ich Dir nur Gutes mitteilen. Papa'n bekommt seine Doktorschaft ebensogut wie seine Titellosigkeit, selbst die Geselligkeit, die uns ungewollt etwas über den Kopf gewachsen ist, bekommt ihm gut u. amüsiert ihn; vielleicht doch auch ein klein wenig das Gefeiertwerden, was immer im Wachsen ist. Aber wie sieht er auch aus! neulich beim Pietsch-Fest war er der Frischesten einer u. hielt bis gegen 3 Uhr aus. Dann schläft er bis gegen 11 allerdings, ist dann aber arbeitsfrisch, als wäre nichts gewesen. Viel Freude macht es ihm, daß Mete nach jahrelangem Elendsein sich wieder ihres Lebens freuen kann [...] Ich bin für jeden Tag, den wir gesund u. froh verleben, sehr, sehr dankbar u. bin mir immer eingedenk, ein wie seltenes Glück uns in unserm hohen Alter geworden. Der Gedanke, daß es nicht von Dauer sein kann, verläßt mich nicht, um so intensiver genieße ich das mir Gebotene. [...] Wir planen immer noch unsern kleinen Doktorschmaus, aber es ist zu schwer, die dazu gewünschten Gäste zusammenzubekommen: Prof. Erich Schmidt, Brahm, Hauptmann, Schlenther u. ein paar zivile Größen möchten wir feiern, aber jeder hat so viel vor, daß wir immer eine Woche wieder aufschieben müssen.«

Das kleine Diner findet schließlich am 24. Januar 1895 statt, und Fontane toastet »Beim Doktorschmäuschen« speziell seinen Gönner Erich Schmidt an. Emilie, der der Doktortitel ihres Mannes durchaus angenehm ist, hat von der damaligen Gepflogenheit so gut wie nie Gebrauch gemacht, den Titel auch für sich zu beanspruchen. Nur einmal unterzeichnet sie einen Brief als »Frau Dr. Fontane«.

Allerlei Aufregungen in einem stillen Leben

Allmählich klingt der Trubel um »Doktorschaft« und fünfundsiebzigsten Geburtstag ab, und das »alte gesellschaftliche Leben schläft mehr und mehr ein, alles ist tot oder krank oder – verkracht«, wie Fontane im Tagebuch festhält; er nutzt die ruhigeren Wochen zur Niederschrift seiner Memoiren. Emilie, von einer hartnäckigen Grippe gebeutelt, ist zu »wochenlangem Einsitzen« verdammt, aber so oft wie möglich gönnt sie sich ihr »liebstes Vergnügen«, den Theaterbesuch. Friedrich und Mete begleiten sie, da ihr Mann neuerdings »so schwer versteht; er meint, es läge an den Schauspielern, wir meinen, an seinem Gehör«.

»Mein größter Genuß ist u. bleibt das Schauspiel«, bekennt

sie am 5. Januar 1895 in einem Brief an die »kleine Conrad«, und sie schätzt sich glücklich, daß Otto Brahm, jetzt auch Chef des Deutschen Theaters, sie wie bisher großzügig mit Freikarten versieht; Brahm rückt sozusagen an die Stelle von Bleichroeder. Emilie schaut sich das Repertoire genausogern an wie Gastspiele und natürlich Premieren. So ist sie im September 1894 bei der Uraufführung von Gerhart Hauptmanns »Die Weber« dabei – sie sei »ganz baff« gewesen, referiert Fontane salopp, der bei dieser Gelegenheit seine allerletzte Theaterkritik für die »Vossische Zeitung« schreibt. Auch die Premieren der umstrittenen »Schmetterlingsschlacht« von Hermann Sudermann und des »Florian Geyer«-Stücks von Hauptmann erlebt sie mit. Auf letzteres bereitet sie sich durch die Lektüre eines Aufsatzes von Schlenther vor, gesteht aber dessen Frau: »ganz au fait bin ich trotzdem mit unsrem Helden noch nicht u. hoffe, der Dichter Hauptmann wird sein Bestes tun, mir Interesse für seinen ›Radaubruder‹ einzuflößen«. Die Begeisterung beider Fontanes hält sich in Grenzen. Das Stück, so konstatiert er, sei nicht bloß lang, sondern auch langweilig, aber der Abend sei durch die »halb fanatische Haltung des Publikums pro und contra« doch interessant gewesen.

Für anregenden Gesprächsstoff im »Poetenstübchen« ist also ständig gesorgt, zumal auch politische Vorgänge und literarische Pläne Emilie und Theodor beschäftigen. Fontane, der »sonst nicht für Demonstrationen und Proteste« ist, unterzeichnet Ende Februar 1895 die Petition des Vereins »Berliner Presse« gegen die sogenannte »Umsturzvorlage«, die er für »eine Ungeheuerlichkeit und eine Blamage vor Europa, fast vor China« hält. Emilie wird ihm zugestimmt haben; ob ihr aber so recht wohl war, als ihr Mann gleich darauf ein altes Projekt hervorholt, das Klaus Störtebeker und seine »Likedeeler«, eine Art »Kommunisten« um 1400, zum Gegenstand hat, scheint zweifelhaft. Er wird ihr sicher auseinandergesetzt haben, was ihn an diesem Stoff in seiner »mittelalterlichen Seeromantik und seiner sozialdemokratischen Modernität«

reizt, und Emilie wird bei dieser Gelegenheit zum Bewußtsein gekommen sein, daß sich ihr alter Wunsch nie erfüllt hat, Swinemünde und jene »Störtebekers Kul« zu besuchen, wo ihr Theo einst – in jugendlicher Störtebeker-Nachfolge – Räuberhauptmann gespielt hatte.

Fontane läßt die Geschichte trotz umfangreicher Vorarbeiten bald wieder fallen – das Motiv des Stechlinsees, eines anderen Weltveränderers, schiebt sich in den Vordergrund –, und außerdem beschäftigt er sich mit Emilies Hilfe erstaunlich ausgiebig mit Gottfried Keller. Sie liest zum Entzücken ihres Mannes den »Grünen Heinrich« vor, und auch mit Jakob Baechtolds Biographie des Zürcher Kollegen befassen sie sich, wie wir sahen, wochenlang. Großes Vergnügen dürfte ihr im März 1896 die Begegnung mit dem witzigen und scharfzüngigen Max Liebermann bereitet haben, der Fontane, teilweise auch in der Potsdamer Straße, porträtiert (»endlich mal ein richtiger Maler […], dem ich in die Hände falle«).

Emilie registriert in jenen Monaten als beruhigenden Umstand, daß Tochter Mete »ganz in ihrer Musik« lebt und »erstaunliche Fortschritte« in der Stimmbildung macht; »rührend ist es, welche Freude Papa an ihrem Gesang hat«. Als sie 1896 gemeinsam mit »Tante Witte« eine Reise durch Österreich und Italien unternimmt, schwelgen die Eltern in alten Reiseerinnerungen. Freilich gibt es auch beunruhigende Nachrichten aus Hannover: Theo kränkelt zeitweise, und er scheint in einer ernsten Ehekrise zu stecken. Fontane schreibt an Mete, daß Theo »gewiß in einer mehr als vertrackten Situation« sei. »Ich bin ja immer mit ›scheiden lassen‹ bei der Hand, aber daran ist ja bei einem Manne wie Theo gar nicht zu denken. Er ist Programm-Mensch, preußisch-konventionell abgestempelter Prinzipienreiter, zum Überfluß auch noch Biedermeier mit 'ner Hängelippe, und so heißt es denn: ›es wird fortgewurstelt‹.«

Eine wichtige Abwechslung im Berliner Alltag – meist durch allerlei Kränklichkeiten Emilies ausgelöst – bedeuten die regelmäßigen Sommerfrischen und Kuraufenthalte, von denen sie jeweils mit unterschiedlichen Resultaten zurückkehren. Zwar stellt sich Emilie 1895 »weniger gallig u. lebergeschwollen« dem Dr. Becher in Karlsbad vor, muß aber »wegen des Ziehens im rechten Bein« wieder Moorbäder nehmen und überdies morgens mit drei Bechern Sprudel im Magen zwei Stunden spazierengehen, bevor sie frühstücken kann. Obwohl alles wie gewohnt abläuft, deprimiert sie der Aufenthalt, und sie fragt sich, ob sie an dem »Schatten« über so vielen sonnigen Tagen eventuell selber schuld sei. Diesen »Schatten« wirft diesmal der »kolossal kleinstiezige«, pedantisch-egoistische Georg Friedlaender und seine verwöhnte, mit modischen Floskeln hantierende Tochter Elisabeth. Beide fallen Emilie entschieden auf die Nerven, wobei ihr Unbehagen sich zunehmend antisemitisch einfärbt. Ihr Mann, der Friedlaender trotz aller Marotten als Urlaubs- und Korrespondenzpartner schätzt, schreibt am 22. August 1895 ganz in diesem Sinne an Mete: »Er ist aber ganz Jude. Freilich mir dadurch auch wieder *sehr* interessant, weil ich das Jüdische an ihm und auch an seiner Tochter so wundervoll studieren kann. Preußentum, Berlinertum, Assessortum, Geheimratsgöre, Bildungsallüren – alles geht unter im Juden oder erhält durch ihn eine bestimmte Färbung.« Wie ambivalent die Haltung der Fontanes ist, zeigt der Brief an Schlenther vom 13. September: »Die Karlsbader Tage waren wieder sehr schön, und selbst mit den Juden habe ich Frieden geschlossen. Anfangs außer mir, war ich doch bald so weit, daß ich erschrak, wenn ich einen Christen sah, namentlich Damen – alle sahen vergleichsweise wie Wassersuppen aus. Die Juden, selbst die häßlichen, haben doch wenigstens Gesichter.«

Emilie muß sich in Berlin erst einmal »von den Nachwehen des gepriesenen Kurorts« erholen, und auch Fontane vertraut seinem Tagebuch an, daß sie durch die »Personen, die wir antreffen«, um den Kurerfolg gekommen sei; gleichwohl reisen sie auch in den kommenden Jahren wieder in das böhmische Bad, das Fontane glänzend bekommt. Die Stimmung Emilies im Herbst 1895 wird durch eine Todesnachricht weiter gedämpft: Hans Hertz, der siebenundvierzigjährige Sohn und Compagnon des Verlegers Wilhelm Hertz, hat sich das Leben genommen. »Wir sind alle tief erschüttert«, schreibt Emilie an Theo, »selbst Papa, der nicht leicht sein Gleichgewicht verliert. Was den allgemein geliebten u. verehrten Menschen so in die Verzweiflung getrieben hat, wissen wir nicht, wer weiß, ob man's erfährt.«

Während die Fontanes mitfühlend am Schicksal der Familie Hertz teilnehmen, bereitet ihnen der eigene Verlegersohn Friedrich eine spezielle Freude. Er hat die Buchausgabe von »Effi Briest« genau zum 45. Hochzeitstag der Eltern, dem 16. Oktober 1895, ausgeliefert – eine Aufmerksamkeit, die sie dem »Kleinen« hoch anrechnen, zumal es das Buch »in weniger als Jahresfrist zu 5 Auflagen« bringt, »der erste wirkliche Erfolg, den ich mit einem Romane habe«, schreibt der Autor im Tagebuch. Fontane hat sich längst mit der Karriere seines Jüngsten angefreundet und seine anfängliche Skepsis revidiert. Schon im Mai 1894 hatte er konstatiert: »Er hatte was von Großmannssucht, was mich störte; mausert sich aber jemand heraus und bringt es zu was, so kriegt das, was einem als Großmannssucht erschien, einen anderen Namen. Auf dem Gebiet der Belletristik ist er [Friedrich], nach meiner Kenntnis, Nummer-1-Verleger geworden. Selbst die großen, reichen Firmen stehen literarisch weit zurück und begnügen sich mit den Erträgen, die sie aus Freytag, Ebers, Dahn, Heyse ziehn. Jeder einzelne hat einen. Friedel hat nicht nur den hannöverschen Konditorsohn Tovote (allerdings die Hauptgeldnummer), sondern auch Rudolf Lindau, Wolzogen, Ompteda, Polenz, die, neben einigen Jüngeren, jetzt so ziemlich als die besten gelten und es wohl auch sind.« Die besorgte Mutter sieht Friedels Tätigkeit aus etwas anderer Perspektive: er gehe jetzt – im Sommer 1895 – »arbeitsvollen Wochen entgegen, was ich nur darum beklage, weil er sich noch weniger bewegen wird; er ist doch für sein Alter etwas zu stark, was den onkelhaften Eindruck, den er schon seit geraumer Zeit macht, noch verstärkt«.

Ausgerechnet dieser Friedel stürzt seine Eltern zum Jahreswechsel 1896/97 in größte Verwirrung. Er verlobt sich mit Frieda Lehmann, und die sonst so nachsichtigen und toleranten Fontanes reagieren fassungslos. Am 24. Januar 1897 ist die Braut zu Tisch eingeladen. Sie erscheint »in ponceaurotem Kleid mit weißen Aufschlägen«, ist »gesprächig, frank und frei wie immer«, und doch sind die zukünftigen Schwiegereltern entsetzt. Fontane geht erst einmal spazieren und hat dann am Abend »ein sehr *wiederholungsreiches* Gespräch mit Mama«, wobei er unruhig hin und her geht und stundenlang sein Herz ausschüttet. Über das Resultat berichtet er Mete: »Non possumus; es geht nicht, wir können nicht mit; Bourgeois-Größenwahn, die herkömmliche Berliner Sechsdreierverwechselung mit Astor und Mackay. – Gegen 2 schlief ich ein; Mama gar nicht. Heute früh Wiederaufnahme. *Mama.* ›Ja, was tun?‹ *Ich.* ›Bruch. Erklärung, daß ein Verkehr unmöglich sei.‹ – Daraufhin Rohrpost-Brief an Friedel und um sein Erscheinen gebeten. 11½ trat er an. – Nie hätte ich geglaubt, daß dieser doch auch an gewissen Überschraubungen leidende Mensch sich so musterhaft benehmen könnte. Den Ernst der Sache tief fühlend, war er doch zugleich vollkommen ruhig, ohne jede Bitterkeit, fast ohne Überraschung. Er sah alles ein, gab alles zu, machte gar keinen Versuch einer Applanierung, so daß seine Haltung mich rührte, fast zu einer kleinen Bewunderung stimmte.« Und Fontane fügt in drastischer Charakteristik hinzu: »Was ich ihm gesagt habe, lief darauf hinaus: ›wir haben gar nichts gegen sie, ja, sie gefällt uns fast, weil wir sie für freiweg und ehrlich halten – *sie paßt nur nicht zu uns.* Sie vertritt eine Welt- und eine Gesellschafts-Anschauung, die der unsrigen diametral entgegengesetzt ist. Bei Martha Robert war alles Justizrattum mit Liaisons und Pfannkuchen, bei Martha Soldmann alles Beamten-Borussismus, bei Frieda Lehmann alles Berliner Bourgeoistum mit Sauerkraut und Standesamt. An Charakter ist die letztre die beste, aber die Konfusion und der Blödsinn ist bei ihr am größten.«

Die »Friedel-Frage« ist im Mai noch immer ungelöst; der Vater schreibt an die Tochter: »Er tut mir leid, und dann könnte ich auch wieder eine laute Lache aufschlagen; so verläuft Größenwahn, wenn er sich mit Konfusion und Profitlust paart. Ich hätte dies Schlußzeitwort eigentlich vermeiden sollen.« Wie heftig Friedels Verbindung Emilie in ihren Vorstellungen durcheinandergebracht hat, klingt noch in einem Brief vom Juli an Emilie Zöllner nach: »An mir selbst habe ich in den letzten Wochen erfahren, daß der Frieden und die Stille der Natur die besten Heilmittel für die Wunden des Gemüts sind, denn die traurigen u. verletzenden Ereignisse, die Friedels Heirat [März 1897] über uns gebracht, erscheinen mir, wenn auch nicht verzeihlich, so doch überwindlich. Freilich sind wir noch nicht am Ende dieser unglückseligen Affäre, denn ehe ich nicht erfahre, ›die Ehe ist gelöst‹ [Scheidung im Mai 1898] ehe glaube ich nicht daran; er ist von dem Wesen wie behext, u. ich bin fest überzeugt, daß er, fügte sie sich seinen Wünschen, Eltern, Geschwister u. selbst Vaterland aufgeben würde. Gott verhüte, daß es dazu komme.«

Der Brief ist in »Augustabad« bei Neubrandenburg geschrieben, wo die Fontanes im Juni und Juli 1897 ihre Sommerfrische verbringen, der Erholung und Entspannung dringend bedürftig, denn gerade hat der Tod neue schmerzliche Lücken in den engsten Freundeskreis gerissen: am 1. Juni ist August von Heyden an einem Nierenleiden gestorben, und die Fontanes stehen mit am Grabe auf dem Matthäikirchhof, »wo schon so viele von uns ruhn«. Kaum haben sie sich in »Augustabad« eingerichtet, trifft die Nachricht von Zöllners Tod ein, der sich sechs Jahre lang gequält hat. »Innerhalb weniger Tage der Tod zweier Freunde«, heißt es lapidar im Tagebuch. Martha reist zum Begräbnis nach Berlin. Emilie sucht auf ihre behutsame Art Frau Zöllner brieflich Trost zuzusprechen: »Ihm war die endliche Erlösung von seinen langen Leiden nur zu wünschen, vor allem, das dürfen wir uns nicht verhehlen, ein Ausspannen Deiner Kräfte, an deren Ende Du mir [!] in den letzten Leidenswochen angelangt warst. Aber trotzdem, mit menschlicher Schwachheit angesehn, all dies richtig ist, so kann ich mir doch vorstellen, daß Du die jetzige Leere aufs schmerzlichste empfindest. Wir sprechen oft und viel von Dir, teure Freundin, und wünschen natürlich, daß sich Dein Leben so gestalten möge, daß Du in Ruhe und Erholung Dich wieder kräftigst und in stiller Wehmut der letzten, schweren Jahre gedenken kannst, in denen Deine treue Pflichterfüllung ein Musterbild für alle war, die sie beobachtet.«

Musterbild treuer Pflichterfüllung – eine Charakteristik, die Emilie ohne weiteres auf sich selbst beziehen kann, und sie weiß, daß der geliebte Alte sie in seinen Erinnerungen »Von Zwanzig bis Dreißig« genau in diesem Sinne dargestellt hat. Im Abschnitt »Des alten Rouanet Enkelin«, der ihr zur Abschrift vorlag, konnte sie mit Genugtuung lesen, was er unter einer »guten Ehe« versteht. Ein »anständiges sich Helfen, mit guter Rollenverteilung«, bedeute viel, und seine Frau habe »diese große Sache geleistet«. Er erwähnt ihre Mitarbeit in der Schriftstellerwerkstatt, stellt ihr aber vor allem als »Haushälterin« ein glänzendes Zeugnis aus. Sie habe »Sparsamkeit mit Ordnungssinn und Helfefreudigkeit« verbunden, wobei er seinen bekannten Grundsatz wiederholt, der Emilie in früheren, mageren Jahren oft zur Verzweiflung gebracht hat: »Eine richtige Sparsamkeit vergißt nie, daß nicht immer gespart werden kann; wer *immer* sparen will, der ist verloren, auch moralisch.« Wie ein winziger, aber überzeugender Beweis für diese Dialektik mutet es an, daß Emilie zeitlebens das Wörtchen »und« abgekürzt und doch Briefe in verschwenderischer Fülle geschrieben hat. Daß Fontane an seiner »Ehehälfte« neben allerlei lobenswerten Vorzügen auch »ihre Naivität und nicht zum wenigsten ihre Unlogik« hervorhebt und an einem erheiternden Beispiel demonstriert, hat Emilie in keiner Weise verdrossen. Als »Von Zwanzig bis Dreißig« erschienen ist, schreibt der Autor an den Verleger Friedrich Fontane: »Mama rührt mich dadurch, daß sie mit allem, was sie betrifft, einverstanden ist und an dem ›Mächen mit de Eierkiepe‹ und Ähnlichem keinen Anstoß nimmt, was ich anfangs fürchtete.«

Wie sie sich zu den virtuellen Eskapaden ihres Mannes in den erotischen Konflikten seiner Romane, zu den Bekenntnissen zum »Evatum«, zu seiner verbalen Schwärmerei für Frauen »bis zum infernal Angeflogenen« gestellt hat, ist schwer zu sagen, und ob sie eifersüchtig war auf die verführerische Kathinka von Ladalinski, die mondäne Melanie van der Straaten, die derb-attraktive Witwe Pittelkow, die zarte und verführbare Effi oder die klug-charmante Melusine von Barby, das wissen wir nicht. Auf jeden Fall hat sie die Vermutungen ihres Mannes über das Ewig-Weibliche ohne erkennbaren Protest ins reine geschrieben. Als Dubslav von Stechlin Melusine kennengelernt hat, sagt er »still in seinem alten Herzen«: »Das ist eine Dame und ein Frauenzimmer [...] So müssen Weiber sein.« Und so wie das einstige Ciocciarenkind Emilie Kummer sich als seine zuverlässige Lebensgefährtin bewährt hat, so war sie, auf vergleichbare Weise, auch ein temperamentvolles Frauenzimmer, eine Dame von hochentwickeltem ästhetischem Sinn und ein reizvolles Weib, dessen unlogische Denkweise er sogar als »eine höhere Form der Unterhaltung« interpretiert, die stets für »Überraschungen und Erheiterungen« sorgt. Es war Emilies naive, das heißt ihre natürliche Art des Empfindens, die er sehr schätzte. Schon das obligatorische Geburtstagsgedicht von 1892 preist das »Novembergrau« und seinen spezifischen Wert, »daß es mir *dich* in die Welt beschert«:

Und ich wünsche, daß du darin noch bleibst,
Unlogisch weiter plauderst und schreibst,
Wie dir's gefällt, gefällt es mir eben,
Also wolle für mich noch weiter leben!

»Um neun ist alles aus«

Das Jahr 1897, das mit den abschließenden Arbeiten an der Autobiographie »Von Zwanzig bis Dreißig« auch einen rundum freundlichen Rückblick auf das Leben mit Emilie einschließt, geht ruhig und harmonisch zu Ende. Im Tagebuch steht: »Punschlos, einen einzigen Pfannkuchen in der Hand, traten wir ins neue Jahr.« Es soll Fontanes letztes werden.

Mit einer geradezu sensationellen Überraschung beginnt es: das Angst- und Sorgenkind Mete verlobt sich im Januar 1898. Sie ist knapp neununddreißig, der Bräutigam geht auf die Sechzig zu. Die Fontanes kennen ihn seit Jahren: es ist der renommierte Berliner Architekt Karl Emil Otto Fritsch, »Witwer neuesten Datums«, wie Fontane etwas süffisant sagt; seine zweite Frau, Anna, mit der er in kriselnder Ehe lebte, ist vor zwei Monaten gestorben. Der allzu »kurze Abstand zwischen Todes- und Verlobungstag«, erklärt Fontane in einem Brief an Anna Witte, schaffe allerlei Verlegenheiten, das Brautpaar müsse vorläufig im verborgenen blühen, und er fragt an, ob Mete an vielfach erprobter Stelle in Rostock unterkommen könne – merkwürdige Fontanesche Familiendiplomatie. Übrigens sei Metes Auserwählter »ein kluger und gescheiter Mann von guter Gesinnung und sogar guter Kasse«. Das Verfahren ist mit Emilie abgesprochen, und Mete verschwindet tatsächlich erst einmal.

Den Eltern geht es inzwischen denkbar schlecht. Fontane ist tagsüber völlig »nervenherunter« und verbringt die Nächte mit einem quälenden Husten. An Arbeiten ist nicht zu denken, und er ist glücklich, daß er die Korrektur des Vorabdrucks vom »Stechlin« wenigstens hinter sich hat. Er fühlt sich mit seinen 36 Pulsschlägen pro Minute als reichlich »unsicherer Passagier« und rafft sich nur auf, um mit Emilie am Abschiedsfest für Paul Schlenther teilzunehmen, der, zum Bedauern der beiden, als Burgtheater-Direktor nach Wien übersiedelt. Emilie ist heilfroh, daß es ihrem Mann dank einer »aus Salzsäure, Pepsin und Nux zusammengebrauten Medizin« langsam besser geht, denn sein nächtliches Gebell hat sie lange genug irritiert und beunruhigt. Ende März legt sie sich selber mit Verdacht auf eine Lungenentzündung ins Bett; Dr. Delhaes reduziert die Symptome zwar auf »ein bißchen Rheumatismus, ein bißchen Neuralgie«, aber sie ist doch arg »klapprig«, und Fontane meint, sie säßen beide in einem »Feierabend- beziehungsweise Siechenhause«. Dennoch folgt sie einer Einladung zur »Ibsen-Feier«, veranstaltet von der gemeinnützigen »Gesellschaft der Freunde«, was Fontane gegenüber der Tochter sogleich wieder zu weitreichenden Schlüssen veranlaßt. Die »Gesellschaft«, gegenüber in der Potsdamer Straße, sei doch »so jüdisch wie möglich. Immer wieder erschrecke ich vor der totalen ›Verjüdelung‹ der sogenannten ›heiligsten Güter der Nation‹, um dann im selben Augenblick ein Dankgebet zu sprechen, daß die Juden überhaupt da sind. Wie sähe es aus, wenn die Pflege der ›heiligsten Güter‹ auf den Adel deutscher Nation angewiesen wäre. Fuchsjagd, getünchte Kirche, Sonntagnachmittagspredigt und jeu.«

In der Potsdamer Straße 134 c also höchste geistige Regsamkeit bei körperlicher Hinfälligkeit. Noch Mitte Mai schreibt Fontane, Mama sei nicht krank, »aber ganz ersichtlich *sehr* elend und grault sich vor jeder Aufgabe, die an sie herantritt«. Die Fontanes greifen zu ihrem alten Hausmittel – change of air genannt – und sind eine Woche später, kurz vor Pfingsten, auf dem »Weißen Hirsch« in Dresden. Obgleich es bitterkalt ist, fühlen sie sich bald in ihren »Nerven erquickt und gestärkt«, und seine Frau sei, so Fontane am 2. Juni an Georg Friedlaender, »zur Zeit in relativ sehr guter Verfassung«, was der heiteren, debattenfreudigen Atmosphäre zugute kommt. Mete und Emilie kommen mit dem »Sächsischen« nicht zurecht und finden die »Dresdener Kulturformen sehr ›zurückgeblieben‹«, während Fontane die »Manierlichkeit« der Leute lobt und nur gegen die sächsische Küche polemisiert, die bei Saucen am Prinzip der »Mehlpampe« festhalte. Und natürlich gibt es Gespräche über die Autobiographie, von der der Autor, sehr zufrieden mit dem Verlag, ein erstes Exemplar in Empfang nimmt. Die Damen monieren, daß Paul Heyse zu kurz gekommen sei – als ob, entgegnet Fontane, »solche Schreiberei wie Sache der Freundschaft, der Courtoisie etc.« sei. Und als ihn Pietsch auf eine ungenaue Datierung aufmerksam macht, bemerkt die »holde Gattin«: »Ich begreife nicht, wie einem, der *so* lange daran herumdruckst, so was immer wieder passieren kann.«

Nach sechs angenehmen Wochen ist man wieder in Berlin. Was Fontane vorhergesagt hat, tritt ein: das »Malaria-Berlin« im Juli verursacht bei Emilie eine »Leberattacke«, und eine Kur wird unausweichlich. Ab 12. August sind sie, wieder alle drei, in der Gästeliste von »Stadt Moskau« in Karlsbad zu finden. Bei »kannibalischer Hitze« und »unbequemen Magenstörungen« liest Fontane die Korrekturfahnen für die Buchausgabe des »Stechlin«. Zu seiner und Emilies Zufriedenheit liegen nach dem Vorabdruck in der Zeitschrift »Über Land und Meer« beim Verlag des Sohnes schon so viel Bestellungen vor, daß die erste Auflage noch vor Erscheinen so gut wie verkauft ist. Der Autor sei, so berichtet Mete an Lise Mengel, wegen dieser Nachrichten guter Dinge, schimpfe aber, »mehr wie schön ist, auf die Juden; er hat uns gesagt, es wäre eine Alterserscheinung, wenn man über 70 so fanatisch würde«. Und »unser Milachen« sei »in einer erstaunlichen Verfassung, sie kann mühelos stundenlang gehen u. steigen, u. ihre große Erholungsfähigkeit ist mir auch im Hinblick auf die Zukunft wirklich eine außerordentliche Freude und Beruhigung«. Von sich selber berichtet Mete: »Ich lebe im wesentlichen von Keos [Karl Emil Otto Fritsch] Briefen, die mir immer mehr bestätigen, daß er, was u. wie er auch sonst sein mag, für mich gut und liebevoll ist und fast zu weitgehend nur in dem Gedanken lebt, mich endlich für sich zu haben.«

Am 10. September verlassen die Fontanes Karlsbad. Emilie reist nach Blasewitz, um Johanna Treutler zu sehen; Fontane und Mete fahren direkt nach Berlin. Am 16. September wird Metes Verlobung im kleinen Kreis offiziell gefeiert. Paul Schlenther, zu Besuch in Berlin, bringt »herzlich und gemütlich« den Toast auf das Brautpaar aus; der Brautvater wird aufgefordert, »Kommen Sie, Cohn« vorzulesen, jenes ironische Gedicht vom 75. Geburtstag. Es ist ihm seither ganz fremd geworden, wie er Emilie mitteilt, »so daß ich ein paarmal festsaß, so wirkte die Sache ganz wie neu, weil mich ein paar Stellen beim Lesen selbst erheiterten«.

In liebgewordener Gewohnheit schreibt Fontane fast täglich an seine Frau, erregt sich über die Ermordung der österreichischen Kaiserin Elisabeth in Genf, medisiert über seine Besucher, erzählt ihr von Fritsch und Mete, von seiner Arbeit am Friesack-Projekt – eine Geschichte der Bredows im Havelland – und vergißt auch seine geringe Pulsfrequenz nicht. In wehmütiger Stimmung und dem »tiefen Verlangen nach Ruhe« geraten ihm vorahnende Metaphern und Wendungen in die Briefe nach Dresden: »Ach, könnt ich wieder Leutnant sein«, eine Reminiszenz an ein Lied aus den dreißiger Jahren; der resignative Berolinismus »Was soll der Unsinn?« und der berühmte Trostsatz für Schauspieler mit Lampenfieber: »Um neun ist alles aus.«

Am 22. September wird Emilie in Berlin zurückerwartet, und am 20. beginnt er seinen Brief an sie mit einer Standardformel, die er ungezählte Male am Ende von Trennungen benutzt hat: »Dies sind nun also die letzten Zeilen.« Die Kunst der Vorausdeutung, so subtil in seinem Romanwerk angewendet, betrifft ihn diesmal selbst: am Abend dieses Tages schlägt die ehrwürdige Standuhr, Familienerbstück seit Generationen, gerade *neun*, als ihn laut- und schmerzlos der Tod ereilt. Er hat gemeinsam mit Mete in seinem Zimmer noch ein paar Happen zu Abend gegessen und geht dann in den angrenzenden Alkoven hinüber, »um, wie üblich, dem alten Merckelschen Schrank noch ein Verdauungsgläschen des so geschätzten Gilka zu entnehmen«. Als er nicht zurückkommt, schaut die Tochter nach und findet ihn über sein Bett gebeugt; »ohne Todeskampf war er dahingegangen«.

Mete benachrichtigt Friedel, der noch am Nachmittag ein anregendes Gespräch mit dem Vater über den »Stechlin« geführt hatte, und die Kinder telegraphieren, daß Papa plötzlich schwer erkrankt sei. Am nächsten Morgen sitzt Friedel im Schnellzug nach Dresden, um der Mutter die Wahrheit zu überbringen und sie nach Berlin zurückzubegleiten. »Hat er noch sehr gelitten?« fragt sie als erstes, und als der Sohn mit gutem Gewissen verneint, atmet sie auf: »Gott sei Dank! Er hätte es auch kaum ertragen. Ein schöner Tod!« Sehr gefaßt tritt sie zu Haus an das Totenbett mit den Worten: »Es war ein schönes Leben mit ihm, und ich würde es gleich noch einmal beginnen.«

Am 24. September wird Theodor Fontane auf dem Friedhof der französisch-reformierten Gemeinde an der Liesenstraße beigesetzt – es ist ein sonniger Herbsttag, wie er es sich immer gewünscht hat. Theaterleute, Schriftsteller, Journalisten geben ihm das letzte Geleit; das »offizielle Preußen« glänzt im wesentlichen durch Abwesenheit. Am Tag nach dem Begräbnis schreibt Mete an Paul Schlenther: »Mama ist sehr ruhig u. ganz wie Papa es von seiner Erziehung erwarten konnte. Ein starkes tiefes Dankesgefühl für den wundervollen Tod überwiegt vorläufig in unser aller Herzen.« Und sie fügt eine Beschreibung der Grabstelle an: »Er liegt unter einem großen Baum auf einem kleinen ›schmustrigen‹ Kirchhof; der Hügel ist nicht zu erkennen unter der Fülle der Liebesgaben; ›ja, mein Milachen, so wird der kleine Aptheker begraben‹, höre ich ihn sprechen.« Emilie dankt am 1. Oktober für die Kondolenz der Stockhausens und bekennt: »Ich klage nicht, ich danke nur, gesegnet gewesen zu sein, an seiner Seite durchs Leben zu gehn, aber – er fehlt mir!«

Kapitel 14

Letzte Jahre

1898–1902

»Ich vermisse den geliebten Mann«

Emilie sitzt nun allein im »Poetenstübchen«. Das Bild ihres Mannes ist mit einem Kranz von Erika geschmückt, den ihr Gustav Keyßner, der Chefredakteur der »Münchner Neuesten Nachrichten«, geschickt hat. Sie liest die Beileidsbekundungen, die von überallher eintreffen, und die Worte jüngerer und älterer Weggefährten tun ihr wohl. Gerhart Hauptmann spricht von seinem »gütigen und geliebten Freund«, »dessen segnende Hand ich allezeit über mir fühlte«, und Fontanes Bild sei oft genug mit dem seines Vaters eins geworden, den er gerade auch verloren hat. Paul Heyse schreibt pathetisch aus Meran, daß sein »Lebenstag dunkler geworden« sei und daß er sich gar nicht vorstellen könne, wie Emilie sich ohne ihn behelfen werde.

Unterstützt von Mete, bedankt sich die Witwe, und ihr Brief an Gustav Keyßner vom 11. Oktober 1898 spricht ihre Gefühle deutlich aus: »Die späte Anerkennung, die er nach einem mühevollen und fleißigen Leben errungen, hat die letzten Jahre seines Lebens verschönt, und sein wunderbar schöner Tod, der kein Sterben war, sondern ein Erlöschen noch in voller Kraft, hat mir jeden Ton der Klage genommen, und wie ich mich glücklich preise, an der Seite dieses seltenen Menschen gelebt zu haben, so auch, daß sein Ende ein so harmonisches war.«

Wie schmerzlich sie die Lücke an ihrer Seite empfindet, offenbart ein Brief an Clara Stockhausen vom 29. November: »Die ›Zeit‹, sagen die, die mich trösten, wird auch Ihre Wunde heilen. Es ist aber alles anders! ich habe keine Wunde, ich bin nur voll Dank für den wundervollen Abschluß eines so schönen, bevorzugten Lebens, ich weiß, daß es das Naturgesetz ist, daß man mit beinah 80 stirbt etc. – aber ich vermisse den geliebten Mann täglich, stündlich u. frage mich immer wieder: was sollst du noch? als ich vor 11 Jahren meinen George verlor, glaubte ich, Schwereres könne nun nicht mehr kommen; nun weiß ich, was das Schwerste ist.«

Mancherlei postume Ehrung beschäftigt Emilie. Am 23. Oktober veranstaltet die »Freie Literarische Gesellschaft« im Künstlerhaus in Berlin eine Gedächtnisfeier, und kein Geringerer als Josef Kainz trägt ein längeres Gedicht vor, das Julius Rodenberg über »Theodor Fontanes Begräbnis« geschrieben hatte. Fontane hätte sich gewundert; denn er hatte nach einem ohnehin kühlen Verhältnis zum mächtigen »Rundschau«-Herausgeber die geschäftlichen Beziehungen abgebrochen, als allzu drastische Kürzungen seiner autobiographischen Texte gefordert wurden, und auch Rodenberg war, nach eigenem Bekenntnis, Fontane nie freundschaftlich nähergetreten. Doch nun gelingen ihm stimmungsvolle Verse:

> Herbstsonnenschein – die Luft bewegt sich kaum,
> Ein Flüstern geht durch den Akazienbaum.
> Ein Wehn und Rauschen, geisterhaft und weit,
> Als käm es schon von jenseits aller Zeit.

Emilie kann mit Rücksicht auf ihr Befinden nicht an der sonntäglichen Feier teilnehmen, bedankt sich aber am 29. Oktober bei Rodenberg: »Soweit denkbar, haben Sie mir die letzte Ruhestätte durch Ihre wundervollen Worte noch lieber gemacht.« Zu Weihnachten schickt sie ihm ein Bild ihres Mannes.

Am 13. November fertigt Marie von Bunsen das anheimelnde Aquarell von Fontanes Arbeitszimmer an, mit Schreibtisch, Bücherschrank und Standuhr. Die Malerin dürfte eine Enkelin des preußischen Diplomaten Christian Karl Josias von Bunsen gewesen sein, der bis 1854 Gesandter in London war und 1852, während Fontanes zweiten England-Aufenthalts, sich freundlich und hilfsbereit gegenüber dem jungen, mißtrauischen Journalisten verhielt. Man darf annehmen, daß

Emilie mit der Malerin lebhaft über jenes schwierige Jahr geplaudert hat.

Das Weihnachtsfest verlebt sie traurig mit Mete und Friedel, der gerade Vaters letztes Werk, die Buchausgabe des »Stechlin«, veröffentlicht hat. Und die »Neue Deutsche Rundschau« bringt zum Jahreswechsel eine verständnisvolle Würdigung Fontanes aus der Feder von Otto Brahm, die Emilie mit großer Rührung liest. Am 6. Januar 1899 schreibt sie an den Autor: »Angegriffen und elend – verlassen von Mann und Kind – las ich soeben Ihren Aufsatz in der ›Neuen Deutschen Rundschau‹. Und es ist mir ergangen wie dem teuren Dahingeschiedenen. Wie oft, wenn er geistig u. körperlich deprimiert war, konnte er sich im Umsehn frisch u. frei fühlen, wenn etwas an ihn herantrat, was seinen Geist erfrischte und seine Bewundrung weckte. – So auch mir. Nach schweren, schweren Stunden danke ich Ihnen für diese Erfrischung, empfinde ich, daß ich, trotzdem er geschieden, ich mich noch seiner, wenn auch mit Tränen, freuen kann. Haben Sie Dank für jedes Wort, Sie haben ihn gekannt, u. so wollte er beurteilt u. verstanden sein.«

Die Wendung »verlassen von Mann und Kind« bezieht sich auf Metes Hochzeit, die am 4. Januar 1899 stattgefunden hat. Über ihren Schwiegersohn – er ist nur vierzehn Jahre jünger als sie selbst – äußert sich Emilie in einem Brief an Clara Stockhausen durchaus anerkennend, aber in bezug auf die Verbindung mit Mete auch mit einem skeptischen Unterton: »In den ersten Tagen des Januar heiratet Martha einen Mann, den ihr ihr Vater noch ausgewählt; einen tüchtigen Menschen, Architekt, Chefredakteur der ›Bauzeitung‹, Witwer, beinah 60. In sehr guten Verhältnissen, den wir seit 16 Jahren kennen, der Marthan liebt u. den sie hochstellt u. hoffentlich auch liebt. Mein lieber Alter sagte wiederholentlich zu mir: wenn ich einen Mann für Martha zu wählen hätte, so würde es Fritsch sein. – Möge er richtig geurteilt haben; auch ich habe volles Vertrauen zu ihm. Aber die Ehe ist ein Los, u. nicht jedes gewinnt.«

Da Mete nun aus dem Haus ist, steht die längst erwogene Aufgabe der Wohnung an: »Im April verlasse ich unsre über 26 Jahr innegehabte Wohnung u. ziehe mit meinem, endlich glücklich geschiedenen Jüngsten, Friedel, zusammen. Vielleicht kann ich noch für ihn etwas sein, sonst fühle ich mich recht unnütz, vor allem: uralt, nicht mehr Menschen u. Verhältnisse begreifend.« Ein Vierteljahr später ist von der resignativen Anwandlung nichts mehr zu spüren. Emilie plaudert in einem Brief an Paula Conrad-Schlenther über den Tod eines »›schwer‹reichen Mannes« und zitiert ihren »geliebten Alten«: man müsse sich bescheiden, alles könne man nicht haben. Sie fährt fort: »Und nun werden Sie denken, mit *der* Alten ist es ganz aus, die wird sentimental, nein, im Gegenteil, solange ich mich noch hier auf der Reise befinde, will ich die Augen offenhalten, für alles Gute, was mir geblieben, wozu ich auch Ihre Zuneigung zähle. Körperlich geht es mir noch mau.«

Ende März 1899 schreibt Emilie ihren nächsten Brief an die Schauspielerfreundin bereits aus der Elßholzstraße 17, wo sie nun mit Friedel wohnt: »Was ein Umzug besagen will, wissen Sie aus eigener Erfahrung, u. habe ich noch im Gedächtnis, wie angegriffen Sie danach aus Wien zurückkamen. Aber nach 26 Jahren, trotzdem äußerlich alles gutging, war es doch sehr hart für mich, u. ich kann mich noch gar nicht in das Neue hineinfinden u. komme mir trotz meines Alters selbst neu u. fremd vor. – Heyse nahm nach dem Begräbnis Kuglers seine Schwiegermutter sofort mit nach München, u. das Experiment glückte, sie fand Tochter u. Enkel. Ich fühle mich vereinsamter denn je u. sehne mich nur nach *ihm*.«

Emilie erfährt allerlei Zuspruch ihres Mannes wegen; die Zieten-Husaren beispielsweise erinnern im Mai 1899, zum 200. Geburtstag ihres Namenspatrons, mit einem Telegramm an Fontanes Zieten-Gedicht, und in Neuruppin, so hört sie, soll es sogar ein Denkmal für ihn geben. Aber was sie wirklich nachhaltig beschäftigt und aufs neue beunruhigt, ist der umfangreiche Nachlaß, den Friedel zu großen Teilen in seinen

Verlagsräumen unterbringt, den sie teilweise aber auch in ihrem Zimmer in der Elßholzstraße um sich hat; den Schreibtisch, randvoll gefüllt mit Papieren, hat sie mitgenommen.

Sichtung des Nachlasses

Bereits im Oktober 1898 war das sechs Jahre zuvor hinterlegte wechselseitige Testament eröffnet worden. Es sah im fünften Abschnitt für die literarische Hinterlassenschaft Fontanes – das heißt für alles, »was sich an ungedruckten Schriftstücken und Schriftwerken nach dem Tode des Letztlebenden« vorfindet – die Einsetzung einer »Nachlaß-Kommission« vor, die nach Emilies Tod in Aktion treten und »unbeschränkt entscheiden« soll, »was mit den Schriften geschehen soll«, sie habe auch – ein verhängnisvoller Zusatz – »über die Art der Verwertung oder Vernichtung zu bestimmen«. Der Kommission gehören an: »1. unsere Tochter Martha, 2. der Schriftsteller Dr. Paul Schlenther, 3. der Rechtsanwalt Paul Meyer«. Das Testament sieht ausdrücklich vor, daß, falls Emilie überlebt, sie diese drei als beratendes Gremium heranziehen *kann*.

Doch von dieser Klausel macht Emilie, gewöhnt an den Umgang mit den Manuskripten ihres Mannes, zunächst keinen Gebrauch; sie beginnt vielmehr, mit der üblichen Energie, die »in Kisten und Kasten und oft auch ohne diese« in Jahrzehnten aufgehäuften Papiere durchzusehen. Sie verfährt dabei, aus ganz subjektiver Sicht und nur auf das literarische Renommee ihres Mannes und das Ansehen der Familie bedacht, ziemlich rigoros, sortiert aus und wirft weg. Erst als sie auch einen »bis auf die Ausfeilung fertigen Berliner Roman«, »eine Art Gegenstück zu den aristokratischen Poggenpuhls«, in den Ofen gesteckt hat, greift der ihr gut bekannte und im Auftrag Schlenthers mit einer vorläufigen Sichtung beauftragte Otto Pniower ein und bittet sie dringend und vermutlich erfolgreich, nichts mehr zu vernichten. Beim Manuskript von »Mathilde Möhring«, ebenfalls im

Nachlaß aufgefunden, hält sie sich tatsächlich an ihr Versprechen. Auf dem Umschlag des ersten Kapitels notiert sie: »Leider *nicht* druckfertig. Mit Rührung gelesen, 31. Jan. 01. Die alte Fontane.« Daß sich nun auch die Wissenschaft Fontanes annimmt – sie liest mit Befriedigung den entsprechenden Abschnitt in Richard M. Meyers Literaturgeschichte – und speziell die nachgelassenen Texte einbeziehen will, befremdet sie ein wenig.

Ihr besonderes Interesse gilt verständlicherweise den in großer Zahl in den Briefen erhaltenen Lebenszeugnissen, vor allem der eigenen Korrespondenz mit ihrem Mann, die sie, wie wir sahen, schon in den achtziger Jahren erneut gelesen und in problematischen Stellen eliminiert hatte. Nun verbrennt sie nach nochmaliger Lektüre – von Friedel glaubwürdig bezeugt – alle Briefe aus der fünfjährigen spannungsvollen Brautzeit. Die Nachwelt bedauert diesen Schritt; aber sie muß die persönlichen Motive der Betroffenen respektieren: es war *ihr Leben*, das sich in den Briefen vermutlich sehr privat, sehr intim offenbarte und das niemand sonst etwas anging.

Zugleich bemüht sich Emilie, unterstützt von Friedel, die ungezählten Briefe ihres Mannes an weitverstreute Adressaten zu erfassen und zurückzuholen. Die meisten stellen die Konvolute ohne weiteres zur Verfügung, andere übergeben sie nur leihweise, so daß Emilie wieder einmal abschreiben muß. Anfang 1900 korrespondiert sie zum Beispiel mit Paul Heyse, der sich freut, daß ihr »Leben sich nicht ganz vereinsamt gestaltet hat, nachdem Sie auch von der lieben Tochter getrennt worden sind«; er stellt seine Briefe gern bereit, sofern Emilie mit dem Abdruck einverstanden ist. Im Juni 1901 gratuliert sie – aufmerksam wie in alten Tagen – Julius Rodenberg in Dankbarkeit zum 70. Geburtstag: »Um so inniger, als ich jetzt aus seinen [Fontanes] Briefen an Sie, die ich abschreibe, all das gute nachempfinde, das er Ihnen zu danken hatte.«

Die Sammlung des kaum überschaubaren Briefwerks, die

für Emilie zur bewegenden Retrospektive wird, dient unmittelbar jenem Vorhaben, das ihr sehr am Herzen liegt: der Vorbereitung einer Gesamtausgabe, die auch die Theaterkritiken – man findet sie, von ihm selbst aufgeklebt, in seinem Schreibtisch – und eben Briefe enthalten soll. Emilie wünscht sehnlichst, daß das Projekt Gestalt annimmt, doch nach dem ersten groben Überblick, den Pniower gewonnen hat, kümmert sich, zu Emilies Verdruß, »kein Mensch mehr um die über 30 umfangreichen Manuskriptpakete«. Sie hofft auf Paul Schlenther, doch der leitet in Wien das Burgtheater und hat keine Zeit. Die »häßliche Gesamtauflage der F.-Werke von dem 70t. Gbt.« sei beinah vergriffen, klagt sie in einem Brief an Paula Conrad-Schlenther, und es wäre an der Zeit, an eine neue vollständige Ausgabe zu denken. »Und wer soll, kann, will die Biographie dazu schreiben? Obgleich ich erklärt habe, nichts dazu sagen zu wollen, alles dem Dreibund zu überlassen, so habe ich doch natürlich das größte Interesse daran, daß etwas geschieht. [...] Friedel könnte so gut Vorarbeiten machen, wenn erst ein Plan entworfen wäre.« Noch ein Jahr später schreibt sie resigniert: »Mir wird viel in den Weg gelegt, u. zu dem Beginn einer Gesamtausgabe werde ich kaum noch kommen; kein Mensch, kein Freund hat Zeit.«

Doch inzwischen hat Friedel, wie so oft, das Projekt angepackt, obgleich er kein Mitglied der Nachlaß-Kommission ist, wohl aber seine verlegerischen Intentionen im Auge hat. Während eines Ferienaufenthaltes in Kärnten trifft er sich mit Paul Schlenther, und gemeinsam entwerfen sie einen Editionsplan. Am 16. August 1900 berichtet er der Mutter über das Ergebnis. »In der Tat, ich bin geradezu erstaunt, wie praktisch er die ganze Angelegenheit ansieht bei aller Verehrung, Freundschaft und Respekt für unseren lieben guten Alten. Und ich erkenne rückhaltlos die große Begabung und seltene Befähigung dieses mir sonst ja gerade nicht sehr sympathischen Mannes an und freue mich, daß Papa ihn zu dieser schwierigen Aufgabe bestimmt hatte. – Er wird schließlich der Tonangebende in dem Dreigestirn sein und wenn auch selbst nicht allzu eifrig und tätig den ausschlaggebenden Faktor darstellen.« Friedel umreißt dann die Struktur der Ausgabe und nennt die vorgesehenen Bearbeiter. Auf dem Rand bemerkt er ausdrücklich, das Publikum habe Anspruch auf die gedruckten Theaterkritiken, da sie für die Öffentlichkeit bestimmt waren. »Auf Briefe ebenfalls, denn der Autor hat sich dem Empfänger gegenüber *überlegt*, was er schreibt. Dagegen hat er seine Tagebücher nur für *sich* geschrieben.«

Obwohl theoretisch alles geklärt scheint, verzögert sich der Beginn der Arbeit, und als Emilie am 10. März 1901 Paul Schlenther bittet, bei seinem nächsten Berlin-Aufenthalt seinem alten Fontane »ein paar Stunden widmen« zu wollen, spricht sie unverhohlen über die Ursachen. »Sie haben ihm zu *leben* verholfen, nun helfen Sie aber ihm auch zum *weiter leben.* Es ist alles vorbereitet, u. ich hoffe, Sie werden die Arbeit geringer finden, als Sie fürchten, u. manche Freude u. manchen Genuß als Feinschmecker haben. Eine Schwierigkeit scheint mir geschwunden, die in der etwas krankhaften Opposition meiner Tochter lag u. die die ganze Neudruck-Angelegenheit so unnötig verzögert hat. – Sie werden verstehen, daß es eine Freude für mich wäre, wenn ich noch das Zustandekommen der Gesamt-Ausgabe erlebte; u. ich befinde mich am *späten* Lebensabend.«

Kurz darauf spricht Schlenther tatsächlich bei Emilie in der Elßholzstraße vor. In einem Brief an Mete vom 4. März 1902, also kurz nach Emilies Tod, erinnert er sich an diesen Besuch. »Über den Verbleib des Nachlasses habe ich von Ihrer teuren Mutter nur eine einzige Äußerung gehört. Das war am Karfreitag vorigen Jahres, als ich den Tag über zur Einsicht in die Papiere bei ihr war. Wir standen, wie so oft in der N^{r} 134^{c}, vor dem alten Schreibtisch, dessen Schubladen sich mir zum ersten Mal öffnen sollten. Der alte Tisch am neuen Platz mutete mich fremd an, und sie merkte das. Dann sagte sie: ›nach meinem Tode kommt der Schreibtisch mit allem, was darin ist, ins neue Märkische Museum. Das hat mein Alter so gewollt, damit keins der Kinder durch den Besitz dieses teuersten Erbstücks vor dem andern bevorzugt wird‹.« Schlenther entwirft dann eine rührende Vision für ein Fontane-Zimmer des Märkischen Museums als Archiv, Gedenk- und Forschungsstätte, und er setzt der widerspenstigen Mete sehr vernünftig auseinander, welche Rechte die Erben haben und wo die Kompetenzen der Nachlaß-Kommission liegen: »Die Erben also haben den Nachlaß zu bewahren und zu besitzen, der Kommission aber muß er jederzeit zugänglich bleiben, und ohne ihre Genehmigung darf er weder verbreitet noch vernichtet werden. So liegen nach meiner Ansicht die Kompetenzen. Keineswegs aber ist der literarische Nachlaß eines Dichters vom Range Th. F.s ausschließlich Familienpapier, sondern er gehört auch zur Geschichte der Kultur seiner Zeit und seines Volks. In diesem Sinne hat die Kommission zu walten. Daß Friedrich Fontane als Miterbe, Mitverleger, Mitarbeiter (denn das ist er) den Nachlaß bei sich aufbewahre, dagegen habe ich nicht das Mindeste einzuwenden.«

Im Sommer 1901 muß Emilie mit der Leitung des Märkischen Museums eine entsprechende Vereinbarung über die »Erinnerungsstücke« getroffen haben, denn unmittelbar nach ihrem Tod verzeichnet das Inventarbuch »Schreibtisch, Schreibsessel, Tintenfaß, Papierkorb, Pappkästchen mit präparierten Gänsefedern und eine Stahlbrille«, dazu »die Manuskripte seiner schon gedruckten Werke, die im Schreibtisch liegen«. Emilie hat für den Nachruhm ihres Mannes getan, was sie konnte.

Die alte Leidenschaft

An Müßiggang ist nicht zu denken, und zu den erfüllten Tagen der alten Dame gesellen sich, etwa seit Anfang 1900, aufregende Abende. Am 18. Januar schreibt sie an Paula Conrad-Schlenther: »Ich bin meiner Leidenschaft, dem Theater, wieder verfallen, u. ist u. bleibt es mein höchstes Vergnügen.« Mehrfach sieht sie, von Friedel begleitet, Aufführungen, in denen Paula als Gast aus Wien auftritt, deren Darstellungskunst sie jedesmal aufs neue begeistert. »Aber wie schade, daß Ihnen das Schauspielhaus verbietet, in solchen Stücken aufzutreten, an die wir uns durch den Geschmack Schlenthers u. Brahms gewöhnt haben«, heißt es am 30. September 1900. Genau ein Jahr später dankt sie der Künstlerin für einen »reizenden Abend«: »Und wie vorzüglich kleideten Sie die Toiletten! Sie u. Vollmer waren eine Pracht, das übrige – Schweigen!«

Was Fontane einst seiner Frau bescheinigt hatte, gilt noch immer: »Altes Berliner Kind, geht ihr eine Plauderei mit netten Schauspielern über alles« – es dürfen auch Autoren und andere Theaterleute sein. Sie genießt Einladungen zu solchen Gelegenheiten und erzählt gern davon. Im Januar 1900 ist sie bei einem »ganz solennen Diner mit Austern etc.« dabei, das Otto Brahm zu Ehren des jungen Dramatikers Max Dreyer gibt, der, referiert Emilie, »etwas nüchtern, aber einen wohltuend menschlichen Eindruck auf mich gemacht hat, ebenso vorteilhaft wie sein: ›Probekandidat‹. – Außerdem lernte ich Frl. Marschalk [die spätere zweite Frau Gerhart Hauptmanns] kennen, die anfangs wie eine Südländerin oder ›Sie sind wohl nicht von hier‹ auf mich wirkte, später in der Unterhaltung einen sehr vorteilhaften Eindruck auf mich machte. Sehr angenehm wirkte ihr u. Hauptmanns natürliches u. feines Benehmen.« Im November 1901 verbringt sie mit Friedel einen amüsanten Abend bei den Schlenthers: »Es war gar zu reizend bei Ihnen u. Sie beide die anmutigsten Wirte. Lange haben wir noch über Ihre interessante Gesellschaft geplaudert u. die uns zum ersten Male vorgestellten Größen kritisiert; der echteste Dichter, der niemals posiert, bleibt doch G. Hauptmann, u. – lachen Sie mich tüchtig aus – dem ›schönen Mann‹ – kann ich keinen Geschmack abgewinnen, auch nicht in seinen Werken, er hat zuviel ›Gewolltes‹ […]«

Immer wieder sucht und findet sie den Kontakt zu Paula Conrad-Schlenther, die ihrerseits aufmerksam und liebevoll um Emilie bemüht ist. Als ein Vortragsabend mit ihr für März 1900 angekündigt wird, meldet sich Emilie sogleich: »Elßholzstraße 17 parterre, mit einem kleinen Logirstübchen, darf ich Ihnen wohl nicht anbieten? wenn es ausführbar wäre, sollten Sie hoch willkommen sein u. würde ich alles aufbieten, es Ihnen bequem zu machen, u. stünden Ihnen noch 2 Zimmer ganz ungestört zur Verfügung.« Einladungen zum Essen in der offenbar geräumigen Wohnung in der Elßholzstraße sind mehrfach belegt. Noch am 21. Januar 1902 fragt Emilie an, ob Paul und Paula »am Sonntag 4 Uhr kleinbürgerlich bei uns essen wollen«, sie würden unter anderem auch Otto Brahm treffen. Emilie ist als geistreiche, liebenswürdige Frau zum geschätzten Mittelpunkt eines kleinen Berliner Prominentenkreises mit guten Beziehungen nach Wien geworden; daß sie Fontanes Witwe ist, spielt ersichtlich eine untergeordnete Rolle.

Eine »soignierte« alte Dame

Die letzte Photographie von Emilie, um Weihnachten 1901 aufgenommen, zeigt eine sehr gepflegte Erscheinung. Sie schaut mit wissendem, gütigem Blick in die Kamera, und nur der herbe Zug um den Mund verrät etwas von Einsamkeit und Kummer. Körperliche Gebrechen sieht man ihr nicht an. Und doch plagt sie, wie immer in ihrem Leben, so mancherlei, aber der neue Hausarzt, Dr. Richard Salomon, kann wohl wenig helfen, obwohl Emilie, nach Rücksprache mit Paula, »eine ganz stattliche Summe mit Abrundung nach oben« als Jahreshonorar zahlt. Eine Kur in Karlsbad im Sommer 1899 bekommt ihr gar nicht, und von den Nachwirkungen gepeinigt, bekennt sie Paula Conrad-Schlenther: »Mir ist es seit meinem unersetzlichen Verlust vielfach traurig ergangen, u. das Alleinstehn u. Handeln wird mir oft recht schwer! Viele alten, mir lieben Beziehungen haben auch ein Ende erreicht, u. ich, bei viel Kränklichkeit, kann wenig Umgang pflegen.«

Krankheit und der Gedanke an den Toten und frühere Zeiten überschatten auch ihren 75. Geburtstag am 14. November 1899. An Brahm, der einen Blumenstrauß geschickt hat, schreibt sie: »Mit 75 ist die Frische dahin, ja, vielleicht wenn *er* mich noch erfrischte – so lebe ich in der Erinnrung, mit der auch Sie dankbar verknüpft sind; wie froh waren wir, wenn meine, nun auch verflossene Anna [Fischer] meldete: Dr. Brahm – und dann kamen Sie und eine Schiller-Vorlesung.« Und auch in einem wehmütigen Brief vom gleichen 29. November 1899 an Paula, die nach Wien abgereist ist, gedenkt sie ihres Mannes. »Es erscheint mir einsam hier, nun Sie fort sind. Sie kamen doch, wenn Sie hörten, es ginge mir nicht gut. Jetzt, mit Schwindel u. Hexenschuß, bin ich recht vereinsamt, u. Ihr liebes Bild vor mir blicke ich mit Tränen an. Ach, die 75, ohne ihn, haben mich ganz alt gemacht, u. alle Liebe u. Freundschaft, die mir erzeigt wurde, empfing ich in – seinem Gedächtnis. Ihm habe ich immer u. noch alles verdankt! Sie glauben nicht, wie schwer mir mein geistiges Alleinsein fällt! er war mein Lexikon in jeder Beziehung, u. nun bin ich verdummt u. weiß im kleinsten nicht aus noch ein.«

Aber wie Fontane einst beobachtet hatte: sobald es Emilie gesundheitlich nur einigermaßen geht, »turnt sie wieder los«. Von einer Reise nach Wilhelmshöhe ist die Rede – wohl zu Theo, der jetzt mit seiner Familie in Kassel lebt –, sie besucht Mete und Fritsch in deren Villa in Waren an der Müritz (kann sich aber zu einer Übersiedlung dorthin nicht entschließen), und noch Anfang 1902 plant sie mit Friedel eine Reise an die Riviera.

Und vor allem: sie läßt sich nie gehen, achtet stets auf ihr Äußeres, und ihre Finanzlage erlaubt jetzt manchen bescheidenen Luxus. Friedel, der die Mutter täglich um sich hat, schildert sie so: »Eine durchaus vornehme, noble Natur, scheute sie, trotz aller Sparsamkeit, doch nie die Kosten, wenn diese ihre eigene Garderobe und den Hausstand betrafen. Es wurde stets das Beste gekauft und auch nur in den ersten Geschäften. Ihre Kleidung war soigniert. Sie wollte auch als alte Frau noch möglichst gut aussehen.« Was ihre Alltagsgewohnheiten angeht, überliefert der Sohn, daß sie, wenn sie nichts vorhatte, auch zum Spintisieren und Nörgeln neigte; »sie war dann die typische chronische Leberkranke«. Die Diätvorschriften von Dr. Salomon habe sie gewissenhaft befolgt, da sie ohnehin im Essen sehr mäßig gewesen sei; aber einer Hummermayonnaise habe sie nicht widerstehen können, auch wenn sie den geliebten Genuß mit einem schlimmen Anfall büßen mußte.

Mit den Kindern unterhält sie freundliche, nicht unkritische Beziehungen – von Friedel abgesehen, der ihr ein liebenswürdiger, hilfsbereiter Sohn und Partner ist. Mete geht es – nichts Neues – meist nicht gut: »Migräne, dicke Backe, nervöse Pleite wechseln bei ihr ab, und der ältere Mann ist der Frische u. nicht zu Beneidende. Kein Glück vollkommen oder gar dauernd.« Das Verhältnis zu Mete ist wegen diverser Querelen um den Nachlaß sichtlich abgekühlt. Es scheint, daß Theo im Sommer 1901 bei seinem Besuch in Waren für Frieden zwischen Mutter und Tochter gesorgt hat. Emilie schreibt aus Waren ganz offen an Paul Schlenther: »Theo war mit Familie auch einige Tage hier. Er verbeamtet immer mehr, wird geistig immer fauler, u. mein Alter wußte, was er tat, als er ihn von der ›Literatur‹ ausschloß – aber er ist ein guter Mensch und hat meine Einigung mit Waren, soweit es ging, hergestellt, was doch für alle Teile zu wünschen war.«

»Ein Mensch von besonderem Schlag«

So angenehm sich Emilie ihr Leben einzurichten weiß, so sparsam bleibt sie bis zum Schluß in den Kleinigkeiten des Alltags, und wenn wir Friedels Bericht Glauben schenken dürfen, wird ihr der gewohnte sorgsame Umgang mit dem

Geld zum Verhängnis. Die Kinder haben ihr das Versprechen abgenommen, daß sie sich bei schlechtem Wetter, wenn sie Besuche macht, eine Droschke leistet. An einem kalten Februartag mit scharfem Ostwind vergißt sie diese Zusage und wartet an einer zugigen Haltestelle auf die Straßenbahn. Als sie endlich kommt, sind die Plätze im Inneren besetzt, und sie fährt auf dem eisigen Vorderperron nach Hause. Eine Lungenentzündung stellt sich ein, und nach kurzem Krankenlager stirbt Emilie Fontane am 18. Februar 1902. Nach Ansicht des Arztes wäre ihr im Falle einer Genesung ein trostloses Siechtum im Rollstuhl beschieden gewesen; manche Körperfunktionen wären ausgefallen, während das widerstandsfähige Herz weitergearbeitet hätte – »das Herz bleibt immer jung«.

Am 21. Februar, nachmittags vier Uhr, wird Emilie an der Seite ihres Mannes auf dem Friedhof an der Liesenstraße beigesetzt. Im »Berliner Tageblatt« heißt es am nächsten Morgen: »Der in der Kapelle aufgebahrte Sarg verschwand unter der Fülle der Kränze. Mit den Söhnen und deren Familien waren auch der aus Wilhelmshaven herbeigeeilte Marinechefingenieur Fontane mit seinem Sohne, einem Marinearzt, sowie andere Angehörige erschienen. Der weitere Freundeskreis der Familie hatte sich überaus zahlreich eingefunden. Wir sahen unter anderm Professor Erich Schmidt, den Hofschauspieler Richard Kahle, den Pastor Witte und den Dr. Pniower, dem der literarische Nachlaß Fontanes anvertraut ist. Die Gedenkrede hielt Prediger Neßler.«

Die Nachricht von Emilie Fontanes Tod findet sich in vielen Zeitungen von Berlin bis München, von Stuttgart bis Breslau. Dieser liegt in den meisten Fällen eine Agenturmeldung zugrunde, die vor allem auf ihr Engagement für eine Gesamtausgabe und auf die Übergabe von Schreibtisch und Manuskripten an das Märkische Museum hinweist. Einige wenige würdigen Emilie als die integrierende Gestalt im »trauten Familienhaus« in der Potsdamer Straße 134 c und heben den Eifer hervor, mit dem sie sich junger Talente annahm und sie förderte. Und Otto Pniower, der Emilie in ihren letzten Wochen oft gesehen hat, veröffentlicht schon am 20. Februar einen mehrspaltigen einfühlsamen Nachruf, in dem er ihre Lebensleistung ins rechte Licht rückt, »als Gattin des trefflichen, unvergeßlichen Dichters«, »aber auch als ein Mensch von besonderem Schlag«. Die erstaunliche Resonanz in der damaligen Presse ist vor allem mit diesen beiden Elementen ihrer Persönlichkeit zu erklären: sie war eine Frau von bemerkenswerter geistiger Statur und charakterlicher Integrität und in ebendieser Dimension auch Emilie Fontane. Beides ist oft vergessen worden; hundert Jahre nach ihrem Tod darf aus gutem Grund wieder daran erinnert werden.

Anhang

Autobiographische Skizze (»Jugendnovelle«)

Im Jahre 1827 fanden die Leser der Vossischen Zeitung unter den »Vermischte[n] Anzeigen« folgende: »Sollte ein kinderloses Ehepaar geneigt sein, ein dreijähriges, gesundes, wohlgebildetes Kind (Mädchen) an Kindesstatt anzunehmen, so würde dasselbe, unter Zusichrung einer namhaften Summe unter S. 42 zu erfragen sein.« Die nahmhafte Summe zog wahrscheinlich mehr wie das kleine Mädchen und unter S. 42 liefen zahlreiche Briefe ein, die ein kleiner, gutmüthig aussehender Mann in Empfang nahm, und sich dadurch als den Einsender der Annonce documentirte. Aber nicht ihn betraf diese Angelegenheit direct; er war nur der Vermittler. Die Kleine war die »unglückliche Geschichte« einer kleinen Stadt, aus der er gebürtig war, und [von] der Mutter derselben, als Spiel- und Jugendgefährte bekannt, hatte er das Geheimniß seiner Schulfreundin, zugleich mit der Bitte: um Vormundschaft bei dem kleinen Wesen, empfangen. Zu Hause angekommen, öffnete er nacheinander die zahlreichen Zuschriften und wollte sich schon für die eine oder andere entscheiden, die bekannte Namen wohlhabender Leute der Stadt verriethen, als eine Annonce durch die Herzlichkeit, mit der der Schreiber den Wunsch aussprach, ein Töchterchen zu besitzen, ihn bestach. Er theilte dieselbe der Mutter des Kindes mit und begab sich mit ihrer Einwilligung zu dem Einsender. Er fand einen Mann in den vierziger Jahren, dem höheren Mittelstande angehörig, halb Künstler, halb Handwerker, mit einer liebenswürdigen, aber kränklichen Frau. Die Angelegenheit mit dem Kinde wurde besprochen und führte zu dem Resultat, daß Herr Kummer sich jeder Zeit zu dessen Aufnahme bereit erklärte.

In dem Dorfe Wernsdorf bei Torgau lebte ein wohlhabender Apotheker R. Zu seinen eignen drei Kindern war ein mehrere Monate altes, mit einer Amme angereist gekommen, und wurde nun mit den Kindern aufgezogen. Es war bereits 3 Jahre alt geworden und wußte nicht daß es ein Fremdling in dem Hause war. Ja, der Hausherr war der kleinen Emilie sogar ganz besonders gewogen und seine Frau, obgleich sie wußte, daß ihr Gatte der Onkel des Kindes war, wurde darüber eifersüchtig und sah ihre Kinder durch das »fremde« in der väterlichen Zärtlichkeit beeinschränkt. Von Zeit zu Zeit kam ein Freund des Apothekers zum Besuch und brachte den Kindern, namentlich der kleinen Emilie Spielereien mit, war auch sehr liebevoll zu ihr, so daß sie sich ganz besonders zu ihm hingezogen fühlte. Oft neckte er sie und sagte er würde eimal kommen und sic mitnehmen, dann sollte sie eine große Reise mit ihm machen, worauf sich die Kleine sehr freute. Die Abneigung der Tante gegen das Kind wuchs immer mehr, ohne daß daßelbe in seiner Unschuld eine Ahnung davon hatte u. über sein künftiges Geschick war schon bestimmt als es noch harmlos mit seinen vermeintlichen Geschwistern spielte. Eines Tages wurden die Kinder durch die Nachricht erfreut, sie sollten mit der Mutter in die nächste Stadt zum Jahrmarkt fahren. Alle jubelten und jedes wollte das erste in den bereit stehenden Wagen sein. Der Vater packte sie sorgfältig ein, nahm Abschied und küßte wiederholt und mit Rührung die kleine Emilie, die unbefangen die Liebkosungen des guten Papa's erwiederte. Im Städtchen angelangt, gingen sie zum Markte und die Mutter kaufte den Kindern all ihre kleinen Wünsche, in Spielzeug und Naschwerk bestehend, und kehrte dann mit ihnen in den Gasthof zurück, wo sie zu ihrer Freude den Freund ihres Vaters antrafen. Hier erfuhren sie, daß er gekommen sei ihre Schwester Emilie mit sich zu nehmen, worauf dann großes Weinen und Wehklagen began[n] und als der achtjährige Peter sie schalt und sagte, du hast immer mit dem Onkel fortgewollt, nun holt er Dich im Ernst, fing sie laut zu weinen an und wollte nicht fort. Machen wir der Sache schnell ein Ende sprach der Prediger W. so hieß der Freund, eilen Sie mit den Kindern fort, da ich den Abgang der Post abwarten muß. Mit dem Versprechen den Kindern noch etwas Schönes zu kaufen, wurden sie beruhigt und fortgebracht und schluchzend das Gesicht in die Sophaecke gedrückt blieb die kleine Emilie bei dem Manne zurück, der ihr zum ersten Male als fremd erschien. Sie hörte den Wagen mit der Mutter und den Geschwistern davon rollen, sie wollte ihnen nach laufen – sie war für dieses Leben von ihnen getrennt – – –

Von Weinen und Aufregung müde, war die Kleine eingeschlafen und erwachte erst wieder als sie sich in einem großen Wagen neben ihren neuen Beschützer wiederfand. Sie fuhren bis zum Abend und in dem Wirthshaus wo sie zur Nacht bleiben wollten, fing der Jammer von Neuem an, sie rief nach Peter, Mariechen und Theresen und erweckte mit ihrem Kummer die Theilnahme der Wirthsleute, so daß ihr Begleiter in nicht geringe Verlegenheit gerieth, für den Entführer des Kindes zu gelten, da er nicht gewillt war, dessen ganze Geschichte zu erzählen. Er war froh, daß sie bald einschlief, und am nächsten Tage ging es schon besser. Emilie war lebhaft und die Reise brachte ihr Abwechselung und Zerstreuung. Nachmittag's sagte ihr Begleiter: »nun endlich sind wir in Berlin; ich werde dich erst zu einem Freund bringen, mit dem wir dann zu Deinem Papa und Deiner Mama fahren wollen.« O dann komme ich wieder zurück! rief jauchzend die Kleine, dann soll Peter das beste Stück aus der Zuckerdüte bekommen, die mir gestern die freundliche Dame schenkte, als ich weinte und in dem großen fremden Bett nicht einschlafen wollte. Theilnehmend betrachtete der Prediger das kleine Wesen, das nicht wußte und ahnte daß er ihre neuen

Eltern gemeint hatte. Endlich waren sie in der Kurstr. in der Wohnung des vorbestimmten Vormunds und Einsenders des Inserat's angelangt; er war zärtlich zu dem Kinde, doch die großen Zimmer, die Dunkelheit, die fremden Menschen beängstigten das Kind und es verlangte ängstlich nach Hause. Wir wollen nur gleich zu Herrn Kummer fahren, er weiß, daß Sie ihm heut die Kleine bringen und erwartet uns. Nachdem das Kind mit Kuchen und Spielzeug beruhigt worden war, brachten die beiden Herren sie zu ihrem neuen Vater, der sie mit Rührung in seine Arme schloß, mit der Zärtlichkeit des Papa's in Wernsdorf, die aber doch dem Kinde so ganz anders erschien, denn es war ja nicht der gute Vater. Frau K. war wieder sehr leidend und so mütterlich freundlich sie das fremde Kind empfing, so sah man ihr doch an, daß sie körperlich zu schwach war, um nicht mit Scheu und Angst, an all die Unruhe und Last die ein Kind verursacht zu denken. Die Herren theilten flüchtig über die Reise-Erlebnisse das Nothwendige mit, der Begleiter des Kindes, Prediger aus dem Städtchen in dem die Mutter des Mädchens lebte, bat noch in deren Namen um sorgfältige Behandlung des Pflegling's, küßte die Kleine, ermahnte sie artig und gehorsam zu sein und – auch der letzte Freund ihrer kleinen Welt war verschwunden, sie war in der Fremde!

Tage und Wochen vergingen ehe Emilie in der neuen Heimath heimisch wurde und es bedurfte der ganzen Zärtlichkeit und Aufmerksamkeit der Pflegeeltern um sie ihre Vergangenheit vergessen zu machen; aber es kam doch dazu. Bald liebte sie die neuen Eltern und die Gespielen des Hauses sahen sie als die ihrige an und rasch verflossen Jahre in kindlicher, unbewußter Glückseligkeit. Der Vater war gleichmäßig zärtlich, aber die Mutter immer schwächer und kränker. Wie oft mag sie über die Wildheit des Kindes geseufzt haben; einst hatte sie Emilien schlafend in der Frühe des Morgens verlassen, um auf den Markt zu gehn. Als sie zurückkehrte, wurde sie durch das Geschrei der Hauskinder zuerst in den Hof gelockt und wie erschrack sie als sie ihr Pflegekind auf einem Fensterbrett im ersten Stock sitzen und die Beine gemüthlich heraus hängen sah; die schwache Frau hatte Geistesgegenwart genug, leise hinauf zu eilen und das Kind schnell rückwärts in das Zimmer zu ziehen. Frau K. litt an einer schmerzhaften, unheilbaren Krankheit, der durch einen großen Schrecken ein schnelles Ende gemacht wurde. Sie wohnten in der Burgstr. in der zweiten Etage. Eines Nachts erwacht die Kleine von dem Ruf: Feuer! sie schreit auf da sie die Augen aufschlägt, denn ihr Blick trifft die Feuerhelle in dem kleinen Hofe. Vater und Mutter springen aus den Betten, das Nöthigste wird zusammengerafft, sie wollen rasch zur Treppe herunter aber Vorder- und Hintertreppe brennen bereits. Wie die Eltern und die andren Bewohner des Hauses sich retteten, war dem Kinde entgangen, sie fühlte nur sich emporgehoben, von unbekannter Hand eine Treppe oder Leiter hinunter getragen und kam erst wieder zu sich, als sie bei fremden, freundlichen Leuten in einem wohnlichen Zimmer saß. Man hatte sie in die Portierwohnung der benachbarten Kriegsschule gebracht, wo ihr am andern Tage der junge Officier gezeigt wurde, der sie, mit Hülfe der Rettungsleiter gerettet hatte. Dieser schreckliche Vorfall wirkte jahrelang auf die Nerven des Mädchens nach und noch als sie erwachsen war, überfiel sie ein Zittern wenn sie Feuerlärm vernahm. Die arme Frau K. erholte sich nach diesem Ereigniß nicht wieder. Sie war eine fromme, Gott ergebene Frau und oft saß jetzt die kleine Emilie an ihrem Bett und horchte aufmerksam den schönen, biblischen Erzählungen zu, und lauschte andächtig, wenn sie von den Leiden ihres Herrn Christus erzählte und wie sie hoffe durch seine Leiden erlöst zu werden. Emilie weinte sehr als ihr Vater sie eines Morgens zum Bett der Mutter führte, die so still und mit mildem Gesicht darin lag, und ihr mit Thränen erstickter Stimme sagte: »Deine gute Mutter ist nun erlöst und heut früh zum lieben Gott gegangen, sie läßt Dich schön grüßen und Du möchtest auch fromm und gut werden.«

Nun begann eine trübe Zeit für das Kind. Der Vater war

durch den Verlust verstimmt und niedergedrückt, im Hause gefiel es ihm nicht, er war wenig da, und schalt mit dem Kinde und der alten Haushälterin sobald er ihrer ansichtig wurde. Das Kind war ihm überall im Wege und so behandelte er es auch. Es kam in eine Schule, aber zu Hause lebte es darum doch einsam und verlassen, denn keine sorgsame Mutter gestattete ihrem Kinde mit der mutterlosen kleinen Emilie umzugehn, die zu Hause so schlecht beaufsichtigt war. Das war sie in der That. Sie mußte oft, wenn der Papa im Club war, mit den Mädchen in Wind und Wetter in die Kaserne zu deren Liebsten laufen und durfte dem Papa nichts klagen, dann hätte sie hungern müssen. Oft wenn es dem Mädchen nicht paßte die Kleine mitzunehmen, schnitt sie ihr Abends so schreckliche Gesichter vor, daß das geängstigte Kind sie schließlich bat doch von ihr zu gehn. Das geschah denn nachträglich auch und das noch nicht achtjährige Kind blieb nun eingeschlossen in sein dunkles Schlafkämmerlein, allein, wo es die Hausbewohner oft wimmern hörten.

Die nie geordneten Vermögensverhältniße des Hr. K. verleiteten ihn zu einer zweiten Heirath mit einer ältlichen, wohlhabenden Wittwe, weit unter seinem Stande. Die Ehe war unglücklich und Emilie hatte sehr darunter zu leiden. In dieser Zeit wurden auch die traumhaften Erinnerungen ihrer frühsten Jugend wieder in ihr erweckt. Die Frau schimpfte das arme Kind oft in den rohesten Ausdrücken, auch unter andern »angenommener Panker« welches Wort das Kind am tiefsten kränkte, da es sich seine Bedeutung nicht erklären konnte. Oft wenn Emilie bitterlich weinte und sagte wenn ich doch bei meinen Eltern wäre, gab ihr die rohe Frau die Antwort: da kannst Du lange suchen. Die einzige und größte Freude die sie in dieser Zeit hatte, war eine Reise nach Dresden, zu den Verwandten ihres Pflegevaters. Derselbe reiste mit seiner neuen Frau und dem Kinde dort hin. Eine blinde Schwester, ein Mädchen anfangs der dreißiger, nahm sich zärtlich der kleinen Emilie an und das lebhafte liebebedürftige

Kind schwärmte bald für die fromme, milde Tante Auguste. Doch diese Zeit verging schnell, sie kehrten nach Berlin zurück, und die Tage wurden immer trüber. Die Geldmittel wurden knapper, die Frau sah ein daß es auf ihr Vermögen abgesehn worden war, und während sie eine Scheidung einleitete, hiel[t] sie Mann und Kind so knapp, daß das letztere wenn es spät aus der Schule kam, in dieser traurigen Zeit oft des Hundes Essen theilen mußte. Diese Zeit, in der Emilie den geliebten Vater unter der rohen Behandlung seiner Frau leiden sah, erweckte die schwärmerisch[s]te Liebe des Kindes für denselben und wurde eine Mauer die sie schützte, den leider sehr schattenreichen Charakter ihres Pflegevaters zu entdecken, wenigstens verbarg [er] ihr denselben für eine lange Zeit. Endlich erfolgte die Scheidung. Vater und Kind athmeten auf; eine Reise nach Dresden und mit der geliebten Tante nach Teplitz entschädigte sie für die ausgestandenen Leiden.

Emilie war nun zwölf Jahre; sie besuchte eine gute Schule und da die Mittel ihres Pflegevaters zu einer Gouvernante für sie nicht ausreichten, so nahm er eine Haushälterin zu sich und suchte dabei eine möglichst gute Wahl zu treffen. Das Treiben derselben war aber nicht geschaffen einem aufgewecktem Mädchen zu imponiren, sie waren scheinthuerig vor dem Herrn und mehr denn schamlos vor dem Kinde. Anstatt wenigstens Aufsicht bei den Schularbeiten zu Hause zu finden, wurde sie wo möglich bei Anfertigung derselben verhindert, da Abends wenn der Vater in der Reßource war die Liebhaber und guten Freunde der Haushälterin zu Besuch erschienen. So kam es denn daß ein beständiger Wechsel dieser Frauenzimmer eintrat, was auf den Charakter des Mädchens einen schlimmen Einfluß übte; sie war wild und klüger denn ihre Umgebung und wurde naseweis und maliciös. In dieser Zeit wohnte sie in einem Hause, wozu ein großer Trockenplatz gehörte, der täglich in der Spielzeit der Tummelplatz von 20 bis 30 Kindern war. Der Schrecken dieses Platzes war Emilie, denn allen Kindern, jüngeren oder älteren, Knaben oder

Mädchen war sie an Wildheit überlegen. Am liebsten grub sie ein tiefes Loch, worüber sie mit irgend einem anderen Kinde rang, was damit endete, daß sie es triumphirend in das Loch warf. Leider wurde ihr diese Spielart Grund zu einer unvergeßlichen Jugendkränkung. Sie hatte es endlich dahin gebracht, zu eine[r] ihrer Schulfreundinnen zum Geburtstag eingeladen zu werden; in der Freude darüber begleitete sie die kleine Elise am Tage vor der Festlichkeit zu Hause, ging mit ihr in den Garten, grub ihr beliebtes Loch, rang mit Elisen, warf sie hinein, und ging seelenvergnügt zu Hause. Am andern Tage, als Nachmittags die Feier stattfinden sollte und Emilie erwartungsfreudig ihre Elise in der Morgenklasse begrüßte, sagte diese kleinlaut: »ach, Emilie Du darfst heut nicht mit zu mir kommen; meine Mama hat gestern aus dem Fenster Alles mit angesehn, wie Du so wild warst und da sagt sie, Du wärest kein Umgang für gesittete artige Kinder.« Dies war ein harter Schlag für Emilien; sie schämte sich und empfand es recht bitter, daß sie keine Mutter hatte die sie von solchen Unarten abhielt. In das Haus, welches ihr Vater bewohnte, war kürzlich einer seiner Bekannten gezogen, mit dem er die Zeitung gemeinschaftlich hielt, und Emilie mußte sie täglich nach der Schule zu ihm tragen. Oft öffnete ihr ein kleines Mädchen die Thür; sie war vielleicht zwei Jahre jünger, gefiel ihr aber ungemein. Sie hatte so hübsches, glattes Haar und sah Emilien stets so freundlich auffordernd an, daß diese sich nach einiger Zeit ein Herz faßte, und fragte, ob sie nicht zusammen spielen wollten. Die Mama der kleinen Rosa erlaubte es und sie gingen miteinander zu dem bewußten Spielplatz. Emilie wagte es nicht so wild zu sein, da Rosa sich scheu von den andrängenden Kindern zurückzog und endlich sagte: mir gefällt es hier garnicht, komm lieber zu uns herein. Dies geschah nun öfter; die Eltern wurden auch näher bekannt und die Frau Fontane nahm sich der verwahrlosten Emilie an und gestattete ihr oft mit ihrem Töchterchen zusammen zu sein.

Der Hausstand der Frau Fontane bestand außer Rosa und ihrem heiteren liebenswürdigen Manne, in einem Neffen deßelben Theodor, dessen Eltern in einer kleinen Stadt lebend, ihn zu dem Onkel nach Berlin in Pension gegeben hatten, damit er das Gymnasium besuchen konnte. Mit ihm war sein Freund Herrmann in dieselbe Pension gekommen, beide waren im funfzehnten oder sechszehnten Jahre, aber grundverschieden. Herrmann, heiter, liebenswürdig war stets bereit mit den kleinen Mädchen zu spaßen und zu spielen, während Theodor über Büchern sitzend, sich oft recht ungalant bei den Störungen der Kinder bezeigte. Hatten sie Abends ein Buch oder dergleichen von einer Schulkameradin zu holen und Frau Fontane schickte sie in die Arbeitsstube der jungen Herren, um sich die Begleitung eines derselben auszubitten, so sprang gewiß Herrmann bereit dazu auf, während Theodor ihm gern den Ruhm des »galanten« überließ. Einmal, im Winter, bei Glatteis, machte er sogar den Mädchen das Vergnügen als Schlittenpferd zu dienen, indem er, Abend war es, ihnen erlaubte, sich hinten an seinen Schlafrockzipfel zu fassen und auf der Hucke sitzend, sich ziehen zu lassen. Freilich hatte er den Schelm im Nacken u. als sie beinah wieder zu Hause waren, lief er im vollen Lauf, so daß die Mädchen, erst umgefallen, aufstehen und nachlaufen mußten, während er, als sie Alle wohlbehalten im Zimmer waren, behauptete, er hätte seinen Verlust nicht früher gemerkt. Aber solche Späße machten ihn gerade zum besonderen Freund der Mädchen, während sie von Theodor nichts erlangen konnten, als daß er sie, wenn ihm der Spectakel zu groß wurde, am Ermel nahm und die Thür hinter ihnen verschloß. Seine Aufmerksamkeit konnte Emilie nur fesseln, wenn sie ihm Komödie vorspielte und dies that sie mit Leib und Seele; es beirrte sie nicht, daß Rosa in den Scenen die sie aufführte, sich wie ein Stock gerirte, sie war im Gegentheil froh, auch die Rolle die sie der Kleinen zugetheilt hatte, spielen zu können u. benutzte dieselbe nur als Statistin, an die sie ihre feurigen Reden richtete. Sie improvisirte ganze Stücke und ihr theatralisches Talent erschien so groß und erfolgreich, daß Theodor ihr oft versprach, wenn er sie 10 Jahre später auf der Bühne sehen würde, so wollte er und Freund Herrmann dafür sorgen, daß sie Blumen und Kränze des Beifalls erhielte. Aber dieser sehnlichste Wunsch des Kindes blieb unerfüllt. Es vergingen die Schuljahre, die Familie Fontane verließ Berlin, bevor wurde jedoch Theodor noch eingesegnet, und zwar ganz allein in der französischen Kirche, da er am allgemeinen Einsegnungstage krank geworden war. Nachdem die Feierlichkeit vorüber, Emilie hatte derselben auch mit den Verwandten Theodor's beigewohnt, und dabei zum ersten Male seine Mutter gesehen. Sie empfang [!] große Hochachtung vor dieser Dame, da sie wußte daß Theodor mit großer Liebe an ihr hing. Bald darauf kam er zu dem Apotheker Rose in der Spandauerstr. in die Lehre, und Emilie durfte ihn dort eines Sontag's mit seiner Cousine aufsuchen. Sein Empfang entsprach aber nicht ihren Erwartungen; er war verlegen und einsylbig und schickte die Mädchen, mit Gerstenzucker und einigen bunten Pillenschachteln nothdürftig getröstet wieder heim. Dieser Besuch wurde nicht wiederholt und da seine Verwandten Berlin verließen, hörte der unbefangene Verkehr vorläufig auf.

Emilie war nun in ein Alter getreten, wo die Erziehung eines jungen Mädchens die größte Sorgfalt erfordert, und in dieser Zeit von 13–15, wurde sie der Pflege einer Frau anvertraut, die die ungeeigne[t]ste zu diesem Posten war. Es war die Mutter der Frau Fontane und als solche dem Herrn K. warm empfohlen. Es fehlte ihr nicht an oberflächlicher Gutmüthigkeit und es war nichts schlimmes wenn sie zu trällern pflegte:

Ich bin vom Kopf bis auf die Zeh,
Die kleine, lust'ge Salomé;

aber ihr Humor wurde doch schon bedenklicher, wenn sie in Abwesenheit des Herrn K. ihrem gepreßten Herzen mit den Worten Luft machte:

Wo mag er sein wo mag er stecken,
Mag er wohl Andrer Liebe schmecken.

Liebe war von Jugend auf ihr Lebenselement gewesen; dreizehn Jahr alt, war sie von ihrem späteren Manne, einem alten Schauspiel-Director entführt worden und in ihrem 55[.] Jahre, lange Zeit nachdem sie das Haus von Emiliens Pflegevater verlassen hatte, schloß sie wie die Sage geht, mit einem Kammmacherlehrling in Pirna ab. – Der Name dieser Frau war Mad. Sohm. Es hätte weniger Beobachtungsgabe bedurft als E. besaß um wahrzunehmen, daß alle Bemühungen der Mad. S. darauf gerichtet waren, sich auf jede erdenkliche Weise zur Frau K. zu machen. Sie war nicht nur ausgiebig mit ihren Liebesbeweisen gegen Hr. K. sondern gab sich auch die möglichste Mühe Emilien für diesen Heirathsplan zu interessiren. Daß dabei von Erziehung keine Rede sein konnte, versteht sich von selbst. Es ist nicht unwahrscheinlich daß Mad. S. ihren Plan glücklich ausgeführt hätte, wenn nicht ein unerwarteter Vorfall dazwischen getreten wäre. Dieser Vorfall bestand darin, daß E. das Spiel der »kleinen Salomé« eines Tages mehr denn deutlich durchschaute und in plötzlich wach gewordener Entrüstung ihr einen Filzschuh an den Kopf warf. Dieser Akt äußerster Indignation wurde zwar von Hr. K. genügend bestraft, nichts desto weniger hatte er ein Einsehn davon, daß nach einer solchen Scene die kleine Salomé nicht länger eine Respectperson sein konnte u. entschloß sich demgemäß sie zu entlassen. Mad. S. verließ das Haus. Wenige Monate später unternahm Hr. K. eine Reise nach Sachsen. In seiner Abwesenheit erschien eines Tages eine junge Verwandte bei E. um ihr anzuzeigen, daß sich Hr. K. in Dresden verlobt habe u. binnen Kurzem heirathen werde. Diese Nachricht machte auf E. einen tiefen Eindruck u. ihre Furcht war so groß, daß sie nun fast bedauerte, nicht früher ihren Papa für die Frau S. geneigt gemacht zu haben, mit der sie doch machen konnte, was sie wollte. Der verlobte Papa kehrte heim und da E. nun beinah 15 Jahr alt war, so beschloß er sie zum Sept. einsegnen zu lassen, nicht erst zu Ostern, wie es anfangs beschlossen war, aber diese Feier sollte noch vor seiner im Nov. stattfindenden Hochzeit, geschehen. E. trennte sich schwer aus der Pension, wo sie seit einem halben Jahre erst, die 1te Klasse besuchte, und sich anfing sehr wohl zu befinden. Am Tage der Einsegnung erhielt sie einige Andeutungen von ihrem Pflegevater über ihr Verhältniß zu ihm, aber erfuhr weder wer ihr Vater oder ihre Mutter sei, nur daß das was sie von ihrer zweiten Stiefmutter und den Leuten öfter gehört, wahr sei und sie seine Pflegetochter sei. Diese ganze Mittheilung schien ihm schwer zu werden u. darum drängte E. die Fragen die ihr Innerstes erfüllten, zurück und sie blieb in dem unbehaglichen, unklaren Zustand über ihr Dasein, der immer peinigender für sie wurde jemehr sie zum Bewußtsein und Nachdenken erwachte. Ende November trat sie mit ihrem Papa seine Hochzeitsreise an, dieselbe sollte bei den Verwandten in Dresden gefeiert werden, wozu die Braut mit Eltern und Geschwistern aus Herrnhut herbeieilte. Die erste Begegnung mit der so gefürchteten Braut fand statt und ihr mildes, einfaches Wesen und die freundlichen, lieben Augen gewannen ihr gleich das Herz der künftigen Stieftochter. Die Hochzeit war mit vielen unangenehmen Vorbedeutungen verknüpft: die Legitimations-Papiere waren nicht ganz in Ordnung, die Trauringe waren vergessen und ähnliches mehr. Indeß die Hochzeit erfolgte und am selben Abend noch die Abreise des jungen Paares. Emilie, so war beschlossen, mußte für einige Zeit in Dresden verbleiben und schweren Herzens trennte sie sich von dem geliebten Vater, der mit seiner jungen Frau nach Berlin zurückkehrte. –

(Fortsetzung folgt.)

Briefe

An Bertha Kummer

Letschin. d 5. 8. 50.

Liebe Herzensmutter,
Ich werde Dir wohl nur confuses Zeug schreiben, aber ich muß Dir für Deinen lieben, lieben Brief danken u. gleich wieder auf die Bettelei kommen. Grüße u. küße meinen guten Vater u. sage ihm er müßte sich nun auch ein bischen Unruhe meinetwegen gefallen lassen, er ist mich dann ja auf immer los. Ach Mutter, ich werde nun meinen Theo bekommen, mich nie von ihm trennen müssen, glaube mir ich erkenne mein Glück in seiner ganzen Größe; so innig ich Gott danke, so innig bitte ich ihn auch, mir Alles zu verleihen, um den glücklich zu machen, den ich so unaussprechlich liebe. Theo, ist besser wie ich, Mutter, er ist namentlich besser geworden. Stehe Du mir treues Herz auch künftig bei, bleibe unpartheisch u. tadle mich schonungslos, wenn ich ihm Unrecht thue.

Theo will bald heirathen, ich freue mich natürlich darüber, u. stimme mit ihm überein. Jetzt kommt die Bettelei. Vor Mitte dieses Monats kann ich nicht nach Berlin kommen; Du versprachst mir früher schon Deine Hülfe u. ich nehme sie mit den innigsten Bitten jetzt in Anspruch, nur das eine muß ich bei *Dir* bitten, *strenge Dich nicht an.*

Habe also die große Güte u. laß Alles von Günthers holen u. nähe mir zuerst das Band an die Überzüge. Vielleicht wenn Dein Mädchen Zeit hat, kann sie etwas Namen aus dem Tischzeug trennen, zuerst die kleinen Gedecke; werden die großen nicht fertig, so kann ich sie nach meiner Hochzeit sticken. Lieb wäre es mir, Du könntest eine gute Schneiderin ausfindig machen u. dieselbe zu Ende August für mich bestellen, ich muß mir mein seiden Kleid zu Jenny's Hochzeit machen lassen.

Für alle Güte, Liebe, Arbeit u. Umstände kann ich Dir nur aus vollem Herzen danken, ich spreche Deine Hülfe aber ohne Rückhalt an, weil ich weiß es macht *Dir* Freude, Deiner Tochter zu helfen. Gelder hoffe ich Ende dieses Monats zu bekommen.

Deine[n] Lieben meine schönsten Grüße, danke ihnen für ihre Theilnahme für mich, ich weiß, sie werden sich mit uns freuen.

Entschuldige die Eil, ich habe 7 Briefe zu schreiben u. bin noch sehr aufgeregt. Siehst Du meinen alten Jungen, so sage ihm, er wäre ein guter Kerl. Günthers grüße einstweilen. In spätestens 14 Tagen bin ich bei Dir meine süße Mutter; ich hoffe die letzten Wochen im elterlichen Hause, sollen mir u. Euch frühern Trübsal vergessen machen; nochmals Gruß u. Kuß an Papa u. Adelchen Dir die innigste Umarmung Deiner Dich

liebenden Tochter Emilie.

An Bertha Kummer

Berlin d 21 Nov. 65.

Meine geliebte Mama.
Zuvörderst laß mich meine besten Glückwünsche zum 23. gegen Dich aussprechen: gebe Dir der liebe Gott vor Allen Gesundheit und erhalte er mit Dir Alles was Dir lieb und theuer ist. Ich werde viel an dem Tage Deiner gedenken und Gott bitten daß er sich Deiner annehme und Dich besonders behüte und beschütze. Was Gesundheit werth ist lernt man von Jahr zu Jahr mehr schätzen, wenn man mit dem Aelterwerden auch immer anfälliger wird; ich fühle mich selten ganz wohl und fürchte den langen Winter, wo ich so garnichts zuzusetzen habe, denn drei Jahre lang bin ich nun heim geblieben.

Deine lieben beiden Briefe habe ich empfangen und danke Dir sehr dafür, so wie für Deine liebevollen Glückwünsche zu meinem Geburtstage. Der Tag brachte mir so viel Liebes und Gutes von nah und fern, zeigte mir so recht meinen reichen Besitz an Liebe und Freundschaft daß ich mit innigster Dankbarkeit gegen Gott auf mein Leben zurückblickte, wie er von Jahr zu Jahr, dem kleinen, in Dresden heimlich, zu keines Menschen Freude geborenen Kinde, mehr Gnade zu gewendet hat, ja meine Herzensmama ich erkenne mit freudigem Herzen wie wohl Ers mit mir gemeint.

Mein Theodor, der Dir seine allerherzlichsten Glückwünsche sendet, wurde 8 Tage nach seiner Schweizer Reise recht krank und erst seit meinem Geburtstage befindet er sich wieder besser. Du kannst denken wie niedergeschlagen wir dadurch waren, denn beide hatten wir gehofft diese Reise mit ihren großen Kosten, die uns für den Winter die größte Einschränkung auferlegt, würde von dauernden guten Folgen sein. Nun, will's Gott ist sie es nun doch noch. Mit seinem Buch über Holstein hat Theodor bei seiner Rückkehr so viel Aerger gehabt, daß dies ihn auch kann krank gemacht haben: die Zeichner und Holzschneider sind nicht fertig geworden und so erscheint es nun erst zu Ostern! Es bleibt Dir zu Gute, denn Theodor hatte es Dir zu Deinem Geburtstage zugedacht. Die Reise selbst hat meinen Mann unendlich viel Genuß gewährt und der geistige Nutzen derselben ist nicht zu verkennen; ich habe immer das Gefühl als wenn Theodor von Jahr zu Jahr an Liebenswürdigkeit und guten Eigenschaften wüchse und bitte Gott um seine Erhaltung als mein höchstes Gut. Unsere Kinder sind munter und Friedel, nachdem er endlich so viel Zähne bekommen hat, wie er überhaupt bekommen konnte, wird von Tag zu Tag reizender; zwar spricht er nur wenige Worte, ist aber trotz seines stummsein's so possierlich und sieht so sehr hübsch aus, daß er der Liebling von Groß und Klein ist. George ist seit October Obertertianer und wird zu seiner Freude von den Lehrern »gesiezt«, wie der Schulausdruck ist. Theo ist von seiner schlesischen Reise, die er mit der guten Tante Merckel gemacht hat, mit gefüllten, rothen Backen zurückgekehrt, die noch immer vorhalten. Martha geht mit Wonne zur Schule, sie sagt immer, es sei unter all den kleinen Mädchen wie im Himmel. Neulich hatten unsere Kinder ein Gespräch, welches ich Dir mittheile, weil es sie so richtig charakterisirt, freilich am unvortheilhaftesten unseren Aeltesten. Sie sprachen von der Zukunft und die Kinderfrage wurde so erörtert: George: »ich will gar keine;« Theo: »ich recht viele, natürlich wenn ich reich bin;« Martha: »ich so viel wie möglich, auch wenn ich ganz arm bin«. Woran ich noch einen Ausspruch Theo's reihe, der neulich beim Schularbeiten machen, zu Luisen sagte: ach, wenn man nur wüßte *wofür* man sich quält, wenn man noch für seine Kinder es thäte.«

Luise ist nach wie vor ausgezeichnet und in ihren Leistungen mir noch lieber wie Mathilde; auch ein zweites, ziemlich gutes Mädchen habe ich seit Michaelis, nachdem ich ein halbes Jahr des Wechsel's fürchterliche Reize in dieser Beziehung genossen hatte. – Daß unser guter Adelbert wieder in Thätigkeit freut mich sehr, gebe Gott daß er endlich eine Stellung gefunden, die ihn befriedigen kann. Ich denke oft seiner, da ich aus Aeußerungen von ihm weiß, wie wenig ihn sein Beruf zur zweiten Natur geworden ist, woran gewiß auch seine zarte Constitution beiträgt. Ueber Bernhard's Wohlergehn haben auch wir herzinnige Freude gehabt, bitte empfiehl uns Deiner Schwägerin und grüße Bernhard, Emmchen und Marie auf's angelegentlichste. Oft gedenke ich der armen Emma und bitte Gott mir eine so schwere Prüfung nicht aufzuerlegen.

Mama Fontane war 4 Wochen hier, und Lischen mit Jenny 6 Wochen in Friedrichsroda, alle hatten sich sehr erholt, leider kränkelt aber jetzt Lischen. Meine Mama leidet an Altersschwäche, ist aber schmerzensfrei und klaren Geistes, sie wird nun 76 Jahr – auch mein Schwiegervater ist munter. Thilde muß irgend etwas krumm genommen haben, denn zum ersten Male seit Jahren habe ich keine Gratulation zu meinem Geburtstage von ihr erhalten; ihre Mama war an einem Karbunkel lebensgefährlich krank, ist aber seitdem wohler denn zuvor. Laura hat wieder ein Kind. Hans ist mir nicht mehr ganz so unangenehm wie früher, vielleicht – weil er seltener kommt. – Bei der Wolle findest Du die Rechnung; wegen eines Bratens bist Du sehr gütig, mache Dir aber mein liebstes Herz nicht erst Mühe und Kosten, Steuer bezahle ich fast nie, da ich mir jetzt alle 14 Tage aus Beeskow etwas schicken lasse, so weiß ich es. Noch muß ich Dir mittheilen, daß die Kinder, mit Hülfe Deiner gütigen Beisteuer, jeder ein ordentliches Deckbett besitzen, was zu erfahren, Deinem lieben, großmütterlichen Herzen gut thun wird.

Nun noch 1000 herzliche Glückwünsche von Groß und Klein, die schönsten Grüße für Adelbert von Deiner alten, getreuen Dich

innigst liebenden Tochter

Emilie Fontane.

Deine Absicht im nächsten Jahre zu kommen erregte Jubel bei Jung und Alt nur George sagte: ach, das ist noch so lange hin.

An Mathilde von Rohr

Berlin d 14. Oct. 67.

Mein liebes, gnädigstes Fräulein.

Auf Ihren so gütigen, theilnehmenden Brief hätte ich so gern gleich geantwortet, da ich aber einige Tage bettlägerig war, habe ich es bis heut verschieben müssen.

Gestern vor 8 Tagen, früh morgens, überbrachte uns eins der Sommerfeldt'sschen Kinder die Depesche, woraus wir ersahen, daß unser guter alter Papa am Tage zuvor, Abends 11 Uhr, von uns genommen war. Meine Schwägerin Elise war, natürlich nichts ahnend, an demselben Abend von Ruppin hier eingetroffen, um einige Wochen hier zu bleiben, vor Allen aber auch auf kurze Zeit ihren Papa, der den Wunsch ausgesprochen, sie zu sehn, zu besuchen. Wie anders fiel nun für das arme Mädchen der Besuch aus! mein guter Mann, der gefaßt die Nachricht ertrug, packte eiligst seine Sachen und fuhr um Mittag mit unseren Schwager nach Freienwalde und ich am Abend nach Ruppin, um meine Schwiegermama zu holen. Unser Aller Hauptsorge und dringendes Verlangen war natürlich zu erfahren, ob unser guter Papa noch viel gelitten und auf welche Weise sein Tod erfolgte. Wir haben denn auch Gott recht innig gedankt als wir erfuhren, daß er garnicht krank gewesen ist, Abends 9 Uhr, sich unbehaglich fühlend zu Bett gegangen ist, gegen 10 Uhr das Mädchen gerufen hat, und um 10 1/2 Uhr mit voller Besinnung, aber ohne Todesangst, durch eine Lähmung dahin geschieden.

Unsere Mama hatte die Todesnachricht durch eine Freundin Elisens erhalten; sie war ruhig und gefaßt als ich nach Mitternacht bei ihr eintraf und hatte auch die Botschaft ruhig hingenommen. Nach Berlin zu kommen, verweigerte sie gleich, da sie der Ruhe bedürftig; ich konnte ihr auch nicht zureden, es zu thun. Was ihr Befinden angeht, fand ich sie sehr erholt, sie hustet zwar, findet sich aber selbst besser als sie gehofft noch je zu werden. Ich blieb Montag u. Dinstag bei ihr und konnte sie am Mittwoch mit der Beruhigung verlassen, daß sie in ihrer Stille und Einsamkeit am liebsten die nächste Zeit verleben wird. Mich zog es sehr hierher, da ich doch in Sorge um meinen geliebten Mann war. Zu meiner großen Freude empfing er mich auf dem Bahnhof mit unseren Kindern allen und obwohl er angegriffen aussah und sich auch so fühlte, so ist er doch ohne große Erkältung davon gekommen, die ich mir auf meiner Nachtfahrt zugezogen hatte. Am Dienstag Nachmittag war die Beerdigung gewesen, wozu Jenny, Elise[,] unser George und der älteste Sohn von Sommerfeldt's hin gekommen waren. Die Detail's behalte ich mir vor Ihnen, mein theures Fräulein, an einem traulichen Abend zu erzählen; im Allgemeinen haben wir auch bei diesem Verlust, der uns betroffen, die Güte und Gnade Gottes zu preisen. Unser lieber Papa ist dahin geschieden im vollen Besitz der Liebe seiner Kinder und die

Zeit wird noch vieles verklären und sein Andenken uns stets lieb und werth bleiben. – Erlauben Sie mir nun noch, daß ich Ihnen meine innigste Freude ausspreche, für die Gewißheit, Sie diesen Winter noch die Unsere nennen zu können. Die stillen, gemüthlichen Abende bei Ihnen sind uns beiden eine der liebsten Erholungen und ich mag gar nicht daran denken Sie zu missen. Unsere Kinder grüßen die liebe Tante Rohr, namentlich Friedel; Ihre gütige Absicht einer Fahrt habe ich ihnen noch verschwiegen, denn meine Kinder haben die Unart ungestüme Mahner zu sein und könnten mir dadurch Ihren Empfang verderben.

Leben Sie sehr wohl! es hofft und wünscht Sie bald wiederzusehn

Ihre Ihnen herzlich ergebene

Emilie Fontane.

[Nachschrift von Theodor Fontane:]

Herzlichste Grüße auch von mir. Eigentlich wollte ich einen neuen Bogen nehmen und Ihnen einen ordentlichen Brief schreiben, aber es würden 3, 4 Bogen werden und an die mag ich nicht heran, weil ich doch spätestens in 14 Tagen Sie wiederzusehen hoffe. Ueber Tod und Begräbniß meines guten Papa's kann ich einen ganzen Abend plaudern, weil es wirklich poetisch, manches balladenhaft-romantisch war. – Mit meinem Befinden geht es leidlich, auch mein Buch macht Fortschritte; wenn ich Sie wiedersehe, hoffe ich bei Königgrätz zu sein und hab ich erst Königgrätz hinter mir, so bin ich über den Berg, trotzdem der Mainfeldzug auch noch eine hübsche Aufgabe ist. – Herrn v. L. sah ich am Sonnabend im Rütli, er war leidlich wohl und freundlich-liebenswürdig. Hans v. Rohr war bei uns, verfehlte uns aber. Wie immer Ihr

Th. F.

An Emilie Zöllner

Rom d 22. Oct. 74.

Meine geliebteste Emilie.

Dein liebenswürdiger Brief, für den wir Dir *beide* gleich innig danken, war eine That an sich, durch seine Länge u. Inhalt, u. eine Wohlthat für mich, die ich anfing etwas homesick zu werden. Uebrigens sprich mir nie mehr davon, daß Du irgend jemand um Brief schreiben beneidest, es wäre eine schreiende Ungerechtigkeit gegen Deine Feder. Ehe ich nun zu uns übergehe, will ich die Punkte berühren, die in Deinem Briefe zu beantworten sind. Deine Mittheilungen über unseren Freund u. seine häuslichen Winteraussichten betrüben uns sehr u. immer wieder u. wieder muß ich theilnehmend seiner denken; was Du über H.s neue Häuslichkeit schreibst, freut mich sehr; nur *muß* er sich schonen. Daß Du mir meine Jungens, unter Tilla's Aegide, so nett schilderst, that meinem Mutterherzen sehr wohl; *hier* störten mich selbst Friedels ungewaschenen Hände nicht. Auch von unserer Mete schreibt mir Johanna nur Erfreuliches, sie ist gottlob gesundheitlich nun in Ordnung u. wäre frisch, heiter u. zufrieden. Das ist nun freilich sehr dankenswert daß wir so gute Nachrichten aus der Heimath u. von den Kindern haben u. läßt die Wolken, die hier u. da am ewig blauen Himmel Italiens für uns aufgezogen sind, einigermaßen wieder verschwinden. Thatsache ist, daß nach 5 herrlich u. genußreichen Tagen in Florenz, der erste hier, der 16. Oct. unser Hochzeitstag, ein gründlicher Regentag war, der uns denn auch, als wir abends uns endlich in die schmutzigen düsteren Straßen wagten, keinen erhebenden Eindruck von Rom beibrachte. Am anderen Tage begann nun die Wohnungssucherei bei drückendster Hitze; Theodor, der schon nicht ganz wohl war, hatte es sich in den Kopf gesetzt, es an dem Tage durchzusetzen; er ging schließlich allein, während ich in unserem Hôtel die Sachen ordnete u. hatte nach abermals 4stündigem Umherlaufen eine Wohnung gefunden – aber *die*

Details mündlich; kurz wir zogen gegen Abend ein u. am nächsten Tage Nachmittag wieder in unser Hôtel zurück, freilich mit Hinterlassung einer erklecklichen Summe. Es war aber *so* gewesen, daß wir doch froh waren, heil davon gekommen zu sein. Wir arrangirten uns mit unserem Hôtelwirth u. werden nun hier bleiben. Das schlimmste ist, daß sich Theodor an dem Tage übernommen hatte u. nun recht elend ist, gestern sogar fast den ganzen Tag im Bett zugebracht hat; erst Nachmittag unternahmen wir eine Fahrt nach den Thermen des Caracalla; diese *eine* Stunde wiegt durch die Großartigkeit dessen, was wir gesehen, viele leider unbenutzte u. vergeudete auf.

Ich kann meine Herzensfreundin nur ganz kurz mich fassen, denn wir wollen nun anfangen zu »arbeiten«, wenn auch leider mein Geliebter sich auch heute noch recht matt u. spack fühlt. Er kann die Kost nicht vertragen; erst mundete sie ihm *zu* gut u. nun mag er sie garnicht mehr; ich bin mit Vorsicht u. Bedenken daran gegangen, nicht so harmlos u. hingebend wie er u. fühle mich gottlob munter u. guter Dinge. – Der erste Eindruck Roms, wurde durch unsere anfänglichen Erlebnisse natürlich nicht gehoben. Erst seit einer Orientierungsfahrt die wir am Montag d. 19. machten u. die 2$^{1}/_{2}$ St. dauerte, uns die Hauptsachen Rom's vor Augen führte, fingen wir an, an seine Größe zu glauben. An demselben Tage fanden wir auch Herrn Ewald; mit ihm unternahmen wir nach Tisch abermals eine entzückende Fahrt. Abends führte er uns dann in eine Wiener Bierkneipe am Corso, wo man leidlich ißt u. gutes Bier bekommt. Hier waren wir mit einem Male wie in Berlin! Oberbaurath Strack, Maler Hübner u. mehrere andere; es wurde geplaudert, gelacht, als wäre man bei Frerichs oder an unserer beliebten Bellevuestr. Ecke. –

Es ist furchtbar interessant hier zu sein, aber man muß sich erst einleben; es verlohnt sich hier her zu reisen u. sollte man auch weiter nichts sehen, wie die alten Trümmer! heut wollen wir nach den Kaiserpalästen u. in die Gallerie Borghese. Sobald Theo wieder wohl, geht er zu Hr. v. Keudell. An Theo jun. schreibe ich erst zum 3.; danke ihm bis dahin für seinen lieben Brief. Diese Zeilen sind *nicht* für eine Rundreise bestimmt, sondern speciell für Dich. Mit tausend Grüßen an alle Freunde, die besten für den Chevalièr u. Dich von Deiner getreusten

Emilie F.

Ganz besondere Grüße unseren lieben, verehrten Heydens! ich schreibe nächstens.

[Auf den Rändern Nachschrift von Theodor Fontane:]

Meine theuerste Freundin. Zunächst beneide ich L., den ich sonst nicht beneide, daß er mit Rücksicht auf die Situation Sie stürmisch umarmen durfte; dann schicke ich Ihnen etwas Grünes aus den Thermen des Caracalla, und drittens bitte ich Sie, Ihren theuren Gatten als von jeder Schreibeverpflichtung entbunden, ansehn zu wollen. Diese Art der Entbindung kann er sich schon gefallen lassen. – Milachen hält sich merkwürdig tapfer und ist viel besser im Stande wie ich. Ich bin so fiebrig, daß ich keine Weste zuknöpfen kann; die Knöpfe zittern mir immer wieder aus den Fingern heraus. Bei der Weste schließlich ertragbar, aber welche Perspektiven! Wichmanns Güte, der mir einen liebenswürdigen Brief geschrieben und Karten beigefügt hat, rührt mich. Bitte, danken Sie ihm. Allen Freunden, Lepel nicht zu vergessen, herzliche Grüße von Ihrem stets ergebenen

Th. F.

An Mathilde Eggers

Berlin d 5. Febr. 75.

Liebe, verehrte Frau.
Seit unserer im November erfolgten Rückkehr aus Italien ist fast kein Tag vergangen, an dem ich nicht die Absicht gehabt hätte, Ihnen zu schreiben; seit dem Geburtstage meines

Mannes, dessen Sie so liebenswürdig gedacht, wurde diese Absicht verstärkt u. erst heut, nach Monaten, komme ich dazu, Ihnen verehrte Frau, zu schreiben, Ihnen recht herzlich zu danken für Ihr so gütiges Mein-Gedenken. Es war sehr angenehm, von der Reise kommend, meine kleine Speisekammer, mit so süßen Schätzen, wie von Zauberhand gefüllt, vorzufinden.

Sehr oft, haben wir in dem schönen Land Italia Ihrer u. Ihres lieben Mannes gedacht, die Sie es freilich gründlicher genossen haben; denn unsre Zeit war zu gemessen. Doch haben wir in den 7 Wochen unseres Aufenthalt's viel Glück gehabt, u. Verona, Venedig, Florenz, Rom u. Neapel doch so gesehen, daß wir mehr wie ein flüchtiges Bild davon mit nach Hause gebracht haben. Capri u. Sorrent, Paestum u. Bajai sind von uns ebenso wie Pompeji bewundert u. nur auf den Vesuv sind wir nicht gekommen, man muß sich doch auch etwas für's »Wiederkommen« aufsparen. Ja, liebe Frau Senator, das ist das einzig bittre im Nachgeschmack der Reise, daß der Wunsch »noch eimal« mir wohl für's Leben ob nun kurz oder lang, bleiben wird.

Unsere Reise war auch dadurch sehr begünstigt, daß es unseren Kindern in unserer Abwesenheit sehr gut ergangen war; meine Tochter war so lange bei einer Freundin von mir auf dem Lande u. kam uns wie ausgestopft entgegen; unsere Jungen hatten gut Haus gehalten, mit einem vorzüglichen Mädchen, die ich schon 9 Jahre habe u. unsere Freunde empfingen uns mit gewohnter Liebe u. Freundschaft. Daß uns Ihr Haus den ganzen Winter sollte verschlossen sein, erfüllte uns, als wir die Nachricht erhielten, mit Betrübniß wie alle Freunde, die all sonnabendlich Ihres Herrn Gemahl's gedenken u. gewiß auch schon der eine oder andre ein von allen beabsichtigtes Lebenszeichen gegeben. Der oder das Rütli beginnt wirklich in dieser season sehr früh, so daß immer noch Zeit für Theater, Concert oder Gesellschaft bleibt. Zu Weihnachten war auch Roquette hier; mit einer neuen Tragödie »Der Feind im Hause«. Er selbst machte auch gar keinen freundlichen Eindruck; nichts behagte u. gefiel ihm u. fast könnte man sagen, er bilde die Tadelsucht bei sich aus. Behaglich ist's Keinem mit ihm gewesen u. jedenfalls kann man annehmen, daß er sich jetzt in Darmstadt wohler fühlt, wie hier. Bei seiner Mama, wo gleichzeitig mit ihm, Emilie aus Kiel u. zwei junge Pensionairinnen waren, mochte es ihm auch nicht gemüthlich sein u. doch ist es auch für ihn ein Glück, daß dem Hausstand dadurch manche Sorge genommen. Lübke's kamen nicht zum Fest; statt dessen haben sie uns ihre lieben Freunde Stockhausen's, die jetzt hier übergesiedelt sind, an's Herz gelegt. Heyden's sind in ihrem neuen, fürstlich eingerichteten Hause, uns doch etwas entrückt; in diesem regennassen Winter ist ein Spatziergang nach dem Lützowplatz schon mehr eine Reise. Auch ist er seit Wochen durch einen beim Kronprinzen am 8. d. stattzufindenden [!] Maskenball sehr in Anspruch genommen; ich muß dabei oft unseres Friede gedenken, der auch mal bei Kronprinzen's seine schöne Zeit opfern mußte, u. was haben nachher die Herren davon? – erst recht keine Zeit.

Unsere lieben, theuren Zöllners sind mehr denn je Gesellschaftsvögel, flattern allabendlich in gesuchter Liebenswürdigkeit von Haus zu Haus, wobei er sich merkwürdig gut hält, sie aber doch über ihre Kräfte wirthschaftet u. manchmal recht zusammen klappt. Dabei leidet sie seit Monaten an ihren lieben Augen, die mir garnicht gefallen u. wozu sie durchaus einen Augenarzt consultiren müßte. Die Kinder sind prächtig u. Karl, der nun eingesegnet wird, seinem Papa im Wesen u. Aussehn, immer ähnlicher. Noch ein so gesellig lebendes Paar unseres Kreises sind Lepel's, die so vergriffen sind, daß man sie zu einem kleinen, bescheidenen Theeabend, gar nicht mehr erlangen kann. Auch machen sie zu unserer Aller Freude u. Beruhigung noch denselben Flitterwochen-Glücks-Eindruck wie im Anfang ihrer Ehe, er strahlt stummes Glück (denn sprechen hört man *ihn* gar nicht mehr) u. sie strömt es aus in der Rede (ihr) nie versiegenden Quell.

Das letzte Paar, meine liebste Frau, bietet leider gar keine Gelegenheit für meine harmlose Spottlust; unser armer Lucae hat ein schweres Loos erwählt. Seine kleine, schmächtige Frau, wird immer schmächtiger u. schwächer u. man kann wohl auf's schlimmste gefaßt sein. Wir sehen ihn nur selten; jetzt ist Anna Witte bei ihm, damit er nöthige Reisen nach Frankfurt etc. unternehmen konnte.

Und nun aber zu Ihnen! mit Freuden hörten wir vor kurzem durch den Professor Spielberg, daß Sie Ihre Krankheit überwunden u. der Genesung entgegen schritten. Möge es ferner so sein, damit das nahe Frühjahr Sie der Heimath u. Ihren Freunden wieder zuführen kann.

Mit den besten Grüßen meines Mannes für Sie Beide u. seinen noch ganz speciellen freundlichsten Dank für die reizende Blumenspende zu seinem Geburtstage Ihre, mit den besten Wünschen für Sie,

treu ergebene Emilie Fontane.

An Mathilde von Rohr

Berlin d. 10. Nov. 76.

Mein theures, gnädigstes Fräulein.

Ich beeile mich Ihnen für Ihren so theilnahmvollen Brief meinen innigsten Dank auszusprechen u. Sie über die Stimmung meines Mannes zu beruhigen. Er ist glücklich an seinem Roman arbeiten zu können, sieht wohl aus, ißt u. schläft gut u. läßt auch seine Stimmung nichts zu wünschen übrig; Sie haben in Ihrem treuen Freundschafts-Gefühl gewiß seinen Brief mit zu besorgten Augen gelesen. Der Conflikt zwischen uns besteht in so fern, daß *ich* nicht einsehen kann, daß er Recht gehandelt. Sonst ruht aber nun die Sache, denn geschehene Dinge sind ja nicht zu ändern.

Daß ich nach all diesen Stürmen, weder glücklich noch froh sein kann, verlangen Sie, wohl am wenigsten von mir; Körper u. Geist sind mürbe geworden, u. hätte ich nicht meine Kinder, würde das Bedürfniß nach Ruhe überhand nehmen. Mein guter Mann erklärt mich für gemüthskrank, vielleicht bin ich es, die Betreffenden sollen das ja oft nicht wissen. Leider habe ich wochenlang nicht ausgehen können, weil ich die Grippe hatte, so daß mir die Aussprache[n] mit Tante Merckel u. Frau v. Wangenheim sehr fehlen, die mir treu in dieser schwersten Zeit meines Lebens zur Seite stehen. – George, der jetzt hier ist, ist mir ein theilnehmender Sohn u. fühlt den Druck der auf uns lastet, mit seinen anderen Geschwistern, jeder Tag sagt: wie könnte es anders bei Euch sein! Aber es klagt Niemand u. wir räumen was möglich, aus dem Wege. – Es ist liebe, verehrte Freundin so gütig von Ihnen, daß Sie meines Geburtstag's gedenken u. ich danke Ihnen, da ich weiß Ihre Wünsche sind an jedem Tage gleich treu für uns, aber ich möchte u. wünsche sehnlichst, er ginge von jedem unbeachtet vorüber!

Mein Mann dankt Ihnen für Ihren so eben eingetroffenen Brief; er wird Ihnen natürlich selbst antworten, vorläufig nur sagen, daß Sie irrthümlich berichtet Senat u. Ministerium sind ihm auf's Liebenswürdigste entgegen gekommen u. Niemand hat ihm absichtlich etwas in den Weg gelegt – nur die Freiheit, die er liebt, war natürlich mit der Beamtenstellung u. ihren Vortheilen, nicht verknüpft.

Und nun lassen Sie es sich wohl ergehen u. der Winter Ihnen frohe u. angenehme Stunden in Fülle bringen.

In dankbarster Hochachtung

Ihre Emilie Fontane.

An Clara Stockhausen

Neuhof d. 12. Juni. 78.

Geliebteste Freundin.

Irgend etwas Interessantes von hier oder mir, ist nicht zu melden. Ich vegetire in der angenehmsten Art von der Welt; genieße viel Pflege, Aufmerksamkeit, Erdbeeren u. saure

Milch u. fahre im Landauer durch blühende Felder u. grüne Fluren. Dabei bin ich so geistig faul, daß ich noch kaum ein Buch zur Hand genommen habe u. lege mich Abends 9½ Uhr todtmüde zu Bett. Alles Anregende verschaffen mir die Zeitungen u. die Briefe meines guten Mannes u. da ich, außer Liebesworte für Sie, nichts zu schreiben weiß, so schicke ich Ihnen als Zeichen meiner Freundschaft u. meines Vertrauens sein letztes Opus. So ist er. Harmlos wie ein Kind, u. argwöhnisch wie ein Jesuit. Vielleicht finden Sie wieder eine Aehnlichkeit heraus. Bitte, vernichten Sie den Brief.

Ich kann Ihnen um so leichter die Einlage beischließen, als ein so eben eingetroffener Brief alles von gestern wiederruft. Er schreibt: »… Vielleicht hätt' ich Dir das nicht schreiben sollen, was ich gestern schrieb; – aber dann auch wieder, warum nicht? Warum soll man sich nicht wenigstens die kindische Genugthuung der Klage-Schwätzerei verschaffen. Das ganze Beichte-Wesen, das in der alten Kirche solche Rolle spielt, läuft ja auf dasselbe hinaus. Das Herz will sich entlasten. Der eine beichtet drei Morde, der andre drei Verstimmungen, jeder nach seinen Mitteln. Im Uebrigen wirst Du beim Lesen Deinen alten Satz wiederholt haben: »ja, Du hast es ja gewollt«, worauf ich nicht viel, aber doch das *Eine* erwiedern will, daß der »Sekretair« auch nichts geändert hätte. Meine Leberaffektion u. mein Ruin wären mir sicher gewesen, aber keine beßre gesellschaftliche Stellung. Dazu reichen 2000 Tlr. u. der Sekretairs-Titel nicht aus. Jetzt ist man doch wenigstens 'was für den »Liebhaber.« Sind diese auch rar, so existiren sie doch am Ende.«

Wir müssen eben mit unseren »Künstlernaturen« Nachsicht üben u. 'mal mit ihnen himmelhoch jauchzen u. zum Tode betrübt sein. Freilich ist das erstere seltener der Fall. *Tauschen* würden wir doch um keinen Preis. Hier, wo mich Alles umgiebt, was ich zu Hause vermisse, sehe ich wieder ein, wie glänzend meine kleine Kabache, mit dem »tyrannischen Möbel« darin, möblirt ist. Zu meiner Entschuldigung muß ich auch sagen, daß ich seinetwegen Manches besser u.

anders wünsche. Im Uebrigen sehne ich mich nach Ihnen Herzensfrau u. spazierte zu gern manchmal nach Genthinerstr. 13. a. u. fragte nach diesem u. jenem. Ob die Wohnung vermiethet, ob baby recht frisch u. die anderen Kinder nach Ihren Wünschen gedeihen. Mein Alter schreibt heut, daß nächstens eine Stockhausen-Feier stattfinden würde; nun das ist das Wenigste, was geschehen mußte. Ich war von der Akademie-Feier so indignirt, daß ich nach dem Schluß der »Hochheiligen Handlung« spornstreichs davon lief. Alles eitle Selbstbespiegelung, krasser Egoismus u. hohle Begeisterung u. Idealität. Nein, mit tiefer Trauer, kann man Ihrem Manne nur immer wieder Glück wünschen, einen anderen Wirkungskreis gefunden zu haben.

Mete fängt an, ihren letzten Briefen nach, in etwas geebnetere Bahnen zu lenken. Sie bedarf so sehr geistiger u. körperlicher Schulung u. jedes kleinste Zeichen davon thut meinem Mutterherzen wohl. Sie hat keine Ahnung davon, wie sehr sie trotz alledem u. alledem mein Liebling ist u. ich oft aus Sorge um sie Thränen vergieße. Für die Herbstmonate, bis Weihnachten, habe ich mir die Tochter meiner Freundin erbeten, die 16 Jahr alt, für einige Zeit nach Dresden in eine Pension sollte. Ich hoffe, dieser Wunsch wird mir erfüllt, denn sonst wäre es zu einsam! ohne Sie, ohne Mete, u. ohne Roman abschreiben.

In diesen Tagen giebt man mir, als Frau des »Schriftstellers« zwei Gesellschaften; ich graule mich davor, solche Ovationen machen mir gar keinen Eindruck. Eine »zweite Auflage« u. ich schenke jedem die schönen Redensarten. Ad vocem Ovationen! unser theurer Kaiser! Es ist doch zu schmachvoll u. ich bin mehr denn je für Prügelstrafe u. Hängen.

Sie brauchen mir, geliebteste Frau Clara, nicht zu schreiben. Ich weiß, wie Ihre Zeit in Anspruch genommen ist u. habe es viel lieber, wenn Sie sich Ruhe gönnen. Grüßen Sie *ihn* herzlichst, auch die Kinder, von Ihrer getreuen

alten Emilie Fontane.

An Clara Stockhausen

Berlin d. 1. Oct. 78.

Geliebte Frau Clara.
Ihr lieber Brief wurde mir von Forsteck nachgeschickt, wo wir leider schon am Sonnabend wieder fort mußten, damit mein Mann seines wichtigen Kritiker-Amtes warten konnte. Nun, es hätte sich schon noch einmal eine Entschuldigung finden lassen, aber Theodor hat den Grundsatz u. die sich daran knüpfende berliner Redensart: nur nichts austitschen, u. so reisten wir nach anderthalb schönen Wochen wieder heim u. erwachten eines schönen Morgens wie weiland der »verwunschene Prinz« in unserer Klause. Aber fröhlich u. guter Dinge. Wieder bin ich um eine Erfahrung reicher geworden theuerste Frau u. ich sehe man lernt nicht aus. Neben allem Schönen, Erhebenden u. Interessanten habe ich eingesehn, wie *wenig* glücklich Reichthum macht, wenn andere Faktoren fehlen. Ach, wie schade, schade daß ich nicht mehr zu Ihnen schwatzen kommen kann. Wie viel möchte ich fragen, wissen, nicht aus Neugier, nein aus wahrem, warmen Interesse für die Betheiligten. In Hamburg Ihre Schwester! bezaubernd liebenswürdig; auf der Fahrt mit ihr nach Kiel wurde sie mir so sympathisch, daß ich bei ihrem fröhlichen Lachen, im dunklen Coupée, wo der Hut die gepuderten Haare bedeckte, vermeinte in Ihr liebes Gesicht zu schauen. Dann in Kiel Ihr Schwager! dieser feine, sinnige Mensch; der es einem anthut mit der Melancholie in den lieben Augen u. dem man »helfen« möchte, trotzdem er einem wie ein Fürst erscheint? Und dann wieder Beide beisammen, sich neckend, in freundlicher Rede Meinungen austauschend. Wie ist da eine Kluft möglich? Ist sie nicht zu überbrücken? wer könnte helfen, giebt es kein erlösendes Wort? Sie kennen mich; ich liebe Alles klipp u. klar u. daher ist mir wohl besonders ein solches Verhältniß ein unerklärliches. Aber Sie können mir garnicht antworten u. ich habe Ihnen nur zeigen wollen, in welche Mitleidenschaft mich der Zustand dieser beiden gewiß

vorzüglichen Menschen versetzt hat. – Ihnen danken wir die so überaus freundliche Aufnahme bei Ihren lieben Verwandten u. Ihr warmes Freundeswort hatte uns eine so gute Stätte bereitet. Wir haben auch Herrn Lange kennen gelernt, der zufällig nach Forsteck kam; er hatte schon an Mete abgeschrieben, unter dem Vorwand: sie sei zu jung. Er hat uns, mir u. meinem Mann einen sehr günstigen Eindruck gemacht, ganz wie Sie schreiben. Aber es mag recht gut sein, daß es sich zerschlagen, Mete würde in einer geistigen Einsamkeit dort gelebt haben, die ihr nicht wohlthätig gewesen wäre. Es eilt ja nicht u. vielleicht findet sich gelegentlich etwas anderes. Während unserer Abwesenheit hatte sie ihre Tante Witte hier u. jetzt ist sie frisch u. guter Dinge u. rührt mich durch ihr sichtliches Bestreben, mir zur Liebe zu leben. Unser Theo sitzt bei seiner schriftlichen Arbeit u. hofft noch vor Weihnachten, das Ziel seiner Bestrebungen, Dr. der Rechte, zu werden, zu erreichen. Unser Aeltester, der uns im Sommer große Sorge gemacht, (eine bedeutend angehäufte Schneiderrechnung lief ein) rehabilitirt sich als außerordentlicher Geschichtslehrer u. hat Aussicht drei Jahr vorläufig als ein solcher in Oranienstein zu bleiben. Sein Ehrgeiz scheint nach dieser Seite hin zu liegen u. mein Alter setzt große Hoffnungen darauf. Friedel bleibt nach wie vor zurück u. brachte bescheidentlich eine 2.b. nach Hause; Theo will nach seinem Examen, Mete ihn schon jetzt, ernstlich in die Kur nehmen. – Wie wird sich unser Leben gestalten? ich glaube, sehr still; wir werden mehr denn je still zu Hause sitzen, ich werde des Abends lesen (versäumen Sie nicht, in der Sept. N. des Nord & Süd, »Der Mitschuldige« von Willbrandt zu lesen; haben Sie es nicht, so schicke ich es Ihnen) u. am Tage sehr oft das Verlangen haben, zu Ihnen zu gehn, was ich nun nicht mehr kann. Mit Zöllners haben wir uns wieder ganz eingelebt; ich komme, faute de mieux, mir gründlich schlecht vor; aber zu meiner Entschuldigung finde[n] auch Andere, Berufenere, Gütigere, daß ihr die Künstler-Stellung ihres Mannes den »Sinn verrückt« u. sie glaubt etwas repräsentiren zu müssen, was sie nicht kann u. auch kein Mensch von ihr fordert. Unsere gute Lübke hat nach einem beinah 3 monatlichen Aufenthalt Potsdam wieder verlassen; sie war lieb u. gut, aber kann es noch nicht lassen, von ihrem Wilhelm zu sagen, er schreibt, ich soll endlich kommen; aber er mag zappeln. Ach Gott er zappelt nicht, wenigstens schon lange nicht mehr nach ihr. Es ist mir immer so leid, eine so kluge Frau, die das Herz so auf dem rechten Fleck hat, in einer Richtung so auf falschem Wege zu sehn. Aber vielleicht liegt es nicht so schlimm; u. vielleicht sehen wir immer nur den Nachbar fehl gehn u. tappen selbst auch in der Irre. – In diesen Tagen will ich zu Roquette's gehn, ich fürchte mich ein wenig, denn ich möchte mich sehr vorsichtig über Frl. S. äußern u. Sie wissen, Vorsicht ist nicht meine Force. – Mein Mann grüßt Sie mit alter Verehrung; er ist sehr fleißig, hat viel Stoff durch Mittheilungen Ihres Schwagers aufgehäuft; wird vielleicht einen Artikel über Klaus Groth schreiben. Ende dieses Monats hoffe ich Ihnen endlich seinen Roman schicken zu können. Er ist sehr erfrischt u. sprach gestern Abend so lebhaft von allerlei Arbeiten, die er vor hätte, daß Mete sagte: ach Papa, Du wirst am Ende noch ein Schmierer. Worüber er eingedenk seiner Tiftelei, doch herzlich lachen mußte. – Und nun Herzensfrau, möchte es Ihnen doch so gut ergehen, wie ich es Ihnen u. dem lieben »Lehrer« wünsche! dann sollten Sie beide auf Rosen gehen u. die theuren Kinder dazu. Möchten wir bald hören, daß Alles im Geleise, ruhig u. eben, die Kinder recht munter u. Sie einen Anschluß für Geist u. Gemüth gefunden.

Ihre getreue alte Freundin Emilie Fontane.

Meine Schulden für Reis, Oel u. Wein erstatte ich mit besten Dank endlich durch beigehende Karte.

$16^1/_2$ ℔, 4 Fl. Oel u. 9 Fl. Wein.

An Clara Stockhausen

Berlin. d 18. April. 79.

Meine geliebte Frau Clara.
Als ich meinen letzten Brief schrieb, befand ich mich in einem Zustand der Unzurechnungsfähigkeit, in dem ich ganz vergessen hatte Sie zu fragen, ob ich Ihnen Ihr gereinigtes fichu schicken soll, oder da es, ihm nicht anzusehen, es schwarz soll färben lassen?

Wir haben von Ihnen gehört, durch Roquette u. zwar gestern erst, wo ich ihn zum erstenmale sah; mein Kranksein hatte uns verhindert ihn u. Toni zu uns einzuladen. Nun reist er schon am Montag wieder ab. Ich finde ihn gealtert, aber in seiner Stimmung erquicklicher als sonst; das Zusammenleben mit der Schwester u. seine bessere äußere Lage müssen diese Wandlung an ihm vollzogen haben. – Denken Sie, daß man hier davon spricht, Paul Lindau würde das Frankfurter Theater übernehmen! auch über Joachim's klingt vieles durch die Stadt; eine Dame kann ich Ihnen nennen, zu der Frau J. in aufgeregtester Weise geäußert: man habe sie u. ihren Mann mit Schmutz beworfen etc. worauf die Dame (Frl. Dorn) geantwortet: beruhigen Sie sich doch .. Sie haben so viel Freunde ... worauf Fr. J. entgegnet: ach, bah, *wo* sind die Freunde?

Er soll bei seiner Rückkehr aus London mit Ovationen empfangen sein. Wahr muß an dem Gerede pecuniärer Fatalitäten etwas sein; denn Fr. J. hat ganz Schlesien mit Hr. Barth bereist, u. einem Concerte welches diese Beiden in Liegnitz gaben, hat meine Freundin u. ihre Töchter beigewohnt. Vielleicht habe ich Unrecht, aber ich finde, die Gattin J. müßte *das* nicht nöthig haben, denn man kann doch nicht annehmen, daß sie es zu ihrem Vergnügen gethan hat. Lazarus u. Frau sind aus Italien zurück, ich habe sie noch nicht gesehen u. kann mich bei dem jetzigen Wetter, (es schneit heut u. die Dächer sind weiß) auch nicht entschließen, hin zu gehen, da sie sich so oft nicht sprechen läßt, was mir, bei meiner Passion für Frau Sarah, immer sehr leid ist.

Mein Alter hat nun *wirklich* zwei große Arbeiten vollendet u. abgeliefert; im Mai kommt die Novelle in »Nord u. Süd« u. im Juli ein Aufsatz über *Katte* in Westermann; gegenwärtig hat er gottlob eine leichte Arbeit, die ihm seines Namens wegen, übertragen, angenommen u. ich athme auf. Zufällig habe ich vor einigen Tagen den vollen Aufschluß bekommen, *wie* man ihn vom Ministerium aus, behandelt hat u. ich muß Ihnen bekennen, ich stand beschämt vor meinem geliebten Alten. *Wie* hat er all das Mißgeschick, all die Ungerechtigkeit ertragen! Einen fleißigen, armen Mann, reißt man aus seiner Thätigkeit, schildert ihm die Stellung ganz anders als sie in Wahrheit ist; er sagt in seiner Noblesse zu, *zwei* Monate ohne Gehalt dem Staat zu dienen, muß trotzdem sogleich seine sichre Theater-Stellung aufgeben u. nachdem er, gezwungen ist, durch die unerhörte Behandlungsweise des Hr. Hitzig die Stellung aufzugeben, muß er, von dem Vierteljahrs-Gehalt welches ihm bereits ausgezahlt war, – 2 Monate *zurück*zahlen; – aber Hr. Schöne reist jetzt auf Staatskosten nach Rom, um dem Architekten-Verein dort, eine Adresse zu übergeben!! Ich finde man hat ihn behandelt wie einen Schuster. Und dabei schrieb er sein Buch, krank, gebrochen, mit einer Schuldenlast, die er, so lange wir verheirathet, *nie* gekannt. Nun, jedenfalls interessante Details für seine einstige Biographie. – Er sagte nur: u. *keinen* Menschen haben, der gekommen wäre u. gesagt hätte: alter Junge, man hat Dir arg mitgespielt.

Sie sehen, daß es mich nach wie vor treibt, Ihnen mein Herz auszuschütten; ich verspreche Ihnen aber noch zum Schluß: immer nett zu meinem wirklich braven Kerl zu sein. – Ergeh es Ihnen so gut wie ich wünsche; in einigen Tagen beginne ich hier eine Brunnenkur u. gehe im Sommer wieder mit meinem Mann nach Wernigerode; es war hübsch u. billig dort. *Vielleicht* kommt zu Weihnachten eine 2te Auflage; dann komme ich im nächsten Frühling, zu Ihnen, Theuerste!

Die schönsten Grüße von Haus zu Haus.

Ihre
Emilie Fontane.

An Sarah Lazarus

Berlin d. 4 Fbr. 82.
134 c. Potsdamerstraße

Verehrteste, theure Frau.

Hat Ihnen mein guter Alter etwas vorplaudern dürfen, so nehme ich dasselbe Recht für mich in Anspruch, wenn es auch nur noch 4 Wochen sind, bis wir Sie wiedersehen. Wir freuten uns zu hören, daß es Ihnen theuerste Frau so gut geht, und umgeben von Ihren nächsten Lieben werden Sie wenig Sehnsucht oder Verlangen nach der Heimath gehabt haben. Unser Winter Leben war auch, abgesehen davon daß wir wetterlich fast gar keinen Winter hatten, ein von den früheren abweichender. Ich genoß die Freude, meines guten Mannes neueste Arbeiten, einen IV. Theil der Wanderungen und eine neue Novelle (Ellernklipp) anerkannt zu sehn und die schmeichelhaften Kritiken waren meiner Eitelkeit ein Leckerbissen. Aber diese Freude mußte mich auch für Vieles schadlos halten. Unsre Martha kam im Oktober krank zurück und nachdem wir hier Alles Erdenkliche für ihre Wiederherstellung angewandt hatten, ließen wir sie auf ihren Wunsch zu ihrer Freundin nach Rostock reisen, wo sie seit Mitte Januar ist, aber immer noch vergebens auf volle Genesung hofft. Wir erwarten sie nun Ende des Monats wieder und wollen dann einen Specialarzt befragen. Diese Sorge lastet schwer auf mir und läßt mich meine eignen Zustände vergessen, die ja, wenn der Sturm braust, auch nur kläglich sind. Ich habe denn auch viel das Haus hüten müssen und meinen Mann sich allein in die Gefahr der Welt begeben lassen. Ueberall hin hätte ich ihm überdies nicht folgen können, da er, ganz »aus heiler Haut« seit dem Spätherbst persona grata (gratis sagte ein alter General einmal zu meiner Schwägerin) beim Prinzen Friedrich Karl, wie andre versichern »Fürstenknecht« geworden ist. Er hatte die Ehre erst in Dreilinden und nun wöchentlich ein- bis zweimal im hiesigen Schloß eingeladen zu sein. Diese kleinen Reunions, es sind immer nur 7 Herren, sind meinem Manne höchst interessant, und haben nur die eine Schattenseite, daß sie ihm viel Zeit kosten, weil er – Busch's Lorbeern lassen ihn nicht ruhn – Tagebuch darüber führt und alles aufschreibt. Um daneben nicht ganz zurück zu bleiben, habe ich auch meinerseits, eine »große Bekanntschaft« erneuert und Anfang dieser Woche die Freude gehabt, einen Jugendgespielen wiederzusehen, der kein geringerer ist, als Herr Gerson von Bleichröder. Ich habe eine wirklich genußreiche Stunde mit ihm verlebt, und freue mich, daß sich dieselbe, nach seinem Wunsch, in nächster Zeit wiederholen soll. Und wie lehrreich für mich! Dieser fürstliche Glanz und dieser reiche, arme, fast erblindete Mann!

Vor einigen Tagen waren wir bei dem Buchhändler Hertz mit Paul Heyse's jüngster Tochter, Clara zusammen; auch da erwachten Jugenderinnerungen, denn sie sieht doch ihrer Mutter außerordentlich ähnlich und scheint ganz das frische, natürliche Wesen derselben geerbt zu haben; von dem außerordentlichen charme den Lulu hatte, hat sie meinem Gefühl nach weniger. Aber das sind erste Eindrücke, die oft Recht haben, oft aber auch nicht.

Der vorgestrige Morgen, der uns Ihres theuren Gemahls Brief und Ihre so liebevollen Zeilen brachte, war ein sehr schöner und wir danken Ihnen aus vollem Herzen dafür. Manches darin war gleichsam noch eine Fortsetzung des erhebenden Nachrufs an Auerbach's Sarge. Ich war zufällig Ohrenzeuge, wie Auerbach, nach der Rede, die Ihr Gemahl unserem Lucae gehalten hatte, ihn um die gleiche Gunst bat. Wir sehen mit Spannung dem Aufsatz in Nord & Süd entgegen und wollen versuchen, die Briefe a. d. Wiener Allg. Z. uns zu verschaffen; mir ist immer als hätten Freunde ein natürliches Anrecht sich an dem Geiste des Freundes zu erlaben – u. ich gestehe, ich neide jeden Fremden, der da sagen kann: das kenne ich von Lazarus – und mir ist's unbekannt. Nun muß ich aber wieder zu den hiesigen Freunden zurückkehren. Unser Metastasio macht uns Sorge u. jedes Wiedersehn mit ihm ist eine erhöhte

Freude. Der Senator lebt ganz seinem Kinde, er hegt und pflegt es wie eine Mutter und man kann nur bitten: daß Gott es ihm erhalte. Zöllners sind frisch und thatenkräftig in Gesellschaften besuchen; das Töchterchen zu vollem Reiz erblüht, der Sohn gekräftigt als Soldat, man hat seine Freude an den vier lieben Menschen. Könnte ich doch dasselbe von meiner lieben Frau Krigar sagen; den Willen hat sie wohl, aber keine Kraft mehr zum Vollbringen. Ihre Seele ist krank u. ihr Auge erblindet in der langen Zeit ihrer traurigen Ehe; mir thut das Herz weh, wenn ich sie ringen sehe und oft weiß ich nicht wer mir am leidesten thut, sie, die Kinder oder – unser Menzel. Jedenfalls benimmt er sich wie ein Held in dieser seiner häuslichen Misère. Das sind wohl Alle, ach nein, Heydens habe ich noch nicht erwähnt. Wir sehen uns seltener, jeder ist mit der Zeit in andre Kreise gekommen, aber ich hoffe unsre gegenseitige Zuneigung ist dieselbe geblieben, für mich kann ich bürgen.

Und nun ist's wohl über und über genug; aber Sie haben so oft meine Plauderei gütigst über sich ergehen lassen, daß ich auch heut nicht fürchte, daß es Ihnen zuviel geworden. Noch die besten Grüße meines Mannes, der seines Kritiker-Amtes im Theater wartet und die Bitte: freundlichst zu gedenken Ihrer Sie verehrenden

Emilie Fontane.

An Theodor Fontane jun.

[Zillerthal/Schlesien,] d. 3. Juni. 92.

Mein lieber, alter Theo.

Gleichzeitig mit diesen Zeilen an Dich, wird ein Brief gleichen Inhalt's an Friedel abgehn, denn da er sich so oft in internen Angelegenheiten als Zurückgesetzter betrachtet, habe ich meine anfängliche Absicht, Du möchtest ihn mit unsren Beschlüssen bekannt machen, aufgegeben. Ich will nun mein lieber Theo so nüchtern u. kurz wie möglich Dir mittheilen, was das Resultat schwerer Kämpfe ist. Papa kam leidlich hier an; konnte auch in den ersten Tagen, vor Eintritt der Hitze Briefe schreiben, lesen etc. Dann erneuten sich die Angst-Anfälle; wir mußten einen Arzt aus Hirschberg zu Rathe ziehn, der nach einer eingehenden Untersuchung einen Herzfehler (Papa weiß es nicht) constatierte, äußerste Ruhe, vor allem jegliche geistige Aufregung untersagte. Damit war unsre Zukunft entschieden u. vorgeschrieben. Ohne Extra-Einnahmen können wir in Berlin nicht existieren u. so haben wir den Entschluß gefaßt, nach genauen Berechnungen mit dem Amtsgerichtsrath Friedländer, nach Schmiedeberg zu übersiedeln, wobei uns nur unsre arme Mete leid thut. Wir Alten, haben schon oft von einem Rückzug ins »Altentheil« gesprochen u. vielleicht ist es am Besten so, daß wir ohne Wahl sind, da wird uns die Qual erspart. Um dankbar zu sein, müssen wir anerkennen, daß wir eine Wohnung, unsren bescheidnen Ansprüchen entsprechend, in Aussicht haben; die alte Dame, die sie inne hatte, wurde am Tage unsrer Ankunft zur Ruhe bestattet. Sollte sich, was wir nicht fürchten, diese Aussicht zerschlagen, so müssen wir abwarten, bis sich etwas findet. Unsre Uebersiedlung hierher würde dann Anfang Sept. stattfinden u. Papa, aus dieser Miniatur-Villa in seine miniatur Stadtwohnung übersiedeln. Einen Abschied von Euch, den Freunden u. Berlin hat er für die Zeit vor, wo er hier »ansäßig« geworden ist.

Daß innre Kämpfe u. die schmerzlichsten Gefühle mit diesem Entschluß Hand in Hand gegangen sind, brauch' ich wohl nicht erst zu betonen; ich kann nur wiederholen, daß alles Schwere uns dadurch erleichtert ist, daß wir eben keine Wahl haben. – Ob unser geliebter Papa sich hier erholen wird, ist abzuwarten. Wenn Du mich auf's Gewissen fragst, so muß ich antworten: ich glaube es nicht. Die Krankheit hat ihn rapid zum alten Mann gemacht u. die Jugendlichkeit, Elasticität, die bisher sein größter Reiz waren, sind geschwunden u. er sitzt als gebrochener Mann uns gegenüber, daß uns das Herz weh thut.

Schlimm ist, daß wir beiden Frauenzimmer auch mehr oder weniger Invaliden sind; Mete durch ihr örtliches Leiden, ich durch Alter u. damit verbundener Schwäche. Von Erholung hier, ist unter diesen Verhältnissen, bei keinem von uns, die Rede u. wir müssen doch dankbar sein, daß wir fern von Berlin, diese schweren Tage erlebt haben.

Möchten wir nur endlich Gutes von Euch hören! Wir sehnen uns nach erfrischenden Mittheilungen. Alles bisher zu uns Gelangende, waren Todes-Anzeigen etc. Heut endlich eine beruhigende Nachricht über Stephany. Möge sie der Anfang von vielen Guten sein. – Mir ist der Brief doch so schwer geworden, daß ich schließen muß. Die besten Grüße für Deine liebe Frau u. Deine lieben Kinder.

In herzlichster Liebe Deine
alte Mama.

An Friedrich Fontane

Zillerthal. Schlesien. d. 18 Juli. 92.

Mein lieber Friedel.

Papa sendet Dir einliegenden Brief von Herrn Thoret, den er Dich dahin zu beantworten bittet: daß er durch Krankheit verhindert sei, selbst zu schreiben. – Gestern benachrichtigte uns Hr. Sternheim, von der Einzahlung des Honorars für Jenny Treibel. Auch das »Magazin« haben wir in 3 Nummern erhalten, worin die Notiz enthalten, daß Papa wieder nach Berlin zurückkehrt u. von seiner Auszeichnung in der franz. Presse. So viel Erfreuliches er in dieser Beziehung erlebt, so macht nichts den geringsten Eindruck auf ihn. Seine Krankheit verdüstert sein Gemüth u. läßt keine heitere Lebensanschauung mehr aufkommen. Mit seinem Appetit ist es verhältnißmäßig besser geworden, um so schlechter mit seinem Schlaf u. die Nächte mit ihm sind so angreifend u. erschöpfend für mich, daß wir morgen den Arzt fragen wollen, ob wir für die Nächte eine graue Schwester in Hirschberg erlangen können. Gestern waren Stöckhardts hier u., liebenswürdig wie alle Menschen gegen den theuren Kranken, boten ihm an, ihren Wagen des öfteren zu schicken, um ein Stündchen spazieren zu fahren, was der Doktor auch sehr wünscht; aber ich fürchte, er wird es nicht thun u. den Kutscher mit einem Trinkgeld, fortschicken. Ach, mein lieber Friedel, es ist eine zu schwere Zeit u. ich wage nicht an Besserung zu glauben. Er spricht viel von Sterben u. möchte doch so gern leben! Berlin liegt ihm täglich im Sinn u. wir müssen ihm immer wieder u. wieder die Schattenseiten vorerzählen, daß die Aerzte fort, die Luft schlecht etc. es scheint ihm wie ein Rettungsanker u. die Idee: fortzugehn, die er anfangs so energisch hatte, kann er nicht mehr fassen.

Von Theo hatten wir vor einigen Tagen Nachricht. Für einen Reconvalescenten führt der liebe Kerl ein ödes Leben in Berlin u. er wird sich, eben so wie wir, die Wochen fortwünschen u. doch weiß man nicht, wie viele einem noch gegeben. Mete, die Dich herzlichst grüßt, ist natürlich wieder sehr herunter. Ihr fällt die Sorge für die Verpflegung Papa's zu, die sie mit ihrer ganzen Gewissenhaftigkeit erfüllt, was jetzt, wo Schmiedeberg u. Umgegend von Fremden überfüllt ist, seine Schwierigkeiten hat. Seit einigen Tagen ist die Familie Schreiner in Schmiedeberg, aber Martha kann doch höchstens immer auf ein Stündchen von uns fort. Ueber jedes Lob erhaben ist unsre Anna; in der kleinen Küche ist es wie in einem Hôtel, denn jede Stunde u. jeder Tag bringt neue Wünsche für die Verpflegung.

Das Wetter ist schwül u. kalt, aber jegliches, wie es auch sei, bedrückt den armen Kranken u. mit Entsetzen denken wir an unsre 3 Treppen. Hier kann er jede Minute in's Freie treten, in jedem An- u. Aufzuge u. die Ungeniertheit in dieser Beziehung ist auch für uns Gesunde eine Erleichterung.

Theo schrieb, daß Ihr bei Kögel zusammen Euer Mittagbrot einnähmet. Grüße ihn recht herzlich u. er möchte diese Zeilen mit für ihn geschrieben ansehen. Ich bin so müde u. mürbe von den letzten 3 schlaflosen Nächten, muß unsre immer noch ziemlich große Correspondence führen, daß mir die Kräfte versagen.

Ergeh es Dir gut. Papa u. Mete grüßen Euch Beide mit mir.

Deine alte Mama.

An Martha Fontane-Soldmann

Berlin. d. 20. Juli. 94.

Liebe Martha.
Wäre Otto's Geburtstag nicht vor der Thür gewesen, hätte ich Dir wohl schon eher für Deinen Brief gedankt; so kann ich Dir gleich meine herzlichsten Glückwünsche zu Deinem Erstgeborenen aussprechen und Dich bitten ihm beifolgenden Anzug von der alten Großmama auf seinen Geburtstagstisch zu legen, nächstes Jahr wird der Junge es wohl so weit gebracht haben, daß er eine persönliche Gratulation von mir wird lesen können, was freilich zur Voraussetzung hat, daß ich dann noch schreiben kann. Daß seine Censur so gut war, hat uns erfreut aber nicht gewundert, da wir Alle überzeugt sind, daß er ein eben so ausgezeichneter Schüler werden wird, wie sein lieber Papa war. – Auch Dein Brief bestätigt, wie Theos an uns und die Freunde, daß seine Wahl: Hannover, eine sehr glückliche war und Ihr nicht nur Ersatz für die Metropole, sondern großen Gewinn gefunden habt; möge es so bleiben. Theo's letzter Brief an uns, für den ich Dich bitte, ihm unsern Dank auszusprechen, traf uns nach einer angstvollen Nacht, in der unser Papa erkrankt war; natürlich befand sich sowohl Delhaes, wie Salomon auf Reisen! glücklicherweise hatte Mete diesen Fall vorbedacht und so schickten wir zu Dr. Greulich, der uns ganz nah in der Schellingstr. wohnt, uns sehr beruhigte und durch seine Eigenschaft als »Zwangloser« kein Fremder mehr war. Wahrscheinlich hat sich der liebe Alte bei der Hitze überarbeitet, durch die er sich nicht stören ließ, täglich sein Pensum bis 3 Uhr abzuar-

beiten. Er möchte so gern mit der Arbeit vor Karlsbad noch fertig werden und so sitze auch ich bei der Abschrift, wobei mir nur die zunehmende Schwäche meiner Augen hinderlich ist. Wir hoffen Mitte August fort zu können, zu welcher Zeit unsre Mete beabsichtigt, wieder »auf ihre Güter« zu gehn. Gegenwärtig benutzt sie ihren so sehr erfreulichen Gesundheitszustand um fleißig ihren Musikstudien obzuliegen und merkt man namentlich auch der Kraft ihrer Stimme ihr Besserbefinden an. Am schwersten hat es in dieser heißen Zeit, Friedel schon seit Wochen; er muß oft bis nach neun Abends arbeiten, um mit der Bilanz fertig zu werden. Er hat sich aber auf seiner Vetternreise die nöthigen Kräfte dazu geholt. – Deine Freundin und vielleicht sogar Deinen Bruder bei Dir aufnehmen zu können, ist Dir gewiß eine große Freude; wie viel Abwechslung soll Hannover für kleine, reizende Ausflüge bieten! Dein großer Ausflug nach Münster wird Dir auch eine rechte Erfrischung sein, wenn auch die Veranlassung dazu eine so betrübliche ist; grüße bitte Deine Mama recht herzlich von mir und meinem Mann; wir gedenken ihrer mit großer Theilnahme.

Carnot's Ermordung wird Euch ebenso empört, wie Kotze's Unschuld durch die Entdeckung des wahren Uebelthäters, erfreut haben; Bismarck's Reise durch Berlin wird nun wohl den Abschnitt der interessanten Ereignisse in der sonstigen Saurengurkenzeit machen.

Verlebt den morgenden Tag heiter und vergnügt. Auch Großpapa, so wie Tante Mete und Onkel Fuz senden dem lieben Geburtstagskinde ihre Glückwünsche und grüßen Dich und Theo bestens mit

Deiner alten Mama.

An Emilie Zöllner

Karlsbad d. 19. Aug. 94.

Meine liebe, alte Freundin.
Wieder aus der »Silbernen Kanne« kommen meine herzlichsten Glückwünsche für Dich. Gern verlebte ich den 20ten, wie schon so oft, mit Dir in Deinem gastlichen Hause, aber bei Eurer liebenswürdigen Bereitwilligkeit, uns bei Euch aufzunehmen, wollen wir auf eine fröhliche Nachfeier hoffen. Bis dahin möge es Dir u. dem theuren Chevalier so gut ergehn, wie uns Alten hier. Meine Wenigkeit kam zwar recht angegriffen von der langen Reise hier an, aber am andern Tage, nach der Consultation beim Doktor war mir schon erheblich besser, denn er fand mich viel weniger leidend wie im vorigen Jahr, erließ mir die Moorbäder, was mir in jeder Beziehung angenehm ist u. fand meinen Begleiter p.p. Fontane, wieder erstaunlich conserviert für seine 74. Es ist doch eigen, was solch ärztlicher Ausspruch für einen Einfluß hat u. ich begreife die Macht der Suggestion, nur muß man nicht am abschrammen sein. Der arme Brugsch Pascha, von dem ich einmal erzählte, ist aber doch auf Wochen dadurch über seinen Zustand hinweggetäuscht worden.

Das Wetter (die vorige Feder war wie eine Nadel u. diese ist wie ein Schwefelholz) ist uns sehr günstig; wir gehen sehr viel spazieren, denn was sollen wir anders machen? Um 7 bin ich am Brunnen u. erst gegen 9 1/2 zu Haus; Nachmittag wieder Dauerlauf, wer mir vor acht Tagen in Berlin gesagt hätte, das würde ich können, den hätte ich ausgelacht. Es muß doch die schöne Luft so stärkenden Einfluß haben. Noch sind wir ohne intimere Bekanntschaft, es wird wohl auch so bleiben. Einige Berliner, ein paar nette Damen, aus Theo jun. früherer Bekanntschaft, ein »Zwangloser« haben uns einige Stunden angenehm verkürzt, andre, wie z. B. den Geheimrath Becher, hat mein Alter nur im Gewühl gestreift. Es ist nämlich noch unbeschreiblich voll hier und ein sich Finden wohl nur ein glücklicher Zufall. Eigentlich hat man den Eindruck, als wären nur Juden hier u. der Antisemitismus regt sich wieder bedenklich bei uns. Die Frauen, die Jüdinnen, wirken alle wie doppelt, durch ihre Dicke u. ihre Unverschämtheit; solche Gestalten giebt es bei uns garnicht, sie kommen alle aus dunklen Gegenden.

Wir essen wieder im östreichischen Hof u. finden es bis jetzt ausreichend; am besten mundet mir Frühstück u. Abendbrot, nach den langen Promenaden. – Friedel schrieb heut von dem argen Gewitter, das am Tage unsrer Abreise war, u. Mete, die sich gewiß auch zu morgen bei Dir einstellen wird, schrieb entzückt von der böigen See, die sie mit dem Warnemünder Aufenthalt ausgesöhnt zu haben scheint, aber am 21. rückt sie schon mit der jungen Gnädigen in den Vorposten-Dienst nach Rostock, hoffentlich erfolgt eine glückliche, baldige Attacke. Ich bin mir nicht ganz sicher, ob mein militärischer Vergleich stimmt [*Darüber von Fontanes Hand:* (nein)]; paßt er nicht, so weißt Du ja, was ich meine. Und so will ich meinen schon viel zu langen Geburtstagsbrief schließen, mit dem Wunsche, daß Du ihn froh u. heiter verlebst. Die herzlichsten Grüße für Euch Lieben Drei von

Deiner alten Freundin
Emilie Fontane.

An Paula Conrad-Schlenther

Berlin d. 18 Jan. 1900.

Liebste.

Seit dem 30t. Dec. will ich Ihnen schreiben, will Ihnen u. Ihrem lieben Mann so recht von Herzen für Ihr treues Gedenken danken u. erst heut komme ich dazu. Es hat verschiedene Gründe. Das alte Jahr hat mich noch in jeder Beziehung mitgenommen, namentlich durch Krankheit, so daß unser guter Salomon eine ganz stattliche Summe, mit Abrundung nach oben, empfing; aber auch Aergernisse aller Art begleiteten mich in das neue Jahrhundert. Jetzt scheint Ebbe eingetreten zu sein u. seit beinah 8 Tagen lebe ich wieder u. will auch, soviel es noch geht, mich des Lebens freuen. Dazu trug die gestrige Notiz in der Zeitung bei: »daß Paula Conrad im März uns einen Vortragsabend schenken will.« Daran krystallisierte sich nun gleich vieles in meinen Wünschen, aber ich werde sie Ihnen nur vortragen, die Erfüllung liegt wohl aus mannigfachen Gründen außer Ihrem Können. Elßholzstr. 17. parterre, mit einem kleinen Logirstübchen, darf ich Ihnen wohl nicht anbieten? wenn es ausführbar wäre, sollten Sie hoch willkommen sein u. würde ich Alles aufbieten, es Ihnen bequem zu machen u. stünden Ihnen noch 2 Zimmer ganz ungestört zur Verfügung. – Daß Sie Beide einen verkürzten Aufenthalt hier hatten, hat mir Brahm erzählt. Er gab am Sonnabend ein ganz solennes Diner, mit Austern etc. wahrscheinlich zu Ehren Max Dreier's, der, etwas nüchtern, aber einen wohlthuend menschlichen Eindruck auf mich gemacht hat, eben so vortheilhaft wie sein: Probekandidat. – Außerdem lernte ich Frl. Marschalk kennen, die anfangs wie eine Südländerin oder »sie sind wohl nicht von hier« auf mich wirkte, später in der Unterhaltung einen sehr vortheilhaften Eindruck auf mich machte. Sehr angenehm wirkte ihr u. Hauptmann's natürliches u. feines Benehmen.

Sie sehen, mein Liebling, ich bin meiner Leidenschaft, dem Theater, wieder verfallen u. ist u. bleibt es mein höchstes Vergnügen. Leider kann Martha mich selten begleiten, denn sie ist den ganzen Winter über influenciert. Natürlich sind wir viel beisammen, u. müssen wir die Nähe ausnutzen, da Fritsch's (seit 1900 Professor) schon im April nach ihrem ländlichen Besitz (am Müritzsee in Meklenburg) übersiedeln wollen. So verlockend sie mir den dortigen Aufenthalt schildern, kann ich mich noch nicht zum Mitgehen entschließen; mein lieber Alter rieth mir immer zur Unabhängigkeit u. dem möchte ich nachleben. –

Geschäftlich verlangt der Dreibund sehr nach Ihrem lieben Mann. Die häßliche Gesamtauflage der F. Werke von dem 70t. Gbt. ist beinah vergriffen u. wohl an der Zeit an eine neue, vollständige Ausgabe zu denken, was sich doch wohl 2 Jahre hinziehen würde. Und wer soll, kann, will, die Biographie dazu schreiben? Obgleich ich erklärt habe, nichts dazu sagen zu wollen, Alles dem Dreibund zu überlassen, so habe ich doch natürlich das größte Interesse daran, daß etwas geschieht. Und dazu gehört das Votum Ihres Mannes, aber – der hat ja keine Zeit. Doch *muß* er den Ausschlag geben, Martha wird seinen Vorschlägen zustimmen u. Paul Meyer wohl erst recht. Hätten wir ihn nur mal eine ruhige Stunde hier. Friedel könnte so gut Vorarbeiten machen, wenn erst ein Plan entworfen wäre.

Aber nun genug Geschäftliches u. Persönliches. Mit vielen Grüßen für Sie Beide,

Ihre mütterliche Freundin Fr. Th. Fontane.

Zeittafel

1819

Am 30. Dezember wird Theodor Fontane in Neuruppin als Sohn des Apothekers Louis Henri Fontane (1796–1867) und dessen Frau Emilie, geb. Labry (1798–1869), geboren. 1827 übersiedelt die Familie nach Swinemünde.

1824

Am 14. November wird Emilie Rouanet in Dresden als Tochter der Pfarrerswitwe Therese Müller, geb. Rouanet (1790–1867), geboren; ihr Vater ist der in Fürstenwalde-Beeskow stationierte Militärarzt Georg Bosse (1797–1865). Thereses Eltern sind der Beeskower Stadtkämmerer Jean Pierre Barthélemy Rouanet (1747–1837) und die Arzt- und Apothekerstochter Dorothea Luisa Horn (1759–1833). Vormund des unehelichen Kindes wird der Diakon und Schulinspektor Johann Ferdinand Wilhelmi. Nach der Taufe im November wird die Kleine bei Verwandten in Wermsdorf untergebracht.

1827

Über eine Anzeige in der »Vossischen Zeitung« wird Emilie von dem Berliner Globus- und Reliefkartenhersteller Karl Wilhelm Kummer (1785–1855) und dessen Frau Marie Dorothee (gest. 1831) adoptiert.

1833

Ab 1. Oktober besucht Fontane die Friedrich-Werdersche Gewerbeschule von Karl Friedrich von Klöden in der Wallstraße in Berlin. Seit Jahresbeginn 1834 wohnt er bei Onkel August Fontane und dessen Frau Philippine (Tante Pine) in der Burgstraße Nr. 18; im Nachbarhaus leben die Kummers mit Emilie, die zwar eine gute Schule besucht, aber durch die desolate Weiberwirtschaft Kummers ziemlich verwahrlost aufwächst. Emilie und Fontane werden Spielkameraden und entdecken unter Anleitung von Tante Pine, einer ehemaligen Schauspielerin, ihre gemeinsame Leidenschaft für das Theater. Später ziehen Onkel August (und mit ihm Fontane) und die Kummers in die weniger vornehme Große Hamburger Straße.

1836

Am 1. April nimmt Fontane seine Lehre bei Wilhelm Rose in der Apotheke »Zum Weißen Schwan« in der Heidereitergasse auf. Emilie trifft ihn nur noch gelegentlich. Im Mai wohnt sie seiner Konfirmation bei und lernt seine Eltern kennen.

1839

Im September wird Emilie konfirmiert und erfährt bei dieser Gelegenheit, daß sie nur ein adoptiertes Kind ist. Im November heiratet Kummer zum dritten Mal. Emilie darf an der Hochzeit in Dresden teilnehmen; zum Polterabend trägt sie ein Rollengedicht vor, das Fontane für sie geschrieben hat. Zu der neuen Stiefmutter Bertha Kummer, geb. Kinne (1807–1870), hat sie von Anfang an ein herzliches Verhältnis.

1843

Emilie begleitet Kummer während einer Kur in Salzbrunn in Schlesien.

1844

Nachdem Fontane seit 1840 seine Apothekerausbildung in Burg, Leipzig, Dresden und Letschin fortgesetzt hat, beginnt er am 1. April seinen Dienst als Einjährig-Freiwilliger im »Kaiser-Franz-Garde-Grenadierregiment Nr. 2« in Berlin. Er nimmt mit Emilie »den alten herzlichen Ton gleich wieder auf«. Während er Ende Mai/Anfang Juni eine Urlaubsreise nach England macht, ist Emilie als Reisebegleiterin einer adligen Dame in Kissingen.

1845

Emilie besucht im Herbst ihre leibliche Mutter in Liegnitz, die dort seit 1841 mit dem Oberförster Karl Gottlob Triepcke verheiratet ist. Am 8. Dezember verloben sich Emilie und Theodor während eines nächtlichen Heimwegs auf der Weidendammer Brücke in Berlin. In der folgenden fünfjährigen Brautzeit werden zwei Kinder Fontanes aus einer anderen Verbindung in Dresden geboren.

1846

Emilie besucht ihre künftigen Schwiegereltern in Letschin, wo Louis Henri Fontane die Apotheke gekauft hat.

1847

Emilie hält sich ein halbes Jahr lang bei ihrer Halbschwester Clara von Below in Ludwigslust auf. Im September ist sie in Letschin.

1848

Emilie besucht ihre Verwandten in Liegnitz und Ludwigslust.

1849

Emilie, zu Besuch in Letschin, reist zu Familie Görsch nach Schwedt an der Oder; ihr Halbbruder Hermann Müller wird Mathilde Görsch heiraten. Im Herbst ist Emilie wieder in Liegnitz; zu Weihnachten und zum Jahreswechsel kommt auch Fontane.

1850

Nachdem Fontane im Sommer eine Anstellung im »Literarischen Cabinet« erhalten hat, kann er am 16. Oktober Emilie endlich heiraten. Das junge Paar wohnt Puttkamerstraße 6. In diesem Jahr heiratet Fontanes Schwester Jenny den Apotheker Hermann Sommerfeldt. Fontanes Eltern trennen sich ohne Scheidung.

1851

Am 14. August wird der älteste Sohn, George, geboren. Die Familie zieht in die Luisenstraße 35.

1852

Am 2. September wird der zweite Sohn, Rudolph, geboren; er stirbt nach 14 Tagen. Fontane ist zu dieser Zeit noch in London, wo er sich seit dem 23. April aufhält.

1853

Schwere Lungenerkrankung Fontanes, Aufenthalt in Bethanien; anschließend bei Freund Hermann Scherz in Kränzlin. Im Oktober wird der dritte Sohn, Peter Paul, geboren; er stirbt im April 1854.

1854

Im April reisen die Fontanes nach Letschin; im Juni sind sie zu einem Erholungsaufenthalt in Kränzlin.

1855

Am 29. Mai wird der vierte Sohn, Hans Ulrich, in Luckenwalde geboren; er stirbt nach wenigen Tagen. Im September geht Fontane erneut nach England. Emilie hält sich mit George bis Anfang Oktober bei der befreundeten Familie Treutler in Neuhof bei Liegnitz auf und verbringt die Monate November und Dezember bei Fontanes Mutter in Neuruppin.

1856

Nach Zwischenstationen in Berlin und Luckenwalde, wo sie bei den entfernt verwandten Knochenhauers unterkommen kann, reist Emilie mit George und Schwägerin Elise im Januar nach London. Im Mai kehrt sie nach Deutschland zurück und lebt teils in Luckenwalde, teils in Berlin, wo sie schließlich in der Bellevuestraße 16 eine kleine Wohnung findet. Im September ist Fontane auf Urlaub in Berlin; die Rückreise nach London führt ihn über Süddeutschland und Paris. Am 3. November bringt Emilie ihren fünften Sohn, Theodor Heinrich, zur Welt. Emilies Stiefvater Karl Gottlob Triepcke stirbt im Mai in Ludwigslust.

1857

Bei einem Aufenthalt in Berlin im April bereitet Fontane die Übersiedlung der Familie nach England vor. Am 27. Juli trifft Emilie mit den beiden Söhnen George und Theodor in London ein. Die Familie bezieht ein Haus in 52 St. Augustine's Road in Camden Town.

1858

Im Sommer kommt Bernhard von Lepel zu Besuch nach London; vom 9. bis 24. August reist Fontane mit ihm durch Schottland. Im Herbst schreibt Emilie den Anfang einer Autobiographie nieder (»Jugendnovelle«). In Berlin stirbt mit fünfzig Jahren Franz Kugler.

1859

Fontane trifft am 17. Januar wieder in Berlin ein, Emilie folgt mit Sohn Theodor am 7. Februar. George bleibt bei Familie Merington in England; er kehrt am 5. September in Begleitung der Merington-Tochter Martha zurück. Im März hält sich Fontane in München auf, wo man ihm eine vage Aussicht auf eine Anstellung bei Hofe gemacht hat. Emilie ist teils bei der Schwiegermutter in Neuruppin, teils in Berlin. Am

6. April beziehen die Fontanes eine »Sommerwohnung« in der Potsdamer Straße 33. Von dort aus beginnt Fontane im Juli seine Wanderungen durch die Mark Brandenburg. Hermann Scherz lädt Emilie und die beiden Kinder im September nach Kränzlin ein. Am 29. September erfolgt der Umzug in die Tempelhofer Straße 51. Im Herbst stirbt Emilies Halbbruder Hermann Müller.

1860

Am 21. März wird Tochter Martha (Mete) geboren. Fontane übernimmt am 1. Juni die Redaktion des »englischen Artikels« bei der »Kreuzzeitung«. Die Anstellung, auf die Vormittagsstunden begrenzt, läßt ihm viel Zeit für die »Wanderungen«. Am 20. Mai stirbt Fontanes Bruder Max.

1861

Das Kultusministerium gewährt im Frühjahr eine jährliche Unterstützung von 300 Talern für Fontanes Arbeiten über die Mark Brandenburg (bis 1868 gezahlt). Am 17. Mai feiern Wilhelm und Henriette von Merckel, die hilfreichen Freunde in schwierigen Zeiten, ihre Silberhochzeit. Am 27. Dezember stirbt Wilhelm von Merckel; Fontane hält die Gedächtnisrede.

1862

Von Mai bis Juli verbringt Emilie mit Martha unbeschwerte Ferien bei den Treutlers in Neuhof. Fontane ist im Sommer viel in Sachen »Wanderungen« unterwegs. Da den Fontanes die Wohnung gekündigt wird, ziehen sie am 27. September in die Alte Jakobstraße 171 um.

1863

Mitte Juli reist Fontane zu einer Landwirtschaftsausstellung nach Hamburg, im August unternimmt er eine Reise nach Usedom. Emilie ist mit den Kindern bei Familie Scherz in Kränzlin. Am 1. Oktober ziehen Fontanes erneut um: Hirschelstraße 14 (seit 1867 Königgrätzer Straße 25).

1864

Am 5. Februar kommt Sohn Friedrich zur Welt; es ist der sechste Sohn. Im Mai und erneut im September reist Fontane auf die Kriegsschauplätze in Schleswig-Holstein und Dänemark. Schwager Hermann Sommerfeldt verkauft die Letschiner Offizin und erwirbt die Luisenstädtische Apotheke in Berlin.

1865

Vom 26. August bis 21. September reist Fontane allein an den Rhein und in die Schweiz. In Dresden stirbt Wilhelm Wolfsohn.

1866

Nach wochenlangen Erkrankungen im Winter ist Fontane von Mitte Mai bis Mitte Juni in Thale im Harz. Im August besucht er in Begleitung von Hermann Scherz die Schauplätze des preußisch-österreichischen Krieges in Böhmen. Im Dezember wird Fontane mit der Alsen- und Düppel-Militärmedaille ausgezeichnet.

1867

Am 18. Januar erhält Fontane den Preußischen Kronenorden IV. Klasse. Am 2. Mai stirbt Emilies Mutter Therese Triepcke in Beeskow; Emilie hatte sie im Februar ein letztes Mal besucht. Im Juni/Juli ist Emilie mit den Kindern Martha und Friedrich in Neuhof, im August reist die Familie zur »Sommerfrische« nach Thüringen. Am 5. Oktober stirbt Fontanes Vater in Schiffmühle.

1868

Fontane hält sich im Mai in Thale, Ende August/Anfang September in Erdmannsdorf in Schlesien auf. Anfang Oktober beginnt George in Kassel seine militärische Ausbildung. Um den 8. Oktober fährt Emilie zu den Treutlers nach Neuhof, um den 7. November kehrt sie nach Berlin zurück.

1869

Vom 25. August bis 5. September ist Fontane in Hermsdorf in Schlesien. Emilie reist im September nach Neuhof und kehrt erst Anfang Dezember nach Berlin zurück. Anschließend fährt sie nach Neuruppin, wo Fontanes Mutter am 13. Dezember stirbt.

1870

Am 20. April reist Emilie mit Tochter Martha nach England. Am gleichen Tag kündigt Fontane seine ungeliebte Stellung bei der »Kreuzzeitung« und provoziert damit einen lebhaften Briefwechsel zwischen London und Berlin. Im April wird Sohn Friedrich in die Doebbelinsche

Schule aufgenommen. Im Juni übernimmt Fontane für die »Vossische Zeitung« das Theaterreferat über die Inszenierungen im Schauspielhaus am Gendarmenmarkt. Emilie kehrt im Juni aus London zurück; Martha bleibt für ein Jahr bei den Meringtons. Den Juli verbringen die Fontanes in Warnemünde; während Emilie nach Berlin zurückfährt, besucht Fontane Mathilde von Rohr in Dobbertin, wo er den Ausbruch des Krieges gegen Frankreich erlebt. Am 27. September reist Fontane, wiederum im Auftrag des Deckerschen Verlages, für den er ein Buch über den jüngsten Krieg verfassen soll, nach Frankreich. Am 5. Oktober wird er in Domrémy als vermeintlicher preußischer Spion verhaftet und als Kriegsgefangener auf die Atlantikinsel Oléron gebracht. Durch Vermittlung Bismarcks am 24. November freigelassen, ist er am 5. Dezember wieder in Berlin. Emilie hat sich in all den Wochen quälender Ungewißheit auch um George zu sorgen, der als junger Offizier in Frankreich eingesetzt ist.

1871

Anfang April erhält Fontane das Ritterkreuz der Wendischen Krone. Am 9. April fährt er erneut nach Frankreich, um seine durch die Verhaftung im Vorjahr unterbrochenen Erkundungen auf den Schlachtfeldern fortzusetzen. Er schreibt täglich an Emilie. Mitte Mai ist er wieder zu Hause. Inzwischen ist Ende April Tochter Martha aus England zurückgekehrt. Nach ein paar gemeinsamen Tagen in Dresden (nach dem 20. August), wo sie sich eine Holbein-Ausstellung ansehen, sind die Fontanes bei Mathilde von Rohr in Dobbertin, anschließend in Warnemünde, von wo aus Emilie ihre Verwandten in Ludwigslust besucht. Im Herbst kommt Sohn Theodor auf das Theologische Seminar der Französischen Kolonie in Berlin (bis 1875).

1872

Ende Mai reist Emilie zu den Treutlers nach Neuhof. Am 6. Juli fährt Fontane »mit dem ganzen Haushalt« nach Krummhübel in Schlesien, wo Emilie drei Tage später eintrifft. Anfang August ist die Familie in Neuhof; Fontane unternimmt Ausflüge auf das Katzbach-Schlachtfeld sowie nach Breslau. Am 11. August stirbt der »Ellorasohn« Friedrich Eggers. Am 3. Oktober ziehen die Fontanes zum letzten Mal um: Potsdamer Straße 134c, in das Haus der Johanniter-Ordens-Balley Brandenburg.

1873

Zu Ostern wird Theodor jun. eingesegnet. Das sehr geschätzte Hausmädchen Luise Reißner heiratet und verläßt die Familie. Vom 14. Juli bis 25. August unternehmen die Fontanes eine Reise nach Thüringen; Henriette von Merckel und Mathilde von Rohr sind in ihrer Gesellschaft. Im Herbst kommt Sohn Friedrich von der Doebbelinschen Schule auf das Französische Gymnasium. In den Wintermonaten nehmen beide Fontanes alle 14 Tage an den »Schopenhauer-Abenden« bei Familie Wangenheim teil.

1874

Am 25. Mai besuchen Fontanes den Schopenhauer-Enthusiasten und Landwirt Carl Ferdinand Wiesike in Plaue an der Havel. Anfang Juli nimmt Fontane an einer Segelyacht-Partie von Köpenick nach Teupitz teil. Im August reisen Emilie und Martha nach Neuhof; Emilie kehrt am 6. September nach Berlin zurück. Am 30. September brechen die Fontanes zu einer Reise nach Italien auf, die bis Neapel führt; am 20. November sind sie wieder in Berlin. Im Oktober stirbt der der Familie über Jahrzehnte verbundene Prediger Auguste Fournier. Am 14. November wird Emilie fünfzig.

1875

Am 26. Januar heiratet Fontanes jüngste Schwester Elise den Kaufmann Hermann Weber. Im Juli sind die Fontanes vier Tage bei Wiesike in Plaue an der Havel. Vom 3. August bis 7. September reist Fontane – diesmal allein – über die Schweiz nach Oberitalien. Auf der Rückreise trifft er in München mit Emilie zusammen; über Berchtesgaden, Wien, Prag und Dresden kehrt das Ehepaar nach Berlin zurück. In einer Briefserie an seine Frau hat Fontane seine Italien-Erlebnisse festgehalten. Ende August besteht Sohn Theodor das Abitur. Am 16. Oktober feiern die Fontanes ihre silberne Hochzeit. Beginn der freundschaftlichen Beziehungen zu Clara und Julius Stockhausen.

1876

Am 6. März wird Fontane in das Amt des Ersten Sekretärs der Akademie der Künste eingeführt, bereits Ende Mai reicht er sein Rücktrittsgesuch ein. Am 2. August erhält er die Entlassungsurkunde, muß aber bis Ende Oktober die Geschäfte weiterführen. Die Affäre löst eine schwere Ehekrise aus. Emilie hält sich im Juli und August in Neuhof auf. Martha, zu Ostern eingesegnet, ist vier Monate bei den Wittes in Rostock und

Warnemünde und beginnt dann ihre Ausbildung am Königlichen Lehrerinnen-Seminar in Berlin. Theodor jun. ist neben seinem Jurastudium Hauslehrer bei Kommerzienrat Herz. Anfang Oktober nimmt Fontane die Theaterberichterstattung wieder auf.

1877

Das Jahr beschert den Fontanes in den ersten Monaten besonders zahlreiche Erkrankungen. Anfang August ist Fontane wieder bei Wiesike in Plaue an der Havel. Am 9. August reist er nach Thale; Emilie erhält fast täglich einen Bericht. Im Oktober ist er in Frankfurt an der Oder zu Lokalstudien für den letzten Teil von »Vor dem Sturm«. George avanciert zum »Premier« und wird nach Oranienstein versetzt.

1878

Zu Beginn des Jahres besucht Fontane gemeinsam mit Emilie die Aufführungen einer französischen Theatertruppe. Anfang April besteht Martha das Lehrerinnenexamen. Emilie ist von Ende Mai bis Anfang Juli allein bei den Treutlers in Neuhof. Martha ist etwa zur gleichen Zeit bei den Wittes in Rostock. Im Juli reisen die Fontanes nach Wernigerode; von dort aus unternimmt er einen Ausflug nach Tangermünde (wo er schon im April war), um Lokalstudien für »Grete Minde« zu treiben. Ende Oktober/Anfang November erscheint Fontanes erster Roman: »Vor dem Sturm«. Der Erzähler beginnt sich zu etablieren. Am 13. Dezember besteht Theodor jun. das Referendarexamen.

1879

Zu Beginn des Jahres besucht Fontane gemeinsam mit Emilie wieder die Aufführungen der französischen Theatertruppe. Emilie hält sich von Ende Mai bis Ende Juni bei den Treutlers in Neuhof auf; sie ist zur Hochzeit der Tochter Clara (26. Mai) eingeladen. Von Juli bis Anfang September sind beide Fontanes in Wernigerode; die Kinder sind zeitweise dabei. Ende September fährt Fontane für ein paar Tage nach Dresden. Ab 1. Oktober absolviert Theodor jun. sein Militärjahr; George wird von Oranienstein nach Lichterfelde versetzt.

1880

Emilie fährt am 20. März in die Kaltwasserheilanstalt in Nassau, wo sie sich mit der erkrankten Schwester Adolph Menzels, Emilie Krigar, trifft. Ende Juni hält sich Fontane ein paar Tage bei den Eulenburgs auf Gut Liebenberg auf; auch im August und im Herbst ist er noch einmal dort. In der zweiten Julihälfte reist Fontane über Bremen und Emden nach Lützburg (Rückfahrt über Hannover). Am 1. August tritt Martha in Klein Dammer ihre Stellung als Erzieherin an. Ab 4. August ist Fontane in Wernigerode, Mitte des Monats kommt auch Emilie; am 15. September ist man wieder in Berlin. Am 1. Oktober ist das Militärjahr von Theodor jun. zu Ende. Über Weihnachten und Neujahr ist Martha, krank, bei den Eltern.

1881

Zu Lokalstudien für den letzten Band der »Wanderungen«, »Spreeland« (1882), reist Fontane im April und Mai an den Scharmützelsee sowie nach Gröben und Siethen. Im April ist er überdies vierzehn Tage bei Pfarrer Karl Friedrich Windel in Potsdam. Im Sommer ist George für acht Wochen in London. Vom 23. Juni bis 9. Juli hält sich Fontane in Thale auf und steht in lebhaftem Briefwechsel mit Emilie. Anschließend sind die Fontanes gemeinsam in Wernigerode; auch Martha ist dabei. Ende September gibt Martha die Stellung in Klein Dammer auf.

1882

Ende April übersiedelt George nach Wahlstatt in Schlesien. Vom 5. bis 27. Juni ist Fontane in Thale; Emilie reist um den 20. Juni nach Neuhof und ist um den 22. Juli wieder zu Hause. Martha verbringt den Sommer in Rostock und Warnemünde; sie nimmt an der Hochzeit ihrer Freundin Lise Witte teil. Die heimliche Verlobung mit Rudolph Schreiner wird gelöst. Im Sommer wird die Berliner Wohnung renoviert. Ende Juli fährt Fontane nach Norderney, um den 25. August kehrt er nach Berlin zurück; Emilie ist inzwischen in Warnemünde (Rückkehr Mitte September). Vom 4. bis 6. November sind Emilie und Martha in Neuruppin und Kränzlin.

1883

Fontane ist von etwa 7. bis 30. Juni in Thale und vom 18. Juli bis 30. August auf Norderney. Da Emilie den ganzen Sommer über in Berlin bleibt, entwickelt sich zwischen 8. Juni und 30. August eine rege Korrespondenz. Sohn Friedrich besucht im Sommer die Treutlers in Neuhof. Die Fontanes trennen sich von der langjährigen Haushälterin Mathilde Gerecke.

1884

Sohn Friedrich wird am 9. Februar im Elisabeth-Krankenhaus operiert. Tochter Martha begleitet vom 29. Februar bis 8. Juli Mrs. Dooly aus Amerika auf einer Italienreise. Fontane zieht sich vom 12. bis 26. Mai nach Hankels Ablage bei Königs Wusterhausen zurück, hält sich vom 9. bis 28. Juni in Thale auf und reist am 18. Juli von Berlin aus nach Krummhübel (wo er Georg Friedlaender kennenlernt). Emilie, die erkrankt ist, kommt um den 13. August nach. Fontane kehrt Anfang September nach Berlin zurück, Emilie fährt zu den Treutlers nach Neuhof (bis 23. September). Am 28. August trennt sich Martha in Harzburg von Mrs. Dooly; damit zerschlagen sich, zur Erleichterung Emilies, die Überlegungen Marthas, mit nach Amerika zu gehen. Am 8. September bricht Fontane zu einer siebentägigen Reise nach Rügen auf. Im Herbst nimmt Martha eine Stelle als Lehrerin in der höheren Mädchenschule von Fräulein Leyde in Berlin an, gibt sie aber krankheitshalber im März 1885 wieder auf. Sohn Friedrich hat den ersten Teil seiner Ausbildung als Verlagsbuchhändler bei Langenscheidt in Berlin beendet und geht zu Frommann nach Jena.

1885

Fontane ist im Februar vierzehn Tage krank. Im April legt Theodor jun. sein Examen als »Intendantur-Assessor« ab und kommt nach Münster. Im Mai stirbt der alte Freund Bernhard von Lepel. In der ersten Maihälfte verbringt Fontane gemeinsam mit Martha vierzehn Tage in Hankels Ablage, muß aber zur Besprechung von Gastspielen im Schauspielhaus mehrfach nach Berlin fahren. Sohn Friedrich setzt seit Juni seine Ausbildung in Oldenburg fort. Am 1. Juni reist Fontane nach Krummhübel, am 13. Juni kommt Emilie nach, und man bleibt bis etwa 17. September. George, inzwischen zum Hauptmann befördert, ist ab Mai nach dreijährigem Aufenthalt in Wahlstatt wieder in Lichterfelde; am 24. Dezember verlobt er sich mit Martha Robert. Anfang November ist Fontane in die Feierlichkeiten zum 200. Gründungstag der französischen Kolonie involviert. Martha reist im November zu den Wittes nach Rostock.

1886

Am 7. März kommt Martha nach halbjähriger Abwesenheit aus Rostock zurück. Am 13. März verlobt sich Theodor jun. in Münster mit Martha Soldmann. Am 12. Juni heiratet George im »Englischen Haus« in Berlin Martha Robert. Am 15. Juni reist Fontane mit Martha über Schmiedeberg nach Krummhübel. Emilie kommt etwa fünf Wochen später nach, nachdem sie vorher noch die Treutlers in Neuhof besucht hat. Emilie kehrt am 4., Fontane am 8. September nach Berlin zurück. Am 5. Oktober heiratet Theodor jun. in Münster Martha Soldmann; die Fontanes, von George und Frau begleitet, nehmen an der Hochzeit teil. Sohn Friedrich ist wieder in Berlin und arbeitet als Buchhändler.

1887

Ende Mai treibt Fontane Lokalstudien in Wilsnack, Quitzöwel und Rühstädt. Vom 7. Juli bis 6. August mietet er sich in »Seebad Rüdersdorf« am Kalksee östlich von Berlin ein. Am 21. Juli wird in Münster der Enkel Otto geboren. Sohn Friedrich arbeitet seit August im Verlag von Emil Dominik in Berlin. Vom 19. August bis 19. September ist Fontane in Krummhübel, zeitweise gemeinsam mit Emilie und Martha. Am 24. September stirbt George an einer Blinddarmentzündung.

1888

Fontane trifft am 16. Juli in Krummhübel ein, wo Martha bereits eine Wohnung gemietet hat; Emilie kommt eine Woche später nach. Die Fontanes bleiben bis zum 31. August. Ende September bis Mitte Oktober besucht Emilie ihre Freundin Johanna Treutler, die jetzt mit ihrem Mann in Dresden-Blasewitz wohnt. Am 1. Oktober gründet Sohn Friedrich einen eigenen Verlag in Berlin. Am 10. Dezember erhält Fontane das Ritterkreuz des Hohenzollernschen Hausordens.

1889

Martha begibt sich – nach einem Aufenthalt in Schwiggerow im April – Anfang Mai zu einer Kur bei Professor Gustav Veit nach Bonn und ist anschließend in Münster und Warnemünde. Ende Mai/Anfang Juni treibt Fontane Lokalstudien auf Bredow-Dörfern im Havelland (noch einmal Ende August und im September). Am 27. Juni fährt er nach Kissingen; Emilie kommt am 4. Juli nach; man bleibt bis zum 6. August. Ende Juli besucht Fontane für wenige Tage Bayreuth. Vom 28. Juli datiert der letzte überlieferte Brief Emilies an ihren Mann. Vom 10. bis 19. August besucht Fontane Dobbertin und Ludwigslust. Am 16. September, bald nach seinem Besuch, stirbt die langjährige Freundin Mathilde von Rohr; Mitte November haben die Fontanes den Tod der stets hilfreichen Henriette von Merckel zu beklagen. Im Dezember wird die Enkelin Gertrud geboren. Am 30. Dezember feiert Fontane seinen 70. Geburtstag. Er gibt das Theaterreferat auf.

1890

Am 4. Januar veranstaltet die Berliner Presse im Englischen Haus ein Festessen zu Ehren Fontanes. Im Frühjahr erkrankt Emilie an der Gürtelrose; Martha führt die Wirtschaft. Im März wird Theodor jun. als »Hilfsarbeiter« ins Kriegsministerium nach Berlin berufen. Im April erscheint »Stine« als erstes Werk des Vaters im Verlag von Friedrich Fontane. Vom 16. Juni bis 15. Juli sind die Fontanes in Kissingen. Martha reist am 21. Juli nach Krummhübel, am 4. August kommen die Eltern nach und kehren erst am 22. September nach Berlin zurück. Bei einem Sturz vor dem Blücherschen Palais am 23. Dezember verletzt sich Fontane ernsthaft am Kopf.

1891

In den ersten Januartagen reist Martha nach Bonn, später ist sie in Pommern. Am 19. April erhält Fontane (gemeinsam mit Klaus Groth) den »Schillerpreis«. Ende April besucht Emilie ihre inzwischen verwitwete Freundin Johanna Treutler in Dresden-Blasewitz. Vom 3. Juni bis Anfang Juli sind die Fontanes in Kissingen. Anfang August beginnt die Reparatur des Hauses Potsdamer Straße 134 c, das durch einen benachbarten Neubau erheblich beschädigt wurde. Emilie überwacht die Bauarbeiten in der Wohnung. Fontane geht inzwischen nach Wyk auf Föhr (6.–28. August). Martha kommt am 22. Oktober nach Hause zurück.

1892

Die Fontanes erkranken Mitte März heftig an der Grippe; Emilie erholt sich rasch, während Fontane »ganz elend blieb und schreckliche Zustände durchmachen mußte« (Tagebuch). Am 23. Mai fahren sie nach Schlesien und mieten sich in »Villa Gottschalk« in der Nähe von Schmiedeberg ein: »vier schlimme Monate an der sonst so schönen Stelle« (Tagebuch). Im August bringt eine Behandlung mit elektrischem Strom in Breslau keine Besserung. In desolatem Zustand kehrt Fontane Mitte September mit Emilie nach Berlin zurück. Um den 20. Oktober beginnt er mit der Niederschrift seines »autobiographischen Romans« »Meine Kinderjahre«, und »[ich] darf sagen, mich an diesem Buch wieder gesund geschrieben zu haben« (Tagebuch).

1893

Emilie und Martha sind »all die Zeit über recht leidend«. Um Emilies Zustand zu bessern, reisen die Fontanes am 16. August zur Kur nach

Karlsbad. Am 13. September brechen sie dort auf, Fontane fährt nach Berlin, Emilie zu Johanna Treutler nach Dresden-Blasewitz. Martha kränkelt den ganzen Winter hindurch.

1894

Sohn Theodor wird von seiner Aufgabe im Kriegsministerium entbunden und geht nach Hannover. Im Januar verletzt sich Emilie bei einem Sturz nach dem Opernbesuch erheblich. Ende Januar reist Martha zu einer Behandlung zu Professor Gustav Veit nach Deyelsdorf in Pommern. Vom 15. August bis 12. September sind die Fontanes wieder zur Kur in Karlsbad. Am 8. November erhält Fontane die Ehrendoktorwürde der Berliner Universität. Am 14. November wird Emilie siebzig. Anläßlich des 75. Geburtstages am 30. Dezember gewährt das preußische Kultusministerium Fontane eine lebenslängliche Ehrenpension.

1895

Im Mai ist Emilie in Dresden. Vom 14. August bis 11. September halten sich die Fontanes erneut in Karlsbad zur Kur auf. Mitte Oktober erscheint »Effi Briest« als Buch »und bringt es in weniger als Jahresfrist zu 5 Auflagen – der erste wirkliche Erfolg, den ich mit einem Romane habe« (Tagebuch).

1896

Ende Mai gehen die Fontanes wieder nach Karlsbad (bis 20. Juni). Vom 21. August bis 15. September sind sie, gemeinsam mit Martha, in Waren an der Müritz. Im Oktober besucht Emilie Johanna Treutler in Dresden-Blasewitz.

1897

Vom 3. Juni bis Mitte Juli absolvieren die Fontanes, in Begleitung von Martha, ihre Sommerfrische wieder in Mecklenburg (Augusta-Bad bei Neubrandenburg). Vom 14. August bis 11. September schließt sich eine Kur in Karlsbad an. Am 1. Juni stirbt August von Heyden, am 6. Juni Karl Zöllner: »Innerhalb weniger Tage der Tod zweier Freunde« (Tagebuch). Im Oktober ist Emilie in Dresden-Blasewitz.

1898

Im Januar verlobt sich Martha mit dem Architekten Karl Emil Otto Fritsch; die offizielle Feier findet erst am 16. September statt. Vom

23. Mai bis 28. Juni sind die Fontanes zu einer Kur auf dem »Weißen Hirsch« in Dresden, im August reisen sie nach Karlsbad. Am 10. September fährt Fontane nach Berlin zurück, Emilie besucht, wie jedes Jahr, ihre Freundin Johanna Treutler in Dresden-Blasewitz. Am 20. September schreibt Fontane ein letztes Mal an seine Frau; am Abend stirbt er. Am 24. September wird er auf dem Friedhof an der Liesenstraße beigesetzt. Im Oktober wird das Testament eröffnet, das eine »Kommission« für den Todesfall von Emilie vorsieht.

1899

Am 4. Januar heiratet Martha K. E. O. Fritsch. Emilie gibt die Wohnung in der Potsdamer Straße auf und zieht Ende März in die Elßholzstraße 17, parterre, wo sie mit Sohn Friedrich zusammen lebt. Im Sommer fährt sie zur Kur nach Karlsbad. Am 14. November begeht sie ihren 75. Geburtstag. Inzwischen hat sie mit der Sichtung des schriftlichen Nachlasses und der Sammlung der Briefe begonnen; eine erste Gesamtausgabe wird vorbereitet.

1900

Sohn Friedrich und Paul Schlenther treffen sich im Sommer in Kärnten und vereinbaren die Struktur der Gesamtausgabe; Friedrich unterrichtet die Mutter brieflich über die Einzelheiten.

1901

Paul Schlenther besucht Emilie zu Ostern in der Elßholzstraße und sichtet Manuskripte. Im Sommer ist Emilie bei den Fritschs in Waren an der Müritz zu Besuch. Sie legt fest, daß der Schreibtisch ihres Mannes und zahlreiche Manuskripte ins Märkische Museum kommen. Um Weihnachten läßt sie sich zum letzten Mal photographieren.

1902

Am 18. Februar stirbt Emilie Fontane; drei Tage später, am 21. Februar, wird sie an der Seite ihres Mannes beigesetzt.

Nachbemerkung

Die Biographie Emilie Fontanes stützt sich, selbstverständlich, auf die Zeugnisse ihres Mannes, beruht aber hauptsächlich auf ihren zahlreich überlieferten Briefen, die bisher allenfalls punktuell und nur am Rande beachtet wurden. Außer den 180 Briefen an Theodor Fontane, die seit 1998 im »Ehebriefwechsel« der Großen Brandenburger Ausgabe zugänglich sind, konnte ich auf etwa 300 meist ungedruckte Briefe an Freunde und Verwandte zurückgreifen, in denen sich Emilies Leben kontinuierlich spiegelt und die ungezählte Details aus ihrer Gemeinschaft mit Fontane aufbewahren. Aufschlußreich sind vor allem die größeren Konvolute, die an die Stiefmutter Bertha Kummer, die Frankfurter Freundin Clara Stockhausen, den Sohn Theodor und die Schauspielerin Paula Conrad-Schlenther adressiert sind, aber auch vereinzelt überlieferte Briefe an Mathilde von Rohr, Emilie Zöllner und andere. Dazu gehören ferner die mitunter umfangreichen Zusätze Emilies in Briefen ihres Mannes, die in bisherigen Ausgaben nicht mit abgedruckt sind (neuerdings wenigstens für die Korrespondenzen mit Tochter Martha und Mathilde von Rohr in den Editionen des Aufbau Taschenbuch Verlages veröffentlicht). Natürlich wurden auch die wenigen gedruckten Texte herangezogen, wie etwa die Briefe Emilies, die Roland Berbig in dem Band »Theodor Fontane und Friedrich Eggers. Der Briefwechsel« (1997) publiziert hat, oder die Schreiben an Georg Friedlaender nach dem insel taschenbuch, das Walter Hettche 1994 auf der Grundlage der Ausgabe von Kurt Schreinert herausgegeben hat.

Die genannten Materialien ermöglichen eine vielfach neue, facettenreiche Sicht auf die »romanhafte Lebensgeschichte« einer Frau, die Theodor Fontane ein halbes Jahrhundert lang zuverlässige Gattin und geistige Partnerin gewesen ist und ein nicht gewöhnliches Schicksal im 19. Jahrhundert repräsentiert. Während Hermann Frickes Emilie-Büchlein von 1937 im wesentlichen die 180 Briefe Emilies an ihren Mann erläuternd verzeichnet und gelegentlich daraus zitiert, ist »Das Herz bleibt immer jung« die erste Biographie.

Die genutzten handschriftlichen Quellen aus sechs Jahrzehnten zeigen Emilie Fontanes sich wandelnde Schreibgewohnheiten und ihre den Leser verwirrende Interpunktion. Im Interesse der Lesbarkeit schien es angebracht, die Zitate aus ihren (und Fontanes) Briefen dem heutigen Gebrauch - vor der Rechtschreibreform - anzugleichen. Die im Anhang mitgeteilten Texte folgen dagegen buchstabengetreu den Originalen.

In stets großzügigem Entgegenkommen haben Archive und Bibliotheken Emilie Fontanes Briefe zur Verfügung gestellt:

Theodor-Fontane-Archiv Potsdam: vor allem die Briefe an Bertha Kummer, Theodor Fontane jun. und Paula Conrad-Schlenther

Schiller-Nationalmuseum / Deutsches Literaturarchiv Marbach am Neckar: Briefe an Clara Stockhausen

Staatsbibliothek zu Berlin – Preußischer Kulturbesitz: Briefe an Mathilde von Rohr und Emilie Zöllner sowie die autobiographische Skizze, die Hermann Kunisch im »Jahrbuch Preußischer Kulturbesitz« zuerst veröffentlichte, die hier aber nach der Handschrift wiedergegeben wird; sie entstand 1859 in London und war für die Familie Merckel bestimmt.

Besonders zu danken habe ich meiner Frau Therese, die das Unternehmen in jeder Weise gefördert hat. Dr. Manfred Horlitz (Potsdam) hat die Entstehung des Manuskripts mit großer Sachkompetenz begleitet, Klaus Koldrack (Magdeburg) steuerte manches Detail zur Beeskower Lokalgeschichte bei, und Jochen Fontane (Pulheim) war allezeit zu diffizilen genealogischen Auskünften bereit – nicht zuletzt über Georg Bosse, Emilies leiblichen Vater. Geholfen haben mir ferner Dr. Wolfgang Rasch (Berlin), Dr. Berthold Michalowski (Wismar), Bettina Machner (Berlin) und Dr. Joachim Kleine (Zeuthen).

Mein Dank gilt auch meiner umsichtigen und seit langem bewährten Lektorin im Aufbau-Verlag, Frau Magdalena Frank.

Berlin, im Oktober 2001 *Gotthard Erler*

Register